Lew Kopelew:
Ein Dichter kam vom Rhein
Heinrich Heines Leben und Leiden

Aus dem Russischen von
Helga Jaspers und Ulrich H. Werner

Vom Autor
gemeinsam mit Edith Kaiser
überarbeitete Neuausgabe

Deutscher
Taschenbuch
Verlag

dtv

Von Lew Kopelew
sind im Deutschen Taschenbuch Verlag erschienen:
Aufbewahren für alle Zeit! (1440)
Und schuf mir einen Götzen (1677)
Für Sacharow (1764; mit Alexander Babjonyschew)
Kinder und Stiefkinder der Revolution (10109)
Tröste meine Trauer (10210)
Warum haben wir aufeinander geschossen? (10211; mit Heinrich Böll)
Antikommunismus in Ost und West (10280; mit Heinrich Böll und Heinrich Vormweg)
Einer von uns (5934; Kassettenausgabe von 1677, 1440 und 10210)

Vom Autor gemeinsam mit Edith Kaiser überarbeitete Ausgabe
Oktober 1986
Deutscher Taschenbuch Verlag GmbH & Co. KG, München

ISBN 3-88680-015-6
Umschlaggestaltung: Celestino Piatti
Umschlagabbildung: Heinrich-Heine-Institut, Düsseldorf (Ernst Benedikt Kietz: Heinrich Heine und seine Frau Mathilde, 1851)
Gesamtherstellung: C. H. Beck'sche Buchdruckerei, Nördlingen
Printed in Germany · ISBN 3-423-10631-X

Das Buch

Der russische Germanist Lew Kopelew schreibt in diesem Buch die Biographie des bis heute umstrittenen großen deutschen Dichters Heinrich Heine. Er gibt ein anschauliches und lebendiges Bild dieses Dichters, der »böse lachend und bitter weinend noch im Exil an das Land seiner Herkunft gebunden« war. Lew Kopelew bezieht die vielen authentischen Belege aus Heines Werken und Briefen, aus Berichten und Dokumenten in seine Erzählung mit ein – so ist das dramatische nächtliche Gespräch zwischen Heine und Marx genau belegt – und läßt auf diese Weise eine Biographie entstehen, die Bericht und Dichtung zugleich ist. Als Anwalt des deutsch-russischen Geistesaustauschs liefert er mit diesem Buch zugleich ein Dokument der Völkerverständigung.

Der Autor

Lew Kopelew, 1912 in Kiew geboren, studierte in Moskau Germanistik. Zu Beginn des Zweiten Weltkriegs meldete er sich freiwillig an die Front. 1945 wurde er wegen »Mitleid mit dem Feind« verhaftet und 1947 zu zehn Jahren Straflager verurteilt. Nach seiner Rehabilitierung lehrte er in Moskau deutsche Literatur und Theaterwissenschaft. Während eines Studienaufenthaltes in der Bundesrepublik wurde er im Januar 1981 von den Sowjetbehörden ausgebürgert. Er lebt und lehrt heute in der Bundesrepublik und leitet ein Projekt zur Erforschung deutsch-russischer Fremdenbilder an der Bergischen Universität Wuppertal. Auf deutsch erschienen u. a.: ›Aufbewahren für alle Zeit!‹ (1976), ›Und schuf mir einen Götzen‹ (1979), ›Tröste meine Trauer‹ (1981), die Heine-Biographie ›Ein Dichter kam vom Rhein‹ (1981); 1983 ›Kinder und Stiefkinder der Revolution‹; 1984 ›Der heilige Doktor Fjodor Petrowitsch‹ und ›Im Willen zur Wahrheit‹; 1985 ›Worte werden Brücken‹ und ›West-östliche Spiegelungen. Russen und Rußland aus deutscher Sicht. 9.–17. Jahrhundert‹ (Mithrsg. Mechthild Keller). Lew Kopelew wurde 1980 mit dem Friedrich-Gundolf-Preis der Akademie für Sprache und Dichtung, Darmstadt, ausgezeichnet. 1981 erhielt er den Friedenspreis des Deutschen Buchhandels.

»So sah ich aus, heute Morgen den 6ten April 1829, H. Heine«

Heine, Zeichnung von Franz Kugler, 1829

Inhalt

Heinrich Böll

dem Dichter,
dem Menschenfreund

Beruhigt Euch, ich liebe das Vaterland eben so sehr wie Ihr. Wegen dieser Liebe habe ich dreyzehn Lebensjahre im Exile verlebt, ... Ich bin der Freund der Franzosen, wie ich der Freund aller Menschen bin, wenn sie vernünftig und gut sind, und weil ich selber nicht so dumm oder so schlecht bin, als daß ich wünschen sollte, daß meine Deutschen und die Franzosen, die beiden auserwählten Völker der Humanität, sich die Hälse brächen ... Seyd ruhig, ich werde den Rhein nimmermehr den Franzosen abtreten, schon aus dem ganz einfachen Grunde: weil mir der Rhein gehört. Ja, mir gehört er, durch unveräußerliches Geburtsrecht, ich bin des freyen Rheins noch weit freyerer Sohn, an seinem Ufer stand meine Wiege, und ich sehe gar nicht ein, warum der Rhein irgend einem Andern gehören soll als den Landeskindern.

Heinrich Heine

Ich habe Heine immer viel mehr als Rheinländer gesehen denn als Juden empfunden. Diese Mischung bei ihm aus Blasphemie und Frömmigkeit, sagen wir: Kevelaer-Element und auch Köln, die ist wahrscheinlich viel mehr rheinisch, als sie jüdisch sein kann. Das hat eine Tradition im Karneval, im nichtkommerziellen Karneval, der ja eigentlich immer eine Spottveranstaltung war, Verspottung der kirchlichen und weltlichen Obrigkeit, manchmal auf einem hohen satirischen Niveau. ...
Heine. Beides: Sentimentalität – Frivolität, Blasphemie – Frömmigkeit.

Heinrich Böll

Vorwort

Dieses Buch wurde 1965 bis 1968 in Moskau geschrieben. Den Auftrag erhielt ich vom Verlag »Junge Garde«. Es sollte eine populäre »biographie romancée« sein und in der Reihe ›Lebensbeschreibungen bedeutender Persönlichkeiten‹ erscheinen, in der ich zuvor, 1966, ein ähnliches Buch über Brecht veröffentlicht hatte.

Schon bei den ersten Vorbereitungsarbeiten waren für mich die Gespräche mit Heinrich Böll höchst fruchtbar (als er uns in Moskau in den sechziger Jahren besuchte), weil mir durch sie die Dichtung und die Persönlichkeit Heines, des *Rheinländers*, in einem ganz neuen und vieles erhellenden Licht erschien.

Doch als das Manuskript dieses Heine-Buches bereits fertig war, wurde es vom Verlag nicht mehr angenommen und der Auftrag einfach annulliert, weil der Autor seit 1968 aus ideologisch-politischen Gründen nichts mehr publizieren durfte. Als einige Jahre später in der Sowjetunion die Verfolgungen »Andersdenkender« – Menschenrechtler, Dissidenten und anderer – immer zahlreicher und heftiger wurden, habe ich auch dieses Manuskript samt vielen anderen Teilen meines Archivs an Freunde im Westen zum Aufbewahren übergeben.

Im Frühjahr 1981 erbat der Verlag Severin und Siedler dieses Manuskript zur Kenntnisnahme. Es waren für mich die ersten Monate in der Bundesrepublik, überhaupt im Westen. Nach einem Jahrzehnt erzwungener Untätigkeit wurde ich nun von Vortragsaufträgen, Interviews und Lesungen gleichermaßen beglückt wie bedrängt. Im Sommersemester 1981 war ich außerdem Gastprofessor in Göttingen, was ziemlich viel Zeit für die Vorbereitung von Vorlesungen und Seminaren erforderte.

Inzwischen aber hatte der Verlag qualifizierte Übersetzer engagiert, und das Manuskript, das für junge russische Leser bestimmt war und das ohnehin nach zwölf Jahren und auch aufgrund meiner neuen Erfahrungen und Erkenntnisse in Deutschland gründlich hätte überarbeitet werden sollen, wurde in einem für mich höchst überraschenden Tempo ins Deutsche übertragen. Eine Gastprofessur in den USA von

September 1981 bis Januar 1982 hinderte mich sogar daran, die Übersetzungen zu überprüfen und den ganzen Text vor Erscheinen des Buches gründlich zu lektorieren.

So muß ich aufrichtig-reuevoll gestehen, daß erst einige harte, aber gerechte Kritiken mich auf die Blößen und Schwächen des Buches aufmerksam machten.

Für die vorliegende Ausgabe wurde es nun gründlich »überholt«. Selbstverständlich konnte und wollte ich an der Grundstruktur des Buches nichts ändern. Es ist keine wissenschaftliche Monographie, erhebt nicht den Anspruch, ein Beitrag zur neueren Heine-Forschung zu sein. Es ist eben ein Versuch, möglichst vielen Menschen – unabhängig von Alter und Bildungsniveau – den widerspruchsvollen und immer noch heftig umstrittenen, aber trotz allem höchst lesenswerten deutschen Dichter Heinrich Heine näherzubringen. Denn ich bin überzeugt, daß jeder, der zu einem Heine-Leser geworden ist, nicht nur an dem lyrischen Zauber, der Musik, dem brillanten Witz und der Gestaltungskraft seiner Gedichte und Prosa viele Freuden erlebt, sondern auch von der unvergänglichen, brennenden Aktualität seiner Gedankenwelt, seiner sozial- und kulturkritischen Publizistik reichlich belehrt und zum eigenen Nach- und Weiterdenken ermuntert wird.

Den Herren Heinz Friedrich und Wolfram Göbel vom Deutschen Taschenbuch Verlag danke ich herzlich für ihre verständnisvolle Nachsicht, die eine notwendigerweise längere Umarbeitung ermöglicht hat.

Meinen persönlichen Mitarbeitern, Herrn Karl-Heinz Korn und Frau Mechtildis Roth, danke ich herzlich für ihre unermüdliche und effektive Hilfe.

Einen ganz besonderen Dank schulde ich meiner Lektorin, Frau Edith Kaiser, Heidelberg, die zunächst den ganzen Text selbständig geprüft hat, ihn dann gemeinsam mit mir Zeile für Zeile gründlich lektorierte, neue Übersetzungen anregte, wichtige Änderungen (Straffungen, Ergänzungen, die Neuformulierung ganzer Passagen u. a. m.) veranlaßte, alle Heine-Briefzitate verifizierte und zum Teil ergänzte, später den überarbeiteten Text erneut sorgfältig redigierte und bis zuletzt intensiv an der Schlußfassung gearbeitet hat. Ohne ihre selbstlose, äußerst gewissenhafte und sachverständige Arbeit wäre diese neue Ausgabe nicht möglich geworden.

Köln, im Juli 1986 Lew Kopelew

Erster Teil
Lehr- und Wanderjahre

Ihr Lieder! Ihr meine guten Lieder!
Auf, auf! und wappnet euch!

Zu Düsseldorf am Rhein

> Die Stadt Düsseldorf ist sehr schön, und wenn man in der Ferne an sie denkt und zufällig dort geboren ist, wird einem wunderlich zu Mute.
> Ich bin dort geboren, und es ist mir, als müßte ich gleich nach Hause gehn. Und wenn ich sage nach Hause gehn, so meine ich die Bolkerstraße und das Haus, worin ich geboren bin.

Im Lyzeum feierte man das Ende des Schuljahres. Wie immer aus diesem Anlaß sollten die Lyzeumsschüler die angesehenen Bürger Düsseldorfs mit Liedern, Rezitationen und Konzerten unterhalten. Das Lyzeum war im Gebäude einer ehemaligen Klosterschule untergebracht. Früher hatten dort Jesuiten, später Franziskaner die Kinder unterrichtet. Und es waren erst fünf Jahre vergangen, seit diese Schule im Jahre 1808 gemäß einem Edikt Napoleons nach französischem Muster umgebildet worden war. Der Kaiser wollte, daß alle Schulen Frankreichs und der ihm angegliederten Länder einheitlich aufgebaut werden und die Lehrer einen besonderen Stand bilden sollten – eine Art pädagogisches Offizierskorps, das dem kaiserlichen Innenministerium in Paris unterstellt war.*

* Nachdem Napoleon 1805 bei Austerlitz die österreichischen und russischen Heere entscheidend geschlagen hatte, ließ er in manchen deutschen Ländern Grenzen verschieben und staatspolitische Strukturen verändern. Und sechzehn deutsche Fürsten hatten sich im Juli 1806 unter dem Protektorat des französischen Kaisers zum »Rheinbund« zusammengeschlossen – zu einer Allianz »zwischen dem Französischen Kaiserreich und den Staaten der Rheinbundgenossen«.

Auch das Großherzogtum Berg, mit der Hauptstadt Düsseldorf, gehörte zum »Rheinbund«. Doch noch vorher – im März 1806 – hatte der damalige Landesherr, Kurfürst Maximilian Joseph von Bayern, das Herzogtum an Frankreich abgetreten, als »Kaufpreis« für die bayrische Königswürde, die ihm Napoleon verliehen hatte. Seither hatte Joachim Murat, der Schwager Napoleons, in Düsseldorf regiert – erst als Herzog, dann als Großherzog –, bis er 1808 zum König von Neapel »avancierte«. Nun wurde ein Neffe des Kaisers, der minderjährige Napoléon-Louis, zum Großherzog ernannt, und die Verwaltung im Lande leitete ein Statthalter, der unmittelbar Napoleon unterstand.

Während der französischen Herrschaft wurden in Düsseldorf bedeutend liberalere Gesetze eingeführt (der »Code civile«), alle erblichen Privilegien und der Zunftzwang wurden aufgehoben, alle Stände und Konfessionen waren gleichberechtigt. Doch andererseits brachte die Angliederung an Frankreich eine viel

In den Schulen, wo die künftigen Untertanen des großen Kaisers lernten, dominierte die französische Sprache. Selbst Arithmetik und Geometrie unterrichtete man auf französisch; nicht weniger als ein Drittel der Unterrichtsstunden war der französischen Grammatik und Literatur gewidmet. Den Söhnen der Adligen, Kaufleute, Beamten und Handwerker aus Düsseldorf und seiner Umgebung sollte für immer eingeprägt werden, daß Frankreich das schönste Land und Französisch die beste Sprache der Welt sei, daß Racine und Corneille Aischylos und Sophokles übertrafen, ebenso wie der große Kaiser Napoleon Alexander von Makedonien und Julius Cäsar übertraf. Natürlich unterrichtete man im Lyzeum auch deutsche Grammatik und deutsche Literatur, aber die Deutschlehrer gehörten zur untersten Klasse der »Offiziere der Wissenschaft«, und ihre Stunden waren weniger wichtig als die Tanz- und Gymnastikstunden.

***

Dröhnend schlägt die Trommel. Jeden Morgen verkündet der Trommelschlag den Beginn des Unterrichts. An diesem sonnigen Frühsommertag ruft er zum Fest. Die Lyzeumsschüler marschieren wie immer kompanienweise, in Kolonnen unterteilt, rote Kragen an den grauen Uniformen, große dunkle Hüte – genau solche wie sie der Kaiser trägt – werfen über die geröteten Knabengesichter strenge Schatten. Die Trommel schlägt. Vor jeder Kompanie schreitet der »Censeur« – ein Offizier, der seine Klasse ständig überwacht; nur durch ihn können die Eleven, die im Internat wohnen, Briefe von ihren Verwandten empfangen.

Die Trommel verstummt. Die Kolonne zieht langsam in den Eingang. Die Schüler finden in der Aula hinten Platz. Auf den vorderen Bänken und in den Sesseln sitzen die Gäste. Die gepuderten hohen Frisuren, die nackten Schultern der Damen, ihre bunten Atlas- und Seidenkleider leuchten hell zwischen dunklen Fracks, blauen und grünen Uniformen mit Gold- und Silberstickerei.

höhere Besteuerung, Militärpflicht und häufige Requisitionen, die Behinderung des Handels durch die Kontinentalsperre (Handelsboykott gegen England) und viele andere Einschränkungen infolge der Besatzung durch die fremden Truppen.

Von der Bühne erklingen Arien und Chorlieder, lateinische, französische, deutsche Verse. Im Düsseldorfer Lyzeum vernachlässigt man auch die Muttersprache nicht. Der Rektor, Pater Schallmeyer, war nicht umsonst durch die Schule der Jesuiten gegangen; er war sanft und doch beharrlich. Er unterrichtete Deutsch und Philosophie. Er erzählte von Sokrates, Plato und Epikur auf deutsch. Ihn begeisterten die Gedanken dieser Philosophen, wenn sie auch bisweilen dem Glauben seiner Kirche widersprachen, den er selbst auf lateinisch in der Lyzeumskirche verkündete.

An diesem Abend saß Pater Schallmeyer mit den Ehrengästen in der Loge. Er lächelte seinen Schülern freundlich zu. Galant zu seiner Nachbarin gebeugt – einer beleibten Dame mit einem riesigen Nest gepuderter Locken über dem kleinen roten Gesicht –, flüsterte er: »Gnädige Frau, und jetzt hören wir die Stimme der deutschen Muse. Ich hoffe, sie wird Ihnen gefallen. Dieser junge Rezitator, Harry Heine, der Sohn von Samson Heine, dem Handelsherrn, ist ein wilder Junge, schreibt aber selbst schon ganz anständige Verse. Er ist sehr schüchtern, aber schauen Sie, wie er sich hält – wie ein geborener Künstler ...«

Ein hagerer Jüngling trat auf das Podium; dunkelblondes, dichtes, welliges Haar ließ eine helle Stirn frei und fiel in Locken über die Ohren; das ovale Gesicht hatte weiche Konturen, eine blasse Röte, kleine Augen von reinem Blau und aufgeworfene weiche Kinderlippen. Er senkte die hohe brüchige Stimme, die nun fast heiser klang:

»Der Taucher. Ballade von Friedrich Schiller.«

Er trat einen Schritt zurück, warf den Kopf in den Nacken, griff mit der linken Hand an das Revers seines Jacketts, während er die rechte halb abbog und an die Schulter hob, und begann, indem er die leicht gebogene Hand elegant zu den Zuhörern hin bewegte, das Gedicht vorzutragen, wobei er jedes Wort deutlich aussprach.

Im Saal war es still geworden. Aber es kamen immer neue Gäste hinzu. Da drängte auch der Herr Gerichtspräsident mit schweren Schritten in die erste Reihe, und ihm nach trippelte seine Tochter – ein zierliches Mädchen in einem weißen Kleid.

Der Schüler rezitierte:

»Den Becher reicht er ihm kniend dar,
Und der König der lieblichen Tochter winkt,
...«

Plötzlich erblickte er unmittelbar vor sich goldene Locken, große, erstaunte, veilchenblaue Augen. Und über dem Mieder, einem schmalen Streifen weißer Seide, über der breiten hellblauen Schärpe – rosige Schultern, zarte Schlüsselbeine.

»... Und der König der lieblichen Tochter winkt.«

Dreimal wiederholte er die Zeile, dann verstummte er. Hinter ihm sagte der Klassenlehrer mit zischelndem Flüstern vor. Im Saal kicherten einige. Er hörte nichts, sah auch nicht, wie erstaunt und beunruhigt ihn der Vater anblickte, wie seine Mutter erblaßte und ihren Fächer zusammenpreßte. Er sah nur das Mädchen, er hörte nur sein rasches Herzklopfen. Er taumelte und stürzte. Erschrocken kreischten die Damen. Der Rektor verließ eilig die Loge. Frau Heine sprang auf. Jemand rief: »Wasser! ... Wasser! ... Riechsalz!«

Aber Harry war schon von einigen Schülern aufgehoben und eilends fortgetragen worden. – Er kam wieder zu sich, hörte, wie der Schulinspektor die Zuschauer auf französisch beruhigte: »Eine kleine Ohnmacht. Der junge Mann ist von seinen eifrigen Studien ermüdet und von der Aufmerksamkeit eines so hochverehrten Publikums verwirrt.« – Er schluckte kaltes Wasser aus einem Glas, das die Mutter an seinen Mund hielt. Er lächelte.

»Danke. Wein wäre mir lieber.«

Rektor Schallmeyer drohte mit dem Finger.

»Du hast uns alle so erschreckt und spielst noch den Narren, du Schlingel. Was hast du? Was ist geschehen?«

»Ach, Herr Rektor, ich weiß es selbst nicht. Wie soll ich es erklären? Ich sprach die herrlichen Worte und fühlte und sah plötzlich all das, was in der Ballade geschildert ist: das Meeresufer, den Felsen, den König, die Damen, die Ritter. Und ich sprang dem Becher nach in den Schlund und – dann war alles weg. Offenbar bin ich ertrunken.«

Die Kameraden lachten.

»Gib zu, daß du einfach die Worte vergessen hast; da hast du simuliert. Besser eine Ohnmacht – ›Ach, der sensible junge Mann‹ –, als einfach abzutreten.«

Harry lächelte. Aber er verstand wirklich nicht, was ihm zugestoßen war. Obwohl er schon wiederholt bemerkt hatte, daß er, wenn er Verse las – laut oder leise für sich –, plötzlich bestimmte klangvoll-melodische Wortverbindungen besonders stark, mit Augen und Ohren, mit dem ganzen Körper, dem Atem, dem Herzschlag wahrnahm. Der Tanzlehrer verlangte, daß die Beine der Musik, Takt und Rhythmus gehorsam folgten. Er brachte das meist nicht zustande. Aber dafür nahm er die Musik der Worte in einem Lied oder einem Gedicht augenblicklich wahr. Manchmal war dieses Gefühl fast quälend, doch immer war es süß. Ebenso wie jenes, das sich einstellte, wenn er schöne Frauen gesehen hatte und sich später an sie erinnerte.

Er hatte seine alten Tanten vom Bruder seines Großvaters Simon van Geldern erzählen hören, der in fernen Landen gelebt und viele schöne Frauen geliebt hatte. In den Büchern wurden Achill und Alexander von Makedonien lebendig. Im städtischen Zeughaus konnte man echte Ritterrüstungen sehen und sogar berühren. Und wenn durch die stille Straße Kolonnen von Soldaten marschierten, die lackledernen Tschakos glänzten, rote Kragen schimmerten, die stählernen Gewehre, die versilberten Knöpfe und vergoldeten Epauletten auf blauen und grünen, mit weißen Riemen überzogenen Uniformen funkelten, wenn kräftige Pferde Kanonen zogen, die über das Pflaster rumpelten, oder Kavalleristen in Bronzehelmen mit Federbüschen dahintrabten, unter den Hufeisen Funken aufsprühten – dann überkam ihn die Sehnsucht nach unbekannten Fernen, nach dem Ruhm, der im Donner und Rauch der Schlachten errungen wird. Dann wollte er sich auf ein Pferd schwingen, das unter der brokatenen Schabracke tänzelte, den glänzenden Helm bis auf die Brauen ziehen, den roten Mantel weit geöffnet, auf der Brust einen stählernen Küraß oder goldene Husarentressen, in der Hand einen hellen Säbel, eine schwarze Pistole in der Satteltasche.

Noch stärker zogen ihn die Frauen an. Mit jedem Tag wurde ihre Anziehungskraft stärker, quälender und süßer. Heimlich beobachtete er, wie die Freundinnen der Mutter sich vor dem großen Spiegel benahmen, die Rockfalten glätteten, über die steilen Hüften strichen, die breiten Schärpen hoben, damit die Brüste sichtbarer wurden.

Er liebte es, sich mit den Freundinnen der Schwester zu

balgen, ihre warmen Körper zu berühren, den Duft ihrer Haare einzuatmen.

Und heute, als er Schillers Ballade rezitierte, hatten sich plötzlich für einen Augenblick die beiden Gewalten vereinigt – die Musik der Verse, der klangvollen Worte von Liebe und Tod, und der Anblick des Mädchens.

Der Rektor schaute ihn prüfend an.

»Schäm dich, Harry, du bist doch kein Kind mehr. Du siehst doch, wie sehr sich deine Mutter ängstigt und machst noch Späße. Sag die Wahrheit. Bist du vielleicht krank?«

»O nein, Herr Rektor. Aber ich kann allzu laute Geräusche und allzu starke Gerüche nicht vertragen.«

Die Knaben gingen hinaus. Frau Heine sagte nachdenklich:

»Ich glaube, er sagt die Wahrheit, Herr Rektor. Von Kindheit an hat er eine krankhafte Abneigung gegen Lärm. Wenn seine jüngeren Geschwister laut weinten, hielt er sich die Ohren zu oder nahm Reißaus. Ein lauter Ausruf oder lautes Klopfen – und schon wird er blaß.«

»Das bedeutet, liebste Frau Heine, daß Ihr Sohn äußerst empfindsam ist. So etwas gibt es. Er ist von der Vorsehung besonders gezeichnet. Gewiß, er ist ein lebensfroher, gescheiter junger Mann, zu Streichen aufgelegt und versteht sich auf Mogeleien. Eines aber weiß ich sicher: seine Seele ist ein Keim der zartesten Blume. Sie bestätigen das ja auch. Er hat ein so außergewöhnlich feines Gehör, daß er auch die Stimmen aus einer anderen Welt vernehmen kann. Ich bin davon überzeugt, daß er ein Diener der Kirche werden sollte. Ich habe einflußreiche Freunde in Rom. Er könnte dort unter dem Schutz des Heiligen Stuhls studieren. Bei seiner Begabung wird er gewiß ein gelehrter Theologe werden, wird hohe Würden erlangen, vielleicht sogar die Kardinalswürde.«

»Aber Herr Rektor, Sie sprechen so, als hätten Sie vergessen, daß wir keine Katholiken sind. Unsere Familie gehört der jüdischen Gemeinde an.«

»Natürlich, liebe gnädige Frau, aber in unserem aufgeklärten Jahrhundert ist es an der Zeit, die alten Vorurteile aufzugeben. Gott-Vater ist für uns alle derselbe, sein Sohn aber, unser Erlöser Jesus Christus, war ein Jude; an ihm wurde die Beschneidung vollzogen, er achtete die Gesetze Moses.

Ihre Familie kenne ich ja sehr gut. Unter Ihren Verwandten gibt es keine Fanatiker. In unseren Tagen begreifen alle gebildeten Menschen, daß die göttliche Vorsehung unteilbar ist, daß alle Kirchen nur verschiedene äußere Gewänder des einen heiligen Geistes, nur verschiedene Gefäße der einen Gnade sind.«

»Ich bin ganz Ihrer Meinung, Herr Rektor. Auch ich glaube an die Weisheit des einen Höchsten Wesens, und ich achte den großen Rousseau höher als die Gesetzeslehrer aller Religionen. Aber soll man sich von dem einen Vorurteil lossagen, um auf ein anderes zu schwören? Und wozu die einen Riten, die Konvention sind, gegen andere, die ebenso Konvention sind, eintauschen?«

»Nein, verzeihen Sie, gnädige Frau. Heute können gebildete Menschen nicht umhin, zu erkennen, daß unsere heilige römisch-katholische Kirche Aufklärung und Tugend mehr begünstigt, als es alle anderen Glaubensgemeinschaften tun, geht sie doch stets davon aus, daß der Sabbat für die Menschen da ist und nicht der Mensch für den Sabbat. Der alttestamentliche Judaismus ist ebenso veraltet wie der Protestantismus, ebenso wie der Islam, wie der Rigorismus der mittelalterlichen Inquisition. Veraltet ist alles, was sich an erstarrte Vorurteile klammert, was durch grausame Unduldsamkeit und Fanatismus die Menschen blind und taub macht. Ich wage mich selbst zu den aufgeklärten Menschen zu zählen. Doch gerade deswegen kann ich nur Katholik sein, denn unsere Kirche ist duldsam, steht allen Musen offen, behindert die Wissenschaften und Künste nicht, ist nachsichtig gegenüber menschlichen Schwächen.

Ihr Sohn ist seiner ganzen seelischen Anlage nach ein echter Katholik. Ich sehe, Sie sind nachdenklich geworden, gnädige Frau. Wie sehen Sie denn die Zukunft Ihres Sohnes? Als Nachfolger im väterlichen Geschäft?«

»Nein! Niemals! Ich, das heißt, mein Mann und ich hoffen, daß er nach dem Lyzeum in die kaiserliche Armee eintreten wird. Meine Freundin ist mit Marschall Soult verheiratet. Wir können auf seine Protektion hoffen. Deshalb wollen wir auch, daß unser Sohn die Wissenschaften erlernt, die ein Offizier braucht. Wir haben Privatlehrer für ihn engagiert; er lernt zu Hause noch zusätzlich Mathematik, Topographie und Hydraulik. Leider interessiert er sich mehr für Romane, Verse, Theater. Wie oft hab' ich ihm Bücher weggenommen, ihm verboten, zu den Komödianten zu laufen, närrischen Märchen zu lauschen, sich mit dem einfachen Volk abzugeben. Aber er ist unverbesserlich. Und Sie sehen, wohin das führt.«

»Gnädige Frau, ich schätze Ihre Klugheit, Ihre hohen Tugenden, Ihre Lebenserfahrung. Und doch wage ich anzunehmen, daß Sie sich irren, wenn Sie Ihren Sohn zwingen, sich gegen seine Natur zu entwickeln, gegen das, was ihm von der Vorsehung bestimmt ist. Er ist nicht für das Kriegshandwerk geschaffen. Zudem ist heute der Dienst in der kaiserlichen Armee nicht nur voller Gefahren, sondern auch noch aussichtslos. Der Stern des Kaisers ist im Sinken. Im Schoß der Kirche aber, in der Stille von Klosterbibliotheken, in freundschaftlichen Gesprächen mit aufgeklärten Kollegen, auf einem Lehrstuhl würde er stets seelischen Frieden und reiche Nahrung für den Geist, Anerkennung und sicheren Wohlstand finden! Denken Sie darüber nach, liebe Frau Heine, ich bitte Sie, denken Sie gut darüber nach.«

***

Betty Heine dachte wieder und wieder über die Zukunft ihres Erstgeborenen nach. Im Dezember 1813 war er sechzehn Jahre alt geworden. In einem Jahr würde er das Lyzeum beenden. Und was dann? Der Rektor hatte recht gehabt: französische Gönner konnten jetzt nicht mehr helfen, und die Militärlaufbahn war offensichtlich auch nichts für Harry. Aber zum katholischen Priester taugte er gleichfalls nicht. Zölibat und Fasten würde er noch weniger ertragen können als den Soldatendrill. Er glich seinem Vater zu sehr, wenn er auch von ihr Beharrlichkeit, Empfindsamkeit und Liebe zu philosophischen Betrachtungen geerbt hatte.

Betty van Geldern war die Tochter eines Arztes. Doktor Gottschalk van Geldern war vom Zeitalter der Aufklärung geprägt. Seine Tochter hatte mit zwanzig Jahren fließend Französisch und Englisch gesprochen, las und schrieb Latein, spielte Flöte. Ihre Lieblingslektüre waren Goethes ›Elegien‹ und Rousseaus ›Emile‹. Die kleine, anmutige Frau mit den flinken Augen wurde von allen Freundinnen, sogar den älteren, hoch geachtet. Sie war von Jugend an mit festem Schritt durchs Leben gegangen, wußte stets, was sie wollte, und ließ sich nicht davon abbringen. Sie hatte zahlreiche Freier aus guten Familien abgewiesen, heiratete aber einen Mann, der ihr scheinbar in allem entgegengesetzt und zudem den Ältesten der jüdischen Gemeinde nicht genehm war.

Samson Heine, der Sohn eines Kaufmanns aus Hannover, hatte als Jüngling das väterliche Haus verlassen und war Soldat geworden; ihm gefielen die bunten Uniformen, die schönen Pferde und die Militärmusik gar zu gut. Er diente sich in der englischen Armee – Hannover war zu jener Zeit in Personalunion mit Großbritannien verbunden – bis zum Proviantmeister empor und nahm an einigen Feldzügen teil. Als er sich in Betty van Geldern verliebte, folgte er in allem ihren Wünschen und war bereit, mit dem unsteten Armeeleben für immer ein Ende zu machen. Er verkaufte einen großen Teil seiner geliebten Pferde und Hunde und wurde ein friedlicher Kaufmann. Der Düsseldorfer Rabbiner war empört. Er erhob entschieden Einwände gegen die ungleiche Ehe. Er wollte die Tochter einer so geachteten und wohlhabenden Familie nicht einem zugereisten Fremdling geben, einem hübschen Spitzbuben in rotem Uniformrock und gepuderter Perücke, der kein einziges Gebet kannte und nicht einmal die heilige Sprache der Synagoge verstand. Den Rabbiner unterstützten die Ältesten, das heißt die wohlhabendsten Gemeindemitglieder. Betty erwirkte einen Befehl des französischen Kommandanten, wonach sie die Ehe nicht verhindern durften. Aber die Ältesten gaben nicht nach. Betty erwirkte einen zweiten Befehl. Der General der Französischen Republik, der das Herzogtum Berg seit 1794 verwaltete, war den Liebenden gewogen und verachtete die Obskuranten. Aber die blieben hartnäckig. Da wurde sie am 1. Februar 1797 ohne die Erlaubnis des Rabbiners Samson Heines Frau und brachte am 13. Dezember 1797 einen Sohn zur Welt.

Ein Teil ihrer Mitgift wurde zur Gründung einer Handelsfirma verwandt. Samson Heine kaufte in Manchester, wo er Freunde hatte – vor kurzem waren sie noch Kameraden in der Armee gewesen –, Stoffe ein und verkaufte sie in Düsseldorf, auch an die Hausierer, die durch die rheinischen Städte zogen.

Mit den Jahren wurde er immer fülliger. Aber er blieb noch lange ein stattlicher, ansehnlicher, ja schöner Mann, ein stets galanter Kavalier. Er liebte seine Frau zärtlich und fürsorglich, folgte ihr in allem, war aber aufrichtig davon überzeugt, daß er das absolute, wenn auch nachsichtige, Oberhaupt der Familie sei.

Entgegen den düsteren Voraussagen des Rabbiners und mancher angesehener Bürger ruinierte der neugebackene Tuchhändler Samson Heine seine Familie keineswegs, vertrank und verspielte die Mitgift nicht und lief weder mit Soldaten noch mit wandernden Schauspielern auf und davon. Er war ein fleißiger Kaufmann, und seine Tätigkeit machte ihm Freude. In Manchester besuchte er seine alten Freunde; einem zu Ehren gab er seinem Erstgeborenen den englischen Namen Harry.

Den Handel betrieb er wie ein Hasardspiel. 1806 verhängte Napoleon die Kontinentalsperre über England, verbot Ein- und Ausfuhr; doch der Düsseldorfer Kaufmann Heine handelte dem großen Kaiser kühn zuwider und verkaufte englische Tuche sogar an die Offiziere der kaiserlichen Armee. Samson Heine wurde vom Spiel, von der Bewegung und dem Wagnis, mehr angezogen als vom Gewinn. Er war ein großzügiger, vertrauensvoller Gläubiger, konnte weder Freunden noch Bekannten oder unbekannten Bittstellern etwas abschlagen. Er liebte schöne Schauspielerinnen, edle Pferde und rassige Jagdhunde, verstand sich auf Weine und gute Küche, liebte es, Kameraden zu bewirten, spielte Karten und war immer sehr besorgt um sein Äußeres. Sein goldblondes Haar rieb er nach alter Art mit duftenden Pomaden ein, puderte es dick – und ebenso sorgsam pflegte er seine großen weißen Hände, polierte eifrig die rosigen Nägel. An seinem Toilettentisch hätte die anspruchsvollste vornehme Schöne nichts auszusetzen gehabt. Seine Wäsche aus feinstem holländischem Leinen und französischem Battist, mit Brüsseler Spitzen besetzt, bestellte er nur bei den besten Weißnäherinnen. Die Gehröcke, Westen und Hosen nähten ihm ausschließlich die ersten Schneider; sorgfältig suchte er Stoffe und Modelle aus, beriet sich mit Kennern und galt selbst als anerkannter Ratgeber der Düsseldorfer Stutzer.

Er war ja die Artigkeit in Person, nicht bloß den jungen, sondern auch den älteren Frauen gegenüber, und die alten Weiber, die so grausam sich zeigen, wenn sie verletzt werden, sind die dankbarste Nation, wenn man ihnen einige Aufmerksamkeit und Zuvorkommenheit erwiesen, . . . so begreift man, wie mein teurer Vater, ohne eben darauf spekuliert zu haben, dennoch in seinem Verkehr mit den alten Damen ein gutes Geschäft machte.

Betty Heine war eine liebevolle, vernünftige und daher auch tolerante Ehefrau. Kind eines fröhlichen und aufgeklärten Jahrhunderts, setzte sie sich über viele Vorurteile hinweg, verärgerte ihren Mann weder durch Eifersucht noch durch Vorwürfe, bestand aber um so fester auf der Wahrung des Anstands, achtete um so genauer darauf, daß die Handelsgeschäfte gewissenhaft und pünktlich geführt wurden und wahrte um so strenger die Ordnung im Haus. Doch zugleich verfolgte sie scherzend oder sogar zärtlich, mit echter Anteilnahme die gesellschaftliche Tätigkeit ihres Mannes im Magistrat; er leitete die Armenfürsorge und war Offizier der Nationalgarde.

Noch glücklicher war mein Vater in jener Zeit, wenn die Reihe an ihn kam, als kommandierender Offizier die Hauptwache zu beziehen und für die Sicherheit der Stadt zu sorgen. An solchen Tagen floß auf der Hauptwache eitel Rüdesheimer und Aßmannshäuser von den trefflichsten Jahrgängen, alles auf Rechnung des kommandierenden Offiziers, dessen Freigebigkeit seine Bürgergardisten, seine Krethi und Plethi, nicht genug zu rühmen wußten.
... Was die Sicherheit der Stadt Düsseldorf betrifft, so mag es sehr bedenklich damit ausgesehen haben in den Nächten, wo mein Vater auf der Hauptwache kommandierte. Er trug zwar Sorge, Patrouillen auszuschicken, die singend und klirrend in verschiedenen Richtungen die Stadt durchstreiften. Es geschah einst, daß zwei solche Patrouillen sich begegneten und in der Dunkelheit die einen die anderen als Trunkenbolde und Ruhestörer arretieren wollten. Zum Glück sind meine Landsleute ein harmlos fröhliches Völkchen, sie sind im Rausche gutmütig, »ils ont le vin bon« und es geschah kein Malheur; sie übergaben sich wechselseitig. ...

Die Schönheit meines Vaters hatte etwas Überweiches, Charakterloses, fast Weibliches. ...
Den Konturen seiner Züge fehlte das Markierte, und sie verschwammen ins Unbestimmte. In seinen späteren Jahren ward er fett, aber auch in seiner Jugend scheint er nicht eben mager gewesen zu sein. ...

Er war wirklich ein großes Kind mit einer kindlichen Naivetät, ...
Er dachte weniger mit dem Kopfe als mit dem Herzen und hatte das liebenswürdigste Herz, das man sich denken kann. ...
Auch seine Stimme, obgleich männlich, klangvoll, hatte etwas Kindliches. ...

Er redete den Dialekt Hannovers, wo ... das Deutsche am besten ausgesprochen wird. Das war ein großer Vorteil für mich, daß solchermaßen schon in der Kindheit durch meinen Vater mein Ohr an eine gute Aussprache des Deutschen gewöhnt wurde, ...

An den Tagen, an denen Samson Heine als vom Magistrat bevollmächtigter »Armenfürsorger« die Bittsteller empfing, sollte auch sein ältester Sohn dabeisein. Der Vater genoß es, vorzuführen, wie ihn die Frauen ehrfürchtig und entzückt anhimmelten, ihn mit Lob und Dank überschütteten. Aber gleichzeitig wollte er den Knaben durch sein Beispiel lehren, was in keiner Fibel steht, in keiner Schule unterrichtet wird. Er lehrte ihn bescheidene Freigebigkeit – vielen Armen gab er zusätzlich zu der Beihilfe, die von der städtischen Wohlfahrt festgesetzt war, noch eigenes Geld, aber so, daß sie nicht davon erfuhren. Ferner lehrte Samson Heine seinen Sohn auch Höflichkeit, Zuvorkommenheit und Takt – Eigenschaften, deren man im Umgang mit allen Menschen bedarf, besonders aber, wenn es Arme, vom Schicksal Benachteiligte sind. Gewöhnlich brannten auf seinem Tisch Wachskerzen in silbernen Leuchtern, aber wenn er an dunklen Wintermorgen Bittsteller empfing, entzündete man Talgkerzen in Kupferleuchtern – er wollte nicht mit teurem Gerät vor Menschen prahlen, die so etwas nicht besaßen.

Der Sohn beherzigte diese Lehren sein Leben lang, obwohl er sich gelegentlich über das altmodische Stutzertum des Vaters, über dessen naive Selbstbewunderung lustig machte. Und viele Jahre später, auf dem Gipfel seines literarischen Ruhms, schrieb der unbarmherzig scharfe Spötter über den Vater: *Er war von allen Menschen derjenige, den ich am meisten auf dieser Erde geliebt.*

***

Harry lernte ohne rechte Freude. Als die Mönche das Lyzeum noch unumschränkt leiteten, durfte er sich nicht vor Mittag von der Holzbank erheben und mußte stundenlang Latein, Schläge und Geographie ertragen; dann aber jubelte er um so ungestümer, wenn die alte Franziskanerglocke endlich zwölf schlug.

Er behielt fest im Gedächtnis, daß sich die lateinischen verba irregularia von den verbis regularibus hauptsächlich dadurch unterscheiden, *daß man bei ihnen noch mehr Prügel bekommt*, und betete vor dem Kruzifix im finsteren Kreuzgang des Franziskanerklosters einzig um die Gnade, *daß ich die verba irregularia im Kopfe behalte.*

Am liebsten beschäftigte er sich mit der deutschen und der französischen Sprache.

Viel deutsche Sprache lernte ich vom alten Rektor Schallmeyer, einem braven geistlichen Herrn, der sich meiner von kindauf annahm. Aber ich lernte auch etwas der Art von dem Professor Schramm, einem Manne, der ein Buch über den ewigen Frieden geschrieben hat, und in dessen Classe sich meine Mitbuben am meisten rauften. ...
Auch in der Mythologie ging es gut. Ich hatte meine liebe Freude an dem Göttergesindel, das so lustig nackt die Welt regierte. Ich glaube nicht, daß jemals ein Schulknabe im alten Rom die Hauptartikel seines Katechismus, z. B. die Liebschaften der Venus, besser auswendig gelernt hat, als ich. ...
Am allerbesten aber erging es mir in der französischen Klasse des Abbé d'Aulnoi, eines emigrierten Franzosen, ...
... [er] war ein ältliches Männchen mit den beweglichsten Gesichtsmuskeln und mit einer braunen Perücke, die, sooft er in Zorn geriet, eine sehr schiefe Stellung annahm.
Er hatte mehrere französische Grammatiken sowie auch Chrestomathien, worin Auszüge deutscher und französischer Klassiker, zum Übersetzen für seine verschiedenen Klassen geschrieben; ...
(man kann sich leicht vorstellen, daß es zwischen mir und der alten braunen Perücke zu offenen Feindseligkeiten kommen mußte, als ich ihm erklärte, wie es mir rein unmöglich sei, französische Verse zu machen. Er sprach mir allen Sinn für Poesie ab und nannte mich einen Barbaren des Teutoburger Waldes.)

Weder die Lehrer noch der gütige Rektor Schallmeyer konnten verstehen, warum er so überaus leicht erregbar war und so zügellos phantasierte. Auch seine Eltern konnten es sich nicht erklären. Bald trieb er dreist und stürmisch Unfug, bald war er fromm und sanft oder verfiel in eine finstere Starrheit. Er konnte ausgesprochen höflich, gutmütig und ernst sein, sich aber auch unversehens in einen boshaften Spötter und Grobian verwandeln. Die Kräfte, die seinen Verstand erregten und wunderliche Träume und Leidenschaften in ihm weckten, diese stürmischen Kräfte der Phantasie schöpfte er aus derselben Alltäglichkeit, in der seine Verwandten, Mitschüler, Lehrer, Nachbarn, Mitbürger lebten, aus denselben Werktagen und denselben Festen, aus denselben großen und kleinen Ereignissen, aus denselben Liedern und Überlieferungen, aus derselben Erde, aus demselben Rhein, unter denselben Sternen und derselben Sonne. Schon als kleiner Junge hatte er märchenhafte Schätze dort entdeckt, wo andere nur eine Rumpelkammer sahen.

Da stand eine morsch zerbrochene Wiege, worin einst meine Mutter gewiegt worden; jetzt lag darin die Staatsperücke meines Großvaters, die ganz vermodert war und vor Alter kindisch geworden zu sein schien. Der verrostete Galanteriedegen des Großvaters und eine Feuerzange, die nur einen Arm hatte, und anderes invalides Eisengeschirr hing an der Wand. Daneben auf einem wackligen Brette stand der ausgestopfte Papagei der seligen Großmutter, der jetzt entfiedert und nicht mehr grün, sondern aschgrau war und mit dem einzigen Glasauge, das ihm geblieben, sehr unheimlich aussah. ...
In den Kisten, unter den Büchern des Großvaters befanden sich auch viele Schriften, die auf solche Geheimwissenschaft Bezug hatten. Die meisten Bücher waren freilich medizinische Scharteken. An philosophischen war kein Mangel.

Wunderliche Menschen zogen den Knaben noch mehr an als wunderliche Dinge, so der Bruder seiner Mutter, Onkel Simon van Geldern,

... ein Sonderling von unscheinbarem, ja sogar närrischem Äußeren. Eine kleine, behäbige Figur, mit einem bläßlichen, strengen Gesichte, ...
Er ging ganz altfränkisch gekleidet, trug kurze Beinkleider, weißseidene Strümpfe, Schnallenschuhe und nach der alten Mode einen ziemlich langen Zopf, ...
Nach weltlichen Begriffen war sein Leben ein verfehltes. ... als der Tod seiner Eltern ihm die völlig freie Wahl einer Lebenslaufbahn ließ, wählte er gar keine, verzichtete auf jedes sogenannte Brotstudium der ausländischen Universitäten und blieb lieber daheim zu Düsseldorf ...
Von rastlosem Fleiße, überließ er sich hier allen seinen gelehrten Liebhabereien und Schnurrpfeifereien, seiner Bibliomanie und besonders seiner Wut des Schriftstellerns, die er besonders in politischen Tagesblättern und obskuren Zeitschriften ausließ. ...
Der Ohm schrieb einen alten steifen Kanzleistil, wie er in den Jesuitenschulen, wo Latein die Hauptsache, gelehrt wird, ...
Er beschenkte schon den Knaben mit den schönsten kostbarsten Werken; er stellte zu meiner Verfügung seine eigene Bibliothek, die an klassischen Büchern und wichtigen Tagesbroschüren so reich war, ...

Dieser Onkel Simon besaß einen zauberhaften Speicher. Und dort fand Harry, unermüdlich herumstöbernd, einen kostbaren Schatz: das Notizbuch eines anderen Verwandten, der ebenfalls Simon van Geldern hieß. Dieser war ein Bruder seines Großvaters, ein Vagabund und Abenteurer, gewesen, und sein Leben war spannender als jeder Abenteuerroman.

Am längsten scheint er in den Küstenstädten Nordafrikas, namentlich in den marokkanischen Staaten, verweilt zu haben, wo er von einem Portugiesen das Handwerk eines Waffenschmieds erlernte und dasselbe mit Glück betrieb. . . .
Europäisch zu reden: Mein seliger Großoheim, . . . ward Räuberhauptmann. In dieser schönen Gegend erwarb er auch jene Kenntnisse von Pferdezucht und jene Reiterkünste, womit er nach seiner Heimkehr ins Abendland so viele Bewunderung erregte.
An den verschiedenen Höfen, wo er sich lange aufhielt, glänzte er auch durch seine persönliche Schönheit und Stattlichkeit sowie auch durch die Pracht der orientalischen Kleidung, welche besonders auf die Frauen ihren Zauber übte. Er imponierte wohl noch am meisten durch sein vorgebliches Geheimwissen, . . .

Er fragte alle seine alten Tanten beharrlich nach dem Großonkel aus und lauschte begierig ihren verworrenen Erzählungen. Die einen entsetzten sich noch immer über die Sünden und Laster des verstorbenen Verwandten, die andern erzählten mit ehrfürchtigem Entzücken, wie er am Hofe eines Fürsten gelebt hatte, daß eine sehr angesehene Dame seine Geliebte gewesen war, wie man ihn hatte töten wollen; er aber war geflohen, hatte sein Haus und die größten Reichtümer verlassen; ein treues Pferd und seine Reitkunst hatten ihn gerettet. Später hatte er in England gelebt und englische und französische Verse geschrieben.

In dem Büchlein fanden sich arabische und koptische, meist jedoch französische Eintragungen, die der Neffe hartnäckig, Wort für Wort, zu entziffern versuchte.

Eine rätselhafte Erscheinung, schwer zu begreifen, war dieser Großoheim. Er führte eine jener wunderlichen Existenzen, die nur im Anfang und in der Mitte des achtzehnten Jahrhunderts möglich gewesen; er war halb Schwärmer, der für kosmopolitische, weltbeglückende Utopien Propaganda machte, halb Glücksritter, der im Gefühl seiner individuellen Kraft die morschen Schranken einer morschen Gesellschaft durchbricht oder überspringt. Jedenfalls war er ganz ein Mensch.

Sein Scharlatanismus, den wir nicht in Abrede stellen, war nicht von gemeiner Sorte. Er war kein gewöhnlicher Scharlatan, der den Bauern auf den Märkten die Zähne ausreißt, sondern er drang mutig in die Paläste der Großen, denen er den stärksten Backenzahn ausriß, ...
Und welcher bedeutende Mensch ist nicht ein bißchen Scharlatan? Die Scharlatane der Bescheidenheit sind die schlimmsten mit ihrem demütig tuenden Dünkel! Wer gar auf die Menge wirken will, bedarf einer scharlatanischen Zutat.

Die Eltern, Lehrer, Kameraden waren zum Greifen nah, waren um ihn, er sah und hörte sie und redete mit ihnen. Aber dieser längst verstorbene, legendäre Verwandte schien ihm manchmal weit näher und realer zu sein als alle Menschen ringsum.

Nachts sprengte er auf einem Schimmel, in einem Sattel aus Leopardenfell dahin, der weiße Burnus flatterte im heißen Wind der Wüste. Er führte einen Trupp kühner Araber zum Sturm auf die Oase. Da war eine reiche Karawane. Da gab es schöne junge Frauen, die für die Harems von Stambul bestimmt waren. Er befreite sie, und sie dankten ihm, weinend vor Freude, und wollten ihn nicht verlassen, wurden seine Frauen.

Er träumte immer andere herrliche Träume. Vom Kopfsteinpflaster der vertrauten Straßen ging er in dichte tropische Wälder, aus dem Fenster seines Zimmers flog er hoch in den blauen Himmel, riesigen Vögeln nach, und zärtlich lächelnd sprach die Sonne mit ihm, heiß, rot wie die dicke Bäckersfrau, und die Sterne sangen mit melodischen Mädchenstimmen; sie glichen seinen kleinen Kameradinnen aus der ersten Klasse. Damals war er der einzige Knabe inmitten eines guten Dutzends blonder, kastanienbrauner und schwarzhaariger – bald kreischend-lachlustiger, bald stiller Mädchen.

Sie lasen der Reihe nach oder im Chor Zeilen aus der Fibel, und über ihnen thronte eine magere, großnasige alte Jungfer, Fräulein Susanne Wilhelmina Hindermanns, und schwenkte dann und wann eine lange Birkenrute. Ach, wie schmerzhaft peitschte diese dünne, pfeifende Rute über Hände und Rücken! Und während das bestrafte Mädchen gellend schrie und die Tränen, die nicht versiegen wollten, schluckte, stopfte Fräulein Hindermanns gemächlich Schnupftabak aus einer kupfernen Dose in ihre große Hakennase, blinzelte mit ihren kleinen Äuglein zwischen den rötlich-grauen faltigen Lidern und nieste genüßlich. Einmal streute er ihr Sand in die Tabaksdose. Sie nahm eine Prise, sog sie mit der Nase ein, begann erschrocken, »oh« und »ach« zu rufen, und schneuzte sich lange. Die Mädchen waren erschrocken verstummt, und die ausgelassensten bissen sich in die Fäuste, um nicht loszuprusten. Das Fräulein griff ihn sich sofort und fragte nicht einmal böse, sondern eher erstaunt und traurig: »Warum hast du das getan?« Und er antwortete, indem er ihr geradewegs in die tränenden Augen blickte: *Ich mag dich nicht leiden.* Aber sie schlug ihn nicht einmal.

Fräulein Hindermanns erschien ihm manchmal als Hexe im Traum: Sie saß an einem schwarzen, rauchigen Kamin; große knorrige Scheite brannten im grünlich-gelben Feuer, in einem Kesselchen kochten Kröten und Schlangen und giftige Kräuter. Er erzählte die Träume seiner Schwester, die mit grausigem Entzücken lauschte. Aber in seinen Erzählungen wurde alles noch spannender und bunter, als es im Traum gewesen war. Meistens erinnerte er sich nicht mehr, was er wirklich geträumt, und was er sich ausgedacht, im Wachen gesehen hatte – abends, wenn er das Federbett über den Kopf gezogen hatte, oder morgens, wenn er sich nach dem Aufwachen an den Traum erinnerte und mit geschlossenen Augen versuchte, ihn festzuhalten.

Im Lyzeum war es langweilig und trist. Durch die kleinen Rundbögen der Klosterfenster drang an den Wintermorgen trübes weißliches Licht, tropfende Kerzen standen auf dem Tisch des Lehrers. Ein Knabe konjugierte monoton lateinische Verben. In der Klasse schwoll das summende Geflüster bald an, bald wurde es leiser. In solchen Stunden erinnerte er sich, um nicht einzuschlummern, an die im Traum erlebten oder ersonnenen Märchen, an Lieder und Geschichten, die er von Kameraden gehört hatte, oder an den Karneval.

***

Die Woche des Karnevals – wunderbare, bunte, fröhlich lärmende Tage: Gelächter, Gejohle, Gesang in allen Straßen, farbenprächtige Kleider und Masken.

Schön waren auch die Festtage, wenn die Glocken läuteten und Prozessionen durch die Stadt zogen.

Samson Heine liebte die katholischen Feste. Er errichtete vor seinem Haus auf dem Bürgersteig einen schön geschmückten Altar – *sein* Altar sollte schöner und reicher sein als der bei den Nachbarn –, und die ganze Familie Heine freute sich, wenn die Prozession vor ihrem Altar verweilte, der Priester betete und der Knabenchor schallend »Gloria tibi Domine« sang. Einer der Verwandten berichtete, der Rabbi sei unzufrieden, weil Samson Heine den Glauben der Väter verrate, aber der winkte nur ab. Es konnte doch keinem schaden, wenn er das schöne Fest seiner Mitbürger achtete. Und Gott sei für alle derselbe.

Schön waren auch die Sommerferien und die Johannisnacht, die kürzeste des Jahres, wenn an den Rheinufern Feuer brannten und bis in den frühen Morgen Lieder erklangen.

Aber die Woche des Karnevals war besser als alle Ferien, alle Feste, weil in diesen Tagen am meisten Unerwartetes, Unvorhergesehenes geschah, weil die lustigen Ereignisse kein Ende nahmen und die Freiheit keine Grenzen kannte. Auf den Straßen riefen sich die Maskierten ausgelassene Witze zu, arme Leute lachten über die Reichen, Kinder über die Erwachsenen, und alle duzten einander. Man konnte, während man unter der Maske unbemerkt errötete, auf der Straße eine geheimnisvolle Schöne in einer Samtmaske umarmen, und sie lachte nur. Man konnte sie sogar küssen, und sie lachte noch lauter: »Ach, du kleiner Schelm, du meinst, unter der Maske sei nicht zu sehen, daß du noch nicht trokken hinter den Ohren bist!« Die Musik, der Straßenlärm, das Lachen der Mädchen und Frauen, die Tänze und Scherze – dies alles war voll lockender, süßer Verheißungen. Nirgendwo auf der Welt gäbe es etwas Fröhlicheres und Schöneres als den Karneval am Rhein, sagte der Vater, und er hatte doch die Welt gesehen, wußte, was Schönheit war und verstand sich zu amüsieren. Harry wartete den ganzen Winter über auf den Karneval. Einmal waren er und seine Schwester Charlotte mitten im Winter an den Masern erkrankt, und er hatte von der Mutter bunte Flicken erbeten und sich selbst, als er im Bett lag, eine Narrenjacke genäht; eine Schellenkappe war noch vom Jahr zuvor übrig. Aber der Arzt hatte ihm nicht erlaubt, in den Karnevalstagen aufzustehen. Er hatte geweint und vor Zorn ins Kissen gebissen. Dann hatte er entschieden: Wenigstens seine Jacke sollte dort in der fröhlichen Menge sein, und er bat die Mutter, sie einem armen Jungen aus der Nachbarschaft zu schenken.*

Während er im Bett liegen mußte, hörte der Knabe von fern fröhliches Stimmengewirr, Bruchstücke von Liedern; er zischte die Schwester zornig an, sie solle nicht schwatzen und keinen Lärm machen. Die Laute, die von der Straße hereindrangen, hatten verschiedene Farben: purpurrot flammten die Fanfaren auf, orangefarben tönten die Posaunen, grün schrillten die Hörner, die Melodien der Flöten waren hellviolett, wie Mondstrahlen auf einem stillen Fluß. Eine Mädchenstimme klang hellblau und rosig, und ein vielstimmiger Chor war bald dunkelblau, bald purpurrot und von goldenen und silbernen Fäden durchwoben.

Einfache Wörter konnten wie Bruchstücke eines Liedes zusammenklingen, wie bunte Fransen einer Melodie: Sonne – Wonne; Traum – Schaum; Karneval – war einmal.

Die Wörter setzten sich aus Buchstaben zusammen. Dieses Wunder hatte ihm die Mutter entdeckt. Sie schrieb mit Kreide große Buchstaben an die braun lackierte Tafel im Kinderzimmer, die im Sommer den Kamin verdeckte. Die Buchstaben fügten sich zu Wörtern. Die Reime aber, die gleichklingenden Worte, waren Zeichen, aus denen Musik entstand. Er lehrte die Schwester, mit Reimen zu spielen: Zuerst suchte er ein Paar, dann sie, und keiner durfte sich wiederholen; gewonnen hatte, wer die meisten ausdachte. Aber Charlotte, die nicht stillsitzen konnte, war dessen bald überdrüssig. Sie fand nicht so schnell Reime. Dafür sang sie um so lauter die Worte, die der Bruder gefunden hatte: »Glut und Blut, Glut und Blut.« Ihn aber irritierte ihre laute und monotone Stimme: »Lottchen, bitte, hör' auf zu schreien.«

* Viele Jahre später kam in Hamburg ein breitschultriger Matrose auf Heines Schwester zu und erinnerte sie an diese bunte Flickenjacke. Sie war damals ihm zugefallen; er hatte sie als Erinnerung aufbewahrt und sie erst jetzt in Stücke zerschnitten und an seine Freunde, Verehrer des großen Dichters, verteilt.

***

In Düsseldorf gab es ein gutes Theater. Und alle Bürger, die etwas auf sich hielten, besuchten es wenigstens einmal im Monat. Den Kapellmeister Burgmüller achtete man in der Stadt nicht geringer als den Oberbürgermeister selbst. Von der jungen Primadonna Karoline hieß es, sie sei die beste Sängerin im Land, und sie war auch sehr bescheiden und wohlerzogen. Sie lebte bei ihrer Mutter, einer armen Witwe, die sie überallhin mitnahm. Betty Heine kannte die beiden, liebte sie, und Karoline war oft im Hause Heine, aß mit den Kindern zu Mittag und Abend. Einmal, nach einem Wohltätigkeitskonzert, in dem Karoline alte Volkslieder gesungen hatte – die Zeitung berichtete begeistert von ihrem Erfolg –, sagte Betty Heine, über einen so herrlichen Gesang sollten eigentlich nicht nur Rezensenten, sondern auch Poeten schreiben.

Damals war Harry zwölf Jahre alt. Oft unterhielt er seine Freunde mit gereimten Scherzen, er sang auch gern, und wenn er die Worte der Lieder vergessen hatte, erfand er neue.

Karoline gefiel ihm sehr – er liebte ihre Stimme, ihr freundliches Lächeln. In ihrer Gegenwart saß er stiller als sonst am Tisch, flüsterte und alberte nicht mit der Schwester herum. An dem Abend, als die Mutter die Sängerin gelobt hatte, konnte er lange nicht einschlafen, erinnerte sich und lauschte. Tief in seinem Gedächtnis erklangen Melodien, die sich bald näherten, bald entfernten und zu Worten wurden. Am Morgen schrieb er die Verse auf ein großes Blatt Velinpapier, malte sorgfältig die Überschrift, die von einem Ornament umgeben war, und die Initialen der Strophen.

Ich denke noch der Zaubervollen,
Wie sie zuerst mein Auge sah!
Wie ihre Töne lieblich klangen,
Und heimlich süß in's Herze drangen,
Entrollten Tränen meinen Wangen,–
Ich wußte nicht wie mir geschah.

Das war sein erstes niedergeschriebenes Gedicht. Die Mutter war stolz, aber auch beunruhigt – waren Dichter nicht stets unglücklich, leichtsinnig, untauglich für das gewöhnliche Leben? Sie vegetierten in Armut dahin, umgeben von lasterhaften Frauen und falschen Freunden. Nein, ihr Sohn sollte kein Dichter werden, sie wollte ihn als Offizier oder Beamten sehen.

Der Sohn wußte von diesen Wünschen der Mutter. Offizier zu werden, wäre gewiß wunderschön. Er hatte schon als Knabe die kaiserlichen Soldaten bewundert, wenn sie durch die Straßen Düsseldorfs marschierten; er war befreundet mit manchen schnurrbärtigen Franzosen, die bei den Nachbarn wohnten. Der stämmige, kraftstrotzende Trommler Le Grand streifte stundenlang mit ihm durch die Stadt, und es war weit angenehmer, bei Le Grand und dessen Kameraden französische Wörter zu lernen als in der Schule bei dem zänkischen Abbé. Er wußte, daß die Franzosen nach Düsseldorf gekommen waren, als er noch nicht auf der Welt war. Sie waren es, die Freiheit und Gleichberechtigung an den Rhein gebracht hatten. Ehe sie kamen, hatten die Bauern und einfachen Bürger keine Rechte gehabt, weil sie weit unter den Adligen standen – ebenso seine Verwandten, weil sie Juden waren und deshalb weniger galten als die Christen. Die Franzosen aber, diese lustigen, tapferen Kerle, in ihren blauen und grünen Uniformen, in den blendend weißen Hosen und strahlenden, lackledernen Tschakos, hatten ganz einfach befohlen, alle sollten frei und gleich sein und einander brüderlich lieben.

Auch er fühlte sich bisweilen fast frei und gewiß allen Schuljungen, sogar den stärksten Raufbolden, gleich. Die einen prügelten ihn, die andern traten für ihn ein, wieder andere prügelte er. Aber selbst seine ärgsten Gegner machten ihm nicht seine jüdischen Verwandten zum Vorwurf, sondern neckten ihn am häufigsten damit, daß der alte Dreckmichel, der »Grubenräumer«, seinem Zugesel dann und wann »Haaruh!« zurief, und das klang ähnlich wie sein wunderlicher, fremdländischer Name »Harry«. Die meisten seiner Schulkameraden gingen sonntags in die Kirche und aßen zwischen Karneval und Ostern kein Fleisch, während er und sein Klassenkamerad Sepp Neunzig samstags nicht zur Schule gingen, immer Fleisch aßen und außer dem fröhlichen Hauptfest Ostern noch das langweilige jüdische Passah feierten und dann statt Brot faden Matzen aßen.

Aber diese Unterschiede waren eigentlich unbedeutend, und für seine französischen Freunde war er genauso ein Deutscher wie alle anderen Einwohner Düsseldorfs.

Doch die Soldaten des großen Kaisers, die für Freiheit, Gleichheit und Brüderlichkeit kämpften, waren eben trotz allem Ausländer, Fremdlinge, ebenso wie der Abbé d'Aulnoi, der zwar schon lange in Düsseldorf lebte, aber immer noch nicht deutsch sprach. Und als Fremdlinge – mochten sie auch die wohlwollendsten Freunde und begeisterungswürdige Helden sein – standen sie ihm ferner als Rektor Schallmeyer und Jupp, der rauflustige, stupsnasige Sohn der Fischhändlerin, der ihn nicht nur mit dem Esel-Rufnamen »Haaruh« neckte, sondern manchmal auch böse beschimpfte: »Jud! Jud! – dreckiger Jud!«

Vom großen Napoleon hatte der kleine Harry gehört, seit er denken konnte.

Aber wie ward mir erst, als ich ihn selber sah, ...
Es war eben in der Allee des Hofgartens zu Düsseldorf. Als ich mich durch das gaffende Volk drängte, dachte ich an die Taten und Schlachten, ... mein Herz schlug den Generalmarsch – und dennoch dachte ich zu gleicher Zeit an die Polizeiverordnung, daß man bei fünf Taler Strafe nicht mitten durch die Allee reiten dürfe. Und der Kaiser mit seinem Gefolge ritt mitten durch die Allee, ... Der Kaiser trug seine scheinlose grüne Uniform und das kleine, welthistorische Hütchen. Er ritt ein weißes Rößlein, und das ging so ruhig stolz, so sicher, so ausgezeichnet – wär ich damals Kronprinz von Preußen gewesen, ich hätte dieses Rößlein beneidet. Nachlässig, fast hängend, saß der Kaiser, die eine Hand hielt hoch den Zaum, die andere klopfte gutmütig den Hals des Pferdchens. – ...
Der Kaiser ritt ruhig mitten durch die Allee, kein Polizeidiener widersetzte sich ihm, hinter ihm, stolz auf schnaubenden Rossen, und belastet mit Gold und Geschmeide, ritt sein Gefolge, die Trommeln wirbelten, die Trompeten erklangen, ... und das Volk rief tausendstimmig: es lebe der Kaiser!

So erinnerte er sich zwanzig Jahre später, als Napoleon bereits auf der Insel St. Helena in seinem Grab lag und über Düsseldorf längst die schwarz-weiße preußische Flagge wehte.

In den Jahren aber, als Düsseldorf zum französischen Kaiserreich gehörte, ärgerte er sich, daß man im Lyzeum sogar die deutsche Geschichte auf französisch unterrichtete, ihn erbosten die hochmütigen Laffen, die französischen Offiziere, und er und alle seine Freunde im Lyzeum freuten sich, als sie hörten, daß die Armee Napoleons in Rußland zerschlagen und fluchtartig auf dem Rückzug sei, daß der Kaiser selbst geflohen und heimlich durch die deutschen Lande gefahren war, um unerkannt zu bleiben.

Als auf den Straßen Düsseldorfs noch die Stiefel französischer Grenadiere stampften, die Sporen klirrten und die Degen der Offiziere auf den Pflastersteinen schepperten, klagte er im Kreis seiner Freunde die dünkelhaften Franzmänner leidenschaftlich an – diese unwürdigen Nachfahren von Riesen, von Diderot und Voltaire! Sie verstanden nur, sich herauszuputzen, zu marschieren und zu schießen. Er und seine Kameraden waren überzeugt: Die bescheidenen, friedliebenden und gutmütigen Deutschen sollten sich daran erinnern, daß sie, die Nachkommen jener alten Helden, der Cherusker, des Hermann-Arminius, die Römer besiegt hatten: »Wir müssen uns erheben, um die Fremdlinge zu vertreiben und wirkliche Freiheit zu erringen!«

Ja, damals lehnte er den großen Kaiser – den Beherrscher Europas – ab und berauschte sich an seinem eigenen dreisten Mut. Was war denn für ihn schon ein Kaiser? Zweifelte er doch zuzeiten sogar am Herrgott selbst.

Harry lernte einen baumlangen Burschen kennen, den Sohn eines Kornhändlers, den sein Vater wegen Gottlosigkeit aus dem Haus gejagt hatte. Die Knaben nannten ihn den »Häringsphilosoph«, weil er ständig in der einen Tasche seiner Jacke einen Hering mit sich herumschleppte, in der anderen aber ein Bändchen Spinoza, Leibniz oder Holbach.

Stundenlang ging Harry mit ihm spazieren und lauschte seinen verworrenen, abgehackten Reden, in denen der Freund zu beweisen suchte, daß es keinen Gott gebe und Schiller sich geirrt habe, als er behauptete: »Brüder – überm Sternenzelt muß ein lieber Vater wohnen.«

All das seien Märchen, ja, ja, Märchen, schmucke Anhängsel, Verzierungen, um die schwarze Leere zu maskieren. All das hatten sich gefühlsselige Ignoranten und Feiglinge ausgedacht, um mit der eigenen Angst fertigzuwerden.

»Gewiß, die Unendlichkeit ist furchtbar, natürlich. Die winzigen Sterne da ... Aber jeder ist tausendmal größer als die Sonne, ja, ja, tausendmal, die Sonne aber tausendmal größer als die Erde. Dieses Sandkörnchen hier ist auf der Fingerspitze kaum zu sehen, aber es ist riesig, ja, ja, riesig im

Vergleich zu mir, wenn ich daran denke, wie klein ich auf der Erde bin. Und die Erde ist ein Sandkörnchen, ein ganz winziger Planet im Weltall.« Er hob den Arm ungelenk zum Himmel.

Harry spürte kaltes Entsetzen unter den Rippen. »Es gibt also nichts? Keinen Gott? Und keinen Sinn im Himmel und auf der Erde? Und keine Seele in uns? Aber warum denken und sprechen wir denn, und woher weißt du das alles über die Sonne, über die Sterne? Du und ich, wir sind kleiner als ein Sandkörnchen, aber in unseren Gedanken ist das ganze All. Schiller hat sich einen Gott über dem Sternenzelt ausgedacht. Aber ein Sandkörnchen kann sich keinen Schiller ausdenken, denn selbst das riesigste Sandkörnchen ist tot, aber du und ich, wir sind, wenn auch klein, so doch lebendig. Wir freuen uns, sind betrübt, denken, fühlen. Woher kommt das? Weshalb?

Dein Spinoza ist schon hundertfünfzig Jahre tot. Aber er lebt noch heute in dir, mit dir, wenn auch neben einem toten Hering. Und doch unterscheidet er sich von dem Hering: er ist weniger tot. Ein Sandkörnchen ist Staub, der Rest von etwas, das einst lebendig war. Das Wort und der Gedanke dagegen leben zu allen Zeiten, und Homer und Voltaire sind noch heute lebendiger als der Abbé d'Aulnoi und als du und ich. Wir sind allerdings kleiner als ein Sandkörnchen, sie aber sind gewiß größer. Und Gott ist das, was noch größer ist als sie. Und gleichzeitig das, was in ihnen wie in uns ist. Es heißt ›Am Anfang war das Wort, und das Wort war bei Gott, und Gott war das Wort‹!«

»Nein! Nein! Das Wort kann niemals der Anfang gewesen sein. Das Wort kommt erst später. Das Wort entsteht aus dem, was vorher da war. Ja, ja, das Wort kommt aus dem Menschen.«

»Und woher kommt der Mensch? Aus dem Ei der Leda? Aus dem Lehm, den Jehova oder Prometheus geknetet haben? Ich weiß nicht, vielleicht war am Anfang nicht das Wort, sondern Eier oder Lehm. Aber dafür bleibt zuletzt eben das Wort – das Wort auf Gesetzestafeln, im Buch, im Lied, und dieses Wort ist Gott.«

»Du bist ein Phantast. Pater Schallmeyer würde dich loben. Er braucht einen so sichtbaren, anschaulichen Gott, wie er auf Bildchen oder in Gebetsversen vorkommt, den man bittet: Hilf mir doch bei den Schulaufgaben, oder heile mich von den Hämorrhoiden. Bitte, bestrafe meine Feinde. Spinoza aber hat gelehrt: Gott ist die Natur, und die ganze Natur ist Gott. Und weiter gibt es nichts. Und wenn ein Stein, den ein Mensch geworfen hat, denken könnte, würde er denken, er fliege auf eigenen Wunsch, aus freiem Willen.«

»Sehr schön. Aber wer hat uns geworfen? Wer hat unsere Schädel mit Gedanken gefüllt? Mit unendlich verschiedenen: bei Pater Schallmeyer sind sie anders als bei meinem Vater, bei Napoleon nicht so wie bei dir, und ich habe wieder ganz andere. Und doch verstehen wir einander. Ich verstehe dich – und Napoleon. Und das alles heißt: Gott ist die Natur? Nun, gewiß, dann sind auch die Worte Natur. Manche Worte wachsen wie Gartenblumen – prächtig, duftend, auf gepflegten Rabatten; andere wie Wald- und Feldblumen – frei, ungeordnet und schön. Aber es gibt auch Worte, die sind wie Steppengras, Disteln oder Brennesseln – und Worte wie betäubende Tollkirschen oder giftige Sumpfgräser.«

»Was du dir alles ausdenkst. Spielst mit Gedanken, ja, ja, spielst einfach. Wie ein Kätzchen mit einem Wollknäuel spielt. So wirst du herumspielen und dich verfangen. Du willst die Gedanken in schöne Worte kleiden, in Bildchen. So kleiden die kleinen Mädchen ihre Puppen. Die Wahrheit aber kann nur nackt sein, nackt und exakt. Wahrheit, das sind die Gesetze der Geometrie.«

»Geometrie bedeutet Linien, Winkel, Dreiecke, Rhomben. Aber die existieren doch nur in den Lehrbüchern. Schau dich um. Siehst du in der Natur die Gesetze der Geometrie?«

»Sonne und Mond und Sterne und Erde bewegen sich nach diesen Gesetzen.«

»Und wer hat sie denn aufgestellt, diese Gesetze? Sie sind ja nicht plötzlich, pardauz, von selbst erschienen wie der Teufel im Puppenspiel. Und selbst der Teufel muß ja irgendwo gewesen sein, bevor er auf die Bühne sprang! – Auch deine Geometrie und dein Spinoza sind keine Steine, die von selbst fliegen. Wer hat sie geworfen?«

Sie stritten. Er hörte geduldig zu, während er rücklings im Gras lag, die Hände hinter dem Kopf verschränkt, und auf die Wolken sah, die langsam in dem hellen Blau schwammen. Sein Freund las ihm, kurzsichtig blinzelnd, ganze Seiten aus den gelehrten Traktaten der Atheisten vor.

Die Kette logischer Beweise zog sich lang und mündete in

einen Schluß – denselben wie bei dem Schweizer Holbach und dem Franzosen Lamettrie: Es existiere nur die Materie oder – was dasselbe ist – die Natur. Gott sei nur einer von mehreren Namen für die materielle Natur. Die Menschen, ihre Gedanken, ihre Leidenschaften aber seien nur einzelne äußere Erscheinungen der allgemeinen Materie.

Gemächlich an einem Grashalm kauend bemerkte Harry gleichsam beiläufig, so, als wolle er nicht einmal streiten: »Das alles ist ja sehr schön, mein Lieber, Materie, Natur – sehr überzeugend, logisch-geometrisch. Wahrscheinlich ist das alles auch vollkommen wahr. Natürlich ist es wahr. Wenn auch keine heilige Wahrheit, keine göttliche, aber doch ebenso groß, unteilbar und allmächtig wie der biblische Jehova. Dazu möchte ich noch was ganz anderes erzählen:

Du kennst doch das rote Sefchen – die Nichte der alten Zauberin, der Göchin, die Tochter des Henkers. Sie singt wunderbar und erzählt solche wahren Geschichten und Märchen von Hinrichtungen, Gespenstern und Kirchhofsspuk, daß dir das Herz stehenbleibt und sich die Haare sträuben. Sie erzählte mir, daß ihr Großvater, der wie alle Männer in seiner Verwandtschaft das Amt des Henkers ausübte, ein sehr gerechter Mann gewesen sei, so ein pedantisch-gewissenhafter Wahrheitsfanatiker und Gesetzeswächter. Er habe immer Wert darauf gelegt, daß alles so zuging, wie es sich gehört: Urteil, Beichte, Gebet, und daß ein Priester den Verurteilten und den Henker, den Vollstrecker der Gerechtigkeit, segnete. Es war ihm lieb, daß eben er dem Sünder von gestern helfen würde, aus seinem schlechten Leben zur Seligkeit ins Jenseits hinüberzugehen. Einmal mußte er einen verstockten Bösewicht aufhängen. Der wollte nichts bereuen, verfluchte die Richter und den Pfaffen und die ganze Welt, lästerte und redete so obszön, daß nicht nur die bescheidenen Henkersgehilfen, sondern auch der Fuhrmann des Gefängniskarrens und die Zimmerleute, die das Gerüst mit dem Galgen aufgestellt hatten, erröteten – und die sind doch keineswegs wohlerzogen. Da begann der Henker selbst, den Starrkopf zu überreden. Er sprach vernünftig und beredsam wie ein guter Advokat. Beim Galgen hatte sich wie immer eine Menge versammelt. Die Hinrichtung sollte ja eine Lehre sein. Und da begann der tugendhafte Henker, seinem Klienten geduldig zu erklären, daß alles genau nach dem Gesetz geschehe. Er habe doch schließlich gestohlen, gemordet, geraubt; also habe er den Tod verdient. Vor Gott aber gälten andere Gesetze, und wenn er fromm den Geist aufgebe, nachdem er mit den Beinen ein wenig am Galgen gezappelt hätte, könne er dafür vor Gottes Gericht eine Amnestie erhalten und sogar ein günstiges Plätzchen in den paradiesischen Gefilden. Der Bösewicht verstummte, hörte zu – und begann dann zu sprechen: ›Danke, Meister Henker, Sie haben mir alles sehr schön erklärt, und natürlich ist das alles wahr. Aber das macht mir das Verrecken auch nicht leichter, und der Wunsch zu hängen, stellt sich gar nicht ein. Ganz im Gegenteil, ich hab' jetzt noch mehr Lust, diesen Richter mit der feisten Fresse da abzuwürgen und dem Staatsanwalt den Bauch aufzuschlitzen und dem Herrn Pastor auf die rosige Schnauze zu spucken! Und ich möchte noch mit der Blauäugigen da schlafen. Und noch mit der da im roten Mieder. Euch allen aber, den Gefängnisaufsehern, Wächtern und Henkersleuten ...‹ Dann aber sagte er etwas derart Grobes, daß sich das rote Sefchen nicht überwinden konnte, es auch nur annähernd wiederzugeben. Sie sagt, daß sie vieles nicht einmal verstanden habe, obwohl sie auf einem der besten Plätze direkt bei dem Gerüst stand. Nur hätten alle Frauen da gekreischt und den Kindern die Ohren zugehalten, die Männer aber hätten ihre Gesichter mit den Mützen bedeckt – vor Schreck, oder auch, um ihr Grinsen zu verbergen. So hat man diesen Bösewicht aufgehängt, ohne daß er bereut hatte. Aber dafür hat der Henker für den Strick, den er wie immer zerschnitt und als Talisman verkaufte, viermal so viel Profit wie gewöhnlich herausgeholt. Die Finger der Gehenkten aber kaufen bekanntlich die Bierbrauer den Henkern ab und legen sie in die Bottiche, damit das Bier besser schmeckt. Diesmal nun wurde der Bierbrauer, dem es gelungen war, den Henker mit einer unerhört hohen Summe zu bestechen, in ganz Deutschland berühmt und erhielt sogar den Adelstitel. Sein Wappen zeigt einen Bierkrug vor dem Hintergrund der aufgehenden Sonne.«

»Weshalb erzählst du das alles? Ich habe dir von Philosophie, von den Gesetzen des Seins, vom Wichtigsten, Wesentlichsten gesprochen, und du kommst plötzlich mit dem roten Sefchen, mit einem Henker und einem Bierbrauer. Wozu das alles?«

»Sei nicht böse. Ich rede ja genau davon. Nur mit Hilfe eines Gleichnisses, so etwa wie Christus.«

Er lag nicht mehr flach, sondern stützte sich erst auf die Ellenbogen, setzte sich dann, sprang auf und sprach lebhaft, erregt, mit beiden Armen fuchtelnd:

»Nun, ich bin auch ein verstockter Bösewicht. Ich gebe gerne zu, daß dein Spinoza und dein Holbach die gerechtesten Urteile verkündet haben, und daß du der frommste Vollstrecker dieser Urteile bist. All das ist wahr, auch die Gesetze des Seins sind es. Dennoch pfeife ich auf eure Gesetze, mögen sie auch weise und gerecht sein. Ich will nach diesen seelenlosen, blutlosen, gottlos wahren Gesetzen weder leben noch sterben. Sefchen aber hat rote Locken bis zu den Schultern, grüne Augen und eine Haut, zart wie die Blätter der Teerose, und geschwungene rote Lippen, süß wie Kirschen, und Brüste – da finde ich gar keinen Vergleich –, ich kenne nichts, was ihnen vergleichbar wäre an Schönheit und Süße. Ich will mein göttliches Sefchen, nicht aber den gottlosen Spinoza. Ihr Körper duftet, selbst wenn sie erhitzt ist, besser als deine fleischlose Philosophie. Der große Luther hat Moses, alle Propheten und Evangelisten wunderbar ergänzt: ›Wer nicht liebt Wein, Weib und Gesang, der bleibt ein Narr sein Leben lang.‹ Und das ist für mich die eigentliche, die wesentliche Wahrheit. Um ihretwillen werde ich in Prosa und in Versen, in Liedern und in Tänzen wie König David beten, zu Jehova und Christus und Buddha, zu dem heiligen Ignatius von Loyola und zu der alten Hexe, der Göchin, wie es gerade kommt. Und mögen mich die weisen, gelehrten Atheisten dreimal verfluchen und viermal aufhängen, ich bin doch überzeugt, daß sie von allen guten Menschen ebenso gemieden werden wie die gottesfürchtigen Henker und daß unter meinen verfemten Fingern noch das köstlichste Bier der Poesie hervorschäumen wird. Leb' wohl, mein Lieber. Verwechsle nur nicht den Spinoza mit dem Hering, fang' nicht an, an dem Buch zu kauen. – Ich gehe jetzt zu Sefchen.«

Er ging lachend fort und schwenkte seinen Hut. Er ging zum Stadtrand – dorthin, wo fern aller anderen Häuser die Witwe des Henkers in einer Kate wohnte. Niemand in der Stadt erinnerte sich mehr an ihren Namen. Alle nannten sie die Göchin, weil sie – wie auch ihr verstorbener Mann – aus der Stadt Goch gebürtig war. Und von dort hatte sie auch ihre verwaiste Nichte Josepha mitgebracht – das rote Sefchen.

Entzückende Marter und wonniges Weh

> Entzückende Marter und wonniges Weh!
> Der Schmerz wie die Lust unermeßlich!

Die alte Göchin galt als »Hexe«. Sie weissagte, kurierte Menschen und Vieh, handelte mit Zaubertränken, guten und weniger guten Ratschlägen. Harry war zuerst durch seine Kinderfrau in dieses Haus geraten. Sie hatte ihn hergeführt, um ihn vom »bösen Blick« zu befreien – denn gar zu freundlich hatte ihn eine alte Bettlerin gelobt, die gleichfalls als »Hexe« galt. Die Kinderfrau wollte ihn daher unverzüglich durch die Gegenwirkung eines mächtigeren Zaubers außer Gefahr bringen.

Als Schüler des aufgeklärten Paters Schallmeyer hätte Harry natürlich nicht an den »bösen Blick« glauben und keine bösen Zauberkünste fürchten dürfen, doch ihn fröstelte jedes Mal, wenn er das Häuschen der Göchin betrat; selbst an den wärmsten Sommertagen überlief ihn ein Schauder. Und trotzdem war er dort bald ein häufiger Gast. Er kam wegen des roten Sefchens.

Es bedurfte vieler Besuche, vieler eleganter Verbeugungen, zarter Worte, beredter Seufzer, zärtlicher Blicke und verstohlener, schüchterner Berührungen, bis sie ihre Scheu ablegte, weniger finster blickte, nicht mehr schweigend in einer Ecke saß oder plötzlich, ohne ein Wort zu sagen, davonlief.

Sie war einsam aufgewachsen. In dieses Haus kam ja niemand nur so zu Besuch, und es war selten, daß aus anderen Städten Henker oder ihre Verwandten kamen. Auf den Straßen und Märkten mieden die Menschen mit furchtsamer Abscheu alle, die mit dem entsetzlichen und verachteten Handwerk zu tun hatten. In den Schenken gab man den Henkern besonderes Geschirr, Bierkrüge mit hölzernen Deckeln, und wo es solche nicht gab, beeilten sich die Wirtsleute, das Glas zu zerbrechen, aus dem der Henker getrunken hatte. Kein Bettler bat im Haus des Henkers um eine Gabe. Man zahlte den Henkern hohe Preise für ein Stück des Stricks, für die Alraunenwurzel – eine Zauberpflanze, die angeblich unter dem Galgen wuchs –, für die Finger der Gehenkten. Aber wenn ein Henker selbst etwas kaufte, legte der Händler sein Geld gesondert beiseite, versuchte, es möglichst schnell loszuwerden oder schenkte es der Kirche.

Sefchen war ungesellig, störrisch, menschenscheu und versonnen. Aber dieser Besucher kaufte keine Zaubermittel, flüsterte nicht mit der Tante, verließ nicht eilig das Haus und spuckte auf der Straße nicht über die Schulter. Dieser junge Mann kam ihretwegen. Allmählich gewöhnte sie sich an ihn und erzählte stundenlang: von Gehenkten, die nachts unter die Fenster kamen und verlangten, der Henker solle ihnen ihre Kleider und die abgehackten Finger zurückgeben; von kopflosen Gespenstern, die auf der Suche nach ihren Köpfen umherliefen. Diese Köpfe hatte man in anderen Städten zur Schau gestellt. Sie erzählte von ihrem Vater und Großvater, davon, wie sich einmal in ihrem Haus viele Henker aus verschiedenen Orten versammelt hatten. Sie hatten alle Frauen und Kinder in die Kirche geschickt, und nur sie allein, die Allerkleinste, war daheimgeblieben. Alle hatten geglaubt, sie schliefe, aber sie hatte sich versteckt und eine geheimnisvolle Zeremonie beobachtet: unter der alten Eiche begrub man das Schwert ihres Großvaters.

Dann vergingen einige Jahre, und nach dem Tod ihrer Eltern kam ihre Tante, die Göchin, um die Waise zu sich zu nehmen, und das kleine Mädchen erzählte ihr von diesem geheimen Begräbnis. Die Alte erklärte: Die Henker hätten das Schwert, mit dem schon hundert Köpfe abgeschlagen worden waren, vergraben, weil es nach der hundertsten Hinrichtung eine besondere, schreckliche Kraft erlange. Es höre auf, ein gehorsames Werkzeug der Gerechtigkeit zu sein und werde eigenwillig, dürste nach Blut und könne den Henker veranlassen, einen Unschuldigen zu töten, sogar den besten Freund oder Verwandten.

Nach dem Tod des Henkers dagegen könne dasselbe Schwert einem erfahrenen Zauberer dienen, indem es helfe, Verbrecher zu erkennen und blutige Missetaten vorauszusehen. Sie und die Göchin hatten das ausgediente Schwert ausgegraben und mitgenommen.

Sefchen zog ihre roten Locken zu den Schultern hinab und flocht eine dünne Strähne um ihren schlanken Hals. Es sah aus wie eine blutige Narbe. Die Tante war nicht zu Haus, und auf seine inständigen Bitten holte Sefchen das alte Schwert aus der Rumpelkammer, umfaßte fest den Griff, schwang die bläuliche, glänzende Klinge mit ungeahnter

Kraft über den Kopf und begann, das alte Lied der Henker zu singen:

»Willst du küssen das blanke Schwert,
Das der liebe Gott beschert?«

Einen Augenblick lang verspürte er Angst, eine merkwürdige Angst, die ihn erschauern ließ und dennoch süß war. Er sah in die grünen Augen des Mädchens und begann zur selben Melodie andere Worte zu singen:

»Ich will nicht küssen das blanke Schwert,
ich will das rote Sefchen küssen.«

Er umarmte sie und spürte unter dem dünnen Stoff, wie zart und kühl ihre Haut war. Ihre Lippen waren trocken und fest, wurden dann aber feucht und zutraulich. Das alte Schwert fiel klirrend zu Boden, und sie vergaßen es lange.

Danach lief er jeden Tag wenigstens für eine halbe Stunde ins Haus der »Hexe«. Er führte Sefchen an den Rhein. Dort ruhten sie im zerdrückten Gras. Er legte seinen Kopf auf ihre Knie, und sie kämmte mit feinen Fingern und einem kleinen Kamm sein feucht gewordenes Haar und sang. Sie kannte viele Lieder, ihre Stimme war etwas verschleiert, nicht stark, und er staunte und freute sich darüber, daß ihre Stimmen einander ganz ähnlich waren. Er hörte ihr zu, und ihm schien, als spreche und singe er selbst. Und wenn er Jahre später ihre Lieder summte, hörte er ihre Stimme wieder und spürte ihren heißen Atem.

Er dachte ständig an sie. Er wollte sie immer sehen, hören, berühren. Er liebte sie, freute sich dieser Liebe und war stolz auf sie. Er liebte sie, die so geheimnisvoll fremd und doch so nah war – niemand stand ihm näher –, er liebte sie ganz: ihre Stimme, ihre Lieder, jede Stelle ihres Körpers, der jetzt auch der seine war, liebte jede ihrer Bewegungen – und am meisten, wenn sie die Arme überm Kopf hielt und die roten Locken ordnete oder mit ihren kleinen Händen möglichst unbemerkt das herabgeglittene Mieder hob. Er war stolz auf seine Liebe zu ihr, die von allen verstoßen war. Sie hatte keine einzige Freundin: Die Tochter des Henkers wurde sogar von den erbärmlichsten Bettlern, von heruntergekommenen Dirnen und natürlich von allen anständigen Frauen und Fräulein, den Frauen und Töchtern der Händler, Handwerker, Magistratsbeamten verabscheut. Oh, wie er ihre selbstzufriedenen Visagen, ihre hochmütig zusammengepreßten Lippen haßte! Sie waren ihm ebenso zuwider wie in seiner Kindheit die Ruten der alten Hindermanns, wie das keifende Schimpfen und hochtrabende Deklamieren des Paters d'Aulnoi mit seinen Alexandrinern und dem harten Rohrstock, der über Hände und Rücken fuhr.

Ihnen allen zum Trotz liebte er das rote Sefchen, und diese Liebe barg doppelte Freude: die der berauschenden ersten Zärtlichkeit, der ersten Eroberung und die verwegene Freude des Rebellen, der sich von der Macht fremder Meinungen und Vorurteile befreit hatte – das stolze Bewußtsein, niemanden zu fürchten. Alle waren ja gegen ihn. Die Mutter forschte ihn argwöhnisch und zornig aus, wohin er denn an den Abenden verschwinde. Nur der Vater versuchte nicht, ihn zurückzuhalten, und fragte nie.

Einmal erzählte Sefchen, sie habe auf der Straße zwei Herren gesehen. Der eine von ihnen habe, als er sie von ferne sah, seinem Begleiter, einem stattlichen, hochgewachsenen Herrn, schnell etwas zugeflüstert, und der habe, als er an Sefchen vorbeiging, den Hut gezogen, freundlich gelächelt und sich vor ihr wie vor einer Dame verbeugt. An der Beschreibung erkannte Harry seinen Vater. Er war wirklich der Beste von allen – ein echter Kavalier und frei von allem Dünkel.

Wenn er durch das Pförtchen des Hauses der Göchin trat und in der Nähe einige Frauen sah, die ihn empört angafften, spürte er eine Aufwallung von heißem Mut und fühlte sich wie ein Pariser, der die Bastille erstürmt. Wenn der Geschichtslehrer im Lyzeum von der Bedeutung guter Sitten und dem Schaden sprach, den Gesetzlosigkeit, Leichtsinn und Mißachtung der allgemein anerkannten Bräuche anrichteten, blickte er vielsagend auf den jungen Heine; der aber schaute den Lehrer ganz gleichgültig an und stellte sich vor, der junge General Bonaparte zu sein, entschlossen, das Direktorium auseinanderzujagen.

Wenn die Gassenjungen »Henkersschwiegersohn« hinter ihm herriefen, tat er verächtlich so, als bemerke er sie nicht. Mit den älteren Spöttern raufte er sich einige Male heftig – und dann glaubte er, ein Ritter zu sein, der die Ehre einer schönen Dame verteidigte. Aber selbst seinen engsten Freunden, die neugierig und neidisch versuchten, ihn auszufragen, erzählte er nichts von dem, was ihn so unwiderstehlich ins Haus der Göchin zog. Sein Schweigen oder seine kaum ausgesprochenen Andeutungen machten sie noch neugieriger. Er aber summte, so als ob er es nicht bemerke, die Melodie einer alten Ballade:

> Die Engel, die nennen es Himmelsfreud,
> Die Teufel, die nennen es Höllenleid,
> Die Menschen, die nennen es: Liebe!

Das rote Sefchen war seine erste Liebe, und diese Liebe war auch seine erste Rebellion.

***

Im Oktober 1813 zogen die Franzosen aus Düsseldorf ab. Die Trikoloren verschwanden. Es kamen die Preußen in schwarz-grünen und blau-gelben Uniformen, in braunen Tschakos: Sie marschierten sogar anders als die Franzosen, warfen dabei die stocksteifen Beine hoch, die Trommeln dröhnten, und durchdringend schrillten Flöten und Hörner.

Aus der Ferne ertönte sonderbarer Gesang – schwermütig und rauh, wie Herbstwind im Wald. Sonderbare Reiter trabten durch die Straßen – dünne Piken wie Borsten über den großen schwarzen Pelzmützen, blonde Vollbärte, blaue Uniformen, langschößig, von wunderlichem Schnitt und mit rotem Besatz – die Kosaken. Hinter ihnen auf kleinen sehnigen Pferden die kupfergesichtigen Kalmücken – mit breiten Backenknochen und runden zottigen Mützen. An den Sätteln ragten bunte Köcher mit Bogen und Pfeilen.

Heine und seine Kameraden freuten sich: Die hochmütigen Eroberer waren endlich abgezogen; der Rhein und alle deutschen Lande waren von jetzt an frei. Keine französischen Kommandanten würden künftig deutschen Theatern noch verbieten, deutsche Stücke aufzuführen, etwa die Heldendramen Klopstocks über die alten Germanen oder Schillers ›Wilhelm Tell‹ und ›Wallenstein‹. Im Lyzeum durfte man jetzt laut aussprechen, daß Lessing und Goethe alle französischen Dichter, selbst Racine und Voltaire, übertrafen, und auf den Straßen durfte man von Andreas Hofer singen, der in Tirol gegen die französischen Eroberer gekämpft und dafür den Tod erlitten hatte. Auch die Händler brauchten die Erlasse Napoleons nicht mehr zu fürchten, die ihnen verboten hatten, mit englischen Waren zu handeln. Die Franzosen waren abgezogen, und ein Zeitalter der Freiheit sollte anbrechen.

Die preußischen Beamten führten in der Stadt neue Verordnungen ein. Die älteren Leute sagten aber, daß sie nur die alten wiederherstellten. Die Bürgergarde wurde aufgelöst: Nur königliche Soldaten hatten fortan das Recht, Waffen zu tragen; die friedlichen Handwerker sollten sich lediglich mit ihren eigenen Angelegenheiten beschäftigen. Nur Adlige konnten Offiziere werden – das war ihre von Generation zu Generation vererbte Aufgabe. Bürgerliche und Juden aber durften von Offiziersepauletten nicht einmal träumen. Solcher Unfug war nur unter der gottlosen französischen Obrigkeit möglich gewesen. Auch einen Altar würde ein Andersgläubiger wie Samson Heine bei Kirchenfesten nicht mehr aufzustellen wagen. Das galt nun als Gotteslästerung, denn seine Vorfahren waren es ja gewesen, die Christus gekreuzigt hatten.

Die preußischen Offiziere blickten nicht weniger hochmütig auf die Düsseldorfer Bürger herab, als es die Offiziere Napoleons getan hatten. Und wenn sie auch in einer Sprache redeten, die so etwas wie Deutsch zu sein schien, so klang doch manchem Einheimischen ihre harte, kehlige Aussprache und ihr Spott über die weiche, singende rheinische Mundart schlimmer als eine ganz fremde Sprache wie die der Franzosen, Russen oder Schweden. Mit denen hatte man sich wenigstens durch Gesten verständigen können. Die Preußen jedoch schnitten verächtliche Fratzen, wenn ein Düsseldorfer sie anredete, und verstümmelten selbst die einfachsten Worte.

Die Zeitungen berichteten über die Einnahme von Paris: Napoleon hatte abgedankt und wurde von den Siegern auf die Insel Elba verbannt.

***

Harry verließ das Lyzeum, das jetzt Gymnasium genannt wurde. Pater Schallmeyer erinnerte erneut daran, daß er bereit sei, ihm zu helfen, im Schoß der katholischen Kirche eine Karriere zu machen. Nein, weder seine Eltern noch er selbst wollten das. Auch wenn man nicht an die Überlieferungen der Bibel glaubte, durfte man sich nicht von denen lossagen, die als Glaubensbrüder galten, jetzt, wo unter den neuen königlich-preußischen Behörden die Juden von neuem bedrängt und der Bürgerrechte beraubt wurden! Samson Heine glaubte, eine Taufe seines Sohnes wäre nicht nur unwürdig, sondern auch von Nachteil für seine Firma: Unter seinen Geschäftspartnern waren ja viele jüdische Kaufleute; sie würden ihre Verbindungen mit dem Vater eines Abtrünnigen abbrechen.

Die Hoffnungen auf eine Offiziers- oder Verwaltungslaufbahn in Frankreich mußte man endgültig begraben. Dort herrschte jetzt wieder ein König: Ludwig XVIII., ein Bruder jenes Ludwigs XVI., den man vor einundzwanzig Jahren hingerichtet hatte – so, als hätte es nie einen Konvent, die Guillotine, die Siege des Generals Bonaparte und das Kaiserreich Napoleons gegeben.

Doch man hatte sich getäuscht. Eines Tages kam Samson Heine früher als gewöhnlich und sehr aufgeregt nach Hause: Napoleon sei nach Frankreich zurückgekehrt; die Truppen liefen zu ihm über, das Volk empfange ihn jubelnd. Das Kaiserreich war wiedererstanden, Napoleon thronte in Paris. Und wieder marschierten preußische Truppen durch die Straßen Düsseldorfs, sprengten schwarze Husaren, trabten blaue Dragoner durch die Stadt. Sie eilten zu neuen Kämpfen nach Westen. Das neue Reich bestand jedoch nur hundert Tage. Die Zeitungen berichteten über die Entscheidungsschlacht bei Waterloo. Der Kaiser gab sich den Engländern gefangen und wurde nun weit über den Ozean verbannt.

Am Rhein hatte man vergeblich auf die Befreiung gehofft. Der preußische König, der russische Zar und der österreichische Kaiser schlossen 1815 ein Bündnis, das sie »Heilige Allianz« nannten. Sie verpflichteten sich, einander beizustehen, um keine Unruhen, keine Revolutionen mehr aufkommen zu lassen.

Auf den Landstraßen und auch durch die Stadt zogen lose Gruppen finsterer, abgehärmter Männer in zerfetzten Uniformen, zerschlissenen Stiefeln, mit verwilderten Bärten. Sie schleppten sich mit armseligen Bündeln, auf Stöcke gestützt, dahin. Aber wenn sie nach dem Weg fragten oder um Wasser baten und sich bedankten, wobei sie die deutschen Worte nur mühsam hervorbrachten, benahmen sie sich nicht unterwürfig wie Bettler, sondern voller Würde. Trotz ihrer armseligen Lumpen, trotz ihrer düsteren, zerfurchten Gesichter, ihrer traurigen, hungrigen Augen und ausgemergelten oder verstümmelten Körper merkte man ihnen doch immer noch militärische Haltung an. Das waren französische Soldaten, die aus der Gefangenschaft, aus Rußland, Österreich oder Preußen in die Heimat zurückkehrten.

Harry und seine Freunde hatten jegliche Feindschaft gegenüber den französischen Eroberern längst vergessen. Unter den erschöpften Gestalten gab es auch solche, die früher in Düsseldorf einquartiert gewesen waren. Sie empfing man wie alte Kameraden. Man versorgte sie mit Kleidern, Nahrung, Wein und Geld, man lauschte ihren Erzählungen, teilte ihren Kummer. Einige Soldaten weinten sogar, wenn sie das bittere Los des großen Napoleon beklagten.

Vier Jahre später schrieb Harry das Gedicht ›Die Grenadiere‹:

> Nach Frankreich zogen zwei Grenadier,
> Die waren in Rußland gefangen.

Wenn er den wehmütigen Erzählungen der alten Soldaten lauschte, und nachher, als ihm die Worte und die Weise seines Gedichtes kamen, hörte er auch Sefchens vertraute Stimme, eines ihrer alten Lieder – von dem Krieger, der aus dem Grabe emporsteigt, wenn seiner Heimat Gefahr droht:

> So will ich liegen und horchen still,
> Wie eine Schildwach, im Grabe,
> Bis einst ich höre Kanonengebrüll
> Und wiehernder Rosse Getrabe.
>
> Dann reitet mein Kaiser wohl über mein Grab,
> Viel Schwerter klirren und blitzen;
> Dann steig ich gewaffnet hervor aus dem Grab –
> Den Kaiser, den Kaiser zu schützen.

Wenn er schrieb, dachte er nicht an alte Lieder, und erst, wenn die neuen Verse fertig waren, erkannte er plötzlich, daß eine Zeile hier, eine Intonation dort – hoffentlich bemerkte es keiner – an die romantischen Balladen de la Motte Fouqués erinnerten, die ihm noch jüngst so gefallen hatten. Und ein andermal gab es eine Ähnlichkeit mit Uhland oder mit Brentano. Na wenn schon! Ihre tapfere Trauer und rauhe Zartheit waren ihm doch so nahe. In ihren Werken vernahm er die Stimmen deutscher Freiheit, die Stimmen von Rittern und Landsknechten, Vagabunden und Studenten.

Mühelos kam ihm Vers um Vers – die klingenden, singenden Worte kamen wie von selbst; sie summten in seinen Ohren wie Bienen.

Doch er war bereits achtzehn; es war Zeit, ernstlich an die Zukunft zu denken.

Betty Heine hatte oft von Rothschild erzählen hören, hatte in Zeitungen gelesen, wie dieser Sohn eines Frankfurter Kaufmanns es durch Klugheit und Energie, Kühnheit und Findigkeit bis zum Bankier und Millionär, ja sogar zum Ratgeber von Königen gebracht hatte. Er war als Beobachter bei der Schlacht von Waterloo gewesen, hatte eher als andere Napoleons Niederlage erkannt, hatte, um allen Boten zuvorzukommen, mehrere Pferde zuschanden geritten und dann einen entscheidenden Sieg an der Londoner Börse davongetragen. Jetzt warben die Regierungen aller Länder Europas um seine Gunst, die einflußreichsten Aristokraten drängten sich in seinem Empfangszimmer. Er war ein großzügiger Wohltäter, Beschützer von Witwen und Waisen. Rothschild und seine Brüder besaßen und leiteten Bankhäuser in Paris, London, Wien und Frankfurt am Main. Betty Heine versuchte, den Sohn zu überzeugen: das Kaiserreich sei zusammengebrochen; die Zeiten der Aufklärung, der Kriege, der liberalen Reformen seien vorbei. In Deutschland werde die alte Ordnung wiederhergestellt, und ihm, dem Sohn eines Kaufmanns und Juden, seien die Wege zu Wissenschaft und Staatsdienst versperrt. Arzt – wie ihr Vater und ihr verstorbener Bruder – wolle er nicht werden, also solle er es auch nicht versuchen. Arzt könne man nur aus Berufung sein. Handel und Finanzen aber blieben jedem zugänglich, der Verstand und Willen habe.

»Du bist klug und gebildet. Und mir scheint, du hast auch Charakter und Mut. Man muß nur wollen und willensstark sein. Du wirst reich werden und dann alles tun können, was du möchtest: fremde Länder bereisen, dichten, musizieren. Du wirst deinen Verwandten und Freunden helfen können.«

Die Mutter hielt ihm nicht nur das Beispiel der Brüder Rothschild vor Augen, sondern auch das seines Hamburger

Onkels. Salomon Heine, der ältere Bruder seines Vaters, war ein erfolgreicher Bankier. Viele Menschen waren ihm verpflichtet und verehrten ihn. Er hatte ein gastfreies Haus, in dem die prominentesten Bürger Hamburgs verkehrten. Fürsten und Gelehrte suchten seine Freundschaft.

Harry widersprach der Mutter nicht. Bereits seit Oktober 1814 lernte er an der Handelsschule in Düsseldorf. Er interessierte sich kaum für Buchhaltung, Handelslehre und sonstige praktisch nützliche Fächer, bereitete aber dafür seinen Kameraden viele fröhliche Stunden. Er übersetzte zum Scherz Verse von Homer und Ovid in den Dialekt der Düsseldorfer Vorstädte oder in den Jargon der jüdischen Hausierer und verfaßte Epigramme auf Lehrer und Schüler.

Lehrjahre und erste Lieder

1. Frankfurt

> Frankfurt, du hegst viel Narrn und Bösewichter.
> Doch lieb ich dich, du gabst dem deutschen Land
> Manch guten Kaiser und den besten Dichter

Im Herbst 1815 brachte der Vater ihn nach Frankfurt am Main, die größte Handelsstadt des deutschen Westens. Hierher kamen im Frühjahr und Herbst Kaufleute und Gewerbetreibende aus allen Gebieten Deutschlands und dem Ausland zur Messe. Harry war wie betäubt vom lauten Stimmengewirr der Frankfurter Straßen und Plätze. Tausende kamen zur Messe, um zu kaufen, zu verkaufen oder einfach zum Gaffen. Schwerbeladene Planwagen polterten durch die Stadt; Kutschen und Equipagen rumpelten über das Kopfsteinpflaster in alle Richtungen. Verkäufer von Getränken und Süßigkeiten, Quacksalber mit wundertätigen Heilmitteln brüllten, schrien und zeterten um die Wette, Drehorgeln leierten, Fuhrleute fluchten. Aus offenen Fenstern waren die Klänge von Pianofortes, Geigen und Flöten zu hören. Und plötzlich ein durchdringendes Knirschen: ein Schleifer hatte seinen Schleifstein in Gang gesetzt. Ihm schwirrte der Kopf von all dem Lärm und der Buntheit, aber er mußte noch rechtzeitig in den Park – dort wurden lebende Löwen, Tiger und Bären gezeigt – und in das Wachsfigurenkabinett und die Bildergalerie.

Der Vater hatte ihn als Volontär im Bankhaus Rindskopf untergebracht; diese Bank finanzierte den Handel von Samson Heine. Morgens kam der Lehrling in das düstere Haus – in ein großes Zimmer, das mit hohen Pulten vollgestellt war, an denen blasse alte Männer und bleiche Jünglinge standen oder auf hochbeinigen Schemeln saßen, alle in die gleichen dunklen Röcke gekleidet. Sie kratzten mit Gänsefedern, raschelten mit Papieren, wälzten dicke Kontorbücher und unterhielten sich flüsternd.

Drei Wochen lang kam er täglich hierher. Man lehrte ihn, Rechnungen zu schreiben und auszutragen, erklärte ihm, was ein Wechsel sei. Er hörte höflich zu, blätterte in Stößen wichtiger, aber tödlich langweiliger Geschäftspapiere, schrieb sie der Übung halber ab, studierte alte Wechsel und Rechnungen.

Zwischendurch aber schrieb er Verse; er schrieb, alles ringsum vergessend. Im Laufe weniger Tage konnte ein großes Gedicht entstehen. Er hörte Sefchens Lieder, aus seinem Gedächtnis tauchten ihre Melodien und Worte auf.

Ich kam von meiner Herrin Haus,
Und wandelt in Wahnsinn und Mitternachtsgraus.
Und wie ich am Kirchhof vorübergehn will,
Da winken die Gräber ernst und still.

...

»Liebe! Liebe! deine Macht
Hat uns hier zu Bett gebracht
Und die Augen zugemacht –
Ei, was rufst du in der Nacht!«

Vom Bankhaus wechselte er zu einem Spezereiwarenhändler, einem der größten in Frankfurt. Hier sollte er die Kunst der Geschäftsführung erlernen. In den schweren Gewölben dieses Gewürztempels atmete er das kräftige Aroma von Vanille, Zimt, Muskatnüssen, Lorbeerblättern und schrieb Rechnungen, Lieferscheine, Bestellungen. Am Ende des Tages erinnerte er sich meist nicht mehr an all das geschäftliche Abrakadabra, das er gelesen oder geschrieben hatte. Aber er war fröhlich und mit dem Leben zufrieden, wenn er in der Jackentasche ein neues Gedicht nach Hause brachte, das er auf einen nach Nelken duftenden Zettel geschrieben hatte.

Da hab ich viel blasse Leichen
Beschworen mit Wortesmacht;
Die wollen nun nicht mehr weichen
Zurück in die alte Nacht.

Abends nach Ladenschluß konnte er nicht warten, bis die Gehilfen die Abrechnung machten, die Münzen ordneten und zählten. Er ging als erster, um durch die Straßen zu streifen und auf den Plätzen umherzuschlendern.

In Frankfurt gab es noch immer das Ghetto – die Judengasse. In der engen, schmutzigen Straße roch es aufdringlich nach Qualm aus Öfen und Herden, nach Staub, Schimmel und Abfall, aber auch nach Vanille, Zimt und Pfeffer, den Gewürzen der Festspeisen. Die Menschen, die eilig über die engen Bürgersteige gingen oder vor den Läden und bei den Brunnen standen, waren anders gekleidet als die Menschen in den übrigen Stadtteilen. Die Männer trugen langschößige Röcke, altmodische, dreieckige oder spitze Hüte, die Frauen weite, faltige Kleider ohne Mieder, fast ohne Taillen; sie wickelten sich in dunkle Schals, die auch das Haar bedeckten. Sie redeten laut, in kehlig singendem Tonfall, und ihre Sprache glich dem lispelnden Jargon jener Hausierer, die im Geschäft seines Vaters Tuche kauften. Wie oft hatten sich Harry und seine Düsseldorfer Freunde über ihre seltsame Aussprache lustig gemacht. Im Frankfurter Ghetto aber redeten alle so, sogar der ehrbare Besitzer des Spezereiwarenladens.

Der trug stets einen modischen kurzen Frack, ein Spitzenjabot bis zum Kinn, kämmte die Haare an den Schläfen und über der Stirn wie ein Stutzer und bemühte sich, mit den Kunden nur hochdeutsch zu sprechen. Doch wenn er mit seinen Gehilfen und Bedienten sprach, näselte, lispelte und schnarrte er im gleichen Singsang wie die Bettler vor der Synagoge und am Tor des jüdischen Friedhofs.

Auch mit Harry wollte er so sprechen und blickte finster, wenn der ihm höflich in Hannoveraner Tonfall antwortete. Nach einem Monat fragte er den jungen Mann, was er denn in seinem Geschäft gelernt hätte. Harry wurde nachdenklich und antwortete ernst: »Jetzt weiß ich wenigstens, wie Muskatnüsse aussehen.«

»Und ich weiß, daß du keine Fähigkeiten zum Handel hast. Gar keine.«

Das schrieb er auch an Samson Heine. Als ehrlicher Geschäftsmann wollte er ihn nicht belügen.

Nach zwei Monaten kehrte Harry mit einem Bündel von Heften und losen Blättern voller Verse nach Düsseldorf zurück.

Die Eltern waren unzufrieden. Im Familienrat wurde beschlossen, ihn nach Hamburg zu Onkel Salomon Heine zu schicken. Der würde dem Neffen schon nichts durchgehen lassen: Er war großmütig und gerecht, aber auch unnachsichtig und streng; er war freigebig, aber auch sparsam. Ein solcher Lehrmeister und Förderer würde dem Jungen helfen, ein besonnener, erfolgreicher Geschäftsmann zu werden. Rothschild war sogar Baron geworden – und hatte sich nicht einmal taufen lassen müssen.

2. Hamburg

> Zu Hamburg in der guten Stadt,
> Wohnt mancher schlechte Geselle

Im Juni 1816 fuhr Harry nach Hamburg. Eine riesige Stadt; sie glich keiner anderen. Obgleich der Meeresstrand viele Meilen entfernt war, atmete die Stadt doch Seeluft. Tief in die Stadt hinein, an den Ufern der verschiedenen Elbarme entlang, erstreckte sich der Hafen, befanden sich hölzerne und steinerne Anlegestellen. Masten ragten über die Dächer der Häuser; aus den Schloten der Werften und Werkstätten stieg dichter brauner Rauch in den hellen Himmel. Die Straßen am Hafen rochen nach Teer, nassem Holz, Seilhanf, faulendem Fisch.

Im Zentrum der Stadt standen dichtgedrängt mehrstöckige, dunkle Backsteinhäuser. An den Ufern der Außenalster waren breite helle Straßen mit Ahornbäumen und Linden bepflanzt. In der Altstadt dagegen krümmten und wanden sich dunkle schmale Gäßchen.

Überall sah man Ruinen, die Spuren von Bränden. Erst drei Jahre waren seit der Belagerung und den harten Kämpfen vergangen, als die französische Garnison die Attacken der schwedischen, russischen und preußischen Truppen abgewehrt hatte. Die Bürger der Stadt hatten wiederholt gegen die Franzosen gemeutert, weil Napoleon Krieg gegen England geführt und die Kontinentalsperre verhängt hatte. Die französischen Behörden hatten auch den Hamburgern verboten, mit England Handel zu treiben. Und sie hatten immer höhere Steuern zahlen müssen.

Jetzt aber war Hamburg wieder eine unabhängige Stadt geworden, regiert vom Senat, den die angesehensten und wohlhabendsten Bürger wählten.

Die Menschen hier sahen anders aus als in Düsseldorf und Frankfurt. Die flachen Mützen und die wasserdichten Jakken der Matrosen – ihre hohen, am Gürtel festgebundenen

Lederstiefel waren schon von weitem sichtbar – zwischen schwarzen Zylindern, Kapuzen, Fracks, Gehröcken und bunten Kleidern mit Volants, Bändern und Schleifen. Oft sah man wunderliche fremdländische Trachten: bunte Kappen, bestickte Samtwämse, kurze Westen, blaue, purpur- und orangefarbene Pluderhosen. Harry sah zum ersten Mal die dunklen Gesichter der Neger, braune Südländer mit schwarzen Bärten und Schnurrbärten – Türken, Griechen, Araber.

Überall hörte er verschiedene Sprachen: den gutturalen Singsang der Skandinavier, das eilig rollende und melodische Sprudeln der Italiener, die gedehnten und gleichsam hüstelnden Vokale der Holländer. Die Engländer und Amerikaner redeten wie mit vollem Mund. Aber auch das Hamburger Platt konnte er kaum verstehen.

Der Onkel Salomon sprach übrigens ebenso wie sein Vater. Er sah ihm auch ähnlich, hatte die gleichen hellen Augen, die große gerade Nase, das weiche volle Haar. Aber bei dem Onkel waren alle Züge härter, der Mund schärfer gezeichnet: die Lippen waren fest und selbstsicher zusammengepreßt, in den Mundwinkeln zeigten sich ironische, spöttische Fältchen. Auch der Onkel liebte es, sich herauszuputzen; die Ecken des gestärkten Kragens stützten glattrasierte Wangen, ein schwarzer Seidenschal mit akkurat gebundener Schleife reichte bis zum Kinn; die Weste war schneeweiß, der Frack aus feinem Tuch, die Pantalons unter dem Knie mit Silberschnallen gefaßt, Seidenstrümpfe schlossen sich eng um die vollen Waden, auch an den Schuhen trug er Silberschnallen.

Er sah den Neffen mit wohlwollender und zugleich mißtrauischer Neugier an: ein hübsches Bürschchen, sollte aber verwöhnt und ein Windbeutel sein. Und was konnte man auch erwarten – er hatte ja eine katholische Erziehung genossen, war französische Sitten gewohnt und mitten im Trubel des leichtsinnigen, zügellosen rheinischen Lebens aufgewachsen. Dort gab es mehr Feste als Arbeitstage, sie tranken ebensoviel Wein wie Bier, trieben Unfug beim gottlosen Karneval, verstanden es nicht, Geld zu sparen, und mißachteten die Religion.

»Also, mein lieber Neffe, dein Vater möchte, daß ich dir helfe, ein selbständiger Geschäftsmann zu werden. Ich bin bereit, aber du mußt auch etwas dazu tun. Ich habe meine

Angestellten, meine Bediensteten und meine Söhne angewiesen, dich in die Geschäfte einzuweihen, sie dir zu erklären, zu zeigen und dich zu lehren. Man sagt, du seist ein verständiger junger Mann, und ich sehe, deine Augen sind klug, du hast anständige Manieren, solltest nur noch etwas gesetzter und ernster sein. Hier bist du der Neffe und Zögling des Bankiers Salomon Heine. Man kennt mich in London, Berlin und Paris, und hier in Hamburg achten mich Gott sei Dank auch die Christen aller Stände. Ich gehe nicht vom Glauben meiner Väter ab, halte mich an die alten Gebote und Bräuche – aber ich bin kein Frömmler. Mein Haus steht rechtschaffenen Menschen aller Stände, aller Konfessionen offen. Du wirst bei mir namhaften Persönlichkeiten und auch Ausländern begegnen. Aber nie wirst du eitle Schwätzer, Demagogen, Gauner oder Abenteurer hier treffen, selbst wenn sie Rang und Namen besäßen. Bei euch am Rhein ist man französische Sitten und diese gallische Leichtigkeit gewohnt. In meinem Hause aber herrschen deutsche Redlichkeit und deutsche Treue. Vor kurzem hat ein Hamburger Rabbiner sehr schön gesagt: ›Der Stolz unserer ganzen Gemeinde besteht darin, daß gerade wir, die Bewahrer der Heiligtümer des Alten Testaments, die Erben der mosaischen Gesetzestafeln, wahre Deutsche, Träger edler deutscher Gesinnung, ergebene Söhne der deutschen Heimat sind.‹«

»Ich denke und fühle ebenso, Onkel.«

»Das freut mich sehr. Möge es dir, dem Verwandten und Freund, wohl ergehen!«

Das Landhaus Salomon Heines lag in Ottensen, einem Vorort, nicht weit vom Elbufer entfernt. Es war von einem großen Garten umgeben. Die Marmortreppen waren mit Teppichen ausgelegt. Unhörbar schritten livrierte Lakaien durch die geräumigen hellen Zimmer. Es gab keinen aufdringlichen Luxus, aber die Räume waren mit schönen, gediegenen Mahagonimöbeln eingerichtet und die Anrichten und Vitrinen mit Kristall- und Silbergeschirr gefüllt.

***

Am 6. Juli 1816 schrieb Harry seinem Schulfreund nach Düsseldorf:

An Christian Sethe! ....
(Ich weiß nicht, hast Du lieber hochgebohren oder wohlgebohren? kanst Dirs daher selbst beym Nahmen schreiben).
Ja! ich will jetzt an meinem Freunde Christian schreiben. Zwar ist es nicht die dazu am besten geeignete Stunde. Wunderseltsam ist mir zu Muthe, und bin gar zu herzbewegt, und habe mich wohl in Acht zu nehmen daß kein leises Wörtlein entschlüpfe das mir den innern Gemüthszustand verrathen kann. ...
Mir gehts gut. Bin mein eigener Herr, und steh so ganz für mich allein, und steh so stolz und fest und hoch, und schau die Menschen tief unter mir so klein, so zwergenklein; und hab' meine Freude dran. Christian, Du kennst ja den eiteln Prahlhans? Doch

Wenn die Stunde kommt wo das Herz mir schwillt,
Und blühender Zauber dem Busen entquillt,
Dann greif ich zum Griffel rasch und wild,
Und mahle mit Worten das Zaubergebild. –

–. Aber auch verwünschte Prahlerey, es scheint als sey mir die Muse untreu geworden, und habe mich allein nach Norden ziehen lassen, und sey zurück geblieben. Ist auch ein Weib. Oder fürchtet sie sich vor die furchtbaren Handelsanstallten die ich mache? Wahr ist es, es ist ein verludertes Kaufmannsnest hier. Huren genug, aber keine Musen. Mancher deutscher Sänger hat sich hier schon die Schwindsucht am Halse gesungen. ...
Freu Dich, Freu Dich: in 4 Wochen sehe ich Molly. Mit ihr kehrt auch meine Muse zurück.*

Molly war die Schwägerin Gottfried August Bürgers, der in sie verliebt war. Diese »sündhafte« Liebe war für ihn zur Quelle grausamer Leiden und vieler herrlicher Verse geworden. Harry spielte mit diesem Namen auf seine Cousine an, die Tochter Salomon Heines, die rundgesichtige, flinkäugige, lachlustige Amalie, ein kokettes, aber sehr wohlerzogenes junges Mädchen. Als er sie zum ersten Mal sah, ihr Lachen hörte, mit einem brüderlichen Kuß ihre Wange be-

* Heines Briefe wurden zitiert nach:
Heine, Heinrich: Säkularausgabe. Werke, Briefwechsel, Lebenszeugnisse. Herausgegeben von den Nationalen Forschungs- und Gedenkstätten der klassischen deutschen Literatur in Weimar und dem Centre National de la Recherche Scientifique in Paris. Berlin: Akademie-Verlag und Paris: Editions du CNRS, 1972ff.

rührte, deren zarten Pfirsichflaum und frischen Duft spürte, verliebte er sich augenblicklich und vergaß Sefchen.

Später ging er zwar noch mehrmals zu der rothaarigen Zauberin, vergaffte sich auch in andere Schönheiten – in Damen von Welt, naive Bürgertöchter, fröhliche, kecke Mägde in Schenken, verlegene Zimmermädchen, freundliche Verkäuferinnen und viele andere.

Die große Französische Revolution hatte die Freiheit und Gleichheit aller Menschen verkündet. Aber welche Freiheit hatte es schon zu Hause und im Lyzeum gegeben? Und konnte es denn Gleichheit zwischen Lehrer und Schüler, Vater und Sohn, Herrn und Diener geben? In der Liebe aber sind wahre Freiheit und wahre Gleichheit möglich. Für ihn war die rothaarige Henkerstochter im abgetragenen Kleidchen jener schmucken Tochter des Gerichtspräsidenten ebenbürtig, derentwegen er einst in Ohnmacht gefallen war. Die Liebe gab den Frauen Privilegien, welchen Standes sie auch waren. Nur die Liebe konnte eine Frau zur Königin krönen und ihr absolute Macht gewähren, ohne ihre Rechte durch eine Konstitution zu beschränken.

Er wählte seine »Molly« zur absoluten Königin, und seine Muse sollte ihr dienen, ihre Hofdame sein.

Morgens steh ich auf und frage:
Kommt feins Liebchen heut?
Abends sink ich hin und klage:
Ausblieb sie auch heut.

Amalie Heine ließ sich gern von ihrem Cousin bewundern – seine Verse gefielen ihr.

Im wunderschönen Monat Mai,
Als alle Knospen sprangen,
Da ist in meinem Herzen
Die Liebe aufgegangen.

Sie lachte über seine Scherze; wenn sie ihn auch manchmal tadelte – seine Witze seien allzu bös, er schone weder Alter noch ehrbaren Stand –, so war es ihr doch angenehm, seine entzückten, hingebungsvollen Blicke zu sehen. Aber seine Liebe erwiderte sie nicht. Sie wußte, daß sie den heiraten mußte, den ihr Vater auswählen würde. Wie bei den Königen wurden Ehen auch bei den Bankiers aus höheren Erwägungen, ohne Rücksicht auf die Gefühle junger Herzen geschlossen. Sie mußte die ehrbare Gattin eines ehrbaren Mannes, die Mutter einer ehrbaren Familie werden. Der verliebte Cousin, Spaßmacher und Verseschmied war der Sohn des guten, doch leider verarmten Onkel Samson, von dem man in der Familie sagte, daß er auch ein wenig leichtsinnig sei. Sein Sohn hatte wohl kaum vor, ein ehrbarer Mann zu werden. Er war nur gut genug für harmloses Geplauder in Mußestunden.

Am 27. Oktober 1816 schrieb Harry wieder an Christian Sethe:

Sie liebt mich *nicht* – Mußt lieber Christian dieses *letzte* Wörtchen ganz leise, leise aussprechen. In den ersten Wörtchen liegt der ewig lebendige Himmel, aber auch in dem letzten liegt die ewig lebendige Hölle. – Könntest Du Deinem armen Freunde nur ein bischen ins Gesicht sehen, wie er so ganz bleich aussieht und gewaltig verstört und wahnsinnig, so würde sich Dein gerechter Unmuth, wegen des langen Stillschweigens, sehr bald zur Ruhe legen; ...
Denn obgleich ich die unläugbarsten, unumstößlichsten Beweise habe: daß ich nichts weniger als von ihr geliebt werde – ... so will doch das arme liebende Herz noch immer nicht sein concedo geben, und sagt immer: was geht mich deine Logic an, ich habe meine eigne Logic. –
Ich habe sie wiedergesehen –

»Dem Teufel meine Seele,
Dem Henker sey der Leib,
Doch ich allein erwähle
Für mich das schöne Weib.«

...
In religieuser Hinsicht habe ich Dir vielleicht bald etwas sehr verwunderliches mitzutheilen. Ist Heine toll geworden? wirst Du ausrufen. Aber ich *muß* ja eine Madonna haben. Wird mir die Himlische die Irdische ersetzen? Ich *will* die Sinne berauschen. Nur in den unendlichen Tiefen der Mystik kann ich meinen unendlichen Schmerz hinabwälzen. Wie erbärmlich scheint mir jetzt das *Wissen* in seinem Bettlerkleid. Was mir einst durchsichtige Klarheit schien, zeigt sich mir jetzt als nakte Blöße.
»Werdet wie die Kindlein« lange wähnte ich dies zu verstehen, o ich närrischer Narr! – Kindlein *glauben*.
... Ich umarme Dich Christian; aber drücke nicht so fest, auf die nakte Brust hängt eine schwarze eiserne Kette, und daran, grade wo das arme Herz schlägt, hängt ein viel und scharfzakiges schwarze

eiserne Kreutz, darin liegt M-s Locke. Hu! Das brennt! .. O Christian!

***

Eine Zeitlang war Harry Lehrling im Bankkontor Salomon Heines. Ein Buchhalter und der Bankier selbst, sein gestrenger Onkel, beaufsichtigten ihn, mißbilligten jedoch seine wechselhaften Stimmungen und seinen offenkundigen Mangel an Interesse für ernste Geschäfte. Deswegen schob der Onkel den unruhigen Neffen ab. Er richtete ihm ein Kommissionsgeschäft für englische Tuche ein:

»Und jetzt zeig selbst, wozu du fähig bist. Die Sache kann sehr einträglich werden. Alle Menschen brauchen Kleider; wähle solche Tuche aus, daß es für deine Kunden vorteilhaft ist, sie zu erwerben, und für dich vorteilhaft, sie zu verkaufen. Handle so, daß jeder Kunde den Wunsch hat wiederzukommen und neue Kunden mitbringt. Sei ehrlich und genau bei den Abrechnungen mit den Lieferanten, damit es für sie vorteilhaft und angenehm ist, gerade dich mit den besten Tuchen zu beliefern. Handle selbständig; dir sind die günstigsten Bedingungen geboten worden. Als ich anfing, hatte ich nicht mal ein Zehntel von dem, was du hast, und es gab keinen freigebigen Onkel. Aber das ist alles, was ich für dich tun kann. Jetzt bist du auf dich allein gestellt. Das wird deine Schule und Prüfung sein. Ich wünsche dir Erfolg.«

Harry dankte dem Onkel mit den gewähltesten Worten, lächelte entzückt und pflichtete seinen Ratschlägen und Anweisungen bei. Aber auch als Geschäftsmann in seinem eigenen Laden befaßte er sich mehr mit Versen als mit Geschäftsabschlüssen und brachte das vorhandene Geld schnell bei kleinen Gelagen mit Freunden durch.

Die Firma »Harry Heine & Comp.« bestand nur neun Monate, wegen drohenden Bankrotts wurde sie aufgelöst. Onkel Salomon war nicht einmal böse. Vielleicht empfand er sogar Genugtuung – denn es war ja genau das passiert, was er vorhergesehen und dem Bruder, der Schwägerin, seinen Söhnen prophezeit hatte. Dieser verträumte, anmaßende Neffe war zu nichts Ordentlichem zu gebrauchen, war ein Windbeutel, ein verantwortungsloser Verschwender. Konnte man von so einem arroganten Stutzer etwas anderes erwarten?

Aber er trug ja den Namen Heine, er war der älteste Sohn seines geliebten Bruders, und man konnte ihn nicht einfach wie einen nichtsnutzigen Ladengehilfen vor die Tür setzen. Die Familienpflicht und die Reputation des Bankiershauses verlangten, daß er, Salomon Heine, sich um diesen unglückseligen Verwandten kümmerte, damit er der Familie wenigstens keine Schande brächte. Er war ja doch gescheit und »gebildet«. Was wollte er denn selbst? Studieren? Verse schreiben und publizieren? War der Bursche so dreist geworden, daß er dem Publikum weismachen wollte, der Nachfolger Goethes, des Geheimrats Goethe, zu sein? Aber der schrieb ja Verse, Dramen und Märchen nur zum Zeitvertreib. Der war ein hochgeehrter Würdenträger am Weimarer Hof. Man sagte, er sei ein Genie, ein großer Gelehrter. Dieser ungezogene junge Naseweis aus Düsseldorf aber tat mit seinen Cousinen familiär, schäkerte mit ihnen wie mit Dienstmädchen aus einer Hafenspelunke. Gewiß sollte man seine Bildung erweitern, aber nur, um gediegenes und nützliches Wissen zu erwerben. Er wollte an die Universität: nun gut, mochte er Jurisprudenz studieren. Ein guter Jurist konnte in der Familie und im Geschäft schließlich von Nutzen sein. Dafür würde er Mittel bereitstellen, würde das Studium und den Lebensunterhalt bezahlen. Aber freilich müßte der junge Mann bescheiden und anständig leben. »Dr. jur. Heine« – das hörte sich nicht schlecht an. Mochte er versuchen, diesen wohlklingenden Titel zu erlangen. Das war schließlich auch leichter, als eine Handelsfirma oder eine Bank zu leiten.

Am 19. November 1817 schrieb Harry in Amalies Album: *Aber mein letzter Wunsch ist immer: Sie recht glücklich zu wissen.*

Für den Onkel Salomon hegte er eher ungute Gefühle, die um so stärker waren, weil er sie nicht offen aussprechen konnte.

Seinen Freunden in einer Hamburger Kneipe sagte er: »Meine Mutter hat viele Romane und Gedichte gelesen, drum bin ich als Dichter geboren. Und meine Großmutter hat meistens Geschichten über Banditen und Räuber gelesen, drum ist mein Onkel Bankier geworden.« Natürlich trug man Salomon Heine diese Späße zu. Er nannte den Neffen einen »Tollkopf« und eine »Kanaille«, entzog ihm aber nicht die Zuwendung. Der Bankier bewies sich selbst, der ganzen Verwandtschaft und allen Freunden seine Großmut, indem er sich nicht dazu herabließ, den armen Verwandten für seinen Undank zu strafen. Harry erbitterte das aber nur noch mehr. Er konnte doch seinen verfluchten Wohltäter nicht einfach zum Teufel schicken. Und das nicht nur seiner Eltern wegen. Wovon würde er selbst dann leben? Wie sollte er sich die Muße sichern, die für Dichtung und Wissenschaft notwendig ist?

***

Am 2. Februar 1817 wurden in der Zeitung ›Hamburgs Wächter‹ einige Gedichte gedruckt, die mit dem wunderlichen, erfundenen Namen »Sy Freudhold Riesenharf« unterschrieben waren. Es waren Verse über unglücklich Liebende, geheimnisvolle Träume, unheilverkündende Vorzeichen und Tote, die zu Lebenden kamen – all das, worüber damals viele junge und auch einige nicht mehr so junge Literaten in Versen und in Prosa schrieben.

Diese träumerische Sehnsucht der Romantik durchdrang auch die Verse des geheimnisvollen Sy Freudhold Riesenharf.

Ein Traum, gar seltsam schauerlich,
Ergötzte und erschreckte mich.
Noch schwebt vor mir manch grausig Bild,
Und in dem Herzen wogt es wild.

Der Dichter sah im Traum eine Schöne, die das Linnen für sein Totenkleid wusch, die Eiche für den Sarg fällte und ihm auf schwarzer Heide das Grab schaufelte, wobei sie jedes Mal traurige Lieder summte. In dem Gedicht ›Don Ramiro‹ tötet sich der abgewiesene Freier, als seine Geliebte einen anderen heiratet. Doch sein Geist erscheint der Braut und erschreckt die Neuvermählten am Hochzeitstag.

Amalie heiratete im Sommer 1821 Jonathan Friedländer, den Sohn eines reichen ostpreußischen Gutsbesitzers.

Harry verliebte sich noch viele Male – glücklich und unglücklich. Und jedes Mal wurden seine Freuden und Schmerzen zu Versen und Liedern, zu lyrischer Prosa. Aber diese Jugendliebe, durch die er nur Demütigungen und bittere Enttäuschungen erlitten hatte, blieb eine Wunde, die niemals heilte.

3. Bonn

Einst stand ich in schönern Tagen
Auf dem höchsten Berg am Rhein;
Deutschlands Gauen vor mir lagen, –
Blühend hell im Sonnenschein.

Ein stiller Herbstabend des Jahres 1819. Der Rhein fließt ganz lautlos, als wäre das dunkle Wasser erstarrt und glänze kaum merklich vom Widerschein der wenigen Sterne.

Plötzlich erklingt ferner, vielstimmiger, jugendlicher Gesang in der Abendstille. Das Lied kommt näher, klingt immer lauter. Am Ufer erscheint ein Schwarm rötlich-gelber, rauchender Lichter – ein Fackelzug.

Bringt mir Blut der edlen Reben,
Bringt mir Wein!

Sie steigen in der Nähe des Ufers auf einen Berg. Auf dem Gipfel umringt die Schar der Fackelträger einen großen Reisighaufen. Ein Feuer flammt auf.

Das Lied ist verstummt.

Ein junger Mann in roter Baskenmütze und schwarzem Rock, mit dunklen schulterlangen Locken ruft laut: »Brüder! ...« Er spricht lange und erregt; bald holt er weit mit den Armen aus, bald drückt er die geballten Fäuste an die Brust. Er spricht davon, daß an diesem Tag, dem 18. Oktober, vor sechs Jahren, Napoleon, dem Unterdrücker Deutschlands und Europas, bei Leipzig der Todesstoß versetzt worden sei. Er ruft die deutschen Jünglinge auf, sich dem Dienst für das deutsche Vaterland nicht zu entziehen, sich geistig und körperlich zu stärken und Kenntnisse zu erwerben, treue Diener im Tempel der Wissenschaft zu werden – zum Wohle des deutschen Volkes.

Die jungen Männer ringsum hören ihm nicht allzu aufmerksam zu, stimmen aber einmütig in die »Hoch«-Rufe ein. Der zweite Redner erinnert an den kürzlich verstorbenen großen Deutschen, den Feldmarschall Blücher, der Napoleon besiegt hat. Alle rufen laut und feierlich: »Hoch! Hoch! Hoch!«

Der frischgebackene Student Harry Heine schleppt einen Armvoll Reisig herbei, wirft die Zweige ins Feuer und lauscht den Reden und »Hoch«-Rufen. Als er den letzten Zweig geworfen hat, verschwindet er wieder im Dunkel, um am Berghang Reisig zu sammeln. Er ist fröhlich und findet das Ganze spannend. Er ist erst seit wenigen Tagen in Bonn, trägt die rote Studentenmütze mit Stolz und hört allem, was ringsum gesprochen wird, aufmerksam zu. An der juristischen Fakultät der Bonner Universität hat er unter den Kommilitonen einige alte Bekannte aus Düsseldorf wiedergetroffen, darunter seinen besten Freund Christian Sethe. Die Studenten klärten den Neuling über das Leben an der Universität und die Regeln und Bräuche der freien Studentenschaft auf.

Die Redner am hell lodernden Feuer rühmen die Heldentaten der deutschen Studenten:

Sie kämpften in den ersten Reihen gegen Napoleon. Sie waren die Tapfersten unter Lützows schwarzen Jägern – von Freund und Feind bewundert. Sie hatten den »Tugendbund« gegründet, der zum Aufstand gegen die Fremdherrschaft aufrief. Und was haben sie erreicht? Das Reich Napoleons ist zerstört, diejenigen aber, die für Freiheit und für das Wohl des Volkes kämpften und litten, sind betrogen worden. Jawohl, betrogen. Alle Regierungen, dieselben feigen Minister, Fürsten und Monarchen, die vor zehn, ja vor sechs Jahren, am Vorabend der Schlacht bei Leipzig, noch Napoleons Lakaien waren, Speichellecker, die sich für seine Fußtritte und seine Verachtung noch bedankten, verfolgen heute die Studentenbünde, die Burschenschaften, verfolgen freisinnige Studenten, beschimpfen ihre Führer als gefährliche Demagogen, stecken sie in Gefängnisse. Die Tyrannei Napoleons wurde im Namen der deutschen Freiheit besiegt, aber die Fürsten und der Adel haben die Freiheit an eine neue Tyrannei verraten. An Stelle Napoleons herrschen jetzt der preußische König, die Kaiser von Österreich und Rußland. Die französischen Gendarmen wurden von deutschen

Polizeispitzeln und Pfaffen abgelöst. Im März hat der Jenaer Student Karl Ludwig Sand den geistlosen Schreiberling Kotzebue, den Spion des russischen Zaren, erstochen. Im Juli hat man Turnvater Jahn, den Abgott der Studenten und aller Patrioten, verhaftet. Im August haben sich in Karlsruhe die Fürsten und Minister aller deutschen Staaten versammelt und neue schändliche Beschlüsse gefaßt. Jetzt ist es sogar verboten, Worte wie »Freiheit«, »Rechte des Volkes«, »Patriotismus« und »Konstitution« auch nur zu drucken!

Und es ist noch keinen Monat her, seit hier in Bonn Gendarmen in das Haus von Professor Ernst Moritz Arndt eingedrungen sind. Sie durchsuchten das Haus des Dichters, der das großartige Lied verfaßt hatte: »Der Gott, der Eisen wachsen ließ, der wollte keine Knechte.«

Aber allen Polizisten und Gendarmen, Zensoren und Spionen zum Trotz war heute der Kreuzberg über dem Rhein von dem Feuer und den Fackeln deutscher Freiheit erhellt!

Die Redner sprachen, und die langen eckigen Schatten gestikulierender Hände huschten über rötliche, von flackerndem Licht beleuchtete Gesichter. Und wieder rief die Menge einmütig: »Hoch! Hoch! Hoch!«

***

Am nächsten Morgen schrieb der Student Joseph Neunzig einen begeisterten Bericht über die nächtliche Feier an seine Freunde in Düsseldorf; er wurde von der ›Düsseldorfer Zeitung‹ veröffentlicht. Der königlich-preußische Oberpräsident des Niederrheingebiets richtete daraufhin an den Rektor der Bonner Universität eine zornige Anfrage: die Studenten seien also immer noch rebellisch. Es wurde ein akademisches Gericht eingesetzt. Am 26. November 1819 verhörte eine Untersuchungskommission den Studiosus Harry Heine:

»Wieviel Lebehoch wurden ausgebracht?«
»Ich erinnere mich an zwei; das erste dem verstorbenen Blücher und das zweite, wenn ich nicht irre, der deutschen Freiheit.«
»Wurde der Burschenschaft kein Lebehoch gebracht?«
»Nein, ich erinnere mich nicht, ein solches gehört zu haben.«

»Erinnern Sie sich noch an den Zusammenhang der gehaltenen Reden?«
»In der ersten Rede konnte ich keinen Zusammenhang finden, und den Zusammenhang der zweiten kann ich nicht angeben, weil ich mich nicht erinnere.«

Die Kommission war mit den Antworten nicht zufrieden. Dieser junge Mann schien klüger und gerissener zu sein, als er sich gab.

Um an der Universität immatrikuliert zu werden, mußte Harry eine Aufnahmeprüfung bestehen. Die Professoren, die ihn prüften, bewerteten seine Leistungen eher kritisch:

Griechisch hat er nicht gelernt. Im Lateinischen ist er von unsicherer Kenntnis und zu geringer Übung, weshalb er auch keinen Aufsatz geliefert hat. Zu einer Prüfung in der Mathematik hat er sich nicht verstanden. In der Geschichte ist er nicht ohne alle Kenntnisse. Seine deutsche Arbeit, wiewohl auf wunderliche Weise gefaßt, beweist ein gutes Bestreben.

Er hatte wirklich eine »wunderliche« Arbeit geschrieben. Das Thema lautete: ›Die Gründe, worauf es für die Entscheidung für einen bestimmten Beruf wesentlich ankommt.‹

Die Wissenschaften, welche in diesen Hörsälen gelehrt werden, bedürfen vor Allem der Schreibbänke; denn diese sind die Stützen, die Träger und Grundlagen der Weisheit, welche vom Munde der Lehrer ausgeht, und von den andächtigen Schülern in die Hefte übertragen wird. Dann sind aber auch die Schreibbänke gleichsam Gedenktafeln, für unsre Namen, wenn wir diese mit dem Federmesser hineinschneiden, um künftigen Generationen die Spur unsres Daseins zu hinterlassen.

In der Bewertung der Aufnahmekommission wurde hervorgehoben, daß der Aufsatz »von dem aufgegebenen Thema bedenklich abgewichen« sei und zudem »eine beachtenswerte Anlage zur Satire« zeige.

***

Im Frühling streifte er durch die stillen grünen Straßen Bonns. Die Hände tief in den Hosentaschen, das Kollegheft unter den Arm geklemmt, schaute er umher und pfiff dabei eine sentimentale Melodie. Er konnte sich nicht sattsehen an den rundlichen Bürgertöchtern, die mit der Mama Hand in Hand leicht einherschritten. Manchmal stolperte er auf den runden Steinen des Pflasters, fluchte vor sich hin und ging, nun eine fröhliche Melodie pfeifend, weiter.

In der Universität fand er sich immer pünktlich ein, und er ließ keine Vorlesung August Wilhelm Schlegels aus, der über die ›Geschichte der deutschen Sprache und Poesie‹ las.

Es war, mit Ausnahme des Napoleon, der erste große Mann den ich damals gesehen, und ich werde nie diesen erhabenen Anblick vergessen. Noch heute fühle ich den heiligen Schauer, der durch meine Seele zog, wenn ich vor seinem Katheder stand und ihn sprechen hörte. Ich trug damals einen weißen Flauschrock, eine rote Mütze, lange blonde Haare und keine Handschuhe. Herr A. W. Schlegel trug aber Glacéhandschuh und war noch ganz nach der neuesten Pariser Mode gekleidet; er war noch ganz parfümiert von guter Gesellschaft und eau de mille fleurs; er war die Zierlichkeit und die Eleganz selbst, und wenn er vom Großkanzler von England sprach, setzte er hinzu »mein Freund«, und neben ihm stand sein Bedienter in der freiherrlichst Schlegelschen Hauslivree, und putzte die Wachslichter, die auf silbernen Armleuchtern brannten, und nebst einem Glase Zuckerwasser vor dem Wundermanne auf den Katheder standen. Livreebedienter! Wachslichter! silberne Armleuchter! mein Freund der Großkanzler von England! Glacéhandschuh! Zuckerwasser! welche unerhörte Dinge im Kollegium eines deutschen Professors!

Ernst Moritz Arndt hielt zwei Vorlesungen: über die ›Geschichte des deutschen Volkes und Reichs‹ und über das Werk des Tacitus von den Sitten der Germanen. *Er suchte in den altdeutschen Wäldern jene Tugenden, die er in den Salons der Gegenwart vermißte.*

Harry wurde von ihm ein für allemal überzeugt und erkannte auch selbst, daß der wahre deutsche Geist in der Dichtung lebte, in Liedern und Märchen, in alten Chroniken und Legenden, in den unerschöpflichen Schätzen der Sprache.

Im Wort und durch das Wort konnte jeder trotz aller Verbote und Verfolgungen, ja selbst trotz Galgen und Zuchthaus, zur Freiheit gelangen und frei bleiben. Die entfernteste Vergangenheit konnte durch das Wort wieder auferstehen, wurde Wirklichkeit, triumphierte über die klägliche Gegenwart und verhieß eine herrliche Zukunft.

Aus den stillen Hörsälen, wo die Studenten den Vorlesungen Schlegels und Arndts lauschten, ging er in die lärmerfüllten Kneipen, wo die angeheiterten Burschen von Freiheit, Liebe und Wein sangen, aber er ging auch in die geheimen Hinterzimmer dieser Kneipen oder auf entlegene Waldwiesen, wo die nüchternen Burschen die Tyrannen verdammten und ihre Kommilitonen zum Kampf aufriefen.

Heine wurde Mitglied der Burschenschaft »Allgemeinheit«. Er mochte keinen Schnaps, trank lieber herben Rheinwein, rauchte weder Pfeife noch Zigarren, denn er konnte Tabakrauch nicht vertragen. Aber selbst die trinkfreudigsten Kommilitonen verziehen ihm diese Schwächen, weil er die besten Späße machte, im Fechten gewandt und immer bereit war, die Ehre seiner Burschenschaft zu verteidigen.

In größerer Gesellschaft blieb er gewöhnlich schweigsam, hielt sich abseits, warf nur selten plötzlich ein witziges Wort ein, mit dem er einen prahlerischen oder rührseligen Kameraden so hänselte, daß sich alle vor Lachen bogen. Doch auch über sich selbst konnte er ebenso ausgelassen und schonungslos lachen wie über jeden anderen.

Am Ende des Semesters war seine schwarze Studentenjakke schon abgetragen, und er bestellte sich eine neue aus teurem blauem Samt. Und jeden Morgen kam ein Barbier, um den Herrn Studiosus zu rasieren und frisieren, auch wenn er nicht immer bezahlen konnte.

***

Aus Büchern und Vorlesungen wußten die Studenten von den Femegerichten des Mittelalters. Diese setzten sich aus besonders geachteten, makellosen, gottesfürchtigen und tapferen Männern verschiedener Stände zusammen. Die Namen der Richter wurden geheimgehalten. Wenn sie alt waren, bestimmten sie selbst ihre Nachfolger, denen sie einen Eid abverlangten. Die Femegerichte waren von der weltlichen und der geistlichen Obrigkeit unabhängig, übten die Rechtsprechung nicht nach geschriebenen Gesetzen, sondern nach Ehre, Gewissen und Gottes Geboten aus. Ihre Urteile wurden in aller Heimlichkeit schonungslos vollstreckt.

Eines Abends verwandelte sich in Bonn eine fröhliche Studentengesellschaft spontan in eine Art Femegericht. Angeklagt wurde der König von Preußen. Die Mehrheit forderte die Todesstrafe für ihn und alle Tyrannen. Kugel oder Dolch sollten sie richten.

Heine protestierte:

»Ich appelliere nicht ans Gesetz und nicht an die Barmherzigkeit, sondern an die Erfahrung der Geschichte. Vor siebenundzwanzig Jahren hat man in Paris dem dicken König Ludwig und seiner Frau die Köpfe abgeschlagen. Danach hat man noch etliche tausend Franzosen hingerichtet. Jeder, der sich erkühnte, König und Monarchie zu verteidigen, wurde zum Schafott geschleppt. Was waren die Folgen? Bald darauf hat derselbe tüchtige Henker Sanson mit derselben Maschine des Doktors Guillotin sogar den überzeugtesten Republikanern die Köpfe abgeschlagen. Die Köpfe Dantons und Robespierres fielen in den gleichen Blutkorb wie ein Jahr zuvor der Kopf des Königs. Zehn Jahre später aber wurde Napoleon gekrönt. Und wieder zehn Jahre später kam der nächste und kaum weniger dicke Ludwig. Nein, auf Blut wächst keine Freiheit, und weder mit Dolchen noch mit Schwertern oder Kugeln kann man das Wohl des Volkes erkämpfen.«

»Du lügst! Nur durch Feuer und Schwert haben sich Schweizer, Engländer und Amerikaner ihre Freiheit erkämpft.«

»Die Schweizer haben gegen fremdländische Unterdrükker gekämpft, die Amerikaner einen überseeischen Despoten und seine Söldner bezwungen. Die Engländer haben wirklich einem ihrer Könige den Kopf abgeschlagen und sich auch untereinander fleißig umgebracht. Aber später sind der König und die Lords dennoch zurückgekehrt. Und seitdem schießen die Engländer nur noch mit Pamphleten und zweifelhaften Witzen auf ihre Könige.«

»Du bist ein Feind der Freiheit! Du leugnest die Rechte des Volkes! Gib zu, du bist ein Sklave der Krone!«

»Nein, nein und nochmals nein! Ich bin für die Rechte des Volkes, aber gegen den Terror. Ich bezweifle, daß er notwendig, und bin sicher, daß er verderblich ist. Selbst wenn die ehrlichsten Freunde des Volkes – solche wie Marat und Robespierre – zum Terror greifen, schonen sie weder Feind noch Freund, weder das Blut noch das Gut des Volkes. Die wildgewordenen Montagnards haben vor allem die Rechte des Volkes beschnitten, und unter dem Vorwand, die Republik retten zu müssen, haben sie sie an Händen und Füßen gefesselt und ihr den Mund geknebelt. Die terrorwütigen Revolutionäre, das sind allzu eifersüchtige Liebhaber der Freiheit, und wie Othello sind sie bereit, ihre Geliebte zu erwürgen, damit sie nur ja keinen anderen anlächelt.«

»Was für ein törichter Vergleich! Das ist ja unglaublich! Bursche, du wagst es, alberne Witze zu reißen, wenn wir von Heiligtümern sprechen?«

»Ich schwöre euch, ich meine es ernst; nicht einmal im Grab könnte ich ernster sein! Es ist doch wahr: Wenn man einmal im Namen der Freiheit und im Namen des Volkes zu foltern, zu töten und hinzurichten beginnt, dann ist es schwer, wieder damit aufzuhören. Auch der tugendhafte Robespierre und der edle Danton liebten das Volk sehr und vergötterten Tugend und Freiheit; liebten und vergötterten sie so sehr, daß sie ein Komitee für das Volkswohl gegründet und Revolutionstribunale eingesetzt haben. Die Sansculotten haben im Namen von Tugend und Freiheit gekrönte Häupter abgeschlagen, Aristokraten, Pfaffen und Spekulanten hingeschlachtet. Sicher, Ludwig XVI. war ein Tyrann, aber in den sechzehn Jahren seiner Herrschaft wurden nur einige Dutzend Räuber und Mörder hingerichtet; der unbestechliche Freiheitsfanatiker Robespierre jedoch ließ in einem Jahr nicht weniger als hunderttausend Franzosen köpfen. Die meisten waren Leute aus dem Volk – Bauern aus der Vendée, Arbeiter aus Lyon und Paris. Republikaner brachten Republikaner um: die Jakobiner vernichteten Girondisten, Dantonisten und Hébertisten. Ach, die Volksfreunde haben einander so fleißig gemordet, daß sie schließlich mehr Blut vergossen hatten als alle Tyrannen zusammen.«

»Hört euch das an! Dieser Narr verteidigt den Tyrannen! Reißt ihm die rote Mütze ab! Gebt ihm eine Schellenkappe!«

»Einen Augenblick Geduld, ihr Freunde der Freiheit! Ich verteidige die Tyrannen ja gar nicht. Im Gegenteil, ich bin ein Feind *jeglicher* Tyrannei – der Tyrannei der Könige wie der Tyrannei der Königsmörder. Ich bin für wahre Freiheit!«

»Geschwätz, nichts als Geschwätz! Und wie willst du deine wahre Freiheit erringen? Wie stellst du sie dir vor?«

»Ich will sie durch die Kraft des wahren Wortes erkämpfen. Das gedruckte und das gesprochene Wort der Propheten und Dichter, der Lehrer und Tribunen soll mächtiger sein als die Posaunen von Jericho. Dem Wort werden die Bastillen der Tyrannei und Ignoranz nicht standhalten, auch wenn sie noch so dicke Mauern hätten. Das Wort ist unsere Waffe, und deswegen müssen wir selbst frei sein, müssen nur das sagen und schreiben, was wir denken, dürfen niemanden daran hindern, andere Gedanken und Überzeugungen auszusprechen. Worte darf man nur mit Worten bekämpfen. Das Schwert darf nur gegen das Schwert erhoben werden.«

»Keine Freiheit den Feinden der Freiheit! Solchen Halunken wie Kotzebue kann man nur mit der Klinge widersprechen. Warum hört ihr diesem Schwätzer zu? Gebt ihm endlich einen Fußtritt! Hinaus mit dem Verräter!«

»Jetzt wollt ihr mich nicht einmal sprechen lassen. Macht euch doch mal die Mühe, nachzudenken. Meinetwegen, bekämpft die Feinde der Freiheit mit aller Kraft, aber die Freunde der Freiheit, die nicht so denken wie ihr, dürft ihr nicht unterdrücken. Wem nützt denn eure eifersüchtige Freiheitsliebe? In der Monarchie gibt es einen Herrscher und seine gehorsamen Untertanen. Aber in einer Republik sind ja alle frei und vor dem Gesetz gleich; jeder kann denken, was er will, und leben, wie er will.«

»Seht ihn euch an! Für diesen Taugenichts ist die Republik also ein einziges Bordell, ein ewiger Karneval, wo jeder herumbrüllt, wie es ihm gefällt. Wir aber halten hier ein Femegericht im Namen der Freiheit. Man hat dir die Ehre erwiesen und dich hier zugelassen, du aber schwätzt wie an einem Kneipentisch. Sag' uns unverblümt, was deiner Meinung nach mit den Tyrannen geschehen soll, die Deutschland unterdrücken.«

»Ich schlage vor: Erstens: ihnen die Macht zu nehmen; zweitens: ihre Ländereien, Paläste und Schatzkammern zu beschlagnahmen; drittens: ihnen alle Privilegien zu nehmen, sie den übrigen Bürgern rechtlich gleichzustellen – sollen sie doch arbeiten wie andere auch; viertens: für alle, die nicht arbeiten können, weil sie zu alt oder absolut verblödet sind, soll man bescheidene Pensionen festsetzen. In der Deutschen Republik soll es keine Bettler geben.«

»Und du meinst, die würden das alles ohne weiteres hinnehmen? Ohne sich zur Wehr zu setzen? Und sie würden nicht die ausländischen Tyrannen zu Hilfe rufen?«

»Nun, dann werden wir eben mit der Waffe kämpfen. Und werden sie vor Gericht stellen müssen. Aber behandelt werden müssen sie nach dem Gesetz, streng, aber gerecht. Die Verstocktesten werden verbannt, nach Australien, nach China, meinetwegen nach Feuerland. Nein, nein, nicht ins Gefängnis stecken, nicht auf eine Festung! Eine Republik darf keine Bastillen haben! Gefängnisse sind für Diebe, Räuber und Mörder da. Aber Feinde der Freiheit, Gegner aus Überzeugung, gehören weit weg in die Verbannung.«

»Und was, wenn sie heimlich oder mit Truppen des russischen Zaren oder des türkischen Sultans zurückkehren?«

»Dann, aber nur dann, müssen wir hart kämpfen und sie hart bestrafen! Wenn sie aus der Verbannung eigenmächtig zurückkommen, werden sie am Schandpfahl zur Schau gestellt, in einem Schinderkarren durchs Land gefahren und danach viel weiter fortgeschickt. Wie Napoleon zuerst nach Elba und dann nach St. Helena verbannt wurde.«

»Sollte man sie nicht sicherheitshalber gleich hängen? Oder öffentlich auspeitschen? Brandmarken, das wäre das Beste. Ein Brandmal auf Stirn und Wangen!«

»Nein, in der Republik darf es keine Henker, keine Folter geben!«

Am Ende stimmte die Mehrheit für die Hinrichtung des Königs. Nur wenige stimmten mit Harry dagegen.

***

Die Kameraden lachten über seine Scherze, amüsierten sich auch über ihn, über seine Stutzerhaftigkeit. Er war stets besorgt, daß seine Spitzenjabots und Manschetten blütenweiß blieben. Immer wieder blickte er verstohlen in einen Spiegel und ordnete seine sorgsam gekämmten Locken.

Harry brachte seinem alten Freund Johann Baptist Rousseau eine Nummer der Zeitschrift ›Hamburgs Wächter‹.

»Da, sieh dir mal die Verse meines Hamburger Freundes Freudhold Riesenharf an. Er hält sich für einen Dichter, aber mir scheint, das ist kompletter Unsinn.«

Rousseau las die Romanze ›Don Ramiro‹, die traurigen Verse von Liebe und Tod, und las sie noch einmal.

»Das ist doch herrlich! Du hast keine Ahnung von Poesie, wenn du solche Verse Unsinn nennst.«

Aber Harry verteidigte seine Meinung: »Was ist denn schon Besonderes daran? Die üblichen romantischen Motive, der deutliche Einfluß von de la Motte-Fouqué, von Volksliedern. Die Reime nachlässig, die Sprache nicht erhaben genug, eher primitiv.«

Rousseau stürzte sich wütend auf ihn – ein achtzehnjähriger Enthusiast, der plötzlich einen poetischen Schatz entdeckt hat.

»Unsinn! Idiotischer Unsinn! Du mußt auf beiden Ohren taub sein, wenn du die wunderbare Musik dieser Verse nicht hörst! Man muß ein herz- und hirnloser Narr sein, um nicht zu fühlen, nicht zu begreifen, welch lebendiges Feuer in diesen Versen glüht! Das eine Nachahmung? Alle wahren Dichter ahmen die Stimmen der Natur nach und auch die Stimmen des Volkes und die Stimmen ihrer Vorgänger. Eine Nachtigall singt wie alle anderen Nachtigallen. Doch kein Spatz wird je wie eine Nachtigall singen können. Man muß wirklich ein Blinder sein oder ein abgestumpfter, selbstzufriedener Pedant, um hier nicht die unnachahmliche Seele zu spüren, die aus jeder Zeile spricht. Und wenn man schon Vergleiche zu anderen Dichtern zieht, so ist dieser Freudhold Riesenharf am ehesten mit Byron zu vergleichen; er ist auch eigenwillig, wehmütig und rebellisch.«

Während er sprach, geriet er immer mehr in Erregung. Es ärgerte ihn, daß Harry seine Einwände mit einem seltsam fröhlichen, beinahe sieghaften – und wie ihm schien, spöttischen – Lächeln anhörte. Je heftiger er ihn beschimpfte, je begeisterter er die Verse des Freudhold Riesenharf pries, desto glücklicher lächelte dieser wunderliche Mensch.

Plötzlich brach Harry in Lachen aus und schloß ihn in die Arme.

»Das bin doch ich . . ., das sind doch meine Verse! Verzeih die Täuschung . . ., es war eine Prüfung. Aber von jetzt an werde ich jedem deiner Worte glauben. Danke! Danke, mein Freund, auf ewig! Du gibst mir Kraft, an mich zu glauben.«

Er lachte und weinte. Sie weinten beide und schworen sich ewige Freundschaft.

Rousseau widmete seinem Freund Harry Heine ein großes Gedicht, in dem er das ›Nibelungenlied‹ und die »altdeutsche« Zeit verherrlichte:

O deutsche Kunst und Rede! O heimischer Gesang!
Sag an, was sich den höchsten Palmzweig in dir erschwang!
Schlag ein mit Flammenblitzen, bis alles flammend glüht,
Du Höchstes, Schönstes, Größtes: der Nibelungen Lied!

In pathetischen Strophen, die den Wortschatz und die Melodik mittelalterlicher Lyrik nachzuahmen suchten, verklärte er Siegfried und Kriemhilde, Hagen und Dietrich, die unerschrockenen Helden und ihre zügellosen Leidenschaften, und beklagte die Verflachung, die farblose Öde der Gegenwart.

Sind so die alten Zeiten uns wiederum erneut,
Dann liegt das Hohe, Große, nicht mehr so dumpf und weit;
Wir wandeln wieder zu einem altdeutschen großen Dom,
Es lebt in hohen Ehren der alte heil'ge Strom. –
Dies hab' ich, mein Heine! gesungen mit dir auf der Drachenburg,
Es schaute die Abendsonne an allen Ritzen durch:
...

Heine gefielen die Verse des jungen Romantikers. Er war stolz auf die Widmung.

***

Von Freunden ermutigt, schrieb er einige seiner Gedichte auf Bütten und überreichte sie Professor Schlegel. Der lud ihn zu sich, sprach wohlwollend, lange und ausführlich darüber, warum ihm die einen Verse gefielen und andere weniger, worin er ihre poetische Eigenart erkenne. Eingehend besprach er einzelne Wörter und Zeilen. Harry schwindelte vor Glück. August Wilhelm Schlegel lobte ihn! Der Herold, der Hohepriester und Gesetzgeber der romantischen Poesie, derselbe Schlegel, der mit Goethe und Schiller ganz offen sprechen durfte und sogar mit ihnen stritt; den man in Paris und Wien verehrte, dessen literarische Urteile jedem gebildeten Europäer als unanfechtbar galten. Der sprach mit ihm wie mit seinesgleichen, mit ihm, dem linkischen Studiosus, über den sich gestern noch gröhlende Burschenschaflter lustig gemacht hatten.

Am 15. Juli 1820 schrieb er an seinen Freund Friedrich von Beughem in Hamm:

Denn ich habe selbst die Erfahrung gemacht daß die Musen, wie eitle Weiber überhaupt, jede absichtliche Vernachläßigung gar fühlbar zu rächen wissen. Auch ich hab mahl (schöner Busen halber) die Musen vernachläßigt. Meine Bestrafung hast Du selbst gesehen, nemlich meine poetische Unfruchtbarkeit von vorigem Winter, die mich in so fern ärgerte, da ich mich auf immer von den Musen verlassen wähnte, und nicht ein mahl ein poetisches Klagelied hierüber zu Stande bringen konnte. Aber der alte *Schlegel,* der überhaupt mit den Damen umzugehn versteht, hat die zürnenden Schönen wieder mit mir versöhnt; und da er ihrer vielgenossenen Reitze satt ist, oder sie vielleicht nicht mehr selber bespringen kann, so hat er sie mir gütigst zugekuppelt, und allen 9 Schwestern habe ich bereits wieder dicke Bäuche gemacht.
Ueber mein Verhältniß mit Schlegel könnte ich Dir viel erfreuliches schreiben. Mit meinen Poesien war er sehr zufrieden, und über die Originalität derselben fast freudig erstaunt. Ich bin zu eitel um mich hierüber zu wundern. Ich habe mich sehr gedocken gefühlt als ich neulich von Schlegel förmlich eingeladen wurde, und bei der rauchenden Kaffetasse stundenlang mit ihm plauderte. Je öfter ich zu ihm komme, desto mehr finde ich welch ein großer Kopf er ist, und daß man sagen kann:

Unsichtbare Grazien ihn umrauschen
Um neue Anmuth von ihm zu erlauschen.

Seine erste Frage ist immer: wie es mit der Herausgabe meiner Gedichte stehe? und scheint solche sehr zu wünschen.

Diese freudige Selbstsicherheit war ebenso echt wie die übersteigerte Bewunderung, die der dreiundzwanzigjährige Student Heine dem dreiundfünfzigjährigen Professor Schlegel entgegenbrachte, der für ihn der Dichter unter seinen Lehrern und der Lehrer der Dichter war:

Der schlimmste Wurm: des Zweifels Dolchgedanken,
Das schlimmste Gift: an eigner Kraft verzagen,
Das wollt mir fast des Lebens Mark zernagen;
Ich war ein Reis, dem seine Stützen sanken.

Da mochtest du das arme Reis beklagen,
An deinem güt'gen Wort läßt du es ranken,
Und dir, mein hoher Meister, soll ich's danken,
Wird einst das schwache Reislein Blüten tragen.

Doch nicht nur in Versen und Briefen rühmte er Schlegel. Als im Frühjahr 1820 in einigen deutschen Zeitschriften und Zeitungen satirische Pamphlete gegen die romantische Dichtung veröffentlicht wurden, zog es Heine in den Kampf. Er veröffentlichte im ›Rheinisch-Westfälischen Boten‹ einen kurzen, leidenschaftlichen Aufsatz ›Die Romantik‹, dem er ein Motto von Schlegel voranstellte: *Was Ohnmacht nicht begreift, sind Träumereien.*

Im Altertum, das heißt eigentlich bei Griechen und Römern, war die Sinnlichkeit vorherrschend. Die Menschen lebten meistens in äußern Anschauungen, und ihre Poesie hatte vorzugsweise das Äußere, das Objektive, zum Zweck und zugleich zum Mittel der Verherrlichung. Als aber ein schöneres und milderes Licht im Orient aufleuchtete, als die Menschen anfingen zu ahnen, daß es noch etwas Besseres gibt als Sinnenrausch, als die unüberschwenglich beseligende Idee des Christentums, die Liebe, die Gemüter zu durchschauern begann: da wollten auch die Menschen diese geheimen Schauer, diese unendliche Wehmut und zugleich unendliche Wollust mit Worten aussprechen und besingen. Vergebens suchte man nun durch die alten Bilder und Worte die neuen Gefühle zu bezeichnen. Es mußten jetzt neue Bilder und neue Worte erdacht werden, ...
So entstand die sogenannte romantische Poesie, die in ihrem schönsten Lichte im Mittelalter aufblühete, späterhin vom kalten Hauch der Kriegs- und Glaubensstürme traurig dahin welkte, und in neuerer Zeit wieder lieblich aus dem deutschen Boden aufsproßte und ihre herrlichsten Blumen entfaltete. ...

Er wollte das Wesen der romantischen Kunst, der romantischen Weltauffassung deutlich machen und zeigen, worin sich die Romantiker von ihren Vorgängern und ihren »nichtromantischen« Zeitgenossen unterschieden:

... Aber nie und nimmermehr ist dasjenige die wahre Romantik, was so viele dafür ausgeben; nämlich ein Gemengsel von spanischem Schmelz, schottischen Nebeln und italienischem Geklinge, verworrene und verschwimmende Bilder, die gleichsam aus einer Zauberlaterne ausgegossen werden, ... Wahrlich, die Bilder, wodurch jene romantischen Gefühle erregt werden sollen, dürfen eben so klar und mit eben so bestimmten Umrissen gezeichnet sein, als die Bilder der plastischen Poesie. Diese romantischen Bilder sollen an und für sich schon ergötzlich sein; sie sind die kostbaren, goldenen Schlüssel, womit, wie alte Märchen sagen, die hübschen, verzauberten Feengärten aufgeschlossen werden. – So kommt es, daß unsre zwei größten Romantiker, Goethe und A. W. Schlegel, zu gleicher Zeit auch unsre größten Plastiker sind.

Kaum ein Dutzend Jahre später schrieb Heine ganz anders über die Romantiker. Goethes Namen stellte er nie mehr neben den Schlegels; sie waren ihm zu Antipoden geworden. Aber bevor Heine und auch andere Dichter seiner Zeit die inneren Widersprüche der »Romantischen Schule« erkannten, bedurfte es neuer geschichtlicher Erfahrungen.

In den zwanziger Jahren begann der Befreiungskrieg der Griechen gegen das Türkische Reich; in Spanien und in Neapel versuchten die Republikaner immer wieder, die Monarchien zu stürzen oder zumindest ihre Macht zu begrenzen; in Italien verfolgte die österreichische Polizei die patriotischen Geheimbünde der Carbonari; Rußland erlebte den Aufstand der Dekabristen; und fast alle deutschen Regierungen erließen neue Gesetze gegen die »Demagogen« und die Studentenverbindungen, die »Burschenschaften«.

Friedrich Schlegel, Eichendorff, Brentano und andere Romantiker, die bereits früher demonstrativ zum Katholizismus übergetreten waren, bekannten sich seitdem zu erzkonservativen Ansichten.

Die französische Juli-Revolution von 1830 weckte bei den Liberalen und Demokraten neue Hoffnungen, und die Unterdrückung des polnischen Aufstands von 1831 durch die Heere des Zaren Nikolaus I. verschärfte ihren Haß gegen Monarchie und Reaktion.

Als August Wilhelm Schlegel 1831 in seiner Besprechung der ersten Ausgabe des Briefwechsels zwischen Goethe und Schiller die Weimarer Klassiker heftig kritisierte und den alten Streit erneuerte, den die Romantiker schon an der Jahrhundertwende mit ihnen ausgetragen hatten, schrieb der Dichter Heinrich Heine mit Hohn und Spott über ihn.

Doch jetzt, 1820, war der Bonner Studiosus Harry Heine noch ein treuer Schüler Schlegels und ein vorbehaltloser Anhänger der »Romantischen Schule«, obwohl er diesem Begriff schon damals einen wesentlich anderen Sinn gab als die meisten anerkannten Wortführer der Romantik.

... Viele aber, die bemerkt haben, welchen ungeheuren Einfluß das Christentum, und in dessen Folge das Rittertum, auf die romantische Poesie ausgeübt haben, vermeinen nun beides in ihren Dichtungen einmischen zu müssen, um denselben den Charakter der Romantik aufzudrücken. Doch glaube ich, Christentum und Rittertum waren nur Mittel, um der Romantik Eingang zu verschaffen; ... Deutschland ist jetzt frei; kein Pfaffe vermag mehr die deutschen Geister einzukerkern; kein adeliger Herrscherling vermag mehr die deutschen Leiber zur Fron zu peitschen, und deshalb soll auch die deutsche Muse wieder ein freies, blühendes, unaffektiertes, ehrlich deutsches Mädchen sein, und kein schmachtendes Nönnchen, und kein ahnenstolzes Ritterfräulein.

So wollte Heine auch seine Muse sehen. Diesen Aufsatz legte er bei, als er das Manuskript seiner Gedichte im November 1820 an den Verleger Brockhaus nach Altenburg schickte. Den Begleitbrief schrieb er im Ton eines erfahrenen Literaten:

Ich wünschte recht sehr daß Sie selbst mein Manuskript durchlesen möchten, und bey Ihrem bekannten richtigen Sinn für Poesie bin ich überzeugt daß Sie wenigstens der ersten Hälfte dieser Gedichte die strengste Originalität nicht absprechen werden. Dieses Letztere, welches heut zu Tag schon etwas werth ist, musten mir auch die zähesten Kunstrichter zugestehen, vorzüglich mein Meister August Wilhelm v. Schlegel, welcher (vorigen Winter und Sommer in Bonn) meine Gedichte mehrmals kritisch durchhechelte, manche Auswüchse derselben hübsch ausmerzte, manches Schöne besser aufstutzte, und das Ganze, Gott sey Dank, ziemlich lobte.
Da mich leidige Verhältnisse zwingen jedes Gedicht, dem man nur irgend eine politische Deutung unterlegen könnte, zu unterdrükken, und meist nur erotische Sachen in dieser Sammlung aufzunehmen, so muste solche freylich ziemlich mager ausfallen.

Brockhaus nahm die Gedichte des selbstgefälligen Romantikers nicht an. Er empfahl Heine, sie einem anderen Verleger anzubieten. Doch diesen Ratschlag befolgte er erst zwei Jahre später.

Im Sommer 1820 vergaß er erst einmal die Universität und zog auf die andere Seite des Rheins in das kleine Dorf Beuel. Dort schrieb er die Verstragödie ›Almansor‹. Im Herbst beschloß er, Bonn zu verlassen, um seine Studien an einer anderen Universität fortzusetzen. In den Testierbogen über den Studiosus Harry Heine trugen fünf Bonner Professoren ihre Beurteilungen ein:

Den fleißigen und aufmerksamen Besuch bezeuge ich mit Vergnügen, schrieb A. W. von Schlegel. *Ausgezeichnet fleißig und aufmerksam gehört,* versicherte der Professor des römischen Rechts, C. Welker. *Ich bezeuge den rühmlichen Fleiß,* bestätigte lakonisch der Professor für Geschichte des Altertums, D. Hüllmann. *Den unausgesetzt fleißigen und sehr aufmerksamen Besuch beider Vorlesungen bezeugt mit vielem Vergnügen,* fügte E. M. Arndt hinzu. Nur der Professor für deutsche Frühgeschichte, D. Radloff, vermerkte trocken: *Den ununterbrochenen Besuch bezeugt.*

4. Göttingen

> Zu Göttingen blüht die Wissenschaft,
> Doch bringt sie keine Früchte.
> Ich kam dort durch in stockfinstrer Nacht,
> Sah nirgendwo ein Lichte.

Die Göttinger Universität galt im 18. Jahrhundert als Hort des freien Gedankens. Hier hatten in den siebziger Jahren, zur Zeit des »Sturm und Drang«, die Dichter des »Göttinger Hains« gelehrt: Johann Heinrich Voß, der Übersetzer Homers, ein gelehrter Philologe und überzeugter Demokrat; Gottfried August Bürger, ein Dichter von Balladen und volkstümlichen Weisen; die Dichter-Brüder von Stolberg, die Revolution und Tyrannenmord besangen. Der Historiker August Ludwig Schlözer hatte hier gelehrt, daß Freiheit und Aufklärung untrennbar seien. Er war Mitglied der Petersburger Akademie und war nicht nur in Göttingen, sondern an allen europäischen Universitäten bekannt und hochgeachtet.

Im Herbst des Jahres 1820 traf Harry Heine mit einem Koffer voller Bücher und Manuskripte in Göttingen ein. Verglichen mit Bonn erschien ihm die Stadt verschlafen, melancholisch und allzu ordentlich:

Die Stadt Göttingen, berühmt durch ihre Würste und Universität, gehört dem Könige von Hannover, und enthält 999 Feuerstellen, diverse Kirchen, eine Entbindungsanstalt, eine Sternwarte, einen Karzer, eine Bibliothek und einen Ratskeller, wo das Bier sehr gut ist. ... Die Stadt selbst ist schön, und gefällt einem am besten, wenn man sie mit dem Rücken ansieht.

Der junge Dichter spottete über das *graue, altkluge Ansehen* der Universität. In den zwei Semestern in Bonn war er ja mit den Satzungen und Bräuchen der Studentenverbindungen, mit ihrer Schwärmerei für mittelalterliches Heldentum und Ritterherrlichkeit vertraut geworden. Und obwohl er selbst die Fechtstunden regelmäßig besuchte und auf dem Paukboden mehr als eine Schramme davongetragen hatte – auf die er stolz war –, machte er giftige Späße über die Gockelallüren und die hochtrabende patriotische Prahlerei mancher Kommilitonen.

Nach Göttingen kam er mit lauter guten Vorsätzen; er wollte fleißig studieren und viel schreiben – die Tragödie ›Almansor‹ beenden und einen Gedichtband zusammenstellen.

Im allgemeinen werden die Bewohner Göttingens eingeteilt in Studenten, Professoren, Philister und Vieh; welche vier Stände doch nichts weniger als streng geschieden sind. Der Viehstand ist der bedeutendste. ... Die Zahl der Göttinger Philister muß sehr groß sein, wie Sand, oder besser gesagt, wie Kot am Meer; wahrlich, wenn ich sie des Morgens, mit ihren schmutzigen Gesichtern und weißen Rechnungen, vor den Pforten des akademischen Gerichtes aufgepflanzt sah, so mochte ich kaum begreifen, wie Gott nur so viel Lumpenpack erschaffen konnte.

Den Bonner Freunden Fritz Steinmann und Johann Baptist Rousseau schrieb er am 29. Oktober 1820:

... die alten Schmerzen begeben sich wieder nach ihrer alten Kneipe, welches leider meine eigene Brust ist, und diese ganze Familie *Schmerz* beginnt dort wieder ihr altes Treiben; die blinde Großmutter Wehmuth hör' ich trippeln, ein neu gebornes Töchterchen hör' ich greinen. *Fräulein Reue* – so wird diese Kleine getauft, und in ihrem ewigen Gegreine unterscheide ich die Worte: *Du hättest in Bonn bleiben sollen.*

...

Ja, wie sehr ich mich auch dadurch blamire, so will ich Euch doch ehrlich bekennen, daß ich mich hier furchtbar ennuyire. Steifer, patenter, schnöder Ton. Jeder muß hier wie ein Abgeschiedener leben. Nur gut ochsen kann man hier. Das war's auch, was mich herzog. ...

Ochse, deutscher Jüngling, endlich
Reite deine Schwänze nach;
Einst bereust du, daß du schändlich
Hast vertrödelt manchen Tag!

Im selben Brief fragte er die Freunde nach ihren dichterischen Erfolgen, dachte über verschiedene Möglichkeiten der Veröffentlichung ihrer und seiner Gedichte nach, klagte, daß in der Vorlesung über altdeutsche Literatur nur neun Hörer seien und berichtete:

... ich habe jetzt ... den 3. *Akt* meiner Tragödie geschlossen. Das war der schwerste und längste Akt. Hoffentlich werde ich diesen Winter die beiden übrigen Akte auch vollenden. Wenn das Stück auch nicht gefallen wird, so wird es doch wenigstens ein großes Aufsehen erregen. In diesem Stücke habe ich mein eignes Selbst hineingeworfen, mit sammt meinen Paradoxen, meiner Weisheit, meiner Liebe, meinem Hasse und meiner ganzen Verrücktheit. ... Und aufrichtig gesagt, ich fange fast an zu glauben, daß eine gute Tragödie zu schreiben viel schwerer sei, als eine gute Klinge zu schlagen; ob zwar man in einer Paukerei auf dem Schläger 12 Gänge und in einer Tragödie nur 5 Gänge zu machen braucht. – Ich habe mich ganz an den Comment des Aristoteles gehalten, und habe seine Mensur in Hinsicht des Orts, der Zeit und der Handlung gewissenhaft angenommen. – Ich habe ferner auch gesucht, etwas Poesie in meine Tragödie zu bringen; ...

Es waren jedoch noch keine drei Monate vergangen, als er Abschied nehmen mußte. In Göttingen galt ein Gesetz, das Duelle verbot, und Harry, der in einer Kneipe mit einem arroganten Studenten aus den höheren Semestern in Streit geraten war, hatte ihn zum Duell gefordert. Im Rektorat erfuhr man davon und verbot den Duellanten, sich zu schlagen. Er bestand jedoch auf seiner Forderung; schließlich hatte ihn sein Beleidiger öffentlich einen Dummkopf genannt. Beide bekamen Hausarrest.

In Göttingen mußten die Studenten Keuschheit geloben, da die eifersüchtigen Göttinnen der Wissenschaften keine sterblichen Nebenbuhlerinnen duldeten. Auf die Einhaltung dieser Regel achteten nicht nur die Pedelle, sondern auch die Studentenverbindungen. Sie befragten Klatschbasen und Nachtwächter, untersuchten Denunziationen wegen »Keuschheitsverstößen«. Die Sünder wurden durch »Ausstoßung« aus der Gemeinschaft bestraft; es wurde ihnen verboten, Bierstuben und Kneipen zu besuchen.

Ein solches Urteil wurde über Harry Heine im Januar 1821 verhängt. Als er dennoch am nächsten Abend wie gewöhnlich in seine Kneipe ging, wurde er von wachsamen Burschenschaftlern auf die Straße geworfen. Allein gegen viele, konnte er niemanden zum Duell fordern, die Satzung war unangreifbar. Einige Tage später gab der Rat der Universität feierlich den Ausschluß des Studiosus Harry Heine bekannt.

Das war ein schwerer Schlag. Doch noch schlimmer war die Enttäuschung über seinen ›Almansor‹:

Ich habe mit aller Kraftanstrengung daran gearbeitet, kein Herzblut und keinen Gehirnschweiß dabei geschont, habe bis auf einen halben Akt das Ganze fertig, und zu meinem Entsetzen finde ich, daß dieses von mir selbst angestaunte und vergötterte Prachtwerk nicht allein keine *gute* Tragödie ist, sondern gar nicht mal den Namen einer Tragödie verdient. – Ja – entzückend schöne Stellen und Scenen sind drin; Originalität schaut überall draus hervor; überall funkeln überraschend poetische Bilder und Gedanken, so daß das Ganze gleichsam in einem zauberhaften Diamantschleier blitzt und leuchtet. So spricht der eitle Autor, der Enthusiast für Poesie. Aber der strenge Kritiker, der unerbittliche Dramaturg trägt eine ganz anders geschliffene Brille, schüttelt den Kopf, und erklärt das Ganze für – eine schöne Drahtfigur.

schrieb er am 4. Februar 1821 an Friedrich Steinmann in Bonn.

Vor seinen Verwandten verbarg er sein Göttinger Mißgeschick, er schrieb ihnen lediglich, daß er seine Studien an der Berliner Universität fortsetzen wolle.

Einige Wochen zog er wie ein Wanderbursche durchs Land, übernachtete in Herbergen, scherzte mit Dorfmädchen.

In Hamburg sah er seine Cousine Amalie wieder, und es war, als hätten sie sich erst gestern getrennt. Er verliebte sich aufs neue, stand wieder abends bis weit nach Mitternacht vor ihren Fenstern, zusammengekauert im kalten Wind.

Bald verließ er Hamburg, um seine Eltern wiederzusehen, die in dem Städtchen Oldesloe zur Kur waren; bezahlt wurde sie von Salomon Heine. Die Kur blieb erfolglos. Harry bedrückte es, daß er selber nicht helfen konnte und noch dazu wie die Seinen auf das Geld des steinreichen, selbstzufriedenen Onkels angewiesen war. Manchmal haßte er ihn beinahe und wartete doch jeden Monat ungeduldig auf die nächste Zahlung, um seine Schulden beim Hauswirt, Bäcker, Schneider oder Barbier zahlen zu können. Er schämte sich nicht, das Geld anzunehmen und auszugeben – der Onkel hatte ja in rauhen Mengen davon; aber es war beschämend, Dankbriefe schreiben zu müssen; es war bitter, daß Amalie die Tochter dieses hochmütigen Geldsacks war und seine Liebe womöglich als berechnende Schmeichelei eines armen Verwandten deuten könnte.

Vor dieser quälenden Scham suchte er dort Zuflucht, wo er sie stets bei allen Leiden fand – im Gedicht:

Und wüßtens die Blumen, die kleinen,
Wie tief verwundet mein Herz,
Sie würden mit mir weinen,
Zu heilen meinen Schmerz.

Und wüßtens die Nachtigallen,
Wie ich so traurig und krank,
Sie ließen fröhlich erschallen
Erquickenden Gesang.

Und wüßten sie meine Wehe,
Die goldnen Sternelein,
Sie kämen aus ihrer Höhe,
Und sprächen Trost mir ein.

Die alle könnens nicht wissen,
Nur Eine kennt meinen Schmerz:
Sie hat ja selbst zerrissen,
Zerrissen mir das Herz.

Und immer und überall blieb ihm auch das Lachen eine Zuflucht. Es gab kein Unglück, keine Schande, keinen Schmerz, nichts, was er nicht mit einem gutmütigen oder sarkastischen Scherz abtun konnte.

Aus Oldesloe schrieb er Anfang März an Heinrich Straube in Göttingen:

Ich lache. Alle himmlische Heerschaaren mögen pochen. Ich lache!!! ––––

...
Denn wenn des Glückes hübsche Siebensachen
Uns von des Schicksals Händen sind zerbrochen,
Und so zu unsern Füßen hingeschmissen,

Und wenn das Herz im Leibe ist zerrissen,
Zerschnitten und zerschnitten und zerstochen,
So bleibt uns doch das hübsche gelle Lachen!

Ja wenn die weitklaffende Todeswunde meines Herzens sprechen könnte, so spräche sie: ich lache.

. . .

Ich habe meine Familie in einem höchsttraurigen Zustand gefunden. Mein Vater leidet noch immer an seiner Gemüthskrankheit, meine Mutter laborirt an Migräne, meine Schwester hat den Catharr und meine beiden Brüder machen schlechte Verse. Dieses letztere zerreißt mir das Herz.

Lehrjahre und erste Bücher

1. Berlin

> Verlaß Berlin, mit seinem dicken Sande,
> Und dünnem Thee, und seinen witz'gen Leuten,
> Die Gott und Welt und was sie selbst bedeuten,
> Ergriffen längst mit Hegelschem Verstande.

Die Straßen in Berlin waren ungewöhnlich gerade und breit. Mehrstöckige Häuser und die Bäume längs der Trottoire standen in Reih' und Glied wie die Soldaten. Hier und da leuchtete an den Zweigen das helle Grün der Knospen, das erste zarte Aprilgrün.

Ein Frühling in Berlin. Wie wenig glich diese eckig-geradlinige Stadt den eigenwillig-malerischen Städten am Rhein oder Frankfurt und Hamburg mit ihrem Gewirr alter Straßen und enger, krummer Gäßchen. Im Rheinland wirkte auch das Alte jugendlich, und der Herbst war dort farbenreich und warm. Berlin aber erschien ihm sogar im Frühling winterlich-trüb und grau:

> Es sind wahrlich mehrere Flaschen Poesie dazu nötig, wenn man in Berlin etwas anderes sehen will als tote Häuser und Berliner. Hier ist es schwer, Geister zu sehen. Die Stadt enthält so wenig Altertümlichkeit und ist so neu; und doch ist dieses Neue schon so alt, so welk und abgestorben. ...

Das Reglement in der preußischen Hauptstadt war viel strenger als in anderen Städten Deutschlands. Die königliche Polizei mit ihren gewieften Zensurbeamten wachte streng über Zeitungen, Verlage und Theater, auch über Professoren und Studenten. Die Redakteure der Zeitungen und Journale mußten den Polizeizensoren sogar die Rezensionen literarischer Neuerscheinungen, die Kritiken von Theateraufführungen und die Notizen der Skandalchronik vorlegen. Politische Themen galten generell als unerwünscht. Veröffentlicht wurden hauptsächlich Regierungsmitteilungen, Hofberichte über die Ernennung von Würdenträgern, Auszeichnungen, Festlichkeiten. Den Theatern war untersagt, solche rebellischen Stücke wie Goethes ›Egmont‹ und Schillers ›Wilhelm Tell‹ aufzuführen; sogar Kleists ›Prinz von Homburg‹ war verboten, weil darin zwei Personen, die sich ganz unschicklich verhielten, die Namen angesehener preußischer Adelsfamilien trugen. In den Bibliotheken prüften Zensoren ständig die Kataloge; verdächtige Bücher wurden entfernt. So geriet auch E. T. A. Hoffmanns Märchen ›Meister Floh‹ auf den Index – man denunzierte es als Satire auf die Regierungskommission, »welche die Untersuchung der demagogischen Umtriebe leitet«.

Das Wort »Demagoge« tauchte ständig in den Zeitungen auf. In Reden, Predigten und Gesprächen wurden alle als Demagogen bezeichnet, die sich abfällig über die Minister, die Polizei, die Zensoren, den preußischen König, den russischen Zaren, den Fürsten Metternich oder über das Verbot der studentischen Burschenschaften äußerten. Die Studentenverbindungen galten als Brutstätten der Demagogie, und an der Berliner Universität waren sie strengstens verboten.

Die Universität war noch jung. Sie bestand erst zehn Jahre und besaß keine überlieferten akademischen Freiheiten. Um so verhängnisvoller wirkte sich die Nähe der verschiedensten königlichen Ämter mit ihrer pedantischen Bürokratie aus. Selbst die Vorlesungen des Philosophen und Theologen Friedrich Schleiermacher wurden schärfstens beobachtet. Er lehnte die Monarchie nicht ab, trat aber für akademische Unabhängigkeit ein und war noch dazu ein Freund vieler Romantiker. Und Literaten sind immer verdächtig. Heute rühmt so einer Gott und den König, und morgen, ehe man sich's versieht, schreibt er zur Freude der Demagogen über Freiheit und Menschenrechte. Schleiermacher war es sogar verboten, Berlin während der Semesterferien zu verlassen. Solche Reisen waren nur jenen Professoren gestattet, bei denen es vertraglich oder satzungsgemäß vorgesehen war. Schleiermacher mußte erst den König um Erlaubnis bitten.

Die Universität erschien Harry noch düsterer als die Stadt. Doch manche Vorlesungen waren interessant. Er hörte Franz Bopp, der von den Geheimnissen des Sanskrit, von den Göttern und Dichtern des alten Indien erzählte. Er notierte fleißig alle Argumente Friedrich Wolfs, der zu beweisen suchte, daß es keinen Homer gegeben habe, daß ›Ilias‹ und ›Odyssee‹ das Werk vieler verschiedener Autoren und keine in sich geschlossenen Dichtungen seien, sondern Sammlungen von Liedern. Wenn er aus Hegels Vorlesungen kam, gestand er, daß er nicht alles von den abstrakten Gedankengängen verstanden habe, aber er war überzeugt, daß Hegel der größte aller lebenden Denker sei und das, was vor ihm Kant, Fichte und Schelling zusammenphilosophiert hätten, vollenden und krönen werde.

Überhaupt war das Gespräch von Hegel immer eine Art von Monolog, stoßweis hervorgeseufzt mit klangloser Stimme; das Barocke der Ausdrücke frappierte mich oft, und von letztern blieben mir viele im Gedächtnis. Eines schönen hellgestirnten Abends standen wir beide nebeneinander am Fenster, und ich, ein zweiundzwanzigjähriger junger Mensch, ich hatte eben gut gegessen und Kaffee getrunken, und ich sprach mit Schwärmerei von den Sternen und nannte sie den Aufenthalt der Seligen. Der Meister aber brummelte vor sich hin: »Die Sterne, hum! hum! die Sterne sind nur ein leuchtender Aussatz am Himmel.« – »Um Gottes willen« – rief ich – »es gibt also droben kein glückliches Lokal, um dort die Tugend nach dem Tode zu belohnen?« Jener aber, indem er mich mit seinen bleichen Augen stier ansah, sagte schneidend: »Sie wollen also noch ein Trinkgeld dafür haben, daß Sie Ihre kranke Mutter gepflegt und Ihren Herrn Bruder nicht vergiftet haben?«

In Berlin, das ihm anfangs düster vorgekommen war, entdeckte er bald manche Annehmlichkeiten. Die Preußen brachten es fertig, einen beliebigen Tag in einen Festtag zu verwandeln. Jede Woche gab es Maskenbälle: angeheiterte Kavaliere in ihren einfarbigen Kapuzenmänteln tanzten mit Damen in Domino- und Fledermauskostümen. Kein Vergleich zwar mir der fröhlichen Buntheit des rheinischen Karnevals, aber die jungen Berlinerinnen standen seinen Landsmänninnen, deren Mundart natürlich melodischer war, in Wirklichkeit gar nicht so weit nach. Ja, die preußische Hauptstadt erwies sich überraschenderweise als die unterhaltsamste, verlockendste Stadt von allen, die er bisher kennengelernt hatte.

Oper, Theater, Konzerte, Assembleen, Bälle, Tees . . . , kleine Maskeraden, Liebhaberei-Komödien, große Redouten usw., das sind wohl unsere vorzüglichsten Abendunterhaltungen im Winter. Es ist hier ungemein viel geselliges Leben, aber es ist in lauter Fetzen zerrissen. Es ist ein Nebeneinander vieler kleinen Kreise, die sich immer mehr zusammen zu ziehen als auszubreiten suchen. . . . Alle Bälle der vornehmen Klasse streben, mit mehr oder minderem Glücke, den Hofbällen oder fürstlichen Bällen ähnlich zu sein. . . .

So schrieb er in einer der Skizzen – ›Briefe aus Berlin von H. Heine‹ –, die 1822 im ›Rheinisch-Westfälischen Anzeiger‹ erschienen. Sie klangen wie ungezwungene persönliche Briefe, wie ein freimütiges Gespräch unter Freunden, das von einem Gegenstand zum andern springt – mit Scherzen gewürzt, mit sarkastischen Andeutungen gepfeffert und plötzlich von sentimentalen Gefühlsäußerungen unterbrochen.

Die Hörsäle der Universität beschrieb er so:

... die meisten düster und unfreundlich, und, was das Schlimmste ist, bei vielen gehen die Fenster nach der Straße, und da kann man schrägüber das Opernhaus bemerken. Wie muß der arme Bursche auf glühenden Kohlen sitzen, wenn die ... Witze eines langweiligen Dozenten ihm in die Ohren dröhnen, und seine Augen unterdessen auf der Straße schweifen, und sich ergötzen an dem pittoresken Schauspiel der leuchtenden Equipagen, der vorüberziehenden Soldaten, der dahinhüpfenden Nymphen, und der bunten Menschenwoge, die sich nach dem Opernhause wälzt.

Lieber und häufiger ging er in Kneipen und Weinkeller, auf Bälle und in gastliche Häuser, wo sich abends junge Leute trafen, Tee tranken, tanzten und flirteten. Abends hielt es ihn nicht zu Hause, obwohl sich die Anfälle der Krankheit häuften, an der er seit früher Kindheit litt: quälende Kopfschmerzen; die Ärzte nannten es Migräne. Sie waren manchmal so heftig, daß er fast das Bewußtsein verlor. Auch seine Kurzsichtigkeit verstärkte sich, und die Augen brannten vor Anstrengung beim Lesen. Aber er wollte keine Brille tragen – das schien ihm angeberisch, und überdies wußte er, daß Goethe Brillenträger nicht leiden konnte. Harry ließ sich weder durch Spott noch durch gutes Zureden umstimmen: »Du trägst nur aus Eitelkeit keine Brille; aber da du immer blinzeln mußt, werden deine Augen kleiner, und die Lider sind gerötet; das verschandelt das Gesicht weit mehr als jede Brille.« Immer häufiger quälten ihn auch Magenschmerzen; trotzdem aß er viel, liebte alle möglichen Delikatessen und hielt sich an keine ärztlichen Verbote. Doch wie krank er auch war, er brauchte manchmal nur plötzlich eine Melodie oder ein Wort zu hören, und schon kamen ihm wie ein Echo neue Worte, die sich zu Versen verwoben. Dann vergaß er alle Schmerzen. Er vergaß sie auch, wenn er seine Gedichte las, wenn er sich im fröhlichen Lärm eines Maskenballes tummelte oder im Theater den Qualm der eben gelöschten

Kerzen schnupperte und auf den langsam aufgehenden Vorhang schaute.

***

Professor Gubitz, der Redakteur der Zeitschrift ›Der Gesellschafter‹, empfing den Besucher, der ihm einige Papierbögen überreichte. Es waren Gedichte, in deutlicher, eleganter Handschrift geschrieben; der erste Bogen trug die Überschrift ›Poetische Ausstellungen‹.

Der Professor sah diesen jungen Mann mit den zusammengekniffenen blauen Augen zum ersten Mal. Er schaute auf das letzte Blatt – die Unterschrift: H. Heine.

»Ich bin Ihnen unbekannt, will aber durch Sie bekannt werden.«

Der Besucher lächelte so gutmütig und verschmitzt, daß auch Gubitz zu lächeln begann. Zu ihm kamen häufig junge Dichterlinge, die versuchten, durch selbstgefällige Ungeniertheit ihre Angst zu überspielen. Aber dieser selbstbewußte Rheinländer nahm irgendwie für sich ein.

»Nun, ja, wenn es sich ergibt, würde ich mich freuen ... Kommen Sie nächsten Sonntag wieder.«

Gubitz las die Gedichte voller Staunen. Mehrmals las er das Gedicht von der nächtlichen Zusammenkunft auf dem Kirchhof: Tote sangen und sprachen von Liebe; der Schneidergeselle, der Räuber, der Schauspieler, der Student, der Jäger – jeden hatte eine unglückliche Liebe ins Grab gebracht, und jeder sang auf eigene Weise, mit eigenen Worten. Es waren schlichte Worte, wie man sie häufiger auf der Straße hörte als im Buche las, aber diese Worte wurden zu Musik – einer seltsamen Musik: traurig und spöttisch und lockend, mit unbegreiflicher, unerklärlicher Kraft.

Der Redakteur entdeckte bekannte Motive: Diese Zeilen da erinnerten an Bürgers Balladen und jene an E. T. A. Hoffmanns phantastisch-romantische Märchen, und natürlich hatte er etwas Ähnliches in einer der dicken Schwarten von Vulpius gelesen, dessen geschwätzige Räuber- und Gespenster-Romane bei weitem mehr Leser fanden als die Bücher seines berühmten Schwagers Goethe. Glichen diese Verse nicht den Liedern, die er schon in der Kindheit von seiner

Kinderfrau gehört hatte? Oder war es auf dem Markt gewesen? Da hatte ein Bettler etwa so gesungen. Dennoch: die Verse waren ungewöhnlich.

Gubitz wollte sich nicht eingestehen, daß er das Treffen mit dem Autor ungeduldig erwartete.

»Ja, Herr Heine, ich bin bereit, Ihre Gedichte zu drukken – freilich nach einigen Korrekturen. Und ich hoffe, daß Ihre Gedichte bei den Lesern Erfolg haben werden. Phantasie und Wortgewalt sind unverkennbar. Aber wenn ich nicht das Vergnügen hätte, Sie zu kennen, würde ich mir den Autor dieser Gedichte ganz anders vorstellen. Wesentlich älter, blaß, von Leidenschaften ausgezehrt, mit einem düsteren Blick aus der Tiefe dunkler Augenhöhlen.«

»Nun, vielleicht haben Sie meine innere Gestalt erraten, Herr Professor. Ich will Ihnen gern zustimmen, wenn das den Druck der Gedichte beschleunigt.«

»Ja, man muß nur einige Fehler korrigieren – rein äußerliche und, mit einer Ausnahme, ganz unbedeutende. Ihre Zeilen wimmeln von Apostrophen. Sie verkürzen und beschneiden die Worte immerzu, so, wie sie im Alltagsgespräch und von gemeinen Leuten ausgesprochen werden. Und hier, sehen Sie, hier und hier sind die Reime nicht korrekt. Das sind Spuren von Nachlässigkeit.«

»Verzeihen Sie, Herr Professor, aber ich wage es, Ihnen zu widersprechen. Das ist keineswegs Nachlässigkeit, sondern ganz im Gegenteil bewußt, beabsichtigt. Luther hat uns aufgetragen, ›dem Volk aufs Maul zu schauen‹ – und das eben tue ich.«

»Nun ja, es wäre sündhaft, dagegen etwas zu sagen. Die Volkssprache, das Volkslied sind unerschöpfliche Quellen der Poesie. Die Lehren Luthers, Herders, Goethes und Bürgers sind überzeugend. Und doch darf ein Dichter nicht einfach wiederholen, was er hört. Was die Natur großzügig vorgibt, muß er bearbeiten. Und es taugen doch wirklich nicht alle Worte, die aus dem Volksmund kommen, für uns. Luther sagte nach alter Art ›Maul‹, ich aber ziehe es vor, wenn man in der Poesie ›Lippen‹ oder ›Mund‹ sagt. Es gibt auch ganz ungehörige Wörter, die man veredeln und sozusagen frisieren muß.«

»Sie haben recht, Herr Professor, und ich werde unverzüglich alle ungehörigen Wörter entfernen, auf die Sie mich hinweisen. Aber ein Frisieren der Sprache ist mir unmöglich.

Gerade die wilden und unfrisierten Locken der Volkssprache sind mir lieb, nicht aber die pomadisierten Coiffuren des Salongeplauders, nicht die staubigen Perücken der Gelehrtenrhetorik.«

Gubitz war von dieser Starrköpfigkeit teils irritiert – der junge Mann schien so liebenswürdig, wohlerzogen und so sehr darauf aus, seine Gedichte gedruckt zu sehen, gab aber nicht ein Jota nach –, teils gefiel ihm der Starrkopf immer mehr: ein echter Dichter, der sein eigenes Wort höher schätzte als die Gewogenheit des Redakteurs.

»Nehmen Sie Ihre Gedichte trotzdem noch einmal mit, lesen Sie sie wieder, in aller Ruhe. Vielleicht glätten Sie auch hier und da einen allzu dreist abstehenden Wirbel. Ich halte es aber für absolut notwendig, in dem Gedicht über die Brautnacht einige Strophen zu streichen oder sie wesentlich zu ändern. Die Zensur wird sie nicht durchlassen, man wird sie für sittenlos, ja gottlos halten – und fürwahr nicht ohne Grund. Im ganzen aber sind es herrliche Gedichte. Ich möchte sie veröffentlichen.«

***

Im Mai 1821 wurden im ›Gesellschafter‹ fünf Gedichte gedruckt. Den scharfen Geruch der Druckerschwärze atmete er genüßlicher ein als das feinste Parfüm.

Als erste beglückwünschten ihn seine neuen Berliner Freunde Rahel und Karl-August Varnhagen von Ense. In ihrem Haus war Heine ein häufiger und gern gesehener Gast, und es schmeichelte ihm sehr, daß sie ihn ungezwungen und freundschaftlich wie ihresgleichen aufnahmen, ihn, einen Studenten, einen unbekannten Dichter, der viel jünger war als sie und alle ihre Gäste.

Rahel Varnhagen hatte schon die Fünfzig überschritten. Sie war nicht schön, aber die dunklen, traurigen und gütigen Augen unter den dichten Brauen ließen einen die Mängel ihres Gesichts übersehen – die große schmale Nase, das lange Kinn, die unpassend mädchenhafte Frisur: dunkle Korkenzieherlocken an den Schläfen und einen hohen Knoten auf dem Scheitel. Kaum zu glauben, daß ihr Mann vierzehn Jahre jünger war als sie.

Der Geheimrat Karl-August Varnhagen von Ense war ein Landsmann Heines. Er war 1785 in Düsseldorf geboren. Als Student hatte er zusammen mit Adelbert von Chamisso von 1804 bis 1806 den ›Musenalmanach‹ herausgegeben. Im Krieg gegen Napoleon war er Offizier in der österreichischen Armee. Nach dem Krieg wurde er preußischer Diplomat, doch schon 1819 hatte man ihn als einen liberalen »Demagogen-Freund« aus dem Staatsdienst entlassen. Er publizierte Lebensbeschreibungen berühmter Heerführer, Erzählungen, Gedichte, Rezensionen und Aufsätze über Literatur. Und in allem, was er schrieb, erkannte man sein Freidenkertum und sein kritisches Verhältnis zu Monarchie und Aristokratie.

Varnhagen hatte sich in Rahel Levin verliebt, ein träumerisches und ernstes Mädchen, die Tochter eines jüdischen Berliner Kaufmanns. Spötter nannten sie eine »alte Jungfer«, da sie schon an die Vierzig war. Aber ihre Freunde, zu denen auch der aufgeklärte Prinz Louis Ferdinand, ein Neffe des preußischen Königs, und Graf Alexander von der Marwitz, ein preußischer Offizier und begabter Literat, gehörten, hielten Rahel für genial, lobten ihre Bildung, ihren Geschmack, ihren ungewöhnlich scharfen Verstand, ihre Sensibilität und Güte. Jeden neuen Bekannten verstand sie schon beim ersten Gespräch. Sie wartete nie, bis sie um Hilfe und Trost gebeten wurde, sie erriet selbst, welcher Rat nötig war.

Louis Ferdinand und Marwitz fielen in den Napoleonischen Kriegen. Rahel trauerte schmerzlich um sie.

Der junge Varnhagen liebte Gedichte und Musik ebenso wie Rahel, und beide verehrten und schätzten Goethe mehr als alle anderen Dichter und Denker. Varnhagen gab seinen Briefwechsel mit Rahel über Goethe in einem Buch heraus, und Goethe selbst äußerte sich sehr wohlwollend über diese Ausgabe.

Varnhagen warb zärtlich, ehrfürchtig und leidenschaftlich um sie, mit der Glut eines jungen Schwärmers. Sie willigte ein, seine Frau zu werden, ließ sich um der Ehe willen sogar taufen und nahm den Namen Friederike an. So unterschrieb sie auch ihre Rezensionen in den Zeitschriften. Die Freunde nannten ihren Salon in der Französischen Straße in Berlin die gastfreundlichste Herberge der Grazien und Musen, ihre Gegner aber spotteten über den Götzentempel des alten Weimarer Fauns Goethe.

Jeden Abend kamen Gäste in das Haus der Varnhagens, alte Freunde und neue Bekannte. Sie lauschten Dichtern und Pianisten, sprachen über Bücher und Theateraufführungen, über die Konzerte des zwölfjährigen Wunderknaben Felix Mendelssohn, über Goethes neuen Roman ›Wilhelm Meisters Wanderjahre‹, über den Tod Napoleons auf der Insel St. Helena, über den Entwurf eines herrlichen Gebäudes für das Berliner Theater, über die großartige Kunst der Ballerina Fanny Elßler, die nach Meinung aller Rezensenten die unvergleichliche Taglioni noch übertraf. Professor Hegel – mit großen wäßrig-blauen Augen, die blassen Hängebacken in den gestärkten Spitzenkragen gedrückt – stritt höflich mit Schleiermacher, einem grauhaarigen Mann in schwarzem Pastorenrock, der ihm zu beweisen suchte, daß es zu nichts Gutem führen könne, wenn man den Namen Gottes durch den abstrakten Begriff des absoluten Geistes ersetze. Adelbert von Chamisso, ein hochgewachsener, schöner Mann mit grauen, schulterlangen Locken, und Alexander von Humboldt, ein breitschultriger blonder Riese, sprachen über ferne Länder, die sie bereist hatten, erzählten von den Wäldern Sibiriens und geheimnisvollen indischen Tempeln. De la Motte-Fouqué strich über seinen spitzen Musketier-Schnurrbart und spottete über jene kritischen Pedanten, welche gegen die romantische Poesie geiferten.

Als Heine zum ersten Mal zu Varnhagens kam, erklärte ihm Rahel:

»Es gibt bei uns keine Paraden von Berühmtheiten. Hier versammeln sich Menschen verschiedener Berufe, Generationen und Stände. Es sind Menschen, die am geistigen Leben teilnehmen oder daran teilzunehmen wünschen. Menschen müssen zusammenkommen, diskutieren, um ihre Vernunft zu üben, um einander kennen und lieben zu lernen.«

Bei seinen ersten Besuchen schwieg er schüchtern und hielt sich abseits. Als man ihn bat, Gedichte zu rezitieren, weigerte er sich nicht. Während er vortrug, wurde seine brüchige Stimme kräftiger und klang immer gleichmäßiger. Die Aufmerksamkeit und das Lob der Zuhörer verliehen ihm Sicherheit. Doch auch kritische Äußerungen irritierten ihn nicht allzu sehr.

Rahel sprach über die Mängel seiner Gedichte nur unter vier Augen mit ihm: dann war sie immer schonungslos streng. In größerem Kreis aber lobte sie ihn, und immer gerade für das, was ihm selbst am besten gefiel. Heine nannte sie die geistreichste Frau des Universums.

An Dienstagen gingen die Varnhagens, viele ihrer Freunde und auch Heine zur Baronesse Elise von Hohenhausen. Sie hatte Byron und Walter Scott übersetzt, war eine Freundin und Gönnerin vieler junger Schriftsteller. Auch in ihrem Salon verehrte man Goethe, aber als bedeutendster Dichter des Jahrhunderts galt ihr Byron. Elise von Hohenhausen nannte Heine den deutschen Nachfolger Byrons; das war für sie das allerhöchste Lob. Einer ihrer Freunde, der junge Rechtsgelehrte Eduard Gans, ein Schüler Hegels, erlaubte sich manchmal, ihr zu widersprechen. Er machte sich mitunter lustig über Heine, den ach so empfindsamen Rheinländer, und über seine romantischen Ritterphantasien.

»Sie sündigen nur auf dem Papier, liebster Heine, nur in Gedichten sind Sie ein Haudegen, Trunkenbold und Wüstling. In Wirklichkeit aber sind Sie der sanfteste, nüchternste von allen, die sich je Burschenschaftler nannten, und natürlich sind Sie keusch wie eine Lilie.«

Heine schwieg lächelnd oder tat den Spott mit einem gutmütigen Scherz ab. Obwohl Gans fast so alt war wie er, verehrte Heine ihn als seinen Lehrmeister. Gans hatte ihn auch in den »Verein für Kultur und Wissenschaft der Juden« eingeführt, den einige Universitätsprofessoren, Literaten und Journalisten 1819 in Berlin gegründet hatten.

***

Sieben Jahre waren vergangen, seit die letzten französischen Soldaten aus Deutschland abgezogen waren. Jetzt war es üblich, die französische Tyrannei zu verdammen. Am wenigsten aber schimpften jene, die – wie Varnhagen und de la Motte-Fouqué – selbst gegen die Fremdherrschaft in den Krieg gezogen waren. Dafür fluchten diejenigen um so lauter, die einst vor Napoleon dienerten, und natürlich auch jene, die damals ihre Privilegien eingebüßt hatten. Die Franzosen waren längst weg, aber in Deutschland waren Reste jener bürgerlichen Reformen erhalten geblieben, die unter französischem Einfluß eingeführt worden waren, so auch hier und da noch die Gleichberechtigung der Juden vor dem Gesetz.

Die adelsstolzen Beamten und Offiziere verachteten Kaufleute und Handwerker und blickten auf die Bauern von oben herab; die reicheren Bürger verachteten ihrerseits die Armen, die Habenichtse; die gewandten Städter lachten über die ungehobelten Dörfler; die Studenten hielten sich für einen besonderen Stand und spotteten über die Philister. Die übersteigerten Patrioten aller Stände aber haßten die Franzosen; doch da die unerreichbar waren, richteten sie ihren Haß gegen die Juden, die noch immer als »frankophil« verdächtigt wurden. Nach der Ermordung Kotzebues im März 1819 gab es gellende Alarmrufe: »Demagogen und Juden bedrohen alle deutschen Staaten, bereiten Revolutionen vor! Und das bedeutet wieder Krieg und Terror, Einquartierungen, Belagerungen, Kontributionen und Brandschatzungen!«

In Hamburg zerschlugen im Sommer 1819 Randalierer die Fenster in vielen Häusern, in denen Juden wohnten, in ihren Läden und Kontoren. Haufen von Trunkenbolden verprügelten jeden, den sie als Juden erkannten. Aus den bitteren Erinnerungen an die französische Belagerung, an die brutale Herrschaft des Marschalls Davout, an die Plünderungen, an die französischen Fouragiere kam der Schmähruf: »Hep-hep, Jude verreck! ... Hep-hep! ...«

Umsonst versuchten redliche, besonnene Menschen zu beweisen, daß der Schuster Moses, der Kolonialwarenhändler Itzig und auch der Bankier Salomon Heine ja ebenfalls unter der Herrschaft der Franzosen gelitten hatten, daß deren Glaubensbrüder gemeinsam mit den Christen in der Hamburger Landwehr gedient und gegen die Jäger und Gardisten Davouts gekämpft hatten; schließlich lägen auch auf dem Judenfriedhof viele Landwehrmänner begraben. Doch es halfen keine Argumente. – Wer hatte ihnen denn die Bürgerrechte gegeben? Die Franzosen! Wer hatte ihnen gestattet, an den Senatswahlen teilzunehmen und nur noch Steuern in gleicher Höhe zu zahlen wie die Christen? Napoleon! »Hep-hep, Jude verreck!«

Auch in Salomon Heines Stadthaus waren die Scheiben eingeschlagen und die Kontoristen verprügelt worden; sie gingen mit bandagierten Köpfen umher.

Harry behielt die Tage des »Hep-hep« für immer im Gedächtnis. Auch in späteren Jahren gellte manchmal in den

Straßen von Hamburg derselbe Schrei. Aber auch in Berlin erinnerte man ihn ab und zu an das Ungewöhnliche seines Schicksals. Hier waren es keine betrunkenen Rowdys, sondern ganz nüchterne, gesetzestreue und gebildete Vertreter des christlich-preußischen Staates. Der Professor für Geschichte an der Berliner Universität, Christian Rühs, veröffentlichte die Broschüre ›Über die Ansprüche der Juden an das deutsche Bürgerrecht‹, in der er verlangte, daß diese Feinde des christlichen Glaubens von allen anderen Bürgern scharf getrennt werden, besondere Kleidung tragen und in eigenen Stadtvierteln wohnen müßten. Ein gewisser »Baron ***« veröffentlichte Ende 1819 ein Pamphlet ›Judenspiegel‹, in dem er behauptete, die Tötung eines Juden sei weder eine Sünde noch ein Verbrechen, sondern bloß ein geringfügiges Vergehen, eine Ordnungswidrigkeit, mit der sich nur die Polizei, nicht aber die Strafjustiz befassen dürfe! Er schlug vor, möglichst viele Juden zur Arbeit auf überseeischen Plantagen an die Engländer zu verkaufen, da das englische Parlament kürzlich den Handel mit Negersklaven verboten habe. Außerdem verlangte der wackere Baron, alle in Deutschland verbliebenen Juden männlichen Geschlechts zu kastrieren, ihre Frauen und Mädchen aber in Freudenhäusern unterzubringen.

In vielen deutsch-jüdischen Familien wurde heftig gestritten. Konservative Rabbiner, alte, aber auch manche jüngere orthodoxe Fanatiker glaubten, all das sei Gottes Strafe für die Abtrünnigen: weil sie die heiligen Gesetze Moses und die Vorschriften des Talmud mißachtet, sich mit den Christen verbrüdert hätten und danach strebten, mit ihnen zu einer gemeinsamen deutschen Nation und einer nationalen Kultur zu verschmelzen. All das seien sündhafte Träumereien! Es gebe allein den rechten mosaischen Glauben; alles andere seien heidnische, christliche oder muselmanische Verirrungen. Es gebe keine Nationen und keine Bürger, sondern ein auserwähltes Volk, das für seine Widerspenstigkeit und seinen Leichtsinn von dem unerbittlichen Jehova mit dem Verlust seiner Heimat, der Zerstreuung über die Erde bestraft worden sei. Und jene, die jetzt wieder Gottes Gesetze mißachteten, brächten neues Unheil über ihre Stammesgenossen. Denn für die schwersten Sünden würden ja nicht nur die Sünder selbst bestraft, sondern auch ihre Blutsverwandten bis ins siebte Glied. In der Schrift heiße es: »Die Väter haben Herblinge gegessen, und den Söhnen wurden die Zähne stumpf.«

Die meisten jungen Leute und die gebildeten Menschen aller Generationen lehnten die Predigten der Fanatiker ab. Die Streitigkeiten drangen aus den Privathäusern auch in die Vorhallen der Synagogen. In Hamburg, Frankfurt und einigen anderen Städten traten Anhänger einer jüdisch-deutschen Reformation auf. Sie forderten, alle heiligen Bücher müßten ins Deutsche übertragen, der Unterricht in den Talmud-Schulen und der Gottesdienst in den Synagogen auf deutsch gehalten werden. Sie sagten: »Es gibt deutsche Katholiken, deutsche Lutheraner, deutsche Baptisten; und wir sind deutsche Juden. Die Unterschiede der Konfessionen bedeuten keinen Unterschied in der Nationalität. Für uns ist die althebräische Sprache dasselbe wie für die Katholiken das Latein. Aber unsere Muttersprache ist Deutsch, und unser Geist und unsere Seele sind deutsch.«

Harrys Mutter meinte, in jener traurigen Zeit, als in deutschen Landen noch gekämpft wurde und Kanonendonner erdröhnte, sei eines gut gewesen: Damals sei Deutschland noch Deutschland, und alle, die Deutsch sprachen, seien Brüder gewesen. Als ihre Söhne in andere deutsche Staaten oder ins Ausland gingen, um dort zu arbeiten oder zu studieren, schrieb sie: »Versprecht mir, nie Zuflucht in einem kleinen Staat zu suchen. Wählt große Städte und große Staaten aus, aber bewahrt überall ein deutsches Herz, das dem deutschen Volk ergeben ist.«

Ähnliche Belehrungen hörte er auch von seinem Vater und von seinen Onkeln.

***

Für die Freunde seiner Kindheit und Jugend war er, Harry Heine, ein Deutscher wie sie selbst. Seine Freunde aus Düsseldorfer christlichen Familien, Christian Sethe, Johann-Baptist Rousseau, seine neuen Berliner Freunde und Bekannten, Varnhagen von Ense, Professor Gubitz, Schleiermacher und selbst der Erzieher preußischer Patrioten, Hegel, sahen in ihm einen ebensolchen Deutschen wie sie selbst waren, und sogar eine Hoffnung der neuen deutschen Poesie. Keiner von ihnen nahm Anstoß daran, daß er aus einer jüdischen Familie stammte. Brentanos Eltern waren Italiener, de la Motte-Fouqués und Adelbert von Chamissos Eltern Franzosen, und Nikolaus Lenau stammte von Ungarn ab. Dennoch waren sie alle deutsche Dichter.

An Harrys Wiege erklangen deutsche Lieder – seine ersten Worte waren deutsch gewesen, auch seine erste Liebeserklärung. Er dachte und sprach deutsch, er träumte und dichtete deutsch.

Aber das gehässige »Hep-hep« verstummte in seinem Gedächtnis nicht, und auch nicht die Forderung jenes Professors Rühs, daß alle Juden in ein Ghetto eingesperrt werden sollten! Und in der Universität hatte er gehört, wie einige seiner Kommilitonen in schwarzen Husarenjacken lachend von einer Aufführung erzählten – von der Komödie ›Die Judenschule‹, in der jene Juden verspottet wurden, die Christen werden wollten.

Der »Verein für Kultur und Wissenschaft der Juden« war allen kirchlichen, weltlichen und auch jüdisch-orthodoxen Fanatikern zum Trotz gebildet worden. Dieser Verein half jungen Männern aus jüdischen Familien, die studieren wollten, in der deutschen Kultur heimisch zu werden.

Eduard Gans, Moses Moser und Leopold Zunz, die Heine im Haus der Elise von Hohenhausen kennengelernt hatte, luden ihn ein, für den Verein Unterricht zu erteilen. Einer seiner damaligen Schüler erinnerte sich später:

Die Unterrichtsstunden, die uns Heine erteilte, bestanden in Französisch, Deutsch und deutscher Geschichte. Sein Vortrag war ein ganz vorzüglicher. Mit großer Begeisterung, ja mit einem unnachahmlichen poetischen Schwunge schilderte er die Siege Hermanns oder Arminius' des Deutschen und die Niederlage des römischen Heeres im Teutoburger Walde. Hermann oder Arminius war ihm das Muster eines großen Helden und Patrioten, der sein Leben, sein Alles wagte, um seinem Volke die Freiheit zu erkämpfen und das römische Joch abzuwälzen. Als Heine mit überlauter Stimme, wie einst Augustus, ausrief: »Varus! Varus! Gieb mir meine Legionen wieder!« frohlockte sein Herz, seine schönen Augen glänzten und sein ausdrucksvolles männliches Gesicht strahlte vor Freude und Wonne. ... Ich erinnere mich ganz zuverlässig, daß er dabei die damalige Zerrissenheit unseres Vaterlandes aufs tiefste beklagt und wörtlich gesagt hat: »Wenn ich auf die Karte Deutschlands blicke und die Menge von Farbklecksen schaue, so überfällt mich ein wahres Grauen. Man fragt sich vergebens, wer regiert eigentlich Deutschland?«..

Von seinem engeren Vaterlande, dem Rheinlande, sprach er mit Begeisterung und schilderte es als ein Paradies auf Erden.

***

In den Weinkeller von Lutter & Wegener in der Charlottenstraße kamen viele Berliner und Zugereiste. Er war ein Treffpunkt für Künstler und Literaten.

Fast jeden Abend saßen dort an ihrem Stammtisch unter einem Blücher-Bild E. T. A. Hoffmann und sein junger Freund, der Schauspieler Eduard Devrient, beim Rotwein.

Oft sah man hier auch Christian Dietrich Grabbe, einen Hünen mit hoher, gewölbter Stirn, traurigen Augen, großer Nase und einem kurzen, fliehenden Kinn. Er war immer von angeheiterten Freunden umgeben, trank selbst viel, schimpfte auf die Theater, die seine Dramen nicht aufführen wollten, pries Shakespeare und verdammte alle Philister.

Heine sollte das Manuskript von Grabbes historischem Drama ›Gothland‹ für Gubitz begutachten. Der meinte: »Ich komme nicht zurecht mit dem verrückten Geschreibsel, aber es heißt, der Mensch habe Talent.«

Heine überflog es gleich in der Redaktion.

»Sie irren sich, Professor, der Mensch ist nicht verrückt, er ist ein Genie.«

Er nahm das Manuskript mit zu den Varnhagens; er wollte den Freunden kundtun, daß er soeben einen genialen Dramatiker entdeckt habe.

»Gubitz will es nicht drucken. Mit einem so gewaltigen Brocken fertigzuwerden, ist freilich für ihn viel schwerer als mit meinen Gedichten, wo er nicht nur einzelne Wörter, sondern ganze Strophen ›gubitzt‹. Aber Shakespeare kann man nicht ›gubitzen‹. Und dieser Grabbe ist ein deutscher Shakespeare.«

Noch am späten Abend bat Rahel Heine zu sich und gab ihm das Manuskript zurück.

»Sie sagen, Sie atmen hier den Duft der Poesie. Doch für meinen Geruchssinn ist das zu stark. Nehmen Sie es um Gottes willen wieder mit! Ich könnte nicht einschlafen, wenn ich wüßte, daß dieses Ungeheuer in meiner Wohnung bleibt. Was für wilde, grobe Gestalten, welch tierische Leidenschaften, welch häßliche Übertreibungen in allem! Und so etwas nennen Sie deutsche Dichtung? Unglaublich, daß es in derselben Sprache geschrieben ist, in der Goethe schreibt. Ich verstehe nicht, wie Sie davon entzückt sein können! Sie sind doch ein Dichter, müssen doch ein Gefühl für Maß, für Harmonie haben.«

Heine lachte über Rahels Schrecken. Er liebte und verehrte sie und ihren Mann. Sie waren so klug und edel, so liebenswürdig zu ihm, sprachen so entzückt von seinen Gedichten. Aber er liebte auch Grabbe, diesen ungestümen Säufer und Grobian, obwohl der für Heines Gedichte keinen roten Heller gab: »All das ist leeres Gefasel, dummes Geschwätz und Abrakadabra, und überhaupt – wer braucht solche lyrischen Verschen noch? Nur weinerliche Fräuleins und rotznäsige, hirnlose Jünglinge! Du schreibst Verschen über wackere Ritter, aber du selbst rümpfst die Nase schon vor einem Glas Wein: ›Ach, mein Kopf tut weh, ach, mir ist nicht gut!‹ So ein schwächlicher kleiner Stutzer, weinerlich wie eine alte Jungfer: ›Ach, Liebe und Leiden, Scheiden und Meiden!‹ Du hast ja noch kein Mädel richtig angefaßt, Du reimst ja nur: ›Kuß – Genuß‹. Du würdest nicht wagen, die billigste Dirne zu küssen. Schreibst aber dafür freche Satiren. Bespuckst dich selbst und andere Leute mit Galle, aus lauter Wut auf deine eigene Schwäche. Aber untersteh dich, nur ein einziges Schmähwort über mich zu schreiben! Ich würde dich abschlachten wie ein Hühnchen!«

Trotz alledem liebte er diesen wirren, verrückten, liederlichen, aber sicher genialen Grabbe. Er verzieh ihm die wüstesten Beschimpfungen, während er sich wegen viel harmloserer Kränkungen manchmal mit seinen besten Freunden zerstritt. Selbst Heines Verehrer sagten, er sei ungerecht und unerbittlich, wenn er streite; dann sei ihm jedes Mittel recht, um den Gegner zu verletzen und zu demütigen. Wegen einer schönen Redewendung könne er Freundschaft und Wohltaten vergessen und alle Heiligtümer mißachten.

Seine so verehrten Lehrer August Wilhelm Schlegel und Eduard Gans, die von ihm so sehr geliebten Dichter de la Motte-Fouqué und Uhland hat er in späteren Jahren schonungslos verspottet. Aber Grabbes gedachte er stets mit Achtung und Herzlichkeit, schrieb und sagte über ihn nur Gutes.

***

In Berlin kam er erstmals mit Schriftstellern und Wissenschaftlern als Gleichberechtigter zusammen, nun nicht mehr als schüchterner Lehrling, sondern als Autor von Gedichten, die in einer Berliner Zeitschrift gedruckt und von ernsthaften Kritikern gelobt worden waren. In Berlin erlebte er auch erstmals das höchste Glück: ein Buch von ihm war erschienen – ein richtiges Buch, wenn auch in schlichtem Umschlag: ›Gedichte‹ von H. Heine. Der kleine Berliner Verleger Maurer hatte gewagt, was der große Brockhaus in Leipzig abgelehnt hatte: den Gedichtband eines gänzlich unbekannten Lyrikers zu drucken. 1000 Exemplare!

Er hielt sein Buch in Händen, las es wieder und wieder. Das waren seine Worte – seine Leiden, seine Tränen, seine Träume, die zu Versen geworden waren. Jetzt aber gehörten sie nicht mehr ihm allein, sie begannen ihr eigenes Leben. Sie waren sein und doch nicht mehr sein, gehörten jedem, der dieses kleine Büchlein aufschlagen würde. Dem, der sie lesen, mit ihnen leiden, sich über sie freuen, und auch dem, der sie verdrießlich beschimpfen oder verächtlich verspotten würde. Aber sie lebten und würden weiterleben, auch dann noch, wenn er, seine Freunde und seine Feinde nicht mehr lebten.

Sie würden leben, seine Worte – seine Gedanken, seine Leiden, seine Träume. Also würde auch er weiterleben, und dazu brauchte er niemandes Segen, weder einen Vertrag mit dem Teufel noch ein Gebet zu Gott. Dazu brauchte er nur den Ruhm. Nicht der heilige Petrus würde ihm das Tor zum Reich der Unsterblichkeit öffnen, nein, er selbst, seine Dichtung! Da war er, der Schlüssel – dies kleine Büchlein, der Schlüssel aus der Schmiede Gutenbergs, er würde alle Schlösser öffnen, die das Menschenleben in einem begrenzten Raum und einer begrenzten Zeit einschließen.

Begriffen die Herausgeber, was sie für ihn getan hatten, welcher neue Weg an diesem Meilenstein begann, auf dem auch ihre Namen standen? Offenbar begriffen sie es nicht. Sie hatten dem jungen Autor nicht einmal ein Honorar gezahlt. Der Verlag, so hieß es, war ja ein Risiko eingegangen; der Autor war ein Anfänger, und für das erste Buch Geld zu verlangen, war ungehörig. Man gab ihm vierzig Exemplare seines Buches. Mochte er sie selbst verkaufen, das würde dann sein Honorar sein.

Aber Harry verschenkte sein Buch, er verkaufte es nicht. Er schickte Exemplare an alle Verwandten und Freunde. Und eines sandte er am 29. Dezember 1821 an den Geheimrat Johann Wolfgang von Goethe:

Ich hätte hundert Gründe Ew Excellenz meine Gedichte zu schikken. Ich will nur einen erwähnen: Ich liebe Sie. Ich glaube das ist ein hinreichender Grund. – Meine Poetereyen, ich weiß es, haben noch wenig Werth; nur hier und da wär manches zu finden, woraus man sehen könnte was ich mahl zu geben im Stande bin. Ich war lange nicht mit mir einig über das Wesen der Poesie. Die Leute sagten mir: frage Schlegel. Der sagte mir: lese Göthe. Das hab ich ehrlich gethan, und wenn mahl etwas Rechts aus mir wird, so weiß ich wem ich es verdanke.
Ich küsse die heilige Hand, die mir und dem ganzen deutschen Volke den Weg zum Himmelreich gezeigt hat, und bin

Ew Excellenz
gehorsamer und ergebener
H. Heine
Cand. Juris.

Eine Antwort kam nie. Man weiß nicht einmal, ob Goethe dieses Buch gelesen hat.

Heine wußte: sein erstes Buch würde ohne sachkundige Hilfe unbemerkt bleiben. Er überwand seine Schüchternheit. Selbstbewußt und ungeniert spielte er die Rolle des erfahrenen Literaten, der die Schliche der Kritiker kennt. Er schickte sein Buch an Adolf Müllner, einen bekannten Dramatiker und Herausgeber einer Literaturzeitschrift:

Letzteres geschieht nicht weil ich Ew Wohlgb so sehr verehre; ich hüthe mich wohl dieses merken zu lassen. Auch geschieht es nicht aus Dankbarkeit für die schönen Abende, die ich Ew Wohlgeb verdanke; denn erstens bin ich undankbar von Natur, weil ich ein Mensch bin, zweitens bin ich undankbar gegen Dichter aus Gewohnheit, weil ich ein Deutscher bin, und drittens kann jetzt von Dankbarkeit gegen Ew Wohlgb bey mir gar nicht mehr die Rede seyn, weil ich jetzt glaube daß ich selbst Dichter bin.
Den beyliegenden Band Gedichte übersende ich Ew Wohlgb bloß weil ich eine Rezension derselben im Literatur Blatte zu sehen wünsche.
Ich gewinne viel wenn die Rezension gut ausfällt, d. h. nicht gar zu bitter ist. Denn ich habe in einem hiesigen literarischen Club gewettet, daß Hofrath Müllner mich partheylos rezensiren wird, selbst wenn ich sage daß ich zu seinen Antagonisten gehöre.

Er hatte nicht geheuchelt, als er an Goethe schrieb: *Meine Poetereyen ... haben noch wenig Werth.* Und als er das Büchlein am 30. Dezember an den Bonner Dozenten Hundeshagen schickte, schrieb er im wesentlichen dasselbe:

Ich weiß, die Gedichte dieser Sammlung haben wenig Werth, der größte Theil ist Ballast. Aber ich weiß auch, daß Kenner wie ein Hundeshagen in meinen Gedichten Studium des Volksliedes, Kampf gegen Convenienzpoesie und Streben nach Originalität nicht verkennen werden.
Wenn es Ew. Wohlgeb. gefallen möchte, durch dero literarische Verbindungen für das Bekanntwerden meiner Gedichte etwas zu thun, so würde dieses mir sehr viele Freude machen und mich Ew. Wohlgeb. noch mehr verpflichten.

Er liebte sein erstes Büchlein, und er brauchte Anerkennung. Amalie sollte erkennen, wen sie abgewiesen hatte, wem sie diesen aufgeblasenen Mistkäfer, den Gutsbesitzerssohn, vorgezogen hatte. Er brauchte die Anerkennung auch, damit Onkel Salomon verstand, wen er wie einen dummen Jungen, einen Almosenempfänger behandelt hatte. Er brauchte den Ruhm, damit seine Freunde erkannten, daß sie ihn mit Recht lobten, ein Genie nannten, seine Gedichte bewunderten. Er brauchte ihn auch, um die Göttinger Burschenschaftler zu beschämen, jene Dummköpfe, die ihn aus der Kneipe hinausgeworfen hatten, jene Schlaumeier und Schreihälse, die ihn wegen mangelndem Patriotismus verunglimpft hatten. Und er wollte, daß andere Verleger und Zeitschriften davon erführen.

Doch trotz seiner Befürchtungen fanden seine Gedichte viele Leser und auch begeisterte Kritiker. Karl Immermann, ein junger Dramatiker und Publizist, schrieb in der Literaturbeilage zum ›Rheinisch-Westfälischen Anzeiger‹, in Heines Lyrik seien die unglückliche Liebe und die Leiden durch die Treulosigkeit einer schönen Frau zu wahrer Poesie geworden. In diesen Liebesgedichten komme eine gedankenreiche Weltauffassung zum Ausdruck. Das sei nicht nur innige Liebeslyrik, sondern gleichsam philosophische Dichtung. Als oberflächlich lehnte Immermann den Vergleich mit Byron ab. Der englische Dichter sei ein Pessimist und Misanthrop, wogegen bei seinem jungen Landsmann tiefste Trauer, unverhülltes Leiden, bittere Ironie mit jugendlich-frischer Lebensfreude verschmelze, und eben das fasziniere.

Heine war beglückt und gerührt von dieser Rezension. Immermann hatte die geheimsten Quellen seiner Gedichte erkannt, auch das, was er tief verborgen glaubte. Es begann ein Briefwechsel. Die Gedichte und Dramen Immermanns hatten Heine schon früher gefallen. Aber jetzt erzählte er allen Berliner Freunden von ihnen, steckte mit seiner Begeisterung die Varnhagens und Elise von Hohenhausen an und verlangte, sie sollten dafür sorgen, daß Immermanns Werke veröffentlicht würden.

Bald nach Heines erstem Buch erschienen seine ›Briefe aus Berlin‹ im ›Rheinisch-Westfälischen Anzeiger‹, und Gubitz druckte seinen Bericht ›Über Polen‹ im ›Gesellschafter‹. In vielen Zeitungen, Zeitschriften und Almanachen erschienen Besprechungen; selbst die kritischsten Rezensenten erkannten die Eigenart seines Talents an.

Sein Ruhm wuchs, aber mit ihm wuchs auch der Neid mancher Literaten. Einige Stammgäste von Literatenkneipen und einige junge Adlige, die zum Zeitvertreib auch Verse schrieben und sich bei den Zechkumpanen Grabbes anbiederten, waren empört über die Erfolge des kleinen Studenten Heine. Sie behaupteten, diesen ganzen Rummel um ihn hätten seine rheinischen Landsleute angezettelt, allein schon aus Feindschaft zu Berlin, denn Heines Schriften über die preußische Hauptstadt seien gewollt boshaft – er verspotte und beschimpfe die anständigen Preußen, die seine süßlich-weinerliche Gefühlsduselei und seine gottlosen Witze verabscheuten.

Im ›Rheinisch-Westfälischen Anzeiger‹ schrieb ein anonymer Rezensent, Heines Gedichte erfüllten zwar die Hauptaufgabe der Poesie – nämlich der Religion zu dienen – nicht, er sei aber dennoch beinahe der originellste deutsche Dichter der Gegenwart. Der Rezensent nannte ihn einen gefallenen Engel und behauptete, Heine sei trotz seiner eigenen Erklärungen kein Schüler Schlegels, sondern er verneine die ritterlichen und klösterlichen Ideale der Romantik. Heine sei der erste wahre Dichter des Dritten Standes.

Aber solches Lob war selten. Die feindlichen, bösartig-verächtlichen, spöttischen Kritiken überwogen. Am gehässigsten schrieben jene Kritiker, die dem jungen Dichter alle Mängel und Laster vielleicht verziehen hätten, ihm aber seinen Ruhm nicht verzeihen konnten.

***

Die Freude über das erste Buch, den ersten Ruhm war kurz und wurde bald von Zweifeln und Enttäuschungen abgelöst. Sogar sein bester Freund, Christian Sethe, verärgerte ihn. Heine schrieb ihm am 14. April 1822 einen gereizten Brief:

Ich erkläre Dir: daß ich vom 15. April an Dein Freund nicht mehr seyn werde, daß ich mich alsdann aller Pflichten gegen Dich entbinde, und daß Du alsdann nur Ansprüche an konvenzioneller Höflichkeit und Urbanität machen kannst. ... glaube nicht, daß ich Dir böse sey; wenn ich Dir sage, daß ich Dein Freund nicht mehr seyn kann, so geschieht dieses, weil ich immer ganz ehrlich und offen gegen Dich handelte, und ich Dich auch jetzt nicht hintergehn möchte. Ich lebe jetzt in einer ganz besondern Stimmung, und die mag wohl an allem den meisten Antheil haben. Alles was deutsch ist, ist mir zuwider; und Du bist leider ein Deutscher. Alles Deutsche wirkt auf mich wie ein Brechpulver. Die deutsche Sprache zerreißt meine Ohre. Die eignen Gedichte ekeln mich zuweilen an, wenn ich sehe, daß sie auf deutsch geschrieben sind. Sogar das Schreiben dieses Billets wird mir sauer, weil die deutschen Schriftzüge schmerzhaft auf meine Nerven wirken.

Mit Christian Sethe hat er sich bald wieder versöhnt, und er hat auch fast keinen einzigen Tag verbracht, ohne zu dichten. Doch jenes Aufbegehren gegen die deutsche Sprache und gegen alles Deutsche war ebenso aufrichtig wie sein wiederholtes Aufbegehren gegen sich selbst, gegen seine Verse – ebenso aufrichtig und ebenso rasch vorübergehend. Den qualvollen Stunden und Tagen solcher Selbstverneinung folgten übermütig frohe Stunden und Tage, an denen ihm die Welt und das Leben herrlich erschienen.

In Berlin kränkelte Heine wieder. Den Winter über war er dauernd erkältet und litt unablässig an quälenden Kopfschmerzen. Zu Beginn des Frühlings 1823 verstärkten die naßkalten Berliner Nebel diese Migräneanfälle und das krampfartige Gliederreißen noch. Wochenlang konnte er das Bett nicht verlassen.

Im April brachte der Berliner Verlag Dümmler Heines zweites Buch, ›Tragödien, nebst einem lyrischen Intermezzo‹, heraus. Er hörte, sein Buch sei in den Schaufenstern eines Ladens Unter den Linden ausgestellt. Das war wirksamer als alle Arzneien. Er machte sich fein, kämmte sich sorgfältig und spazierte immer wieder die Straße entlang an diesem Laden vorbei. Er achtete gespannt auf alle, die hineingingen und herauskamen: Hatten sie vielleicht sein Buch gekauft? Den Freunden und Bekannten, die er traf, erzählte er gelassen und fast beiläufig, daß der Verlag endlich seine Tragödien gedruckt habe, aber die Auflage sei nur klein, und im Laden seien nur noch wenige Exemplare vorhanden.

Wie sehr hatte er diesen Tag erwartet! Seine Verstragödien ›Almansor‹ und ›William Ratcliff‹ sollten seine Gedichte übertreffen und seinen Ruhm mehren:

Almansor, ein maurischer Ritter, kehrt aus der Verbannung unerkannt ins heimatliche Granada zurück, das von den Spaniern beherrscht wird. Hier leben sein Vater und seine Braut. Sie sind zum Christentum übergetreten. Ihn aber halten sie für tot. Seine Braut ist im Begriff, einen Spanier zu heiraten. Almansor entführt sie, doch beide müssen sterben.

Einige Kritiker verstanden diese Tragödie als romantische Allegorie auf das Schicksal jener gebildeten deutschen Juden, die sich taufen ließen, um dadurch die Schranken zu beseitigen, die sie von ihren christlichen Landsleuten trennten. Diese Kritiker wollten beweisen, daß Heine in der Tragödie sein Mißtrauen gegen solche Hoffnungen ausdrücke. Andere fanden, in ›Almansor‹ werde das religiöse Weltbild der Mauren als so lebensfroh, tolerant und human dargestellt, daß es den judaistischen Doktrinen ebenso widerspreche wie den christlichen. Die Mauren in Heines Stück ähnelten seinen Glaubensbrüdern am wenigsten, sie seien den romantischen Helden Byrons verwandt; ihre Gedanken über Leben und Tod, Liebe und Ehre erinnerten eher an die sittlichen und ästhetischen Ideale Goethes und der ersten deutschen Romantiker.

Heines Zeitgenossen entdeckten in diesem Drama aber auch noch andere Probleme. In der Szene, wo Almansors Braut ihm mitteilt, sie solle die Frau eines anderen werden, tritt auch, das einzige Mal im Lauf der Handlung, ein Chor auf. Er erzählt ausführlich die Geschichte der Zerstörung des maurischen Staates in Spanien und davon, daß der siegreiche christliche König

> ... jüngst sein Wort, womit er Glaubensfreiheit
> Verbürget hatt', ... listig brach.

Der Chor erzählt auch von den Heldentaten Almansors; plötzlich aber wird er eindeutig anachronistisch:

Ihn hielt gefesselt Vaterlandsliebe,
Die Liebe für das liebe, schöne Spanien.
Doch was am meisten ihn gefesselt hielt,
Das war ein großer Traum, ein schöner Traum,
Anfänglich wüst und wild, Nordstürme heulten,
Und Waffen klirrten, und dazwischen rief's
»Quiroga und Riego!« tolle Worte!
Und rothe Bäche flossen, Glaubenskerker
Und Zwingherrnburgen stürzten ein, in Glut
Und Rauch, und endlich stieg, aus Glut und Rauch,
Empor das ew'ge Wort, das urgebor'ne,
In rosenrother Glorie selig strahlend.

Quiroga und Riego, zwei freiheitsliebende spanische Offiziere, die Anführer des Aufstandes von 1820–1823, führten zu eben dieser Zeit die letzten verzweifelten Kämpfe gegen die königlichen Truppen.

›William Ratcliff‹ ist die Dramatisierung einer schottischen Ballade über eine Sippenfehde, über die unglückliche Liebe des zügellos-leidenschaftlichen Ratcliff zu der Tochter jener Frau, die seinen Vater und den Mörder seines Vaters liebte. Es ist sogar möglich, daß dieses Mädchen die Schwester des unglückseligen Ratcliff ist. Das Atmosphärische und einige Motive erinnern an Byron, von dem es hieß, er habe in seiner Jugend ein Mädchen geliebt, das er wegen eines Familienzwistes nicht habe heiraten dürfen; und das böse Gerede über die nicht nur brüderliche Liebe Byrons zu seiner Schwester war gleichfalls wohlbekannt.

Heines Tragödien riefen viele widersprüchliche Reaktionen hervor. Er ging jetzt täglich in die Universitätsbiliothek und in Cafés, wo Zeitungen und Journale auslagen, blätterte sie ungeduldig durch und suchte, was man über sein Buch schrieb.

Wenn Reaktionen ausblieben, bekümmerte ihn das mehr als der boshafteste Spott. Doch es mangelte nicht an Verrissen! Man warf ihm vor, er habe Schiller und Byron, Zacharias Werner und Walter Scott nachgeahmt, die Handlung seiner Dramen sei konstruiert, und natürlich hieß es auch, er verbreite unmoralische, atheistische, demagogische Anschauungen.

Der Mißerfolg der Dramen stimmte ihn melancholisch und erzürnte ihn. Er wollte vor allem Dramatiker sein. Er wußte, daß im Reich der dramatischen Dichtung Aischylos und Shakespeare die Größten waren. Wäre Goethe etwa ohne seine Dramen, ohne den ›Götz‹, ohne ›Egmont‹, ›Iphigenie‹, ›Tasso‹ und ›Faust‹, so berühmt geworden? Und Schiller war doch vor allem der Autor der ›Räuber‹, des ›Wilhelm Tell‹! Die großartige Wiedergeburt der neuesten deutschen Literatur hatte mit den Dramen Lessings begonnen. Und an der Universität lehrte Hegel, daß die dramatische Dichtung die höchste Gattung der Poesie sei.

Da waren nun seine Dramen. Da war auch der Ruhm. Jedenfalls war er bekannt geworden, und damit beginnt ja der Ruhm. Noch vor kurzem war ihm dies als das höchste Glück erschienen. Alles, wovon er geträumt hatte, war eingetroffen, aber das Glück war ausgeblieben. Und seine Tragödien fanden weder Regisseure noch wohlwollende Kritiker.

Dreißig Jahre später hoffte er wieder, ihnen einen Weg zu den Zuschauern und Lesern bahnen zu können. 1851 schrieb er im Vorwort zu der dritten Auflage des ›William Ratcliff‹, den er *eine bedeutsame Urkunde ... meines Dichterlebens* nannte:

Ich schrieb den William Ratcliff zu Berlin unter den Linden, in den letzten drei Tagen des Januars 1821, als das Sonnenlicht mit einem gewissen lauwarmen Wohlwollen die schneebedeckten Dächer und die traurig entlaubten Bäume beglänzte. Ich schrieb in einem Zuge und ohne Brouillon.

Das schrieb Heine, als er bereits unheilbar krank war, schrieb voller Stolz über sich und seinen rebellischen Helden, von dem er meinte, er sei nun wirklich zeitgemäß geworden.

... im Ratcliff brodelt schon die große Suppenfrage, worin jetzt tausend verdorbene Köche herumlöffeln, und die täglich schäumender überkocht. Ein wunderliches Sonntagskind ist der Poet; er sieht die Eichenwälder, welche noch in der Eichel schlummern, und er hält Zwiesprache mit den Geschlechtern, die noch nicht geboren sind. Sie wispern ihm ihre Geheimnisse, und er plaudert sie aus auf öffentlichem Markt. Aber seine Stimme verhallt im lauten Getöse der Tagesleidenschaften; wenige hören ihn, keiner versteht ihn. Friedrich Schlegel nannte den Geschichtsschreiber einen Propheten, der rückwärts schaue in die Vergangenheit; – man könnte mit größerem Fug von dem Dichter sagen, daß er ein Geschichtsschreiber sei, dessen Auge hinausblicke in die Zukunft.

Diese erhabene Vorstellung vom Wesen der Poesie war dem jungen Heine noch nicht so deutlich zu eigen. Sie wurde noch von anderen Idealen und Träumen zurückgedrängt. Damals, im Dezember 1822, schrieb er an Immermann, voll Begeisterung über dessen *starkes Wollen des Guten und Rechten:*

Kampf dem verjährten Unrecht, der herrschenden Thorheit und dem Schlechten! Wollen Sie mich zum Waffenbruder in diesem heiligen Kampfe, so reiche ich Ihnen freudig die Hand. Die Poesie ist am Ende doch nur eine schöne Nebensache.

Glücklicherweise blieb diese »Nebensache« für ihn stets und immer der eigentliche Sinn seines Daseins.

2. Lüneburg, Hamburg und wieder Göttingen

Sie haben mich gequälet,
Geärgert blau und blaß,
Die einen mit ihrer Liebe,
Die andern mit ihrem Haß.

Harry fuhr zu seinen Eltern nach Lüneburg in ihr neues Haus. Die Familie des verarmten und kranken Samson Heine lebte jetzt von dem, was von der Mitgift Bettys übriggeblieben war, und von der Unterstützung Salomon Heines.

Das Haus der Eltern am Ochsenmarkt war altertümlich und eng, die drei Wohnetagen lagen zum Markt hin, die blinden Bodenfenster wurden von einem ziegelgedeckten Giebel gekrönt.

Die Eltern, seine Schwester und der jüngere Bruder Maximilian empfingen ihn voll Freude; aber seine Bücher, seine Gedichte und Aufsätze in den Zeitschriften waren für sie weniger bedeutende Ereignisse als Charlottes bevorstehende Heirat.

Den 22. Juny heurathet meine Schwester, die Hochzeit ist wahrscheinlich in der Nähe von Hamburg. Ich werde wohl mehrere Monathe hier bleiben, und mich langweilen. ... ich nahm mir vor, ganz isolirt zu leben. Leider bin ich ohne Bücher. Die Bibliothek meines Bruders besteht nur aus lateinischen und griechischen Classikern. ... Wenn mich meine Kopfschmerzen etwas verlassen werden, so will ich hier viel schreiben. Freylich wär es mir wohlthätiger wenn ich zu Fuß herumreiste. – In Hinsicht der Aufnahme meiner Tragödien, habe ich hier meine Furcht bestätigt gefunden. Der Succes muß den übeln Eindruck verwischen. Was die Aufnahme derselben bey meiner Familie betrifft so hat meine Mutter die Tragödien und Lieder zwar gelesen aber nicht sonderlich goutirt, meine Schwester tollerirt sie bloß, meine Brüder verstehn sie nicht, und mein Vater hat sie gar nicht gelesen. –

schrieb er am 23. Mai 1823 seinem Freund Moser nach Berlin.

In Lüneburg fühlte er sich einsam, und es verstärkten sich auch alle seine Beschwerden.

Ich habe hier also bloß mit den Bäumen Bekanntschaft gemacht, und diese zeigen sich jetzt wieder in dem alten grünen Schmucke, und mahnen mich an alte Tage, und rauschen mir alte vergessene Lieder ins Gedächtniß zurück, und stimmen mich zur Wehmuth. So vieles Schmerzliche taucht jetzt in mir auf und überwältigt mich, und dies ist es vielleicht was meine Kopfschmerzen vermehrt, oder besser gesagt in die Länge zieht; denn sie sind nicht mehr so stark wie in Berlin, aber anhaltender.

So am 18. Juni, wieder an Moser.

Stundenlang wanderte er durch die Stadt, über die grünen Wälle am Festungsgraben. Nach den Berliner Straßen und Plätzen, nach der grausteinernen Majestät der Kasernen und Paläste der preußischen Hauptstadt, ihrem gestutzten, gepflegten Grün und den sauberen Straßen erinnerte Lüneburg ihn an die rheinischen Städte. Hier war für ihn das wahre Deutschland. Ohne dieses Land wollte er nicht leben, aber auch das Leben in diesem Lande brachte immer neue Schwierigkeiten, neue Leiden.

Mein Herz, mein Herz ist traurig,
Doch lustig leuchtet der Mai;
Ich stehe, gelehnt an der Linde,
Hoch auf der alten Bastei.

...

Die Mägde bleichen Wäsche,
Und springen im Gras' herum;
Das Mühlrad stäubt Diamanten,
Ich höre sein fernes Gesumm'.

Am alten grauen Thurme
Ein Schilderhäuschen steht;
Ein rothgeröckter Bursche
Dort auf und nieder geht.

Er spielt mit seiner Flinte,
Die funkelt im Sonnenroth,
Er präsentirt und schultert –
Ich wollt' er schösse mich todt.

Charlottes Hochzeit wurde in dem kleinen Städtchen Zollenspieker auf halbem Wege nach Hamburg gefeiert; die ganze Verwandtschaft hatte sich eingefunden. Unter den Ehrengästen waren Onkel Salomon und der jüngere Onkel Henry – Bankier wie sein Bruder, aber nicht so erfolgreich, weshalb er seine völlige geschäftliche Unabhängigkeit von ihm besonders nachdrücklich betonte. Auf dem Familienfest gaben sich alle versöhnlich. Charlotte – sie war vor kurzem achtzehn Jahre geworden – war verlegen, froh und erregt.

»Wie lieb sie ist! Was für eine reizende, frische, kleine Dame ist dieses Lottchen! Welch natürliche Anmut. Sie ist die Tochter eines Kaufmanns und gibt sich doch wie ein echtes Edelfräulein.«

Harry beobachtete seine Schwester mit Freude und Wehmut zugleich. Sein kleines Lottchen ging für immer weit fort, ging in eine fremde Welt. Der Bräutigam gefiel ihm nicht. Moritz Embden, ein selbstzufriedener Hamburger, einer von jenen gewandten, energischen Kerlen, bei denen man auf den ersten Blick sicher ist: der wird Karriere machen und es weit bringen. Er war fast doppelt so alt wie Lottchen, blickte sie zärtlich und gönnerhaft an, und ihre Augen strahlten hingebungsvoll. Mit Harry versuchte er im Ton des älteren, aber nachsichtigen Verwandten zu sprechen: Ihm selbst sei die Literatur auch nicht fremd, und wenn er auch konservativ sei, wie jeder anständige Patriot, so sei er doch fähig, sowohl die Begeisterung der Jugend als auch die wechselnden Launen eines Dichtertalents zu verstehen.

Harry bemühte sich, dem Schwager gegenüber möglichst liebenswürdig zu sein, um Schwester und Eltern nicht zu betrüben und die Verwandten nicht zu schockieren. Er hatte ihm sogar sein neues Buch geschickt, und im Begleitbrief vom 3. Mai 1823 erklärte er ihm:

Der ächte Dichter giebt nicht die Geschichte seiner eigenen Zeit sondern aller Zeiten, und darum ist ein ächtes Gedicht auch immer der Spiegel jeder Gegenwarth.

Doch er konnte sich nicht mit ihm anfreunden. Dieser schlaue Kerl hatte natürlich nicht aus Liebe um das gute, kluge Lottchen mit seiner kleinen Mitgift geworben. Ihn verlockte die Verwandtschaft mit den Bankiers. Schamlos umwarb er den Onkel Salomon und dessen Söhne, tat schon familiär wie ein braver Vetter und spottete mit ihnen über Harrys Berliner Allüren, über seinen frischen Dichterruhm.

Heines Ruhm wuchs und war auch schon bis zu seinem Onkel gedrungen. In der ›Staats- und Gelehrten Zeitung des Hamburgischen unpartheiischen Correspondenten‹ wurde ein Bericht aus Berlin gedruckt:

Unter den neuesten literarischen Veröffentlichungen bilden die Tragödien von H. Heine durch ihre geniale Eigenart eine Sensation. Der junge Dichter, den viele Stimmen in der Gesellschaft für einen deutschen Byron erklärt haben, ist gebürtig aus Düsseldorf, lebt aber schon ein Jahr in Berlin.

Salomon Heine las das mit sichtlichem Vergnügen, zeigte es Frau und Sohn: Seht nur, was aus unserem Neffen geworden ist, er wird in einer seriösen Zeitung gelobt.

An der Hochzeitstafel waren die Scherze des Onkels eher wohlwollend. Er titulierte den Neffen mit »Eure dichterische Excellenz«, fragte, ob er bald Geheimrat werde wie Goethe und ob er dann seine bescheidenen Verwandten noch kennen werde.

Als Harry zwei Wochen später nach Hamburg kam, empfing ihn Onkel Salomon freundlich. Er hatte schon allen Verwandten und Bekannten erzählt, er wolle den genialen Neffen auch weiterhin unterstützen und sogar die monatliche Zuwendung erhöhen, er hoffe aber auch, daß der junge Mann sich nicht nur mit Versen beschäftigen werde.

Harry kehrte in das Haus zurück, das er als abgewiesener Verehrer seiner Cousine, als Taugenichts, den man nur aus Mitleid duldete, verlassen hatte. Jetzt war er ein Autor, der bereits zwei Bücher publiziert hatte, Mitarbeiter von bedeutenden Journalen, ständiger Gast in den besten Salons von Berlin.

Doch das Wohlwollen des Onkels hielt nicht lange an. Bald begann er, den Neffen wieder mit spöttisch-mißtrauischen Fragen und Vorwürfen zu traktieren: Wann würde sich der Herr Studiosus denn endlich die Mühe machen, Doktor der Rechte zu werden? Vier Jahre lang wetze er schon die Hosen auf den Bänken verschiedener Universitäten ab. Vier Jahre lang habe er pünktlich Geldzuwendungen erhalten; nicht einmal seinen fleißigsten Angestellten bezahle das Bankhaus Heine so viel.

Amalie war weit fort, in Ostpreußen. Ihr jüngerer Bruder, sein Cousin Carl, sprach herablassend gönnerhaft mit ihm. Nur die siebzehnjährige Therese, die jüngste Tochter Salomon Heines, begegnete Harry freundlich und heiter. Wenn er ihr Gedichte vorlas, lachte sie aus vollem Herzen oder war still betrübt und versuchte, unbemerkt die Tränen wegzuwischen. Er schenkte ihr sein Buch. Sie errötete, machte einen tiefen, feierlichen Knicks, küßte ihn dann schallend auf die Backe und lief lachend fort.

Sie war so hübsch, so ungekünstelt und anmutig. Er wollte sie immer wieder, so oft wie nur möglich, sehen.

> Die Kleine gleicht der Geliebten,
> Besonders wenn sie lacht;
> Sie hat dieselben Augen,
> Die mich so elend gemacht.

Salomon Heine bemerkte diese neue Schwärmerei bald und mahnte immer häufiger und nachdrücklicher, es sei höchste Zeit für den Herrn Studiosus, an die Universität zurückzukehren.

> Die alte Leidenschaft bricht nochmals mit Gewalt hervor. Ich hätte nicht nach Hamburg gehn sollen; wenigstens muß ich machen daß ich sobald als möglich fortkomme. Ein arger Wahn kömmt in mir auf, ich fange an selbst zu glauben daß ich geistig anders organisirt sey und mehr Tiefe habe als andre Menschen. Ein düsterer Zorn liegt wie eine glühende Eisendecke auf meiner Seele. Ich lechze nach ewiger Nacht. –

schrieb er am 11. Juli an Moses Moser.

Plötzlich starb die älteste Tochter Salomon Heines, die kränkliche, stille Friederike. Für einige Tage wurde das Haus düster. Man verhängte die Spiegel mit schwarzem Flor, die Frauen gingen verweint umher, die Gäste wurden mit Tränen, manchmal auch mit lautem schluchzendem Wehklagen empfangen.

***

Heine fuhr ans Meer, in das kleine Städtchen Cuxhaven. Er lag stundenlang am Strand und lauschte dem gleichmäßigen, rhythmischen Tosen der Brandung. Unverwandt schaute er hinaus auf die bläulich-grüne Weite, auf die weißen Segel in der Ferne. Auch bei Unwetter war es eine Lust, an der See zu sein, wenn die großen Sturmwogen brausend und donnernd ans Ufer rollten.

Der Wind zieht seine Hosen an,
Die weißen Wasserhosen!
Er peitscht die Wellen so stark er kann,
Die heulen und brausen und tosen.

Das Meer zog ihn an, bezauberte ihn. Das war ein neues, nie zuvor erlebtes Gefühl. Das Meer war unendlich und unvergänglich. So wie es vor tausend und abertausend Jahren war, würde es auch noch nach vielen tausend Jahren sein. Die Stimmen des Meeres – bald zärtlich, bald drohend – waren ihm hier am deutschen Strand ebenso vernehmbar wie den Menschen in weiter, weiter Ferne – auf den weißen Felsen von England, an den waldigen Küsten von Amerika, im heißen Sand der afrikanischen Strände. Sie alle vernahmen die nie verstummenden Laute des Meeres, doch niemand verstand sie. Sie ließen sich nicht übersetzen, und ihre gewaltige Musik war nicht in Noten auszudrücken. Alle Posaunen, Zimbeln und Harfen konnten sie nur unbeholfen nachahmen. Vergeblich waren alle Versuche, sie in Worte zu fassen. Und doch wollte und mußte er an das Meer, das ewig lebendige, grenzenlose Meer, denken, und seine Gedanken wurden zu Gedichten. Er sah es, hörte es, spürte es –, aber es blieb dennoch geheimnisvoll und unfaßbar, wie die Liebe, und wie sie erschreckte und lockte es ihn unwiderstehlich.

... die ganze Nacht habe ich auf der Nordsee herumgeschwommen, ich wollte nach Hellegoland reisen, doch in der Nähe dieser Insel mußte der Capitän wieder umkehren, weil der Sturm gar zu entsetzlich war. Es hat ganz seine Richtigkeit mit dem was man von der Wildheit des Meeres sagt. Es soll einer der wildesten Stürme gewesen seyn, die See war eine bewegliche Berggegend, die Wasserberge zerschellten gegen einander, die Wellen schlagen über das Schiff zusammen und schleudern es herauf und herab, Musik der Kotzenden in der Kajüte, Schreyen der Matrosen, dumpfes Heulen

der Winde, Brausen, Summen, Pfeifen, Mordspektakel, der Regen gießt herab als wenn die Himmlischen Heerschaaren ihre Nachttöpfe ausgössen, – und Ich lag auf dem Verdecke, und hatte nichts weniger als fromme Gedanken in der Seele. Ich sage Dir, obschon ich im Winde die Posaunen des jüngsten Gerichts hören konnte und in den Wellen Abrahams Schooß weit geöffnet sah, so befand ich mich doch weit besser als in der Sozietät mauschlender Hamburger und Hamburgerinnen. Hamburg!!! mein Elisium und Tartarus zu gleicher Zeit! Ort, den ich detestire und am meisten liebe, wo mich die abscheulichsten Gefüle martern und wo ich mich dennoch hin wünsche, und wo ich mich gewiß in der Folge oft befinden werde, ...
Das Seebad das ich hier brauche bekömmt mir sehr gut; wären nur nicht die fatalen Gemüthsbewegungen. Meine Nerven sind sehr gestärkt, und wenn die Kopfschmerzen nachlassen werde ich noch in diesem Jahre viel kräftiges schreiben.

So am 23. August, wieder an Moser.

***

Ende Januar 1824 war er wieder in Göttingen, begann erneut die Gesetze des alten Rom, die Pandekten und Schriften über das alte und neue deutsche Strafrecht zu büffeln.

Zunächst wollte er die Streithähne in ihren schwarzen Röcken meiden und ging nicht zu den Versammlungen der Burschenschaften. Er unterbrach seine Studien nur, um rasch in einer Wirtschaft zu essen, einen Krug Bier zu trinken. Abends hob er den müden Kopf, rieb sich die brennenden Augen und ging in den alten Park. Mitunter ging er auch mit einigen Kommilitonen spazieren.

»Du bist heute wieder blaß und finster, Heine. Bist du die Kopfschmerzen immer noch nicht los? Du solltest dich ausschlafen!«

»Du hast gut reden! Mich haben heut nacht wieder Alpträume gequält. Mein Bruder, der Gymnasiast, hat mir gestern abend bewiesen, daß in meinen Hexametern in einer Zeile ein Versfuß fehlt. Stellt euch vor, wie schrecklich! Ein fünffüßiger Hexameter. Und kaum war ich eingeschlafen, kam die unglückselige Zeile, auf fünf Füßen humpelnd, stöhnend, schluchzend und schreckliche Fratzen schneidend, auf mich zu. Sie winselte und verlangte, ich solle ihr den fehlenden Fuß geben. Ich bin schweißgebadet aufgewacht. Hab' geschworen, nie mehr Hexameter zu schreiben. Und so geht es mir nun sehr schlecht, mein Bester. Verzeih, ich möchte jetzt schweigen.«

Schon äußerlich unterschied sich Harry von den anderen Studenten: Er war immer glatt rasiert und parfümiert. Die saubere braune Jacke mit den zwei Reihen blankgeputzter Bronzeknöpfe war akkurat zugeknöpft, ein schwarzer Seidenschal sorgfältig um den Hals gebunden, kein Fältchen auf den gelben Kniehosen und den weißen Strümpfen, die Schuhe blitzblank.

»Schaut ihn euch an – blaß und schmachtend wie ein zartes Mädchen, aber vorige Woche hat er sich doch wieder geschlagen, hat das Blut seines Nächsten vergossen. Der Arme sitzt noch immer zu Haus, mit Pflastern verklebt. Ach, Heine, Heine, reicht es dir nicht, daß man dich schon einmal wegen eines Duells ausgewiesen hat, mußt du wieder sündigen?«

»Schrei nicht so, Liebster, mir tut der Kopf sehr weh. Ich war doch gezwungen, mich zu schlagen. Urteilt selbst. Im ›Englischen Hof‹ reicht man immer die Schüssel mit dem Braten herum, und jeder kann ein Stück wählen. Ich war gerade an der Reihe, hatte mir ein saftiges Stück erkoren, aber ein ungeduldiger Schlingel, mein Tischnachbar, meinte, ich hätte die Schüssel zu lange behalten, zischte: ›Ich werde Ihnen mal zeigen, wie man Fleisch aufspießt‹ und stieß mir seine Gabel in die Hand. Was blieb mir denn anderes übrig? Selbst, wenn ich kein Mitglied der ruhmreichen ›Guestfalia‹ wäre? Ich hab' ihn gefordert, und jetzt ist auf seiner dicken Nase eine Lektion in Geduld und Höflichkeit eingekerbt.«

»Guter Gott, Heine, du spielst mit deinen Gefühlen wie mit Karten. Die edelsten Impulse verschwendest du für einen Hokus-Pokus. Du bist doch ein Dichter, ein Liebling der Musen, du solltest das Sprachrohr eines erhabenen Geistes sein.«

»Bitte, schrei nicht so, Lieber. Du hast zweifellos recht. Aber selbst die heiligste Wahrheit kann ich nicht ertragen, wenn sie so tierisch ernst und so laut verkündet wird. Ich würde ihr dann eine stille, schüchterne und lustige Lüge vorziehen. Und überhaupt, Freunde, verzeiht, ich bin nicht ganz gesund und will ein wenig abseits sitzen.«

»Laß ihn, Peters, siehst du denn nicht, dem armen Harry

geht es ganz schlecht. Gestern abend ist er bei mir vorbeigekommen. Ich habe ihn ans Fenster in den besten Sessel gesetzt, Bier gebracht; er aber verzog ständig sein Gesicht und bat rührend und kläglich: ›Lieber, bitte nimm die Uhr weg, sie tickt so schrecklich laut.‹ So zart besaitet ist dieser verwegene Duellant.«

»Er ist wirklich krank. Seht ihr denn nicht, wie finster er dreinschaut? Aber ich kann ihn im Nu aufmuntern. Heine, verzeih bitte, ich habe gestern vergeblich versucht, mich an dein kleines Gedicht über den altdeutschen Jüngling zu erinnern. Ich will diesen arroganten Kerlen hier beweisen, daß du dich poetisch und zugleich gutmütig über sie lustig machen kannst.«

Harry stand sofort auf und begann zu rezitieren – die linke Hand auf die Banklehne gestützt, die Rechte im Rhythmus auf und ab bewegend:

»Wohl dem, dem noch die Unschuld lacht,
Weh dem, der sie verlieret!
Es haben mich armen Jüngling
Die bösen Gesellen verführet.

...

Und als sie mich ganz besoffen gemacht,
Und meine Kleider zerrissen,
Da ward ich armer Jüngling
Zur Thür hinaus geschmissen.

Und als ich des Morgens früh erwacht,
Da wundr' ich mich über die Sache!
Da saß ich armer Jüngling
Zu Cassel auf der Wache.«

»Ein lustiges Gedicht. Aber du hast doch unlängst gesagt, daß du keine kleinen Gedichte mehr schreiben wirst, nur noch Poeme, Tragödien, Romane.«

»Ich werde auch nichts Belangloses mehr schreiben. Das hier war nur so ein Scherz, eine Skizze, auf den Rand meines Manuskriptes hingekrizzelt. Jetzt schreibe ich an einem ›Faust‹.«

»Einem ›Faust‹? Du bist wohl verrückt geworden. Nach Goethe noch einen ›Faust‹ zu schreiben! Das Publikum wird dir das nie verzeihen.«

»Mensch, man wird dich auslachen, beschimpfen, schmähen.«

»Na wenn schon! Um das Publikum hab' ich mich nie gekümmert. Die öffentliche Meinung ist wankelmütig wie das Aprilwetter. Über Faust hat man vor Goethe geschrieben, auch, als er selber daran schrieb, und auch nach Goethe wird man noch viele Male über ihn schreiben. Jeder deutsche Dichter sollte seinen ›Faust‹ haben.«

»Ändere wenigstens die Überschrift, dann wird man es dir vielleicht verzeihen.«

»Ich kann es ja ›Mephisto‹ oder so ähnlich betiteln. Aber wichtig ist, daß es mir um anderes geht als Goethe. Sein eigentlicher Held ist Faust, und Mephisto ist nur sein Gehilfe, ein Diener, eher ein Gefolgsmann als ein Verführer. Bei mir wird es umgekehrt sein! Mephisto ordnet an, lenkt, ersinnt etwas, Faust aber ist ein aufgeblasener, eitler Professor der Theologie. Schauplatz ist Göttingen, und die Komparsen sind Studenten und Philister. Die Studenten erkennen bald, was für ein kläglicher Sonderling ihr Theologie-Professor ist.«

»Mach ihn lieber zum Philosophie-Professor, dann kannst du mehr von seinen Gedanken erzählen.«

»Na gut, vielleicht hast du recht. Also: Die Studenten sehen, daß sich Faust, der Philosophie-Professor, ganz ungebührlich benimmt, in den Vorlesungen Unsinn schwätzt. Sie pfeifen und lachen ihn aus. Faust verläßt Göttingen und begibt sich mit Mephisto auf Wanderschaft. Ihre irdischen Abenteuer werden von himmlischen Episoden unterbrochen. – Mephisto trinkt mit den Engeln Tee, er hat mit ihnen eine Wette über Faust abgeschlossen, ich betone: mit den Engeln! Gott möchte ich lieber aus dem Spiel lassen, aber Mephisto soll sich in einen der Engel, vielleicht sogar in den Erzengel, verlieben; die Engel sind ja zwar geschlechtslos, aber doch eher weiblich, und der Teufel ist immer ein richtiger Mann.«

Dieses Drama hat er nicht geschrieben, aber zwanzig Jahre später veröffentlichte er auf französisch ein Tanzpoem ›Doktor Faust‹.

***

Er hatte die Fenster verhängt, um sich vor der Maisonne, vor dem Grün, dem Vogelgezwitscher, den lärmenden Freunden zu verbergen. Er preßte die Finger fest auf die Schläfen –

wieder kamen die Kopfschmerzen – und büffelte Paragraph um Paragraph: Gesetze über die Vermögensrechte von Ehegatten, Richtlinien zur korrekten Abfassung von Testamenten, mildernde Umstände in Fällen von vorsätzlichem Mord.

Eine laute Stimme von der Straße: »Byron ist tot!«

Das konnte doch nicht wahr sein! Byron war doch noch jung. Hatte man ihn ermordet? – Nein, er war am Fieber in Griechenland gestorben, hatte für die Freiheit der Griechen kämpfen wollen, die sich gegen die Türkenherrschaft erhoben hatten. Er war mit einem Trupp hingekommen, den er selbst ausgerüstet hatte. Doch der giftige Atem der griechischen Sümpfe hatte ihn getötet.

Heine schrieb seinen Freunden darüber; an Rudolf Christiani in Lüneburg am 24. Mai 1824:

Während ich dieses schreibe erfahre ich daß mein Vetter, Lord Byron, zu Missolungi gestorben ist. So hat auch dieses große Herz aufgehört zu schlagen! Es war groß und ein Herz, kein kleines Eyerstöckchen von Gefühlen. Ja dieser Mann war groß, er hat im Schmerze neue Welten entdeckt, er hat den miserabelen Menschen und ihren noch miserableren Göttern prometheisch getrotzt, der Ruhm seines Namens drang bis zu den Eisbergen Thules und bis in die brennenden Sandwüsten des Morgenlandes. take him al in al, he was a man. Wir werden sobald nicht mehr seines Gleichen sehen.
Ich habe überall Trauer ansagen lassen. Die englische Literatur steht jetzt nur noch auf zwey Augen – Scott und Moore. Unsere Literatur ist ganz und gar blind.

und an Moses Moser in Berlin am 25. Juni:

Der Todesfall Byrons hat mich übrigens sehr bewegt. Es war der einzige Mensch mit dem ich mich verwandt fühlte, und wir mögen uns wohl in manchen Dingen geglichen haben; scherze nur darüber soviel Du willst. Ich las ihn selten seit einigen Jahren; man geht lieber um mit Menschen deren Charakter von dem unsrigen verschieden ist. Ich bin aber mit Byron immer behaglich umgegangen wie mit einem völlig gleichen Spießkameraden. Mit Shakespear kann ich gar nicht behaglich umgehen, ich fühle nur zu sehr daß ich nicht seines Gleichen bin, er ist der allgewaltige Minister und ich bin ein bloßer Hofrath, und es ist mir als ob er mich jeden Augenblick absetzen könnte.

Im fernen Rußland, in dem Dorf Michajlowskoje, ließ der verbannte Dichter Alexander Puschkin zur gleichen Zeit eine Totenmesse für den verstorbenen Lord Byron zelebrieren.

***

Im Haus gegenüber wohnte der baumlange Adolf Peters, der Mathematik studierte und wortreiche, gefühlvolle Gedichte schrieb. Abends, wenn Harry vom Latein und dem altertümlichen deutschen Kanzleigestammel müde war, lehnte er sich aus dem Fenster und rief:

»Adolf, komm rüber und lies Gedichte vor!«

Und der kam, kurzatmig, keuchend; sein flaches, stupsnäsiges Gesicht war rosig und die großen abstehenden Ohren glutrot vor freudiger Verlegenheit. Er öffnete eine Saffianmappe, die mit sauber beschriebenen Blättern gefüllt war. Wer ihm auch zuhörte – ob Harry allein, der es sich auf seinem Bett bequem machte, oder eine Schar von Studenten, die in dem geräumigen Zimmer auf den mit Papierkram überladenen Stühlen und Tischen saßen –, Adolf las immer mit dem gleichen Pathos, ohne irgend etwas ringsum zu bemerken, berauscht von seinen Versen und dem Klang seiner Stimme.

Nach jedem vorgelesenen Opus sagte Heine unverändert ernst:

»Weißt du, Adolf, gerade das ist dein Bestes.«

Adolf errötete noch mehr, glänzte schwitzend und deklamierte noch begeisterter.

Und Heine sagte wieder, ebenso eindringlich:

»Adolf, das war nun wirklich das Allerbeste.«

Die anderen Zuhörer blinzelten einander zu, prusteten hinter vorgehaltener Hand, spendeten doppeldeutiges Lob oder kritisierten streng. Doch Peters hörte niemanden, er wartete nur, was der Autor des ›Almansor‹ und des ›Lyrischen Intermezzo‹ sagen würde.

Wenn Heine mit Peters allein war, schlief er bei diesen Deklamationen manchmal ein. Peters ging dann vorsichtig weg und war niemals gekränkt, sondern sogar gerührt, denn der ältere Kollege hatte ihm schon einige Male gesagt: »Adolf, dies war das beste von deinen Gedichten, das, was mich so selig eingewiegt hat; ich hab' es im Traum wie Engelsgesang zu Ende gehört.«

Im Januar 1825 erschien im Berliner ›Gesellschafter‹ eine begeisterte Rezension von Adolf Peters über Heines Gedichte. Aber Harry war nicht sonderlich erfreut über den leeren Beifall. Es brachte ihn sogar auf, daß Peters nebenbei bemerkt hatte: die herrlichen Gedichte Heines seien leider nicht zum Singen geeignet, da ihre Ironie und ihr Sarkasmus dem musikalischen Empfinden entgegengesetzt seien.

Viele Rezensenten, Unbekannte, aber auch Freunde wie Peters, hatten ihm ständig vorgeworfen, seine Gedichte seien undelikat, vernachlässigten und mißachteten die zärtlichsten Gefühle.

Er wollte ja, daß die Menschen beim Lesen seiner Gedichte vor Entzücken weinten, daß seine Verse Harmonie, Liebe und Freude ausstrahlten! Doch wie konnte er sich seiner verfluchten krankhaften Feinfühligkeit erwehren? Jede Dissonanz, sogar die geringste Übertreibung, reizte ihn zum Spott, zu sarkastischen Witzen. Je mehr er nach Harmonie strebte, desto schärfer spürte er Mißklänge, desto scharfsichtiger bemerkte er Mißbildungen.

Doch die Kastraten klagten
Als ich meine Stimm erhob;
Sie klagten und sie sagten:
Ich sänge viel zu grob.

***

Auf Tischen, Fensterbänken, Stühlen und sogar auf dem Bett häuften sich Bücher – alte staubige Folianten, in rissiges Leder gebunden, kleine dicke, kartonierte Bändchen, abgegriffene Broschüren und ganz neue Bücher, die nach Druckerschwärze rochen und noch nicht aufgeschnitten waren: deutsche und römische Gesetzessammlungen, Pandekten, Werke von Historikern, juristische Traktate, Lehrbücher, polemische Pamphlete. Außer den Büchern, die er für das Studium und das Examen brauchte, gab es auch Romane, Gedichte und einige ältere und neuere historische Werke über das Leben der Juden im mittelalterlichen Spanien und in Deutschland.

Heine schrieb an einer Erzählung, ›Der Rabbi von Bacherach‹.

In Berlin stritten Eduard Gans, Moses Moser und Leopold Zunz über die tragischen Schicksale ihrer Vorfahren, über die Verfolgungen und Demütigungen der Juden. Harry kannte ihre Sprache nicht, glaubte nicht an ihre Heiligtümer und begriff nicht, was sie davon abhielt, den alten Glauben, die längst veralteten Traditionen aufzugeben, sich von ihnen loszusagen und sich so von der schmachvollen Rechtlosigkeit, von allen Beschimpfungen, Mißhandlungen und Drohungen zu befreien.

Aber er wollte sie und damit auch sich selbst verstehen, wollte erkennen, was ihn noch mit ihnen verband. Um das zu erreichen, mußte er schreiben – Menschen darstellen, ihre Gestalten sichtbar, ihre Worte hörbar machen. Er mußte sich selber und anderen zeigen, wie diese Vorfahren gelebt hatten, mußte ihren Stolz, ihre Schmach, ihren Schmerz fühlen, mit ihnen weinen und lachen, lieben und hassen.

Wie empfindlich und erregbar war dieses Volk vorzeiten gewesen! Friedliche, fleißige Weinbauern, Gemüsegärtner, Hirten, eifrige Händler ebenso wie Schriftgelehrte und Priester wurden zu rasenden Fanatikern, Mördern und Kriegern, sobald irgend ein Gegner ihren düsteren Tempeln zu nahe kam. Sie kannten keine menschen- oder tierähnlichen Götter – weder die sonnengesichtige Astarte noch den heiligen Stier Apis. Sie verehrten eine unsichtbare, geheimnisvolle und doch allwissende Macht: den einsamen, einzigen Gott und Schöpfer der ganzen Welt, Jahve. Er hatte sich den armen Nomaden offenbart, grauenvolle Wunder bewirkt. Er war nachtragend, eifer- und rachsüchtig. Seinem auserwählten Volk hatte er das gelobte Land geschenkt, es ihm dann aber wieder genommen; um sie zu strafen, hatte er die einst reichen und mächtigen Stämme über die ganze Welt verstreut, sie zu immer neuen bitteren Leiden verdammt.

Doch eben diesen Gott verehrten auch andere Völker. Die Christen sahen in ihm den Gott-Vater, der seinen Sohn Jesus Christus gesandt hatte, damit er durch seine Selbstaufopferung die Sünden der Menschen sühne. Ursprünglich hatten die Menschen den Göttern Opfer dargebracht. Der Sohn Gottes aber hatte sich für die Menschen geopfert.

Die Bekenner des Alten Testaments erkannten ihn nicht an, aber Jesus war eben doch ein Sproß des von Jehova erwählten Volkes, ein direkter Nachfolger der judäischen Könige. Auch die Mohammedaner beteten zu dem biblischen Gott, den sie Allah, den Lehrer Mohammeds, nannten, und sie verehrten dieselben Patriarchen.

Die Bibel empfand Harry als ein Buch voll gewaltiger und zarter Poesie, ein buntes Gewebe aus Legenden über Wunder und Heldentaten, über Propheten und Könige, über viele grausame Fanatiker und manche gütige Menschen. . . Diese uralten Worte wurden so viele Male ehrfürchtig neu geschrieben, wurden in so vielen Sprachen nacherzählt. Die Seiten unzähliger Ausgaben waren von Tränen benetzt, inbrünstig geküßt worden.

Und diese Worte klangen durch die Jahrtausende – im majestätisch langsamen Rezitativ, in der vor Leidenschaft atemlosen Liebesklage des Hohen Liedes, in den bald wehmütigen, bald jubelnden Weisen der Psalmen und Gebete, in der zornigen Rhetorik der Propheten.

Er las die Bibel immer wieder. Die gesichtslose Macht der Gottheit erschien darin in immer neuen Gestalten. Und es zog ihn fort durch den heißen Sand der Wüsten, in die blühenden Gärten Kanaans, an die steinigen Ufer babylonischer Flüsse.

Aber all diese Wunder erlebte er dank der Bibel, die deutsch zu ihm sprach. Die schwermütigen Weisen der Vorleser in den Synagogen, die sich über den alten Buchrollen wiegten, verstand er nicht, und sie gefielen ihm auch nicht.

Harry hatte die biblischen Texte zuerst in der Schule und in den Kirchen gehört – auf lateinisch, in einer Sprache, die wie die Schwerter und Rüstungen römischer Krieger klang, in derselben Sprache, in der auch die Gesetzgeber des alten Rom und die Kommentatoren späterer Jahrhunderte geschrieben hatten.

Die Patriarchen und Könige, die Richter und Propheten des alten Judäa redeten mit ihm in der Sprache des ungestümen sächsischen Mönches. Martin Luther, dieser breitstirnige Sohn eines Bergmanns, dieser streitlustige, händelsüchtige Prediger, hatte ein Tintenfaß nach dem Teufel geschleudert, als der ihn beim Übersetzen der Heiligen Schrift störte!

Was also war ihm die Bibel? Was zog ihn zu ihr? Nicht die Stimme des Blutes, nicht das Bewußtsein einer Verwandtschaft mit den namenlosen Verfassern dieses Buches der Bücher.

War es vielleicht jenes Gefühl eines Geheimnisses, das ihn wie ein plötzlicher Schauder des Entzückens überlief, als er zum ersten Mal eine Messe in der großen Düsseldorfer Kirche gehört hatte, und das ihn auch immer dann überkam, wenn er Shakespeare oder Goethe las, oder wenn er an einem Frühlingsabend am Rhein den Liedern der Mädchen lauschte?

Und doch tat es gut, manchmal daran zu denken, daß die alten Gleichnisse und Hymnen, die zu Poesie gewordenen Chroniken und phantastischen Geschichten, die vor zwei oder drei Jahrtausenden entstanden und immer lebendig geblieben waren, für die Luther und Michelangelo, Milton und Bach sich begeistert hatten, einst eben von seinen Ahnen, seinen Ur-Ur-Urgroßvätern geschaffen worden waren. Wer waren sie eigentlich gewesen? Hirten, Fischer und Weinbauern, aber auch Priester, Schriftgelehrte, Propheten. Von ihnen hatte er den traurig-nachdenklichen Blick und das überfeine Gehör geerbt und wahrscheinlich auch die Neigung, verhaltene Trauer mit boshaften und groben Spötteleien zu würzen und Freude mit Schwermut zu vermischen – so wie die alten Tanten seiner Mutter den scharfen bitteren Rettich in Honig kochten.

Doch auch Shakespeare hatte im ›Hamlet‹ mit den Totengräbern gewitzelt und im ›Lear‹ mit dem Narren getrauert. Voltaires bissiger Spott hatte weder Paradies noch Hölle verschont; und in Goethes Brust lebten so verschiedene Seelen: Werther *und* Götz, Tasso *und* Mephisto. Das biblische Pathos, die biblische Ironie, die unlösbaren Widersprüche der Bibel – der erhabene Geist und die wildesten Leidenschaften – lebten in allen Sprachen weiter.

Und diese drei Großen – der Brite, der Franzose und der Deutsche – standen ihm, dem jungen Dichter aus Düsseldorf, doch viel näher als die Psalmisten und Propheten des Alten Testaments. Warum aber tat ihm dennoch das Herz so weh, wenn er sich daran erinnerte, wie dumpf das Horn aufheulte, mit dem der alte Diener auf den Stufen der Synagoge den Gerichtstag verkündete – den Tag der Trauer und der Reue? Warum brannten ihm Tränen in den Augen, wenn er an die schwarzlockigen Kinder in der engen Gasse des Frankfurter Ghettos, an ihre von Angst und Leid verdunkelten Blicke dachte?

Diese Fragen bedrängten ihn immer wieder, doch er konnte sie niemals beantworten. Und so schrieb er über die Juden im mittelalterlichen Bacharach: wie verschieden sie waren, wie wenig sie einander glichen, wie man sie allesamt – Weise und Dumme, Gute und Böse, Feige und Tapfere, Uneigennützige und Habgierige – in eine Gemeinschaft gepfercht, in das vermauerte Ghetto zusammengedrängt und mit den noch höheren, noch festeren, wenn auch unsichtbaren Mauern aus Mißtrauen, Haß und Verachtung umgeben hatte, die ihre enge

Welt zum Gefängnis machten. Heine las in alten Chroniken, in Büchern von Historikern und Theologen. Aber je mehr er erfuhr, desto mehr neue Zweifel und Fragen tauchten auf.

Die Verwandten seiner Mutter, die van Gelderns, waren stolz auf ihre Abstammung von den spanischen Juden – den Sephardim, die durch die Inquisition aus Spanien vertrieben worden waren. Sie sahen auf ihre mitteleuropäischen Glaubensbrüder, die Aschkenasim, von oben herab. Die väterliche Verwandtschaft kannte einen solchen aristokratischen Dünkel nicht. Die älteren Verwandten der Familie Heine erinnerten sich nur an ihre nächsten Großväter und Urgroßväter; die kamen aus Altona bei Hamburg, wo sich Sephardim und Aschkenasim längst vermischt hatten.

Seit seiner Jugend träumte Harry von Spanien. Seine frühesten Verse und den ›Almansor‹ durchdringt die Liebe zu jenem Land, in dem seine Vorfahren fast eintausend Jahre gelebt hatten. Im Staat der maurischen Kalifen waren sie gleichberechtigte Bürger gewesen – Bauern, Handwerker, Kaufleute, Ritter, Schriftgelehrte, Ärzte. Und später hatten Muselmanen und Juden auch noch in den christlichen Königreichen von Kastilien, León und Katalonien fast ungehindert das Land bestellen, ihre Tempel bauen, an Ritterturnieren teilnehmen können – nur hatten sie mehr Abgaben zahlen müssen als die Christen.

Im Norden und Osten Europas dagegen, in den fränkischen, burgundischen, deutschen und italienischen Städten, hatte man sie grausam verfolgt. Im Jahre 1000 wurde in Europa das Ende der Welt erwartet, das Ende des tausendjährigen Reiches, das in der Offenbarung des Johannes geweissagt worden war. Fanatisierte, aufgehetzte und verängstigte Menschenhaufen stürzten sich auf die »Feinde Christi«, um sie gewaltsam zu taufen oder zu töten. Auch die Kreuzritter metzelten »unterwegs nach Palästina« viele europäische Juden nieder. In Dürrejahren oder bei Erdbeben wurden Juden lebendig begraben. Um Pest oder Pocken zu vertreiben, verbrannte man sie auf Scheiterhaufen. Jene, die all das überlebten und dennoch nicht einwilligten, die heilige Taufe zu empfangen, wurden ins Ghetto verbannt. Man hatte ihnen verboten, Land zu besitzen und Land zu bestellen, untersagte ihnen, Schwerter und Sporen zu tragen, verwehrte ihnen, in Flüssen zu baden und sich sonntags auf den Straßen zu zeigen. Man ließ sie besondere Kappen tragen und Kleider von besonderem Schnitt, die mit gelben – schon von weitem sichtbaren – Zeichen markiert waren. Jedermann durfte sie beleidigen, ausrauben, töten. Christliche Richter nahmen von Juden keine Klagen entgegen.

Doch trotz alledem blieben sie ihrem gestrengen Gott treu, der sie so furchtbar prüfte. Nachdem sie ihre Toten beweint und begraben hatten, sobald ihre Wunden geheilt waren, suchten sie eine neue Heimat. Aus der einen Stadt vertrieben, fanden sie armselige Zuflucht in einer anderen, trugen wieder Span um Span und Stein um Stein für ihre Hütten zusammen, bauten neue Häuser und Betstätten. Dann donnerten die schweren Hämmer der Schmiede und Spengler wieder, klopften die Beile der Zimmerleute und Schreiner, klirrten die Hämmerchen der Juweliere und Uhrmacher. Wieder erklangen die wehmütigen Weisen der Schneider und Schuster; die Händler schrien lauthals hinter ihren Theken, die Hausierer riefen ihre Waren aus, Geldwechsler klingelten mit Münzen. Vor den Häusern der Ärzte und vor den Apotheken drängten sich Menschen, die Heilung suchten. Unter ihnen gab es auch Christen; sie blickten befremdet auf die engen Gassen, die armseligen Häuser derer, die zu ewigen Qualen verdammt waren. Bürger und Landsknechte, Wanderburschen und Adlige konnten überhaupt nicht verstehen, weshalb diese arbeitsamen, des Lesens und Schreibens kundigen und allem Anschein nach auch gutmütigen Menschen sich selbst und ihre Kinder nicht von der Verdammnis im Jenseits und von Schmach und Schande im Diesseits erlösen wollten.

Auch Harry verstand das immer weniger. Seine spanischen Vorfahren hatten solche Erniedrigungen, wie die deutschen Juden sie erlitten hatten, nicht gekannt. Als die Inquisition die strengsten Gesetze zur Bestrafung Andersgläubiger von der Königsmacht erzwungen hatte – das war genau im Jahr der Entdeckung Amerikas gewesen –, hatten sich manche Juden taufen lassen, einige waren sogar spanische Adlige geworden oder hatten Zunftprivilegien erhalten. Andere aber waren ins Exil gegangen. Viele waren bei Auseinandersetzungen mit den Wächtern der Inquisition umgekommen. Doch die Taufe hatte nur wenige Juden und Muselmanen vor Verfolgung geschützt: nur die mit dem geringsten Vermögen. Die reichen aber wurden von den Spionen der Inquisition immer wieder wegen Ketzerei angeklagt. Ihr Vermögen wurde von der Kirche beschlagnahmt. Sie selbst wurden gefoltert und verbrannt. Solche Ketzerverbrennungen galten als erbauliches Schauspiel, dem viele fromme Christen zusehen sollten.

Viele tausend Juden, die das schöne Spanien verlassen mußten, wo die Gräber ihrer Vorfahren dem Erdboden gleichgemacht, ihre Tempel zerstört oder zu Kirchen umgebaut worden waren, zogen nach Norden und Osten, nach Holland und Polen, und mußten seither in Ghettos leben. Ihre alten ritterlichen Traditionen, ihren Familienstolz, ihre einstige Freude über die Ernte auf eigenem Feld mußten sie vergessen. Sie durften nur noch Handwerker oder Händler sein, die Heilkunst ausüben oder über den heiligen Büchern philosophieren.

Von diesen Flüchtlingen, deren nahe Vorfahren – nicht nur ihre biblischen Urahnen – freie Menschen gewesen waren, stammten die rebellischen Freigeister Uriel Acosta und Benedikt Spinoza ab, die von der Amsterdamer Synagoge verdammt worden waren. Auch Harrys Ururgroßvater mütterlicherseits war ein Nachkomme spanischer Flüchtlinge: Der angesehene Düsseldorfer »Hoffaktor« Joseph Jakob Geldern hatte vom Herzog von Berg den Adelstitel erhalten und nannte sich seither »van« oder »von« Geldern; vom Glauben der Väter hatte er sich nicht losgesagt.

Der Berliner Philosoph, der gütige Moses Mendelssohn – ein Freund Lessings, das Vorbild für Nathan den Weisen –, war dagegen ein Nachkomme der Ghettobewohner gewesen. Er hatte die menschliche Vernunft, die Ideale der Aufklärung verehrt. Aber auch er hatte sich nicht taufen lassen, obwohl er ein Glaubensbruder Lessings war und alle Dunkelmänner, auch die der Synagogen, mißachtete.

Was hatte ihn von der Taufe zurückgehalten? Das Gefühl der Solidarität mit den leidenden Stammesbrüdern? Sein Stolz? Oder wollte er einfach nicht lügen? Denn er hatte ja an keine kirchlichen Dogmen geglaubt; er war Deist, glaubte an einen universalen Gott, etwa so wie Schiller: »Brüder – überm Sternenzelt muß ein guter Vater wohnen.«

***

Harry kannte Bacharach, die alte Stadt am Rhein. Die Bonner Studenten besuchten die Bacharacher Wirtshäuser gern, weil es dort die besten Rheinweine gab.

Daran erinnerte er sich, als er die Legende von dem klugen Rabbi Abraham aus Bacharach las. Der lebte um die Wende vom 15. zum 16. Jahrhundert, als Kaiser Maximilian regierte. Einmal, am Vorabend des Passahfestes, bemerkte der Rabbi, daß man die Leiche eines Kindes heimlich in den Keller seines Hauses gelegt hatte.

Er wußte, was das zu bedeuten hatte. Fanatische Hetzer würden wieder schreien, der Jude hätte an dem Christenkind einen Ritualmord begangen, würden einen Haufen verblendeter, rasender Menschen zu Raub und Mord verführen. Der Rabbi floh aus seiner Heimatstadt Bacharach und suchte Zuflucht und Schutz hinter den Mauern des Frankfurter Ghettos.

Heine beschreibt in seiner Erzählung beide Städte, Bacharach und Frankfurt. Sorgfältig schildert er Einzelheiten: die Kleidung, die Gespräche, die Lebensgewohnheiten der Menschen; das Haus des Rabbi Abraham und das fröhliche Passahfest; die Flucht des Rabbi mit seiner schönen Frau, ihre wunderlichen Träume, in denen die realen Bilder vom Rhein mit phantastischen biblischen Bildern verschmelzen; das laute und bunte Treiben in Frankfurt in den Tagen der Messe und Turniere; die Frauen, die auf dem Balkon der Synagoge tratschen... Ausführlich werden zwei dumme und feige Torhüter des Ghettos dargestellt. Heine gab ihnen die Namen eines Bankiers und eines Maklers, denen er in Frankfurt begegnet war.

Der Rabbi Abraham aus Bacharach hat lange in Spanien gelebt und an der Talmudschule von Toledo studiert. Er trifft in Frankfurt einen Bekannten aus jenen Jahren wieder, der sich hatte taufen lassen. Don Isaak Abarbanel, nun ein stolzer spanischer Adliger, entgegnet dem Rabbi, als der ihn einen Heiden nennt:

»Ja, ich bin ein Heide, und ebenso zuwider wie die dürren freudlosen Hebräer sind mir die trüben, qualsüchtigen Nazarener. Unsre liebe Frau von Sidon, die heilige Astarte, mag es mir verzeihen, daß ich vor der schmerzenreichen Mutter des Gekreuzigten niederknie und bete (...) Nur mein Knie und meine Zunge huldigt dem Tode, mein Herz blieb treu dem Leben! ...«

So dachte, so fühlte auch Heine selbst.

Und er legte das Manuskript seiner Erzählung und die Bücher über die Geschichte der deutschen Juden beiseite, um einen theologischen Traktat über die Heilslehre des Protestantismus, eine vielbändige Geschichte der Inquisition und ein umfangreiches antisemitisches Pamphlet zu lesen. Er machte sich genaue Auszüge: wie man im 15. und 16. Jahrhundert Häuser und Wohnungen baute, wie man das Essen zubereitete, wie man sich kleidete. Manchmal waren ihm eben die Kleinigkeiten des täglichen Lebens am interessantesten. Viele Bogen von grünlich-blauem, dickem Papier stapelten sich auf seinem Tisch und lagen überall herum. Auf solchem Papier schrieb er auch seine Gedichte, Vorlesungsnotizen und Auszüge aus juristischen Büchern.

Am 25. Juni 1824 bekannte er Moses Moser:

Der Geist der jüdischen Geschichte offenbart sich mir immer mehr und mehr, und diese geistige Rüstung wird mir gewiß in der Folge sehr zu statten kommen. An meinen Rabbi habe ich erst 1/3 geschrieben, meine Schmerzen haben mich auf schlimme Weise daran unterbrochen, und Gott weiß ob ich ihn bald und gut vollende. Bey dieser Gelegenheit merkte ich auch daß mir das Talent des Erzählens ganz fehlt; ...

Die Erzählung über den ›Rabbi von Bacherach‹ blieb unvollendet. Anderthalb Jahrzehnte später veröffentlichte er die Kapitel, die er in Göttingen geschrieben hatte, als Beilage zum ›Salon‹, der bereits aus seiner Pariser Zeit stammt. Die Erzählung blieb unvollendet, auch die Gedanken, die Zweifel, die quälenden Fragen, aus denen sie entstanden war, blieben unvollendet, ungeschwächt und ungelöst.

Ich habe gewaltig beschworen
Den tausendjährigen Schmerz.

In den Tagen, als er noch, diesen tausendjährigen Schmerz beschwörend, an seinem ›Rabbi‹ schrieb und mit den Menschen des mittelalterlichen Frankfurter Ghettos litt und lachte, bekannte er in einem Brief – an Christiani, vom 7. März 1824:

Ich weiß daß ich eine der deutschesten Bestien bin, ich weiß nur zu gut daß mir das Deutsche das ist, was dem Fische das Wasser ist, daß ich aus diesem Lebenselement nicht heraus kann, und daß ich – um das Fischgleichniß beyzubehalten – zum Stockfisch vertrocknen muß wenn ich – um das wäßrige Gleichniß beyzubehalten – aus dem Wasser des deutschthümlichen herausspringe. Ich liebe sogar im Grunde das Deutsche mehr als alles auf der Welt, ich habe meine Lust und Freude dran, und meine Brust ist ein Archiv deutschen Gefühls, wie meine zwey Bücher ein Archiv deutschen Gesanges sind.

O schöne Zeit! wo sich zu grünen
Triumphespforten zu wölben schienen
Die Bäume des Waldes – ich ging einher,
Bekränzt, als ob ich Sieger wär!

Im September, als die Hitze nachzulassen begann, packte er den Rucksack.

Es war noch sehr früh, als ich Göttingen verließ, ... Auf der Chaussee wehte frische Morgenluft, und die Vögel sangen gar freudig, und auch mir wurde allmählig wieder frisch und freudig zu Muthe. Eine solche Erquickung that Noth. Ich war die letzte Zeit nicht aus dem Pandektenstall herausgekommen, römische Casuisten hatten mir den Geist wie mit einem grauen Spinnweb überzogen, mein Herz war wie eingeklemmt zwischen den eisernen Paragraphen selbstsüchtiger Rechtssysteme, ...
Mein Gemüt war, je mehr ich mich von Göttingen entfernte, allmählig aufgetaut, wieder wie sonst wurde mir romantisch zu Sinn, und wandernd dichtete ich folgendes Lied:

Steiget auf, Ihr alten Träume!
Öffne dich, du Herzenstor!
Liederwonne, Wehmutstränen
Strömen wunderbar hervor.

...

Auf die Berge will ich steigen,
Auf die schroffen Felsenhöhn,
Wo die grauen Schloßruinen
In dem Morgenlichte stehn.

Dorten setz ich still mich nieder
Und gedenke alter Zeit,
Alter blühender Geschlechter
Und versunkner Herrlichkeit.

Die Berge wurden hier noch steiler, die Tannenwälder wogten unten wie ein grünes Meer, und am blauen Himmel oben schifften die weißen Wolken. Die Wildheit der Gegend war durch ihre Einheit und Einfachheit gleichsam gezähmt.

Auf den waldigen Bergwegen schritt er leicht und geruhsam dahin, und leicht waren auch die Gedanken, die ihm kamen. Er genoß die Freiheit – geh, wohin du willst, ruh dich aus, wo immer du Lust hast. Welche Freude, wenn er einen Gipfel bestiegen hatte und in die fernen Weiten blickte, auf die welligen Umrisse entlegener Berge, auf die bewaldeten Berghänge. Unten in den Tälern leuchtete das helle Grün, das Gelb der Felder, anmutig klein erschienen die Häuser und Kirchturmspitzen, die Linien der Wege und Straßen bald gerade, bald gewunden. Er genoß die Sonne, wenn er aus kühlen schattigen Schluchten herauskam, und die farbenprächtigen Sonnenuntergänge.

Stundenlang wanderte er allein, schaute ringsumher, hörte die Stimmen der Vögel und lauschte auch in sich hinein: Irgendwo zwischen den Schläfen – sie schmerzten jetzt nicht mehr – erklangen Worte und ihre Echos, die Reime, erklangen menschliche Stimmen, die zu Versen wurden. Das Atmen des Windes, der Rhythmus seiner Schritte und sein Herzschlag gaben Melodie und Tonart an.

> Auf die Berge will ich steigen,
> Wo die frommen Hütten stehen,
> Wo die Brust sich frey erschließet,
> Und die freyen Lüfte wehen.
>
> Auf die Berge will ich steigen,
> Wo die dunkeln Tannen ragen,
> Bäche rauschen, Vögel singen,
> Und die stolzen Wolken jagen.

Unterwegs, in den Gasthäusern, traf er Studenten, wandernde Handwerksgesellen und müßig reisende Damen und Herren von Welt. Aber selbst die langweiligsten seiner zufälligen Weggefährten und Gesprächspartner konnten ihm die Stimmung nicht verderben. In seinem Reiseheft schrieb er über sie, machte sich lustig über aufgeblasene Dummheiten, notierte komische Vergleiche und spaßigen Unsinn.

***

Der erste Oktobertag war sonnig und warm. An diesem Tag kam er nach Weimar. Die wenigen größeren Straßen zogen sich zwischen Gärten und stattlichen Neubauten hin. In den kleinen krummen Gassen und um enge Plätze standen dichtgedrängt die alten Häuser. Alles war so wie in den anderen Kleinstädten und Marktflecken Thüringens und Sachsens. Auf den Straßen gingen die Bürger gemächlich, in langschößigen Röcken, die Frauen in adretten Hauben, die Mädchen in modischen Korbhüten. Die Wagen rollten polternd über das Kopfsteinpflaster, und die Kutscher und Fuhrleute unterhielten sich in derselben breiten Thüringer Mundart, die er in den letzten Tagen unterwegs gehört hatte.

Alles war alltäglich; er aber suchte nach besonderen Merkmalen. Das war doch Weimar, die ungewöhnlichste, die einzigartige Stadt Deutschlands, »wo zehntausend Dichter und einige Bürger leben«, ein kleines Städtchen, aber seit einem halben Jahrhundert die Hauptstadt der deutschen Poesie, des deutschen Geistes.

Er sah die verlassenen Zufluchtsstätten der Musen: das Haus Schillers, das Haus Wielands, das Haus Herders. Jeder Straßenjunge kannte sie, jede alte Frau, die nie etwas anderes als die Bibel las, wußte, daß diese großen Dichter hier gelebt hatten.

Auf dem halbrunden Frauenplan ein langgestrecktes helles Haus, zweistöckig, mit schmalen hohen Fenstern: der Sitz Seiner Exzellenz des Herrn Geheimrats und Ministers von Goethe. Die geraden Linien der Mauern, Türen und Fenster, das sanft abfallende hellgraue Dach – dieses Gebäude, das weder den Fachwerkhäusern noch den prunkvollen Schlössern mit Säulen, Gesimsen und steinernen Treppentürmen ähnelte, erinnerte ihn an Bilder aus Italien, aus dem antiken Rom. Aus diesem Haus waren also ›Wilhelm Meister‹ und ›Faust‹ in die Welt gegangen – und all die Gedichte, ohne die er, Harry Heine, nicht mehr leben könnte.

Lange saß er an einem Wirtshaustisch – schrieb, strich durch, zerriß es, schrieb wieder, zerriß es und schrieb von neuem. Endlich brachte er seinen Brief zum Haus am Frauenplan und übergab ihn dem Diener:

Ew. Excellenz
bitte ich, mir das Glück zu gewähren einige Minuten vor Ihnen zu stehen. Ich will gar nicht beschwerlich fallen, will nur Ihre Hand küssen und wieder fort gehen. Ich heiße H. Heine, bin Rheinländer, verweile seit kurzem in Göttingen, und lebte vorher einige Jahre in Berlin, wo ich mit mehreren Ihrer alten Bekannten und Verehrern (dem seeligen Wolf, Varnhagens etc) umging, und Sie

täglich mehr lieben lernte. Ich bin auch ein Poet, und war so frey Ihnen vor 3 Jahren meine »Gedichte« und vor anderthalb Jahren meine »Tragödien nebst einem lyrischen Intermezzo« (Ratkliff und Almansor) zuzusenden. Außerdem bin ich auch krank, machte deßhalb vor 3 Wochen eine Gesundheitsreise nach dem Harze, und auf dem Brocken ergriff mich das Verlangen zur Verehrung Göthes nach Weimar zu pilgern. Im wahren Sinne des Wortes bin ich nun hergepilgert, nemlich zu Fuße und in verwitterten Kleidern, und erwarte die Gewährung meiner Bitte, und verharre

mit Begeistrung und Ergebenheit
H. Heine.
Weimar d 1' Oktobr 1824.

Am nächsten Tag suchte ihn ein livrierter Bote im Gasthaus auf: »Ihre Exzellenz hat die Ehre, Euer Wohlgeboren heute vor Abend zu erwarten.«

Langsam, ächzend öffneten sich die schweren Eingangstüren. Die breite helle Treppe mit einem roten Läufer. Rechts eine weiße Tür mit blanken Metallbeschlägen, ein längliches Zimmer; hellblaue Tapeten, dunkelblaue Portiere; weiße Statuen und Büsten – Marmor und Gips; kleine Stiche. An der Seite ein ovaler Tisch, rötlich-brauner Lack spiegelte Kerzen in silbernen Leuchtern wider.

Er versuchte, das Zittern der Hände und am ganzen Körper zu unterdrücken, sein Herz klopfte rasend, die Handflächen schwitzten ekelhaft. Die Portiere bewegte sich.

»Guten Tag, mein lieber Herr Heine, ich freue mich sehr« – eine etwas gedämpfte, aber starke, sanft gebieterische Stimme.

Das war er: im dunkelblauen langschößigen Rock, schwarzen Atlaspantalons, Silberschnallen an den Knien, weißen Seidenstrümpfen; jugendlich-schlanke Beine, schöne, kräftige Waden. Die Hände greisenhaft blaß, aber die langen, schmalen Finger wirkten kräftig.

»Eure Exzellenz, ich bin maßlos glücklich und Ihnen unsäglich dankbar, daß Sie geruhten ...«

Noch vor wenigen Stunden hatte er sich eingebleut und wiederholt, was er ihm sagen wollte. Und jetzt war alles vergessen. Bloß keine Dummheiten schwatzen! Und wie sollte er ihm ins Gesicht blicken, damit es nicht dreist aussähe? Bloß nicht mit blödem Grinsen und nicht wie ein Gaffer auf der Straße.

Goethe stand aufrecht. Er war alt, nicht gebrechlich, aber sehr alt. Nur seine Augen waren jung, nein, alterslos, hell. Sie blickten durchdringend, nicht blinzelnd. Ein Adlerblick. Die Stirn mächtig gewölbt, glatt und klar, helles graues Haar, die Wangen aber schlaff, die welken Falten leicht gepudert. Die stolze gerade Nase, wie auf all seinen Porträts, doch die Flügel waren leicht angeschwollen und schimmerten in krankhafter Röte durch den Puder hindurch. Der Mund gebieterisch, sinnlich und spöttisch, aber die Lippen begannen schon einzufallen, manchmal zitterten sie unwillkürlich, er besaß wohl nur noch wenig Zähne. Er setzte sich in einen ganz gewöhnlichen Sessel, aber so, wie sich ein Kaiser auf den Thron setzt – nachlässig und majestätisch. Er schwieg, betrachtete seinen Besucher. Es war ihm ja nicht neu, untertänige Verlegenheit, ängstliche Anbetung zu beobachten. Wie viele verschiedene Menschen kamen zu ihm...

Wie konnte man ihm erklären, wie ihn überzeugen, daß hier sein geistiger Sohn, sein Nachfolger vor ihm stand? Sollte man nach seinen Büchern fragen? Von gemeinsamen Bekannten sprechen? Das würde ihm vielleicht unbescheiden, anbiedernd erscheinen.

»Wie ist Ihre Gesundheit, liebster Heine? Mir hat der verstorbene Wolf erzählt, daß Sie häufig krank sind?«

»Ich danke, Euer Exzellenz ... (Aha, er hat sich also doch erinnert. Spricht aber weder von den Gedichten noch von den Tragödien: sie gefallen ihm also nicht.) Meine Wanderung ..., ich darf sagen Pilgerreise ..., daher bitte ich auch, die unziemliche Kleidung zu entschuldigen. Weimar ist für mich Mekka – ach nein, verzeihen Sie, eher Rom – oder am zutreffendsten: der Parnaß ... Ich bin durch den Harz gewandert. Und das war besser als alle Arzneien und Heilbäder.«

Da schwatzte er und sprach immer noch nicht vom Eigentlichen, von seinen Gedanken! Er begann wütend zu werden ob der hochmütigen Überlegenheit – und vielleicht auch Seelenlosigkeit – dieses alten Mannes, der so unzugänglich, so unnahbar war. Es irritierte ihn, daß er die Augen abwenden mußte, sobald er ihn anblickte! Es war unmöglich, auch nur eine Sekunde diesem durchdringenden und gleichgültigen Blick standzuhalten, der halb verächtlich, halb herablassend war – und von welchen Höhen kam er!

Wie oft hatte er von dieser Begegnung geträumt! Wie viele Male sie sich genau ausgemalt! Da war er zu Goethe gekommen wie ein ehrfürchtig schwärmender Schüler zu einem weisen, freundlichen Lehrer, aber trotzdem zu einem Dichter. In diesen Träumen hatte er ungezwungen gesprochen, hatte Goethe mit Scherzen zum Lachen gebracht, ihm eigene Gedichte vorgelesen. Goethe aber hatte ihn verständnisvoll gelobt, dann selbst gelesen; und er hatte, als erster, andächtig den neuen Gedichten Goethes gelauscht, war von ihnen entzückt, und hatte pietätvoll, aber auch sachkundig über sie gesprochen. Seine Urteile waren klug gewesen, und Goethe hatte ihm gedankt, ihn umarmt und ihm zum Abschied ein Buch geschenkt, in das er schrieb: »Dem Sohn meiner Seele« – oder einfach: »Meinem jüngeren Bruder«.

Aber jetzt – dieser distanzierte Blick, diese gezierte altväterliche Höflichkeit! Die lebende Mumie eines Weimarer Pharaos. Er sprach gefühllos und uninteressiert, absolvierte ein längst gewohntes, belangloses Empfangsritual für einen Besucher, der ihm nichts bedeutete.

»War Ihre Wanderung interessant? Wie hat Ihnen unsere Gegend gefallen? ...«

»Ja, natürlich ... Sehr! ...«

Er zwang sich, freier zu sprechen, schilderte die waldigen Bergwege, das Farbenspiel der Morgendämmerung auf dem Brocken, erzählte von einigen sonderbaren Menschen, die er unterwegs getroffen hatte ... (Wieder nicht das Richtige! Da hatte er über den Brocken gefaselt und nicht mal die Walpurgisnacht erwähnt! Das wäre doch angebracht gewesen.) Dann sagte er, daß der Weg von Jena nach Weimar sehr malerisch und bequem wäre. Ach, der Herr Geheime Rat hatte selbst angeordnet, ihn mit Pappeln und Obstbäumen zu bepflanzen. Das war schön und wahrhaft fruchtbar. In Thüringen seien die Pflaumen erstaunlich gut, so saftig und zart im Geschmack. (Immer und immer wieder nicht das richtige Wort! Das abgeschmackteste Allerweltsgerede! Fehlten nur noch das Wetter und die Zeitungen!)

»Und woran schreiben Sie jetzt, lieber Heine?«

Na endlich! Aber bloß nicht von den kleinen Gedichten reden und nicht von der Erzählung über den Rabbi – das alles mußte ihm sicher fremd sein.

»Ich ... ich schreibe jetzt ein Drama über ... Faust.«

In den Adleraugen ein rascher Schatten und ein Funken,

entweder spöttisches Lächeln oder Zorn. Er hatte sich gleichsam noch mehr aufgerichtet, den Kopf noch höher erhoben. Was für ein schweres, bedrückendes Schweigen ... Wozu hatte er auch plötzlich mit dem ›Faust‹ herausplatzen müssen?

»Haben Sie weiter keine Geschäfte in Weimar, Herr Heine?«

Aus der Stimme wehte ihn Kälte an wie aus einer Grabesgruft, und im Ton lag verächtliche Abneigung. Nichts Dümmeres hätte er sich ausdenken können als diese freche Prahlerei mit seinen ›Faust‹-Plänen. Aber jetzt konnte er nichts wiedergutmachen.

»Mit einem Schritt über die Schwelle Ew. Exzellenz sind alle meine Geschäfte in Weimar beendet.«

Das war, scheint's, nicht schlecht gesagt. Aber es war schon zu spät und alle Mühe vergeblich. Er stand bereits auf. – Nein, keine Mumie – ein Eisberg; kein Pharao, sondern Boreas, der Gott des Nordwinds. Da stand er, aufrecht, als hätte er nie den Rücken gebeugt, stützte sich mit weißen, starken Fingern auf einen Stuhl, stützte sich wohl, um nicht ins Wanken zu kommen, um sich nicht vor Altersschwäche zu beugen! Da stand er, nur drei Schritt von ihm weg, aber wie fern und wie hoch, und mit jeder Sekunde immer ferner und höher. Und aus dieser Höhe ließ er, den Kopf kaum gebeugt, kühle Worte fallen:

»Ich habe die Ehre, Ihnen eine glückliche Reise zu wünschen.«

Ihm blieb nur noch, sich hastig zu verbeugen.

Schnell weg von hier! Wie schäbig nahmen sich seine staubigen Schuhe auf dem roten Teppich aus.

Unglückseliger Pilger. Du wirst diese Schwelle nie mehr übertreten.

Er ging durch die abendlichen Straßen Weimars, ohne etwas wahrzunehmen. Im Wirtshaus saß er bis nach Mitternacht und schlürfte langsam das berühmte Thüringer Bier. Er verachtete sich selbst und haßte Goethe. Wieder setzte der pochende Schmerz in den Schläfen ein.

In Goethes Tagebuch sind unter dem 2. Oktober 1824 drei Worte eingetragen: *Heine von Göttingen.*

***

Die Fragen der Kommilitonen beantwortete er kurz und verdrossen. Ja, ja, er sei in Weimar gewesen. – Ja, er habe Goethe aufgesucht, sei höflich, aber kalt empfangen worden. – Ja, er habe sich unterhalten, aber nicht mit dem Dichter Goethe, sondern mit einem hinfälligen, hochmütigen Würdenträger.

Erst am 26. Mai 1825 schrieb Heine an Rudolf Christiani, den er immer einen *großen Göthejaner* nannte, zum ersten Mal ausführlicher über seinen Besuch bei Goethe. Er bemühte sich, seine Gereiztheit zu verbergen oder zu unterdrücken:

Ueber Göthes Aussehen erschrak ich bis in tiefster Seele, das Gesicht gelb und mumienhaft, der zahnlose Mund in ängstlicher Bewegung, die ganze Gestalt ein Bild menschlicher Hinfälligkeit. Vielleicht Folge seiner Letzten Krankheit. Nur sein Auge war klar und glänzend. Dieses Auge ist die einzige Merkwürdigkeit die Weimar jetzt besitzt. Rührend war mir Göthes tiefmenschliche Besorgniß wegen meiner Gesundheit. Der seelige Wolf hatte ihm davon gesprochen. In vielen Zügen erkannte ich den Göthe, dem das Leben, die Verschönerung und Erhaltung desselben, so wie das eigentlich praktische überhaupt, das Höchste ist. Da fühlte ich erst ganz klar den Contrast dieser Natur mit der meinigen, welcher alles Praktische unerquiklich ist, die das Leben im Grunde gringschätzt und es trotzig hingeben möchte für die Idee. Das ist ja eben der Zwiespalt in mir daß meine Vernunft in beständigem Kampf steht mit meiner angeborenen Neigung zur Schwärmerey. Jetzt weiß ich es auch ganz genau warum die göthischen Schriften im Grund meiner Seele mich immer abstießen, so sehr ich sie in poetischer Hinsicht verehrte und so sehr auch meine gewöhnliche Lebensansicht mit der göthischen Denkweise übereinstimmte. Ich liege also in wahrhaftem Kriege mit Göthe und seinen Schriften, so wie meine Lebensansichten in Krieg liegen mit meinen angeborenen Neigungen und geheimen Gemüthsbewegungen. – Doch seyn Sie unbesorgt, guter Christiany, diese Kriege werden sich nie äußerlich zeigen, ich werde immer zum göthischen Freykorps gehören, und was ich schreibe wird aus der künstlerischen Besonnenheit und nie aus tollem Enthousiasmus entstehen.

Am 1. Juli 1825 schrieb er nach Berlin an Moser, der ihn wiederholt hartnäckig nach dem Besuch bei Goethe gefragt hatte:

Daß ich Dir von Göthe nichts geschrieben und wie ich ihn in Weimar gesprochen, und wie er mir recht viel Freundliches und Herablassendes gesagt, daran hast Du nichts verloren. Er ist nur noch das Gebäude worinn einst herrliches geblüht, und nur das wars was mich an ihm interessirte. Er hat ein wehmüthiges Gefühl in mir erregt, und er ist mir lieber geworden seit ich ihn bemitleide. Im Grunde aber sind Ich und Göthe zwey Naturen die sich in ihrer Heterogenität abstoßen müssen. Er ist von Haus aus ein leichter Lebemensch dem der Lebensgenuß das Höchste, und der das Leben für und in der Idee wohl zuweilen fühlt und ahnt und in Gedichten ausspricht, aber nie tief begriffen und noch weniger gelebt hat. Ich hingegen bin von Haus aus ein Schwärmer, d.h. bis zur Aufopfrung begeistert für die Idee, und immer gedrängt in dieselbe mich zu versenken, dagegen aber habe ich den Lebensgenuß begriffen und Gefallen dran gefunden, und nun ist in mir der große Kampf zwischen meiner klaren Vernünftigkeit die den Lebensgenuß billigt ... und zwischen meiner schwärmerischen Neigung, ...; denn es ist noch die große Frage ob der Schwärmer, der selbst sein Leben für die Idee hingiebt, nicht in einem Momente mehr und glücklicher lebt als Herr v. Göthe während seines ganzen 76jährigen egoistisch behäglichen Lebens.

Noch viele Jahre kämpfte er so gegen Goethe – gegen Goethes Schatten, von dem er nicht loskam.

Im September 1827 zitierte er in einem Brief an Christiani einige Verse aus dem ›Faust‹ und bemerkte dazu:

Darf man solche Obscönitäten drucken lassen? Meint Göthe etwa wir verständen ihn nicht? oder hat derjenige, der das Schmutzige am reinsten und fast in Göttersprache aussprechen kann, mehr Recht zu solchem Aussprechen als wir Plumperen, die wir vom Kothe nicht reden können ohne daß auch Koth an den Worten klebe? –

Selbst die wohlwollendsten Kritiker rügten Heine oft für überflüssige Frivolitäten und Unflätigkeiten. So sind diese Vorwürfe gegen Goethe eine wunderliche Mischung aus nicht ganz aufrichtiger, aber unverhüllter Mißbilligung – wie kann er, der Große, Göttliche, sich so erniedrigen?! – und völlig aufrichtigem, aber insgeheim neidischem Entzücken.

Seine gekränkte, unerwiderte Liebe machte ihn manchmal regelrecht blind. Im selben Brief klagte er, Goethes Gedichte seien ihm unverständlich:

Im Grunde ist es Guthmüthigkeit vom alten Herrn daß er in seinen Büchern uns auch immer einige Zeilen giebt die wir verstehn können. Was aber die ganze »klassisch-romantische« Helena soll, versteh ich nicht. Es ist vielleicht ein großherzoglich Weimarsches Staatsgeheimniß – allso von keiner großen politischen Wichtigkeit.

Halb scherzhaft, halb im Ernst, aber eindeutig boshaft wirft Heine Goethe vor, er habe die Romantiker *verrathen und verkauft.* Über den dritten Akt des ›Faust II‹ schreibt er, daß er zunächst geglaubt habe, *den alten Tragödien Pathos zu hören;* dann aber habe er erkannt: *es geht allmählig über in einen Schikanederschen Operntext.* – Doch nach all den Vorwürfen und boshaften Späßen bekennt er: *Göthe ist ein großer Dichter –*

Den ersten Band der ›Reisebilder‹, der 1826 erschien, sandte er Goethe *als ein Zeichen der höchsten Verehrung und Liebe.* Im zweiten Band, in der Abteilung ›Die Nordsee‹, versuchte er unvoreingenommen, Goethes Bedeutung für die deutsche Literatur zu bestimmen:

... während Goethe, mit seinem klaren Griechenauge, Alles sieht, das Dunkle und das Helle, nirgends die Dinge mit seiner Gemüthsstimmung kolorirt, und Land und Menschen schildert, in den wahren Umrissen und wahren Farben, womit sie Gott umkleidet.
Das ist ein Verdienst Goethe's, das erst spätere Zeiten erkennen werden; denn wir, die wir meist alle krank sind, stecken viel zu sehr in unseren kranken, zerrissenen, romantischen Gefühlen, die wir aus allen Ländern und Zeitaltern zusammengelesen, als daß wir unmittelbar sehen könnten, wie gesund, einheitlich und plastisch sich Goethe in seinen Werken zeigt. Er selbst merkt es eben so wenig; in seiner naiven Unbewußtheit des eignen Vermögens wundert er sich, wenn man ihm »ein gegenständliches Denken« zuschreibt, ...
... Spätere Zeiten werden, außer jenem Vermögen des plastischen Anschauens, Fühlens und Denkens, noch vieles in Goethe entdekken, wovon wir jetzt keine Ahnung haben. Die Werke des Geistes sind ewig feststehend, aber die Kritik ist etwas wandelbares, sie geht hervor aus den Ansichten der Zeit, hat nur für diese ihre Bedeutung, und wenn sie nicht selbst kunstwerthlicher Art ist, wie z. B. die Schlegelsche, so geht sie mit ihrer Zeit zu Grabe.

Aber diesen Band der ›Reisebilder‹ schickte er nicht mehr nach Weimar. Heines Gegner hatten das Gerücht verbreitet, Goethe habe sich abfällig über ihn geäußert. Später sollte sich herausstellen, daß nichts davon stimmte. Doch dieses Gerücht hatte Heine die Freude an dem ersten berauschenden Erfolg seines Buches vergällt, hatte ihn schmerzlich getroffen.

Am 30. Oktober 1827 schrieb er an Moser:

Daß ich dem Aristokratenknecht Göthe mißfalle ist natürlich. Sein Tadel ist ehrend seitdem er alles Schwächliche lobt. Er fürchtet die anwachsenden Titanen. Er ist jetzt ein schwacher, abgelebter Gott, den es verdrießt, daß er nichts mehr erschaffen kann.

Doch bereits am 28. November beruhigt er Varnhagen, der wegen der möglichen offenen Rebellion seines jungen Freundes gegen Goethe sehr besorgt war:

Wo denken Sie hin, lieber Varnhagen, Ich, Ich gegen Göthe schreiben! Wenn die Stern am Himmel mir feindlich werden, darf ich sie deßhalb schon für bloße Irrlichter erklären? Ueberhaupt ist es Dummheit gegen Männer zu sprechen, die *wirklich* groß sind, selbst wenn man Wahres sagen könnte. Der jetzige Gegensatz der Göthischen Denkweise, nemlich die deutsche Nazionalbeschränktheit und der seichte Pietismus sind mir ja am fatalsten. Deßhalb muß ich bey dem großen Heiden aushalten, quand même – ...
Gehöre ich auch zu den Unzufriedenen, so werde ich doch nie zu den Rebellen übergehen. –

Dieses Versprechen hat er gehalten. Nur in persönlichen Briefen an seine Freunde – die meisten waren überzeugte Goetheaner – wagte Heine, sich anmaßend und streitsüchtig zu gebärden, seiner romantisch-rebellischen Abneigung gegen den Olympier, den Dichterfürsten freien Lauf zu lassen.

Doch diese Abneigung war eigentlich nur verstandesmäßig, obwohl Heine immer wieder das Gegenteil behauptete, nämlich, daß er mit dem Verstand Goethes Lebensfreude bejahe, sie vom Gefühl her aber ablehne. Dabei irritierten ihn seine bitteren Emotionen – die gekränkte Eigenliebe des Autors, den Goethe einfach nicht bemerkte, die peinlichen Erinnerungen an seine mißglückte Pilgerfahrt nach Weimar.

Goethe erlebte in seiner Jugend einen stürmischen Subjektivismus; später aber wehrte er jedes Zuviel an Subjektivität in Kunst und Dichtung als krankhaft ab. Heine dagegen begann – und blieb sein Leben lang – unverhüllt subjektivistisch.

Diesen Widerspruch bekannte und bespöttelte er im »Schlußwort« zu den ›Reisebildern‹:

– meine Seele bebt, und es brennt mir im Auge, und das ist ein ungünstiger Zustand für einen Schriftsteller, der den Stoff beherrschen und hübsch objectiv bleiben soll, wie es die Kunstschule verlangt, und wie es auch Goethe gethan – er ist achtzig Jahre dabei alt geworden, und Minister und wohlhabend – armes deutsches Volk! das ist dein größter Mann!

Selbst zu Zeiten seiner radikalsten Entfremdung von Goethe erkannte er in ihm den »größten Mann«. Er war sich seiner stürmischen, explosiven Subjektivität bewußt und vermochte sie zu zügeln. Nicht einmal im Zorn ließ er sich dazu hinreißen, den Stern am Himmel ein »Irrlicht« zu nennen. Und zeit seines Lebens zog der Dichter Goethe ihn immer wieder an.

1828 erschien Wolfgang Menzels Buch ›Die deutsche Literatur‹, ein temperamentvolles, kritisches Werk über die zeitgenössische literarische Szene. Heine war mit Menzel befreundet, kannte ihn als Kommilitonen aus der Bonner Burschenschaft, war ihm dankbar für seine begeisterten Äußerungen über das ›Buch der Lieder‹ und die ›Reisebilder‹. Heine seinerseits unterstützte Menzel durch lobende Rezensionen, empfahl ihn seinen Freunden. Aber in seinen Briefen an Menzel und in einem Aufsatz verurteilte er dessen Angriff auf Goethe ganz entschieden.

Menzel hatte geschrieben, Goethe solle sich an Jean Paul und Schiller als wahrhaft sittlichen und darum bedeutenderen Künstlern ein Beispiel nehmen. Heine erwiderte darauf:

... doch gehören wir nicht zu denen, die durch Vergleichung Schillers mit Goethe den Werth des letztern herabdrücken möchten. Beide Dichter sind vom ersten Range, beide sind groß, vortrefflich, außerordentlich, und hegen wir etwas Vorneigung für Goethe, so entsteht sie doch nur aus dem geringfügigen Umstand, daß wir glauben, Goethe wäre im Stande gewesen, einen ganzen Friedrich Schiller mit allen dessen Räubern, Pikolominis, Louisen, Marien und Jungfrauen zu dichten, wenn er der ausführlichen Darstellung eines solchen Dichters nebst den dazu gehörigen Gedichten in seinen Werken bedurft hätte.

Heine verspottete den *Goetheismus* oder das *Goethentum* der Nachahmer, der sklavischen Diener des Weimarer Musenhofes. Aber er war fest davon überzeugt, daß Goethe unsterblich bleibe, weil in seinen Werken die *tatsächliche Auffassung und die Ruhe der Natur* unsterblich seien.

... Goethe hält ihr den Spiegel vor, oder, besser gesagt, er ist selbst der Spiegel der Natur. Die Natur wollte wissen, wie sie aussieht, und sie erschuf Goethe. Sogar die Gedanken, die Intentionen der Natur vermag er uns widerzuspiegeln, ...

Doch manche Reden der Helden Goethes, manche Epigramme, Aufsätze und Briefe des Herrn Geheimrats erinnerten Heine wieder an den hochmütig erhobenen Kopf, an den durchdringenden, kalten Blick Seiner Exzellenz.

In einem Brief an Varnhagen vom 28. Februar 1830 klagte er:

Ich lese jetzt den 4 Band von Göthes und Schillers Briefwechsel, und wie gewöhnlich mache ich Stylbeobachtungen. ... Abründung, Helldunkel, Perspektive der Zwischensätze, mechanisches Untermalen der Gedanken, dergleichen kann man von Goethe lernen – nur nicht *Männlichkeit.* Es ist noch immer meine fixe Idee daß mit der Endschaft der Kunstperiode auch das Goethenthum zu Ende geht; nur unsre ästhetisirende, philosophirende Kunstsinnzeit war dem Aufkommen Goethes günstig; eine Zeit der Begeistrung und der That kann ihn nicht brauchen. Aus jenem 4ten Briefsammlungstheil sah ich klar wie ingrimmig er die Revoluzion haßte, er hat in dieser Hinsicht ungünstig auf Schiller eingewirkt, den er vielleicht am Ende zum Mitaristokraten gemacht hätte.

Darin hatte Heine unrecht. Goethes Haltung zu seiner Epoche war alles andere als »ingrimmig«.

Je weiter Heine sich von seiner Jugend entfernte, je bewußter ihm seine eigene historische Erfahrung wurde – wie schmerzhaft man sich an der erkaltenden Glut einer revolutionären Begeisterung verbrennen kann, wie erstickend ihr Qualm ist, wie qualvoll es ist, den früheren Glauben, die frühere Überzeugung als Aberglauben und Irrtum erkennen zu müssen –, desto besser verstand er Goethe.

Er versuchte, Goethe zu bekämpfen, in Auseinandersetzungen mit sich selbst und mit seinen Freunden gegen Goethe zu rebellieren. Dabei war ihm wohl nicht bewußt, daß dieser einseitige Kampf dem einsamen Widerstand Goethes gegen die Französische Revolution glich. Der Weimarer Zeus hatte gegen die Titanen des Konvents und der Revolutionsklubs gekämpft, ohne daß sie von seiner Gegnerschaft Notiz nahmen. In Goethes Verhältnis zur Französischen Revolution lösten einander ab oder vermischten sich – ebenso wie in Heines Verhältnis zu Goethe – Abneigung und

Verständnis; und ebenso unterschiedlich, manchmal widersprüchlich, waren seine öffentlichen Äußerungen und privaten Geständnisse. Aber je mehr Jahre seit dem Sturm auf die Bastille und der Schlacht bei Valmy vergingen, desto bewußter erkannte er die »wohltätigen Folgen« der einst gehaßten Revolution.

Aus Heines Essay ›Die romantische Schule‹, der im wesentlichen 1832/33 entstand, spricht der sensible Dichter, der weder verwinden noch verhehlen kann, wie sehr ihn Goethes Gleichgültigkeit noch immer kränkte:

... Wie ich selber es damals, mit hinlänglicher Bitterkeit, offen gesagt habe: Goethe glich jenem Ludwig XI, der den hohen Adel unterdrückte und den tiers état empor hob. Das war widerwärtig, Goethe hatte Angst vor jedem selbständigen Originalschriftsteller und lob und pries alle unbedeutende Kleingeister; ja er trieb dieses so weit, daß es endlich für ein Brevêt der Mittelmäßigkeit galt, von Goethe gelobt worden zu seyn.

Aber unmittelbar nach diesem heftigen Vorwurf vergleicht er Goethe mit einer mächtigen hundertjährigen Eiche, die mit ihren weit ausladenden Zweigen hoch über den Wald der deutschen Literatur herausragt und eben deshalb die unterschiedlichsten Gegner irritiert.

... Die Altgläubigen, die Orthodoxen, ärgerten sich, daß in dem Stamme des großen Baumes keine Nische mit einem Heiligenbildchen befindlich war, ja, daß sogar die nackten Dryaden des Heidenthums darin ihr Hexenwesen trieben, und sie hätten gern, mit geweihter Axt, gleich dem heiligen Bonifacius, diese alte Zaubereiche niedergefällt; die Neugläubigen, die Bekenner des Liberalismus, ärgerten sich im Gegentheil, daß man diesen Baum nicht zu einem Freiheitsbaum, und am allerwenigsten zu einer Barrikade benutzen konnte. In der That, der Baum war zu hoch, man konnte nicht auf seinen Wipfel eine rothe Mütze stecken und darunter die Carmagnole tanzen. Das große Publikum aber verehrte diesen Baum eben weil er so selbständig herrlich war, weil er so lieblich die ganze Welt mit seinem Wohlduft erfüllte, weil seine Zweige so prachtvoll bis in den Himmel ragten, so daß es aussah, als seyn die Sterne nur die goldnen Früchte des großen Wunderbaums.

Heine warf Goethe göttlichen Egoismus und Gleichgültigkeit gegenüber den sterblichen Menschen vor. Er behauptete, von ihm stamme die reine, »zweckfreie« Dichtung, der alle Leiden und Nöte der Menschen fremd blieben; ihm seien die *Spielzeuge der Kunst* wichtiger erschienen als die *höchsten Interessen der Menschheit.* Deshalb seien seine Schöpfungen schön wie antike Statuen – und ebenso unfruchtbar. Genau so urteilten später die russischen Nihilisten über Puschkin.

Nach Goethes Tod begann Heine dessen Bedeutung neu zu erkennen; er nannte ihn jetzt immer den *größten Künstler in unserer Literatur.*

... Daher bin ich überzeugt, daß er ein Gott war. Goethes Auge blieb in seinem hohen Alter eben so göttlich wie in seiner Jugend. Die Zeit hat auch sein Haupt zwar mit Schnee bedecken, aber nicht beugen können. Er trug es ebenfalls immer stolz und hoch, und wenn er sprach wurde er immer größer, und wenn er die Hand ausstreckte, so war es, als ob er, mit dem Finger, den Sternen am Himmel den Weg vorschreiben könne, den sie wandeln sollten. Um seinen Mund will man einen kalten Zug von Egoismus bemerkt haben; aber auch dieser Zug ist den ewigen Göttern eigen, und gar dem Vater der Götter, dem großen Jupiter, mit welchem ich Goethe schon oben verglichen. Wahrlich, als ich ihn in Weimar besuchte und ihm gegenüber stand, blickte ich unwillkürlich zur Seite, ob ich nicht auch neben ihm den Adler sähe mit den Blitzen im Schnabel. Ich war nahe dran ihn griechisch anzureden; da ich aber merkte, daß er deutsch verstand, so erzählte ich ihm auf deutsch: daß die Pflaumen auf dem Wege zwischen Jena und Weimar sehr gut schmeckten.

Wenn die Kinder sind im Dunkeln,
Wird beklommen ihr Gemüt,
Und um ihre Angst zu bannen,
Singen sie ein lautes Lied.

Ich, ein tolles Kind, ich singe
Jetzo in der Dunkelheit;
Klingt das Lied auch nicht ergötzlich,
Hats mich doch von Angst befreit.

Herbst und Winter brachten neue Sorgen und Leiden. Die Kopfschmerzen kamen häufiger, wurden stärker. Die Briefe von zu Hause waren voller Vorwürfe und ungeduldiger Mahnungen: es sei Zeit, das Studium endlich abzuschließen. Er selbst war der Studentengelage, Streitereien und Duelle überdrüssig.

Dafür aber schrieb er immer mehr Verse. Die Erinnerungen an den Harz, Bilder und Vergleiche, die ihm in schlaflosen Nächten kamen, verflochten sich wie von selbst zu einer Erzählung. Und mitten in eine Beschreibung drangen plötzlich Verse ein. Sie wurden zu Gliedern einer bunten Kette. Er begegnete einem jungen Hirten am Fuße des Brockens, er kam zum Gebirgsflüßchen Ilse.

Ich bin die Prinzessin Ilse,
Und wohne im Ilsenstein;
Komm mit nach meinem Schlosse,
Wir wollen selig sein.

Dein Haupt will ich benetzen
Mit meiner klaren Well,
Du sollst deine Schmerzen vergessen,
Du sorgenkranker Gesell!

In meinen weißen Armen,
An meiner weißen Brust,
Da sollst du liegen und träumen
Von alter Märchenlust.

Seinem Freund Rudolf Christiani schrieb er – in demselben Brief, in dem er über seinen Besuch bei Goethe berichtete (am 26. Mai 1825):

Den Herbst machte ich eine Fußreise nach dem Harz den ich die Kreuz und Quer durchstreifte, besuchte den Brocken, so wie auch Göthe auf meine Rückreise über Weimar. Ich reiste nemlich über Eisleben, Halle, Jena, Weimar, Erfurth, Gotha, Eisennacht und Kassel hierher wieder zurück. Viel Schönes habe ich auf dieser Reise gesehen, und unvergeßlich bleiben mir die Thäler der Bode und Selke. Wenn ich gut haushalte kann ich mein ganzes Leben lang meine Gedichte mit Harzbäumen ausstaffiren. –

...

Meine Harzreise habe ich ... Anfangs diesen Winter geschrieben. Aber leider konnte ich kaum bis zur Hälfte damit zu Stande kommen, weil ich damals, wie den ganzen Winter hindurch, mich höchst elend befand. Wenn ich daher bedenke, zu welcher trübseeligen Zeit ich dieses Reisefragment geschrieben, so muß ich zweifeln ob etwas Gutes daraus geworden. ... Sie finden darinn viele alte Witze von mir, mit schlechten neuen Witzen bunt untermischt, nachläßige, unkünstlerische Prosa, unbeholfene Naturschilderungen, verunglückter Enthousiasmus; aber das bitt ich mir aus – die Verse darin sind göttlich.

Im Mai 1825 legte er endlich sein juristisches Examen ab. Professor Gustav Hugo, der die Prüfungen in Geschichte, römischem Recht und Jurisprudenz abnahm, ein eigensinniger, aber gutmütiger Sonderling, fuhr den verlegenen Studenten mehrmals zornig an, weil der auf ganz übliche Fragen ganz ungewöhnlich und spaßig antwortete. Er irrte sich oft in den lateinischen Deklinationen und Konjugationen, aber die Gesetze kannte er gut und erörterte sie vernünftig, wenn auch recht sonderbar, so daß es manchmal schien, als mache er sich insgeheim lustig über die altehrwürdigen Gesetzgeber und Kommentatoren. Doch er blickte dabei völlig ernst und naiv-aufrichtig drein. Der Professor hatte manchmal Mühe, nicht zu lachen.

Heine erhielt die Note befriedigend und die Erlaubnis, im Juli die Abschlußthesen zur Promotion zu verteidigen.

So war denn das Studium zu Ende. Wie sollte es nun weitergehen? Seine Verse, Theaterstücke und Feuilletons konnten ihn nicht ernähren. Die Wohltaten des reichen Onkels waren ihm peinlich, sie waren demütigend und auf die Dauer nicht einmal sicher. Er könnte wohl nun Advokat werden oder Professor der Rechte oder der Geschichte, könnte eine Zeitschrift herausgeben. Aber all das war nur christlichen Staatsbürgern gestattet.

Und wieder mußte er sich an die leidvolle Geschichte des Judentums erinnern. Er zog auf endlosen Straßen hinter den Scharen Ausgestoßener und Vertriebener her, stolperte über Leichen, ging an Sterbenden vorüber. Kraftlos, verzweifelt floh er Plätze, wo die Scheiterhaufen mit entsetzlich schreienden, in Qualen sich krümmenden Menschen brannten. Er irrte in den dumpfen Gassen der Ghettos umher, hörte böse Verwünschungen und bitteres Wehklagen, höhnischen Spott und stolzes Lob.

Und wieder kamen ihm Zweifel: Durfte man, mußte man mit dieser Vergangenheit leben? War es denn wirklich *seine* Vergangenheit, die ihn so unentwegt bedrückte? Stand ihm Hermann der Cherusker, der die Römer aus Germanien vertrieben hatte, nicht ebenso nahe, vielleicht sogar noch näher, als Bar Kochba, der in Palästina gegen die Enkel dieser Römer gekämpft hatte? Und das deutsche Wort Martin Luthers, Lessings und Goethes war doch wirklich auch das seine, war ihm näher verwandt als das Wort des Maimonides und das jenes Rabbis von Bacharach, über den er zu schreiben begonnen hatte.

Wieder einmal schlug er das Evangelium auf:

»Selig sind, die da hungern und dürsten nach der Gerechtigkeit; denn sie sollen satt werden. Selig sind die Barmherzigen; . . . Selig sind, die reines Herzens sind; . . . Selig sind, die um der Gerechtigkeit willen verfolgt werden; . . . Liebet eure Feinde; segnet, die euch fluchen; tut wohl denen, die euch hassen; bittet für die, so euch beleidigen und verfolgen . . .«

***

In dem kleinen thüringischen Städtchen Heiligenstadt, wohin die Göttinger Studenten zu Tanzabenden fuhren, lernte Heine den jungen Pastor Gottlob Christian Grimm kennen. Sie unterhielten sich über die Zusammenhänge zwischen Altem und Neuem Testament, über die Grundsätze der verschiedenen Konfessionen. Grimm fand Gefallen an dem blassen Studenten mit dem traurigen Blick und dem verschmitzten Lächeln, der über die Geschichte der Religionen sachverständiger sprach als ein Theologe. Seine Späße waren manchmal fast unanständig und blasphemisch. Doch der Pastor glaubte trotzdem, daß er einen Menschen vor sich hatte, der nach Wahrheit suchte, dessen Seele dem Guten wie dem Bösen geöffnet war. Er kannte die Gebote Christi, und zum Christentum zog ihn das Bedürfnis, ganz mit dem Volk zu verschmelzen, in dessen Sprache er lebte.

Grimm wußte auch um Heines Zweifel. »Im Grunde sind Sie ja längst Christ geworden, waren es vielleicht schon immer. Sie sagen ja selbst, daß viele Ihrer Bekannten und Kommilitonen nicht einmal ahnen, daß Sie anderen Glaubens sind. Man kann Spinoza und Mendelssohn verstehen, wenn sie sich nicht taufen lassen wollten, obwohl sie in Wirklichkeit dem Geiste nach Christen waren – sie wollten sich nicht von ihren verfolgten, bedrohten Glaubensbrüdern lossagen; sie haben in schweren Zeiten die Treue zum Judentum bewahrt, doch eben in dieser Beharrlichkeit erkenne ich eine wahrhaft christliche Demut und christliches Mitleid. Aber wir leben in anderen Zeiten. Nur beim gemeinen Pöbel trifft man noch auf Reste des alten Judenhasses. Sie selbst haben ja gesehen, wer neulich in Hamburg randaliert hat. Es gibt wohl noch einige Fanatiker mit akademischen Graden und veraltete judenfeindliche Gesetze. Aber das ist die letzte Glut eines bereits niedergebrannten Feuers. Die Aufklärung hat uns neue Wege gewiesen. Nur naive Atheisten glauben, daß diese Wege von Christus wegführen. Das Gegenteil ist richtig. Erst in unseren Tagen können die Worte des Apostels Paulus verwirklicht werden: ›Hier ist kein Jude noch Grieche . . .‹«

Der Pastor sprach leise und ruhig. Aus seiner Stimme klang feste Gewißheit.

Heine stimmte mal zu, mal äußerte er Zweifel. Natürlich sei ihm die Bergpredigt näher als der Talmud, als die seltsamen Rituale, die seine Verwandten einhielten, übrigens nur an Feiertagen und zu besonderen Anlässen. Sonst aber kümmerten sie sich nicht um Religion.

Aber auch die meisten Christen seien ja von den Idealen des Evangeliums, der Liebe und der Brüderlichkeit weit entfernt. Manche gläubigen Christen verschiedener Konfessionen kämpften grausam gegeneinander, nicht weniger grausam als gegen Andersgläubige. Und ehedem hatte die heilige Inquisition christliche Ketzer ebenso verbrannt wie Juden und Muselmanen. Gewiß, all das gehörte jetzt der Vergangenheit an. Die Scheiterhaufen waren längst erloschen. Die Katholiken schlachteten keine Hugenotten mehr ab. Die Puritaner hängten keine Papisten mehr auf. Diese Glut war endgültig verglimmt. Pastor Grimm hatte recht: blutige religiöse Verfolgungen gehörten nun der Geschichte an. Aber vor zwei Jahren, im August 1823, hatte die preußische Regierung das Napoleonische Edikt von 1812 über die Gleichberechtigung aller Bürger unabhängig vom Glaubensbekenntnis außer Kraft gesetzt. Deswegen konnte er, der Sohn eines Andersgläubigen, weder Professor noch Lehrer an einem Gymnasium werden; man würde ihn auch nicht in den Advokatenstand, geschweige denn in den Staatsdienst aufnehmen!

Nein, er wolle sich nicht in ein Ghetto einsperren lassen, nicht in der engen, stickigen Welt der alten Überlieferungen und neuen Bedrängnisse leben. Er glaube nicht an den rachsüchtigen Jehova, übrigens auch nicht an die unbefleckte Empfängnis. Seit er Hegels Vorlesungen gehört habe, glaube er an den absoluten Geist, an die schöpferische Kraft der Ideen. Und der absolute Geist verlange keine Gottesdienste, verpflichte niemanden, Matzen zu essen oder das Abendmahl zu empfangen; er strafe nicht und vergebe nicht. Die Größe und Güte dieser allgegenwärtigen Gottheit offenbare sich im Blau des Himmels und in den Blumen der Erde, in guten Versen, in den süßen Küssen eines Mädchens und in der leisen Rede des Pastors Grimm, der ihn, den Studenten Heine, so gern zum Christentum bekehren wolle...

Aber die Verehrung des absoluten Geistes erlöse ihn nicht von der verfluchten Rechtlosigkeit. Als er sich an der Universität immatrikulierte, habe ihn niemand gefragt: zu welchem Glauben bekennst du dich? Weder in Bonn noch in Göttingen noch in Berlin habe das irgend jemanden interessiert. Jetzt aber, nach den Studienjahren, wenn er seinen Lebensunterhalt verdienen und das tun wolle, was seinem Innersten entspreche, wenn er wie ein freier Mensch und nicht wie ein Aussätziger leben wolle, müsse er ein Zeugnis über sein christliches Glaubensbekenntnis vorlegen. Deswegen und auch, um bleiben zu können, was er sei – ein Deutscher –, müsse er sich taufen lassen. Ein kleines Stückchen Papier, gütigst von Pastor Grimm unterzeichnet, werde ihm jene Tore öffnen, die man nicht einmal mit Kanonen zerstören könne, seit Napoleons Batterien verstummt seien.

Wenn man sich aber schon taufen lasse, dann sei ihm als Rheinländer der Katholizismus wohl am nächsten. Der große Martin Luther stehe natürlich höher als alle Päpste, aber dafür seien im Katholizismus noch Verbindungen zu Hellas und Rom lebendig, und die Katholiken erkennten die Freiheit des Willens an, sie seien toleranter als die Lutheraner, nachsichtiger gegenüber menschlichen Schwächen, sie ließen die Vergebung der Sünden durch Absolution zu. Der katholische Glaube an das Fegefeuer sei ihm angenehmer als jene unerbittliche Wahl: Hölle oder Paradies, ewige Seligkeit oder ewige Qualen; der Katholizismus sei farbenreicher und musischer, naiver und fröhlicher. Er selbst habe in seiner Jugend ein Gedicht über die wundertätige Jungfrau von Kevelaer geschrieben:

...

Es flattern die Kirchenfahnen,
Es singt im Kirchenton;
Das ist zu Köllen am Rheine,
Da geht die Prozession.

Die Mutter folgt der Menge,
Den Sohn, den führet sie,
Sie singen beide im Chore:
Gelobt seist du, Marie!

...

Nach Kevlaar ging mancher auf Krücken,
Der jetzo tanzt auf dem Seil,
Gar mancher spielt jetzt die Bratsche,
Dem dort kein Finger war heil.

Die Mutter nahm ein Wachslicht,
Und bildete draus ein Herz.
»Bring das der Mutter Gottes,
Dann heilt sie deinen Schmerz.«

...

Der kranke Sohn und die Mutter,
Die schliefen im Kämmerlein;
Da kam die Mutter Gottes
Ganz leise geschritten herein.

Sie beugte sich über den Kranken,
Und legte ihre Hand

Ganz leise auf sein Herze,
Und lächelte mild und verschwand.

...

Da lag dahingestrecket
Ihr Sohn, und der war tot;
Es spielt auf den bleichen Wangen
Das lichte Morgenrot.

Die Mutter faltet die Hände,
Ihr war, sie wußte nicht wie;
Andächtig sang sie leise:
Gelobt seist du, Marie!

Seine Freunde hätten gesagt, das sei eine katholisch-fromme Dichtung.

Pastor Grimm gefielen die Verse, er vernahm darin die Stimme einer reinen Seele, von naivem Glauben erleuchtet. Natürlich war in dieser Ballade der Einfluß katholischer Weltanschauung offenkundig, der Einfluß gewisser – er komme nicht umhin zu sagen: abergläubischer – katholischer Vorstellungen von täglichen Wundern. Die Katholiken glaubten ja an so etwas wie die Verteilung und Aufsplitterung göttlicher Gnade, glaubten, daß sie nicht nur jenen Sterblichen zuteil wird, die heiliggesprochen werden, sondern auch an toten Gegenständen haftet – an Reliquien, Ablässen, Bildern. Darin zeigten sich heidnische Einflüsse, Zugeständnisse an alten und neuen Aberglauben, an die Vorurteile der unwissenden Menge. Luther habe die Lehre Christi von all diesem bunten Beiwerk, dem eitlen Tand, der ihr Wesen entstelle, gereinigt. Er war zu den ursprünglichen Grundsätzen des Evangeliums und des Alten Testaments zurückgekehrt. Zwischen diesen beiden gebe es ja keinen Bruch. Jesus war der Sohn Gottes, welcher der Gott Abrahams, Isaaks und Jakobs war, des Gottes, der Moses auf dem Berge Sinai seine Gebote verkündet hatte. Die Geburt Jesu war von biblischen Propheten vorausgesagt worden, und Jesus selbst hatte gelehrt, daß er gekommen sei, das Mosaische Gesetz zu erfüllen, nicht, es zu brechen.

Im Unterschied zu den Katholiken glaubten die evangelischen Christen nicht, daß alle Juden verdammt seien, weil sie von jenen abstammten, die den Erlöser gekreuzigt hatten. An der Hinrichtung auf Golgatha seien die Römer ebenso mitschuldig gewesen; und unter den römischen Soldaten, die Christus folterten, könnten ja durchaus auch Germanen oder Gallier gewesen sein.

»Im Gegensatz zu den Katholiken halten wir den Judaismus weniger für eine falsche als für eine noch unvollkommene, nicht voll ausgereifte Auffassung von der göttlichen Wahrheit. Daher, mein Freund, muß Ihr Weg – der Weg eines Menschen, der unter dem Mosaischen Gesetz geboren ist und nach der Wahrheit sucht –, naturgemäß zu uns, in die Kirche Martin Luthers, des Nachfolgers der Propheten und Apostel, führen.«

Heine widersprach; er erinnerte den Pastor an Lessings ›Nathan der Weise‹ und an das Gleichnis von den drei Ringen. Alle Glaubenslehren seien bloß verschiedene Erscheinungsformen des höchsten überirdischen Wesens – Gottes oder des absoluten Geistes. Für einen Dichter sei Gott vor allem Poesie, Harmonie, die ewige Wahrheit des Lebens – stets unerreichbar und unfaßbar. In dem Bestreben, diese Wahrheit zu erreichen, liege ja das Wesen der Kunst und des menschlichen Seins überhaupt. Die Unterschiede der Religionen aber seien wie die Unterschiede der poetischen Gattungen. Die alttestamentlichen Psalmen des Judentums seien natürlich veraltet, manche Dissonanzen entstellten ihren Klang. Und er müsse jetzt zwischen den Mysterien des Katholizismus und den Idyllen des lutherischen Glaubens wählen.

Den Pastor Grimm verwirrten solche Vergleiche. Er schätze das Genie Lessings hoch, aber der sei doch ein Dichter und kein Theologe gewesen. Übrigens sei jene großmütige Toleranz, von der Lessings Werke durchdrungen seien, eine Besonderheit protestantischen Denkens – Lessing sei ja der Sohn eines Pastors gewesen.

Heine verehrte Lessing ebenso wie Luther, wußte auch, daß der deutsche Protestantismus in der Literatur sehr fruchtbar gewesen war. Klopstock, Herder, Goethe, Schiller – sie alle waren ja ebenfalls Protestanten gewesen. Die Begeisterung der Romantiker für den Katholizismus jedoch war Ausdruck einer geistigen Krise. Er selbst hatte sich von Kindheit an in der katholischen Lebensweise seiner Landsleute heimisch gefühlt. Im lebensfrohen Katholizismus spürte und erkannte er Poesie, eine poetische Wahrnehmung der Erde und des Himmels. Weder in der Rhetorik der biblischen Propheten noch in der Prosa des Protestantismus hatte er Vergleichbares gefunden.

Aber Grimm bemühte sich so rührend-eifrig, ihn zu überzeugen, sein Glaube war so gütig, daß Heine beschloß: kein anderer sollte ihn taufen. Er bat nur, es möge ohne öffentliches Aufsehen geschehen, er wolle erst danach seine Verwandten in Kenntnis setzen; und jene Bekannten, die ihn schon immer für einen Christen gehalten hatten, brauchten nichts von seiner Taufe zu erfahren.

Pastor Grimm war erfreut. Er würde zum ersten Mal einen Neubekehrten taufen, dem er selbst geholfen hatte, den wahren Weg zu finden. Die erforderliche Taufgenehmigung der weltlichen und kirchlichen Behörden erhielt er rasch, und es bedurfte nur noch eines Leumundszeugnisses über den Studenten Heine vom Göttinger Superintendenten. Der schrieb:

Seine beiden Hauswirte, bei denen er nacheinander gewohnt hat, geben ihm das vorteilhafteste Zeugnis und rühmen seine stille und eingezogene Lebensweise. Etwas Nachteiliges höre ich nirgends von ihm. Man beschreibt ihn als fleißig und rühmt sein Dichter-Talent.

Der mit Grimm befreundete Superintendent Dr. Bonitz aus dem thüringischen Städtchen Langensalza willigte ein, Taufpate zu sein.

Am 28. Juni 1825 wurde der kurze Taufakt in Grimms Haus vollzogen. Beide Pastoren waren ernst und feierlich. Grimm las das Gebet, Heine sprach mit leiser Stimme Wort für Wort nach. Dann sagte der Pastor laut: »Im Namen unseres Herrn Jesus Christus taufe ich dich auf den Namen Christian Johann Heinrich.«

Heine küßte das Evangelium – das matt glänzende goldene Kreuz auf dem schwarzen Einband. Grimm und Bonitz umarmten ihn.

Am selben Tag taufte Grimm auch seine beiden Zwillingstöchter, und Heine wurde mit Bonitz zusammen zum festlichen Familienmahl eingeladen. Weder die Pastorin noch die Gäste wußten, warum dieser unbekannte Student mit ihnen feierte. Bei Tisch war er so nachdenklich und schweigsam. Als Pastor Grimm ihn seinen Gästen vorgestellt hatte, hatte er den Vornamen *Heinrich* besonders betont ...

***

Onkel Salomon, der in Geschäften nach Mitteldeutschland gereist war, hatte seinen Neffen in Göttingen aufgesucht, sich davon überzeugt, daß er die Examina abgelegt und die Thesen zur Verteidigung fertig hatte. Heine sagte, er wolle sich gern an der See erholen. Der Onkel war sogleich einverstanden; er öffnete den Geldbeutel weit, war mit sich selbst zufrieden und freute sich über des Neffen Dankbarkeit – er wußte noch nicht, daß dieser nicht mehr Harry, sondern Heinrich hieß –, genoß die achtungsvollen und liebenswürdigen Worte der Kommilitonen, die begeistert erzählten, mit welcher Hochachtung Harry stets von seinem Onkel und Wohltäter gesprochen hatte. Die Beredsamkeit der Studiosi schlug sich in klingender Münze nieder.

Am 20. Juli 1825 verteidigte Heine öffentlich die fünf Abschlußthesen für seine Promotion. Eine Woche später gab es den »Doktorschmaus«. Im Garten eines alten Gasthauses, in der mit Efeu überrankten Laube, war ein runder Steintisch gedeckt. Ein Schankwirt, dem der neugebackene Doktor der Rechte eine beträchtliche Summe gezahlt hatte – und dem er dennoch ein Maß Wein schuldig blieb –, kommandierte die Bediensteten, die immer neue Gerichte herbeitrugen. Heine, umringt von Kommilitonen aus der Landsmannschaft »Guestphalia«, war den ganzen Abend über lebhaft, liebenswürdig und fröhlich; er machte Witze, kränkte aber niemanden, brachte scherzhafte Trinksprüche aus, sang mit allen zusammen Studentenlieder und verzog nicht einmal das Gesicht, wenn die betrunkenen Freunde ohrenbetäubend grölten.

An diesem Abend gab es Augenblicke, wo ihm schien, er sei glücklich.

Ich unglücksel'ger Atlas! eine Welt,
Die ganze Welt der Schmerzen, muß ich tragen,
Ich trage Unerträgliches, und brechen
Will mir das Herz im Leibe.

Dr. Heinrich Heine nahm für immer Abschied von Göttingen. Er fuhr nach Norderney. Das Wiedersehen mit dem Meer war eine Freude. Weder schlechtes Wetter noch sorgenvolle Gedanken an die Zukunft konnten seine Stimmung trüben.

Er hofierte die Damen, tafelte mit hannoverschen Offizieren, die in der britischen Armee dienten, befragte sie über Afrika, Indien und Kanada. Er belustigte Alt und Jung mit seinen Erzählungen von Studentenstreichen und genoß es, wenn er mit »Herr Doktor« angeredet wurde. Selbst mit äußerst dummen Tischnachbarn unterhielt er sich gern, wenn sie ab und zu wiederholten: »Bitte, Herr Doktor«, »Ach, was Sie nicht sagen, liebster Doktor«, »Gestatten Sie, daß ich Ihnen den Herrn Doktor der Rechte, Heinrich Heine, vorstelle.«

Insgeheim lachte er über seine kindische Eitelkeit. Oft ging er allein ans Meer, schaute und lauschte.

. . .
Die Sonne neigte sich tiefer, und warf
Glührothe Streifen auf das Wasser,
Und die weißen, weiten Wellen
Von der Fluth gedrängt,
Schäumten und rauschten näher und näher –
Ein seltsam Geräusch, ein Flüstern und Pfeifen,
Ein Lachen und Murmeln, Seufzen und Sausen,
Dazwischen ein wiegenliedheimliches Singen –
Mir war als hört' ich verscholl'ne Sagen,
Uralte, liebliche Mährchen,
. . .

Morgens und abends und manchmal auch nachts ging er ans Meer, bei Windstille und heulendem Sturm. Stundenlang stand er am Ufer oder ging am Strand hin und her.

Sternlos und kalt ist die Nacht,
Es gährt das Meer;
Und über dem Meer', platt auf dem Bauch,
Liegt der ungestaltete Nordwind,
Und heimlich, mit ächzend gedämpfter Stimme,
Wie'n störriger Griesgram, der gutgelaunt wird,
Schwatzt er in's Wasser hinein,
Und erzählt viel tolle Geschichten.

An manchen Tagen segelte er auf Fischerbooten hinaus, ohne aufs Wetter zu achten. Gerne lauschte er den erfundenen Geschichten der Fischer, ihren Späßen und Witzen, lernte ihre Mundart verstehen.

Der Anblick des Meeres, sein würziger Atem, sein rhythmisches Rauschen weckten Gedanken an die Grenzenlosigkeit der Welt, an die Schicksale von Göttern und Menschen:

Sagt mir, was bedeutet der Mensch?
Woher ist er kommen? Wo geht er hin?
Wer wohnt dort oben auf goldenen Sternen?

Es murmeln die Wogen ihr ew'ges Gemurmel,
Es wehet der Wind, es fliehen die Wolken,
Es blinken die Sterne, gleichgültig und kalt,
Und ein Narr wartet auf Antwort.

Ihm kamen Gedanken wie aus ferner Meeresweite, Gedanken über die Geschichte der alten Griechen und Römer, der Juden und Germanen, und es kamen Erinnerungen an jüngst Vergangenes, an seine mißglückten Liebschaften, an seine Freunde und seine Bücher.

Und wie stets bedrückten ihn Gedanken an seine Zukunft. Wo sollte er leben? In Hamburg oder Berlin? Wohin sollte er jetzt fahren?

Am Meer entstanden immer neue Gedichte. Es schien ihm, als könne er nirgendwo anders so frei, so furchtlos dichten – über die Liebe, über die Heimat, und wieder und wieder über das Meer.

Seekrank sitz' ich noch immer am Mastbaum,
Und mache Betrachtungen über mich selber,
...

Dieses Schwanken und Schweben und Schaukeln
Ist unerträglich!
Vergebens späht mein Auge und sucht
Die deutsche Küste. Doch ach! nur Wasser
Und abermals Wasser, bewegtes Wasser!

Wie der Winterwandrer des Abends sich sehnt
Nach einer warmen, innigen Tasse Thee,
So sehnt sich jetzt mein Herz nach dir,
Mein deutsches Vaterland!
Mag immerhin dein süßer Boden bedeckt seyn
Mit Wahnsinn, Husaren, schlechten Versen
Und laulig dünnen Traktätchen;
...
Mögen immerhin deine noblen Affen
In müßigem Putz sich vornehm spreitzen,
Und sich besser dünken als all das andre
Banausisch schwerhinwandelnde Hornvieh;
...
Immerhin, mag Thorheit und Unrecht
Dich ganz bedecken, o Deutschland!
Ich sehne mich dennoch nach dir:
Denn wenigstens bist du doch festes Land.

***

Den Winter 1825 und das Frühjahr 1826 verbrachte er in Hamburg. Therese war erwachsen und noch reizender geworden. Doch wenn sie jetzt dem Cousin für seine Gedichte dankte, küßte sie ihn nicht mehr kindlich-zutraulich und unbewußt kokett, sondern lächelte nur. Auch wenn er von seiner Liebe sprach, lächelte sie verschmitzt und antwortete bloß, er scherze sehr lustig.

Ein neuer ständiger Gast im Hause Salomon Heines war der junge, erfolgreiche Jurist Adolf Halle. Er spekulierte an der Börse, hatte auch Verbindungen zum Bankhaus Heine, und in der Familie munkelte man bereits, er werde Therese heiraten.

Heines Antrag um Aufnahme in den Hamburger Advokatenstand blieb ohne Antwort. Er war ja kein alteingesessener Hamburger, und seine Verwandten machten keine Anstalten, ihm zu helfen. Lottes Mann, sein Schwager Moritz Embden, sollte sogar bei irgendwelchen einflußreichen Herren ganz schlecht über ihn gesprochen haben. Er trug auch Onkel Salomon wahren und unwahren Klatsch über das leichtsinnige Treiben seines unverbesserlichen Neffen, über dessen freche Reden und unanständige Späße zu. Heine zerstritt sich mit dem heuchlerischen Speichellecker, aber das Allerschlimmste war für ihn, daß daraufhin seine Schwester, sein *kleines Lottchen*, auch nicht mehr mit ihm sprach.

Am 6. Dezember 1825 schrieb er an Rudolf Christiani:

Schlechtes Leben hier. Regen, Schnee und zu viel Essen. Und ich sehr verdrießlich. Hamburg ist am Tage eine große Rechenstube und in der Nacht ein großes Bordell. ... jeder glaubt ich bliebe hier um zu advoziren. Ich aber weiß es am allerwenigsten was ich hier thun werde. Indessen glaub nur nicht daß ich hier müßig sey, im Gegentheil wo ich geh und steh mach ich Verse.

Das Manuskript der ›Harzreise‹ hatte er an Professor Gubitz nach Berlin geschickt. Er schrieb ihm, es sei *freylich manches Derbe darinn*, doch da der ›Gesellschafter‹ *(zu unserer Aller Verwundrung) sich in der letzten Zeit vom Verdachte der Liberalität gereinigt hat und täglich zahmer und zahmer* werde, hoffe er auf die Nachsicht der Zensur. Gubitz beeilte sich mit der Veröffentlichung, aber die Zensoren strichen ganze Seiten.

Im Haus des Onkels war er immer auf der Hut, mußte ständig Beleidigungen zurückweisen, Verleumdungen widerlegen, auf heimtückische oder bösartige Fragen antworten – und zwischendurch mit den Cousinen und mit Gästen aus den »besten Kreisen« plaudern.

Verdammtes Hamburg ...
Da sitz ich nun auf der Abcstraße, müde vom zwecklosen Herumlaufen, Fühlen und Denken, und draußen Nacht und Nebel und höllischer Spektakel, und groß und klein läuft herum nach den Buden um Weihnachtsgeschenke einzukaufen. ... und ... so will ich Dir etwas ganz apartes zum Weihnacht schenken, nemlich das Versprechen: daß ich mich vor der Hand noch nicht todtschießen will.

schrieb er am 19. Dezember an Moses Moser. Aber in jenem Winter kamen ihm häufig Gedanken an Selbstmord.

Der Tod das ist die kühle Nacht,
Das Leben ist der schwüle Tag.
Es dunkelt schon, mich schläfert,
Der Tag hat mich müd' gemacht.

Im »Schweizerpavillon« am Jungfernstieg trafen sich gegen Abend seine Freunde: Fritz Merckel, Journalist und Kritiker, Sproß eines alten Hamburger Patriziergeschlechts, und der Professor für Literaturgeschichte Friedrich Gottlieb Zimmermann. Er redigierte auch die ›Dramaturgischen Blätter‹ – im Geiste von Lessings Freidenkertum.

Für Heine war besonders Merckels Freundschaft ein Trost in düsteren Stunden. Sie unterhielten sich über schwierige philosophische Probleme – und über die Melodik von Goethes Gedichten, über die reizenden jungen Mädchen vom Jungfernstieg und den unterschiedlichen Geschmack der Austern zu den verschiedenen Jahreszeiten.

In Zimmermann fand Heine einen unerbittlichen, anspruchsvollen Kritiker und Lehrmeister, der um so schärfer und strenger urteilte, je mehr er einem Autor oder einem Studenten gewogen war. Seine sarkastischen, bissigen Bemerkungen nahm der sonst so empfindliche Heine eher gutmütig auf.

Zimmermann war in Hamburg als tapferer Patriot bekannt und geachtet. 1813 war er von der französischen Besatzungsmacht verfolgt worden, hatte fliehen müssen, und ein hoher Preis war auf seinen Kopf ausgesetzt worden.

Auch Salomon Heine kannte und schätzte ihn. Bei einer zufälligen Begegnung fragte er ihn: »Sagen Sie bitte, Professor, ist mein Neffe etwas wert?«

»Er ist sehr talentiert, aber sein Ruhm ist noch jung. Zweifellos wird aus ihm ein großer Dichter, der Stolz ganz Deutschlands.«

Dieses Urteil gefiel dem Bankier. Er hörte es gern. Eine Weile verhielt er sich nachsichtiger gegen den Neffen, doch der Schwiegersohn, die Söhne und manche Angestellten berichteten ihm immer wieder von dem undankbaren Burschen – wie er lästerte, wie er in üblen Kneipen mit Dirnen zechte.

Die Ältesten der Jüdischen Gemeinde – sowohl die orthodox-doktrinären Rabbiner als auch die liberalen Reformatoren der Synagoge – waren einhellig empört über den

Abtrünnigen, den Gottlosen, der sich nicht nur hatte taufen lassen, sondern auch noch in Versen und Pamphleten und bei Saufgelagen über den Glauben der Väter frevelhaft spottete.

Heine war gezwungen, immer wieder als höflicher Gast zu seinem Onkel zu kommen. Darauf zu verzichten hätte bedeutet, gleich zum Bettler zu werden. Aber jedesmal erlebte er dabei Demütigungen und Kränkungen. Er wurde ausfällig, vermied jedoch offenen Streit. Nachher erholte er sich in der Gesellschaft seiner Freunde oder in den Armen von Mädchen, die ihn für bares Geld oder auf Kredit liebkosten – einige auch aus aufrichtiger Zuneigung zu dem fröhlichen Kavalier, der so schöne Verse reimte, die traurigsten Zechkumpanen zum Lachen brachte und, wenn er Geld hatte, alle, die sich zu ihm setzten, reichlich bewirtete.

Einmal wöchentlich war Empfang im Salon von Rosa Maria Assing, der Schwester Varnhagens. Sie schrieb Verse, ihr Mann, Dr. David Assing, war Arzt und Literat. In ihrem Hause versammelten sich Liebhaber der Künste und der Poesie. Frau Assing, ihre Freunde und Gäste lobten Heines Gedichte, lachten über seine Scherze, fragten ihn nach seinen Krankheiten. Im Kreise dieser freundlichen, gebildeten und distinguierten Menschen fühlte sich Heine wohler als im Haus des Onkels, doch weniger ungezwungen als im »Schweizerpavillon« oder bei seinen Freundinnen von der Straße.

Die besorgten und mahnenden Briefe mancher Berliner Freunde irritierten ihn fast so sehr wie das Gerede in der Verwandtschaft. Gubitz, der in Heine seinen literarischen Zögling sah und Dankbarkeit von ihm erwartete, redigierte seine Manuskripte ungeniert. Bei den Gedichten ging er noch behutsam vor – das waren immerhin Früchte der Inspiration –, doch in der Prosa wähnte er sich erfahrener als der Autor der ›Harzreise‹, der sich zum ersten Mal in dieser Gattung versucht hatte. Um der Zensur zuvorzukommen, »gubitzte« er rücksichtslos. Die Buchausgabe der ›Harzreise‹ schob er immer wieder hinaus, weil er nicht glaubte, daß sie Erfolg haben könnte. Darauf brach Heine endgültig mit ihm und übergab das Manuskript dem Hamburger Verleger Julius Campe. Gubitz verdammte den Undankbaren und veröffentlichte im ›Gesellschafter‹ boshafte Epigramme gegen Heine.

***

Im Mai 1826 kamen bei Hoffmann und Campe in Hamburg die ›Reisebilder‹ heraus: Der Erste Teil enthielt ›Die Harzreise‹ und die zwei Gedichtzyklen ›Die Heimkehr‹ und ›Die Nordsee‹.

Sein neuer Verleger Julius Campe erlaubte ihm, alles wiederherzustellen, was Gubitz und die Berliner Zensur im ›Gesellschafter‹ herausgestrichen hatten. Als Heine noch an den Manuskripten für diesen kleinen Band arbeitete, fühlte er sich frei – beinahe so wie in jenen glücklichen Stunden, als er durch die Wälder des Harzes gewandert war. Und er glaubte, daß es ein so freies, kühnes und ungewöhnliches Buch in Deutschland noch nicht gegeben hatte.

Goethe hatte zwar in ›Wilhelm Meisters Lehrjahre‹ auch Lieder eingefügt, aber nur zwei oder drei, und jedes war unmittelbar durch die Handlung motiviert. In den ›Reisebildern‹ aber fließt ein Strom von Lyrik und Epik. Die Gedichte waren so verschiedenartig, daß mancher hätte denken können, sie gehörten überhaupt nicht zusammen – Liebesgeständnisse und Balladen, melodische volkstümliche Lieder und reimlose Verse in freien Rhythmen.

Über die schwersten und unlösbaren Rätsel des Daseins schrieb er mit scherzhaften, betont leichtsinnigen Worten:

Zu fragmentarisch ist Welt und Leben!
Ich will mich zum deutschen Professor begeben,
Der weiß das Leben zusammen zu setzen,
Und er macht ein verständlich System daraus;
Mit seinen Nachtmützen und Schlafrockfetzen
Stopft er die Lücken des Weltenbau's.

Die Prosa der ›Reisebilder‹ ist wechselhaft und unbeständig wie die Frühlingswinde im Harz, und ebenso wie in den Gedichten lösen hier Wehmut und Lachen, Scherze und philosophische Überlegungen einander ab. Der Fluß der Erzählung ist musikalisch – rhythmisch, melodisch – und farbenreich, mit Metaphern durchsetzt, wird von lyrischen Zwischenspielen unterbrochen.

Als ich größer wurde, bemerkte ich, daß die Welt nicht so eng begrenzt ist, ... Unsterblichkeit! schöner Gedanke! wer hat dich zuerst erdacht? War es ein Nürnberger Spießbürger, der, mit weißer Nachtmütze auf dem Kopfe und weißer Tonpfeife im Maule, am lauen Sommerabend vor seiner Hausthüre saß, und recht behaglich meinte: es wäre doch hübsch, wenn er nun so immer fort, ohne daß sein Pfeifchen und sein Lebensathemchen ausgingen, in die liebe Ewigkeit hineinvegetiren könnte! Oder war es ein junger Liebender, der in den Armen seiner Geliebten jenen Unsterblichkeitsgedanken dachte, und ihn dachte, weil er ihn fühlte, und weil er nichts anders fühlen und denken konnte! – Liebe! Unsterblichkeit! in meiner Brust ward es plötzlich so heiß, daß ich glaubte, die Geographen hätten den Aequator verlegt, und er laufe jetzt gerade durch mein Herz.

Stunde um Stunde, Tag für Tag hatte er am Schreibtisch gearbeitet. Die Freude, die er empfand, als das Manuskript abgeschlossen war und später, als er die Korrekturfahnen las, ließen ihn manche Sorgen vergessen, und sein zerfahrenes Leben erschien ihm in einem neuen Licht.

Am 14. Mai 1826 schrieb er an Varnhagen:

... mit meiner Gesundheit bessert es sich immer mehr und die Luft hier ist mir besonders wohlthätig. Meine äußeren Verhältnisse sind noch immer dieselben, es hat mir noch immer nicht gelingen wollen mich irgendwo einzunisteln, und dieses Talent, welches Insekten und einige hiesige Doctores juris in hohem Grade besitzen, fehlt mir ganz und gar. Mein Plan hier zu advoziren habe ich deßhalb aufgeben müssen – aber glauben Sie nur nicht daß ich sobald von hier weggehe; ... viel eingeschlafenes Leben erwacht in meiner Brust; es frühlingt wieder in meinem Herzen, und wenn die alte Kopfkrankheit mich ganz verläßt, so dürfen Sie noch recht viel gute Bücher von mir erwarten. –

Das schrieb er in den Tagen, als man in der Druckerei von Hoffmann und Campe bereits die Packen der frisch gedruckten ›Reisebilder‹ bündelte und auf Planwagen lud. Wieder begann ein Buch von ihm sein eigenes Leben, begab sich auf Wanderschaft, sollte wer weiß wohin, wer weiß wie weit gelangen. Und wie würde es gelesen werden? Daran mußte er unablässig denken.

Leider, und ich gestehe es mir selber, wird dieser Ruhm durch das Erscheinen des 1sten Bandes der Reisebilder nicht sonderlich gefördert werden. Aber, was soll ich thun, *ich mußte* etwas herausgeben, und ... wenn das Buch auch kein allgemeines Interesse anspricht und auch kein großes Werk ist, so ist doch alles was drinn ist auf keinen Fall schlecht zu nennen. Dann auch mißfiel mir die Harzreise im Gesellschafter so sehr daß es mich anreitzte sie umzuarbeiten und in anständigerer Gestalt erscheinen zu lassen. Sie ist völlig umgearbeitet. –

Die Zweifel, die Unzufriedenheit mit sich selbst, das Mißtrauen gegen sein Buch und dessen Aussichten auf Erfolg waren aufrichtig. Und doch liebte er dieses Buch, wartete ängstlich-besorgt, wie es aufgenommen würde. Er schickte Exemplare an Freunde und Bekannte und bat sie ungeniert um wohlwollende Rezensionen.

Unmittelbar nach seinen selbstkritischen Geständnissen bittet er Varnhagen:

... geben Sie mir doch Roberts* Addresse in Paris damit ich ihn recht dringend angehe für mein Buch etwas zu thun. Ich habe mir viele hilfreiche Freunde verschlagen, theils mit, theils ohne Schuld und hab dafür an Widersacher reichlich gewonnen. Auch hab ich, wie gesagt, in Hinsicht des Buches kein gutes Gewissen, und bedarf dennoch des Ruhmes jetzt mehr als sonst. ... will ich Ihnen noch einige Exemplare der Reisebilder schicken, damit Sie, für deren Besten, ... darüber verfügen.

Eine Woche später, als er das Buch an Julius Eduard Hitzig schickte, meinte er, daß er es nicht veröffentlicht hätte, »wäre er nicht durch pekunäre Verlegenheiten dazu gezwungen worden«, beklagte sich aber, man bringe ihm nicht genügend Wertschätzung entgegen. Die Widmung auf dem Buch, das er Merckel schenkte, endet mit einem Vers:

Gott, der so gut und gnadenreich,
Er schenk' uns allen das Himmelreich,
Er schütz' auf Erden die Blinden und Lahmen
Und dies lahm und blinde Büchlein – Amen!

Am 26. Mai schrieb er seinem Berliner Freund Joseph Lehmann:

Aber auch dieses Buch trug ich Bedenken Ihnen zuzuschicken. Es ist so wenig drin, und ich möchte jetzt so viel geben – doch, ich denke, Sie kennen mich genug, um sich in Gedanken das Buch zu ergänzen. ... Ja, lieber Lehmann, die Zeiten sind schlecht, ich muß etwas für meinen Ruhm sorgen, indem ich jetzt so halb und halb davon leben muß, und vorzüglich weil der Lorbeer der meine Stirn umkränzt, doch manchem Lump, der mich mit Koth bewerfen möchte, eine heilige Scheu einflößt. Darum sollen Sie, lieber Lehmann, wieder etwas für diesen Ruhm wirken, und ich wünschte sehr daß Sie Sorge trügen für mein neues Büchlein.

Heine gefielen die volkstümlichen Gedichte Wilhelm Müllers, und erst recht gefiel ihm Müllers wohlwollende Bespre-

* Ludwig Robert, Schwager Varnhagens; Dichter, Dramatiker und Kritiker.

chung seiner ersten Gedichtsammlung. Am 7. Juni schickte er ihm die ›Reisebilder‹. Er bat ihn zwar nicht direkt um eine Rezension, geizte aber nicht mit Schmeichelei und behauptete gar, daß er in seinen eigenen Versen *seinen geheimsten Tonfall* Müllers Liedern verdanke!

... aber ich glaube erst in Ihren Liedern den reinen Klang und die wahre Einfachheit, wonach ich immer strebte, gefunden zu haben. Wie rein, wie klar sind Ihre Lieder und sämmtlich sind es Volkslieder. In meinen Gedichten hingegen ist nur die Form einigermaßen volksthümlich, der Inhalt gehört der conventionnellen Gesellschaft. ... es drängt mich mehr, Ihnen zu sagen, daß ich keinen Liederdichter außer Goethe so sehr liebe wie Sie. ... Sie werden in den nächsten Bänden der Reisebilder viel prosaisch Tolles, Herbes, Verletzendes und Zürnendes lesen. Absonderlich Polemisches. Es ist eine gar zu schlechte Zeit, und wer die Kraft und den freien Muth besitzt, hat auch zugleich die Verpflichtung, ernsthaft in den Kampf zu gehen gegen das Schlechte, das sich so aufbläht, und gegen das Mittelmäßige, das sich so breit macht, ...
Ich bin eitel genug, zu glauben, daß mein Name einst, wenn wir Beide nicht mehr sind, mit dem Ihrigen zusammengenannt wird – darum laßt uns auch im Leben liebevoll verbunden sein. Ich will nicht überlesen, was ich an Sie geschrieben; ich habe nur der Feder raschen Lauf gelassen, während ich an Sie dachte, und ich liebe Sie zu sehr, um lange zu überdenken, ob ich Ihnen zu wenig oder zu viel sage.

Die ersten Besprechungen der ›Reisebilder‹ waren wohlwollend. Der Rezensent des Berliner ›Gesellschafter‹ bewunderte die erstaunliche Verbindung von Zartheit und Sarkasmus in Versen und Prosa, die ungewöhnliche Leichtigkeit und Lebendigkeit der durchaus poetischen Erzählung.

***

Im Sommer fuhr er wieder an die Nordsee. Am 28. Juli 1826 schreibt er aus Norderney an Friedrich Merckel:

Vorgestern Nacht um ein Uhr reist ich ab von Cuxhaven. Es war eine wilde Nacht und meine Stimmung war auch nicht von der sanftesten Sorte. Das Schiff lag hoch auf der Reede, und die Jolle, worin ich abfuhr, um es zu erreichen, wurde dreymal von den unklugen Wellen in den Hafen zurückgeschlagen. Das kleine Fahrzeug bäumte sich wie ein Pferd und wenig fehlte, daß nicht eine Menge ungeschriebener Seebilder nebst ihrem Verfasser zu Grunde

gingen. Dennoch – möge mir der Herr der Atomen die Sünde verzeihen – war mir in dem Augenblick sehr wohl zu Muthe. Ich hatte nichts zu verlieren!
... Ich würde Dir heute mehr schreiben, aber das viele Bücken wird mir sauer. Der Tisch in der kleinen Fischerhütte, worin ich jetzt schreibend sitze, ist zu niedrig. Gott weiß, ob überhaupt auf diesem Tische jemals schon geschrieben worden.

Und am 8. August an Moses Moser:

Jetzt schwimme ich wieder auf der Nordsee. Das Salzwasserelement sagt mir zu, es wird mir wohl und leicht zu Muth wenn mein Kahn von den Wellen wie ein Ball hin und her geworfen wird, das Ersaufen ist mir ein tröstender Gedanke, ...

Diesen Brief schickte er allerdings erst am 14. Oktober aus Lüneburg ab – zusammen mit einem weiteren, in dem er auf seinen Sommeraufenthalt zurückblickt:

Bis Mitte des September blieb ich auf Norderney. Vom Anfang jenes Monaths bis zur Abreise fast der einzig übrigbleibende Badegast. Ich miethete mir ein Ever und zwey Schiffer und den Tag über fuhr ich beständig auf der Nordsee herum. Die See war mein einziger Umgang – und ich habe nie einen besseren gehabt. –

Aber auch dort, wo er sonst immer frei und unbeschwert war, sorgte er sich weiter um sein Buch. Er erhielt alarmierende Nachrichten: In Göttingen waren die ›Reisebilder‹ verboten worden, weil der Autor die Stadt und die Universität geschmäht habe. In den Hamburger Zeitungen nannte man ihn einen Gottlosen, einen geschmacklosen Schreiberling, der mittelmäßige, übertrieben sentimentale Gedichte mit ekelhaft zynischer Prosa mische.

Am 8. August hatte er an Moser geschrieben:

So wie denn überhaupt meine Reisebilder mir hinlängliche Feindschaften bereitet. Ich bin entzückt daß Dir das Buch gefallen. Wohlwill sagt mir Du würdest eine Rezension drüber schreiben. Das ist sehr edel von Dir, sehr nobel u. s. w. Aber Scherz bey Seite, es war mir, bey meiner fatalen Stellung, sehr nützlich daß das Buch einige günstige Oeffentliche Urtheile gewonnen. Was Du für das Buch thun kannst, das thue.

In Lüneburg, wo er seine Eltern besuchte, schrieb er am zweiten Band der ›Reisebilder‹. Campe hatte mitgeteilt, daß fast die gesamte Auflage des ersten Bandes schon vergriffen sei.

Am meisten empörte mehrere Kritiker und viele Leser das Gedicht ›Frieden‹, das den Ersten Zyklus von ›Die Nordsee‹ beschließt. Manche gläubige Menschen sahen darin eine ungeheuerliche Blasphemie, Freidenker dagegen beklagten nur die geschmacklose Dissonanz.

Die erste Hälfte dieses Gedichts faßten allerdings selbst die frömmsten Leser als erhabene Poesie auf.

...
Und halb im Schlummer, schaute ich Christus,
Den Heiland der Welt.
Im wallend weißen Gewande
Wandelt' er riesengroß
Über Land und Meer;
Es ragte sein Haupt in den Himmel,
Die Hände streckte er segnend
Ueber Land und Meer;
Und als ein Herz in der Brust
Trug er die Sonne,
Die rothe, flammende Sonne,
Und das rothe, flammende Sonnenherz
Goß seine Gnadenstrahlen
Und sein holdes, liebseliges Licht,
Erleuchtend und wärmend,
Ueber Land und Meer.
...

O Friedenswunder! Wie still die Stadt!
Es ruhte das dumpfe Geräusch
Der schwatzenden, schwülen Gewerbe,
Und durch die reinen, hallenden Straßen
Wandelten Menschen, weißgekleidete,
Palmzweig-tragende,
...
Und dreimalselig sprachen sie:
Gelobt sei Jesu Christ!

Aber gleich nach diesen andächtigen Zeilen, die scheinbar die reinsten religiösen Gefühle ausdrücken, ertönt ohne jeden Übergang eine höhnische, spöttische Stimme, erklingen ganz andere Worte, tauchen völlig andere Bilder auf:

Hättest du doch dies Traumbild ersonnen,
Was gäbest du d'rum,
Geliebtester!
Der du in Kopf und Lenden so schwach,
Und im Glauben so stark bist,
Und die Dreifaltigkeit ehrest in Einfalt,
Und den Mops und das Kreuz und die Pfote
Der hohen Gönnerin täglich küssest,
Und dich hinaufgefrömmelt hast
Zum Hofrath und dann zum Justizrath.
Und endlich zum Rathe bei der Regierung,
In der frommen Stadt,
Wo der Sand und der Glauben blüht,
Und der heiligen Spree geduldiges Wasser
Die Seelen wäscht und den Thee verdünnt –
Hättest du doch dies Traumbild ersonnen,
Geliebtester!
Du trügest es, höheren Ortes, zu Markt,
Dein weiches, blinzelndes Antlitz
Verschwämme ganz in Andacht und Demuth,
Und die Hocherlauchte,
Verzückt und wonnebebend,
Sänke betend mit dir auf's Knie,
Und ihr Auge, selig strahlend,
Verhieße dir eine Gehaltzulage
Von hundert Thalern Preußisch Courant,
Und du stammeltest händefaltend:
Gelobt sei Jesu Christ!

Nur wenige lobten dieses Gedicht als poetischen Ausdruck einer traurigen, aber unbestreitbaren Wahrheit über die menschliche Seele. Sie wird von den Kräften des Guten und des Bösen zerrissen, Kräften, die einander unversöhnlich bekämpfen und immer untrennbar bleiben. Die herrliche, göttliche Freude – Sonne, Meer, Liebe, Menschlichkeit –, die erhabene und sanfte Macht, die Christus verkörpert, widersteht dem Eigennutz und dem sklavischen Wesen, jenen Ausgeburten des Alltags von Kasernen, Kanzleien, Märkten, jenen Menschen, die sich scheinheilig und kalt-berechnend zu einem Glauben bekennen, den sie eigentlich verneinen.

Das waren ja seine alten Widersacher: die eifrigen Korporale in Uniform und in Zivil, die geschäftigen Makler der

Börse und des Literaturbetriebs. Ihre Angriffe, ihre Drohungen und Verwünschungen hatte er stets gelassen hingenommen.

Aber ein Aufsatz Immermanns bedrückte ihn, obwohl er freundlich war und aufrichtige Sympathie für den Autor zum Ausdruck brachte. Immermann lobte die Vorzüge der poetischen Form und des Stils, beklagte aber das Verhältnis Heines zur Außenwelt und die Dürftigkeit des geistigen Gehalts. Er meinte, Heine sei oft zu hastig, Poesie aber müsse ruhig und erhaben sein. Andere Kritiker warfen dem Autor der ›Reisebilder‹ Gottlosigkeit, Leichtsinn, Zynismus vor, nannten seine Gedichte kraftlos, krankhaft und seine Prosa manieriert, prätentiös, voll von affektiertem und vordergründig originellem Geschwätz. Auch im ›Gesellschafter‹ erschien bald nach der ersten positiven Besprechung eine ironisch-abfällige.

Die ungewöhnliche Popularität des Buches erklärten die Rezensenten damit, daß die unvernünftige Menge allen literarischen Moden nachlaufe. Und Gubitzens ›Gesellschafter‹ veröffentlichte bissige Epigramme:

H. H---e

Weil du nur Fratzen gemacht, aus purer Natur, nicht aus Laune,
Glaubst du schon *Hoffmann,* du Thor, glaubst du gar *Byron* zu sein.

Und abermals H---e.

Originale ja zählt das Tollhaus genug; auch das Bedlam
Deutscher Literatur leidet nicht Mangel daran.

Ein neues Qui pro quo.

Vergebens ist, ihr Weisen, eur Bemühn,
Der Meinung Wechselstrom zu wehren!
Die Stadt, der jüngst Voltaire ein Affe schien,
Hält jetzt den Affen für Voltairen.

***

Im Februar 1827 übergab Heine das Manuskript des Zweiten Teils der ›Reisebilder‹ an Campe. Das neue Buch kam Ostern heraus. Das erste Exemplar, das er von der Druckerei erhielt, überreichte er dem Onkel mit einer ehrfürchtigen Widmung. Daraufhin bewilligte ihm Salomon Heine eine ziemlich große Summe für eine Reise nach England. Er gab ihm sogar einen Kreditbrief für die Londoner Bank Rothschild mit.

»Der ist für dich zur Repräsentation. Laß dir nicht einfallen, darauf Geld zu kassieren. Das Bargeld muß dir reichen. Aber wenn es bei Gelegenheit nötig ist, jemandem zu imponieren, zeigst du diesen Brief.«

Am selben Abend schiffte sich Heine nach England ein. Er hatte es eilig. Diesmal wollte er den Aufregungen ausweichen, die wahrscheinlich schlimmer sein würden als nach Erscheinen des ersten Teils. Mochte sein Buch für sich selbst einstehen. Er würde den Kampf aus der Ferne verfolgen.

Ich reiste ab von Hamburg just an dem Tage wo das Buch ausgegeben wurde – (viel Selbstüberwindung) – und habe daher von dessen Schicksalen noch kein Wort erfahren. Ich weiß sie vorher. Ich kenne meine Deutschen. Sie werden erschrecken, überlegen und nichts thun. Ich zweifle sogar daß das Buch verboten wird. Es war aber nothwendig daß es geschrieben wurde. In dieser seichten, servilen Zeit muste etwas geschehen.

schrieb er aus London am 1. Mai 1827 an Varnhagen.

Der Zweite Teil der ›Reisebilder‹ enthielt den zweiten Zyklus der Nordseegedichte, Prosaskizzen über die Nordsee, Heines ›Briefe aus Berlin‹ und ›Ideen. Das Buch Le Grand‹. Wie in einem ungezwungenen Gespräch mit Freunden erzählt der redelustige Autor über Vergangenheit und Gegenwart, über seine Kindheit am Rhein, über den Einmarsch französischer Truppen in Düsseldorf, über den Trommler Le Grand, der seinem jungen Freund, dem kleinen Heine, die französische Sprache trommelnd beigebracht hatte. Manche Seiten klingen wie ein Hymnus auf den großen Kaiser Napoleon. Dann aber geht es um Dichtung und Liebe, auch um einige literarische Gegner des Autors, um glückliche und unglückliche Liebe – dargestellt in phantastischen Allegorien.

Dieses Buch war wieder ein ungezwungenes Nebeneinander von lyrischen Bekenntnissen, frechen Witzen, kunstvollem Pathos und derber Umgangssprache. Das hatte schon die Leser der ›Harzreise‹ verblüfft. Traurige Scherze und wehmütiger Spott, sentimentale Ironie und sarkastische Zärtlichkeit, schneller, sprunghafter Wechsel gegensätzlicher Stimmungen, das Ineinanderdringen, das Verschmelzen widersprüchlicher Gefühle machen die Eigenart dieser Prosa aus. Und immer wieder klingt sie wie ein bacchantisches Hohelied auf das Leben:

In meinen Adern kocht das rothe Leben, unter meinen Füßen zuckt die Erde, in Liebesgluth umschlinge ich Bäume und Marmorbilder, und sie werden lebendig in meiner Umarmung. Jedes Weib ist mir eine geschenkte Welt, ich schwelge in den Melodien ihres Antlitzes, und mit einem einzigen Blick meines Auges kann ich mehr genießen als Andre, mit ihren sämmtlichen Gliedmaßen, Zeit ihres Lebens. Jeder Augenblick ist mir ja eine Unendlichkeit; ich messe nicht die Zeit mit der brabanter, oder mit der kleinen hamburger Elle, und ich brauche mir von keinem Priester ein zweytes Leben versprechen zu lassen, da ich schon in diesem Leben genug erleben kann, wenn ich rückwärts lebe, im Leben der Vorfahren, und mir die Ewigkeit erobere im Reiche der Vergangenheit.

Aber Heine wäre nicht er selbst gewesen, wenn er wie Schlemihl seinen Schatten verloren hätte, wenn er nur Licht gesehen und auch nur für einen einzigen Augenblick den Wechsel von Tag und Nacht, das Ineinander von Glück und Trauer vergessen hätte. Seinem Hohelied auf Jugend und Leben folgt eine wehmütige Elegie auf Alter und Tod:

Aber einst wird kommen der Tag, und die Gluth in meinen Adern ist erloschen; in meiner Brust wohnt der Winter, seine weißen Flocken umflattern spärlich mein Haupt, und seine Nebel verschleyern mein Auge. In verwitterten Gräbern liegen meine Freunde, ich allein bin zurückgeblieben, wie ein einsamer Halm, den der Schnitter vergessen, ein neues Geschlecht ist hervorgeblüht mit neuen Wünschen und neuen Gedanken, voller Verwundrung höre ich neue Namen und neue Lieder, die alten Namen sind verschollen, und ich selbst bin verschollen, vielleicht noch von Wenigen geehrt, ...

Es ist, als habe der Dichter nun Türen und Fenster seines Arbeitszimmers weit geöffnet und wolle all seine Geheimnisse preisgeben. Er erzählt, wie dieses ungewöhnliche Buch entstanden ist. Er erzählt scheinbar absichtlich inkonsequent, als entstünden die Verbindungen von Worten und Bildern, Gedanken und Gefühlen ganz unwillkürlich, zufällig; man kann kein System, keinen Plan in dem freien Fluß dieser Erzählung erkennen. Und doch spürt man eine harmonische Einheit von Wort und Idee in allem, was er über die Berufung des Künstlers schreibt – über seine göttliche Berufung, die die Erde zum Himmelreich macht.

... ich verstelle mich gar nicht, ich spreche wie mir der Schnabel gewachsen, ich schreibe in aller Unschuld und Einfalt, was mir in den Sinn kommt, und ich bin nicht daran Schuld, wenn das etwas Gescheutes ist. ... und das thut Gott; – denn Er, der den frömmsten Elohasängern und Erbauungspoeten alle schöne Gedanken und allen Ruhm in der Literatur versagt, damit sie nicht von ihren irdischen Mitcreaturen zu sehr gelobt werden und dadurch des Himmels vergessen, wo ihnen schon von den Engeln das Quartier zurecht gemacht wird: – Er pflegt uns andre, profane, sündhafte, ketzerische Schriftsteller, für die der Himmel doch so gut wie vernagelt ist, desto mehr mit vorzüglichen Gedanken und Menschenruhm zu segnen, und zwar aus göttlicher Gnade und Barmherzigkeit, ... ich schreibe im blinden Vertrauen auf dessen Allmacht, ich bin in dieser Hinsicht ein ächt christlicher Schriftsteller, und ..., während ich eben diese gegenwärtige Periode anfange, weiß ich noch nicht, wie ich sie schließe und was ich eigentlich sagen soll, und ich verlasse mich dafür auf den lieben Gott. Und wie könnte ich auch schreiben ohne diese fromme Zuversicht, in meinem Zimmer steht jetzt der Bursche aus der Langhoffschen Druckerey und wartet auf Manuscript, das kaum geborene Wort wandert warm und naß in die Presse, und was ich in diesem Augenblick denke und fühle, kann morgen Mittag schon Makulatur seyn.

Der zweite Zyklus der Nordsee-Gedichte enthält weniger konkrete Bilder als der erste; es überwiegen poetische Verallgemeinerungen.

> Dumpf liegt auf dem Meer' das Gewitter,
> Und durch die schwarze Wolkenwand
> Zuckt der zackige Wetterstrahl,
> Rasch aufleuchtend und rasch verschwindend,
> Wie ein Witz
> ...

Immer häufiger aber »zucken« Gedankenblitze, die kaum noch etwas mit dem Meer zu tun haben. Das Gedicht ›Im Hafen‹ – *ein Mann, der den Hafen erreicht hat,* zecht mit dem Kellermeister *im guten Ratskeller zu Bremen* – ist nur noch äußerlich mit dem verbunden, was er an der Nordsee erlebte; es endet mit den Zeilen über die Hegelsche Philosophie:

> Die glühende Sonne dort oben
> Ist nur eine rothe, betrunkene Nase,
> Die Nase des Weltgeist's;

Und um die rothe Weltgeist-Nase
Dreht sich die ganze, betrunkene Welt.

Unmittelbar darauf, im ›Epilog‹, spricht der Dichter über das Wesen und die Bestimmung seines Schaffens. Er vergleicht *die zarten Gedanken der Liebe* mit roten und blauen Blumen im wogenden Kornfeld. Der Schnitter verwirft sie als nutzlos. *Aber die ländliche Jungfrau, die Kränzewinderin,* verehrt und pflückt sie und schmückt sich mit ihnen.

***

In England verbrachte er vier Monate, davon die meiste Zeit in London.

Schickt einen Philosophen nach London; bei Leibe keinen Poeten! Schickt einen Philosophen hin und stellt ihn an eine Ecke von Cheapside, ... er wird den Pulsschlag der Welt hörbar vernehmen und sichtbar sehen – denn wenn London die rechte Hand der Welt ist, die thätige, mächtige rechte Hand, so ist jene Straße, die von der Börse nach Downingstreet führt, als die Pulsader der Welt zu betrachten.
Aber schickt keinen Poeten nach London! Dieser baare Ernst aller Dinge, diese kolossale Einförmigkeit, diese maschinenhafte Bewegung, diese Verdrießlichkeit der Freude selbst, dieses übertriebene London erdrückt die Phantasie und zerreißt das Herz. Und wolltet ihr gar einen deutschen Poeten hinschicken, einen Träumer, der vor jeder einzelnen Erscheinung stehen bleibt, etwa vor einem zerlumpten Bettelweib oder einem blanken Goldschmiedladen – o! dann geht es ihm erst recht schlimm, und er wird von allen Seiten fortgeschoben oder gar mit einem milden God damm! niedergestoßen.

Der junge Dichter war noch berauscht von seinem ersten Ruhm, dem langersehnten und doch unerwarteten, stürmischen Ruhm, aber er kannte auch schon den bitteren Nachgeschmack, den Katzenjammer der Ernüchterung. Und er blieb auch ein erfolgloser Jurist, der die eingepaukten Kodizes und Pandekten noch nicht vergessen hatte und weiter hoffte, Jurisprudenz oder Philosophie zu seinem Beruf zu machen. Er kam nach England, in die Heimat Shakespeares und Byrons, in ein Land mit langverbürgten Freiheiten und modernster Zivilisation. Hier fuhren die Menschen schon zwei Jahre in großen Kutschen, die nicht von Pferden, sondern von Dampfmaschinen gezogen wurden. Aber selbst die wunderbarsten Erlebnisse konnten Heines skeptische Vorbehalte nicht ausräumen. Er wollte alles sehen, auch das, was sich hinter den eleganten Fassaden verbarg:

Der Fremde, der die großen Straßen Londons durchwandert und nicht just in die eigentlichen Pöbelquartiere geräth, sieht daher Nichts oder sehr Wenig von dem vielen Elend, das in London vorhanden ist. Nur hie und da, am Eingange eines dunklen Gäßchens, steht schweigend ein verfetztes Weib, mit einem Säugling an der abgehärmten Brust, und bettelt mit den Augen. ... über dem Menschengesindel, das am Erdboden festklebt, schwebt Englands Nobility, wie Wesen höherer Art, die das kleine England nur als ihr Absteigequartier, Italien als ihren Sommergarten, Paris als ihren Gesellschaftssaal, ja die ganze Welt als ihr Eigenthum betrachten.

Den Kreditbrief, den ihm der Onkel nur »zur Repräsentation« mitgegeben hatte, brachte er schon in den ersten Tagen zu Rothschild und löste ihn gegen klingende Münze ein. Das Leben in London war teuer.

Von England aus fuhr er Mitte August 1827 nach Holland, blieb nur wenige Tage, hat aber, wie er an Merckel schrieb, *viel Spaß gehabt.*

Ende August war er wieder auf Norderney. Aber diesmal fühlte er sich unbehaglich dort. Manche Damen und Herren, die jedes Jahr hierher kamen, waren über den zweiten Band der ›Reisebilder‹ empört. Sie hatten sich selbst und ihre Freunde in den Prosaskizzen über die Nordsee wiedererkannt. Sie begegneten Heine hochmütig und kalt-abweisend, manche grüßten ihn nicht einmal, wandten sich demonstrativ ab. Besorgte Freunde warnten ihn: Einer der hannoverschen Offiziere habe gedroht, ihn zusammenzuschlagen. Er spielte den Tapferen. Betont gelassen ging er gerade zu den Stunden dort spazieren, wo er den mutmaßlichen Rächer treffen konnte. Das war ein erregendes Spiel: das Anwachsen der Angst, die ihn erstarren ließ, und dann die Freude – er hatte seine Furcht überwunden, und nichts war passiert. Aber das abweisende Verhalten aller Damen stimmte ihn mißmutig.

Als er im September nach Hamburg zurückkam, erwarteten ihn schlechte Nachrichten: sein Buch war auch im Rheinland verboten worden! Campe wurde nervös, befürchtete neue Verbote, drängte aber trotzdem auf die Publikation des dritten Bandes und war eifersüchtig auf den Stuttgarter Verleger Johann Friedrich von Cotta.

Cotta war berühmt geworden als Verleger Goethes und Schillers. Er war ein aufgeklärter Liberaler, ein Verehrer Napoleons und Gegner der »Heiligen Allianz«, Metternichs und der preußischen Monarchie.

Im Mai 1827 hatte Varnhagen auf Heines Wunsch bei Cotta um eine Stellung für ihn nachgesucht. Darauf lud Cotta Heine ein, ständiger Mitarbeiter des ›Morgenblattes‹ und Redakteur der ›Neuen allgemeinen politischen Annalen‹ zu werden. Heine zögerte nicht lange. Hamburg erschien ihm feindlicher denn je. Sein Onkel empfing ihn wütend. Er hatte bereits von den Schmähartikeln gegen die ›Reisebilder‹ gehört, und Rothschild hatte ihm den eingelösten Kreditbrief präsentiert.

»Wie konntest du wagen, Geld von Rothschild zu nehmen? Ich hatte es dir doch unmißverständlich untersagt.«

»Ich bin mit dem Bargeld nicht ausgekommen. Das Leben in England ist zwei- bis dreimal teurer als hier.«

»Weil du ein Liederjan und Verschwender bist! Du undankbarer Tunichtgut! Kannst dir nicht mal dein Mittagessen selbst verdienen, verpraßt aber mein Geld! Du bist nur fähig, schmutzige Broschüren zu schreiben. Ich verbiete dir, Schande über meinen Namen zu bringen!«

»Lieber Onkel, der größte, wenn nicht der einzige Wert dieses Namens liegt darin, daß es auch *mein* Name ist. Sie müssen stolz darauf sein, daß Sie ihn tragen.«

Er sprach lächelnd, ohne die Stimme zu heben, sah direkt in die vor Wut erstarrten Augen, in das violett angelaufene Gesicht des Onkels, und ging hinaus, ohne sich noch einmal umzuwenden.

Dieser Streit mit dem Onkel machte all seine Erinnerungen, die mit diesem Haus und mit dieser Stadt verbunden waren, nur noch bitterer.

Ich bin im Begriff diesen Morgen eine dicke Frau zu besuchen, die ich in 11 Jahren nicht gesehen habe, und der man nachsagt ich sey einst verliebt in sie gewesen. Sie heißt Me Friedländer aus Königsberg, so zu sagen eine Cousine von mir. Den Gatten ihrer Wahl hab ich schon gestern gesehen, zum Vorgeschmack. Die gute Frau hat sich sehr geeilt und ist gestern just an dem Tage angelangt, wo auch die neue Ausgabe meiner »jungen Leiden« von Hoffman & Campe ausgegeben worden ist. – Die Welt ist dum und fade und unerquicklich und riecht nach vertrockneten Veilchen. –

schrieb er am 19. Oktober 1827 in einem Brief an Varnhagen.

Er akzeptierte das Angebot Cottas und reiste Ende November nach München.

***

Ihm gefiel die bayerische Hauptstadt. Sie erschien ihm schöner und freundlicher als Berlin und Hamburg. Aber sein ironisches Lob erzürnte manche bayerische Patrioten.

München nemlich ist eine Stadt, gebaut von dem Volke selbst, und zwar von auf einander folgenden Generazionen, deren Geist noch immer in ihren Bauwerken sichtbar, ... von dem dunkelrothen Geiste des Mittelalters, der geharnischt aus gothischen Kirchenpforten hervortritt, bis auf den gebildet lichten Geist unserer eigenen Zeit, ... In dieser Reihenfolge liegt eben das Versöhnende; das Barbarische empört uns nicht mehr und das Abgeschmackte verletzt uns nicht mehr, wenn wir es als Anfänge und nothwendige Übergänge betrachten.

Doch den Münchner Winter vertrug er schlecht. Die Kopfschmerzen wurden stärker, er sehnte sich nach der salzigen Seeluft. Im Frühjahr ging es ihm etwas besser. Er fuhr oft in die Berge.

Es vergingen mehrere Monate. Er hatte nun eine Stellung als Redakteur. Aber trotzdem war er noch fahriger, noch unausgeglichener und unruhiger als früher. Die Arbeit an der Zeitschrift war ihm lästig. Er wollte eine dauerhafte, eine festere Anstellung haben. Cotta versprach, sich für ihn um eine Professur an der Münchner Universität zu bemühen.

Die Erinnerung an den ersten überraschenden Ruhm und an die darauf folgenden schmerzlichen Rückschläge, das Unsichere seiner Zukunft und die Überzeugung, daß er viel mehr, unermeßlich viel mehr schaffen könne, machten ihn reizbar und verdrießlich. Er wollte immer neue Erfolge, immer neue Ehren, wollte sie um jeden Preis.

In schlimmen Stunden, wenn sich sein Blick vor Kopfschmerzen trübte und selbst der sonnigste Tag wie eine neblige Dämmerung erschien, wenn er die überfällige Rechnung eines Gläubigers wieder einmal nicht bezahlen konnte oder die aus Berlin und Hamburg nachgeschickten Zeitungen ihn immer von neuem beschimpften und verhöhnten, überkamen ihn böse Gefühle und das Verlangen, sich zu wehren, zu rächen, sich den Weg durch diese stinkenden Sümpfe, durch das feindliche Dickicht zu bahnen, koste es, was es wolle.

Am 1. April 1828 schrieb er an Varnhagen:

In Deutschland ist man noch nicht so weit zu begreifen, daß ein Mann, der das Edelste durch Wort und That befördern will, sich oft einige kleine Lumpigkeiten, sey es aus Spaß oder aus Vortheil, zu schulden kommen lassen darf, wenn er nur durch diese Lumpigkeiten (d. h. Handlungen die im Grunde ignobel sind) der großen Idee seines Lebens nicht schadet, – ja daß diese Lumpigkeiten oft sogar lobenswerth sind wenn sie uns in den Stand setzen der großen Idee unseres Lebens desto würdiger zu dienen. Zur Zeit des Machiavells und jetzt noch in Paris hat man diese Wahrheit am tiefsten begriffen.
Dieses zur Apollogie aller Lumpigkeiten die ich noch Lust habe in diesem Leben zu begehen.

Um die Erlangung der Professur zu fördern, bat er Cotta im Juni 1828, dem bayerischen König seine Bücher zu übergeben und dabei anzudeuten:

... der Verfasser selbst sey viel milder, besser und vielleicht jetzt auch ganz anders als seine früheren Werke. Ich denke der König ist weise genug die Klinge nur nach ihrer Schärfe zu schätzen, und nicht nach dem etwa guten oder schlimmen Gebrauch, der schon davon gemacht worden.

Das war eine jener *Lumpigkeiten,* die er für notwendig hielt, um sich *in den Stand* [zu] *setzen der großen Idee seines Lebens desto würdiger zu dienen.*

In seinen Versen und seinen Essays wechselten die Stimmungen und Stile immer spontan, und unvermittelt verflochten sich gegensätzliche Gedanken und Gefühle. Fast ebenso wandelte sich auch sein Verhalten im Alltag: streitbare Gereiztheit wechselte mit fröhlicher Gutmütigkeit, mißtrauischer Argwohn mit sorgloser Gutgläubigkeit. Einer, dem er eben erst die schmeichelhaftesten Komplimente gemacht hatte, wurde gleich darauf mit sarkastischen Sticheleien bedacht. Doch er war weniger beständig im Bösen als im Guten. Obwohl er sich dreist zu *Lumpigkeiten* bekannte, die er noch *Lust* [hatte] ... *zu begehen*, stellte er diese Lumpigkeiten – sei es, daß er einen mittelmäßigen Literaten aus Berechnung lobte, um die Gunst eines einflußreichen Lumpen warb oder eine Intrige mitschürte – meist übertrieben dar oder beeilte sich schleunigst, sie wiedergutzumachen. Und manchmal bereute er einen schlechten Vorsatz schon, ehe er ihn überhaupt ausgeführt hatte.

***

Der junge russische Diplomat Fjodor Iwanowitsch Tjutschew und seine Frau Eleonore, eine geborene Gräfin Bothmer, waren mit Heines Dichtungen vertraut; einige seiner Gedichte hatte Tjutschew für eine russische Zeitschrift übersetzt. Heine war in die Schwägerin Tjutschews, die neunzehnjährige Karolina Bothmer, verliebt, war aber auch von ihrer älteren Schwester – Eleonora Teodorowna, wie er sie »auf russische Art« titulierte – sehr angetan.

In den Briefen an Varnhagen nannte er Tjutschew seinen *liebsten Freund*. Heine verkehrte gern in dem gastfreundlichen Haus. Fjodor Tjutschew war trotz seiner Jugend – er war kaum 25 Jahre alt – vielseitig gebildet und urteilte klug und originell über Literatur, Philosophie und Politik. Er erzählte so bildhaft, so gefühlvoll und überzeugend von seiner fernen Heimat, daß der Skeptiker Heine an das weise Wohlwollen des Zaren Nikolaus I. und dessen aufrichtige Sympathien für den europäischen Liberalismus zu glauben begann. Schon früher hatte er gehört, daß der frühere Zar, Alexander I., beinahe ein Republikaner gewesen sei und die Schweiz für einen vorbildlichen Staat gehalten hatte. Polen hatte er eine Verfassung gewährt, die liberaler war als die Verfassungen Frankreichs und die aller deutschen Staaten; er hatte die aufständischen Griechen in ihrem Kampf gegen die Türken unterstützt. Metternich und der preußische König hatten seine Liberalität mißbilligt. Über den Zaren Nikolaus I. war weniger bekannt. Als er den Thron bestieg, hatte es einen Offiziersaufstand gegeben, aber Tjutschew versicherte, diese rebellischen Offiziere seien einfach schlecht beraten und voreilig gewesen. Der Zar habe ohnehin beabsichtigt, liberale Reformen als Vermächtnis seines Bruders zu verwirklichen.

Tjutschews Einfluß machte sich in einer von Heines Reiseskizzen bemerkbar, die zuerst im ›Morgenblatt‹ und danach im dritten Band der ›Reisebilder‹ veröffentlicht wurden. Heine erzählt von seinen Erlebnissen, Gesprächen und Gedanken auf seiner Reise von München nach Lucca, als er auch das Schlachtfeld von Marengo besuchte:

Aber ach! jeder Zoll, den die Menschheit weiter rückt, kostet Ströme Blutes; und ist das nicht etwas zu theuer? Ist das Leben des Individuums nicht vielleicht eben so viel werth wie das des ganzen Geschlechtes? Denn jeder einzelne Mensch ist schon eine Welt, die mit ihm geboren wird und mit ihm stirbt, unter jedem Grabstein liegt eine Weltgeschichte – Still davon, so würden die Todten sprechen, die hier gefallen sind, wir aber leben und wollen weiter kämpfen im heiligen Befreiungskriege der Menschheit.

Darauf erzählt ein russischer Reisender, ein zufälliger Weggefährte des Autors, vom Krieg auf dem Balkan, wo die russischen Truppen gegen die Türken kämpften, und fragt:

»Sind Sie gut russisch?«
Das war eine Frage, die ich überall lieber beantwortet hätte als auf dem Schlachtfelde von Marengo.
Ich sah im Morgennebel den Mann mit dem dreieckigen Hütchen und dem grauen Schlachtmantel, er jagte dahin wie ein Gedanke, geisterschnell, in der Ferne erscholl es wie ein schaurig süßes allons enfants de la patrie – Und dennoch antwortete ich: ja, ich bin gut russisch.

Heines Zuneigung für das angeblich liberale russische Zarentum hatte sogar seine Bewunderung für den großen Kaiser Napoleon beiseite gedrängt. Er glaubte seinem Freund Tjutschew, daß Nikolaus I. die griechischen Witwen und Waisen ganz uneigennützig verteidige und nicht nur gegen den barbarischen Despotimus der Türkei kämpfe, sondern auch gegen dessen Verbündete in Europa – *den Papst, Rothschild I., Metternich und einen ganzen Troß von Ritterlingen, Stockjobbern, Pfaffen* ... Ja, er glaubte sogar, England sei weniger freiheitlich als das Zarenreich:

... vergleicht man ... England mit Rußland, so bleibt auch dem Besorglichsten kein Zweifel übrig, welche Parthei zu erfassen sei. Die Freiheit ist in England aus historischen Begebenheiten, in Rußland aus Prinzipien hervorgegangen. Wie jene Begebenheit selbst, so tragen auch ihre geistigen Resultate das Gepräge des Mittelalters, ganz England ist erstarrt in unverjüngbaren, mittelalterlichen Instituzionen, wohinter sich die Aristokratie verschanzt und den Todeskampf erwartet. Jene Prinzipien aber, woraus die russische Freiheit entstanden ist, oder vielmehr täglich sich weiter entfaltet, sind die liberalen Ideen unserer neuesten Zeit; die russische Regierung ist durchdrungen von diesen Ideen, ihr unumschränkter Absolutismus ist vielmehr Diktatur, um jene Ideen unmittelbar ins Leben treten zu lassen; diese Regierung hat nicht ihre Wurzel im Feudalismus und Clerikalismus, sie ist der Adel- und Kirchengewalt direkt entgegenstrebend; schon Catharina hat die Kirche eingeschränkt und der russische Adel entsteht durch Staatsdienste; Rußland ist ein demokratischer Staat, ich möchte es sogar einen christlichen Staat nennen, wenn ich dieses oft mißbrauchte Wort in seinem süßesten, weltbürgerlichsten Sinne anwenden wollte: denn die Russen werden schon durch den Umfang ihres Reichs von der Engherzigkeit eines heidnischen Nazionalsinnes befreit, sie sind Cosmopoliten, oder wenigstens Sechstel-Cosmopoliten, da Rußland fast den sechsten Theil der bewohnten Welt ausmacht.

Das ist zwei Jahre nach der Hinrichtung der Dekabristen geschrieben! Tjutschew lebte zu jener Zeit bereits seit langem im Ausland. Seine poetische Phantasie schuf ein majestätisch-schönes Bild seiner Heimat, und sein Freund Heine glaubte eine Zeitlang, daß die Träume des Dichters und Diplomaten Tjutschew die tatsächlichen politischen Verhältnisse in Rußland widerspiegelten.

Dabei wollte er auch seinen eigenen Freiheitsidealen treu bleiben. Dem begeisterten Lob Rußlands folgt der Ausruf: *Ich bin gut russisch,* aber dann erklingt ein lyrischer Hymnus an die Freiheit, ein Segenswunsch für die Nachkommen, die in einer freien Welt geboren werden sollen und *so wenig ahnen, wie entsetzlich die Nacht war, in deren Dunkel wir leben mußten.*

Das Requiem für die Helden, die ihr Leben im Kampf *mit häßlichen Gespenstern, dumpfen Eulen und scheinheiligen Sündern* verloren, endet mit dem Geständnis:

Die Poesie, wie sehr ich sie auch liebte, war mir immer nur heiliges Spielzeug, oder geweihtes Mittel für himmlische Zwecke. Ich habe nie großen Werth gelegt auf Dichter-Ruhm, und ob man meine Lieder preiset oder tadelt, es kümmert mich wenig. Aber ein Schwert sollt Ihr mir auf den Sarg legen; denn ich war ein braver Soldat im Befreiungskriege der Menschheit.

Tjutschew scheint den Widerspruch in den Ansichten seines Freundes nicht gespürt zu haben. Er übersetzte diesen

Hymnus an die Freiheit, der unmittelbar auf die Lobpreisung Rußlands folgte, und übertrug das, was im deutschen Original in Prosa geschrieben ist, in Verse, die selbst die feinsten Nuancen von Heines Gedanken genau wiedergeben. Diese Übersetzung wurde zu Heines und Tjutschews Lebzeiten nie gedruckt.

Erst nach der Juli-Revolution in Frankreich (1830) und nachdem die Truppen des Zaren den polnischen Aufstand grausam unterdrückt hatten, begann Heine, das Zarenreich anders zu bewerten.

Im Frühjahr 1831 schrieb er:

Denn ruht auch der russische Staat auf das antifeudalistische Prinzip einer Gleichheit aller Staatsbürger, denen nicht die Geburt, sondern das erworbene Staatsamt einen Rang ertheilt, so ist doch auf der anderen Seite das absolute Zaarenthum unverträglich mit den Ideen einer konstituzionellen Freyheit, die den gringsten Untherthan selbst gegen eine wohlthätige fürstliche Willkür schützen kann: – und wenn Kaiser Nikolas. I. wegen jenes Prinzips der bürgerlichen Gleichheit von den Feudalisten gehaßt wurde, und obendrein als offner Feind Englands und heimlicher Feind Oestreichs, mit all seiner Macht der faktische Vertreter der Liberalen war, so wurde doch er seit dem Ende July der größte Gegner derselben, nachdem deren siegende Ideen von konstituzioneller Freyheit seinen Absolutismus bedrohen, und eben in seiner Eigenschaft als Autokrat weiß ihn die europäische Aristokratie zum Kampfe gegen das frank und freye Frankreich aufzureitzen. Der englische Bull hat sich in einem solchen Kampfe die Hörner abgelaufen, und nun soll der russische Wolf seine Rolle übernehmen. . . .
Ach! der Wolf hat die Garderobe der alten Großmutter angezogen, und zerreißt Euch armen Rothkäppchen der Freyheit!
Ist es mir doch, während ich dieses schreibe, als spritzte das Blut von Warschau bis auf mein Papier, und als hörte ich den Freudejubel der berliner Offiziere und Diplomaten. Jubeln sie etwa zu früh? Ich weiß nicht; aber mir und uns allen ist so bang vor dem russischen Wolf, und ich fürchte, auch wir deutschen Rothköpfchen fühlen bald Großmutters närrisch lange Hände und großes Maul.

Auch sein Selbstverständnis, das Bewußtsein seiner Berufung, seine Vorstellungen über Sinn und Ziel seines Lebens, wandelten sich immer wieder. Es gab Tage, da er bereit war, der zweckfreien Poesie abzuschwören, da er wollte, daß sein Wort nur Schwert und Flamme sei, und Wochen, in denen er nicht einmal mehr Verse schrieb, sondern nur noch Aufsätze und Pamphlete. Später lachte er selbst über solche Anwandlungen:

Der Knecht singt gern ein Freyheitslied
Des Abends in der Schenke;
Das fördert die Verdauungskraft
Und würzet die Getränke.

Dann kehrte er wieder zurück in die Welt der Poesie, in das Reich der Schönheit; allein dort sah er Sinn und Ziel seines Schaffens.

Aber die Gegenwart klopfte gebieterisch an seine Tür. Die Sturmglocken, das Gebrüll der Menschenmengen, Kanonendonner, Schüsse, Hilferufe – alles, was er aus den Zeitungen heraushörte, übertönte Nachtigallen und Frauenlachen. Da wurde er wieder zum Trommler der Freiheit oder versuchte, in seinen Gedichten wildes Kampfgeschrei und zärtliches Flüstern, Rebellengelächter und Liebesklagen, Kanonen und Nachtigallen zu vereinen.

***

Im August 1828 fuhr er von München über Österreich nach Italien. Die Münchner Zeitung ›Eos‹ brachte einen Aufsatz über die ›Reisebilder‹, in dem Heine als »schamloser Jude« beschimpft wurde, der die christlichen Heiligtümer in den Schmutz trete. Dieser und andere ähnliche Artikel wirkten auf den bayrischen König überzeugender als alle Fürsprachen Cottas und alle Empfehlungen von Heines gelehrten Freunden.

Eduard von Schenk, ein Dichter und Dramatiker, wurde im September 1828 bayrischer Innenminister, der auch für Kirchen, Schulen und Hochschulen zuständig war. Tjutschew und Schenk versuchten gemeinsam, Heine zu helfen, aber ihre Bemühungen blieben erfolglos. Die Stelle als außerordentlicher Professor an der Münchner Universität, die Schenk beim König beantragt und auf die Heine so sehr gehofft hatte, bekam er nicht.

Als er vom endgültigen Scheitern seiner Pläne erfuhr, war er verzweifelt. Die Freude an der Italienreise war ihm vergällt.

Nun mußte er wieder den reichen Onkel um Hilfe bitten.

Er versuchte dennoch, seine Würde zu wahren. Schon am 15. September hatte er in Lucca an Salomon Heine geschrieben:

... ich will nicht denken an die Klagen, die ich gegen Sie führen möchte, und die vielleicht größer sind, als Sie nur ahnen können. Ich bitte Sie, lassen Sie daher auch etwas ab von Ihren Klagen gegen mich, da sie sich doch alle auf Geld reducieren lassen und, wenn man alle bis auf Heller und Pfennig in Bco *Mark* ausrechnet, doch am Ende eine Summe herauskäme, die ein Millionär wohl wegwerfen könnte – statt daß meine Klagen unberechenbar sind, unendlich, denn sie sind geistiger Art, wurzelnd in der Tiefe der schmerzlichsten Empfindungen. ... Und ich setze den Fall, der graue Sack wäre zu klein, um Salomon Heine's Klagen gegen mich fassen zu können, und der Sack risse – glauben Sie wohl, Onkel, daß Das ebenso Viel bedeutet, als wenn ein Herz reißt, das man mit Kränkungen überstopft hat?

In Florenz erreichte ihn die alarmierende Nachricht, daß sein Vater erneut schwer erkrankt war. Er mußte heimkehren. Unterwegs erhielt er den Brief: Samson Heine war bereits am 2. Dezember in Hamburg gestorben. Sein liebender Bruder, der Bankier, hatte aus Mitleid mit der notleidenden Familie alle Ausgaben für die Beerdigung und die Trauerfeier übernommen.

Heine fuhr nach Hamburg. Die Mutter erkannte ihn im ersten Augenblick nicht einmal, sie war halb blind vom Weinen.

Er versöhnte sich mit allen Verwandten. Die gemeinsame Trauer, die Sorge um Mutter und Brüder, das Scheitern all seiner Münchner Hoffnungen, alles zwang ihn zu dieser Versöhnung. Ohne die Hilfe des Onkels konnte er nicht auskommen.

Aber er blieb nicht lange in Hamburg. Es wurde ihm schwer, den Kummer der Mutter mitansehen zu müssen. Manchmal sprachen sie über den Vater, erinnerten sich an seine Erzählungen, an seine Gepflogenheiten; manchmal lächelten sie sogar, wenn sie darüber sprachen, wie er als Kapitän der Nationalgarde in Düsseldorf kommandiert hatte. Doch danach wurde die Trauer noch schmerzlicher.

Er aber konnte nicht lange trauern, konnte es einfach nicht. Zuweilen schien ihm, als ersticke er an den ungeweinten Tränen, ja er glaubte sogar, daß er fähig wäre, sich zu töten. Aber wenige Stunden später entstand ein neues Gedicht. Oder er begegnete einem netten Mädchen, erhielt einen guten Brief, es kam zu einem interessanten Gespräch. Ein andermal war es ein Buch, eine Zeitungsnotiz, die ihn freudig stimmte oder wütend machte – und die Trauer wich; er konnte wieder spötteln und lachen.

Der Onkel war jetzt nachsichtig, enthielt sich der Vorwürfe und Belehrungen und versprach, ihm zu helfen. Dafür brachten ihn die Brüder immer wieder auf. Gustav – von der Verwandtschaft beeinflußt – wollte nun Geschäftsmann werden. Obwohl er eine landwirtschaftliche Ausbildung erhalten hatte, versuchte er sich als Kolonialwarenhändler, ging aber bald pleite.

Heine redete auf ihn ein, er solle die traurigen Erfahrungen des Vaters und seine eigenen nicht wiederholen. »Unsere Familie hat eben keine kommerziellen Fähigkeiten; der Onkel hat sie alle aufgebraucht, und deshalb ist er auch Millionär geworden.« Gustav ärgerte sich über diese ironischen Belehrungen: Heinrich lebte doch selbst von der Gunst dieses Onkels! Aber er bestand darauf, daß die jüngeren Brüder sich selbständig machen sollten.

Max, der Jüngste, bemühte sich, Heinrich nachzuahmen – seine weltmännischen Manieren, seine studentischen Allüren, seine gelassen-hofierende Art im Umgang mit Frauen. Er versuchte es sogar mit dem Dichten, überzeugte sich aber bald, daß er in der Literatur keinen Erfolg haben würde, und trat als Militärarzt in russische Dienste bei der Armee, die auf dem Balkan gegen die Türken kämpfte. Es war wohl kaum ein Zufall, daß Max Heine eben zu der Zeit russischer Militärarzt wurde, als sein älterer Bruder, ein Freund des russischen Dichters und Diplomaten Tjutschew, in seinen Schriften den russischen Zaren begeistert verherrlichte.

***

Im Februar 1829 fuhr Heine wieder nach Berlin. Dort schrieb er fast nichts, faulenzte, las viel, ging ins Theater oder auf Maskenbälle, machte feinen Damen aus der besseren Gesellschaft den Hof, stieg Jungfern und Dienstmädchen nach. Seine Scherze waren böser als früher. Seine Depressionen kamen häufiger. Er wurde fast kleinlich. Mißtrauisch und reizbar achtete er darauf, wie die alten Freunde und seine neuen Bekannten ihn ansahen, wie sie mit ihm sprachen.

Varnhagen war als Sonderbeauftragter des preußischen Königs auf Reisen. Rahel schrieb am 11. März 1829 an ihren Mann:

... Heine sehe ich fast nicht; er wälzt sich so in sich herum; sagt, er muß viel arbeiten; ist fast erstaunt, daß ihn so etwas Reelles, als des Vaters Tod, der Mutter Leid darüber, betraf; meint, er hätte außerordentlich mit diesem »herrlichen« Vater harmoniert, sei ganz von ihm verstanden gewesen; ... Aussehen thut er gesünder; klagt beinah nicht wieder; aber es ist manche sonst vorüberfliegende Miene festgestellt zwischen seinen Zügen, die ihnen nicht wohlthut; so im Munde ein Zerren, wenn er spricht, was ich sonst – auch schon – fast als eine kleine Grazie bemerkte, obgleich es nie schön Zeugniß gab. ... Heine war hier, als ob er gekommen wäre zu bestätigen, was ich schrieb. Er ist so zerstört von des Vaters Tod. Ein Anderer empfindet das nicht so: z. B. seine Geschwister. Er wollte gegen Goethe sprechen: ich mußte lächeln.

Und am 15. März:

Von Heine'n – wollte ich Dir eben schreiben. Das Resumé, was ich heraus habe, ist und bleibt sein großes Talent: welches aber auch in ihm reifen muß, sonst wird's inhaltleer, und höhlt zur Manier aus. Aber begründete Kritik hat er nicht; weil ihm in der Tiefe der Ernst, und das höchste Interesse fehlt; ... Er kann sich und Goethe'n, seinen, und dessen Ruhm verwechslen: denkt überhaupt an Ruhm! – kann Dich, Gentz, und den Lump zusammen nennen. Denkt überhaupt, was ihm entschlüpft, was er sagen mag, ist für die Menschen gut genug ... Will noch immer ausziehen, sucht Quartiere; ...

Wie sechs Jahre zuvor nahm sich Rahel auch jetzt wieder seiner an und suchte ihn zu erziehen. Er aber war störrisch und frech, stritt sich mit ihr, schrieb ihr einen gekränkten Brief. Er wolle sie nicht mehr besuchen, denn *heute Morgen ... muste ich mir leider gestehen, daß ich seit zwey Jahren von anderen Freundinnen sehr verwöhnt worden bin, indem diese immer froh waren, wenn sie mich nur haben konnten, gleichviel unter welcher Bedingung,* ...

Varnhagen war toleranter als seine Frau und verstand auch die gereizten Stimmungen des Dichters besser. Er leitete eine Versöhnung ein, und als Rahel erkrankte, schickte Heine ihr einen großen Strauß Rosen.

Im Frühjahr zog er nach Potsdam um und arbeitete wieder an den ›Reisebildern‹.

Am 22. April schreibt er an Moses Moser:

Ich befinde mich wohl und denke und arbeite – Ach Gott! wenn ich bedenke, wie wenig ich seit sechs Monaten gedacht und gearbeitet habe, so habe ich gute Gründe, zu denken und zu arbeiten. Ich sehe hier Nichts, als Himmel und Soldaten.

Und an Friederike Robert, Ende Mai:

... und mache mich jetzt aufs neue an die italienische Reise, die den 3ten Theil der Reisebilder füllen soll, und worin ich mit allen meinen Feinden Abrechnung halten will. Ich habe mir eine Liste gemacht von allen denen, die mich zu kränken gesucht, damit ich, bey meiner jetzigen weichen Stimmung keinen vergesse.

In diesem Buch verschmolzen alle Schmerzen und alle Bosheiten, die er in anderthalb Jahren der Ratlosigkeit erlitten hatte. Er brachte das Manuskript zu Campe und fuhr wieder ans Meer – diesmal nach Helgoland.

Am 6. August schreibt er wieder an Moser:

Ich wünschte Du sähest mahl das Meer; vielleicht begriffest Du die Wollust die mir jede Welle einflößt. Ich bin ein Fisch mit heißem Blute und schwatzendem Maule; auf dem Lande befinde ich mich wie ein Fisch auf dem Lande.

***

Im Dezember 1829 kam der ›Dritte Theil‹ der ›Reisebilder‹ heraus. Um diese Zeit glaubte Heine, daß Campe, der ihm stets treueste Freundschaft schwor, ihn betröge – ihm zu geringe Honorare zahle und gegenüber der Zensur allzu nachgiebig sei. Campe reizte Heines krankhafte Eigenliebe, und der machte sich Luft in Ausbrüchen von Wut und Sarkasmus. Campe schien Vergnügen daran zu finden. Gutmütig und schlau lächelnd ließ er Heines Schelte über sich ergehen und genoß es, wenn er den Zorn des Dichters auf andere lenken konnte. Schon Monate zuvor hatte er ihm auch das dramatische Pasquill des Grafen August von Platen ›Der romantische Ödipus‹ zugespielt. Darin wird Immermann verspottet und dessen Freund Heine als *Petrark des Laubhüttenfestes* und *Synagogenstolz* mit *Knoblauchgeruch* beschimpft.

Heine schlug zurück. In wenigen Wochen – die ‹Reisebilder‹ waren längst in Satz – fügte er noch einen Abschnitt über Platen hinzu.

Dieser Dritte Teil der ›Reisebilder‹ ist Italien gewidmet, wohin er auf den Spuren Goethes gereist war. Heine schildert zwar die einzelnen Etappen seiner Reise, doch ebenso wie in den früheren Teilen schreibt er über alles, was ihm eingefallen war: über Philosophie und Geschichte, über Dichtung und Musik.

Ich preise nie die That, sondern nur den menschlichen Geist, die That ist nur dessen Gewand, und die Geschichte ist nichts als die alte Garderobe des menschlichen Geistes. Doch die Liebe liebt zuweilen alte Röcke, und so liebe ich den Mantel von Marengo.

Vom *Geist* zur *Garderobe*, zum *Mantel von Marengo* kommt er nicht im gemessenen Schritt eines Historikers oder Philosophen, sondern in kecken Sprüngen eines übermütigen Satirikers, aber auf der nächsten Seite schon philosophiert er wieder:

Was aber ist die große Aufgabe unserer Zeit?
Es ist die Emanzipation. Nicht bloß die der Irländer, Griechen, Frankfurter Juden, Westindischen Schwarzen und dergleichen gedrückten Volkes, sondern es ist die Emanzipation der ganzen Welt, sonderlich Europas, das mündig geworden ist, und sich jetzt losreißt von dem eisernen Gängelbande der Bevorrechteten, der Aristokratie. ...
Jede Zeit hat ihre Aufgabe, und durch die Lösung derselben rückt die Menschheit weiter. ... Die Franzosen ... haben die Gleichheit zu erzwingen gesucht, indem sie die Häupter derjenigen, die durchaus hervorragen wollten, gelinde abschnitten, und die Revolucion ward ein Signal für den Befreiungskrieg der Menschheit.

Der Dichter und der Historiker Heine schwärmte für die Überlieferung der großen Revolution, doch auch dabei konnte er das Ironisieren und Witzemachen nicht lassen.

Laßt uns die Franzosen preisen! sie sorgten für die zwei größten Bedürfnisse der menschlichen Gesellschaft, für gutes Essen und bürgerliche Gleichheit, in der Kochkunst und in der Freiheit haben sie die größten Fortschritte gemacht, und wenn wir alle einst, als gleiche Gäste, das große Versöhnungsmahl halten, und guter Dinge sind, – denn was gäbe es Besseres als eine Gesellschaft von Pairs an einem gutbesetzten Tische? – dann wollen wir den Franzosen den ersten Toast darbringen.

Der zweite Abschnitt dieses Dritten Teils der ›Reisebilder‹, ›Die Bäder von Lucca‹, beginnt mit der Erzählung über die Abenteuer eines Hamburger Börsenspekulanten, der Marchese geworden ist, seines Freundes, eines dichtenden Maklers, und einer leichtsinnigen Dame, die der geadelte Börsenmakler zudringlich verfolgt.

Der unglückselige Marchese wird von der prüden Schönen endlich eingeladen; doch er hat eine riesige Portion Abführmittel eingenommen, und das ersehnte Rendezvous endet recht unappetitlich. Von Scham und Durchfall gepeinigt, tröstet sich Gumpelino mit Erinnerungen an Gedichte von Platen. Damit beginnt Heines hemmungsloser Gegenangriff.

Das ist eben das Schöne an diesem Dichter, daß er nur für Männer glüht, in warmer Freundschaft; er gibt uns den Vorzug vor dem weiblichen Geschlechte, und schon für diese Ehre sollten wir ihm dankbar sein. Er ist darin größer als alle anderen Dichter ...

Darauf folgt ein Schwall galligen Spottes, höhnischer Andeutungen und unflätiger Schimpfworte, die Heine nun direkt gegen Platen richtet:

... ich gönne einem armen Menschen, wie Platen, sein Stückchen Ruhm, das er im Schweiße seines Angesichts so sauer erwirbt, gewiß herzlich gern. ... wenn er in seinen Oden noch so vortrefflich den Eiertanz exekutiert, ja, wenn er, in seinen Lustspielen, sich auf den Kopf stellt – so ist er doch kein Dichter. Er ist kein Dichter, sagt sogar die undankbare männliche Jugend, die er so zärtlich besingt. Er ist kein Dichter, sagen die Frauen, die vielleicht – ich muß es zu seinem Besten andeuten – hier nicht ganz unparteiisch sind, ...
Graf Platen hingegen, trotz seinem Pochen auf Klassizität, behandelt seinen Gegenstand vielmehr romantisch, verschleiernd, sehnsüchtig, pfäffisch, ich muß hinzusetzen: heuchlerisch, – ... es geht ihm dann wie dem Vogel Strauß, der sich hinlänglich verborgen glaubt, wenn er den Kopf in den Sand gesteckt, so daß nur der Steiß sichtbar bleibt. ... In der Tat, er ist mehr ein Mann von Steiß, als ein Mann von Kopf, ... Überall in den Platenschen Gedichten sehen wir den Vogel Strauß, der nur den Kopf verbirgt, den eiteln ohnmächtigen Vogel, der das schönste Gefieder hat und doch nicht fliegen kann, und zänkisch humpelt über die polemische Sandwüste der Literatur. Mit seinen schönen Federn ohne Schwungkraft, mit seinen schönen Versen ohne poetischen Flug ...

Dieser Teil der ›Reisebilder‹ wurde von den meisten Kritikern als ein skandalöser, unerhört rücksichtsloser Angriff auf einen berühmten Dichter schärfstens verurteilt. Das Buch aber war im Nu vergriffen.

Auch die meisten Leser waren brüskiert. Diese Antwort auf die beleidigenden Ausfälle Platens, die Art, wie Heine dessen literarische Schwächen bloßstellte und seine Homosexualität hochspielte, riefen Abscheu und Empörung hervor.

Am 3. Januar 1830 schrieb Heine an Varnhagen:

In Betreff Platens bin ich Ihres Urtheils am begierigsten. Ich verlange kein Lob, und weiß daß Tadel ungerecht wäre. Ich habe gethan was meines Amtes war. Mag die Folge seyn was da will. Anfangs war man gespannt: was wird dem Platen geschehen? Jetzt, wie immer bei Excekuzionen, kommt das Mitleid, und es heißt ich hätte nicht so stark ihn treffen sollen. Ich sehe aber nicht ein wie man Jemand gelinde umbringen kann. Man merkt nicht, daß ich in ihm nur den Repräsentanten seiner Partey gezüchtigt, den frechen Freudenjungen der Aristokraten und Pfaffen ...

Das ›Leipziger Conversazionsblatt‹ beschuldigte Heine übler Nachrede und niederträchtiger Gemeinheit; dergleichen habe es so noch nie und nirgendwo bei Streitigkeiten unter Literaten gegeben. Der Rezensent behauptete, Heine habe sich für immer mit Schande bedeckt; zu Recht treffe ihn die Verachtung des deutschen Publikums sowie aller geachteten Schriftsteller.

Varnhagen verteidigte den Freund in derselben Zeitung; er schrieb, Platen sei durch Heine mit Recht geradezu enthauptet worden.

Die Hamburger Zeitungen schmähten das Buch unisono; einige brachten das Gerücht auf, Graf Platen habe den frechen Schreiberling verklagt. Campe war erschrocken und schrieb an Immermann und andere einflußreiche Schriftsteller, er habe Heine gewarnt, habe ihn angefleht, das Äußerste zu vermeiden.

Heine beklagte sich über ihn bei Varnhagen (im Brief vom 3. Januar):

Ein wahrer Schuft aber ist mein Campe, der sogar um mich in meinen pekuniären Ansprüchen niederzuhalten, gegen mein Buch geheime Ränke ausübt; dergestalt bin ich von allen Seiten in Noth. –

In einem Brief an Varnhagen vom 4. Februar erklärte er, weshalb er Platen so scharf angegriffen habe:

Keiner fühlt es tiefer als ich selbst, daß ich mir durch das Platensche Kapitel unsäglich geschadet, daß ich die Sache anders angreifen sollte, daß ich das Publikum und zwar das bessere verletzt – aber ich fühle zugleich, daß ich mit all meinem Talente nichts besseres hervorbringen konnte und daß ich dennoch ... ein Exempel statuiren *mußte*. ... ich sorgte zunächst für mich – aber die Ursachen dieser Sorge entstanden aus den allgemeinen Zeitkampf. Als mich die Pfaffen in München zuerst angriffen und mir den Juden zuerst aufs Tapet brachten, lachte ich – ich hielts für bloße Dummheit. Als ich aber System roch, als ich sah wie das lächerliche Spukbild allmählig ein bedrohliches Vampier wurde, als ich die Absicht der Platenschen Satyre durchschaute, als ich durch Buchhändler von der Existenz ähnlicher Produkte hörte die mit demselben Gift getränkt manuskriptlich herumkrochen – da gürtete ich meine Lende, und schlug so scharf als möglich, so schnell als möglich. Robert, Gans, Michel Beer und andre haben immer, wenn sie wie ich angegriffen wurden, christlich geduldet, klug geschwiegen – ich bin ein Andrer, und das ist gut. Es ist gut wenn die Schlechten den rechten Mann einmahl finden, der rücksichtslos und schonungslos für sich und für Andre Vergeltung übt. Genug davon. – ... hier, in allen Klatschblättern wird mein guter Namen zerfetzt, in außwärtigen Blättern ist nicht minder Unholdes zu erwarten, und da wären manche Freunde in Berlin, wenn ich sie persönlich drum anginge, vielleicht willig für meine Ehre etwas zu thun. Leider hängt die öffentliche Meinung, mehr als man glaubt, von den Journalen ab.

Bitter beklagte er sich bei Varnhagen über seinen alten Freund Moser und dessen Freund Veit, die ihn, wie viele andere, in der Platen-Affäre im Stich gelassen hätten. Er versprach, sich nicht mehr auf Streitigkeiten einzulassen (Brief vom 28. Februar 1830):

Daher mögen Sie auch sicher seyn, daß ich gegen die Angriffe, die ich meines Buchs halber noch erwarte, nichts öffentliches schreiben werde. Verläumdet man und lügt man noch stärker als ich es zu ertragen vermag, so lasse ich mir die Hände binden, damit ich nichts schreibe.

Aber zugleich schickte er ihm sechs Exemplare seines Buches und bat ihn, sie *an solche Leute* [zu] *verschenken von denen Sie glauben daß sie für die Streitfrage des Buches günstig wirken können*. Außerdem bat er ihn, einen Artikel für den ›Hamburgischen Correspondenten‹ zu schreiben. Um den Freund dazu zu bewegen, geizte er nicht mit Schmeicheleien:

Nur Sie können einen so delikaten Artikel schreiben, ... mir fehlt jene diplomatische Farbendämpfung, jene zierliche Gewandtheit, die Ihnen so eigen ist.

Salomon Heine fand zum ersten Mal Gefallen an dem, was sein Neffe geschrieben hatte: in dem Marchese Gumpelino erkannten viele Hamburger seinen Konkurrenten, den Bankier Gumpel.

Doch seine Schwiegersöhne hatten sich beeilt, ihn von den Angriffen des mißratenen Neffen auf den Grafen Platen zu unterrichten. Darüber war er empört.

Heine aber suchte wie üblich Trost bei lustigen Kumpanen und zärtlichen Freundinnen. Abend für Abend, Nacht für Nacht verbrachte er in Theatern, in Kneipen und Weinstuben. Wollte er sich zerstreuen und seine Sorgen vergessen? Jedenfalls gab er sich heiter, obwohl die Kopfschmerzen immer wieder kamen. Im März übersiedelte er aus Hamburg in das kleine, stille Wandsbek und mietete sich ein Zimmer in einem billigen Gasthaus. Sein Freund Johann Peter Lyser, ein Maler und Schriftsteller, erinnerte sich später:

Wie gewöhnlich hatte Heine sich für vieles Geld ein miserables Logis gemiethet: ein hohes, weites, dunkles Zimmer zu ebener Erde, wo man fror, wenn es draußen noch so heiß war, kahle Wände, zwei Stühle, ein altes Sofa, ein zerbrechliches Bett, dafür zahlte Freund Heine per Monat 30 Mark und war sehr verwundert, als ich ihn überzeugte, daß er für 10 Mark eine unendlich komfortablere und gesündere Wohnung in demselben Hause hätte erhalten können. – Er ließ es aber dabei bewenden, und begnügte sich damit: den Wirth, der ihn auf so unverschämte Weise geprellt hatte, einen Spitzbuben zu nennen, was dieser um so weniger übel nahm, als Heine noch zwei Monate lang den unerhörten Zins fortzahlte.

Doch Heine wollte eine möglichst unauffällige, abgelegene Unterkunft haben. Er brauchte Stille. Je schlechter er sich fühlte, je nervöser er war, desto hellhöriger nahm er selbst schwache Geräusche wahr. Dieses dunkle, düstere Zimmer war das ruhigste von allen, die man ihm angeboten hatte. Durch das kleine Fenster sah er auf einen Hinterhof hinaus. Manchmal ging er im Grünen am Stadtrand spazieren, aber arbeiten konnte er nur in der Stille.

In diesem Zimmer empfing er Ende Mai auch Tjutschew

und dessen Frau. Sie fuhren über Hamburg nach Rußland und hatten Mühe, Heine ausfindig zu machen, denn seine Freunde wollten seinen Zufluchtsort nicht verraten. Doch er freute sich über den Besuch der Tjutschews, sagte, Gott habe sie ihm gesandt, um ihn von seiner blinden Abneigung gegen alle Aristokraten zu heilen.

Nach dem Skandal um den Grafen Platen – jede Woche kamen neue Rezensionen – haßte er alle, die einen Adelstitel, ein Wappen hatten. Er betonte stets seinen plebejischen Bürgerstolz und bekundete sogar Sympathie für die mächtige Gleichmacherin, die Guillotine.

Aber sein lieber Freund Tjutschew war ein Aristokrat und seine schöne Frau Eleonore eine Gräfin aus altem Geschlecht! Und sie kamen zu ihm als freundliche, fröhliche Gäste, gerade jetzt, wo er von neuen üblen Nachreden seiner plebejischen Verwandten erfahren hatte. Und nicht lange davor hatte er den liebenswürdigen Brief eines Freiherrn von Gaudy erhalten, der ihm seine Gedichte gewidmet hatte und sich mit Bewunderung und Liebe zu ihm bekannte. Offensichtlich wollte die Vorsehung doch nicht, daß er Jakobiner wurde und sich der revolutionären Demokratie verschwor.

***

Ende Juni fuhr er wieder nach Helgoland, wieder ans Meer. Dort erlebte er eine kurze, aber stürmische Liebschaft mit einer jungen Sängerin der Hamburger Oper. Mit ihr *habe ich mich täglich 3 mal gezankt und 1½ mal versöhnt,* schrieb er seiner Schwester.

Aber dann bedrängten ihn neue bittere Sorgen. Am 6. Juli 1830 schrieb er in einem Brief*:

Ich selber bin des Guerillakrieges müde und verlange nach Ruhe. Es ist wahrlich seltsam, daß gerade ich aus meinem beschaulichen Leben herausgestört ward, um ... mich mit Polizei und Zensur herumzuhetzen. Was mußte ich auch Reisebilder schreiben, politische Annalen redigiren, mich mit der Zeit und ihren Interessen abplagen, den armen deutschen Michel aus seinem tausendjährigen Dachsschlaf aufrütteln? Was half's mir? Er schlug die Augen auf, um sie gleich darauf wieder zu

* Adressat unbekannt.

schließen; er gähnte, um sofort wieder nur noch stärker zu schnarchen; ... Ich muß Ruhe haben; aber wo finde ich einen Ruheplatz? ... In Deutschland kann ich nicht länger bleiben; ich habe die Wahl zwischen Frankreich, England, Italien und Nordamerika, ... Doch – im Ernst. Gib mir Rath, wohin ich gehen soll?

Ein Dampfer aus Hamburg brachte die Zeitungen nach Helgoland. Heine blätterte sie nur flüchtig durch: ob da nicht wieder etwas über ihn, über seine Freunde und Gegner zu lesen war? Ansonsten versuchte er, möglichst wenig an das Zeitgeschehen zu denken. Er hatte einen Stoß Bücher nach Helgoland mitgenommen, die ihn in andere Zeiten versetzen, ihm zu anderen Gedanken verhelfen sollten – die Bibel, Homer, eine Geschichte der Langobarden, eine Darstellung über Volksglauben und Heldensagen im deutschen Mittelalter, Traktate über mittelalterliche Hexenprozesse.

Die Zeitungen kamen nur einmal pro Woche. In den ersten Augusttagen: Kaum hatte er die Meldungen aus Frankreich gelesen, begann er, alle Zeitungen chronologisch zu ordnen und las sie gierig, überstürzt, voller Spannung, vergaß alles um sich herum, versuchte, sich vorzustellen, zu begreifen, was da in Paris geschehen war.

... als das dicke Zeitungspaket mit den warmen glühend heißen Neuigkeiten ... ankam. Es waren Sonnenstrahlen, eingewickelt in Druckpapier, und sie entflammten meine Seele bis zum wildesten Brand.

... Es ist mir alles noch wie ein Traum; besonders der Name Lafayette klingt mir wie eine Sage aus der frühesten Kindheit. Sitzt er wirklich jetzt wieder zu Pferde, kommandierend die Nationalgarde? ... Dabei weht wieder auf den Türmen von Paris die dreifarbige Fahne, und es klingt die Marseillaise!

Lafayette, die dreifarbige Fahne, die Marseillaise ... Ich bin wie berauscht. Kühne Hoffnungen steigen leidenschaftlich empor, wie Bäume mit goldenen Früchten und wilden, wachsenden Zweigen, die ihr Laubwerk weit ausstrecken bis in die Wolken ...

Binnen einer Woche nahm das französische Parlament eine neue Verfassung an, die die Zahl der Wahlberechtigten vergrößerte. Das Recht zu wählen und gewählt zu werden blieb aber nach wie vor nur jenen Bürgern vorbehalten, die über einen gewissen Wohlstand verfügten und unbewegliches Eigentum besaßen. Der Herzog von Orléans, Louis-Philippe, wurde zum König proklamiert. Er war kein König »von

Gottes Gnaden« mehr, sondern war vom Volk gewählt und mußte einen Eid auf die Verfassung leisten.

Lafayette, die dreifarbige Fahne, die Marseillaise ... Fort ist meine Sehnsucht nach Ruhe. Ich weiß jetzt wieder, was ich soll, was ich muß ... Ich bin der Sohn der Revolution und greife wieder zu den gefeiten Waffen, worüber meine Mutter ihren Zaubersegen ausgesprochen ...
Der Held einiger Berichte aus Paris war der Hund Medor, der an den Straßenkämpfen »teilgenommen« und die Patronentasche und die Flinte seines Herrn geschleppt hatte, und als dieser gefallen war, unzertrennlich am Massengrab gewacht und keine Speise zu sich genommen hatte.
Dieser interessiert mich weit mehr als die anderen, die dem Philipp von Orleans mit schnellen Sprüngen die Krone apportiert haben.

***

Heine fuhr nach Hamburg zurück und brachte das Manuskript eines neuen Buches mit. In der Stille seiner Wandsbeker Kammer und auf Helgoland, beim gleichmäßigen Rauschen der Wellen – dem einzigen Lärm, der ihn nicht störte, sondern ihm sogar angenehm war – hatte er an ›Nachträgen zu den Reisebildern‹ geschrieben.

In Hamburg wirkten die Nachrichten aus Paris alarmierend. Im September kam es wieder zu judenfeindlichen Ausschreitungen. Ebenso wie vor Jahren nach der Ermordung Kotzebues und nach den Studentenunruhen drängten sich wieder lose Haufen meist noch dazu betrunkener Kerle vor jüdischen Geschäften und Wohnhäusern, grölten im Chor: »Hep-hep, Jude verreck«, zertrümmerten Fensterscheiben mit Pflastersteinen.

Auch im Haus Salomon Heines wurden wieder alle Fenster eingeschlagen, obwohl manche seiner christlichen Freunde, Kunden und Angestellten die Angriffe der johlenden Rowdies abzuwehren suchten.

Am 19. November 1830 schrieb Heine an Varnhagen:

Wie es Vögel giebt die irgend eine physische Revoluzion, etwa Gewitter, Erdbeben, Ueberschwemmungen etc vorausahnen, so giebts Menschen denen die sozialen Revoluzionen sich im Gemü-

the voraus ankündigen, und denen es dabey lähmend betäubend und seltsam stockend zu Muthe wird. So erkläre ich mir meinen diesjährigen Zustand bis zum Ende July. Ich befand mich frisch und gesund und konnte nichts treiben als Revoluzionsgeschichte, Tag und Nacht. Zwey Monath badete ich in Helgoland, und als die Nachricht der großen Woche dort anlangte, wars mir als verstände sich das von selbst, als sey es nur eine Fortsetzung meiner Studien. Auf dem Continente erlebte ich die *hiesigen* Ereignisse, die einem minder starken Herzen wohl das Schönste verleiden konnten. ... Ich weiß sehr gut daß die Revoluzion alle sozialen Interessen umfaßt, und Adel und Kirche nicht ihre einzigen Feinde sind. Aber ich habe, zur Faßlichkeit, die letzteren als die einzig verbündeten Feinde dargestellt, damit sich der Ankampf konsolidire. Ich selbst hasse die aristocratie bourgeoise noch weit mehr. – ...
... am gefährlichsten ist mir noch jener brutale aristokratische Stolz, der in meinem Herzen wurzelt und den ich noch nicht ausreuten konnte, und der mir so viel Verachtung gegen den Industrialismus einflüstert und zu den vornehmsten Schlechtigkeiten verleiten könnte, ja der mich vielleicht ... dahin bringt das ganze unbequeme Leben mit all seinen plebejischen Nöthen zu verlassen. –

Den Winter verbrachte er in Hamburg. Es entstanden neue Freundschaften. Der junge Dichter und Übersetzer Ludolf Wienbarg begleitete ihn überallhin, ertrug geduldig seine Bosheiten und Kritteleien, freute sich über sein Lob und lauschte aufmerksam allem, was Heine über Literatur zu sagen hatte – über eigene und fremde Werke. (Später gehörte Wienbarg zur Gruppe des »Jungen Deutschland«. Er war es auch, der diesen Namen prägte. Zum »Jungen Deutschland« zählten die Kritiker und die Zensoren Heine, Wienbarg, Gutzkow, Laube und Mundt.)

Selbst die nächsten Freunde, die seit Jahren seine wechselhaften Stimmungen kannten, klagten in jenem Winter über Heine – über seine jähen Anfälle von Verdrießlichkeit, seine grausamen Scherze. Seine Schwester bat ihn wiederholt, an einem der Abende, an denen sich Gäste in ihrem Hause versammelten, zu ihr zu kommen. Sie hatte einen »jour fixe« eingeführt, wie es in allen angesehenen Häusern Brauch war. Charlottes Freunde und Bekannte hatten sie immer wieder gebeten, ihnen den berühmten Bruder endlich einmal vorzustellen. Heine willigte ein. Charlotte hatte alle benachrichtigt, der Empfang war feierlich. Er aber kam in seiner Alltagsjacke, verbeugte sich schweigend vor der Schar herausgeputzter Damen und ging, als bemerke er gar nicht, daß seine Schwester ihn zu den Ehrengästen zu lotsen versuchte, rasch auf eine seiner kleinen Nichten zu, verzog sich mit ihr in eine Ecke und erzählte ihr Märchen. Nach einer halben Stunde ging er grußlos davon.

Am nächsten Tag traf er die Schwester im Hause der Mutter. Weinend machte sie ihm Vorwürfe, daß er ihr solche Schande angetan habe.

»Mein liebes Schwesterchen, du hast nur eins vergessen. Du hast vergessen, mir eine Kette um den Hals zu legen, mich unter die Gäste zu führen und jedem zu sagen: ›Meine Damen und Herren, schauen Sie sich ihn an, das ist der Dichter Heinrich Heine, der nichts anderes kann und weiß, als dem lieben Gott die Zeit zu stehlen und Verse zu machen.‹«

***

Der Vierte Teil der ›Reisebilder‹, die ›Nachträge zu den Reisebildern‹, kamen im Januar 1831 heraus. In dem Abschnitt ›Die Stadt Lucca‹ wird über die Stadt und ihre Bewohner weit weniger berichtet als über die Geschichte des Christentums. Verschiedene philosophische, religiöse und politische Probleme werden in langen Dialogen mit den beiden Heldinnen, einer Engländerin und einer Italienerin, und in lyrischen Monologen erörtert.

Eine flammende Riesin, schreitet die Zeit ruhig weiter, unbekümmert um das Gekläffe bissiger Pfäffchen und Junkerlein da unten. Wie heulen sie jedesmal, wenn sie sich die Schnauze verbrannt an dem Fuße jener Riesin, oder wenn diese ihnen mal unversehens auf die Köpfe trat, daß das obskure Gift herausspritzte! ...
O der obskuren Wichte, die nicht eher erleuchtet werden, bis sie selbst an der Laterne hängen! ... Eine gewaltige Lust ergreift mich! Während ich sitze und schreibe, erklingt Musik unter meinem Fenster, und an dem elegischen Grimm der langgezogenen Melodie erkenne ich jene Marseiller Hymne ... Welch ein Lied! Es durchschauert mich mit Feuer und Freude und entzündet in mir die glühenden Sterne der Begeisterung und die Raketen des Spottes.

Der zweite Abschnitt, ›Englische Fragmente‹, endet ebenfalls mit einem aktuellen Nachtrag:

Ach! ist ja das ganze Buch aus der Zeitnoth hervorgegangen, ebenso wie die früheren Schriften ...; die näheren Freunde des Verfassers, die seiner Privatverhältnisse kundig sind, wissen sehr gut wie wenig ihn die eigne Selbstsucht zur Tribune drängt, und wie groß die Opfer sind, die er bringen muß, für jedes freye Wort, das er seitdem gesprochen – und wills Gott! noch sprechen wird. Jetzt ist das Wort eine That, deren Folgen sich nicht abmessen lassen; kann doch keiner genau wissen, ob er nicht gar am Ende als Blutzeuge auftreten muß für das Wort.

Der Brand, den die Sonnenstrahlen der Julirevolution in ihm entzündet hatten, war nicht erloschen. Sein Bewußtsein war gespalten. Die Poesie, die Stimmen des Meeres und der Liebe riefen ihn in die Einsamkeit, die Stille; und nur selten gönnte er sich Ablenkung in einem kleinen Kreis seiner Freunde. Die stürmischen Stimmen der Revolution, der Marseillaise, das Geschrei und die Schmähungen seiner Feinde aber riefen ihn in den Kampf.

Ach, die große Woche von Paris! Der Freyheitsmuth, der von dort herüberwehte nach Deutschland, hat freylich hie und da die Nachtlichter umgeworfen, so daß die rothen Gardinen an einigen Thronen in Brand geriethen, und die goldenen Kronen heiß wurden unter den lodernden Schlafmützen; – aber die alten Häscher, denen die Reichspolizey anvertraut, schleppen schon die Löscheymer herbey, und schnüffeln jetzt um so wachsamer, und schmieden um so fester die heimlichen Ketten, und ich merke schon, unsichtbar wölbt sich eine noch dichtere Kerkermauer um das deutsche Volk. Armes gefangenes Volk! Verzage nicht in deiner Noth.

Das Buch schließt mit der Erzählung von Kunz von der Rosen, dem tapferen Narren Kaiser Karls V., der sich in den Kerker zu dem gefangenen Kaiser schleicht, um ihn abzulenken, zu trösten, ihm mit gutem Rat zu dienen:

O, deutsches Vaterland! theures deutsches Volk! ich bin dein Kunz von der Rosen. Der Mann, dessen eigentliches Amt die Kurzweil und der dich nur belustigen sollte in guten Tagen, er dringt in deinen Kerker zur Zeit der Noth; ... Wenn ich dich nicht befreyen kann, so will ich dich wenigstens trösten, und du sollst jemanden um dir haben, der mit dir schwatzt über die bedränglichste Drangsal, und dir Muth einspricht, und dich lieb hat, und dessen bester Spaß und bestes Blut zu deinen Diensten steht. Denn du, mein Volk, bist der wahre Kaiser, der wahre Herr der Lande – dein Wille ist souverain ... – dein Wille, mein Volk, ist die alleinig rechtmäßige Quelle aller Macht.

Und ganz zum Schluß der Dialog des Kaisers (des Volkes) mit dem Narren (dem Dichter):

»Kunz von der Rosen, mein Narr, wenn ich wieder frey werde, was willst du dann anfangen?«
»Ich will mir dann neue Schellen an meine Mütze nähen.«
»Und wie soll ich deine Treue belohnen?«
»Ach, lieber Herr, laßt mich nicht umbringen.«

***

Neumodische Sitten waren auch in das Haus des Bankiers eingedrungen. Salomon Heine hatte sich ein Album zugelegt, in das seine Gäste liebenswürdige und kluge Aussprüche in Versen und Prosa eintragen konnten. Er legte es auch seinem berühmten Neffen vor.

»Wenn schon mein größter Wert darin liegt, daß ich deinen Namen trage, so erweise dem alten Onkel die Ehre.«

Und der Neffe schrieb:

»Lieber Onkel, geben Sie mir 100000 Mark und vergessen Sie auf ewig Ihren Sie liebenden Neffen

Heinrich Heine«.

Salomon Heine schaute finster drein – aber man durfte sich doch durch Scherze nicht kränken lassen. Dieser Taugenichts war ihm ähnlich, vielleicht sogar ähnlicher als seine leiblichen Söhne. Gerade in solcher Frechheit und in dem unbändigen Eigenwillen des Neffen erkannte der ältere Heine Charakterzüge, die er selbst besaß. Aber der Frechdachs sollte noch nach seiner Pfeife tanzen.

»Ich verstehe nicht, mein lieber Harry, warum du immer um Geld bettelst. Du kannst dir doch selbst leicht welches beschaffen! Gehst einfach zu reichen Freunden, drohst ihnen: Ich verspotte euch in meinem nächsten Buche so arg, daß kein ordentlicher Mensch mehr mit euch verkehren wird. Oder du beschimpfst einen Edelmann. Darin kennst du dich ja aus.«

Einer der Gäste, ein dankbarer Kunde des Hauses Heine, rief im Ton eines Duell-Richters: »Stich! Getroffen!«

Heine spürte zuerst eine glühende Hitze im Kopf, im ganzen Körper. Dann aber zog frostige Kälte seine Kehle zusammen. So ging es ihm immer, wenn er auf eine Beleidigung oder eine plötzliche Drohung keine Antwort fand.

Nein, hier war nicht seine Barrikade. In diesem Haus, in dieser Stadt zu bleiben, war ihm unmöglich geworden.

Zweiter Teil
Der Weltriss ging durch das Herz des Dichters

... da das Herz des Dichters der Mittelpunkt der Welt ist, so mußte es wohl in jetziger Zeit jämmerlich zerrissen werden. Wer von seinem Herzen rühmt, es sei ganz geblieben, der gesteht nur, daß er ein prosaisches weitabgelegenes Winkelherz hat. Durch das meinige ging aber der große Weltriß, und eben deswegen weiß ich, daß die großen Götter mich vor vielen anderen hoch begnadigt und des Dichtermärtyrtums würdig geachtet haben.

Im geweihten Land der Freiheit

> Ihr habt vielleicht einen Begriff vom leiblichen Exil, jedoch vom geistigen Exil kann nur ein deutscher Dichter sich eine Vorstellung machen, der sich gezwungen sähe, den ganzen Tag französisch zu sprechen, zu schreiben, und sogar des Nachts, am Herzen der Geliebten französisch zu seufzen! Auch meine Gedanken sind exiliert, exiliert in eine fremde Sprache.

Die meisten Altersgenossen und Kommilitonen Heines waren bereits in gesicherter Stellung, waren Richter, Beamte, Professoren geworden. Er dagegen mußte mit seinem Verleger um jeden Taler feilschen, mußte sich mit seinem Onkel aussöhnen, der ihn sogar öffentlich eine Kanaille genannt hatte.

Noch am 4. Januar 1831 schrieb er an Varnhagen:

... mein Streben geht dahin mir, à tout prix, eine sichere Stellung zu erwerben; *ohne solche kann ich ja doch nichts leisten.* Gelingt es mir binnen kurzem nicht in Deutschland, so reise ich nach Paris; wo ich leider eine Rolle spielen müßte wobey all mein künstlerisches poetisches Vermögen zu Grunde ginge und wo der Bruch mit den heimischen Machthabern consomirt würde. Ich thue gar keine Schritte, nur von Ihnen erwarte ich unterdessen zu erfahren ob in Berlin oder – Wien (!!!) nichts für mich zu erlangen ist. – Ich will nichts unversucht lassen und mich zum Aeußersten nur im äußersten Falle entschließen.
Wenn ich nur die Ruhe gewinne, die ich nöthig habe, um einige große Bücher, die mir quälend in der Seele liegen, an den Tag zu fördern.

Eine Zeitlang setzte er noch Hoffnungen auf Wien. Er wußte von den Varnhagens, daß der allmächtige Fürst Metternich Gefallen an seinen Versen fand, ebenso wie dessen Sekretär, der einflußreiche Gentz. Dieser empörte sich zwar in seinen Briefen an Rahel über Heines Gottlosigkeit und Frivolität, bekannte aber gleichwohl, daß er einige Verse aus dem ›Buch der Lieder‹ auswendig kenne, oft wiederhole und höher schätze als Schillers Gedichte.

In Hamburg traten einige Gönner dafür ein, Heine zum Syndikus, das heißt zum Senatsrat, wählen zu lassen. Er bemühte sich um die Stelle, doch seine Bewerbung wurde abgelehnt.

Am 1. April schrieb er, wieder an Varnhagen:

Des Weltallgemeinen ist zu viel um es brieflich zu besprechen, das persönlichst Wichtige ist wieder zu gringfügig in Vergleichung der großen Dinge die täglich *ohne unser Zuthun* passiren. Werden die Dinge von selbst gehen, ohne Zuthun der Einzelnen? Das ist die große Frage, die ich heute bejahe morgen wieder verneine, und von welcher Selbstbeantwortung immer meine besondere Thätigkeit influenzirt, ja, ganz bestimmt wird.

Als ich nach dem letzten July bemerkte wie der Liberalismus plötzlich so viel Mannschaft gewann, ja wie die ältesten Schweitzer des alten Regime plötzlich ihre rothen Rökke zerschnitten um Jakobinermützen davon zu machen, hatte ich nicht üble Neigung mich zurückzuziehen und Kunstnovellen zu schreiben. ... Und jetzt? Jetzt glaube ich an neue Rückschritte, bin voller schlechten Profezeihungen – und träume jede Nacht ich packe meinen Koffer und reise nach Paris, um frische Luft zu schöpfen, ganz den heiligen Gefühlen meiner neuen Religion mich hinzugeben, und vielleicht als Priester derselben die letzten Weihen zu empfangen. –

Der Vierte Teil der ›Reisebilder‹, die ›Nachträge ...‹, wurden in mehreren Zeitungen wohlwollend rezensiert. Wolfgang Menzel, der Heines Attacke gegen Platen scharf verurteilt hatte, schrieb jetzt, selbst in den leichtesten, scheinbar oberflächlichen Scherzen Heines seien tiefe Gedanken verborgen. Man solle diesem außerordentlichen Talent Gerechtigkeit widerfahren lassen und ihm einen Ehrenplatz unter den Großen der deutschen Literatur einräumen.

Die ›Nachträge‹ sind durchglüht von der Juli-Sonne des revolutionären Paris. Heine unterbricht seine Beschreibungen der kleinen Stadt Lucca, ihres Alltags, ihrer Sehenswürdigkeiten und seine Erzählungen von Liebesabenteuern, um über Politik und Religion dreist und eigenwillig zu urteilen. ...

Wegen seiner poetisch-polemischen Spekulationen über die Vorzüge und Mängel der beiden Kirchen wurde er von allen Seiten beschimpft. Katholische und protestantische Konservative empörten sich über seinen atheistischen, gotteslästerlichen Sarkasmus. Radikale Freidenker dagegen warfen ihm vor, er sei kein konsequenter Kirchengegner, er zeige Nachsicht, ja offene Sympathie für den Aberglauben der Bibel.

Seine religiösen Freunde mißtrauten seinen Versicherungen, er kämpfe nur gegen die heuchlerischen Diener Gottes.

Ein katholischer Pfaffe wandelt einher als wenn ihm der Himmel gehöre; ein protestantischer Pfaffe hingegen geht herum als wenn er den Himmel gepachtet habe.

Heine beteuerte: Wenn er gelegentlich einen Pfeil auf den Schöpfer selbst abschieße, so wage er das nur, weil er von der Allmacht Gottes überzeugt sei und wisse, daß auch die boshaftesten Spötteleien eines Sterblichen dem Unsterblichen nichts anhaben könnten.

Seine atheistischen Freunde wiederum mißtrauten ihm, wenn er sagte, man könne nur dann das Böse in allen Religionen bekämpfen, wenn man an die göttliche Gerechtigkeit glaube; sie werde von Heuchlern, Fanatikern und Krämerseelen besudelt, die aus der göttlichen Gnade ein einträgliches Geschäft machten. Leugne man aber die Existenz Gottes grundsätzlich, so habe man auch niemanden, gegen den man kämpfen könne. Denn das Nichts, die reine Abstraktion, die Null sei kein Gegner – für niemanden, am allerwenigsten für den Künstler, den Dichter, denn der könne mit Abstraktionen und philosophischen Spekulationen nichts anfangen. Er selbst sei ein Feind jedweden pfäffischen Aberglaubens, er kämpfe gegen Götter, nicht gegen leere Thesen; wenn er Gott lästere, so nehme er es kühn mit einem mächtigen Gegner auf, während doch jeder Feigling ins Leere spucken und sich über eine Null lustig machen könne.

So spielte er bald mit tragischen Widersprüchen, bald mit poetischen Paradoxen.

Seine demokratischen Freunde verblüffte er manchmal mit dem Bekenntnis, er sei ein Anhänger der Kirche und der Monarchie.

... ich ehre die innere Heiligkeit jeder Religion und unterwerfe mich den Interessen des Staates. Wenn ich auch dem Anthropomorphismus nicht sonderlich huldige, so glaube ich doch an die Herrlichkeit Gottes, und wenn auch die Könige so törigt sind, dem Geiste des Volks zu widerstreben, oder gar so unedel sind, die Organe desselben durch Zurücksetzungen und Verfolgungen zu kränken: so bleibe ich doch, meiner tiefsten Überzeugung nach, ein Anhänger des Königtums, des monarchischen Prinzips. Ich hasse nicht den Thron, sondern nur das windige Adelgeziefer, das sich in die Ritzen der alten Throne eingenistet. ... Ich hasse nicht den Altar, sondern ich hasse die Schlangen, die unter dem Gerülle der alten Altäre lauern. ...

Mit spöttischen Scherzen vermischt brachte er sehr ernste politische Gedanken und seine innigsten patriotischen Träume zum Ausdruck. In allem, was er schrieb, waren Dichtung und Philosophie untrennbar. In frechsten Späßen steckte bitterer Ernst. Uralte Sagen wurden zu aktuellen politischen Aussagen.

Eben weil ich ein Freund des Staates und der Religion bin, hasse ich jene Mißgeburt, die man Staatsreligion nennt, jenes Spottgeschöpf, das aus der Buhlschaft der weltlichen und der geistlichen Macht entstanden, jenes Maultier, das der Schimmel des Antichrists mit der Eselin Christi gezeugt hat. Gäbe es keine solche Staatsreligion, keine Bevorrechtung eines Dogmas und eines Kultus, so wäre Deutschland einig und stark und seine Söhne wären herrlich und frei.

Das letzte Kapitel seines Buches, ›Die Stadt Lucca‹, schließt mit einer leidenschaftlichen Apologie Don Quixotes, des *mutigsten und edelsten Mannes der Welt.* Zu den *heiligsten Freiheitshelden,* für die er schon als Jüngling schwärmte, gehören für ihn *... Jesus von Jerusalem und ... Robespierre und Saint-Just von Paris.*

Bitterböse schreibt er über die deutschen Gelehrten, die versuchten, die bestehende Gesellschaftsordnung philosophisch zu rechtfertigen. Heine zielt auf seinen Lehrer Hegel, wenn er schreibt:

... es ist entsetzlich, wie mans bei uns verstanden hat, die Sklaverei sogar geschwätzig zu machen, und wie deutsche Philosophen und Historiker ihr Gehirn abmartern, um jeden Despotismus, und sei er noch so albern und tölpelhaft, als vernünftig oder als rechtsgültig zu verteidigen. Schweigen ist die Ehre der Sklaven, sagt Tacitus; jene Philosophen und Historiker behaupten das Gegenteil und zeigen auf die Ehrenbändchen in ihrem Knopfloch.

Die Zensurgesetze in Preußen und anderen deutschen Staaten waren damals noch durch einige Einschränkungen gemildert. Bücher mit mehr als zwanzig Druckbögen Umfang unterlagen nicht der Vorzensur. Man glaubte wohl, sie seien so teuer, daß nur Wohlhabende sie kaufen könnten und ihr Einfluß daher begrenzt bleibe.

Heine, den seine Verleger immer zur Eile drängten, mußte sich viel Mühe geben, damit seine Manuskripte umfangreich genug wurden. Deshalb hatte er in den Vierten Teil der ›Reisebilder‹ noch die elf ›Englischen Fragmente‹ eingefügt – Skizzen seiner Englandreise, die ein Jahr zuvor entstanden waren. Im letzten dieser ›Englischen Fragmente‹ mit dem Titel ›Die Befreiung‹ befaßt er sich aber vor allem mit Deutschland und Frankreich.

Stolz schreibt er, daß *Zwei tiefsinnige Männer, deutscher Nation* – Gutenberg und der Mönch Schwarz – durch ihre Erfindungen die verbündete Macht der katholischen Kirche und des Feudaladels gebrochen hätten. Die Druckerpresse habe das Bollwerk der Dogmen gesprengt, und *das Pulver macht die Menschen gleich, eine bürgerliche Flinte geht ebenso gut los wie eine adlige Flinte – das Volk erhebt sich.*

Er gedenkt der aufständischen Bauern, die *mit der Bibel in der einen Hand und mit dem Schwerte in der anderen* durch Deutschland zogen, und ebenso wie sie beruft er sich auf das Buch der Bücher:

Die tiefste Wahrheit erblüht nur der tiefsten Liebe, und daher die Übereinstimmung in den Ansichten des älteren Bergpredigers, der gegen die Aristokratie von Jerusalem gesprochen, und jener späteren Bergprediger, die von der Höhe des Konvents zu Paris ein dreifarbiges Evangelium herabpredigten, wonach nicht bloß die Form des Staates, sondern das ganze gesellschaftliche Leben, nicht geflickt, sondern neu umgestaltet, neu begründet, ja neu geboren werden sollte.

Boshaft spottet er über vieles, was anderen heilig war, doch mit pathetischem Ernst verteidigt er die französische Revolution gegen Verleumdungen und sogar jene furchtbare Maschine, *die ein französischer Arzt, ein großer Welt-Orthopäde, Monsieur Guillotin, erfunden hat, und womit man die dummen Köpfe von den bösen Herzen sehr leicht trennen kann.*

Auch sein Zeitalter verteidigt er gegen zornige und verzweifelte Zeitgenossen, denn er glaubte, daß dieses Zeitalter sich *für die Sünden der Vergangenheit und für das Glück der Zukunft* zum Opfer bringe.

... die Freiheit ist eine neue Religion, die Religion unserer Zeit. Wenn Christus auch nicht der Gott dieser Religion ist, so ist er doch ein hoher Priester derselben, und sein Name strahlt beseligend in die Herzen der Jünger. Die Franzosen sind aber das auserlesene Volk der neuen Religion, in ihrer Sprache sind die ersten Evangelien und Dogmen verzeichnet, Paris ist das neue Jerusalem, und der Rhein ist der Jordan, der das geweihte Land der Freiheit trennt von dem Lande der Philister.

***

Im März 1831 veröffentlichte Honoré de Balzac eine Skizze über Paris:

Land der Gegensätze, Mittelpunkt von Schmutz, Kot und Wundern, von Verdienst und Mittelmäßigkeiten, von Reichtum und Elend, von Scharlatanerie und Berühmtheiten, von Luxus und Not, Tugenden und Lastern, Moral und Verderbtheit; wo Hunde und Affen von Menschen besser behandelt werden als Menschen; ...
wo man am meisten ins Theater geht und am schlechtesten über die Schauspieler spricht; ...
wo die Republikaner noch unzufriedener sind, seit sie die beste der Republiken haben;
wo es am wenigsten Moral und am meisten Moralisten gibt;
wo es am meisten Maler und am wenigsten gute Bilder gibt;
wo es an jeder Ecke Heilmittel gegen alle Übel und die fähigsten Ärzte gibt, und doch am meisten Kranke; ...
wo es am meisten Religion gibt und wo die Kirchen leer sind;
wo es mehr Zeitungen gibt als Abonnenten; ...
wo es die beste Polizei der Welt gibt und am meisten Diebstähle;
am meisten Philanthropen, mildtätige Einrichtungen, Armenhäuser und doch am meisten Unglückliche!
Paris ist Gegenstand des Neides für diejenigen, die es nie gesehen haben, des Glücks oder des Unglücks (wie es das Schicksal will) für die, die dort wohnen, aber stets des Bedauerns für die, die es verlassen müssen.
So ist Paris das Ziel für alle. Alle strömen dorthin, und jeder aus einem besonderen Beweggrund.
Der müßige und wohlhabende Provinzler kommt hierher, um Luft zu schöpfen und um sich den Anschein zu geben, als beherrsche er den guten Ton – und geht denen ins Netz, die die Unerfahrenheit der Provinzler ausbeuten;
der millionenschwere Ausländer, um die Sehenswürdigkeiten zu betrachten, um die köstlichen Weine zu trinken, um im »Frères Provençaux« zu speisen und um zu erfahren, wie die Schuhe der Tänzerinnen der Oper gemacht sind;
der Student, um Jura zu studieren, während er sich mit den Grisetten vergnügt; ...

das Talent, um sich bewundern zu lassen;
das Dorfmädchen, um ein wenig Schliff zu bekommen;
der Deputierte, um seine Stimme abzugeben;
der Gauner von Format, um von sich reden zu machen;
der Schriftsteller, um gelesen zu werden; ...
die Schönheit, um zu intrigieren;
das Genie, um zu glänzen ...

Am 22. Mai 1831 meldete eine Pariser Zeitung die Ankunft des »berühmten deutschen Schriftstellers Dr. Heine«, der sich durch seine ›Reisebilder‹ sehr großes Ansehen erworben habe.

Seit Jahren hatte er von Paris geträumt. Viele Bekannte und Freunde lebten dort, schrieben ihm enthusiastische Briefe, lobten die freiheitliche Atmosphäre der Stadt, die durch die Gewitter der Revolution erfrischt worden war. Ihre Briefe und die Pariser Zeitungen erinnerten ihn immer wieder an die Freude, die er empfunden hatte, als er auf Helgoland die ersten Nachrichten vom Sieg der rebellischen Franzosen erhielt.

Er hatte schon viele deutsche Lande durchfahren und durchwandert, war in Italien, Holland und England gewesen. Von Paris, der Hauptstadt der Welt, aber hatte er nur geträumt. Und er hatte mit dieser Reise lange gezögert, weil er fürchtete, das hektische Treiben in Frankreich werde ihn vom Wichtigsten abhalten – von seinen Gedichten, von all den Büchern, die er noch lesen und schreiben wollte.

Als er nun endlich hinkam, wußte er nicht, was er am nächsten Tag, in einem Monat, einem Jahr tun würde. Er wollte nur schreiben und nichts als schreiben.

Manche seiner französischen Freunde und Verehrer waren nach der Juli-Revolution in einflußreiche Staatsämter aufgerückt, Thiers etwa oder der Herzog von Orléans, der Kronprinz des neuen Königs. Deshalb hoffte er auch, in Paris vielleicht eine leidlich gesicherte Stellung zu erhalten.

***

Die Boulevards erwachten spät. Um sieben Uhr morgens waren sie noch menschenleer. Heine lag oft nächtelang wach; die qualvollen Kopfschmerzen ließen ihn nicht schlafen. Im Morgengrauen verließ er sein stickiges Hotelzimmer, in dem es aufdringlich nach verstaubtem Plüsch und altem Leder und kaum merklich nach Parfüm und Wein roch. Er wollte die morgendlich kühle Luft einatmen. Stundenlang wanderte er durch die Straßen.

Die Sonne stand schon hoch über den Dächern, auf den Boulevards aber war es immer noch still. Gegen acht begegnete er Arbeitern in langen blauen oder grauen Blusen: Lastträger schleppten große Ballen, schoben hoch beladene Karren, Bauarbeiter stampften mit schweren, schmutzigen Stiefeln über das Pflaster. Die ersten Lieferwagen waren schon unterwegs, aber die Jalousien vor den Schaufenstern blieben noch geschlossen.

Erst gegen neun wurden sie hochgezogen. Die Türen der Läden und Cafés standen jetzt weit offen. Kontoristen, Verkäufer, Botenjungen, Hausmädchen, Grisetten hasteten in Scharen vorbei. Ein buntes Durcheinander – farbige Kopftücher und Hüte, dunkle Schirmmützen, Kappen, breite, niedrige Zylinder. Das Stimmengewirr der Menge übertönte manchmal das Poltern und Rattern der Wagen.

Gegen elf rollten zahlreiche Kabrioletts über die Boulevards, in denen Börsenmakler, Advokaten, Beamte, Notare und Geschäftsleute in dunklen Gehröcken, hellen Westen und hohen glänzenden Zylindern saßen.

Dann rollten wieder Kabrioletts und Fiaker: Geschäftsleute fuhren zum Essen. Im Laufe des Tages waren immer mehr Frauen zu sehen: feine Damen in weiten raschelnden Seidenröcken, bescheidene Bürgerfrauen und -mädchen in Tuch und Leinen, flinke Dienstmädchen und buntgekleidete, laut lachende »Damen der Halbwelt«.

Nachmittags kamen bejahrte Rentiers mit Rohrstöcken, gemächlich schreitend. Ehemalige Offiziere erkannte man an ihren Schnurrbärten, an ihrer manchmal mühsam angestrengten, aber strammen Haltung. Herausgeputzte Provinzler begafften alles.

Fünf Jahre später erinnerte sich Heine an seine ersten Pariser Eindrücke:

Während der ersten Woche meines Aufenthalts in Paris suchte ich vorsätzlich einigemal gestoßen zu werden, bloß um mich an dieser Musik der Entschuldigungsreden zu erfreuen. Aber nicht bloß wegen dieser Höflichkeit, sondern auch schon seiner Sprache wegen, hatte für mich das französische Volk einen gewissen Anstrich von Vornehmheit. Denn wie Sie wissen, bei uns im Norden, gehört die französische Sprache zu den Attributen des hohen Adels, mit Französisch-Sprechen hatte ich von Kindheit an die Idee der Vornehmheit verbunden. Und so eine pariser Dame-de-la-halle sprach besser französisch als eine deutsche Stiftsdame von vierundsechzig Ahnen. ... Sind die Pariserinnen schön? Wer kann das wissen! Wer kann alle Intrigen der Toilette durchschauen, wer kann entziffern ob das echt ist, was der Tüll verrät, oder ob das falsch ist, was das bauschige Seidenzeug vorprahlt! ... Sind ihre Gesichter schön? Auch dieses wäre schwierig zu ermitteln. Denn alle ihre Gesichtszüge sind in beständiger Bewegung, jede Pariserin hat tausend Gesichter, eins lachender, geistreicher, holdseliger als das andere, und setzt denjenigen in Verlegenheit, der darunter das schönste Gesicht auswählen oder gar das wahre Gesicht erraten will.

In Paris geschah, was er erwartet hatte, was er befürchtete und doch auch wünschte. Verschiedene Kräfte beanspruchten ihn für sich, zerrten ihn in alle möglichen Richtungen zugleich, so daß er nicht mehr wußte, wo ihm der Kopf stand: neue Bekannte und neue Freunde und Freundinnen, politische Kundgebungen, Theater, Gemäldeausstellungen, Konzerte, Bälle und – die Stadt selbst, die sich unaufhörlich wandelte, die ihr Lachen und ihren Kummer in tausend Gesichtern darbot, die grelle Farben und Pastelltöne, Licht und Schatten in schillerndem Spiel zusammenmischte.

Paris begeisterte ihn. Freudig nahm er diese Stadt in sich auf – sah und hörte und atmete sie, sog sie mit allen Poren ein. Er freute sich an Menschen und Häusern, an Stimmen und Gerüchen. Und doch vermochten die neuen Freuden seine bitteren Erinnerungen nur für kurze Zeit zu verdrängen:

Fliehen wäre leicht, wenn man *nicht* das Vaterland an den Schuhsolen mit sich schleppte! Ich parodire Danton mit Schmerzen. Es ist schmerzlich, im Luxenburg spatzieren zu gehen und überall ein Stück Hamburg oder ein Stück Preußen oder Bayern an den Schuhsolen mit sich herum zu schleppen! ... Trübe Ahnungen beklemmen mich ...

Fast täglich ging er in den deutschen Buchladen Heideloff und Campe in der Rue Vivienne; dort verkehrten deutsche Schriftsteller, Gelehrte, Künstler, Journalisten – Emigranten und Zugereiste. Er traf manche alten Bekannten wieder: Maximilian Donndorf, mit dem er in Göttingen studiert hatte, war Pariser Korrespondent der Augsburger ›Allgemeinen Zeitung‹ geworden; er zeigte ihm in den ersten Tagen die Sehenswürdigkeiten von Paris. Der Dichter Michael Beer, der Komponist Felix Mendelssohn, der Arzt David Koreff, mit denen er schon in Berlin befreundet war, der Dramatiker Apollonius von Maltitz aus Hamburg und der Münchner Schriftsteller Moritz Saphir gehörten zu seinem deutschen Freundeskreis in Paris. Hier lernte er Alexander von Humboldt kennen und Julius Klaproth, den berühmten Orientalisten. Aus dem Laden in der Rue Vivienne, von den Tischen und Regalen, auf denen deutsche Bücher und deutsche Zeitungen lagen, aus dem Raum, in dem alle deutsch sprachen, ging er hinaus auf die Pariser Boulevards, in ein Restaurant oder ins Theater – und tauchte wieder ein in die Klänge, die Melodien und Rhythmen der französischen Sprache.

Er besuchte Versammlungen der verschiedenen Parteien – und hatte für alle nur Spott übrig. Die Legitimisten, die Anhänger der Bourbonen – meist bejahrte, altersschwache Aristokraten, ihre blasierten Söhne und mürrische Advokaten – waren mitleiderregende Gespenster, die niemanden mehr schrecken konnten. Auch die Mehrzahl der Bonapartisten waren Greise, aber noch rüstig; sie bemühten sich, fest aufzutreten, und krächzten mit befehlsgewohnter Stimme, wenn sie im Paradeschritt daherkamen. Ihre naive Treue gegenüber dem großen Schatten Napoleons rührte ihn. Doch auch sie lebten ausschließlich der Vergangenheit: vergangenem Ruhm, vergangenen Siegen.

Die Parteigänger des neuen Königs – hauptsächlich erfolgreiche Juristen, Großhändler, Journalisten und Pariser Bourgeois unterschiedlichen Kalibers – belustigten und ärgerten ihn zugleich. Sie bewunderten den gutherzigen König, der sich stets so bescheiden kleidete: Er trage den gleichen Hut wie sie, und sein Gehrock, sein Schirm seien keineswegs teurer als die eines wohlhabenden Bourgeois. Er, ein echter König, ein Monarch, schüttle selbst den einfachen Arbeitern auf der Straße die Hand. Damit gewann er beherzte Untertanen; sie wollten nichts Besseres als diesen Bürgerkönig.

In den Versammlungen der Republikaner lauschte Heine erregt den Reden über die heiligen Prinzipien des Konvents, über das unsterbliche Vermächtnis der Jakobiner. Worte, die er früher wie ein Gebet im stillen für sich gesprochen hatte, erklangen nun laut vor einer begeisterten Menschenmenge.

Wie großartig klang die französische Sprache, von revolutionärem Pathos durchglüht – als ob die Schatten Marats, Robespierres, Saint-Justs wieder allen Tyrannen drohten und die kleinmütigen Versöhnler verdammten.

Doch allmählich überzeugte er sich, daß die »amis du peuple« eigentlich nur meutern, zerstören, schießen und Köpfe abschlagen wollten. Fragte man sie jedoch, was sie zu tun gedächten, wenn alle Tyrannen gestürzt, alle Bastillen geschleift wären, blieben sie die Antwort schuldig. Ähnlich wie die Legitimisten und Bonapartisten lebten auch diese Erben der Jakobiner nur in der Vergangenheit. Sie wußten kaum, was in der Gegenwart geschah und hatten keine Vorstellungen von der Zukunft.

Er besuchte auch Versammlungen der deutschen Radikalen. In Paris lebten und arbeiteten Tausende deutscher Handwerker – Schneider, Schuster, Juweliere, Spengler, Tischler und Sattler.

In die Versammlungen kamen sie in ihren besten Sonntagsröcken. Die ersten Redner begannen gewöhnlich mit Bibel-Zitaten, sprachen in pastoralem Ton über die Liebe zum Vaterland, über die schlimmen Herren, die vom Schweiß ihrer Arbeiter reich wurden, über die Notwendigkeit guter Sitten und die Gefährlichkeit der Pariser Verlockungen und Versuchungen. Dann traten jüngere Männer ans Rednerpult. Sie ereiferten sich lauthals über ihr Elend, über die kümmerlichen Löhne, wünschten Fabrikherren und Polizei, Fürsten und Könige zum Teufel und riefen dazu auf, den verdammten Geldsäcken den Garaus zu machen. Manchmal endeten solche patriotischen Wortgefechte in tätlichen Auseinandersetzungen, bei denen die Sonntagsröcke Schaden nahmen. Meist jedoch gingen alle nach den Versammlungen noch zum Biertrinken, sangen ihre alten Lieder und schlugen mit den Krügen den Takt dazu. Heine konnte sich schwer vorstellen, daß diese Sonntagsrevoluzzer die deutschen Bastillen stürmen würden, um danach in Konventen in Berlin, Hamburg, Frankfurt oder München zu debattieren.

Auf den Versammlungen und im Buchladen traten bisweilen freundliche Landsleute an ihn heran, die sich als Studenten, Journalisten oder Handwerker vorstellten. Sie priesen seine Gedichte und die ›Reisebilder‹ in den höchsten Tönen – manche kannten sogar seine Tragödien. Sie baten, ihn gelegentlich besuchen zu dürfen, und fragten ihn, wann er in die

Heimat zurückzukehren gedenke. Nachher aber warnten ihn seine Freunde: »Das war wieder ein preußischer Spion!«

Angst und Ekel jagten Schauer über seinen Rücken. Er lud niemanden mehr zu sich ein, ließ nicht einmal Verwandte und Freunde wissen, wo er gerade Quartier genommen hatte. Daß sich die preußische Polizei an seine Spuren heftete, erschreckte ihn und – schmeichelte ihm zugleich.

Ich bin umgeben von Preußischen Spionen; obgleich ich mich den politischen Intriguen fern halte, fürchten sie mich doch am meisten. Freylich, da man mir den Krieg macht; so wissen sie, daß ich losschlage und zwar nach besten Kräften.
Ach, vor 6 Monathen sah ich alles voraus und hätte mich gern in die Poesie zurückgezogen und anderen Leuten das Schlächterhandwerk überlassen – aber, es ging nicht, ...

Heine meinte es ernst, wenn er seine Freunde und sich selbst davon zu überzeugen suchte, daß er mit der Politik nichts im Sinn habe: seine Berufung sei die Poesie, seine Tribünen der Schreibtisch und die Druckerpresse, seine Waffe das Wort.

Dennoch ließ er fast täglich seine Arbeit liegen, ging in die übervollen Versammlungssäle, in die verqualmten Hinterzimmer der Kneipen, in das lärmende Gedränge kleinerer politischer Zirkel.

In seiner ersten Korrespondenz aus Paris für die Augsburger ›Allgemeine Zeitung‹ – ›Paris, 28. Dez. 1831‹ – sagte er neue politische Krisen voraus. Und ebenso bissig-spottend wie sonst über die deutschen Monarchen schrieb er nun über den neuen französischen König:

Ludwig Philipp, der dem Volke und den Pflastersteinen des Julius seine Krone verdankte, ist ein Undankbarer, dessen Abfall um so verdrießlicher, da man täglich mehr und mehr die Einsicht gewinnt, daß man sich gröblich täuschen lassen. Ja, täglich geschehen offenbare Rückschritte, und wie man die Pflastersteine, die man in den Juliustagen als Waffe gebrauchte, und die an einigen Orten noch seitdem aufgehäuft lagen, jetzt wieder ruhig einsetzt, damit keine äußere Spur der Revolution übrig bleibe: so wird auch jetzt das Volk wieder an seine vorige Stelle, wie Pflastersteine, in die Erde zurückgestampft, und, nach wie vor, mit Füßen getreten.

Er schloß sich keiner der Parteien an. Zuerst schien es, als ständen ihm die Saint-Simonisten am nächsten. Die Varnhagens hatten ihm von Saint-Simons Buch ›Das neue Christentum‹ erzählt. Er hatte aber schon früher von diesem genialischen Marquis gehört, der gegen Robespierre polemisiert hatte. Saint-Simon hatte gelehrt, wie man die ganze Welt in ein einziges Reich der Vernunft und der Gerechtigkeit verwandeln und allen Menschen zu Wohlstand und Glück verhelfen könne; er selbst war jedoch 1825 in bitterster Armut gestorben.

Jeden Sonntag versammelten sich die Saint-Simonisten in einem großen Saal; seit der Juli-Revolution durften sie öffentlich auftreten und eine Wochenzeitung, ›Le Globe‹, herausgeben.

Armand Bazard behauptete, Saint-Simons wichtigstes Vermächtnis sei die unaufhörliche Verbesserung des sittlichen, geistigen und physischen Zustands der zahlreichsten und zugleich der ärmsten Klasse. In einer Welt, die sich durch die Industrialisierung von Grund auf verändere, müsse zwangsläufig eine neue Gesellschaftsordnung, müßten neue Rechtsbeziehungen entstehen. Der Rang des Einzelnen werde durch das bestimmt, was er zu produzieren vermöge; besitzen dürfe man nur das, was man durch eigene Arbeit erworben habe. In der neuen Gesellschaft werde die Arbeit heilig sein. Dann werde auch die jahrhundertelange schändliche »Ausbeutung des Menschen durch den Menschen« für immer verschwinden. Bazard prägte diesen Ausdruck, der später zu einem Begriff der Sozialethik wurde und in alle Sprachen einging.

Heine fand, daß sich die Reden der Saint-Simonisten wohltuend von der gestelzten und überhitzten Rhetorik der übrigen Versammlungen unterschieden.

Saint-Simons Lehre, sein »neues Christentum«, verlangte eine radikale Umgestaltung der Gesellschaft, des gesamten ökonomischen und politischen Lebens; diesem Ziel sollte eine neue Ethik dienen, eine neue Religion der Freiheit, der Vernunft und des Guten.

Nach Saint-Simons Tod hatten sich seine Schüler zerstritten. Bazard redete und schrieb hauptsächlich über ökonomische, juristische Fragen und über soziale Gerechtigkeit. Prosper Enfantin dagegen propagierte abstrakt-philosophische, ethische und religiöse Grundsätze. Er forderte Gedankenfreiheit und Freiheit der Gefühle, verkündete Toleranz und die »Rehabilitierung des Fleisches«. Er verband den Geist der Bergpredigt, den Appell zu Liebe, Brüderlichkeit und gegenseitiger Hilfe mit einem heidnischen Kult der

Lebenslust, der Schönheit, des irdischen Genusses. Er verwarf die Dogmen aller Religionen, den Begriff der Erbsünde ebenso wie die Gebote der Enthaltsamkeit, der Demut, der Opferbereitschaft und der geistigen Reinheit. Er behauptete, Gott sei nicht nur Geist, sondern auch Materie.

An die Stelle des alten christlichen Prinzips »Kreuziget Euer Fleisch und seid demütig« setzt unsere Religion die Losung »Heiligt Euch selbst in der Arbeit und im Genuß«.

Enfantin verlangte die volle Gleichberechtigung der Frauen und wollte die überkommenen Formen der Ehe aufgeben. Seine Gegner warfen ihm vor, daß seine Theorien zu lasterhaftem Lebenswandel führen, die Grundlagen der Familie zerstören, den Unterschied zwischen anständigen Ehefrauen und Straßendirnen aufheben würden.

***

Im Herbst 1831 revoltierten zunächst Arbeitslose in Lyon; viele Arbeiter schlossen sich ihnen an. Auf den Barrikaden wurden rote und schwarze Fahnen gehißt – die Farben einer neuen Revolution; sie lösten die republikanische Trikolore ab, die auch zum Banner der Juli-Monarchie geworden war.

Die Devise der neuen Revolution lautete: »Arbeitend leben oder kämpfend sterben.« Die Saint-Simonisten hielten sich von den Kämpfen fern, sie lehnten jede Gewalt, überhaupt jede Art von politischer Auseinandersetzung, ab. Sie hielten alle Politiker, ob konservativ, liberal oder revolutionär, für naive Fanatiker, Betrüger oder Egoisten. Sie propagierten eine friedliche Erneuerung der Grundlagen des Wirtschaftslebens und glaubten, Könige und Fabrikanten überzeugen und umerziehen zu können.

Enfantin und seine Anhänger, darunter Heines Freund Michel Chevalier, der Chefredakteur des ›Globe‹, gründeten 1832 auf Enfantins Landgut ein saint-simonistisches Kloster.

Heine mischte sich in politische Streitigkeiten nicht ein. Aufmerksam verfolgte er den Kampf aller Parteien und Gruppierungen, jedoch immer von außen.

Börne, der Führer der deutschen radikalen Republikaner, wollte ihn überreden, sich doch wenigstens an der Herausgabe eines Journals zu beteiligen. Er versuchte, Heine zu überzeugen, daß eine große Revolution herannahe, auf die man sich vorbereiten müsse; sie werde unerbittlichen Kampf und blutige Opfer fordern.

Börne, ein kleiner, schmächtiger Mann mit scharfen Gesichtszügen, drohte sämtlichen Tyrannen Europas, verdammte die unentschlossenen Liberalen und verkündete, Marat habe recht gehabt: erst wenn hunderttausend Köpfe rollten, könne die Menschheit glücklich werden.

Heine witzelte, er könne schon deswegen kein Revolutionär werden, weil alle deutschen Revolutionäre pausenlos Pfeife rauchten und er keinen Tabaksqualm vertrage – gewiß hätten sich deswegen auch Cicero und Mirabeau nicht an einer deutschen Revolution beteiligen können; hinzu komme, daß sich die Leute aus dem Volk so selten wüschen; er frage sich mit Schrecken, wie er es ständig in ihrer Nähe aushalten solle.

Börne war zutiefst beleidigt und geriet in Zorn. Er versicherte seinen Freunden und Bekannten, Heine besitze weder Herz noch Rückgrat; er sei schamlos und verachte das Volk; er könne über nichts in der Welt ernsthaft nachdenken, weil er feige und haltlos sei; er spotte über alles und lege es bewußt darauf an, seine Leser zum Lachen zu bringen – das Lachen aber zähle zu den niedersten Seelenregungen.

Heine schrieb für die Augsburger ›Allgemeine Zeitung‹ über die Gemäldeausstellung in Paris. Er urteilte sachverständig über die Feinheiten der Porträt-, Landschafts- und Genremalerei. Aber als er Vernets Bild ›Camille Desmoulins ruft das Volk zum Aufstand‹ beschrieb, sann er über Themen nach, die wenig mit Malerei zu tun hatten:

»Vorwärts, immer vorwärts!« ist aber das Zauberwort, das die Revoluzionäre aufrecht erhalten kann; – bleiben sie stehen und schauen sie sich um, dann sind sie verloren, wie Eurydize, als sie dem Saitenspiel des Gemahls folgend, nur einmal zurückschaute in die Greuel der Unterwelt.

Zu Delacroix' Bild von den Barrikadenkämpfern schrieb er einen pathetischen Monolog über die *heiligen Julitage von Paris ... – wie schön war die Sonne und wie groß war das Volk von Paris!* Delaroches Bild ›Cromwell am Sarg des hingerichteten Königs Charles‹ gab ihm Anlaß zum Nachdenken über die Geschichte, die *sich so närrisch herumrollt in Blut und Kot.*

Den Straßenlärm durchdrang Trommelwirbel. Die Bürger von Paris marschierten wieder. Die Nachricht von der Eroberung des aufständischen Warschau durch zaristische Truppen trieb sie auf die Straßen. Sie forderten, Frankreich solle Rußland und Preußen den Krieg erklären, um den geknechteten Polen beizustehen.

Heine verließ die Künstlersalons. Er wollte nicht mehr über Farben, über Licht- und Schattenspiele von Gemälden schreiben.

... Ist es doch in Paris sogar an sogenannten ruhigen Tagen sehr schwer, das eigene Gemüth von den Erscheinungen der Straße abzuwenden und Privatträumen nachzuhängen. Wenn die Kunst auch in Paris mehr als anderswo blüht, so werden wir doch in ihrem Genusse jeden Augenblick gestört durch das rohe Geräusch des Lebens; die süßesten Töne ... werden uns verleidet durch den Nothschrei der erbitterten Armuth, und das trunkene Herz, das eben Roberts Farbenlust eingeschlürft, wird schnell wieder ernüchtert durch den Anblick des öffentlichen Elends. Es gehört fast ein Goethescher Egoismus dazu, um hier zu einem ungetrübten Kunstgenuß zu gelangen, und wie sehr einem gar die Kunstkritik erschwert wird, das fühle ich eben in diesem Augenblick. Ich vermochte gestern dennoch, an diesem Berichte weiterzuschreiben, nachdem ich einmal unterdessen nach den Boulevards gegangen war, wo ich einen todtblassen Menschen vor Hunger und Elend niederfallen sah. Aber wenn auf einmal ein ganzes Volk niederfällt, an den Boulevards von Europa – dann ist es unmöglich, ruhig weiter zu schreiben.

Er konnte und wollte sich dem bedrohlichen Alltag der Geschichte nicht entziehen, er wollte für sich keine Zuflucht in den glückseligen Gefilden der Kunst suchen. Und doch konnte er ohne Verse, ohne Bilder und Musik nicht leben.

... die neue Zeit wird auch eine neue Kunst gebähren, die mit ihr selbst in begeistertem Einklang seyn wird, die nicht aus der verblichenen Vergangenheit ihre Symbolik zu borgen braucht, und die sogar eine neue Technik, die von der seitherigen verschieden, hervorbringen muß. Bis dahin möge, mit Farben und Klängen, die selbsttrunkenste Subjektivität, die weltentzügelte Individualität, die gottfreie Persönlichkeit, mit all ihrer Lebenslust sich geltend machen, was doch immer ersprießlicher ist, als das todte Scheinwesen der alten Kunst.

Leidenschaftlich suchte er nach jenem *begeisterten Einklang*. Aber wie konnte man ihn finden, wenn man Börne hörte, diesen Studierstuben-Marat, diesen blutlosen Schriftgelehrten der Revolution, der seine trübsinnige Litanei von der deutschen Freiheit und der heiligen Guillotine herbetete? Wie konnte das Schaffen harmonisch sein, wenn man im Gedränge der Emigrantenvereine, im Tabaksqualm, vermischt mit Sauerkraut- und Bierdunst, fast erstickte, wenn einen das laute Geschimpfe, das Geschrei, die Flüche und die pathetischen Reden fast betäubten? Aber auch die pedantische Ordnung, die sentimentale Rhetorik der saint-simonistischen Rituale vermochten ihn nicht von seiner Zerrissenheit, seinen Zweifeln und dem Mißtrauen gegenüber der Welt und gegen sich selbst zu befreien.

Die deutschen Radikalen, die in Paris sehr aktiv waren, blieben ihm fremd und erregten seinen Unwillen.

Am 1. März 1832 schrieb er an Cotta:

Ich sehe schon die Zeit herannahen, wo sie mich als Vertheidiger der Instituzion des Königthums noch bitterer befehden werden als Andre. Aber es geschieht den Königen ganz Recht, sie haben die Liberalen, die nur gegen Adel und Pfaffenherrschaft eiferten, nicht hören wollen, und jetzt bekommen sie den blutigsten Jakobinismus auf den Hals. Es bleibt ihnen am Ende nichts übrig als sich in ihre Purpurmäntel zu hüllen und wenigstens mit Anstand unterzugehen. Wir Gemäßigten gehen mit zu Grunde, und damit büßen wir vielleicht ab, was in unserem Opposizionsstreben zuweilen nicht aus den reinsten Absichten entsproß. – Ueber lang oder kurz wird in Deutschland die Revoluzion beginnen, sie ist da in der Idee, und die Deutschen haben nie eine Idee aufgegeben, nicht einmahl eine Lesart; in diesem Lande der Gründlichkeit wird Alles, und daure es noch solange, zu Ende geführt.

***

Am 29. März 1832 war Karneval in Paris. Bunt gekleidete und maskierte Menschen tanzten in den Straßen, auf den Plätzen. Hin und wieder hörte man Spottlieder über Gerüchte, daß in England angeblich die Cholera ausgebrochen sei.

Inmitten der tanzenden Menge brachen abends einige maskierte Harlekine zusammen, wanden sich in Krämpfen. Panik entstand. Die Menschen liefen auseinander. Die ersten

Opfer der Pariser Cholera begrub man in aller Eile – so, wie sie waren, in ihren Narrenkostümen.

Innerhalb einer Woche starben Tausende. Die Panik nahm zu. Sanitätskommissionen forderten, die ganze Stadt schnellstens von Abfall und Schmutz zu reinigen. Das führte zu einem Aufstand der Müllkutscher und Lumpensammlerinnen. Sie warfen die von der Stadt eingesetzten neuen Reinigungskarren in die Seine und errichteten Barrikaden an der Porte St. Denis. Die Nationalgarde schoß mit Kanonen und lief Sturmangriffe.

Gerüchtemacher verbreiteten, es seien Giftmischer am Werk. Kreischte irgendeine hysterische Frau: »Der Alte da hat ein Pulver in der Tasche! Das ist Cholera-Gift!« – schon stürzten sich Dutzende wildgewordener Schläger auf den ahnungslosen Passanten.

Wieder erscholl in den Straßen von Paris – wie vierzig Jahre zuvor in den ersten Tagen der Revolution – der Ruf: »A la lanterne! An die Laterne mit den Giftmischern, die uns die Cholera bringen!« Einige Menschen wurden erschlagen.

Heine schrieb am 19. April 1832 in seinem Artikel für die ›Allgemeine Zeitung‹:

> ... Eine Todtenstille herrscht in ganz Paris. Ein steinerner Ernst liegt auf allen Gesichtern. Mehrere Abende lang sah man sogar auf den Boulevards wenig Menschen, und diese eilten einander schnell vorüber, die Hand oder ein Tuch vor dem Munde. Die Theater sind wie ausgestorben. Wenn ich in einen Salon trete, sind die Leute verwundert, mich noch in Paris zu sehen, da ich doch hier keine notwendigen Geschäfte habe. Die meisten Fremden, namentlich meine Landsleute, sind gleich abgereist. ... [Bei vielen] erwachte plötzlich eine unendliche Sehnsucht nach dem teuern Vaterlande, nach den romantischen Gauen des ehrwürdigen Rheins, nach den geliebten Bergen, nach dem holdseligen Schwaben, ...
> ... die Journale haben ... eingestanden, daß in Einem Tage, nämlich den zehnten April, an die zweitausend Menschen gestorben sind. ... Wo man nur hinsah auf den Straßen, erblickte man Leichenzüge, oder, was noch melancholischer aussieht, Leichenwagen, denen Niemand folgte.

Die grauenhaften Wochen der Cholera warfen ein neues, grelles Licht auf jene Ereignisse der Revolutionsgeschichte, die er schon lange zu kennen und zu verstehen glaubte. Jetzt erst erkannte er wirklich, wie eine aufgehetzte Menschenmenge zum wilden, mordenden Pöbel werden kann.

***

Im Juni starb in Paris der alte Republikaner General Lamarque. Studenten und Arbeiter, die seinem Sarg folgten, wurden von der Polizei bedrängt. Es kam zu Straßenkämpfen.

Am 6. Juni schrieb Heine in der ›Allgemeinen Zeitung‹:

Um halb sieben Uhr kämpfte man schon an der Porte St. Denis, wo das Volk sich barrikadirte. Mehrere bedeutende Posten wurden genommen; die Nationalgarden, die solche besetzt hatten, widerstanden nur schwach, und übergaben ihre Waffen. So bekam das Volk viele Gewehre. Auf der Place Notre Dame des Victoires fand ich großen Kampflärm; die »Patrioten« hatten drei Posten an der Bank besetzt. Als ich mich nach den Boulevards wandte, fand ich dort alle Boutiquen geschlossen.
... Auf der Place de la Concorde stehen sehr viele geladene Kanonen, ebenfalls auf der andern Seite der Tuillerien, auf dem Karrousselplatz. Der Bürgerkönig ist von Bürgerkanonen umringt; où peut-on être mieux qu'au sein de sa famille. Es ist jetzt vier Uhr, und es regnet stark. Dieses ist den »Patrioten« sehr ungünstig, die sich großentheils im Quartier St. Martin barrikadirt haben, und wenig Zuhülfe erhalten. Sie sind von allen Seiten cernirt, und ich höre in diesem Augenblick den stärksten Kanonendonner. Ich vernahm, vor zwei Stunden hätte das Volk noch viele Siegeshoffnung gehabt, jetzt aber gelte es nur heroisch zu sterben. Das werden Viele. ... Der Kanonendonner findet jetzt in meinem Herzen den kummervollsten Widerhall. Es ist eine unglückselige Begebenheit, die noch unglückseligere Folgen haben wird.

Auf den Pflastersteinen sah er noch Spuren kaum abgewaschenen Blutes. Er hörte die gellenden Schreie und das Weinen der Frauen, die sich vor der Morgue, dem Leichenhaus, drängten, wo die Leichen der erschossenen Republikaner lagen; er sah die Sieger – Offiziere und Bourgeois – selbstgefällig lächeln. Und er vergaß die Zweifel, den Schrecken, die er in den Tagen der Cholera gehabt hatte, er konnte kaum atmen vor Kummer, vor Scham und Haß.

Ich bin, bei Gott! kein Republikaner, ich weiß, wenn die Republikaner siegen, so schneiden sie mir die Kehle ab, und zwar weil ich nicht auch alles bewundere, was sie bewundern; – und dennoch, die nackten Tränen traten mir heute in die Augen, als ich die Orte betrat, die noch von ihrem Blute gerötet sind. Es wäre mir lieber gewesen, ich und alle meine Mitgemäßigten wären, statt jener Republikaner, gestorben. ... Heute ist wieder alles in bunter Bewegung, und man sollte glauben, nichts wäre vorgegangen. Sogar auf der Straße St.-Martin sind alle Läden geöffnet. Trotz dem, daß man, wegen des aufgerissenen Pflasters und der Reste der Barrikaden, dort schwer passiert, wälzt sich jetzt, aus Neugier, eine ungeheure Menschenmasse durch die Straße. ... Fast überall hat der Kanonendonner die Fensterscheiben zerbrochen und überall sieht man die frischen Spuren der Kugeln ... das ist ein fataleres Uebel als die Cholera. Wie man früher, als letztere grassirte, durch die übertriebenen Angaben der Todtenzahl geängstet wurde, so ängstigt man sich jetzt, wenn man von den ungeheuer vielen Arrestationen, wenn man von geheimen Füsilladen hört. ... Man gesteht, daß man sich gestern geängstigt, und man ist vielmehr verdrießlich als furchtsam. Es herrscht jetzt ein Justemilieu-Terreur!

Eine Revolution war das nicht, es waren zwei Tage erfolgloser Straßenkämpfe.

In der Vendée rebellierten, wie schon vierzig Jahre zuvor, die Bauern gegen das gottlose Paris. Im Namen des heiligen Herzen Jesu kämpften sie für den legitimen Bourbonen-König. Angeführt wurden sie von der Duchesse de Berry, einer schönen, hysterisch-exaltierten Frau. Doch der Staat des Bürgerkönigs bewies seine Standfestigkeit. Die Karikaturisten und Coupletsänger verhöhnten zwar den dicken Louis-Philippe, seinen Birnenkopf, seinen Hut, seinen Schirm, sein Gebaren eines neureichen Spießers, aber er erwies sich als recht beherzter und unnachgiebiger Potentat. Man schoß auf ihn, wollte ihn erstechen – einmal waren es die Anhänger des gestürzten Karl X., dann die Jakobiner. Die Pariser Straßenjungen pfiffen hinter seiner Karosse her, warfen Steine nach ihr. Er aber blieb unverdrossen.

Die Börse erholte sich. Die Stimmen der Opposition im Parlament wurden ruhiger. Die Wachsoldaten am Tor zum königlichen Palais lösten sich wie früher alle zwei Stunden ab. Der Verkehr auf den Boulevards war wieder lebhaft wie immer.

Für Heine war das alles anschaulicher Geschichtsunterricht. Nein, er wollte keinen Kanonendonner mehr in den Straßen, keine Kartätschensalven, die Menschen zerfetzten; nein, er wollte auch nicht wieder den wütenden, mordlüsternen Pöbel erleben, sein Gebrüll: »An die Laterne!« hören. Aber sollte man sich damit abfinden, daß zerlumpte Kinder in der Gosse nach Essensresten suchten und hungrige Frauen so trostlos, so verzweifelt blickten? In wenigen Minuten kam man von den eleganten Boulevards, auf denen die Reichen in lackierten Kutschen spazierenfuhren, in die engen, vor Schmutz starrenden Gassen. Dort hausten die Schwindsüchtigen, Ausgemergelten, Übelriechenden, die Ärmsten der Armen.

Am 10. Juli 1833 schreibt er an Heinrich Laube, den er von den Autoren des »Jungen Deutschland« am höchsten schätzte:

Sie stehen höher als alle die Anderen, die nur das Aeußerliche der Revoluzion, und nicht die tieferen Fragen derselben verstehen. Diese Fragen betreffen weder Formen noch Personen, weder die Einführung einer Republik, noch die Beschränkung einer Monarchie; sondern sie betreffen das materielle Wohlseyn des Volkes. Die bisherige spiritualistische Religion war heilsam und nothwendig, solange der größte Theil der Menschen im Elend lebten und sich mit der himmlischen Seeligkeit vertrösten mußten. Seit aber, durch die Fortschritte der Industrie und der Oeconomie, es möglich geworden die Menschen aus ihrem materiellen Elende herauszuziehen und auf Erden zu beseligen, seitdem – Sie verstehen mich. Und die Leute werden uns schon verstehen, wenn wir ihnen sagen, daß sie in der Folge alle Tage Rindfleisch statt Kartoffel essen sollen, und weniger arbeiten und mehr tanzen werden. – Verlassen Sie sich darauf, die Menschen sind keine Esel. –

In diesem Brief erörtert er manche ernste Gedanken über das Schicksal der Menschheit, schreibt besorgt über Verhaftungen unter den Deutschen in Paris, schildert vertrauensvoll seine literarischen Pläne und schließt mit folgendem Satz:

Ich schreibe diese Zeilen im Bette meiner schönhüftigen Freundinn, die mich diese Nacht nicht fortließ, aus Furcht daß ich zu Hause arretirt würde.

Am 16. Juli schreibt er an Varnhagen:

Ich ziehe mich übrigens von der Tagespolitik zurück und beschäftige mich jetzt meistens mit Kunst, Religion und Philosophie.

Bald kannte Heine Paris so gut wie nur wenige der alteingesessenen Einwohner es kannten. Er hatte die Stadt in ihrem Alltagskleid betrachtet, schmutzig-grau, ruß- und lehmverschmiert, hatte auch das elegante, festliche Paris kennengelernt, reich geschmückt mit bunten Flaggen, Girlanden und Lampions. Er hatte Paris in panischer Todesangst gesehen, als die verstörten Menschen nicht mehr ein noch aus wußten, sich kraftlos zu den Friedhöfen schleppten, um ihre

Cholera-Toten zu begraben. Er hatte auch das revolutionäre Paris erlebt, als wütende Menschenmengen durch die Straßen tobten, Barrikaden bauten, im Kanonenfeuer verbluteten.

Er gewann sie lieb, diese Stadt. In ihr fand er neue Freunde, neue Liebschaften und neuen Ruhm.

> Mein lieber Heine, ... Sie repräsentieren in Paris den Geist und die Poesie Deutschlands ebenso wie Sie in Deutschland die lebendige und geistreiche Kritik Frankreichs repräsentieren ..., niemand weiß besser als Sie, was es bei uns an Kritik, Witz, Liebe und Wahrheit gibt.
>
> Balzac

In der Redaktion des Journals ›Revue des Deux Mondes‹ räumten die Mitarbeiter gemächlich Berge von Manuskripten und Korrekturfahnen von den Tischen. In dem großen Empfangszimmer saßen einige Besucher an einem Tisch, auf dem Bücher, Broschüren und Zeitungen herumlagen, andere hatten in den Sesseln vor dem ungeheizten Kamin Platz gefunden und rauchten Zigarren.

Ein kleiner hagerer Stutzer mit schmalem Gesicht, der auf den Knien einen seidenen Zylinder hielt, sagte zu seinem Nachbarn, einem Mann mit großem Kopf und plumper Gestalt, der sich bequem in seinem Sessel räkelte:

»Balzac, haben Sie schon gehört, der geschätzte Direktor unseres Journals hat diesen Heine, den Deutschen, zum jährlichen Festessen geladen! Es ist wohl das erste Mal, daß diese Ehre einem Ausländer zuteil wird. Man sagt, François Buloz sei zänkisch und könne mit niemandem auskommen. Und hat er sich nicht nach und nach mit uns allen überworfen? Aber mit diesem Heine verbindet ihn eine rührende, idyllische Freundschaft. Dabei finden Sie bei Gott in ganz Paris kein so scharfzüngiges und unverschämtes Großmaul wie diesen selbstgefälligen kleinen Deutschen! Ich begreife nicht, warum Buloz sich so von ihm einwickeln läßt.«

Ein junger Mann mit kastanienbraunem Bärtchen lächelte.

»Aber erlauben Sie, lieber Sainte-Beuve. Es ist noch gar nicht lange her, da waren Sie selbst Feuer und Flamme für ihn. Er hat sogar gesagt, Sie seien einer der ersten französischen Schriftsteller gewesen, die ihn warmherzig aufnahmen. Er erinnerte an Ihre Rezension seines Buches über Deutschland. Damals nannten Sie ihn einen der Unseren. Sie riefen uns auf, ihn ins Herz zu schließen und rühmten diesen Dichter in den höchsten Tönen. Aber unlängst beklagte er sich bei mir, weil Sie ihm die Freundschaft aufgekündigt hätten.«

»Lieber Gautier, natürlich eilen Sie Ihrem Orest als erster zu Hilfe. Auch heute bestreite ich nicht, daß er begabt ist, dennoch kann ich den maßlosen Lobeshymnen der Saint-Simonisten nicht zustimmen. Michel Chevalier nannte Heine im ›Globe‹ den bedeutendsten Dichter Europas – nicht mehr und nicht weniger! Doch weder Sie noch unser Balzac, der so verschwenderisch übertreibt, werden wohl diese Meinung teilen.«

»Seien Sie vorsichtig mit Ihrer Prophezeiung, Sainte-Beuve. Ich weiß, daß Sie der klügste und gebildetste Schriftsteller Frankreichs sind. Ihr Geschmack, Ihr Verständnis für das Schöne sind unübertroffen. Was Sie über Vergil, über Ronsard geschrieben haben, das sind für mich heilige Wahrheiten. Aber je mehr Sie sich unseren Tagen nähern, desto befangener sind Sie. Wer Ihr Freund ist, kann sich glücklich schätzen, aber wehe dem, der Ihren Unwillen auf sich gezogen hat. Achills Zorn ist eine kindische Laune verglichen mit Ihrem kritischen Unmut.«

»Sie bestätigen nur, wie recht ich hatte, als ich sagte, daß Sie maßlos übertreiben, lieber Balzac.«

»Eben weil wir Freunde sind, liebster Sainte-Beuve. Wenn Sie über mich urteilen, sind Sie freundschaftlich befangen, voreingenommen. Aber auch Heine ist mein Freund. Zum Teufel, dieser kleine Deutsche ist ein großartiger Dichter, er ist der witzigste Literat in Paris, in Frankreich, in Deutschland.«

»In der ganzen Welt . . .«

»Möglicherweise. Und François Buloz verdient Unsterblichkeit, weil er Frankreich Gelegenheit gab, ihn kennenzulernen – dafür sollten wir ihm dankbar sein.«

Balzac warf seine Zigarre in den Kamin, erhob sich, reckte sich, strich mit einem Finger über den schmalen Schnurrbart:

»Jedenfalls ist es erstaunlich, wie dieser Deutsche Paris erobert hat – schneller und gründlicher als die Armeen der Heiligen Allianz vor zwanzig Jahren.«

»Aber er hatte es ja auch nicht mit Napoleon zu tun. Seine grimmigsten Gegner, die Rezensenten des ›Journal des Débats‹, schießen nur mit schlechten Witzen – und meistens treffen sie nicht mal.«

»Und Heine hat auch noch Verbündete! Und was für welche! Dichter und Minister, Grisetten und Prinzen, Revolutionäre und Damen der besten Gesellschaft.«

Sainte-Beuve, Balzac und Gautier verabschiedeten sich. Aber die Angestellten der Redaktion und die Besucher, die noch blieben, setzten das Gespräch fort.

»Ist ja paradox. Diesem Heine stehen die vornehmsten Salons und die Herzen der trefflichsten Männer und Frauen von Paris offen.«

»Halb so schlimm. Ich kenne viele bedeutende Persönlichkeiten, die ihn nicht leiden können und niemals empfangen würden.«

»Leicht zu erraten, wen Sie meinen: wohl Chateaubriand, den alten Royalisten. Ihn allerdings hat Heine gehörig verspottet, und *wir* verwehren ihm den Zutritt zu unserem Journal.«

»Nicht nur er, auch Lamartine und Hugo sind nicht sonderlich glücklich über den Wirbel, der um diesen windigen Deutschen gemacht wird. Und ich stimme ihnen zu: Heine ist nichts weiter als die neueste Pariser Mode. Heutzutage sind englische Equipagen und russische Pelze, italienische Sängerinnen und verbannte Polen modern. Es ist nicht das erste Mal, daß deutsche Bücher in Mode sind. Mein Vater erinnert sich noch daran, wie man vor fünfzig Jahren über ›Werthers Leiden‹ Tränen vergossen hat. Ach, dieser göttliche Goethe! Ach, welch erhabene Gefühle! Die vornehmsten Damen ließen ihre Töchter Charlotte taufen, die Männer gefielen sich in blauen Röcken, gelben Hosen und Stiefeln à la Werther. Diese Mode hielt sich lange. Robespierre las den ›Werther‹ vor seiner Hinrichtung, und Napoleon hatte auf seinen Feldzügen stets den Cäsar und den ›Werther‹ zur Hand. Und nach Waterloo hat die ungestüme Madame de Staël die Deutschen noch einmal in Mode gebracht. Ihr Büchlein ›De l'Allemagne‹ und ihr geliebter Schlegel sollten uns, die leichtsinnigen Franzosen, belehren – uns, die wir von der Skepsis der Enzyklopädisten und vom martialischen Ruhm des Imperiums so verdorben waren, sollte nun der deutsche Idealismus, die erhabene deutsche Romantik heilen. Und nun hat die Juli-Revolution für unsere Nachbarn aus dem Osten alle Tore weit aufgestoßen. Und wer kam da nicht alles aus Deutschland nach Paris? Schuster, Bankiers, Schneider, Menschheitserretter, Bierbrauer, Dichter, Spione, Philosophen... Heute ist Ihr Heine in Mode und gilt als großer Dichter. Aber Victor Hugo ist damit nicht einverstanden, und er kennt sich doch besser aus in der Poesie als Monsieur Balzac.«

»Sein Haß gegen Heine hat weiß Gott nichts mit Poesie zu tun. Vielmehr kann er ihm seine Spötteleien über das Verhältnis von Madame Hugo mit Sainte-Beuve nicht verzeihen; man wiederholt ja bereits in allen Salons Heines spitze Andeutung: Sainte-Beuve dürfe nicht mehr wagen, Hugos Stücke zu besprechen.«

»Deshalb ist Sainte-Beuve jetzt auch so wütend auf ihn.«

»Der ist aber aufrichtiger als Hugo oder klüger – möglicherweise sogar beides. Obwohl er Heines Charakter heftig tadelt, hat er über seine Poesie kein schlechtes Wort gesagt.«

»Und doch ist es erstaunlich, was man diesem Klatschmaul mit seiner bösen Zunge nicht alles verzeiht! Er hat Alfred de Vigny solche Frechheiten gesagt, als lege er es auf ein Duell an, der aber geht mit dem Flegel wie mit einem Prinzen um. Und es gibt doch in Paris kaum einen arroganteren Schriftsteller als de Vigny.«

»Gerade deswegen ist er ja so nachsichtig gegenüber diesem Ausländer. De Vigny hält sich für einen Großfürsten im Reich der französischen Poesie, und Heine, der Dichter einer anderen Sprache, ist für ihn kein Rivale und ihm deswegen willkommen als Poet von gleichem Rang.«

»Freilich ist auch Musset mit Heine befreundet, obwohl sie sehr eifersüchtig rivalisieren, allerdings nicht um die Gunst der Musen, sondern um die sterblicher Frauen. Heine hat Musset bei George Sand verdrängt...«

»Was heißt das schon? Ihre Liebhaber vertragen sich meist ganz gut miteinander. Neulich ist Heine bei ihr von Chopin verdrängt worden, gleichwohl bleiben sie allesamt Freunde.«

»Dafür war Musset bei der Principessa di Belgiojoso erfolgreicher.«

»Und Heine verzehrt sich vor Sehnsucht nach dieser wunderschönen und eigenwilligen Italienerin.«

»Ja, aber inzwischen hat sie dem flatterhaften Musset den Laufpaß gegeben, empfängt jedoch Heine nach wie vor freundschaftlich.«

»Er würde wohl eine weniger beständige, dafür aber nicht bloß freundschaftliche Nähe vorziehen.«

»Und doch bleibt die Frage: Wie ist seine Popularität in

Paris zu erklären? Was er über uns sagt und schreibt, ist ja meist alles andere als schmeichelhaft.«

»Niemand hat Paris je durch Schmeichelei imponieren können. Nur ein plumper Straßendemagoge könnte das versuchen, hätte aber kaum Erfolg, und wenn, dann nur beim Pöbel, bei den Spießern. Heine ist zu gescheit, um uns zu schmeicheln.«

»Wichtig ist ihm etwas ganz anderes. Er will zwischen uns und den Deutschen vermitteln. Er möchte, daß wir einander verstehen und dadurch auch lieben können. Er schlägt Brükken über den Rhein. Er sagt, es sollen Brücken aus Wahrheit und gesundem Menschenverstand sein, denn sentimentales Geschwätz und offizielle Komplimente halten keinem Unwetter stand.«

***

Heine lebte in Paris von 1831 bis 1856. Ein Vierteljahrhundert, den größten Teil seines schöpferischen Lebens, verbrachte er hier. Kein ausländischer Schriftsteller vor oder nach ihm war so bekannt in dieser Stadt und so beliebt wie er.

In diesen Jahren wirkten in Paris sehr viele kluge, anspruchsvolle, boshafte, geistreiche und unvoreingenommene Kritiker. Manche von ihnen beurteilten Heine eher skeptisch, manche haßten ihn sogar und setzten ihm arg zu. Doch die Pariser Freunde und Verehrer des »Monsieur Henri Einé« hielten zu ihm trotz seiner einflußreichen Gegner, trotz aller Veränderungen des Zeitgeistes, der ästhetischen Moden. Selbst bei den heftigsten Schwankungen der politischen Beziehungen zwischen Frankreich und Deutschland, mochten die Wogen des Chauvinismus noch so hoch schlagen, blieben Heines Freundschaften unversehrt. In seinem Fall widerlegten die Pariser das Vorurteil, sie seien unbeständig in ihren Sympathien.

Er aber schlug seine Brücken – Brücken von Bühne zu Bühne, von Bibliothek zu Bibliothek, von Leser zu Leser, von Herz zu Herz.

Seine Artikel, seine Bücher berichteten den Deutschen über Frankreich – über französische Kunst, Literatur, Politik wie auch über das Alltagsleben. Und in Paris publizierte er Berichte über Deutschland – über deutsche Geschichte, Philosophie und Literatur.

Die Augsburger ›Allgemeine Zeitung‹ wurde von Baron Cotta herausgegeben, den Heine 1827 in München kennengelernt hatte. In dieser Zeitung erschienen seine Berichte und Skizzen über das politische und geistige Leben in Frankreich. 1832 war Cotta gezwungen, Heines politische Korrespondenzen zurückzuweisen. Kurz zuvor hatte er einen Brief von Friedrich von Gentz erhalten; der einflußreiche konservative Publizist und Geheimsekretär des Fürsten Metternich schrieb:

Endlich aber ist das Maß – verzeihen Sie mir das starke Wort – dieser falschen und, wie ich glaube, höchst verderblichen Richtung voll geworden durch die Aufnahme der schmählichen Artikel, die Heine seit einiger Zeit unter dem Titel »Französische Zustände« wie einen Feuerbrand in Ihre, solchem pöbelhaften Mutwillen bis dahin unzugängliche Zeitung geworfen hat. Ich begreife vollkommen, wie auch dergleichen Artikel ihre Liebhaber und viele Liebhaber finden ... Was ein verruchter Abenteurer wie Heine (den ich als Dichter gelten lasse, ja sogar liebe, und gegen den also kein persönlicher Haß mich bewegt) eigentlich will und wünscht, indem er die heutige französische Regierung in den Kot tritt, mag ich nicht weiter untersuchen, obwohl es sich ziemlich leicht erraten läßt.

Seine Artikel für die Augsburger ›Allgemeine Zeitung‹ faßte Heine zu einem Buch zusammen: ›Französische Zustände‹. Es erschien 1833 in Hamburg. Die Artikel über französische Maler, die er im Münchner ›Morgenblatt für gebildete Stände‹ veröffentlicht hatte, wurden auch zu einem Buch – 1834 erschien ›Der Salon. Erster Band‹.

Seine Briefe ›Über die französische Bühne‹ brachte 1837 zuerst die ›Allgemeine Theater-Revue‹ in Stuttgart, 1840 erschienen sie im vierten Band des ›Salon‹.

Von 1840 bis 1845 schrieb Heine wieder für die ›Allgemeine Zeitung‹ seine ›Berichte über Politik, Kunst und Volksleben‹ in Frankreich. Sie bildeten später das zweibändige Buch ›Lutezia‹ (1854).

Heines erste Publikationen in französischer Sprache waren Übersetzungen aus den ›Reisebildern‹; sie erschienen bereits 1831 in der ›Revue des Deux Mondes‹. Danach aber schrieb er bewußt für die französischen Leser, und bereits 1832 erschien in der Nr. 8 des ›L'Europe littéraire‹ seine Artikelserie: ›Etat actuel de la littérature en Allemagne‹.

1833 wurde Heines erstes französisches Buch verlegt, ›De la France‹, die Übersetzung der ›Französischen Zustände‹. 1834 erschienen zwei Bände seiner ›Reisebilder‹ auf französisch, und in der ›Revue des Deux Mondes‹ veröffentlichte er Artikel zur Geschichte der Religion und Philosophie in Deutschland, die ein Jahr später, 1835, in einer Buchausgabe vorlagen. Schon der Titel ›De l'Allemagne‹ war herausfordernd, denn genau so hieß ja auch das Buch der Madame de Staël von 1815.

Seine Abhandlungen über die zeitgenössische deutsche Literatur, ursprünglich für Franzosen verfaßt, wurden bald auch auf deutsch verlegt. Seit seiner zweiten Auflage von 1836 hieß das Buch ›Die romantische Schule‹. Die deutsche Ausgabe der Essaysammlung ›De l'Allemagne‹, die ein Jahr später erschien, trug den Titel ›Zur Geschichte der Religion und Philosophie in Deutschland‹.

Heine war sehr daran gelegen, alles, was er für die Franzosen über Deutschland geschrieben hatte, so schnell wie möglich auch in deutscher Sprache zu veröffentlichen; und was er den Deutschen über Frankreich zu sagen hatte, wurde unverzüglich ins Französische übersetzt und gedruckt.

In die französische Ausgabe fügte er natürlich alle Stellen wieder ein, die von der deutschen Zensur gestrichen worden waren. Die Deutschen sollten genau erfahren, was er den Franzosen über Deutschland erzählte; aber auch die Franzosen sollten ihre Politik, ihre Kunst, ihren Alltag mit den Augen eines deutschen Dichters sehen. Dies gab allem, was er schrieb, eine neue Färbung. Wenn er den Franzosen die Anschauungen deutscher Philosophen erklärte, die Werke deutscher Schriftsteller schilderte, erschienen sie ihm selbst ganz neuartig. So kam es, daß auch seine deutschen Leser sie ganz anders als gewohnt empfanden. Um eben dies zu erreichen, änderte er nichts an den Texten, wenn er seine Bücher übersetzte oder übersetzen ließ. Er fügte lediglich Erläuterungen in den Vorreden oder Kommentaren hinzu.

Er verglich die Geschichte der deutschen Philosophie mit der politischen Geschichte Frankreichs.

... unsere deutsche Philosophie [ist] nichts anders, als der Traum der französischen Revolution. Kant war unser Robespierre – Nachher kam Fichte mit seinem Ich, der Napoleon der Philosophie, die höchste Liebe und der höchste Egoismus, die Alleinherrschaft des Gedankens, der souveräne Wille der ein schnelles Universalreich improvisierte, das eben so schnell wieder verschwand, der despotische, schauerlich einsame Idealismus – die Contrerevolution brach aus, und unter Schelling erhielt die Vergangenheit mit ihren traditionellen Interessen wieder Anerkenntnis, sogar Entschädigung, und in der neuen Restauration, in der Naturphilosophie, wirtschafteten wieder die grauen Emigranten, die gegen die Herrschaft der Vernunft und der Idee beständig intrigiert, der Mystizismus, der Pietismus, der Jesuitismus, die Legitimität, die Romantik, die Deutschtümelei, die Gemütlichkeit – Bis Hegel, der Orleans der Philosophie, ein neues Regiment begründete, oder vielmehr ordnete, ein eklektisches Regiment, worin er freilich selber wenig bedeutet, dem er aber an die Spitze gestellt ist, und worin er den alten kantischen Jakobinern, den fichtischen Bonapartisten, den schellingschen Pairs und seinen eignen Kreaturen eine feste, verfassungsmäßige Stellung anweist.

Diesen poetisch-philosophischen Vergleich hatte er noch in Deutschland entworfen. In der Abhandlung ›Zur Geschichte der Religion und Philosophie in Deutschland‹ entwickelte er dieselbe Metapher – eine verborgene Wahrheit bildhaft gestaltet:

Ehrlich gestanden, Ihr Franzosen, in Vergleichung mit uns Deutschen seid Ihr zahm und moderant. Ihr habt höchstens einen König tödten können, und dieser hatte schon den Kopf verloren, ehe Ihr köpftet. Und dabei mußtet Ihr so viel trommeln und schreien und mit den Füßen trampeln, daß es den ganzen Erdkreis erschütterte. Man erzeigt wirklich dem Maximilian Robespierre zu viel Ehre, wenn man ihn mit dem Immanuel Kant vergleicht.

Wenn Heine französische Leser anspricht, plaudert er ungezwungen, wechselt sprunghaft Thema und Intonation, bleibt aber dem Grundton seiner poetischen Rhetorik stets treu. Er scheut sich nicht, seine intimsten Empfindungen, seine überschäumende Begeisterung inmitten ernsthafter wissenschaftlicher Spekulationen zum Ausdruck zu bringen; er versagt sich keinen Scherz, auch keine jener lyrischen Passagen, die scheinbar zufällig eingestreut sind.

Wir hatten Emeuten in der geistigen Welt eben so gut wie Ihr in der materiellen Welt, und bei dem Niederreißen des alten Dogmatismus echauffirten wir uns eben so sehr wir Ihr beim Sturm der Bastille. Es waren freilich ebenfalls nur ein paar alte Invaliden, welche den Dogmatismus, das ist die Wolfsche Philosophie, ver-

theidigten. Es war eine Revoluzion, und es fehlte nicht an Greuel.
Diese große Geisterbewegung hat Kant nicht sowohl durch den Inhalt seiner Schriften hervorgebracht, als vielmehr durch den kritischen Geist, der darin waltete, und der sich jetzt in alle Wissenschaften eindrängte. Alle Disciplinen wurden davon ergriffen. Ja, sogar die Poesie blieb nicht verschont von ihrem Einfluß. Schiller z. B. war ein gewaltsamer Kantianer und seine Kunstansichten sind geschwängert von dem Geist der Kantschen Philosophie. Der schönen Literatur und den schönen Künsten wurde diese Kantsche Philosophie, wegen ihrer abstrakten Trockenheit, sehr schädlich. Zum Glück mischte sie sich nicht in die Kochkunst.
Nachdem die Kantianer ihr terroristisches Zerstörungswerk vollbracht, erscheint Fichte, wie Napoleon erschienen, nachdem die Convenzion ebenfalls mit einer reinen Vernunftkritik die ganze Vergangenheit niedergerissen hatte. Napoleon und Fichte repräsentiren das große unerbittliche Ich, bei welchem Gedanke und That eins sind, und die kolossalen Gebäude, welche beide zu konstruiren wissen, zeugen von einem kolossalen Willen. Aber durch die Schrankenlosigkeit dieses Willens gehen jene Gebäude gleich wieder zu Grunde, und die Wissenschaftslehre, wie das Kaiserreich, zerfallen und verschwinden eben so schnell, wie sie entstanden. ...
In der Wissenschaftslehre, wie ich gezeigt, hat Fichte durch intellektuelle Construkzion aus dem Idealen das Reale konstruiren wollen. Herr Joseph Schelling hat aber die Sache umgekehrt: er suchte aus dem Realen das Ideale herauszudeuten. ... Wie freigelassene Schulknaben, die den ganzen Tag in engen Sälen unter der Last der Vokabeln und Chiffern geseufzt, so stürmten die Schüler des Herrn Schelling hinaus in die Natur, in das duftende, sonnige Reale, und jauchzten, und schlugen Burzelbäume, und machten einen großen Spektakel.

Als er dies schrieb, war er noch überzeugter Hegelianer; weder seine Begeisterung für die sozialen Utopien Saint-Simons noch seine romantische Weltempfindung vermochten daran etwas zu ändern.

... Hegel [ist] der größte Philosoph, den Deutschland seit Leibnitz erzeugt hat. Es ist keine Frage, daß er Kant und Fichte weit überragt. Er ist scharf wie jener und kräftig wie dieser, und hat dabei noch einen konstituirenden Seelenfrieden, eine Gedankenharmonie, die wir bei Kant und Fichte nicht finden, da in diesen mehr der revoluzionäre Geist waltet.

Die erste französische Ausgabe von ›De l'Allemagne‹ widmete Heine Prosper Enfantin, der damals, 1834/35, in Ägypten arbeitete.

Enfantin antwortete in einem langen Brief, den er später auch als Broschüre veröffentlichte. Der Hohepriester des Saint-Simonismus dankte dem Dichter, daß er so ausführlich und gründlich darüber geschrieben habe, was bereits der Geschichte angehöre; er rief ihn aber auf, sich der Gegenwart zuzuwenden. Heine solle

die Hände der deutschen und französischen Jünglinge, die noch nicht wissen, daß sie Brüder sind, ineinanderlegen, sie mit den Zeichen versehen, an denen sie einander erkennen werden.

Enfantin, ein Träumer, der von den Visionen einer Zukunft, die er selbst erdacht hatte, besessen war, nahm Anstoß an dem Buch, das eine reale Wirklichkeit darstellte. Er empfand Heines durch und durch auf die Gegenwart bezogene Schrift als *rein historisch*. Er belehrte Heine, es sei nicht das Wichtigste, einem Volk von den Eigenarten eines anderen zu erzählen, sondern *alle Völker zu einer einzigen Familie zusammenzuschließen*. Enfantin glaubte, die Französische Revolution habe einen *politischen und religiösen Pantheismus* hervorgebracht. Er entwarf ein Schema der Wechselbeziehungen zwischen den europäischen Ländern, wonach Frankreich die neue Religion verkörperte, Deutschland die Wissenschaft, England die Industrie. Zu Deutschland zählte er auch Österreich, dem er besondere Bedeutung als *Garant der Ordnung und der Seele deutschen Lebens* zuerkannte. Die historische Rolle der österreichischen Monarchie sah er darin, daß sie Teile Italiens und manche slawischen Völker beherrsche, weil das weise Österreich wisse, daß diese Völker noch nicht reif seien für die Freiheit, denn sie liebten die Ordnung nicht.

Enfantin nannte Heine einen »Propheten«, rühmte sein Genie, seine Kenntnisse, tadelte ihn aber dafür, daß er zu viel und zu scharf kritisiere, voreilig sei, die Sünden der Staaten und der Kirchen allzu kraß verurteile. Er forderte Heine auf:

... machen Sie uns mit dem Herzen der Deutschen bekannt, nicht aber mit den Geheimnissen ihrer Gedanken. ... Prophet, wenn Sie die Völker befreien wollen, muß Ihre Stimme zu den Ohren der Könige vordringen. ... Prophet, lesen Sie erneut Saint-Simons ›Neues Christentum‹!

Erst drei Jahre waren vergangen, seit Heine die Reden Enfantins und seiner Schüler zum ersten Mal gehört hatte. Damals hatte er geglaubt, sie verkündeten allen Menschen die rettende Wahrheit.

Vieles von dem, was er von ihnen erfahren hatte, blieb ihm für immer bewußt, so die Überzeugung, daß kein Mensch auf Kosten anderer Menschen reich werden dürfe.

Aber Enfantins Schwärmereien erregten nur noch sein Mitleid.

***

›Die romantische Schule‹ ist ein Buch über die deutsche Literatur. Aber Heine äußert darin auch seine Vorstellungen von der geistigen Entwicklung der Menschheit, seine Gedanken über die Geschichte der religiösen und ästhetischen Ideale.

Er glaubte, die Entwicklung der europäischen Kultur habe sich in ständigem Kampf zwischen Spiritualismus oder Idealismus einerseits und Sensualismus oder Materialismus andererseits vollzogen. Alle Spiritualisten hätten seit je den Vorrang des Geistes, den Vorrang der Idee vor der Materie, der Gedankenwelt vor dem Gefühlsleben behauptet. Einige hätten eine asketische Moral gepredigt, Selbstkasteiung und Verzicht auf irdische Freuden gefordert. Die jüdische Religion und ihr Sproß, das asketische Christentum, seien unerbittliche Gegner des heidnischen Materialismus der Antike gewesen. Denselben Widerspruch erkannte Heine auch innerhalb der christlichen Zivilisation.

Hat etwa das gemeuchelte Judäa, indem es den Römern seinen Spiritualismus bescheerte, sich an dem siegenden Feinde rächen wollen, wie einst der sterbende Centaur, der dem Sohne Jupiters das verderbliche Gewand, das mit dem eignen Blute vergiftet war, so listig zu überliefern wußte? Wahrlich, Rom, der Herkules unter den Völkern, wurde durch das judäische Gift so wirksam verzehrt, daß Helm und Harnisch seinen welkenden Gliedern entsanken, und seine imperatorische Schlachtstimme herabsiechte zu betendem Pfaffengewimmer und Kastratengetriller.
Aber was den Greis entkräftet, das stärkt den Jüngling. Jener Spiritualismus wirkte heilsam auf die übergesunden Völker des Nordens; die allzu vollblütigen barbarischen Leiber wurden christlich vergeistigt; es begann die europäische Civilisazion. Das ist eine preiswürdige, heilige Seite des Christenthums. Die katholische Kirche erwarb sich in dieser Hinsicht die größten Ansprüche auf unsere Verehrung und Bewunderung. Sie hat, durch große geniale Insti-

tuzionen, die Bestialität der nordischen Barbaren zu zähmen und die brutale Materie zu bewältigen gewußt.
Die Kunstwerke des Mittelalters zeigen nun jene Bewältigung der Materie durch den Geist und das ist oft sogar ihre ganze Aufgabe. ... wie im Leben der Katholizismus erlosch, so verhallte und erblich er auch in der Kunst. Zur Zeit der Reformazion schwand allmählich die katholische Poesie in Europa, und an ihrer Stelle sehen wir die längst abgestorbene griechische Poesie wieder aufleben. Es war freilich nur ein künstlicher Frühling, ein Werk des Gärtners und nicht der Sonne, ...

Die Entstehung der Romantischen Schule erklärte Heine vor allem aus dem Kampf des christlichen Idealismus mit einer urheidnischen zweckfreien Kunst, wie Goethe sie so vollkommen verkörpere.

... die Beförderung der Moral, die man von Goethes Dichtungen verlange, [sei] keineswegs der Zweck der Kunst ...: denn in der Kunst gäbe es keine Zwecke, wie in dem Weltbau selbst, wo nur der Mensch die Begriffe »Zweck und Mittel« hineingegrübelt; die Kunst, wie die Welt, sey ihrer selbst willen da, und wie die Welt ewig dieselbe bleibt, wenn auch in ihrer Beurtheilung die Ansichten der Menschen unaufhörlich wechseln, so müsse auch die Kunst von den zeitlichen Ansichten der Menschen unabhängig bleiben; die Kunst müsse daher besonders unabhängig bleiben von der Moral, welche auf der Erde immer wechselt, so oft eine neue Religion emporsteigt und die alte Religion verdrängt.

Und wie immer, wenn er über Goethe schreibt, vermischen sich Widerspruch und Bewunderung. Er streitet mit Goethe, und er vergöttert ihn:

Nein, Gott manifestirt sich nicht gleichmäßig in allen Dingen, wie Wolfgang Goethe glaubte, der dadurch ein Indifferentist wurde, und statt mit den höchsten Menschheitsinteressen sich nur mit Kunstspielsachen, Anatomie, Farbenlehre, Pflanzenkunde und Wolkenbeobachtungen beschäftigte: Gott manifestirt sich in den Dingen mehr oder minder, er lebt in dieser beständigen Manifestazion, Gott ist in der Bewegung, in der Handlung, in der Zeit, sein heiliger Odem weht durch die Blätter der Geschichte, letztere ist das eigentliche Buch Gottes, ...

Er bewundert Goethe als den Begründer und den Gipfel einer ganzen Epoche deutscher Kulturgeschichte. Und doch wagt er ihn auch zu kritisieren:

Sie zieren unser theueres Vaterland, wie schöne Statuen einen Garten zieren, aber es sind Statuen. Man kann sich darin verlieben, aber sie sind unfruchtbar: die goetheschen Dichtungen bringen nicht die That hervor, wie die Schillerschen. Die That ist das Kind des Wortes, und die goetheschen schönen Worte sind kinderlos. Das ist der Fluch alles dessen, was blos durch die Kunst entstanden ist.

Wenige Seiten danach widerspricht er sich jedoch; was er über ›Faust‹ schreibt, widerlegt alles, was er über die angebliche marmorne Unfruchtbarkeit Goethes geschrieben hat:

... mit Faust [hört] die mittelalterliche Glaubensperiode auf und die moderne kritische Wissenschaftsperiode ... fängt [an].
... das Wissen wird Wort, und das Wort wird That, und wir können noch bei Lebzeiten auf dieser Erde selig werden; – wenn wir dann noch obendrein der himmlischen Seligkeit, die uns das Christenthum so bestimmt verspricht, nach dem Tode theilhaftig werden, so soll uns das sehr lieb seyn.
Das hat nun längst schon das deutsche Volk tiefsinnig geahnt: denn das deutsche Volk ist selber jener gelehrte Doktor Faust, es ist selber jener Spiritualist, der mit dem Geiste endlich die Ungenügbarkeit des Geistes begriffen, und nach materiellen Genüssen verlangt, und dem Fleische seine Rechte wieder giebt ...

Der Dichter Heine widerlegt den Kritiker Heine ganz entschieden, auch wenn er andere Werke Goethes erörtert:

... da ist Goethe immer ruhig lächelnd, und harmlos wie ein Kind, und weisheitsvoll wie ein Greis. Diese Prosa ist so durchsichtig wie das grüne Meer, wenn heller Sommernachmittag und Windstille, und man ganz klar hinabschauen kann in die Tiefe, wo die versunkenen Städte mit ihren verschollenen Herrlichkeiten sichtbar werden; – manchmal ist aber auch jene Prosa so magisch, so ahnungsvoll, wie der Himmel wenn die Abenddämmerung heraufgezogen: und die großen goetheschen Gedanken treten dann hervor, rein und golden, wie die Sterne.

Mit den anderen Helden seiner poetisch-wissenschaftlichen Skizzen geht Heine weitaus weniger ehrerbietig um. In seinem Buch ›Die romantische Schule‹ sind die Gedanken und Gefühle des Autors den Gedanken und Gefühlen seiner romantischen Zeitgenossen unmittelbar verwandt. Und doch richtet er gerade auf sie die giftigsten Pfeile seiner Kritik. Sogar jene Romantiker, die er am meisten schätzte und die ihm auch geistig und künstlerisch nahe waren, verurteilt er hart, nach eben den Gesetzen, die Goethe erlassen hatte – denn Goethe hielt die Romantik für eine »subjektivistische Krankheit« der Kunst.

Heine schrieb:

Novalis sah überall nur Wunder und liebliche Wunder; er belauschte das Gespräch der Pflanzen, er wußte das Geheimnis jeder jungen Rose, er identifizirte sich endlich mit der ganzen Natur, und, als es Herbst wurde und die Blätter abfielen, da starb er. Hoffmann hingegen sah überall nur Gespenster ... die ganze Natur war ihm jetzt ein mißgeschliffener Spiegel, worinn er, tausendfältig verzerrt, nur seine eigne Todtenlarve erblickte; und seine Werke sind nichts anders als ein entsetzlicher Angstschrei in zwanzig Bänden.
Der Rosenschein in den Dichtungen des Novalis ist nicht die Farbe der Gesundheit, sondern der Schwindsucht, und die Purpurglut in Hoffmanns Phantasiestücken ist nicht die Flamme des Genies, sondern des Fiebers.

Heine gesteht ein, daß auch er sich nicht eben durch Gesundheit auszeichne, daß die ganze zeitgenössische Literatur einem *größern Lazarett* gleiche. Er fragt sogar sich und die Leser:

Oder ist die Poesie vielleicht selbst eine Krankheit des Menschen, wie die Perle eigentlich nur der Krankheitsstoff ist, woran das arme Austerthier leidet?

Dies ist immer noch eine Frage, keine Behauptung. Es ist die romantische Ironie des Kritikers der Romantik; er ironisiert sich selbst, aber seinen vagen ironischen Zweifeln geht die feste Gewißheit voraus:

Wie aber der Riese Antheus unbezwingbar stark blieb, wenn er mit dem Fuße die Mutter Erde berührte, und seine Kraft verlor, sobald ihn Herkules in die Höhe hob: so ist auch der Dichter stark und gewaltig, so lange er den Boden der Wirklichkeit nicht verläßt, und er wird ohnmächtig, sobald er schwärmerisch in der blauen Luft umherschwebt.

***

Die Pariser literarischen Journale und manche Zeitungen schrieben meistens wohlwollend über Heine. Die große Tageszeitung ›Revue de Paris‹ beauftragte im Dezember 1834 den bekannten Publizisten Philarète Chasles, einen Essay über den deutschen Dichter zu schreiben. Er kam zu Heine, als der gerade dem Maler Déveria, der damals in Mode war, für ein Porträt saß.

»Achille Déveria forderte Ihren Kopf, ich fordere Ihr Leben.«

»Im Ernst?«

»Durchaus im Ernst! Ich muß wenigstens dreihundert Zeilen über Sie bringen.«

Es gefiel Heine, daß eine große Zeitung seine Lebensgeschichte veröffentlichen wollte und einen bekannten Schriftsteller damit beauftragt hatte. Lachend schlug er dem Gast vor: »Lassen Sie uns einen kleinen Roman improvisieren, mit mir als Hauptperson.«

»Wir müssen aber immer möglichst bei der Wahrheit bleiben.«

»Wahr ist alles für den Tag, an dem es gedruckt wird. Also, ich diktiere: ›Heine wurde 1800 in Düsseldorf geboren, als Sohn eines ziemlich vermögenden Kaufmanns. Aber war Herr Heine wirklich sein Vater? Man erzählt sich, daß der berühmte Räuberhauptmann Schinderhannes eines Tages durch Düsseldorf kam und ein unbekanntes Kind im Flur des Hauses niederlegte, das der ehrenwerte Herr Heine bewohnte.‹ Was halten Sie von diesem Anfang?«

»Sehr pikant, aber Findelkinder sind nicht mehr recht in Mode ...«

Chasles veröffentlichte einen recht freundlichen, aber farblosen Artikel:

... wie herrlich, wie strahlend erschien er mir ... wie siegend mitten unter den Pariser Schöngeistern! ... das lange, blonde Haar fiel an Wangen nieder, blühend wie Engelswangen auf einem spanischen Heiligenbilde, aber hinter der strotzenden Fülle blickte eine gewisse Kränklichkeit hervor.
Die Revuen beschäftigten sich angelegentlich mit allem, was er tat. Sehr geschätzt als Schriftsteller, war er nicht weniger gesucht als Causeur. Obgleich in seiner Aussprache noch immer ein Rest deutschen Akzentes störte, legten die Damen der Gesellschaft es ihren Freunden eifrig ans Herz, ihn mitzubringen; Heine war ... ziemlich elegant, aber das Drum und Dran der westeuropäischen Umgangsformen erschien ihm als abgeschmackte Lüge und widerte ihn an; wenn er sich auch nicht wie eine Schnecke in ihr Haus verkroch, so war ihm doch der Lärm der Salons unerträglich. Er gab daher Absagen, und ziemlich schroff. Ein Grund mehr, um sich viel mit seiner Person zu beschäftigen.

***

In der Tür eines Schuhgeschäfts stand ein Mädchen, brünett, mit großen schwarzen Augen. Sie lächelte kindlich-fröhlich.

Heine betrat den Laden. Lange suchte er ein Paar Schuhe aus, obwohl er keine brauchte. Er knüpfte ein Gespräch an: Das Mädchen war eine Nichte der Besitzerin, erst vor kurzem aus einer fernen Kleinstadt nach Paris gekommen. Die Tante erzählte: die Kleine habe zwar keinerlei Bildung, sei aber ein anständiges Mädchen. Sie werde das Kind beschützen, ihr die zudringlichen Pariser Stutzer vom Leibe halten.

Das Mädchen antwortete auf seine Fragen bereitwillig und ungezwungen, mit der ruhigen Würde und Naivität einer Provinzlerin. Sie heiße Crescence Eugénie Mirat, werde demnächst neunzehn; an ihren Vater erinnere sie sich nicht, ihre Mutter habe gesagt, er sei Soldat gewesen. Paris gefalle ihr sehr – es sei so interessant, was man alles in den Läden verkaufe, und überall so viele verschiedene Leute! Nein, sie habe keinen Verehrer, die Tante erlaube nicht, daß sie abends ausgehe. Aber Monsieur sei gewiß auch zugereist, seine Aussprache verrate, daß er nicht aus Paris komme.

Heine stellte sich ihrer Tante in aller Form vor. Er erhielt die Erlaubnis, Mademoiselle Crescence die Stadt zu zeigen, sie ins Theater oder in ein gediegenes Restaurant zu führen.

Sie freute sich über die Spaziergänge. Mit unersättlicher Neugier bestaunte sie die Schaufenster, das Gewimmel im Bois de Boulogne, die glänzenden, buntlackierten Landauer, das luxuriöse Geschirr und die wohlgenährten Pferde, die Reiter – Offiziere und geckenhaft herausgeputzte Zivilisten, die neben den Landauern trabten, sich elegant verbeugten und mit den Damen schwatzten; sie bestaunte deren prächtige Kleider und die gewaltigen, mit Federn und Blumen geschmückten Hüte.

Die kleine Provinzlerin fragte ihn nach allem, was sie sah; rasch merkte sie sich Namen und Titel und die Bezeichnungen für Dinge, die sie nicht kannte. Vergnügt aß und trank sie, lachte schallend über seine Witze, und wenn sie etwas nicht verstand, verlangte sie Erklärungen, wollte alles genau wissen.

Als er sie zum ersten Mal überraschend küßte, wurde sie zornig, schlug nach ihm mit ihrer kleinen festen Faust und brach in Tränen aus. Er aber sagte, wenn jemand weinen müßte, dann doch wohl er, der Geprügelte, dem ein zärtlicher Kuß mit Schlägen heimgezahlt werde. Da lachte sie und ließ ihn schwören, daß nichts dergleichen wieder vorkommen werde.

Doch bald darauf küßten sie sich, und ihr rascher Atem, das Beben ihres kräftigen, biegsamen Körpers, die verschleierten Augen verhießen ihm so Vieles, daß er alles um sich herum vergaß: die Einladungen von Ministern und Salonschönheiten, die Mahnungen seiner deutschen und französischen Verleger, die boshaften Angriffe Börnes, die halbfertigen Artikel, die zu Hause auf ihn warteten.

Sie küßten sich in den Chambres séparées kleiner Restaurants, aber sie war nicht bereit, mit in sein Hotel zu kommen. Sie habe der Tante geschworen, ihm keine weiteren Zugeständnisse zu machen. Ja, sie liebe ihn, liebe ihn sogar sehr, noch nie habe sie jemanden so geliebt wie ihn, ihren blonden, lustigen, unverschämten Henri. Sie sei jedoch kein Pariser Flittchen, sondern ein anständiges Mädchen.

Einige Male war er drauf und dran, dieses absurde Verhältnis mit Mathilde, wie er sie nannte, zu beenden. Er konnte doch beim besten Willen kein Mädchen aus einem französischen Krähwinkel heiraten, das nur mit Mühe seinen eigenen Namen schreiben konnte. Auf der Straße und im Restaurant lachte sie aus vollem Halse, als wäre sie auf einem Dorffest. Einen betrunkenen Arbeiter, der sie auf einer Kreuzung versehentlich anrempelte, überschüttete sie mit solchen Schimpfworten, daß der erstaunt zurückschreckte. Im Café leckte sie sich die Finger ab, wenn sie ein Stück Kuchen gegessen hatte; die spöttischen Blicke der Tischnachbarn bemerkte sie nicht. Aber es war immer kurzweilig mit ihr.

Seine wohlerzogenen Freundinnen aus der besten Gesellschaft schenkten ihm stets bereitwillig wunderschöne Stunden in kleinen Wohnungen, die man eigens für solche Rendezvous mieten konnte, und zauberhafte Nächte in gemütlichen Vorortvillen. Sie sprachen nur in wohlgesetzten Worten, ihre Manieren waren tadellos, selbst in intimster Nähe dufteten ihre Körper nach den feinsten Parfüms, blieben ihre Bewegungen graziös, auch im bösesten Zank kam ihnen kein unanständiges Wort über die Lippen.

Mathildes Sprache war sogar für eine Pariser Grisette noch reichlich grob, sie sprach eher wie die Marktfrauen aus der

Umgebung von Paris. Sie war gewandt, beweglich und ungekünstelt anmutig, solange sie sich nicht beobachtet fühlte. Dann aber wollte sie sich »comme il faut« benehmen und wirkte plump, manieriert und linkisch. Sie parfümierte sich reichlich mit starkem, süßlichem Eau de Cologne, obwohl ihr Körper so wunderbar jugendlich roch. Wenn sie sich mit ihm stritt, schimpfte sie wie ein Gassenjunge. Wenn sie ihre Unschuld verteidigte, gebrauchte sie Ausdrücke, die bisweilen nicht einmal er verstand – lachend erklärte sie ihm dann, so nenne man in ihrer Heimat gewisse Körperteile.

Manchmal fragte er sich: Was konnte lächerlicher sein als diese platonische Liebschaft zwischen dem Verfasser des ›Buches der Lieder‹ und einer keuschen Grisette? Er war bereits achtunddreißig Jahre alt, sie um die Hälfte jünger. Er war verwöhnt von schönen, klugen, gebildeten Damen. Dieses Naturkind aber war launisch wie Kleopatra, es raufte sich mit ihm wie ein Dorfmädchen auf dem Heuboden.

Er sagte ihr Lebwohl, schenkte ihr ein paar hübsche Kleinigkeiten, Blumen, Konfekt ... »Ich verreise auf lange Zeit, vielleicht für immer.«

Aber nach einigen Tagen zog es ihn wieder in den Schuhladen. Sie jauchzte und weinte vor Freude; ihre Augen waren von Tränen gerötet; sie hatte tagelang geweint – nein, das war nicht gestellt! Und wieder gingen sie auf den Boulevards spazieren, besuchten den Zirkus, küßten sich im Restaurant.

Dann zerstritten sie sich erneut, und er verreiste, verbrachte einige Wochen auf dem Gut der Principessa Belgiojoso, kehrte aber wieder zurück zu Mathilde. Ein andermal fesselte ihn für einige Tage eine junge, schöne, hysterische Schauspielerin, die ihm gekonnt zügellose Leidenschaft vorspielte. Sie verlangte Liebesgedichte von ihm und forderte, daß er und seine Freunde lobende Rezensionen über sie schreiben und ihre Rivalinnen kritisieren sollten.

Die erfolgreichste Rivalin Mathildes war George Sand. Ihr Charme, ihre verhaltene, unterkühlte und dennoch unstillbare Sinnlichkeit wirkten auf Heine um so stärker, weil er auch die Kraft ihrer Vernunft und ihre dichterische Begabung bewunderte. Er wagte es, keinem Geringeren als Balzac zu sagen, er sei überzeugt, daß George Sand die beste französische Prosa schreibe. Und ganz besonders berührte ihn, daß ihrer beider Schicksale verwandt waren.

Ihr literarischer Ruhm begann mit dem Roman ›Indiana‹ (1832), etwa um dieselbe Zeit, als auch Heine in Paris und Frankreich bekannt wurde. Franz Liszt, dessen Konzerte Heine in mehreren Artikeln lobend besprochen hatte, brachte ihn zu George Sand, die damals mit Liszt zusammenlebte. Und recht bald wurden George Sand und Heine Freunde. Sie sahen sich fast täglich. Sie lud Heine, der in der Nähe wohnte, mit freundlichen, scherzhaften Briefen ein:

Lieber Cousin, wenn Sie in physischer oder moralischer Hinsicht nicht tot sind (was mich betrifft, so ist beides schon lange der Fall), so kommen Sie heute abend zum Essen zu mir. Dieses Vergnügen möchte ich Liszt bereiten, um ihn für den Anblick meiner dummen Physiognomie zu entschädigen. Weitere Gäste werden nicht zugegen sein, Sie können in Pantoffeln und Schlafmütze kommen. Versuchen Sie unbedingt zu kommen, wenn Sie nicht gar meinen Namen vergessen haben. Von ganzem Herzen.

George

Liszt hat sie bald verlassen. Er zog zu seiner neuen Geliebten, der jungen Gräfin d'Agoult. Und George Sand ließ sich von Alfred de Musset trösten, einem sensiblen und sanften dreiundzwanzigjährigen Poeten. Er war auch mit Heine befreundet, nannte ihn sogar seinen literarischen Meister, war aber zugleich sehr eifersüchtig auf ihn und entführte George Sand nach Italien. Die beiden stritten sich häufig, und sie beklagte sich bei ihrem »Cousin« Heine. Der tröstete sie und wurde wieder für kurze Zeit ihr Geliebter; stets aber blieb er ihr ein hilfsbereiter Freund und Ratgeber.

Nach der Trennung von Musset notierte George Sand in ihrem Tagebuch:

Heute früh sah ich Heine; er sagte mir, daß man nur mit dem Kopf und den Sinnen liebe, das Herz tue im Grunde nichts Besonderes zur Sache.

1835 wurde ihr neuer Roman ›Jacques‹, in dem sie unverblümt die Gleichberechtigung der Frauen verlangte, von manchen Kritikern verrissen. Heine schrieb ihr am 8. Januar:

Seien Sie versichert, daß es einfach nicht auszudrücken ist, wie liebenswert, bewundernswert, göttlich Sie sind. Schreiben Sie, wie es Ihnen paßt, Sie werden es stets besser machen als die anderen. Verzeihen Sie die Selbstgefälligkeit derer, die glauben, daß sie Sie verstehen; beten Sie für die Seele derer, die Sie zu richten wagen. Sie zu tadeln ist eine Blasphemie.

Ihr Cousin
Henri Heine

Und sie notierte in ihrem Tagebuch:

Heines Herz ist ebenso gut, wie seine Zunge böse. Er ist zärtlich, selbstlos, hingebungsvoll, romantisch in der Liebe, sogar schwach, und fähig, grenzenlose Knechtung durch eine Frau hinzunehmen. ... Er gleicht seiner Poesie – ein Gemisch aus edler Empfindsamkeit und ausgelassenster Spottsucht.

Ihre Liebe wurde oft unterbrochen, ebbte letztlich ab, aber die Freundschaft blieb. Und viele Jahre später erinnerte sich Heine:

George Sand, die größte Schriftstellerin, ist zugleich eine schöne Frau. Sie ist sogar eine ausgezeichnete Schönheit. Wie der Genius, der sich in ihren Werken ausspricht, ist ihr Gesicht eher schön als interessant zu nennen ... Die Stirn ist nicht hoch, und gescheitelt fällt bis zur Schulter das köstliche kastanienbraune Lockenhaar. Ihre Augen sind etwas matt, wenigstens sind sie nicht glänzend, und ihr Feuer mag wohl durch viele Thränen erloschen oder in ihre Werke übergegangen sein, die ihre Flammenbrände über die ganze Welt verbreitet, manchen trostlosen Kerker erleuchtet, vielleicht aber auch manchen stillen Unschuldstempel verderblich entzündet haben.
Ihren Mund umspielt gewöhnlich ein gutmüthiges Lächeln, es ist aber nicht sehr anziehend; die etwas hängende Unterlippe verräth ermüdete Sinnlichkeit. Das Kinn ist vollfleischig, aber doch schön gemessen. Auch ihre Schultern sind schön, ja prächtig. Ebenfalls die Arme und die Hände, die sehr klein, wie ihre Füße. Die Reize des Busens mögen andere Zeitgenossen beschreiben ...
... konnte immerhin einer unserer Freunde die schöne Frau mit der Marmorstatue der Venus von Milo vergleichen, die in den unteren Sälen des Louvres aufgestellt. Ja, George Sand ist schön wie die Venus von Milo; sie übertrifft diese sogar durch manche Eigenschaften: sie ist z. B. sehr viel jünger.

Seit alters her wollte man zwischen himmlischer und irdischer Liebe unterscheiden. Mathilde war seine irdische Liebe, und sie vermochte es wie keine andere, ihn von Sorgen und Nöten abzulenken. Doch ihn verdroß ihre plumpe Eifersucht. Und sie blieb vollkommen gleichgültig für das, was den Sinn seines Lebens ausmachte: seine Poesie.

Auch George Sand war für ihn nicht nur eine »himmlische« Liebe. Zwar verstand sie ihn besser als die meisten seiner Freunde, verstand seine tiefsten Gedanken, erfaßte seine Stimmungen. Sie war ihm in allem ebenbürtig. Dennoch folterte sie ihn noch schlimmer als die herzensgute, einfältige Mathilde. George Sand ließ ihn sitzen, erst wegen Musset, dann wegen Chopin, später war es der junge Schauspieler Bocage, dann der Advokat Michel de Bourges, der Schriftsteller Didier. Und sie machte kein Hehl daraus. Mitunter hatte sie zwei Geliebte gleichzeitig.

Heine achtete ihre Gleichberechtigung, gönnte ihr Freiheit in allem. Und doch plagte ihn die Eifersucht manchmal bis zur Verzweiflung.

Mathilde konnte er auch einmal eine Ohrfeige verpassen, wenn er bemerkte, daß sie im Café mit einem jungen Mann am Nebentisch liebäugelte. Und wenn Mathilde eifersüchtig wurde, schimpfte sie, schrie, schlug ihn mit ihren kleinen Fäusten. George Sand aber konnte er nur ganz behutsam andeuten, daß ihn ihr Verhalten schmerzte; er wagte nie, ihr Vorwürfe zu machen. Sie dagegen verbarg ihre Eifersucht nie, stichelte mit böser Ironie gegen seine »tierischen« Leidenschaften, die ihn zu primitiven Verhältnissen mit albernen Frauenzimmern verführten – mit Mathilde, mit Schauspielerinnen, mit Grisetten.

Jedesmal, wenn er von Mathilde wegging, blieb sie ihm auf den Fersen, drohte, flehte ihn an – und fesselte ihn von neuem.

George Sand aber verließ ihn, und er konnte und wollte sie nicht zurückhalten. Doch gerade ihr schrieb er einen seiner zärtlichsten und bittersten Liebesbriefe:

Ich bin sehr traurig. Sie wissen nicht um all meine Malheurs. Zu dieser Stunde bin ich befallen von physischer Blindheit, und sie ist ebenso qualvoll wie die moralische Blindheit, an der ich mich bereits seit vier Jahren ergötze und die Sie kennen. ... Ich liebe Sie sehr, ich liebe Sie von ganzem Herzen, mit allen Fasern meines Herzens. Sind Sie frei, so freuen Sie sich Ihrer Freiheit. Ich aber bin noch in schrecklichen Eisen, und da man mich abends ganz besonders sorgfältig fesselt, ist es mir nicht gelungen, Sie in Paris aufzusuchen. Doch wenn diese Zeit vorbei ist, werde ich Ihnen nachkommen, und sei es bis an's Ende der Welt. Vorausgesetzt man hat Sie in der Zwischenzeit nicht wieder eingefangen und ins Gefängnis zurückgebracht, meine schöne Gefangene, befreit von der Liebe!
Adieu. Freuen Sie sich Ihrer Freiheit. Sie sollten niemals weinen, Tränen schwächen den Blick. Und was haben Sie für schöne Au-

gen! Sorgen Sie sich nicht um die Zukunft, das macht graue Haare. Und Ihr Haar ist das schönste, das ich je gesehen habe.

Henri Heine

Er liebte Mathilde; diese Liebe war ihm Freude und Last zugleich, weil sie einander fremd waren.

Er liebte George Sand, aber diese Liebe konnte nicht von Dauer sein, weil sie einander zu ähnlich waren.

Jedesmal kam er wieder zu Mathilde zurück. Stets gab es Weinen und Lachen, Schläge und Umarmungen; sie beschimpften sich, halb ernst, halb ausgelassen.

All das wiederholte sich immer wieder; man wußte bereits, was kommen würde, aber jedesmal erschien es doch überraschend und wunderbar süß. Sie liebte ihn, nicht seinen Ruhm, nicht sein Talent, nicht seine Poesie, nicht einmal seinen Witz. Sie liebte nur ihn. Und da sie sich nicht verstellen konnte, wußte er, daß sie ihn für eher naiv hielt, für einen Sonderling, der mühsam sein Geld mit irgendwelchen Kritzeleien verdiente, sehr viel Zeit mit verschrobenen Bücherwürmern verschwätzte, die man bisweilen nicht einmal verstehen konnte, auch wenn sie so etwas wie Französisch sprachen. Und doch hatte er ein gutes Herz, er konnte so zärtlich sein und hatte so schönes blondes, seidiges Haar – so etwas kannte sie nur aus Liedern – und so zartweiße Hände wie ein Fräulein. Und schließlich liebte sie ihn ja, ihr »semmelblondes Engelchen«, ihren »bösen Deutschen« und »verfluchten Ketzer«.

Sie liebte ihn, ohne etwas erbitten oder erhoffen zu können, hatte er ihr doch oft genug erklärt, daß er sie nicht heiraten könne, ihre unterschiedliche Religions- und Staatszugehörigkeit lasse dies nicht zu; außerdem sei er krank und arm und könne keine Familie ernähren.

Nach zwei Jahren einer so unruhigen, unbeständigen und dennoch unbezwingbaren Liebe faßte er sich schließlich ein Herz und schlug ihr vor, »nach Pariser Art« seine Lebensgefährtin zu werden, ohne Gang zum Standesamt, ohne kirchliche Trauung – aber sie würden stets zusammen sein. Er verschaffte sich Geld, zahlte ihrer Tante eine Abfindung – schließlich entführte er ja ihre Nichte – und mietete eine kleine, ruhige Wohnung. Am Tag ihres Einzugs kaufte er Mathilde ein richtiges Brautkleid aus weißem Atlas, mit Spitzen, Schleier und langer Schleppe. Das festliche Hochzeitsmahl nahmen sie in einem Restaurant in der Nähe. Eingeladen waren einige Freundinnen Mathildes mit ihren Kavalieren, eine kam sogar mit einem richtigen Ehemann.

Am anderen Morgen, als sie zu zweit in ihrer Wohnung frühstückten, war Mathilde fröhlich und zärtlich. Dann aber nahm sie plötzlich eine feierlich-ernste Miene an:

»Henri, ich habe dir alles gegeben, was ein anständiges Mädchen ihrem Geliebten schenken und nie zurückbekommen kann. Wenn du glaubst, ich wüßte nicht, daß du mich gekauft hast, so irrst du dich. Ich war bereit, deine Geliebte zu werden, weil du der einzige warst, der mir gefiel, und weil es heißt, daß deutsche Männer treuer sind als Franzosen. Aber verkauft habe ich mich darum nicht. Merke dir also: Ich werde dich nie verlassen, ob du mich liebst oder nicht, ob du mich heiratest oder nicht; selbst wenn du mich mißhandelst – los wirst du mich nie.«

»Aber ich will doch gar nicht, daß du mich verläßt!« Er lachte vergnügt. »Ich liebe dich und werde dich immer lieben!«

»An dem Abend, als wir zum ersten Mal im Bett waren, habe ich mir geschworen: Er und kein anderer! Und für immer, für immer!«

Ihre Stimme begann zu zittern, ihr kamen die Tränen, sie trommelte mit der Faust auf den Tisch: »Für immer!«

»Na, das ist ja der erste Familienkrach, also ist es bereits eine richtige Ehe. Was würdest du denn tun, wenn ich dir davonliefe?«

»Ich bringe mich zu deinen Füßen um!«

»Wie reizend! Du hättest ja auch sagen können: ›Ich bringe dich zu meinen Füßen um‹. Aber du bist allerliebst, du bist zauberhaft, und so laß uns nun frühstücken.«

»Wir werden jetzt immer zusammen frühstücken. Verstehst du? Immer. Dies sage ich dir ein für allemal: Ich habe mein Leben an deins geknüpft und werde dir bis ans Ende der Welt folgen, und wenn es sein muß, auch in die Hölle zu den Teufeln.«

Das Idyll dauerte einige Wochen. Danach fuhren sie aufs Land; von dort floh Heine für mehrere Wochen nach Paris zu George Sand. Dann aber kam er wieder zu Mathilde zurück. Er war ihr erster Mann und fühlte sich daher für sie besonders verantwortlich, ein Gefühl, das er früher nicht gekannt hatte. Sie kränkelte, und er glaubte, er sei schuld daran. Sein Verantwortungsgefühl wurde zur schweren Last, von der er sich nicht befreien konnte. Das war bedrückend, doch Mathilde beherrschte die uralte Kunst der Liebe bereits so vollkommen, daß es ihr jedesmal wieder gelang, von ihm begehrt zu werden – und dies besonders, wenn sie sich gezankt hatten oder getrennt gewesen waren. Sie war in allem aufrichtig und natürlich. Ihre unersättliche Neugier an Jahrmarktsbuden und Schaufenstern, ihre Liebe zu ihm und ihrem Papagei, ihre Sanftmut und ihr Zorn, ihre laute Freude an neuen Kleidern und neuem Geschirr, an jedem Theaterabend, an Torten und Rotwein – all das war echt. Lange wagte er nicht, sie seinen Freunden vorzustellen; sie war so ungebildet und manchmal beinahe vulgär. Aber er war auch stolz auf ihre Liebe, die ihn froh und glücklich machte, denn sie liebte ihn als Mann und nur als Mann. Mathilde hatte sich immer wieder bemüht, Interesse an seinen Büchern zu finden, aber es war vergebens. Und heucheln, ihm etwas vormachen, konnte sie nicht. Sie wußte auch kaum, was er verdiente, von welchen Einkünften er lebte. Mit ihr kam er sich vor wie der Kalif Harun al Raschid, der ärmlich verkleidet sein Reich durchwanderte und von einer schönen Frau geliebt wurde, die nicht um seine Größe und Macht wußte. Und er verzieh Mathilde ihre Launen, Eitelkeit, Verschwendungssucht oder Wutanfälle, wenn sie mit den Fäusten auf ihn losging, sich die Haare wild raufte oder sich heulend und kreischend auf dem Boden wälzte. Doch im nächsten Augenblick konnte sie plötzlich in Gelächter ausbrechen, ihn liebevoll streicheln und um Konfekt bitten.

***

1835 gingen die Regierungen vieler deutscher Staaten schärfer und rigoroser gegen Liberale, Atheisten, Demagogen und andere »Unruhestifter« vor, denn die Polizeibehörden berichteten immer besorgter über Geheimgesellschaften, über Broschüren und Flugblätter mit Aufrufen, die Staatsgewalt zu stürzen.

Manche Fürsten, durch die Revolution von 1830 in Frankreich und die polnische Revolution von 1831 verängstigt, wollten zunächst liberal, als Volks- und Freiheitsfreunde, erscheinen. Doch als ihre Angst nachließ, wurden ihre Minister, Polizeichefs und Zensoren immer selbstsicherer und rücksichtsloser. Allein in Preußen wurden 1835 fünfundvierzig Bücher verboten. Der König unterzeichnete einen Erlaß, durch den die Veröffentlichung und Verbreitung aller Werke der Literaten des »Jungen Deutschland« strikt untersagt wurde. Es gab aber nie eine Organisation, die sich »Junges Deutschland« nannte. Sie existierte nur in der Phantasie der Polizei- und Zensurbehörden. Damit meinten sie die Dramatiker und Publizisten Karl Gutzkow und Heinrich Laube, den Epiker und Kritiker Theodor Mundt, den Lyriker und Literaturwissenschaftler Ludolf Wienbarg und andere. Sie zählten dazu auch die Emigranten Heinrich Heine und Ludwig Börne. Manche dieser angeblichen Verschwörer kannten einander nicht einmal und vertraten ganz unterschiedliche Ansichten. Aus der Sicht der Hüter der Staatssicherheit gehörten sie jedoch allesamt zu einer einzigen gefährlichen Bande.

Preußen führte den ersten Schlag, ihm folgten andere Staaten. In Hannover wurden Heines ›Französische Zustände‹ verboten, die deutsche wie die französische Ausgabe. Der Großherzog von Hessen verbot die Verbreitung aller Werke Heines, Wienbargs, Gutzkows, Laubes und Mundts sowie sämtliche Bücher der Verlage, bei denen sie publizierten. In Braunschweig wurden alle Werke des »Jungen Deutschland« einschließlich der Bücher Heines verboten.

Unmittelbarer Anlaß für all diese Verbote war die Nachricht, daß Gutzkow und Wienbarg in München ein neues Journal, die ›Deutsche Rundschau‹, herausbringen wollten; Wolfgang Menzel, der einst als Freund Heines und mancher »Jungdeutschen« gegolten hatte, veröffentlichte nacheinander zwei denunzierende Artikel: Deutschland drohe ein Ansturm von Atheisten, von gefährlichen Demagogen, eine Sintflut von zerstörerischen, revolutionären Ideen.

Daraufhin erließ der »Bundestag« in Frankfurt, dessen Beschlüsse formal für viele Staaten bindend waren, am 10. Dezember 1835 ein ausdrückliches Verbot aller bereits veröffentlichten und auch aller zukünftigen Werke Heines und der »Jungdeutschen«.

Dies war ein schwerer Schlag. Heines Beziehungen zu seinen Verlegern waren schon immer schwierig und konfliktreich gewesen. Er mißtraute ihnen, fürchtete, betrogen und hintergangen zu werden. Sein neues Familienleben war kostspielig, und das Geld wurde immer knapper. Seine Briefe an Campe strotzen nur so von Vorwürfen, Beschuldigungen und immer neuen Forderungen. Am 7. April 1835 schrieb er ihm:

Ich lasse mich nicht wie ein Junge, der schweigen muß, behandeln. Ich war vielleicht ein kleiner Junge als Sie mich zuerst sahen, aber das sind jetzt 10 Jahre, und ich bin seitdem ganz erschrecklich gewachsen. Und gar in den letzten 4 Jahren; Sie haben keinen Begriff davon wie ich groß geworden bin. Ich überrage einen ganzen Kopf hoch eine Menge Schriftsteller, denen ihre Verleger, mit welchen sie nicht einmal in Freundschaft stehen, doppelt so viel Honorar zahlen wie Sie mir zahlen. Es ist wahr, ganz kleine Jungen von Schriftsteller erhalten jetzt so viel Honorar wie ich; aber das sollte Sie doch nicht verleiten, meine reelle Größe in Anschlag zu bringen, wenn es die Behandlung gilt; denn wahrlich, eben wie eine honette Köchinn, habe ich immer weniger auf Gehalt, als vielmehr auf gute Behandlung gesehen.

Heine kaufte Aktien der ersten französischen Eisenbahn. Als man die Schienen von Paris nach Versailles verlegte, war auch die Bank Rothschild an der Finanzierung des Baus beteiligt. Die Arbeiten wurden jedoch so unzulänglich und ohne jeden Sachverstand ausgeführt, daß die Aktien ihren Wert verloren und Heine einen beträchtlichen Teil seines investierten Geldes einbüßte – verdientermaßen, wie er selbst einmal sagte: ein Dichter sollte nicht versuchen, mit Bankiers zu konkurrieren.

Die Verbote, die seine Bücher getroffen hatten, bedrohten ihn mit Armut. Er wußte, die Verleger würden von nun an vorsichtiger und geiziger sein, die Honorare würden spärlicher fließen oder ganz versiegen.

Am 27. September 1835 schrieb er an Heinrich Laube:

Seit zwey Jahren kommt mir aus dem Vaterlande nie viel Erfreuliches, und die Deutschen, die mir in Paris zu Gesicht gekommen, haben wahrlich mich vor Heimweh geschützt. Lumpengesindel, Bettler die da drohen wenn man ihnen nichts giebt, Hundsvötter die beständig von Ehrlichkeit und Vaterland sprechen, Lügner und Diebe – . . .

***

Der erste Band des Almanachs ›Der Salon‹ von 1834, der seine Artikel über französische Maler, zahlreiche neue Gedichte und die satirische Novelle ›Aus den Memoiren des Herrn von Schnabelewopski‹ enthielt, wurde, ebenso wie der zweite Band von 1835 mit dem Aufsatz ›Zur Geschichte der Religion und Philosophie in Deutschland‹ und dem Gedichtzyklus ›Neuer Frühling‹, jenseits des Rheins eher ablehnend aufgenommen.

Die jungen radikalen Demokraten meinten, Heine sei alt, sei ein friedfertig-anspruchsloser Opportunist und Ästhet geworden, halte sich aus dem politischen Kampf heraus und vergesse die Leiden des Volkes. In einer Figur der satirischen Novelle, dem kleinen Samson, erkannten manche Leser eine Karikatur auf Börne; sie waren empört, weil Heine den führenden Kopf der demokratischen Emigration verunglimpfte.

Alle konservativen Kritiker dagegen – Katholiken wie Protestanten, Preußen wie Österreicher – verdammten ihn wegen seiner lästerlichen Witzeleien, wegen seines frechen Spotts über die Heiligtümer der Religionen, über die Grundsätze des monarchischen Staatswesens.

Republikaner und Monarchisten beschimpften den sittenlosen, leichtsinnigen Skribenten in fast gleichlautenden Worten, verurteilten seine dreist-schamlosen Vers- und Prosahymnen auf die Freuden des Fleisches, behaupteten, er preise die niedersten Instinkte. Er hatte ja zu schreiben gewagt:

Vernichtet ist das Zweierlei,
Das uns so lang bethöret;
Die dumme Leiberquälerei
Hat endlich aufgehöret.

. . .

Der heil'ge Gott der ist im Licht
Wie in den Finsternissen;
Und Gott ist alles was da ist;
Er ist in unsern Küssen.

Die Frommen waren entsetzt, weil er den Namen Gottes mit fleischlichen Genüssen zu verbinden wagte, und alle, die von der Poesie tragischen Ernst und Dienst an hohen Idealen forderten, waren angewidert von solch lebenslustiger Vergötterung irdischer Freuden.

Er aber trotzte seinen Kritikern verwegen. Dem Zyklus ›Neuer Frühling‹ stellte er den ›Prolog‹ voran:

In Gemäldegalerieen
Siehst du oft das Bild des Manns,
Der zum Kampfe wollte ziehen,
Wohlbewehrt mit Schild und Lanz.

Doch ihn necken Amoretten,
Rauben Lanze ihm und Schwert,
Binden ihn mit Blumenketten,
Wie er auch sich mürrisch wehrt.

So, in holden Hindernissen,
Wind' ich mich mit Lust und Leid,
Während Andre kämpfen müssen
In dem großen Kampf der Zeit.

Er wollte der Poesie, der Kunst, dem freien Gedanken leben, aber auch Liebe und Freundschaft wollte er nicht missen. Und er konnte nicht abseits stehen und zuschauen, wie *Andre kämpfen müssen,* selbst dann nicht, wenn sie ihm wesensfremd waren, wie die meisten Literaten des »Jungen Deutschland«.

An Heinrich Laube schrieb er am 23. November 1835:

Ich beschwöre Sie bey allem was Sie lieben in dem Kriege den das junge Deutschland jetzt führt, wo nicht Parthey zu fassen, doch wenigstens eine sehr *schützende* Neutralität zu behaupten, auch mit keinem Worte diese Jugend anzutasten. ...
Ihre Frage in Betreff einer Rückkehr nach Deutschland hat mir sehr weh gethan; denn ungern gestehe ich daß dieses freywillige Exil eins der größten Opfer ist die ich *dem Gedanken* bringen muß. ...
Hierzu kommt noch die Erbitterung der deutschen Jakobiner in Paris, die, wenn ich nach Hause ginge um wieder deutsches Sauerkraut zu essen, hierin den Beweiß des Vaterlandsverrathes sehen würden.

Und an Campe am 12. Januar 1836:

Ich lasse mich nicht verblüffen und bin der Meinung je keckere Stirne man bietet, je leichter lassen sich die Leute behandeln. Angst ist bey Gefahren das Gefährlichste. Im Bewußtseyn seit 4 Jahren nichts gegen die Regierungen geschrieben zu haben, mich, wie es notorisch ist, von dem Jakobinismus geschieden zu haben, kurz bey gutem loyalen und royalen Gewissen wie ich bin, werde ich nicht so feige seyn die jungen Leute, die politisch unschuldig sind, zu desavouiren, ...

Campe hatte ihm geraten, etwas gegen den Verbotsbeschluß des Bundestages zu unternehmen. Am 28. Januar 1836 richtete Heine einen Offenen Brief »An die Hohe Bundesversammlung in Frankfurt a. M.«:

Mit tiefer Betrübniß erfüllt mich der Beschluß, den Sie in Ihrer 31sten Sitzung von 1835 gefaßt haben. – Ich gestehe Ihnen, meine Herren, zu dieser Betrübniß gesellt sich auch die höchste Verwunderung. Sie haben mich angeklagt, gerichtet und verurtheilt, ohne daß Sie mich weder mündlich noch schriftlich vernommen, ohne daß jemand mit meiner Vertheidigung beauftragt worden, ohne daß irgend eine Ladung an mich ergangen. ... Wenn Sie, meine Herren, mir nicht freies Geleit bewilligen wollen, mich vor Ihnen in Person zu vertheidigen, so bewilligen Sie mir wenigstens freies Wort in der deutschen Druckwelt, und nehmen Sie das Interdict zurück, welches Sie gegen alles, was ich schreibe, verhängt haben. – ... Sobald mir das freie Wort vergönnt ist, hoffe ich bündigst zu erweisen, daß meine Schriften nicht aus irreligiöser und immoralischer Laune, sondern aus einer wahrhaft religiösen und moralischen Synthese hervorgegangen sind, einer Synthese, welcher nicht bloß eine neue literarische Schule, benamset *das junge Deutschland*, sondern unsere gefeiertsten Schriftsteller, sowohl Dichter als Philosophen, seit langer Zeit gehuldigt haben. – Wie aber auch, meine Herren, Ihre Entscheidung über meine Bitte ausfalle, so seyen Sie doch überzeugt, daß ich immer den Gesetzen meines Vaterlandes gehorchen werde. – Der Zufall, daß ich mich außer dem Bereiche Ihrer Macht befinde, wird mich nie verleiten, die Sprache des Haders zu führen; ich ehre in Ihnen die höchsten Autoritäten einer geliebten Heimath. Die persönliche Sicherheit, die mir der Aufenthalt im Auslande gewährt, erlaubt mir glücklicherweise, ohne Besorgniß für Mißdeutung, Ihnen, meine Herren, in geziemender Unterthänigkeit, die Versicherungen meiner tiefsten Ehrfurcht zu bringen.

Paris, Cité Bergère No. 3, den 28 Jan. 1836.
Heinrich Heine, beider Rechte Doctor.

Er kommentierte diese untertänige Bittschrift in einem Brief an Campe vom 4. Februar:

... habe ich es für nöthig gehalten, die alten Perücken ein bischen zu streicheln und mein kindlich syroblich submisser Brief wird wohl eine gute Wirkung hervorgebracht haben. Der Bundestag wird gerührt seyn. Jeder behandelt ihn wie einen Hund und da wird ihm meine Höflichkeit, meine feine Behandlung um so wohler thun. Messeigneurs! Vos Seigneuries! Das ist ihm noch nicht geboten worden. Seht, wird er sagen, da ist einmal ein Mensch welcher menschlich fühlt! welcher uns nicht wie einen Hund behandelt! Und diesen edlen Menschen haben wir verfolgen wollen! haben wir für irreligiös, für unmoralisch erklärt! – Und sechs und dreyzig Taschentücher werden von bundestäglichen Thränen benetzt werden.

...

Es bleibt nun übrig ein Buch herauszugeben welches höchst interessant und liebenswürdig sey ohne weder die Politik noch die Religion zu berühren. Dieses Buch ist im Manuskript bereit, wenigstens bis auf eine kleine Abschreiberey und ich hatte die Absicht dasselbe unter dem Titel: Salon 3ten Theil herauszugeben, um die vorhergehenden Bände etwas zu pussiren. Werden Sie dieses Buch *jetzt* drucken können, *mit meinem Namen* drucken können? Sind Sie der Meinung, daß der harmlose Inhalt das Buch schützt vor die Ausführung des bundestäglichen Interdikts und der Preußischen Polizeyordonanz? oder, wagen Sie es nicht, meinen Namen auf das Titelblatt zu setzen? wollen Sie das Buch kurzweg Salon 3ter Band nennen?

... Ich glaube Julius Campe giebt der Welt das Schauspiel ein Buch mit meinem Namen herauszugeben als ob gar nichts passirt sey. Aufschieben die Herausgabe ist auch nicht räthlich; ich glaube, das Publikum erwartet eben jetzt ein Buch von mir und freut sich, wenn wir uns nicht banghosig ducken. –

Campe wollte keinen offenen Konflikt mit den Regierungen und hatte Heine zuvor geraten, *sich in keinen Kampf mit den Regierungen ietzt einzulaßen.* Über einflußreiche Berliner Freunde erreichte er im Ministerrat einen Erlaß, der das vorher ergangene Verbot teilweise wieder aufhob. Die Regierung Seiner Majestät König Friedrich Wilhelms III. gab Campe die Erlaubnis, Heines Bücher in Preußen zu vertreiben, sofern sie die Billigung der königlichen Zensur fänden. Unverzüglich sandte Campe das Manuskript des dritten Bandes des ›Salon‹ an den Zensor in Berlin und teilte dies dem Autor mit.

Heine war verzweifelt; am 22. März schrieb er:

Lieber Campe! Ihr Brief vom 15ten März, den ich diese Nacht zu Hause vorfand, hat mich in eine Bestürzung versetzt, die mir noch den Kopf betäubt. Eine Sache steht jedoch klar in meinem Kopfe: ich werde nicht die deutsche Presse an Preußen verrathen, ich werde meine Ehre nicht um Buchhonorar verkaufen, ich werde auch nicht den gringsten Makel meinem schönen, reinen Namen anheften, ich werde mich nicht der preußischen Censur unterwerfen! ...

Ich bin krank vor Gram. Ich sehe ein, daß auch die Parthey der Gemäßigten eine geschlagene ist. Ich werde jetzt (...)* ich weiß wahrhaftig noch nicht was ich thun werde! Zu allererst rette ich meine Ehre. Ich verstehe hier keinen Spaß, Campe, und ich hoffe ich erlange bald mein Manuskript. Früher kann ich nicht schlafen.

Er schickte der ›Allgemeinen Zeitung‹ in Augsburg eine detaillierte Erklärung, warum er nicht zulassen könne, daß seine Werke der Zensur vorgelegt würden.

Die Nachrichten aus Deutschland wurden immer trostloser. Auch die französischen Verleger nahmen – zumindest für die nächste Zeit – von Publikationen Abstand. Der Onkel in Hamburg ließ sich nicht erweichen. Die Gläubiger wurden zudringlicher.

Mathilde hatte von seinen Sorgen keine Ahnung und wollte auch nichts davon wissen. Stundenlang gab sie sich mit ihrem Papagei »Coquotte« ab, brachte ihm das Sprechen bei, lachte, wurde zornig, erzählte aufgeregt von den neuen kleinen Hüten, die sie im Laden gesehen hatte, und flehte ihn an, Geld zu beschaffen.

Mitunter war er so bedrückt, daß er Mathilde mit dem Vorschlag, gemeinsam zu sterben, erschreckte – sie sollten sich vergiften oder erschießen. Doch jede neue Hoffnung versetzte ihn wieder in Hochstimmung.

Varnhagen und Rahel hatten ihm geschrieben, Metternich habe über dem ›Buch der Lieder‹ geweint. Vielleicht wußte er auch, daß Heine ihn, den weisen Fürsten, in den ›Bädern von Lucca‹ mit Sympathie erwähnte? Wohl hatte er Metternich ein andermal heftig getadelt, aber unlängst hatte er gehört, Metternich sei von seinen ›Französischen Zuständen‹ entzückt gewesen, besonders darüber, wie er Talleyrand verspotte – jenen Talleyrand, der dreizehn verschiedenen Regierungen die Treue geschworen hatte.

Kurz entschlossen schrieb er einen Bittbrief an Fürst Clemens Lothar Wenzel von Metternich, bat ihn um Protektion und darum, die Verbote seiner Bücher rückgängig zu machen und die Zensur zu mildern.

* Heines eigene Auslassungen werden durch in Klammern stehende Punkte (...) gekennzeichnet.

Eine Antwort bekam er nie. Dafür aber wurde bald bekannt, Metternich und Gentz, die seine Gedichte angeblich sehr liebten, hätten gefordert, daß die ›Allgemeine Zeitung‹ und alle anderen deutschen Zeitungen keine Artikel Heines, dieses »gottlosen Scheusals«, mehr veröffentlichen sollten.

Heinrich Laube wurde sogar von preußischen Gendarmen verhaftet und zu achtzehn Monaten Festung verurteilt.

Heine und Mathilde fuhren aufs Land, weit weg von schlimmen Nachrichten, von der Hast des Pariser Alltags, von Klatsch und lästigen Gläubigern. Sie flohen auch vor den Emigranten, die ihren berühmten Landsmann immer öfter um Hilfe und Fürsprache angingen, vor Journalisten, die ihre Nase in alle Einzelheiten seines Lebens steckten, vor preußischen und österreichischen Spionen.

Seit gestern Mittag bin ich auf dem Lande und genieße den holdseeligen Monath May (...) es fiel nehmlich diesen Morgen ein sanfter Schnee und die Finger zittern mir vor Kälte. Meine Mathilde sitzt neben mir vor einem großen Kamin und arbeitet an meinen neuen Hemden; das Feuer übereilt sich nicht im Brennen, ist durchaus nicht leidenschaftlich gestimmt und verkündet seine Gegenwart nur durch einen gelinden Rauch. – Ich habe die letzte Zeit in Paris sehr angenehm verlebt, und Mathilde erheitert mir das Leben durch beständige Unbeständigkeit der Laune; nur höchst selten noch denke ich daran, mich nebst sie zu vergiften oder zu asphixiren; wir werden uns wahrscheinlich auf eine andere Art um's Leben bringen, etwa durch eine Lektüre, bei der man vor Langeweile stirbt. –
Herr N. hatte ihr so viel Rühmliches über meine Schriften gesagt, daß sie keine Ruhe hatte, bis ich zu Renduel ging und die französische Ausgabe der Reisebilder für sie holte. Aber kaum hatte sie eine Seite drin gelesen, als sie blaß wie der Tod wurde, an allen Gliedern zitterte und mich um Gotteswillen bat, das Buch zu verschließen. Sie war nehmlich auf eine verliebte Stelle drin gestoßen, und eifersüchtig wie sie ist, will sie auch nicht einmal, daß ich *vor* ihrer Regierung einer andern gehuldigt haben sollte; ja, ich mußte ihr versprechen, daß ich hinfüro auch keine Liebesphrasen an erfundene Idealgestalten in meinen Büchern richten wolle.

Dies schrieb er am 3. Mai 1836 aus dem Dorf Coudry an August Lewald in Stuttgart.

Doch bald ließ er Mathilde dort zurück und fuhr wieder nach Paris, zog gleich mit zwei Grisetten – Augustine und Celeste – in eine neue Wohnung. Wieder einmal wollte er sich von der »stets unsteten«, launenhaften Mathilde befreien, er konnte jedoch nicht mehr einsam und allein leben. Seine neuen Freundinnen ließen ihn zwar politische und literarische Sorgen vergessen, belästigten ihn dafür aber mit ihren eigenen Zwistigkeiten und Rivalitäten.

***

Adolphe Thiers, der Historiker und Außenminister, begegnete Heine immer sehr freundschaftlich, obwohl er wußte, daß dieser seine antideutsche Politik heftig kritisiert hatte, ebenso wie die von Thiers angeordnete blutige Unterdrükkung der französischen Republikaner. Heine schätzte ihn jedoch als Wissenschaftler und brillanten Publizisten; auch in ihren literarischen Urteilen stimmten sie häufig überein. Mehr noch, sie hatten einen gemeinsamen Freund, den sie beide gleichermaßen bewunderten, den Historiker François Mignet. Auf Bitten Mignets hatte Thiers veranlaßt, Heine und einigen anderen politischen Emigranten eine Pension der französischen Regierung auszusetzen.

Nach der Juli-Revolution hatte die Regierung einen Geheimfonds geschaffen, um ihre Anhänger im Ausland sowie die in Frankreich lebenden liberalen und demokratischen Emigranten zu unterstützen.

Mignet und Thiers erklärten Heine, daß ihm diese Zuwendung keinerlei Verpflichtungen auferlege; was immer er über eine französische Regierung und zu jeder beliebigen Frage der europäischen Politik schriftlich oder mündlich äußern werde, es werde diese Pension nicht beeinträchtigen. Deutsche, polnische, italienische, griechische Freiheitskämpfer erhielten solche Zuwendungen. Dies sei auch der Grund für die Geheimhaltung; man wolle jenen monarchischen Regierungen, die Frankreich fortwährend beschuldigten, es schüre revolutionäre Unruhen, keinen Vorwand für neue diplomatische Proteste und Feindseligkeiten geben.

Heine war einverstanden. Er brauchte Geld und war der Meinung, daß diese Unterstützung nicht anstößig sei. Auch Baron Cotta, der Herausgeber der Augsburger ›Allgemeinen Zeitung‹, ein unabhängiger Freigeist, erhielt Geldzuweisungen aus diesem Geheimfonds. Das monarchische und dennoch liberale Frankreich unterstützte nicht nur Gleichgesinnte, sondern auch Andersdenkende, fortschrittliche, demokratische Emigranten.

Heines Pension wurde auf 4800 Francs im Jahr festgesetzt, so viel, wie er von seinem Onkel erhalten hatte, solange ihre Beziehungen gut waren.

Er verbarg seinen Freunden nicht, daß er diese Pension erhielt. Als jedoch 1848 republikanische Zeitungen die »geheimen Pensionäre der Monarchie« – darunter auch Heine – mit großer Emphase anprangerten, behauptete der eine oder andere seiner Freunde, er könne sich an keine solche vertrauliche Mitteilung erinnern.

Heine erwähnte, daß er auch dem »roten Doktor« Marx von der Pension erzählt habe. Marx hat dies in einem Brief an Engels bestätigt: Heine werde wohl von schlechtem Gewissen gequält, der kranke Dichter sei aber zu bedauern.

Alexander Weill erzählt in seinen Aufzeichnungen, Heine habe ihm 1843 gesagt:

> Ich wollte nichts von der Julimonarchie. Ich ging nicht zu ihr, sie kam zu mir. Sie hat mich weder bekehrt noch bestochen, sie bindet mich nicht im geringsten. Baron Cotta weiß darüber genau Bescheid, er hat ja mit Thiers verhandelt. Ich fühle mich absolut nicht bestochen. Oder doch nur so: Als ich meine sechstausend Franken noch nicht erhielt, erhob ich alle Pariser Staatsmänner in den Himmel; seit ich meine Pension habe, wage ich kaum noch ein Wörtchen zu ihrem Lobe zu sagen, aus Furcht, ich käme mir selbst bestochen vor.

Diese Beteuerungen waren keine eitle Prahlerei. Auch seinem Onkel, dem Bankier, von dem er sein Leben lang abhängig war, begegnete Heine stets betont souverän, und manchmal spottete er ganz herausfordernd. Seit er die geheime Pension von der französischen Regierung bezog, suchte er seine politische Unabhängigkeit noch direkter hervorzukehren; er wollte sich selbst und denen, die ihm die Pension gewährten, beweisen, daß er ihnen nichts schuldig sei.

Er verspottete den König, seine Minister, den Thronfolger, der sich als Freund des Dichters bezeichnete und ihn mehrmals privat zu sich einlud, und ebenso unverfroren spottete er über den Bankier Rothschild, den Gläubiger der Monarchen Europas, den reichsten Mann der Welt. Baron Rothschild und seine charmante Frau Betty, eine Liebhaberin französischer und deutscher Dichtung, nannten Heine ihren Freund. An der Festtafel wies man ihm stets einen Ehrenplatz an.

Im Sommer 1835 lud ihn Betty Rothschild auf ihr Landgut:

Schon lange haben wir das Vergnügen, Sie zu sehen, entbehrt, erfüllen Sie daher bald Ihr freundliches Versprechen, uns zu besuchen und unsere ländliche Stille durch Ihren heitern Geist zu beleben.

Auch der Baron selbst schrieb an ihn:

Machen Sie uns doch das Vergnügen, Sie in unserem engsten Familienkreis zu sehen, lieber Doktor. Mein Bruder Anselm, ein außergewöhnlich kluger und gebildeter Mensch, hat den natürlichen Wunsch, persönliche Bekanntschaft zu schliessen mit dem liebenswerten Autor der ›Reisebilder‹. Indem ich mich um die Verwirklichung seines Wunsches bemühe, finde ich einen Anlaß, auch meinen eigenen Egoismus zu befriedigen. Kommen Sie bitte, lieber Doktor, Sie wissen ja, wie gern man Sie bei uns als Gast sieht.
Ihr ergebenster Baron J. Rothschild.

Heine besuchte den Bankier gern. In seinen Gästezimmern und Wintergärten, an seiner Tafel traf er Dichter, Minister, Komponisten, Maler und Schauspieler. In ihrer aller Gegenwart spottete er ungeniert über den Hausherrn, der selbst vom russischen Zaren und vom Papst umworben wurde. Doch Rothschild ließ sich nicht einmal von Heines bösesten Witzen kränken, obwohl sie bereits wenige Tage später in französischen und deutschen Zeitungen nachzulesen waren.

In einem Gespräch bei Tisch bemerkte Heine einmal unvermittelt: »Ein Historiker hat gesagt: Der erste König war ein erfolgreicher Soldat –, dann muß der erste Bankier natürlich ein erfolgreicher Betrüger gewesen sein.«

Rothschild lachte lauter als alle anderen.

Als der Baron von einer Reise durch Frankreich erzählte, beschrieb er auch die Zuflüsse des Oberlaufs der Seine – winzige, kristallklare, durchsichtige Quellen – »und man bedenke nur, daß aus ihnen der breite, trübe, schmutzige Fluß wird, der unter unseren Brücken dahinströmt. . . Nicht wahr, Doktor Heine, ein poetisches Thema?«

»Ja natürlich, Herr Baron, man erzählt ja auch, Ihr Vater sei nicht reich gewesen, dafür aber ein ehrlicher Mensch mit reinster Seele.«

Keiner der Gäste wagte auch nur zu lächeln, und Rothschild lenkte das Gespräch auf ein anderes Thema, als hätte er nichts bemerkt.

Während eines besonders festlichen Diners mit zahlreichen Gästen öffnete Rothschild eine Flasche »Lacrimae Christi«, einen wertvollen alten Wein, und fragte:

»Sagen Sie, Doktor Heine, sie sind doch ein gelehrter Mann. Wieso hat der Wein diesen seltsamen Namen?«

»Nichts einfacher als das. Christus vergießt Tränen, weil die besten Weine von armen, ehrlichen Menschen gekeltert, aber von reichen Gaunern getrunken werden. Alle sind betrübt darüber, auch der Erlöser selbst...«

Er machte keinen Hehl daraus, wie er über Rothschild dachte. In einer Korrespondenz für die ›Allgemeine Zeitung‹ vom 31. März 1841 schrieb er, daß ein großer europäischer Krieg drohe, und die Finanziers seien an den politischen Manövern und Machenschaften der Regierungen unmittelbar beteiligt:

> Herr von Rothschild ist in der That der beste politische Thermometer; ich will nicht sagen Wetterfrosch, weil das Wort nicht hinlänglich respectvoll klänge. ... Ich besuche ihn am liebsten in den Bureaux seines Comptoirs, wo ich als Philosoph beobachten kann, wie sich das Volk und nicht blos das Volk Gottes, sondern auch alle andern Völker vor ihm beugen und bücken. Das ist ein Krümmen und Winden des Rückgrads, wie es selbst dem besten Akrobaten schwer fiele. ...
> Jenes Privatcabinet ist in der That ein merkwürdiger Ort, welcher erhabene Gedanken und Gefühle erregt, wie der Anblick des Weltmeeres oder des gestirnten Himmels: wir sehen hier, wie klein der Mensch und wie groß Gott ist! Denn das Geld ist der Gott unserer Zeit und Rothschild ist sein Prophet.

Im vertrauten Umgang mit den Finanzgewaltigen Europas war Heine ebenso unabhängig wie in seinen öffentlichen Urteilen.

Das war derselbe Heine, der nur wenige Jahre zuvor seinen Onkel demütig um Hilfe ersucht hatte. Er bat ihn um Verzeihung, obwohl er sich nicht für schuldig hielt, drohte ihm Enthüllungen an, drohte, er werde Satiren über ihn schreiben, kurzum – erpreßte ihn. Bald aber klagte er wieder wehmütig und verlangte Verständnis und Mitleid.

Am 1. September 1837 schrieb er dem Onkel einen Brief, schickte ihn jedoch über seinen Bruder Maximilian, denn er fürchtete, daß seine Briefe von seinem Cousin Carl und den Schwiegersöhnen Salomon Heines abgefangen würden.

... ich habe ... dafür gesorgt, daß, wenn wir alle längst im Grabe liegen, mein ganzes Leben, mein ganzes reines, unbeflecktes obgleich unglückliches Leben, seine gerechte Anerkennung findet. Aber, theurer Onkel, es liegt mir sehr viel daran, die Unliebe, womit jetzt Ihr Herz wider mich erfüllt ist, zu verscheuchen und mir Ihre frühere Zuneigung aufs neue zu erwerben. Dieses ist jetzt das schmerzlichste Bedürfniß meiner Seele, und um diese Wohlthat bitte ich, bettle ich und flehe ich mit der Unterwürfigkeit, die ich immer Ihnen gegenüber empfunden .... Und dann habe ich Sie nie anders beleidigt als mit Worten, und Sie wissen daß in unserer Familie, bey unserem aufbrausenden und offenen Charakter, die bösen Worte nicht viel bedeuten und in der nächsten Stunde, wo nicht gar vergessen, doch gewiß bereut sind. ...
Vor drey Monath habe ich bereits, von Granville aus, Sie um Verzeihung gebeten, ... Aber ich wiederhole heute dieselben Bitten, und beschwöre Sie mir wieder Ihr großmüthiges Herz zu öffnen; ich beschwöre Sie darum mit Thränen. Das Unglück hat mich so sehr niedergebeugt, daß ich schaudre wenn ich an die heillosen Wirkungen einer Fehlbitte zu denken wage.
... Was mich noch aufrecht hält, ist der Stolz der geistigen Obermacht, die mir angeboren ist, und das Bewußtseyn, daß kein Mensch in der Welt, mit wenigen Federstrichen, sich gewaltiger rächen könnte als ich, für alle offene und geheime Unbill, die man mir zufügt –

Dieser Brief blieb ohne Antwort.

***

Im Frühjahr 1838 war sein Manuskript für einen neuen Gedichtband druckfertig – ›Nachtrag zum Buch der Lieder‹. Campe hatte Angst davor, dieses Manuskript der Zensurbehörde vorzulegen, und übergab es Karl Gutzkow. Der hatte inzwischen dem Radikalismus der »Jungdeutschen«, zu dem er sich noch wenige Jahre zuvor leidenschaftlich bekannt hatte, abgeschworen. Am 6. August 1838 schrieb er an Heine, den er früher pathetisch zu loben pflegte:

Dichter der Reisebilder, man hat Dir viele Sünden vergeben, weil es Dornen an Rosen waren; aber diese neuen, Heine, die nur Dornen sind, vergiebt man Ihnen nicht! Für »den ungezogenen Liebling der Grazien« giebt es auch eine Gränze, und diese haben Sie in jener

Gesangsmanier längst überschritten. Sie kennen die allgemeine Stimme, die über Ihre Gedichte auf die Pariser Boulevardsschönheiten mit den stolzen Namen: Angelika u. s. w. im Salon in Deutschland herrscht ... Sie scheinen mir in einer Sorglosigkeit über Ihren Namen befangen, die gränzenlos ist. Sie gehören doch einmal den Deutschen an und werden die Deutschen nie anders machen, als sie sind. Die Deutschen sind aber gute Hausväter, gute Ehemänner, Pedanten, und was ihr Bestes ist, Idealisten. ... Welcher Deutsche Autor aufhört in die Höhe zu blicken, *wer in seinen Augen den himmlischen Glanz* verliert, der verliert auch seine Stellung im Volke. ... durch diesen Nachtrag ruiniren Sie Ihre Stellung so, daß selbst Ihre Freunde die Feder niederlegen und sich bescheiden müssen. Geben Sie das Buch auf!

Heine antwortete höflich, war einverstanden, mit der Veröffentlichung noch zu warten und einige Gedichte »auszusieben«, wies jedoch Gutzkows moralisierende Vorwürfe entschieden zurück.

Das aber wollte Gutzkow nicht schweigend hinnehmen. Ein Jahr darauf veröffentlichte er seinen »persönlichen und freundschaftlichen« Brief an Heine, und bald darauf beschimpfte er den »unmoralischen«, »gallifizierten« Dichter heftig und machte sogar antisemitische Anspielungen. Heine antwortete nicht mehr.

Lediglich in Briefen an seine Freunde schrieb er manchmal wütend und verächtlich über Gutzkow und andere Heuchler – über Frömmler und Atheisten. Weder die einen noch die anderen konnten ihm sein frevelhaftes und dennoch gottgläubiges Gedicht ›Das Hohelied‹ verzeihen:

Des Weibes Leib ist ein Gedicht,
Das Gott der Herr geschrieben
Ins große Stammbuch der Natur,
Als ihn der Geist getrieben.

...

Führwahr, der Leib des Weibes ist
Das Hohelied der Lieder;
Gar wunderbare Strophen sind
Die schlanken, weißen Glieder.

O welche göttliche Idee
Ist dieser Hals, der blanke,
Worauf sich wiegt der kleine Kopf,
Der lockige Hauptgedanke!

Der Brüstchen Rosenknospen sind
Epigrammatisch gefeilet;
Unsäglich entzückend ist die Cäsur,
Die streng den Busen teilet.

. . .

Das ist kein abstraktes Begriffspoem!
Das Lied hat Fleisch und Rippen,
Hat Hand und Fuß; es lacht und küßt
Mit schöngereimten Lippen.

. . .

Lobsingen will ich dir, o Herr,
Und dich im Staub anbeten!
Wir sind nur Stümper gegen dich,
Den himmlischen Poeten.

Versenken will ich mich, o Herr,
In deines Liedes Prächten;
Ich widme seinem Studium
Den Tag mitsamt den Nächten.

***

Heine hatte schon seit langem den Wunsch, eine Tageszeitung in deutscher Sprache herauszugeben, eine »Pariser Zeitung« für Deutsche; 1838 gelang es ihm, Geldgeber und Mitarbeiter zu finden. Er bemühte sich um Genehmigungen der deutschen Regierungen für den Verkauf dieser Zeitung in ihren Ländern. Durch verschiedene Mittelsmänner versicherte er vor allem die preußische Regierung seiner Loyalität, versprach sogar, in außenpolitischen Fragen Preußens Interessen zu verteidigen. Berlin blieb jedoch unerbittlich, und das Projekt platzte zu einem Zeitpunkt, als alles auf dem besten Weg zu sein schien und sicheren Gewinn versprach.

Im Frühjahr erkrankte Mathilde. Sie spuckte Blut. Heine brachte sie in ein Spital. Er selbst kränkelte auch. Seine Kopfschmerzen kamen häufiger und wurden stärker, das Augenleiden verschlimmerte sich – er konnte nur mit Mühe lesen. Aber als ihm die Ärzte versicherten, Mathilde werde geheilt, müsse allerdings einige Wochen im Spital zubringen, empfand er freudige Erleichterung: er brauchte sich nicht mehr um sie zu ängstigen und entging ihrer eifersüchtigen Wachsamkeit.

Er bezog eine andere Wohnung. Er und Mathilde neigten dazu, ihre Behausung immer wieder zu wechseln; mal war sie zu eng, mal war die Straße zu laut. In dem neuen Haus lebte er mit Caroline Olivier, der Primadonna eines Varieté-Theaters, zusammen. Anders als Mathilde kannte sie seine Artikel und Bücher recht gut, verstand seine Scherze und war selbst eine scharfsinnige Spötterin. Er hatte sie einem mächtigen Nebenbuhler ausgespannt, dem Marschall Maison.

Später, in den Monaten, als sich Mathilde nach der Behandlung im Spital in ihrer Heimat erholte, wo die Verwandten sie mit warmer Kuhmilch kräftigten, hatte er in Paris wieder eine neue, ganz und gar geheime Freundin – Cécile Furtado, die achtzehnjährige Tochter eines Bankiers, ein anmutiges, kluges Mädchen und die Verlobte seines Hamburger Cousins Carl. Im Bewußtsein, daß er über diesen aufgeblasenen Verwandten, ja über die ganze Millionärskaste triumphierte, genoß er ihre Zärtlichkeit mit besonderer Lust. Da herrschten diese Kerle selbstgefällig über Börsen und Märkte, kauften sogar manche Regierungen und Armeen und waren doch nicht imstande, ihre Töchter und Bräute vor der Liebe eines bettelarmen Dichters zu bewahren.

Als der Sommer zu Ende ging, kehrte Mathilde zurück. Wieder zogen sie um. Er trennte sich in Freundschaft von der kleinen Caroline; später trafen sie sich noch wiederholt. Und auch Cécile wünschte er mit aufrichtiger Herzlichkeit eine glückliche Ehe und beauftragte sie, seine Interessen am Hofe ihres Schwiegervaters zu vertreten.

Während Mathilde noch im Spital lag, hatte er dem Komponisten Meyerbeer geklagt (am 24. März 1838):

... *vor* dem Bundestagsbeschluß gegen das junge Deutschland und das Preußische Totalverboth meiner Schriften, konnte ich 80,000 Franks für eine Gesammtausgabe meiner Werke bekommen, und jetzt mußte ich sie vorigen Winter, um nur Brod, Medizin und Holz zu kaufen, für lumpige 20,000 Franks an Hoffman und Campe verschleudern!

Mit Meyerbeer, dem narzißtischen, krankhaft eitlen Maestro, befreundet zu sein, war keineswegs einfach. Heine war stets darum besorgt, daß keine Rezensionen erschienen, die Meyerbeer kränkten. Er brachte es sogar fertig, Journalisten und Redakteure dafür zu bestechen. Wenn er erfuhr, daß eine böse Kritik druckreif war, versuchte er sie »zu kaufen«, er mietete Claqueure und sorgte dafür, daß bei den Pariser Aufführungen von Meyerbeers Opern nur die besten Sängerinnen und Sänger mitwirkten.

Heine kümmerte sich um Meyerbeers Angelegenheiten ebenso eifrig wie um seine eigenen, denn er liebte Meyerbeers Musik und schätzte ihn damals noch höher als Mendelssohn. Seine Opern ›Die Hugenotten‹ und ›Robert der Teufel‹ hielt er für Meisterwerke. Meyerbeer seinerseits übernahm mehrmals die Rolle des Vermittlers zwischen Heine und seinem Onkel, der den Komponisten bewunderte. Er hatte Erfolg. Salomon Heine zahlte dem Neffen ab Januar 1839 erneut eine Pension von 4000 Francs im Jahr. Die Pension der französischen Regierung reichte Heine gerade für Wohnung und Essen. Seine Honorare aus Deutschland waren unbeständig und eher spärlich, und immer wieder gab es Ärger mit den Verlegern.

Sein Pamphlet ›Der Schwabenspiegel‹, das in Campes Verlag im ›Jahrbuch der Literatur‹ erschien, war von der Zensur verstümmelt worden. Heine glaubte, Campe sei schuld daran; er schrieb ihm am 19. Dezember 1838:

Wenn ich Ihnen erst heute schreibe, so liegt die Schuld an der Schwäche meiner Augen; ich muß fast immer diktiren und diktirter Unwille sieht weit herber aus, als der eigenhändige. Aber heute muß ich Ihnen durchaus schreiben, denn so eben erhalte ich den Schwabenspiegel. Hier bin ich wieder verkauft und verrathen oder wenigstens sind meine theuersten Interessen den kläglichsten Rücksichten ... aufgeopfert. Sie hatten schon genug an mir versündigt durch die ohne mein Wissen zugegebene Verstümmelung des 2ten Salontheils und der romantischen Schule – Sie waren Schuld, daß mir die ganze Schriftstellerey verleidet wurde, daß ich lieber gar nichts schrieb, als daß ich meine Kinder in Ihre ungetreue Hände nach Hamburg schicken wollte – ...

In den nächsten Monaten kam es darüber zu einer öffentlich ausgetragenen Kontroverse zwischen Autor und Verleger. Heine ließ in der ›Zeitung für die elegante Welt‹ in Leipzig eine »Erklärung« abdrucken: ›Der Schwabenspiegel‹ sei vom Verlag *dergestalt verstümmelt worden, daß ich die Autorschaft desselben ablehnen muß.* Campe rechtfertigte sich öffentlich und erklärte, die Verstümmelungen seien auf die sächsische

Zensur zurückzuführen (›Der Schwabenspiegel‹ war in Sachsen gedruckt und zensiert worden). Darauf veröffentlichte Heine im April 1839 unter dem Titel ›Schriftstellernöthen‹ einen zehn Seiten langen »Offenen Brief« an seinen Freund Julius Campe, in dem er darlegte, wie oft und wie sehr seine Bücher von der Zensur verstümmelt worden waren. Und in einem persönlichen Brief an Campe vom 12. April schrieb er:

Welche fatale Beschäftigung Sie mir aufgesackt, ... Ich hoffe, Sie bedanken sich für die Mäßigung, die ich dabey an den Tag gelegt und die Sie wahrhaftig nicht verdienten, ... – Liebster Campe, jetzt unter vier Augen sag *ich* es Ihnen, nicht aus Gutmüthigkeit habe ich Ihnen so milde geantwortet auf Ihre schauderhafte Anzeige – (Antworten mußte ich jedenfalls, sonst glaubte das Publikum Sie hätten mich so sehr in Händen daß ich mir alles von Ihnen gefallen lassen müsse) – Nein, wenn ich Ihnen nicht derbe antwortete, so geschah es lediglich aus dem Grunde, weil ich, der Vernünftige, wohl einsah, daß ein öffentlich derbes Wort es Ihnen unmöglich machte, künftig was von mir zu verlegen und eine Verbindung, die so lange gedauert und woran ich mich mit Freud und Leid gewöhnt, ein trübes Ende nehmen mußte.

***

Viele seiner Freunde waren gestorben. 1833 starben Rahel Varnhagen und Karl Immermann. 1838 starb Moses Moser, dem er sieben Jahre zuvor die Freundschaft aufgekündigt hatte.

Im Herbst 1839 schickte er Gedichte nach Leipzig an Kühnes ›Zeitung für die elegante Welt‹.

Oh, Deutschland, meine ferne Liebe,
Gedenk ich deiner, wein ich fast!
Das muntre Frankreich scheint mir trübe,
Das leichte Volk wird mir zur Last.
...
Dem Dichter war so wohl daheime,
In Schildas teurem Eichenhain!
Dort wob ich meine zarten Reime
Aus Veilchenduft und Mondenschein.

Die traurigen Verse begleitete ein kurzer Brief:

Mein Lebensalter und vielleicht unsere ganze Zeit ist den Versen nicht mehr günstig und verlangt Prosa.

Beleidge lebendige Dichter nicht,
Sie haben Flammen und Waffen,
Die furchtbarer sind als Jovis Blitz,
Den ja der Poet erschaffen.

Im August 1840 erschien bei Hoffmann und Campe in Hamburg das Buch ›Heinrich Heine über Ludwig Börne‹.

Er hatte die ersten Exemplare noch nicht erhalten, da tobte in der deutschen Presse schon ein Orkan von Beschimpfungen, Verwünschungen und Drohungen. Auch Zeitungen und Kritiker, die noch kurz zuvor eher mit ihm als mit Börne sympathisiert hatten, fielen in das wütende Haßgeschrei gegen Heine ein. Er mußte seinen Freunden, die ihn gewarnt hatten, recht geben: das Buch gegen Börne war ein Stich ins Wespennest.

***

Laube, der im Sommer 1839 nach Paris gekommen war und das Manuskript gelesen hatte, bat ihn nachdrücklich, allzu Schroffes zu vermeiden, alles zu streichen, was über Börnes Äußeres, seinen Charakter und sein Liebesleben spöttisch und gehässig geschrieben war. Börne sei schon drei Jahre tot, und die meisten deutschen Demokraten verehrten und liebten ihn.

Aber eben deswegen wollte Heine mit ihm abrechnen, denn Börnes postume Popularität verstärkte die Wirkung seiner Doktrinen, die Heine verhaßt waren. Börne verdammte alle Poesie, alle Kunst, die nicht zu seinen Vorstellungen von Fortschritt, Freiheit und Gerechtigkeit paßten. Er hatte Goethe einen »gereimten« und Hegel einen »ungereimten Sklaven« genannt. Heine hatte er immer wieder Sitten- und Charakterlosigkeit, Feigheit und Verrat vorgeworfen. Mehrfach hatte er auch versucht, sich mit ihm zu versöhnen, hatte Vermittler gesandt, Begegnungen vorgeschlagen und sogar gemeinsam mit ihm eine Zeitung herausgeben wollen.

Doch in den Briefen, die Börne fast täglich an seine Freundin Jeanette Strauß-Wohl schrieb, wurde Heine nur gehässig und verächtlich erwähnt:

27. Sept. 1831: ... Heines Ernst scheint mir immer affektiert. Es ist ihm nichts heilig ... Heine soll gemein lüderlich sein.
3. Okt. 1831: Ich finde ihn herzlos ...
8. Okt. 1831: Er ... opfert einem Witz nicht bloß das Recht und die Wahrheit, sondern auch seine eigene Überzeugung auf. Dann höre ich überall, er sei von grenzenloser Eitelkeit, und solchen Menschen ist nicht zu trauen. Sie wechseln die Grundsätze wie die Kleider, um mit der Mode fortzugehen. Seine Neigung zur persönlichen Satire, sowohl im Schreiben als im Sprechen, ist mir auch zuwider. Sein Spott ist sehr bösartig, und man muß sich sehr vor ihm hüten, daß man in seiner Gegenwart von keinem etwas erzählt, was er brauchen kann.
13. Okt. 1831: Er fürchte meine Konkurrenz. ... So ein kleinliches Wesen kann mich ganz maliziös machen, und ich wäre imstande, wenn ich einmal bestimmt erführe, worüber Heine schreibt, den nämlichen Stoff zu behandeln, nur um ihn zu ärgern.
... wenn man dem Heine 1000 fr. gibt, lobt er das Schlechteste. ... Heine ... läuft den gemeinsten Straßendirnen bei Tag und Nacht nach ...
24. Okt. 1831: ... ich gab ihm mit dem wärmsten Eifer die besten Verhaltensregeln, wie er seine Lebensart einzurichten und sich zu heilen habe. Es ist aber nicht daran zu denken, daß er sie befolgt; denn sein Charakter ist zu morsch, er hat nicht die geringste Willenskraft mehr.
27. Okt. 1831: Nie ist mir eine feigere Seele vorgekommen, die sich mit solcher Geduld von ihrem Körper tyrannisieren läßt. ... wie eine Wetterfahne gibt er jeder Laune des Windes nach. Zerrissen, ausgefasert, abgefärbt ...; verdrossen, niedergebeugt, wehmütig, wie einer, der den Katzenjammer hat – ich möchte so nicht leben. ... kam er mir vor wie ein welkes Blatt, das der Wind umhertreibt, bis es endlich, durch den Schmutz der Erde schwer geworden, auf dem Boden liegenbleibt und selbst zu Mist wird.
2. Nov. 1831: Der arme Heine wird chemisch von mir zersetzt, und er hat gar keine Ahndung davon, daß ich im Geheim beständig Experimente mit ihm mache.
8. Dez. 1831: Wenn der Heine nur halb ein solcher Schuft ist, als er freiwillig bekennt, dann hat er schon fünf Galgen und zehen Orden verdient. Schon zwanzigmal gestand er mir, und das ganz ohne Not, dem Argwohn zuvorkommend: er ließe sich gewinnen, bestechen; und als ich ihm bemerkte: er würde aber dann seinen Wert als Schriftsteller verlieren, erwiderte er: keineswegs, denn er würde gegen seine Überzeugung ganz so gut schreiben als mit ihr.

5. März 1832: Gewöhnlich ist seine elende Feigheit der Text, über den ich lese. Aber unter dieser Feigheit versteckt sich noch etwas Schlimmeres, eine niederträchtige Gesinnung.

Heine hatte sich betont gleichgültig von Börne ferngehalten, obwohl er vermutete, dies würde ihn mehr in Rage bringen als die zornigste Abfuhr. Aber er hatte damals keine Fehde unter den deutschen Emigranten anzetteln wollen. Schließlich wurden sie ja alle von den Regierungen Preußens, Österreichs, Bayerns und anderer deutscher Staaten verfolgt und bedroht, hatten alle unter Zensoren, Polizisten und Spionen zu leiden!

Er wollte ihren gemeinsamen Feinden nicht in die Hände arbeiten. Doch seine Freunde und Bekannten wußten, daß er Börne verachtete und immer aufgebracht war, wenn ihre Namen zusammen genannt wurden.

Börne hatte es zur Raserei gebracht, daß Heine ihm mit unverhohlener Verachtung aus dem Weg ging; Heine aber hatte Börne um so mehr gehaßt, weil er glaubte, seinen Haß verbergen zu müssen und weil er fühlte, daß sie einander trotz allem seelisch verwandt und schicksalhaft verbunden waren.

Sie unterschieden sich in allem: in ihren politischen Ansichten, in ihren Auffassungen von Liebe, Kunst, Poesie. Ihr Verhalten, ihre Gedanken und Gefühle, ihre Art zu sprechen und zu schreiben waren grundsätzlich verschieden. Und doch verband sie nicht nur ihr so ähnliches, ihr deutsch-jüdisches Schicksal, sondern auch ihre eifersüchtige Haßliebe zum Vaterland, ihre grenzenlose Liebe zur deutschen Sprache, zur deutschen Geistesgeschichte und ihr verächtlicher Haß auf Könige und Fürsten, ihr Abscheu vor deren untertänigen chauvinistischen Ideologen.

Mit Börnes Tod war die Feindschaft nicht beendet. Im Gegenteil, der neue Ruhm Börnes, des verbannten Patrioten, des treuen Ritters deutscher Freiheit, begeisterte seine alten Freunde und seine neuen Parteigänger, die alle Heine als Abtrünnigen, als Opportunisten verdammten.

Der aber haßte mehr als je zuvor Börnes anmaßende Predigten, das feierlich-schwülstige Pathos, den eiskalten Scharfsinn dieses »Laudators der Guillotine«, der für Kunst und Poesie kaum Verständnis gehabt hatte. Dieser »Jesuit der Demokratie« wurde ihm nach dem Tode noch unerträglicher. Denn Heine konnte nicht vergessen, daß er selbst einst ebenso wie Börne hatte glauben wollen, die Poesie müsse dem politischen Kampf dienen.

Den toten Börne konnte sein gelassener Gleichmut nicht mehr treffen. Aber dessen lautstarke Nachfolger glaubten, daß Heines Schweigen alles bestätige, was Börne über ihn gesagt und geschrieben hatte.

Darum hatte er sich endlich doch entschlossen, klar und deutlich über Börne zu schreiben – ohne Zorn, nur mitleidig, großmütig. Ein verächtliches Mitleid sollte ihm helfen, glaubwürdig zu schildern und zu gestalten.

Er hatte sich wirklich vorgenommen, Börnes gute Eigenschaften zu würdigen, seine Äußerungen möglichst getreu wiederzugeben; auch seine eigenen Schwächen wollte er nicht verbergen. Er beabsichtigte, nur die Wahrheit zu schreiben, sie in die Chronik seines ruhelosen Zeitalters einzutragen.

***

Im ›Ersten Buch‹ erzählt Heine von seinen ersten Begegnungen mit Börne – 1827 in Frankfurt – im Ton eines scheinbar unvoreingenommenen und manchmal sogar mitfühlenden, wohlwollenden Berichterstatters. Börne erscheint gesellig, lustig, witzig, und sein politischer Radikalismus, seine Sittenpredigten einer strengen Moral der Enthaltsamkeit werden eher mit ironischem Mitgefühl als mit Antipathie geschildert.

Dann aber beschreibt er Börnes Freundin, Jeanette Strauß-Wohl, die er unverblümt *Madame Wohl* nennt:

Ich sah eine magere Person, deren gelblich weißes, pockennarbiges Gesicht einem alten Matzekuchen glich. Trotz ihrem Aeußern und obgleich ihre Stimme kreischend war, wie eine Thüre, die sich auf rostigen Angeln bewegt, so gefiel mir doch alles, was die Person sagte; sie sprach nämlich mit großem Enthusiasmus von meinen Werken.

Er betont die Unterschiede zwischen Börne und sich selbst:

Schon damals in Frankfurt harmonirten wir nur im Gebiete der Politik, keineswegs in den Gebieten der Philosophie, oder der Kunst, oder der Natur – die ihm sämmtlich verschlossen waren.

Im ›Zweiten Buch‹, in dem Heine sich zur Revolution bekennt, wird Börne nicht ein einziges Mal erwähnt. Diesen Teil bilden Heines Helgoländer Tagebucheintragungen vom Juli und August 1830. Am *1. Julius 1830* – also noch vor Ausbruch der Revolution – schrieb er:

... in Frankreich ... soll es jetzt schlecht aussehen, ... Die dortigen Machthaber sind dieselben Thoren, denen man bereits vor fünfzig Jahren die Köpfe abgeschlagen ... Was half's! sie sind dem Grabe wieder entstiegen, und jetzt ist ihr Regiment thörigter als früher; denn, als man sie aus dem Todtenreich ans Tageslicht heraufließ, haben manche von ihnen, in der Hast, den ersten besten Kopf aufgesetzt, der ihnen zur Hand lag, und da ereigneten sich gar heillose Mißgriffe ...

Er fragte sich, ob es ein Land gäbe, in das er fliehen könnte, wo keine Fürsten, Polizisten und Zensurbeamte herrschten; doch er wußte keine Zuflucht.

Oder soll ich nach Amerika, nach diesem ungeheuren Freiheitsgefängniß, ... wo der widerwärtigste aller Tyrannen, der Pöbel, seine rohe Herrschaft ausübt! ... dort giebt es weder Fürsten noch Adel, alle Menschen sind dort gleich, gleiche Flegel (...) mit Ausnahme freylich einiger Millionen, die eine schwarze oder braune Haut haben und wie die Hunde behandelt werden! ... Dabei machen diese Amerikaner großes Wesen von ihrem Christenthum und sind die eifrigsten Kirchengänger. Solche Heuchelei haben sie von den Engländern gelernt, die ihnen übrigens ihre schlechtesten Eigenschaften zurückließen. Der weltliche Nutzen ist ihre eigentliche Religion, und das Geld ist ihr Gott, ihr einziger, allmächtiger Gott. Freylich, manches edle Herz mag dort im Stillen die allgemeine Selbstsucht und Ungerechtigkeit bejammern. Will es aber gar dagegen ankämpfen, so harret seiner ein Märtyrthum, das alle europäische Begriffe übersteigt.

Am 6. August hatten ihn die *glühend heißen Neuigkeiten* aus Frankreich erreicht. Und nun erklingt in diesem Teil des Buches über Börne ein verzückt-jubelndes Hohelied auf die Juli-Revolution in Paris:

Lafayette, die dreyfarbige Fahne, die Marseillaise (...)
Fort ist meine Sehnsucht nach Ruhe. Ich weiß jetzt wieder was ich will, was ich soll, was ich muß (...) Ich bin der Sohn der Revolution und greife wieder zu den gefeyten Waffen, worüber meine Mutter ihren Zaubersegen ausgesprochen (...) Blumen! Blumen! Ich will mein Haupt bekränzen zum Todeskampf. Und auch die Leyer, reicht mir die Leyer, damit ich ein Schlachtlied

singe (...) ... Ich bin ganz Freude und Gesang, ganz Schwert und Flamme!
Vielleicht auch ganz toll (...) Von jenen wilden, in Druckpapier gewickelten Sonnenstralen ist mir einer ins Hirn geflogen, und alle meine Gedanken brennen lichterloh.

So hatte er im August 1830 empfunden und gedacht. Doch jetzt, 1839, fügt er nach dem ›Zweiten Buch‹ den ergänzenden Abschnitt ›Neun Jahre später‹ hinzu:

Nicht für sich, seit undenklicher Zeit, nicht für sich hat das Volk geblutet und gelitten, sondern für Andre. Im Juli 1830 erfocht es den Sieg für jene Bourgoisie, die eben so wenig taugt wie jene Noblesse, an deren Stelle sie trat, mit demselben Egoismus (...) Das Volk hat nichts gewonnen durch seinen Sieg, als Reue und größere Noth. Aber seyd überzeugt, wenn wieder die Sturmglocke geläutet wird und das Volk zur Flinte greift, diesmal kämpft es für sich selber und verlangt den wohlverdienten Lohn. ...
Doch still, mein Herz, Du verräthst Dich zu sehr (...)

Im ›Dritten Buch‹ tritt Börne wieder auf. Heine schildert, wie er ihn im Herbst 1831 in Paris wiedersah. Die *Strahlen der Julussonne,* die Heine so beglückt und begeistert hatten, waren Börne *leider auch ins Hirn gedrungen. Aus seinen Augen leuchteten bedenkliche Funken.* Heine zitiert Börne, der wie ein eifernder Fanatiker spricht und für rücksichtslosen Terror plädiert:

Revoluzionen sind eine schreckliche Sache, aber sie sind nothwendig, wie Amputazionen, wenn irgend ein Glied in Fäulniß gerathen. Da muß man schnell zuschneiden, und ohne ängstliches Innehalten. Jede Verzögerung bringt Gefahr, und wer aus Mitleid oder aus Schrecken, beym Anblick des vielen Blutes, die Operazion nur zur Hälfte verrichtet, der handelt grausamer als der schlimmste Wütherich. Hol' der Henker alle weichherzigen Chirurgen und ihre Halbheit! Marat hatte ganz recht, il faut faire saigner le genre humain, und hätte man ihm die 300,000 Köpfe bewilligt, die er verlangte, so wären Millionen der besseren Menschen nicht zu Grunde gegangen, und die Welt wäre auf immer von dem alten Uebel geheilt!

Heine kommentiert:

... ich habe angedeutet, wie Börne den zeitgenossenschaftlichen Passionen als Organ diente und seine Schriften nicht als das Produkt eines Einzelnen, sondern als Dokument unserer politischen Sturm- und Drangperiode betrachtet werden müssen.

Dieser Teil endet mit einem Bericht über die mißglückten öffentlichen Auftritte der deutschen Republikaner, die Börne verzückt gepriesen hatte.

Im ›Vierten Buch‹ schreibt Heine unverhohlen feindselig über Börne, der – als Anführer der deutschen Radikalen – Robespierre immer ähnlicher geworden sei:

... im Gesichte lauerndes Mißtrauen, im Herzen eine blutdürstige Sentimentalität, im Kopfe nüchterne Begriffe (...) Nur stand ihm keine Guillotine zu Gebothe, und er mußte zu Worten seine Zuflucht nehmen und bloß verläumden. Auch dieser Vorwurf trifft mehr die Gattungen; denn sonderbar! eben so wie die Jesuiten, haben die Jakobiner das Lügen als ein erlaubtes Kriegsmittel adoptirt, vielleicht weil sich beide der höchsten Zwecke bewußt waren: jene stritten für die Sache Gottes, diese für die Sache der Menschheit (...)
Ob aber bey Ludwig Börne nicht manchmal ein geheimer Neid im Spiele war? Er war ja ein Mensch, und während er glaubte, er ruinire den guten Leumund eines Andersgesinnten nur im Interesse der Republik, während er sich vielleicht noch etwas darauf zu Gute that, dieses Opfer gebracht zu haben, befriedigte er unbewußt die versteckten Gelüste der eignen bösen Natur, wie einst Maximilian Robespierre, glorreichen Andenkens!

Und namentlich in Betreff meiner hat der Selige sich solchen Privatgefühlen hingegeben, und alle seine Anfeindungen waren am Ende nichts anders, als der kleine Neid, den der kleine Tambour-Maitre gegen den großen Tambour-Major empfindet: ...

Diesen bösen Worten folgen erneut häßliche Angriffe auf *Madame Wohl.* Wortreich und abgeschmackt klatscht Heine über die ménage à trois Börnes mit ihr und ihrem Mann; pathetisch beklagt er die Entweihung der Ehe, den Verfall der Sitten. Und nach der Schilderung seiner letzten Begegnungen mit Börne in Paris folgt fast unvermittelt eine Erklärung, warum er dieses Buch geschrieben habe:

Ich war nie Börne's Freund, und ich war auch nie sein Feind. ... Ich habe während er lebte auch keine Zeile gegen ihn geschrieben, ich gedachte seiner nie, ich ignorirte ihn komplet und das ärgerte ihn über alle Maaßen.
... indem ich nur von der eignen Anschauung ausgehe bey der Schilderung des Mannes, dürfte das Standbild, das ich von ihm liefere, vielleicht als ein ikonisches zu betrachten seyn. Und es gebührt ihm ein solches Standbild, ihm dem großen Ringer, der in

der Arena unserer politischen Spiele so muthig rang, und wo nicht den Lorbeer, doch gewiß den Kranz von Eichenlaub ersiegte.
... Er war ja weder ein Genie noch ein Heros; er war kein Gott des Olymps. Er war ein Mensch, ein Bürger der Erde, er war ein guter Schriftsteller und ein großer Patriot.

So hatte sich Heine bemüht, objektiv über seinen Feind zu schreiben, nicht nur über seine Robespierreschen Züge, sondern auch über sein publizistisches Talent und seinen tapferen Patriotismus:

Ja, dieser Börne war ein großer Patriot, vielleicht der größte, der aus Germanias stiefmütterlichen Brüsten das glühendste Leben und den bittersten Tod gesogen! In der Seele dieses Mannes jauchzte und blutete eine rührende Vaterlandsliebe, die ihrer Natur nach verschämt, wie jede Liebe, sich gern unter knurrenden Scheltworten und nergelnden Murrsinn versteckte, aber in unbewachter Stunde desto gewaltsamer hervorbrach.

Doch nach diesen Sätzen ertönt, zunächst fast unmerklich, eine ironische Kontrastmelodie; die lobende Ode wird zum spöttischen Bänkelsang:

Wenn Deutschland allerley Verkehrtheiten beging, die böse Folgen haben konnten, wenn es den Muth nicht hatte eine heilsame Medizin einzunehmen, sich den Staar stechen zu lassen oder sonst eine kleine Operazion auszuhalten, dann tobte und schimpfte Ludwig Börne, und stampfte und wetterte; – wenn aber das vorausgesehene Unglück wirklich eintrat, wenn man Deutschland mit Füßen trat oder so lange peitschte bis Blut floß: dann schmollte Börne nicht länger, und er fing an zu flennen, der arme Narr, der er war, und schluchzend behauptete er alsdann, Deutschland sey das beste Land der Welt, und das schönste Land, und die Deutschen seyen das schönste und edelste Volk, eine wahre Perle von Volk, und nirgends sey man klüger als in Deutschland, und sogar die Narren seyen dort gescheut, und die Flegeley sey eigentlich Gemüth, und er sehnte sich ordentlich nach den geliebten Rippenstößen der Heimath, und er hatte manchmal ein Gelüste nach einer recht saftigen deutschen Dummheit, wie eine schwangere Frau nach einer Birne.

Und unmittelbar darauf, ohne Atem zu holen – es beginnt nicht einmal ein neuer Absatz –, wird der böse Spötter zum wehmütigen, traurigen Poeten:

Auch wurde für ihn die Entfernung vom Vaterlande eine wahre Marter, und manches böse Wort in seinen Schriften hat diese Qual hervorgepreßt. Wer das Exil nicht kennt, begreift nicht, wie grell es unsere Schmerzen färbt, und wie es Nacht und Gift in unsere Gedanken gießt. Dante schrieb seine Hölle im Exil. Nur wer im Exil gelebt hat, weiß auch was Vaterlandsliebe ist, Vaterlandsliebe mit all ihren süßen Schrecken und sehnsüchtigen Kümmernissen!

Diese »Dreifaltigkeit« von Stilen – Ode, Satire und Elegie – ist eine der Eigenarten von Heines Prosa.

Im ›Fünften‹ und letzten ›Buch‹ verteidigt sich Heine gegen Angriffe Börnes und seiner Anhänger. Gleichzeitig aber greift er selbst an. Er ficht für die Rechte der Poesie, der Kunst, der freien Persönlichkeit, gegen Doktrinäre und Fanatiker.

Seite für Seite füllt er mit Börne-Zitaten, mit dessen journalistischen Attacken gegen ihn. Er zitiert seinen Widersacher und führt ungekürzt längere Abschnitte an, ohne sie durch Einwände oder kritische Kommentare zu unterbrechen:

Heine bettelt der Natur ihren Nektar und Blüthenstaub ab, und bauet mit bildendem Wachse der Kunst ihre Zellen aber er bildet die Zelle nicht, daß sie den Honig bewahre, sondern sammelt den Honig, damit die Zelle auszufüllen. Darum rührt er auch nicht wenn er weint; denn man weiß, daß er mit den Thränen nur seine Nelkenbeete begießt. Darum überzeugt er nicht, wenn er auch die Wahrheit spricht, denn man weiß daß er an der Wahrheit nur das Schöne liebt. Aber die Wahrheit ist nicht immer schön, sie bleibt es nicht immer. ...
Den verzärtelten Heine, bei seiner Sybaritischen Natur, kann das Fallen eines Rosenblattes im Schlafe stören; wie sollte er behaglich auf der Freiheit ruhen, die so knorrig ist? ...
... der arme Heine ... hat zwei Rücken, er fürchtet die Schläge der Aristokaten und die Schläge der Demokraten, und um beiden auszuweichen muß er zugleich vorwärts und rückwärts gehen.

Heine betont:

Von Vertheidigung dagegen kann hier nicht die Rede seyn; diese Schrift, welche weder eine Apologie, noch eine Kritik des Verstorbenen seyn soll, bezweckt auch keine Justifikazion des Überlebenden. Genug, ich bin mir der Redlichkeit meines Willens und meiner Absichten bewußt, und werfe ich einen Blick auf meine Vergangenheit, so regt sich in mir ein fast freudiger Stolz über die gute Strecke Weges, die ich bereits zurückgelegt.

Das war weder vorgetäuschte Bescheidenheit noch Prahlerei. Er schrieb, was er dachte und fühlte, ohne auf Gegner oder Verbündete zu schielen. Alle Schmähungen, die er selbst erlitten hatte, verblaßten vor den Gefahren, die Kunst und Poesie, die allen Menschen von den unduldsamen Asketen, den Pharisäern der Demokratie, drohten. Ausgiebig zitierte er Börnes Anschuldigung:

Heine hat in meinen Augen so großen Werth, daß es ihm nicht immer gelingen wird sich zu überschätzen. Also nicht diese Selbstüberschätzung mache ich ihm zum Vorwurfe, sondern daß er überhaupt die Wirksamkeit einzelner Menschen überschätzt, ... Was sind wir denn, wenn wir viel sind? Nichts als die Herolde des Volks. Wenn wir verkündigen und mit lauter vernehmlicher Stimme, was uns, jedem von seiner Parthei aufgetragen, werden wir gelobt und belohnt; wenn wir unvernehmlich sprechen, oder gar verrätherisch eine falsche Botschaft bringen, werden wir getadelt und gezüchtigt. Das vergißt eben Heine, ...

Heine hatte das keineswegs »vergessen«; vielmehr wollte und konnte er, was Börne predigte, nicht anerkennen. Für ihn bestand ein Garten aus Blumen, ein Wald aus Bäumen und die Menschheit aus Persönlichkeiten. Er glaubte, daß jeder Mensch einzig und einmalig sei; in jedem lebte eine einzigartige Seele und nicht bloß ein Fetzen vom »allgemeinen Bewußtsein«.

Und jeder Dichter verkörperte die Einzigartigkeit, die Einmaligkeit der Menschenseele. Nur dadurch konnte er zum »Herold« der Völker werden, für viele Menschen sprechen. Je erhabener seine großen äußeren Ziele seien, um so reiner müsse seine Poesie sein. Wenn er aber nicht vor allem nach innerer Harmonie strebe, wenn er nicht alle Freuden, alle Schmerzen in seine freie Seele aufzunehmen und in seinen eigenen einzigartigen Worten auszudrücken vermöge, so werde er niemals ein »Herold des Volks« sein, sondern nur ein Marktschreier auf Volksversammlungen, ein Leierkastenmann in revolutionären Clubs.

Heine wußte, daß es zu allen Zeiten Menschen gab, die wie Börne und seinesgleichen dachten: Die Jesuiten sahen Kunst und Poesie als »Mägde der Kirche«, die Aufklärer hatten sie als »Werkzeuge der Vernunft« benutzen wollen, und radikale Demokraten wie Börne verlangten, Dichter und Künstler sollten zu Trommlern und Trompetern des sozialen Fortschritts werden.

Heine verstand sie alle. Manche von ihnen bemitleidete er geradezu, so wie einem jemand leid tut, der taub ist und Musikanten begafft.

Mit Schrecken jedoch dachte er daran, daß sie an die Macht kommen könnten und dann die Menschheit nach ihren Vorstellungen kurieren würden:

Da kommen zunächst die Radikalen und verschreiben eine Radikalkur, die am Ende doch nur äußerlich wirkt, höchstens den gesellschaftlichen Grind vertreibt, aber nicht die innere Fäulniß. Gelänge es ihnen auch, die leidende Menschheit auf eine kurze Zeit von ihren wildesten Qualen zu befreyen, so geschähe es doch nur auf Kosten der letzten Spuren von Schönheit, ... Alle überlieferte Heiterkeit, alle Süße, aller Blumenduft, alle Poesie wird aus dem Leben herausgepumpt werden, und es wird davon nichts übrig bleiben, als die Rumford'sche Suppe der Nützlichkeit. – Für die Schönheit und das Genie wird sich kein Platz finden in dem Gemeinwesen unserer neuen Puritaner, und beide werden fletrirt und unterdrückt werden, noch weit betrübsamer als unter dem älteren Regimente. Denn Schönheit und Genie sind ja auch eine Art Königthum, und sie passen nicht in eine Gesellschaft, wo jeder, im Mißgefühl der eigenen Mittelmäßigkeit, alle höhere Begabniß herabzuwürdigen sucht, bis aufs banale Niveau.

***

Heine überhörte die Warnungen seiner Freunde und mißachtete die Drohungen seiner Feinde. Doch die Stürme der Empörung, die sein Buch über Börne ausgelöst hatte, übertrafen selbst die schlimmsten Prophezeiungen.

Nicht in *einer* deutschen Zeitung, nicht in *einem* Journal fand sich ein gutes Wort für Heine. Seine Freunde waren hilflos oder eingeschüchtert. Julius Campe, der es so eilig mit der Publikation gehabt hatte, schrieb am 21. August 1840:

Sie sind den Deutschen und Deutschland entfremdet; – kennen die Gesinnungen nicht mehr; – kennen die Launen Michels nicht! – Hüten Sie Sich! sonst ist Ihre Popularität ganz zum Teufel. Sie haben die Menschen auf dem empfindlichsten Fleck tief verletzt, nämlich in ihrer unschuldigen Meinung! – – – Jeder erblickt in Börne, nicht mehr den Schriftsteller, sondern: einen *Blutzeugen* für die deutsche Freiheit, und so hat *er* die Anwartschaft einst zu einem Kalender-Heiligen erhoben zu werden.
Sogar die ehemaligen politischen Feinde Börnes, sind *zu ihm* desertiert; sie achten und respectieren ihn (mit brittischer Nobleße) als einen ehrlichen, redlichen und unwandelbaren Charakter. Ich selbst thue es, so Jeder – jeder! Er ist ganz national geworden und

durch Sie wird er es noch mehr; – das Buch hat eine entgegengesetzte Wirkung erzeugt!
Begreifen Sie Ihren Mißgriff? Wie wollen Sie, wie können Sie das Gut machen?! ...
Thun müßen Sie etwas, das ist klar, damit *keine Kruste* über solchen *Haß* wächst und Wurzel faßt und dann *fest sitzt.*

Heinrich Laube, der ihn vergeblich gewarnt hatte, schrieb:

Ihr Börne mißfällt total, ja Entrüstung darüber fängt überall an zu eclatiren. Sie wollten nicht hören, daß Sie fremd und ohne Hilfe in Deutschland geworden sind, nun werden Sie's erleben.

Es kam alles viel schlimmer als nach der Veröffentlichung des Dritten Teils der ›Reisebilder‹. Manche Rezensenten erinnerten daran, daß Heine seinerzeit den lebenden Platen attackiert habe, der sich verteidigen konnte; diesmal aber beleidige er einen wehrlosen Toten.

Jeden Morgen eilte er in eine Buchhandlung, wo im »Lesekabinett« Zeitungen und Journale auslagen. Er blätterte hastig, suchte: Wo würde man ihn heute wieder beschimpfen? Aha, diesmal hieß es schon, er sei ein Agent der Regierung Thiers. Ein anderer Rezensent glaubte zu wissen, er sei ein Spion Metternichs. Einer schrieb, Heine krepiere schier an seinem ohnmächtigen Neid auf den großen Börne. Und für einen angesehenen Literaten war Heine nichts als ein talentloser Schreiberling, der nur Gift und Galle verspritzen könne.

Dann ging er nach Hause und fand neue Briefe aus Deutschland: ängstliche Vorwürfe, besorgte Aufforderungen, sich endlich zu besinnen, einzusehen, daß sein Buch fast ein Selbstmord sei.

Er wollte über all das hinweggehen, gleichgültig bleiben. Er versuchte, nichts mehr zu lesen und nicht einmal zu fragen, was seine alten und neuen Feinde über ihn schrieben. Er versicherte – und versuchte sich selbst einzureden –, er sei vollkommen ruhig, all die Angriffe seien ihm gleichgültig.

Er fuhr in die Bretagne. Er wollte möglichst weit wegkommen – weg von Zeitungen, Briefen, mitleidigen oder schadenfrohen Blicken, hinterhältigen Fragen. Er wanderte am Meer entlang, trank Cidre in den Kneipen, hörte zu, wenn die Bauern sangen, notierte bretonische Lieder, Sprichwörter und Witze.

Legen Sie die Hand auf mein Herz: es schlägt ruhiger als je und die Schnöditäten womit ich hier heimgesucht werde begegnen der trägmüthigsten Apathie –

So beantwortete er am 8. September 1840 aus Saint-Lo den besorgten Brief Laubes.

Sogar in einer Zeitung, die in Campes Verlag erschien, wurden Schimpfartikel gegen Heine veröffentlicht. Campe fürchtete, daß der Zorn, den das Buch über Börne ausgelöst hatte, sich auch gegen den Verleger richten werde. Heine schrieb ihm am 14. September bereits wieder aus Paris:

... mein inneres Gemüth bleibt froh und ruhig. Denn an Schimpfen bin ich gewöhnt und ich weiß: die Zukunft gehört mir. Selbst wenn ich heute stürbe, so bleiben doch schon 4 Bände Lebensbeschreibung oder Memoiren von mir übrig, die mein Sinnen und Wollen vertreten ... – Was mich aber verdrießt, liebster Campe, das ist daß Sie wieder in die Hände meiner Feinde gerathen, als Spielzeug und Waffe gegen mich. ... Was ich thun werde, weiß ich noch nicht. Hab auch bey meiner Rückkehr weit dringendere Geschäfte vorgefunden. – Ich bin geduldig, denn ich bin ewig, sagt der Herr!
Sie haben unverantwortlich gegen mein Buch gehandelt, Sie kennen sehr gut die Schmiede, worin die verschiedenen Artikel gegen mich fabrizirt worden womit man mein Buch präjudiziren will – und Sie wollen mir glauben machen auch Sie hielten dergl für unpartheisch öffentliche Meinung – –

Und an Laube schrieb er am 6. Oktober 1840:

... es wäre Thorheit eine Polemik anzufangen in einer isolirten Lage, wo ich die öffentliche Meinung gegen mich habe und kein einziges wichtige anerkannte Organ der schmähsüchtigsten Artikelfabrik entgegen zu setzen habe – ... Da ich noch nie gegen Gutzkow geschrieben habe, so giebt mir das gänzliche Schweigen noch immer einen großen Vortheil und ich kann mich sehr gut in eine göthesche Vornehmheit hüllen. Ich weiß sogar, daß er über letzteres am giftigsten, daß er mich eben zum Sprechen zwingen wollte – ... ich werde ihm einst anworten, aber zur rechten Zeit. Hilft nichts diese Verzögerung, irre ich mich in meiner Erwartung, daß diesem Heuchler die revoluzionäre Maske bald abgerissen wird, so antworte ich ihm mit wenigen Zeilen, die ihm jedoch nicht munden werden, denn in Folge derselben muß er sich mit einer Waffe schlagen, wobey kein Lügen und Intriguiren hilft – ich treibs nemlich zum Duel, ... daß ihm dann keine Alternative bleibt als zwischen der Pistole und der Ehrlosigkeit, ...

Anschließend bat er Laube, in einer deutschen Zeitung eine günstige Besprechung seines Buches zu bringen.

Spaß bey Seite, mein Börne ist ein sehr gutes Buch – ...

Im Oktober 1840 erschien in Frankfurt die Broschüre ›Ludwig Börne's Urtheil über H. Heine‹, Auszüge aus Börnes Briefen – zur Freude aller klatschsüchtigen Leser und aller Feinde Heines und Börnes. Diese Publikation hat Heines Buch über Börne nicht widerlegt, sondern bestätigt. Sie bezeugte eindeutig, daß Börne zu der Zeit, als er dem Dichter seine Freundschaft aufdrängte, ihn bereits gehaßt und bösartig verleumdet hatte.

***

Heine bereute nicht, sein Buch publiziert zu haben. Viele hatten früher gemeint, ihm zu schmeicheln, wenn sie ihn Börnes Kampfgefährten nannten. Dieses Buch sollte ein für allemal klarstellen, daß er und Börne absolut unversöhnliche Gegner waren.

Der Dichter liebt das Leben, so wie es ist. – Der Fanatiker aber lehnt alles ab, was seinen Ideen, seinen Vorstellungen von Gerechtigkeit nicht entspricht.

Der Künstler ist immer auf der Suche nach der Wahrheit, er schont dabei weder andere noch sich selbst. Er strebt selbstlos nach Wahrheit, kann aber auch hemmungslos phantasieren, erfinden, Legenden und Märchen erdichten. – Der Politiker braucht die Wahrheit nur so lange, wie sie seinen Zielen entspricht, doch wenn es ihm notwendig erscheint, kann er zielbewußt lügen.

Der Denker Heine begeisterte sich für die »Abenteuer des tapferen Gedankens«, blieb immer offen für neue Ideen und neue Zweifel. – Der Doktrinär Börne blieb seinen Dogmen verhaftet, fanatisch intolerant, stets darauf bedacht, allen, die er irgendwie erreichen konnte, seine unfehlbaren Lehrsätze aufzuzwingen.

Mit dem Buch über Börne hatte Heine schlagartig Unsicherheit und Angst überwunden, hatte scheinbar gute Beziehungen abgebrochen und scheinbar Gleichgesinnte abgewiesen. Er hatte den Sumpf durchwatet; nun blieb er jenseits politischer Intrigen und Zänkereien, jenseits aller Verdächtigungen, Belehrungen und Gerüchte, jenseits all dessen, was ihn aufgehalten und am Denken und Dichten gehindert. hatte.

Nach seinem skandalumwitterten Buch verspürte er jetzt das bedrückende Gefühl einer neuen Einsamkeit. Doch mit ihr kam auch eine neue Gedankenklarheit – die Erkenntnis, daß die Hindernisse jetzt überwunden waren.

Lange noch setzte Heine den ungleichen Kampf mit den »Börneanern« fort. Er schrieb an Campe, an Laube und andere Freunde in Deutschland, wollte, daß möglichst viele Zeitungen einen Artikel aus der ›Breslauer Zeitung‹ nachdruckten. Der unbekannte Autor, der über Heines Duell geistreich und mit viel Verständnis und Sympathie für den Dichter geschrieben hatte, war ein sechzehnjähriger Gymnasiast – Ferdinand Lassalle.

Heine glaubte, die Zeit werde kommen, wo sein Buch über Börne richtig verstanden würde.

Aus dem Spuk der Hexenwirthschaft
Steigen wir in's Thal herunter;
Unsre Füße fassen wieder
Boden in dem Positiven.

Fast jeder Tag brachte unheilvolle Nachrichten. Die Kämpfe in Algerien nahmen kein Ende; seit mehr als zehn Jahren versuchten die französischen Soldaten vergebens, die widerspenstigen Araber zu bezwingen. Die Eroberung Algeriens hatte bereits unter den Bourbonen begonnen, war aber immer noch nicht abgeschlossen; dennoch hatte es die neue französische Regierung schon auf Ägypten, Palästina und Syrien abgesehen. Es war nicht einmal fünfzig Jahre her, seit dort Soldaten der französischen Republik gekämpft und gesiegt hatten. Von dort aus war Bonaparte nach Frankreich zurückgekehrt, um Erster Konsul zu werden. Diese Länder gehörten zum türkischen Reich, aber die Regierungen des französischen Königs unterstützten den ägyptischen Pascha Mehmed-Ali, der sich gegen den Sultan erhoben hatte. Freilich drangen jetzt nicht mehr wie einst die Garderegimenter Napoleons, sondern die Diplomaten Thiers, die Waffenhändler und Geheimagenten vor. Doch die Regierungen Rußlands, Englands und Österreichs hatten bereits unmißverständlich erklärt, sie würden die legale Macht des Sultans unterstützen.

Ein französischer Mönch in Damaskus war von Unbekannten ermordet worden. Daraufhin beschuldigten der französische Konsul und einige Mönche die dort ansässigen Juden, sie hätten einen Ritualmord verübt. Nur Rabbiner könnten nach dem Blut eines Mönches lechzen. Auf Verlangen des Konsuls ließ der Pascha viele Juden verhaften und grausam foltern. Die in Damaskus residierenden Konsuln Österreichs, Rußlands und Englands protestierten dagegen, wiesen ihrem französischen Kollegen Verleumdung und Betrug nach. Doch Thiers, ein Historiker mit akademischen Würden, ein Freund Rothschilds und guter Bekannter Heines, tat im Parlament kund, es gehe um die Ehre Frankreichs, und wies alle ausländischen Proteste mit Nachdruck zurück.

In China bahnte sich ein Krieg an: englische Schiffe beschossen chinesische Städte, englische Soldaten landeten an den Küsten des geheimnisvollen »Reichs der Mitte«, um den chinesischen Kaiser zur Aufhebung seines Erlasses gegen den Opiumhandel zu zwingen. Die britische Regierung erklärte, sie verteidige die Freiheit des internationalen Handels.

Die Regierung in Berlin hatte einen geheimen Befehl erlassen, Heine, sobald er preußisches Territorium betrete, verhaften zu lassen.

***

Das Jahr 1841 begann schlecht. Heine ging zur Bank Furtado, um wie üblich das Geld aus der letzten Überweisung abzuholen, und erfuhr, daß der Onkel die Zuwendung ohne Erklärung um die Hälfte hatte kürzen lassen; sie betrug jetzt noch fünfzig Francs monatlich. Er konnte nur vermuten, daß der Skandal um sein neues Buch Salomon Heine dazu bewogen hatte.

Und ausgerechnet in diesen Tagen kränkelte Mathilde! Er mußte sie ins Krankenhaus bringen. Der Bankier Furtado sagte, er wisse nicht, warum die Pension gekürzt worden sei, der verehrte und großherzige Herr Salomon Heine habe es eben so verfügt. Heine schrie: »Seien Sie beide verflucht! Jeder Henkersknecht würde sich solcher Großherzigkeit schämen! Das Geld werde ich nehmen, ich brauche es, aber für diese Neujahrsüberraschung werden Sie mir noch zahlen, verehrte Herren Wucherer!«

Auf der Straße trat ein kleiner Mann in dunklem Gehrock auf ihn zu. Er zitterte wie im Fieber. Stotternd und nach Atem ringend, wild gestikulierend sagte er – in Frankfurter Tonfall: Sein Name sei Strauß, er sei der Gatte jener ehrbaren Frau, die Heine beleidigt habe, und der Freund des großen Toten, den Heine in seinem Buch mit Schmutz bewerfe. Er verlange Satisfaktion.

Heine zuckte mit den Schultern: »Bitte, ganz wie Sie wünschen, Degen oder Pistole. Meine Adresse ist Rue Bleue Nr. 25. Haben Sie verstanden? Rue Bleue, die Blaue Straße. Schicken Sie mir Ihre Sekundanten. Aber beeilen Sie sich, in einer Woche fahre ich in Urlaub.« Er ging weiter und hörte nicht mehr, was Strauß hinter ihm herrief.

Zwei Wochen später, in einem kleinen Kurort in den Pyrenäen, wo er Schwefelbäder nahm, erhielt er die ›Mainzer Zeitung‹ vom 19. Juni 1841. Ein anonymer Korrespondent berichtete, Heine habe die ehrwürdige Frau S. in widerlicher Weise zu erpressen versucht und sie in einem Buch, das allgemeine Empörung hervorgerufen habe, beleidigt und verleumdet. Ihr Ehemann, Herr S., habe Heine darauf in einer Pariser Straße getroffen und ihm »nach heftigem Wortwechsel eine derbe Ohrfeige verpaßt«.

Diese Lüge verletzte ihn schmerzlicher als alle literarischen Angriffe. In mehreren deutschen Zeitungen ließ er eine »Vorläufige Erklärung« veröffentlichen:

Was ... in einem anonymen Artikel der *Mainzer Zeitung* behauptet wird, ist eben so wie die dabei mitgetheilte Erzählung von einer Insultirung meiner Person, eine reine oder vielmehr schmutzige Lüge. Auch nicht ein wahres Wort! Meine Person ist nicht im entferntesten von irgend jemand auf den Straßen von Paris insultirt worden, und der Held, der gehörnte Siegfried, der sich rühmt, mich auf öffentlicher Straße niedergerannt zu haben, und die Wahrhaftigkeit seiner Aussage durch sein eigenes alleiniges Zeugniß, durch seine erprobte Glaubwürdigkeit, wahrscheinlich auch durch Autorität seines Ehrenworts bekräftigt, ist ein bekannter armer Schlucker, ein Ritter von der traurigsten Gestalt, der, im Dienste eines listigen Weibes, sich bereits vor einem Jahre mit derselben Schaamlosigkeit dieselben Prahlereien gegen mich vorbrachte. Dießmal suchte er die aufgefrischte Erfindung durch die Presse in Umlauf zu bringen; ... und die Lüge gewann wenigstens einen mehrwöchentlichen Vorsprung, da ich nur spät und durch Zufall, hier in den Pyrenäen, an der spanischen Gränze, von dem saubern Gewebe etwas erfahren und es zerstören konnte.

Strauß fand Fürsprecher, die in der Presse eine Erklärung zu seinen Gunsten veröffentlichten – sie bestätigten die erste Notiz. Zwar wurden diese falschen Zeugen bald überführt, Heine wollte sich aber damit nicht zufriedengeben. Er brach die Kur ab und fuhr nach Paris zurück. Er wollte nur eins: ein Duell, und zwar unverzüglich.

Strauß konnte die Herausforderung nun nicht mehr ablehnen. Heine verlangte ein Duell auf Pistolen. Wegen seiner Augenkrankheit war an Fechten nicht zu denken. Strauß bat um zwei Wochen Aufschub – er müsse seine Angelegenheiten ordnen, das Duell könne tödlich sein.

Auch Heine nutzte diese Zeit – um sich mit Mathilde zu vermählen; falls er umkäme, sollte sie seine rechtmäßige Erbin sein. Seit sieben Jahren liebten sie einander, fünf Jahre lebten sie schon zusammen.

Am 31. August 1841 wurde die Ehe in der Préfecture des 11. Bezirks registriert, und am selben Tag ließen sich Heinrich Heine, 42 (er machte sich immer noch um zwei Jahre jünger), und Mathilde Crescence Mirat, 26, in der Kirche St. Sulpice trauen.

Seit den Morgenstunden goß es in Strömen, schmutzige Bäche rannen durch die Straßen. Heine sagte: »Ich hätte nie gedacht, daß mein Weg in die Ehe so schmutzig sein würde.«

In der Kirche flüsterte er, als das Dröhnen der Orgel verstummte, den Gästen zu: »Erinnert die Hochzeitsmusik nicht an Militärkapellen, die den Soldaten vor der Schlacht ermutigen...?« Mathilde prustete los. Der Abbé, der die Neuvermählten mit dem Kreuz segnete, warf ihr einen vorwurfsvollen Blick zu.

Heine schrieb am 5. September an Campe:

Vor einigen Tagen war ich schon im Begriff, mich zu schlagen, als in der Nacht mir mein Sekundant meldet, daß einer der Straußschen Sekundanten nicht erscheinen könne, und daß das Duell, welches am Morgen in der Frühe statt finden sollte, wieder aufgeschoben sey. Jetzt behauptet Strauß, die Polizey wolle sein theures Haupt schützen und man beobachte ihn – aber das ist nur eine Galgenfrist, er muß mir aufs Terrain und müßte ich ihn dahinschleppen bis an die chinesische Mauer. Wer sich schlagen will, kann alle Hindernisse überwinden.

Am 7. September fand das Duell schließlich statt, im Wald von St. Germain. Heine bestand auf sehr harten Bedingungen: die Barrieren sollten in einem Abstand von höchstens zwanzig Schritt aufgestellt, und falls beide Duellanten verfehlten, sollte erneut geschossen werden. Mathilde sagte er nichts davon.

Strauß war sehr blaß und flüsterte aufgeregt mit seinen Sekundanten.

Heine blinzelte heftiger als sonst. Er bat seinen Sekundanten, den Journalisten Seuffert, im Falle einer tödlichen Verletzung keinen Geistlichen zu bemühen, es sei denn, es gebe noch irgendwo Priester der Venus. Passender wäre vielleicht ein Priester Apolls oder gar des Mars.

Er brach den Zweig eines wilden Birnbaums und schaute blinzelnd ins wolkenlose Blau.

»Ich muß Sie aber warnen: wenn ich getroffen werde, sollte sich derjenige, der dies meiner Mathilde mitteilt, rechtzeitig nach einer Deckung umsehen – es ist nämlich sehr wohl möglich, daß sie dem Unglücksboten den erstbesten Gegenstand an den Kopf wirft.«

Strauß ging hastig auf die Barriere zu, die rechte Schulter nach vorne gewendet, und richtete im Gehen die Pistole.

Heine kam ihm entgegen, hob die Pistole mit gebeugtem Arm an die Schulter und schritt seitwärts, um dem Gegner nicht Brust und Bauch darzubieten.

Der Schuß krachte. Strauß hatte eilends abgedrückt, kaum daß er die Barriere – das auf dem Rasen liegende Taschentuch – erreicht hatte.

Ein harter, brennender Schlag gegen den Oberschenkel; Heine schwankte, fiel jedoch nicht. Die grauweißen, scharf nach Pulver riechenden Rauchschwaden verzogen sich.

Er sah das bleiche, feuchte Gesicht, die hervorquellenden Augen, den halbgeöffneten Mund. Natürlich hatte der Schuft auf seinen Bauch gezielt, um sicher zu gehen. Nun zitterte er vor Todesangst.

Ängstlich zwitschernde Vögel, durch den Schuß aufgeschreckt, kreisten über den Bäumen.

Die Sekundanten von Strauß standen erstarrt. Das waren dieselben Schufte, die die Falschaussage unterschrieben hatten! Jetzt erwarteten sie seine Rache – die würden gewiß ihr Möglichstes tun, um ihn umzubringen, zum Krüppel zu machen, genauso wie dieser froschäugige Strauß.

Ohne seinen angewinkelten Arm auszustrecken, schoß er in die Höhe, ins Blaue. Seine Ohren dröhnten, den stinkenden Pulverrauch wedelte er mit seinem Taschentuch weg.

»Liebster Doktor, ich wollte Ihnen nicht die doppelte Arbeit aufbürden. Sie müssen doch mein Bein verbinden ...«

Die Sekundanten setzten das Protokoll auf und unterschrieben es; der Arzt untersuchte Heine und legte ihm einen Verband an.

Es war nur ein Streifschuß, die Wunde war nur eine tiefe Schramme, aber sie blutete und schwoll an. Der dumpfe Schmerz wurde immer stärker. Auf Seuffert und den Arzt gestützt, schleppte er sich mit Mühe zur Droschke.

Einer der gegnerischen Sekundanten sagte pathetisch:

»Meine Herren, wir erachten es als unsere angenehme Pflicht, zu bestätigen, daß alle am heutigen Duell Beteiligten sich so verhalten haben, wie es Ehrenmännern ziemt. Ich hoffe, die versöhnten Gegner reichen einander die Hand.«

Ärgerlich winkte Heine ab: »Und ich hoffe, daß mich diese Herren in Ruhe lassen. Nebenbei bemerkt, wenn ich mich erst wieder erholt habe, will ich mich gern mit allen übrigen Lügnern in beliebiger Reihenfolge duellieren.«

Mathilde erschrak und schrie auf, als er kam. Dann lachte sie: »Er lebt, mein Dickerchen, mein Held!« Im nächsten Augenblick schluchzte sie: »Sie hätten meinen Henri umbringen können, diese verfluchten Deutschen«, und wieder lachte, weinte und fluchte sie abwechselnd.

Abends versammelten sich Heines Freunde in der neuen kleinen Wohnung, die er mit Mathilde nach der Trauung bezogen hatte. Heine saß im Bett, das mit kalten Kompressen umwickelte Bein ausgestreckt. Mathilde umsorgte ihn, war sanft und zärtlich. Er sagte:

»Madame Wohl, dieses alte Ekel, hat sich fürchterlich an mir gerächt... Nein, dieser Kratzer zählt nicht. Ich habe eine schlimmere, unheilbare Wunde erlitten, denn wegen dieses verfluchten Duells habe ich ja geheiratet... Aber auch ich werde mich rächen. Ich habe ein Testament verfaßt. Meine Frau ist Universalerbin, jedoch – wohlgemerkt – unter einer Bedingung: daß sie sofort nach meinem Tod wieder heiratet. *Ein* Mensch auf der Welt soll mich auf jeden Fall betrauern. ›Ach, warum ist dieser arme Heine nur gestorben! Wenn er noch lebte, hätte ich wenigstens nicht diese dicke Witwe am Hals.‹«

Mathilde lachte laut:

»Mach du nur deine Witze, du weißt ja, daß ich dich im Leben und im Tod nicht verlasse. Und selbst wenn du morgen stirbst, werde ich nie wieder heiraten.«

Am 13. September schrieb er seiner Schwester, daß er geheiratet habe. Das Duell erwähnte er nicht.

Theure vielgeliebte Schwester!
Erst heute bin ich im Stande Dir offiziell meine Vermählung anzuzeigen. Den 31 August heurathete ich Mathilde Creszentia Mirat, eine hübsche junge Person mit der ich mich schon länger als sechs Jahr tagtäglich zanke. Sie ist jedoch vom edelsten und reinsten Herzen, gut wie ein Engel, und ihre Aufführung war während den

vielen Jahren unseres Zusammenlebens so untadelhaft, daß sie von allen Freunden und Bekannten als ein Muster der Sittsamkeit gerühmt wurde.

***

Die preußische Regierung verbot die Verbreitung aller Publikationen von Hoffmann und Campe unter Berufung auf eine »gefährliche demagogische Tendenz« des Verlages. Julius Campe machte Heine Vorhaltungen: sein dreister Spott habe die Berliner Machthaber erzürnt.

Heine fühlte sich dadurch geschmeichelt, doch diese Mitteilung erschreckte ihn auch. Seit 1840 schrieb er wieder Korrespondenzen für deutsche Zeitungen – für Cottas Augsburger ›Allgemeine Zeitung‹, für Laubes ›Zeitung für die elegante Welt‹. Neue Verbote und Verfolgungen würden ihm den Weg zu den deutschen Lesern versperren und auch seine Einkünfte beträchtlich schmälern.

1840 war Friedrich Wilhelm IV. preußischer König geworden. Sein Vater, Friedrich Wilhelm III., war ein schwerfälliger, willensschwacher und phantasieloser Unglückspilz gewesen. Napoleon hatte seine Armee vernichtend geschlagen. Der König war von seiner klugen Gemahlin Louise, von einigen energischen Ministern und von seinen russischen Vettern, den Zaren Alexander I. und Nikolaus I., dirigiert worden.

Von dem neuen König hieß es, er sei ein liberaler Romantiker, sei Dichtern und Künstlern wohlgewogen. Dem Philosophen Schelling verschaffte er wieder Amt und Würden an der Berliner Universität, die er früher hatte verlassen müssen. Und nun dieser plötzliche Schlag gegen den Hamburger Verlag!

Am 28. Februar 1842 schrieb Heine an Campe:

> ... ich rathe zu einem offenen Krieg mit Preußen auf Tod und Leben. In der Güte ist hier nichts zu erlangen. Ich habe, wie Sie wissen, die Mäßigung bis zum bedenklichsten Grade getrieben, und Sie werden meinen Rath keiner aufbrausenden Hitzköpfigkeit zuschreiben. Ich verachte die gewöhnlichen Demagogen und ihr Treiben ist mir zuwider, weil es zunächst immer unzeitig war; aber ich würde dem schäbigsten Tumultanten jetzt die Hand bieten, wo es gilt den Preußen ihre infamen Tücken zu vergelten und ihnen überhaupt das Handwerk zu legen.

Er hielt sein Versprechen. Den romantischen König verhöhnte er in sarkastischen Gedichten: ›Der Kaiser von China‹ und ›Lobgesänge auf König Ludwig‹, auch in manchen Essays.

In dem Gedicht ›Der neue Alexander‹ läßt er den preußischen König über sich selbst sagen:

Ich bin nicht schlecht, ich bin nicht gut
Nicht dumm und nicht gescheute,
Und wenn ich gestern vorwärts ging,
So geh ich rückwärts heute.

***

Heine sorgte dafür, daß Mathilde Unterricht nahm. Sie sollte eine gebildete Frau werden, damit sie Verwandte und Freunde richtig empfangen könnte. Zuerst war sie mit Ernst bei der Sache, paukte französische Grammatik und deutsche Sätze, lernte Gedichte auswendig. Von den Deutschstunden blieben ihr nur »Gutten Tag« und »Nämmen Sie Platz« im Gedächtnis haften. Sie las gern französische Romane und Gedichte, aber beim Schreiben war sie alles andere als fleißig, jammerte, während sie Hausaufgaben machte, über irgendwelche Wehwehchen, weinte, krakeelte, suchte ihn zum Lachen oder in Wut zu bringen.

Schließlich gab er sie in ein privates Pensionat, in dem Töchter aus kleinbürgerlichen Familien aufgenommen wurden, aber auch Mädchen von zweifelhafter Herkunft – uneheliche Kinder, für deren Unterhalt ihre geheimen Väter oder Großväter aufkamen.

Die vollschlanke Mathilde mit ihren sechsundzwanzig Jahren nahm sich unter ihren sechzehn-, siebzehnjährigen Mitschülerinnen recht sonderbar aus. Aber Heine drohte, er werde sie verlassen, wenn sie nicht gute Manieren erlerne und eine gebildete Dame werde. Die Leiterin des Pensionats, Madame Darte, war streng, aber verständnisvoll, und Mathilde fand schnell Spaß daran, Contre-danse, Gesellschaftsspiele und den Hofknicks zu üben. Ihre Mitschülerinnen hatten sie bald ins Herz geschlossen, und sie begriff mühelos jene artigen Gesten und Redewendungen, die ein Benehmen nach dem »guten Ton« verlangte.

Wenn Heine sonntags zu Besuch kam, verblüffte sie ihn mit Zitaten aus La Fontaine und Racine, examinierte ihn in Geschichte und triumphierte lauthals, wenn sie ein Dutzend Könige aus verschiedenen Dynastien aufzählte, er sich aber nur an wenige erinnern konnte.

Mathildes Rückkehr aus der Pension in die neue Wohnung – Heine war schon wieder umgezogen – wurde mit einem Fest und viel Champagner gefeiert. Stolz führte ihm Mathilde ihre neu erworbenen Kenntnisse vor, zeigte, wie man bei Regenwetter den Rocksaum heben muß, wie unterschiedlich man bei Begegnungen auf der Straße Freunde oder nur flüchtig Bekannte begrüßen soll. Sie konjugierte tapfer die unregelmäßigen Verben, zählte in einem Atemzug sämtliche Siege Napoleons und die Namen all seiner Marschälle auf und deklamierte mit düsterer Miene Monologe aus Tragödien.

Er applaudierte, lachte, war entzückt und sagte zu Weill, dem einzigen Deutschen unter den Gästen:

»Manchmal komme ich mir vor wie Pygmalion – ist sie nicht ganz und gar mein Geschöpf? Habe ich nicht dieser wunderschönen Statue lebendigen Atem eingehaucht? Sie lebt nur durch mich und für mich.«

»So ist es! Ich hoffe nur, daß Sie nicht einst den Wunsch haben, sie wieder in eine Statue zu verwandeln. Sie ist ja allzu lebendig, sie lacht, sie ißt – und das für zwei – und scheint sogar Sie herumzukommandieren.«

»Ach, was wollen Sie... Sie ist eine wunderbare, liebe Katze. Einmal in der Woche braucht sie Schläge, damit ihr die Flausen vergehen, anschließend bekommt sie ein Geschenk. Nein, sie ist mein treuester Freund und Kamerad und die schönste aller Frauen, die ich je kennengelernt habe.«

Weill notierte in seinem Tagebuch:

Heine hörte nicht gern etwas Schlechtes über Mathilde. Er selbst gefiel sich darin, alle ihre Mängel aufzuzählen, seine Liebe zu ihr lächerlich zu machen, aber er erlaubte keinem anderen, an seiner Frau etwas zu tadeln, auch wenn es noch so berechtigt war. Er liebte sie trotz allem wie ein Verdammter, diese Liebe mußte für ihn mehr eine Hölle als ein Paradies sein, mehr eine Strafe als eine Belohnung.

***

1842, in der ersten Maiwoche, brach in Hamburg eine große Feuersbrunst aus. Die Pariser Zeitungen schrieben von einem Flammenmeer, in dem die Stadt ertrinke, von schwarzen Rauchschwaden, die das Tageslicht zur Dämmerung werden ließen.

Mathilde weinte über den Zeitungen. »Mein Gott, Henri, dort sind doch deine Mutter und deine Schwester, mein Gott, wer weiß, vielleicht sind sie schon tot!«

Tag und Nacht fand er keine Ruhe. Vor Kopfschmerzen konnte er sich kaum auf den Beinen halten, die entzündeten Augen brannten, doch er ging abwechselnd auf die Post oder in ein deutsches Bankkontor, wo er mit Nachrichten aus Hamburg rechnen konnte.

Endlich kamen Briefe von Mutter und Schwester.

Betty Heine schrieb, ihr Haus sei abgebrannt, fast ihre ganze Habe verloren, darunter auch der Schrank und die Koffer mit seinen Büchern und Manuskripten.

Sie erkundigte sich nach seiner Gesundheit, nach seiner Frau und – fühlte sich schuldig: sie hatte den Brief nicht frankieren können, da auch die Post abgebrannt war.

In Paris brandeten Wellen des Mitleids und der Sympathie für die Opfer der Hamburger Katastrophe. Arbeiter und Grisetten, Kaufleute und Politiker sammelten Geld und Sachen; an einem einzigen Tag kamen mehr als hunderttausend Francs zusammen.

Der Dichter Alphonse de Lamartine, der auch Abgeordneter war, verlangte von der Regierung, sie solle einen Kredit bereitstellen und in ganz Frankreich eine Sammlung von Hilfsgütern organisieren. Andere Abgeordnete schlossen sich seinem Vorschlag an.

Heine schrieb am 16. Mai an seinen Onkel Henry nach Hamburg:

> Hier in Paris hat das Unglück große Sensazion gemacht und eine Theilnahme gefunden, die wahrhaft beschämend für diejenigen Hamburger, die vom Franzosenhaß noch nicht geheilt sind, und ihn noch bis jetzt zur Schau trugen. Die Franzosen sind das bravste Volk.

Kurz darauf ereignete sich auch in Paris ein furchtbares Unglück. Auf der eben eröffneten Eisenbahnlinie nach Versailles entgleiste ein Zug. Mehrere Waggons stürzten um; es gab siebenunddreißig Tote, darunter Frauen und Kinder. Die Zeitungen berichteten über Verletzte, Verstümmelte, vom Schock verstörte Menschen.

Das war der erste Unfall in der kaum sechsjährigen Geschichte der Eisenbahn. Diese »revolutionäre Errungenschaft der technischen Zivilisation« war inzwischen Gewinnquelle, aber auch Zielscheibe journalistischen Spotts geworden. Die Kurse der Eisenbahnaktien stiegen an allen Börsen Europas. Der industrielle Fortschritt nutzte den Reisenden wie den Aktionären und Börsenmaklern.

Mathilde las die Listen der Opfer in der Zeitung, auch einige ihrer Bekannten waren darunter. Sie brach in Tränen aus.

Heine verspürte einen kalten Schauder der Angst, die ihn stets überkam, wenn er an den unausweichlichen Tod oder an das grenzenlose Weltall dachte – die gleiche Angst, die er in den Tagen der Cholera gehabt hatte und auch, als er auf den Lauf der Pistole in der Hand seines Gegners starrte. Eine bisher nie gekannte tödliche Gefahr offenbarte sich plötzlich im Zischen des Dampfes, in stinkenden Rauchschwaden, in zertrümmerten Lokomotiven und Waggons, in zerrissenen, zerquetschten Menschenleibern, in Schreien und Stöhnen. Diese neue Bedrohung erschien ihm plötzlich ebenso fürchterlich wie Cholera, Pest und Schießpulver.

In seiner nächsten Korrespondenz für die ›Allgemeine Zeitung‹ vom 2. Juni 1842 schrieb er, Napoleon habe die erste Generation der Materialisten, *die noch vom Puder des achtzehnten Jahrhunderts stäubten,* als *Ideologen* verfolgen lassen, habe aber kein Gespür dafür gehabt, welch tödlicher Feind ihm im deutschen Idealismus erstanden war und wie umwälzend der industrielle Fortschritt werden mußte:

Ja, Napoleon besaß Scharfblick nur für Auffassungen der Gegenwart oder Würdigung der Vergangenheit, und er war stockblind für jede Erscheinung, worin sich die Zukunft ankündigte. Er stand auf dem Balcon seines Schlosses zu Saint-Cloud, als das erste Dampfschiff dort auf der Seine vorüberfuhr, und er merkte nicht im mindesten die weltumgestaltende Bedeutung dieses Phänomens!

Die Saint-Simonisten dagegen hatten die neuen Kräfte der Weltgeschichte wahrgenommen. Enfantin war in Ägypten mit dem Bau des Suezkanals, des neuen Seewegs für die neuen Dampfschiffe, beschäftigt. Chevalier wurde nach seiner Rückkehr aus Amerika Professor der Ökonomie; er verkündete, die Industrialisierung werde die Menschheit erlösen.

Auch in Deutschland waren bereits Eisenbahnen gebaut worden.

Wie schrecklich war es, sich vorzustellen, daß am stillen Rhein entlang, durch die Wälder des Harzes und Thüringens nun eiserne, schwarzverschmierte Lokomotiven auf riesigen Rädern eilig dahinrollten. Sie qualmten stinkend, heulten wild auf, rasten an Dickichten vorbei, in denen sich Hirsche und Feen verbargen, vorbei an alten Burgen, die in romantischem Schlaf dahinträumten...

***

Heine schrieb Tag und Nacht. Er vergaß Schulden, vergaß Verabredungen mit Freunden und Freundinnen, schüttelte Mathilde ab, die ihn – mal jammernd, mal schimpfend – dazu bringen wollte, mit ihr ein neues Vaudeville anzusehen; er legte sogar Pakete mit deutschen Zeitungen, in denen er möglicherweise beschimpft oder gelobt wurde, ungeöffnet beiseite.

Er schrieb an einem großen Poem – einem lustigen Epos von den Abenteuern des gelehrten Bären Atta Troll, der seinem Bärenführer und der treuen Bärin Mumma davonläuft.

Nahezu sieben Jahre lang hatte er fast ausschließlich Artikel und Korrespondenzen geschrieben, nur sehr selten Gedichte. Und nun tauchte er wieder in einen Strom klangvoller, melodischer, rhythmischer Worte und ließ sich forttreiben – vorbei an wunderlich-phantastischen Märchenufern.

Jemand hatte ihm einmal erzählt, in den Irrenanstalten behandle man manche Patienten abwechselnd mit eiskalten und heißen Bädern. Auch im Himmel gab es wohl einen Arzt, der den armen Dichter Heine für einen gefährlichen Irren hielt und ihn mal in die heißen Wellen der Liebe, mal in die eisigen Fluten der bösesten Kritik tauchen ließ.

Seine Bücher waren nicht nur in Deutschland und Frankreich bekannt, sie hatten schon Italien und England und sogar das ferne Amerika erreicht.

Manche deutsche Zeitungen, Polizeibeamte und Zensoren nannten ihn einen Demagogen, einen Revolutionär und Kommunisten; manche radikalen Republikaner dagegen behaupteten, er sei ein Verräter, ein Aristokratenknecht, ein österreichischer Spion.

Mathilde weinte und schrie, wollte ein neues Kleid, jammerte, sie könnten sich nicht einmal ein anständiges Abendessen leisten, hätten keinen Sou mehr. Sein Onkel schickte kein Geld; die Aktien, die er auf Anraten eines Pariser Maklers gekauft hatte, fielen rapide.

Alte Bekannte, die Heine trafen, staunten, wie gut er aussah, scherzten über seine rosigen Wangen und das Philisterbäuchlein. Doch die schweren Kopfschmerzen kamen immer häufiger, er sah immer schlechter; ein Augenlid war nahezu gelähmt.

***

Im ›Atta Troll‹, in den klangvollen, reimlosen Trochäen, die über Zäsuren leichtfüßig hinwegtänzeln, hat Heine – ebenso wie in den ›Reisebildern‹ und im ›Ludwig Börne‹ – die unterschiedlichsten Motive und Themen, die gegensätzlichsten Intonationen und Stimmungen frei ineinandergeflochten.

Traum der Sommernacht! Phantastisch
Zwecklos ist mein Lied. Ja, zwecklos
Wie die Liebe, wie das Leben,
Wie der Schöpfer samt der Schöpfung!

Nur der eignen Lust gehorchend,
Galoppierend oder fliegend,
Tummelt sich im Fabelreiche
Mein geliebter Pegasus.

Ist kein nützlich tugendhafter
Karrengaul des Bürgertums,
Noch ein Schlachtpferd der Parteiwut,
Das pathetisch stampft und wiehert!

Goldbeschlagen sind die Hufen
Meines weißen Flügelrößleins,
Perlenschnüre sind die Zügel,
Und ich laß sie lustig schießen.

Die Verse von der entzückend naiven »Französin Juliette«, einer Freundin des Verfassers, die Verse von der fröhlichen Betriebsamkeit des kleinen Bergdorfes und dem Tanz der zahmen Bären auf dem Dorfplatz klingen zärtlich und scherzhaft.

Sie leiten ein: die plötzliche Flucht des Bären, den Ingrimm des Bärenführers und alle weiteren Ereignisse, alles, was der fliehende Atta Troll und seine Verfolger erleben und woran sich der Autor erinnert: Freiligraths romantische Gedichte; den edlen Ritter Roland; einen Münchner Professor; den »Altdeutschen« Maßmann und andere Intimfeinde Heines.

Atta Troll, der aufmüpfige Bär, erweist sich als radikaler Republikaner:

Einheit! Einheit! und wir siegen
Und es stürzt das Regiment
Schnöden Monopols! Wir stiften
Ein gerechtes Animalreich.

Grundgesetz sey volle Gleichheit
Aller Gotteskreaturen,
Ohne Unterschied des Glaubens
Und des Fells und des Geruches.

Strenge Gleichheit! Jeder Esel
Sey befugt zum höchsten Staatsamt,
...

Der Autor wird zum Teilnehmer einer Jagd auf den Bären, der sich als Menschenfeind gebärdet. Das bunt-schillernde Gewebe des Poems bilden die Jagdabenteuer, mythologische und Märchengestalten: antike Helden, die Göttin Diana, der König Herodes, Ritter des Mittelalters, Shakespeare und sein gelehrter Deuter ziehen *im Tumult der wilden Jagd* vorbei; ein »lebender Leichnam« und seine Mutter, eine Hexe, bereiten den letzten Anschlag auf Atta Troll vor... Sie alle sind angesiedelt auf der Insel einer blondgelockten Fee:

Dieses Eiland liegt verborgen
Ferne, in dem stillen Meere
Der Romantik, nur erreichbar
Auf des Fabelrosses Flügeln.

Niemals ankert dort die Sorge,
Niemals landet dort ein Dampfschiff
Mit neugierigen Philistern,
Tabackspfeifen in den Mäulern.

Niemals dringt dorthin das blöde
Dumpflangweil'ge Glockenläuten,
Jene trüben Bumm-Bamm-Klänge,
Die den Feen so verhaßt.

›Atta Troll‹ ist den romantischen Märchen-Poemen und Balladen de la Motte-Fouqués, Uhlands und Brentanos verwandt. Aber Heine entfernt sich von ihnen, er läuft ihnen davon wie Atta Troll seinen Verfolgern. Er stürzt sich aus den romantischen Höhen in die Tiefen des zeitpolitischen Alltags:

»Atta Troll, Tendenzbär; sittlich
Religiös; als Gatte brünstig;
Durch Verführtseyn von dem Zeitgeist,
Waldursprünglich Sanskülotte;

Sehr schlecht tanzend, doch Gesinnung
Tragend in der zott'gen Hochbrust;
Manchmal auch gestunken habend;
Kein Talent, doch ein Charakter!«

Heines Gegner sagten und schrieben häufig, er habe selbstverständlich Talent, doch fehle es ihm an Charakter. Die Gegenüberstellung von Talent und Charakter hat Börne als erster verwendet. Er und seine Gesinnungsgenossen gebrauchten diese kritische Formel gegen Goethe und Heine, gegen alle Dichter und Künstler, die ihren parteilichen Idealen nicht entsprachen.

Die scheelsüchtige Impotenz hatte endlich, nach tausendjährigem Nachgrübeln, ihre große Waffe gefunden gegen die Uebermüthen des Genius; sie fand nämlich die Antithese von Talent und Charakter. Es war fast persönlich schmeichelhaft für die große Menge, wenn sie behaupten hörte: die braven Leute seyen freilich in der Regel sehr schlechte Musikanten, dafür jedoch seyen die guten

Musikanten gewöhnlich nichts weniger als brave Leute, die Bravheit aber sey in der Welt die Hauptsache, nicht die Musik. Der leere Kopf pochte jetzt mit Fug auf sein volles Herz, und die Gesinnung war Trumpf.

So schrieb Heine später, 1846, in der ›Vorrede‹ zu ›Atta Troll‹.

Im Schlußteil des Poems, einem Gespräch des Autors mit seinem Freund Varnhagen, werden die Bestandteile und die Struktur des komischen Epos lyrisch erörtert:

»...

In die Nachtigallenchöre
Bricht herein der Bärenbrummbaß,
Dumpf und grollend, dieser wechselt
Wieder ab mit Geisterlispeln!

Wahnsinn, der sich klug gebehrdet!
Weisheit, welche überschnappt!
Sterbeseufzer, welche plötzlich
Sich verwandeln in Gelächter! ...«

Ja, mein Freund, es sind die Klänge
Aus der längst verscholl'nen Traumzeit;
Nur daß oft moderne Triller
Gaukeln durch den alten Grundton.

Er widmet dem Freund dieses bizarre Mosaik – ein wechselndes Spiel von Pastellfarben der Idylle und dem Schwarz-Weiß der Groteske –, dieses Lied, in dem zärtlich-harmonische Melodien und schrille Dissonanzen abwechseln:

Ach, es ist vielleicht das letzte
Freie Waldlied der Romantik!
In des Tages Brand- und Schlachtlärm
Wird es kümmerlich verhallen!

Wieder in der Heimat. Der rote Doktor

Muß wieder atmen deutsche Luft,
Damit ich nicht ersticke.

***

Andre Zeiten, andre Vögel!
Andre Vögel, andre Lieder!
Sie gefielen mir vielleicht,
Wenn ich andre Ohren hätte!

Im deutschen »Lesekabinett« konnte man für einige Francs – wenn man wollte, den ganzen Tag – Zeitungen und Journale lesen oder in der von Zigarren- und Tabaksqualm verräucherten Vorhalle mit Landsleuten konversieren.

»Haben Sie schon Heines neues Gedicht in der ›Zeitung für die elegante Welt‹ gelesen? – Ja, das über den ›Tendenzbären‹.«

»Ich habe es gelesen und bin entzückt. Das ist Heine, wie er leibt und lebt. Diese zauberhafte Versmusik, der brillante Witz, elegant und unbekümmert ...«

»In der Tat, an Unbekümmertheit und – wie sagten Sie? – Eleganz fehlt es ihm weiß Gott nicht. Er flattert wie ein Schmetterling von der Blüte zum Stallmist, von Bergeshöhen ins Bett einer Schlampe. Mal tanzt er mit dem Bären oder mit irgendwelchen Feen, mal spuckt er Gift und Galle auf ehrliche Patrioten.«

»Ich glaube, Sie sind allzu streng – Ihrer Aussprache nach könnten Sie aus Sachsen kommen. Sind Sie Lehrer?«

»Woher ein Mensch kommt, zählt nicht, sondern was er ist! Ich bin ein deutscher Arbeiter, ein Schuster – aus derselben Zunft wie Hans Sachs –, doch vor allem bin ich Republikaner und Patriot, ein Feind aller Tyrannen, Aristokraten und ihrer Speichellecker.«

»Ausgezeichnet, Bürger, auch ich bin Republikaner und Patriot; deswegen war ich gezwungen, die Heimat zu verlassen. Ich war wie Heine Student der Jurisprudenz, ohne freilich dessen poetisches Genie zu besitzen.«

»Das ist wohl auch besser so! Einem ehrlichen Patrioten stünde so was nicht zu Gesicht! Dieser Heine ist ein Genie der Unbeständigkeit und also des Verrats. Früher wollte er sich beim Volk, bei den Revolutionären anbiedern, doch dann hat er sich selbst entlarvt, jawohl, in diesem schmierigen Buch, in dem er gewagt hat, Börne auf so niederträchtige Weise zu verspotten. Börne hat mal gesagt: Hätte ihm ein König die Hand gedrückt, hätte er sie nachher ins Feuer gehalten, um sie zu reinigen. Das ist edle Gesinnung! Heine dagegen sagt: Wenn ihm das Volk die Hand drückte, würde er sie eilends waschen. Ist das nicht dreist und gemein! In seinen neuen Versen zieht er wieder über uns her, der verräterische Tunichtgut!«

»Sie nehmen seine Witze allzu ernst. Heine ist kein Verräter. Er ist immer der gleiche, nämlich ein Dichter. Stets hat er Nachtigallen und schöne Frauen besungen, stets verspottete er Könige und strenge Jakobiner, Pfaffen und schlechte Dichter, welche Kokarden sie auch immer trugen. Und sogar Börne selbst hat, als er heftig mit ihm stritt, geschrieben, Heuchelei sei Heines Wesen fremd. Börne warf ihm Leichtsinn und Unentschlossenheit vor, aber niemals Verrat. Wen sollte er auch verraten, wo er doch nie einer Partei angehört hat? Genauer und mit seinen eigenen Worten gesagt: Er ist seine eigene Partei.«

»Da haben Sie es! Schamlos in sich selbst verliebt, wie dieser alte – wie hieß er noch? – ja, ja, Narziß. Ihr Heine ist nicht um ein Haar besser als der Goethe, der Weimarer Minister; der haßte und verdammte ja die Große Revolution. Dieses ellenlange blöde Gedicht über den Bären hat der Heine bestimmt nur geschrieben, damit seine Schmähschrift gegen Börne ein wenig in Vergessenheit gerät und weil man daran den Wohlklang und seine tollen Witze loben soll. Bei Ihnen hat's ja schon gewirkt. Die Jugend ist immer verführbar: ›Ach, ein Genie, ein Dichter!‹ Aber wem nützen solche Dichter? Den Aristokraten, den Schmarotzern! Die genießen solche Verschen zum Dessert mit Champagner und Trüffeln. Auch wenn man sie beschimpft und verspottet, gefällt ihnen das noch – als schöner Nervenkitzel. Früher hielten sich die Könige zu diesem Zweck ihre Hofnarren mit Narrenkappe und Glöckchen; deren Scherze waren weniger schmutzig als die Ihres Heine. Und all diese Blümchen und Sternchen, diese verliebten ›Ahs!‹ und ›Ohs!‹ Wer braucht die denn? Höchstens die feinen Damen und Fräuleins für ihre Poesiealben!«

»Ich kann Ihnen nicht zustimmen, Bürger. Ich bin überzeugt, daß auch das Volk die Poesie braucht und womöglich viel mehr als die Aristokraten. In der Republik wird ein beherzter, witziger Dichter nicht als Narr, sondern als Tribun auftreten.«

»Aber nicht so einer wie Heine! Wir haben ja schon wahre patriotische Dichter: Dingelstedt, Herwegh, Hoffmann von Fallersleben. Ihre Verse, ihre Lieder sind kein eitler Tand, dienen nicht reichen Gecken zum Genuß. Sie dienen dem Volk, geißeln seine Feinde, rufen zum Kampf auf.«

»Die Dichter, die Sie genannt haben, sind begabt, aber noch sehr jung. Sie stimmen sich gerade erst ein und bleiben noch weit zurück hinter Heines Liedern. Übrigens, Dingelstedt und Herwegh sind ja Lehrlinge, Schüler von Heine, und er protegiert sie freundschaftlich-väterlich.«

»Und überhäuft sie mit Spott!«

»Er lacht auch über sich selbst, über seine Lehrer, seine besten Freunde...«

»Das meine ich ja: dem ist doch nichts heilig. Und heute gilt sein bösester Spott vor allem der patriotischen Tendenzdichtung. Er fürchtet, daß diese jungen Dichter seine Kneipenpopularität und seinen Zeitungsruhm zunichte machen werden. In einem freien Deutschland wird man *ihnen* Hochachtung entgegenbringen, Denkmäler errichten, *ihre* Werke werden die Kinder in der Schule lernen, *ihre* Lieder werden an den Feiertagen erklingen, aber an Ihren weinerlich-spöttischen Heine werden sich bestenfalls die Gelehrten erinnern – und dabei ausspucken.«

***

Über ›Atta Troll‹ wurde viel geschrieben und geredet, wurde in Zeitungen und Journalen, in vornehmen Salons und Literatenkneipen heftig gestritten. Die Gegner behaupteten, Heine sei immer negativ, er verlache alle und alles, habe keine lebensbejahenden Ideale, fröhne nur der zweckfreien Poesie und dem geistlosen Leben, dem »Leben an sich«. Die Ästheten bekrittelten, er vernachlässige die Form, komponiere chaotisch und treibe vulgäre Scherze.

Heines Verteidiger erwiderten, er verspotte den »waldursprünglichen Sanskülotte« und die naiven »Bärentänze« der Radikalen nur deswegen, weil er an einen baldigen Sieg der deutschen Revolution nicht glaube und im deutschen Volk keine wirksamen revolutionären Kräfte erkenne. Aber sein Spott sei am bissigsten und schonungslosesten, wenn er sich gegen Könige und Fürsten, gegen alle Mächte der Reaktion richte, obwohl er ihre Macht noch für ungebrochen halte.

Am 12. April 1843 schrieb Heine an seinen Bruder Maximilian nach Petersburg:

Ich lebe in diesem Augenblick ziemlich ruhig, es herrscht ein Waffenstillstand zwischen mir und meinen Feinden, die aber darum nicht minder rührig im Geheimen agiren und ich muß mich auf alle möglichen Ausbrüche des tödtlichsten Hasses und der feigsten Niederträchtigkeit gefaßt machen. Das hat aber alles nicht viel zu bedeuten, trüge ich nicht meinen schlimmsten Feind in meinem eignen Leibe, nemlich in meinem Kopfe, dessen Krankheit in der letzten Zeit in eine sehr bedenkliche Phase getreten. Fast die ganze linke Seite ist paralisirt, in Bezug auf die Empfindung; die Bewegung der Muskeln ist noch vorhanden. Ueber der linken Augenbraune, wo die Nase anfängt, liegt ein Druck wie Bley, der nie aufhört, seit beinah zwey Jahren ist dieser Druck stationär; nur in Momenten des starken Anstrengens beim Arbeiten empfand ich ihn weniger, nachher aber war die Reakzion desto größer, und wie Du denken kannst, darf ich wenig jetzt arbeiten. Welch ein Unglück! Damit ist auch das linke Auge sehr schwach und leidend, stimmt oft nicht zusammen mit dem rechten, und zu Zeiten entsteht dadurch eine Verwirrung des Gesichtes, die weit unleidlicher als das Dunkel der vollen Blindheit. ...
Mit der Familie stehe ich gut genug, auch mit Onkel Heine; er giebt mir jährlich 4800 Franks, ungefähr das Drittel von dem was ich brauche. Bin aber zufrieden jetzt, wo ich körperleidend bin und auf meine Arbeit nicht gut rechnen kann, eine fixe Pension zu haben. – Nach Deutschland gehe ich nie und nimmermehr zurück. Ich lebe hier umfriedet, wenigstens in Bezug auf äußere Berührungen. –

Dieser »Waffenstillstand« und das geruhsame Leben dauerten nicht lange. Schon zwei Wochen darauf, am 27. April, schrieb er an Julius Campe:

Es ist nemlich ein Faktum daß meine Werke Ihr einträglichster Verlagartikel, so wie es ein Faktum ist daß der Verleger immer bey Gutzkow sein Geld einbüßt. Soll ich nun Ihre Intressen durch alle möglichen Anstrengungen befördern, damit Sie reichlicher die Mittel erwerben, womit Sie den Mr Gutzkow in den Stand setzen sein schnödes Gewerbe fortzusetzen? Soll ich indirekt die Buben besolden, die Mr Gutzkow (der ihre Thätigkeit durch Honoraranweisungen auf den Tellegraf belohnt) gegen mich loshetzt?

***

Sein Entschluß, nie wieder nach Deutschland zurückzukehren, geriet bald ins Wanken. Es zog ihn in die alte Heimat. Er mußte fahren, solange er noch gehen und sehen konnte. Er wollte Mutter und Schwester wiedersehen, wollte die deutsche Sprache um sich hören, die Luft deutscher Wälder, deutscher Städte atmen und auch Campe an Ort und Stelle treffen.

Ende Oktober 1843 machte er sich auf den Weg. Mathilde brachte er erneut in Madame Dartes Pensionat unter.

Er fuhr in die Heimat – nach zwölf Jahren Trennung.

Im traurigen Monat November war's,
Die Tage wurden trüber,
Der Wind riß von den Bäumen das Laub,
Da reist' ich nach Deutschland hinüber.

Und als ich an die Grenze kam,
Da fühlt ich ein stärkeres Klopfen
In meiner Brust, ich glaube sogar
Die Augen begunnen zu tropfen.

Und als ich die deutsche Sprache vernahm,
Da ward mir seltsam zu Muthe;
Ich meinte nicht anders, als ob das Herz
Recht angenehm verblute.

Die Fahrt nach Hamburg dauerte fast eine Woche. Übermüdet, erschöpft, aber unsagbar glücklich schloß er seine Mutter in die Arme. Sie war so klein geworden, und ihr Haar war ergraut. Zweiundsiebzig Jahre alt war sie nun! Auch die Schwester hatte sich verändert: Sie sah aus wie eine ehrfurchtgebietende Matrone; ihre älteste Tochter war schon verheiratet.

Hamburg war nicht leicht wiederzuerkennen. Die Feuersbrunst hatte riesige schwarze Wüsteneien, verrußte Ruinen hinterlassen. Dazwischen aber sah man zahlreiche helle

Flecken: Berge von Bauholz und neue, frisch gestrichene Häuser.

Die Stadt, zur Hälfte abgebrannt,
Wird aufgebaut allmählig;
Wie'n Pudel, der halb geschoren ist,
Sieht Hamburg aus, trübselig.

Gar manche Gassen fehlen mir,
Die ich nur ungern vermisse –
...

Stundenlang ging er durch die Straßen, bald vorwärtsgetrieben, bald zurückgestoßen vom Novemberwind – bald überkam ihn Freude, bald Trauer.

Stundenlang saß er mit Julius Campe zusammen, im Verlag, in Kaffeehäusern und Weinkellern. Sie stritten sich, machten einander die bittersten Vorwürfe, und – versicherten sich ihrer Freundschaft, oder sie verspotteten und beschimpften einander; und zwischendurch sprachen sie über neue Ausgaben von Heines Büchern.

Er traf alte Bekannte wieder.

Noch mehr verändert als die Stadt
Sind mir die Menschen erschienen,
Sie geh'n so betrübt und gebrochen herum,
Wie wandelnde Ruinen.

Die mageren sind noch dünner jetzt,
Noch fetter sind die feisten,
Die Kinder sind alt, die Alten sind
Kindisch geworden, die meisten.

Gar manche, die ich als Kälber verließ,
Fand ich als Ochsen wieder;
Gar manches kleine Gänschen ward
Zur Gans mit stolzem Gefieder.

Eigentlich wollte er sich nicht lange in Hamburg aufhalten. Am 10. November schrieb er an Mathilde:

Es sind vor allem meine Verlagsangelegenheiten, die mich noch eine Woche aufhalten werden. Mein Verleger ist der durchtriebenste Kerl der Welt, und es kostet mich viel Mühe, meine Angelegenheiten ins Reine zu bringen.

Er schrieb ihr häufig – immer auf französisch –; er hatte sich früher nie vorstellen können, daß seine Sehnsucht nach ihr so groß sein würde. Im Dezember dachte er noch immer nicht an die Rückreise.

Heine hatte schon in seiner Jugend entdeckt, daß er für Kommerz völlig unbegabt war. Alle späteren Versuche, sich seiner Schulden durch Börsenspekulationen zu entledigen, endeten mit jämmerlichen Mißerfolgen. Er war fast ebenso verschwenderisch wie Mathilde; sie konnten beide nicht sparen, nicht haushalten. Er sagte oft, er wolle weder Gläubiger noch Philanthrop sein; doch immer wieder half er seinen Freunden, verteilte Geld an Bittsteller, die er manchmal nicht einmal kannte, und war verwundert, wenn einer ihm seine Schulden zurückzahlte.

Bei den Abrechnungen mit seinen Verlegern und Buchhändlern aber war er anspruchsvoll und knausrig. Er prahlte damit, alle Finessen des Finanzwesens zu kennen und hielt sich für einen gewieften Geschäftsmann. Campe kannte diese Eigenarten seines schwierigen Autors sehr wohl und ging schlau auf sie ein. Er spielte den klugen, gewitzten, erfahrenen Verleger, den der noch klügere Dichter und Freund um den Finger wickelte und von dem er solche vorteilhaften Bedingungen erzwang, wie sie keinem deutschen Literaten je gewährt worden waren. Beide waren zufrieden – jeder mit sich selbst und mit dem Partner.

Es war ein schöner Abend, als ich
Mich hinbegab mit Campen;
Wir wollten mit einander dort
In Rheinwein und Austern schlampampen.

Das Haus seines Onkels erschien Heine weniger imposant als früher. Man nahm ihn dort überaus freundlich auf, niemand dachte an die vergangenen Streitigkeiten, Kränkungen, Drohungen. Nur Cécile, seine ehemalige Geliebte, nunmehr die selbstbewußte Gattin seines Cousins Carl, sprach mit ihm in hochmütig-gelangweiltem Ton. Er vermutete, daß sie ihm zürnte, weil er in der Augsburger ›Allgemeinen Zeitung‹ mit ihren Pariser Cousins aus der Familie Fould recht unsanft umgesprungen war. Doch später begriff er, daß ihr seine Heirat nicht paßte. »Es heißt, Sie seien ein sehr glücklicher Gatte. Eine poetische Ehe, genau wie bei Goethe. Der hat ja seine ... Grisette auch nicht gleich geheiratet.«

Carl erklärte ihm, Cécile halte seine Ehe für eine Mésalliance; sie sei wohl von ihren Pariser Verwandten beeinflußt, die in familiären Angelegenheiten besonders anspruchsvoll seien.

Heine wäre fast in Zorn geraten, doch er hielt sich zurück. Er erriet, daß Cécile ganz einfach eifersüchtig war. Hätte er um der Mitgift willen eine reiche Frau oder, um seine Karriere zu fördern, eine Dame aus einflußreicher Familie geheiratet, so wäre sie darüber nicht verärgert gewesen. Aber seine »merkwürdige« Heirat konnte ja nur aus Liebe, aus unbezwinglicher Leidenschaft zustande gekommen sein. Und das verzieh sie ihm nicht. Die kluge Bankierstochter – damals in Paris hatte sie ihn so leidenschaftlich umarmt, hatte sich weinend von ihm verabschiedet – und war eine Vernunftehe eingegangen, die ihre Tochterpflichten und die Finanzinteressen zweier Bankiersfamilien ihr aufgezwungen hatten. Eben deswegen haßte sie jetzt seine Frau und ihn. Schade, sie würde also nicht mehr für ihn eintreten, wenn es zu neuen Streitigkeiten mit dem Onkel käme.

Mathilde empfing ihn mit Freudenschreien. Sie umarmte ihn stürmisch. Dann aber schimpfte sie weinend: »Betrüger, Schuft!« Er hatte doch versprochen, nicht länger als zwei Wochen wegzubleiben, und hatte dann fast zwei Monate in diesem verteufelten »Ambourg« gesteckt! Und wieder gab es Küsse, Lachen, und wieder Gekreisch:

»Mit wie vielen strohblonden Dirnen hast du in diesem verteufelten Ambourg geschlafen? Du kannst dich ja für immer dorthin verziehen! Da quaken sie alle in eurer Froschsprache. Und ich werde sterben! Ohne dich kann ich nicht sein! Henri, nicht einen Tag, nicht eine Nacht mehr werde ich von deiner Seite weichen! Weißt du, gestern hat ein Mädchen im Pensionat beim Abendessen die Sauciere auf Madames neues Kleid gekippt. Die Alte hat ein schönes Gesicht gemacht. Was haben wir gelacht!«

***

Er traf in Paris wieder häufiger mit Deutschen zusammen. Der junge Dramatiker und Dichter Friedrich Hebbel hielt sich von September 1843 bis September 1844 dort auf. Campe hatte ihm einen Brief für Heine mitgegeben und ihn empfohlen.

Hebbel war ein sensibler Mensch; seine Empfindlichkeit, auch in Kleinigkeiten, war fast krankhaft. Er schrieb an Heine: »Gestern habe ich Sie aufgesucht, traf Sie aber nicht an. Ich habe meine Karte hinterlassen. Ich werde nicht eher kommen, bevor nicht Sie mir einen Besuch abgestattet haben.«

Heine gewann ihn jedoch schon bei ihrem ersten Gespräch für sich. Hebbel schilderte diese Begegnung in einem Brief an seine Freundin Elise Lensing vom 14. September 1843. Heine habe zu ihm gesagt:

»Ich freue mich außerordentlich, Sie persönlich kennen zu lernen! ... Sie sind Einer von den sehr Wenigen ... die ich schon zuweilen beneidet habe; ich kenne Ihre Judith noch nicht, nur Ihre Gedichte, aber die haben den entschiedensten Eindruck auf mich gemacht, ich hätte Ihnen manches Sujet stehlen mögen, namentlich den Hexenritt.« Er recitirte aus diesem einige Strophen; ...

Er hatte Hebbels Besuch nicht vorhersehen können. Seine Begeisterung war echt.

Hebbel berichtet weiter:

Es kam nun gleich ein lebhaftes Gespräch zwischen uns in den Gang, wir wechselten die geheimen Zeichen, an denen die Ordensbrüder sich einander zu erkennen geben, aus, und vertieften uns in die Mysterien der Kunst. Mit Heine kann man das Tiefste besprechen und ich erlebte einmal wieder die Freude einer Unterhaltung, wo man bei dem Anderen nur anzuticken braucht, wenn man den eigensten Gedanken aus seinem Geist hervor treten lassen will. Das ist sehr selten. ... Auch auf einen sehr kitzlichen Punct, auf sein Buch über *Börne*, brachte er das Gespräch, und ich verhehlte ihm meine Ansicht nicht. Im Allgemeinen hat Heine einen unerwartet günstigen Eindruck auf mich hervorgebracht. Er ist allerdings etwas angeründet, aber keineswegs dick und in seinem Gesicht mit den kleinen scharfen Augen liegt etwas Zutrauen-Einflößendes. Daß er Dichter ist, tiefer, wahrer Dichter, ein solcher, der sich nicht bloß auf gut Glück in's Meer hinunter taucht, um einige Perlen zu stehlen, sondern der unten bei den Feen und Nixen wohnt und über ihren Reichthum gebietet, das tritt aus seiner Gestalt, wie aus seiner Rede hervor. Seine Bemerkungen über Grabbe, Kleist, Immermann u. s. w. trafen jedes Mal den innersten Lebenspunct. Ich glaube, er ist der unerbittlichste Feind aller Mittelmäßigkeit, ...

Beide waren noch mehrfach zusammengetroffen, ehe Heine im Oktober nach Deutschland abgereist war. Dann hatte Hebbel ungeduldig darauf gewartet, daß Heine nach Paris zurückkehrte. Als er sich nicht sofort nach der Ankunft bei ihm meldete, wurde er zornig und nervös und fühlte sich beleidigt, freute sich aber schließlich über die Versöhnung und beschrieb seiner Freundin ausführlich alle weiteren Begegnungen.

Nachdem Heine seine Dramen ›Judith‹ und ›Genoveva‹ gelesen hatte, sagte er zu Hebbel:

»Ich sollte mich eigentlich über Sie ärgern, ich habe das Ende der Kunstperiode vorausgesagt und Sie beginnen eine neue. *Aber Sie sind genug gestraft; Lessing war einsam, Sie werden noch viel einsamer seyn.*«

Franz Dingelstedt, ein Lehrer aus Fulda, hatte 1840 einen Gedichtband, die ›Lieder eines kosmopolitischen Nachtwächters‹, publiziert. Er verspottete Aristokraten und Philister, prophezeite eine bessere Zukunft für Deutschland: Gerechtigkeit und Freiheit würden triumphieren, Deutsche aus allen Regionen, aus allen Schichten sich freundschaftlich zusammenschließen. 1841 emigrierte er nach Frankreich, und Heine hieß ihn willkommen mit dem gutmütig-ironischen Gedicht ›Bei des Nachtwächters Ankunft zu Paris‹:

»Nachtwächter mit langen Fortschrittsbeinen,
Du kommst so verstört einhergerannt!
Wie geht es daheim den lieben Meinen,
Ist schon befreit das Vaterland?«

...

Nicht oberflächlich wie Frankreich blüht es,
Wo Freiheit das äußere Leben bewegt;
Nur in der Tiefe des Gemütes
Ein deutscher Mann die Freiheit trägt.

...

Es blüht der Lenz, es platzen die Schoten,
Wir atmen frei in der freien Natur!
Und wird uns der ganze Verlag verboten,
So schwindet am Ende von selbst die Zensur.

Zwei Jahre später war Dingelstedt des ungewissen Emigrantenlebens müde; er übernahm das ehrenvolle und einträgliche Amt des Direktors am Königlichen Theater in Stuttgart. Der König von Württemberg ernannte ihn zum Hofrat.

Auch Georg Herwegh war 1841 nach Paris gekommen. Seine flammenden Verse von deutscher Freiheit begeisterten junge und alte Demokraten. Man pries ihn als den Verkünder und Sänger der Revolution. Heine aber steckte ihm bei einer Begegnung ein Blatt Papier mit traurig-witzigen Versen zu:

Herwegh, du eiserne Lerche,
Mit klirrendem Jubel steigst du empor
Zum heiligen Sonnenlichte!
Ward wirklich der Winter zu nichte?
Steht wirklich Deutschland im Frühlingsflor?

Herwegh, du eiserne Lerche,
Weil du so himmelhoch dich schwingst,
Hast du die Erde aus dem Gesichte
Verloren – Nur in deinem Gedichte
Lebt jener Lenz, den du besingst.

Herwegh war aus Preußen verbannt worden. In Paris galt er als Führer der radikalen Emigranten. Mit einigen von ihnen machte er Heine bekannt.

Über Arnold Ruge sagten seine Freunde, er sei der beste von allen »Trommlern« der Hegelschen Philosophie. Er kam im Sommer 1843 nach Paris, weil die literarisch-philosophischen ›Jahrbücher‹, die er zuerst in Halle, dann in Dresden herausgegeben hatte, überall in Deutschland verboten worden waren. Als Student war Ruge wegen seiner Zugehörigkeit zu einer Burschenschaft verhaftet und mit Festungshaft bestraft worden. In der Zelle hatte er griechische Dramen übersetzt und Philosophie studiert. Er war klug und gebildet, was er selbst auch genau wußte und nie vergaß. Er war stolz darauf, daß er ein Aufrührer und Märtyrer der

Freiheit gewesen war; auf die meisten Literaten blickte er von oben herab. Börne war für ihn der wahre Freiheitskämpfer, dem zwielichtigen Reimeschmied Heine himmelhoch überlegen. Doch als Ruge im August 1843 Heine in Paris persönlich kennenlernte, war er verblüfft, daß der seine kritischen Artikel gegen ihn nicht einmal gelesen hatte, obwohl er ihn schon 1838 als unmoralischen, verantwortungslosen Versemacher schonungslos entlarvt hatte. Jedes Mal, wenn er Heine jetzt begegnete und ihn sprechen hörte, fühlte sich der selbstbewußte Philosoph von ihm angezogen. Manchmal wirkte dieser freche Witzbold abstoßend auf ihn, aber ihm entging nicht, wie scharfsichtig er urteilte, was für eigenartige philosophische Gedanken er gelassen, mit Scherzen vermischt, in einem ungezwungenen Gespräch zum besten gab. Doch mitten in einem ernsten analytischen Diskurs über Hegel konnte er einen spitzbübischen Witz über eine schöne Kellnerin machen, oder er sagte unmittelbar nach einem präzisen Urteil über neueste politische Ereignisse pathetisch zu seinem Tischnachbarn: »Solche himmlischen Speisen sollte man gebeugten Knies zu sich nehmen!«

***

Am 5. Mai 1843 erschien Heines Artikel ›Die eigentliche Politik ...‹ über den *neuen Abschnitt in der Weltgeschichte*, der durch die Eisenbahnen eingeleitet worden sei; die Eisenbahnen, meinte er, revolutionierten sogar die Begriffe von Raum und Zeit. Er schrieb über Rothschild, den *Generalissimus der Bankiers*, der mitten in einer Welt der Armut und Zerstörung reüssiere. Dank eines *eigentümlichen Instinkts* gewinne er bedeutende Politiker, Gelehrte und Musiker für sich, obwohl er selbst von Politik, Wissenschaft oder Kunst nicht das Geringste verstehe. Heine vergleicht ihn mit der Sonne, um die sich alles dreht:

Unter uns gesagt, diese furor der Verehrung ist für die arme Sonne keine geringe Plage, und sie hat keine Ruhe vor ihren Anbetern, worunter manche gehören, die wahrlich nicht werth sind, von der Sonne beschienen zu werden; diese Pharisäer psalmodiren am lautesten ihr Lob und Preis, und der arme Baron wird von ihnen so sehr moralisch torquirt und abgehetzt, daß man ein Mitleid mit ihm

haben möchte. Ich glaube überhaupt, das Geld ist für ihn mehr ein Unglück als ein Glück.
... Ueberreichthum ist vielleicht schwerer zu ertragen als Armuth. Jedem, der sich in großer Geldnoth befindet, rathe ich, zu Herrn v. Rothschild zu gehen; nicht um bei ihm zu borgen (denn ich zweifle, daß er etwas Erkleckliches bekömmt), sondern um sich durch den Anblick jenes Geld-Elends zu trösten. Der arme Teufel, der zu wenig hat und sich nicht zu helfen weiß, wird sich hier überzeugen, daß es einen Menschen giebt, der noch weit mehr gequält ist, weil er zu viel Geld hat, weil alles Geld der Welt in seine kosmopolitische Riesentasche geflossen, und weil er eine solche Last mit sich herumschleppen muß, während rings um ihn her der große Haufen von Hungrigen und Dieben die Hände nach ihm ausstreckt. Und welche schreckliche und gefährliche Hände! – Wie geht es Ihnen? frug einst ein deutscher Dichter den Herrn Baron. »Ich bin verrückt«, erwiederte dieser. Ehe Sie nicht Geld zum Fenster hinauswerfen, sagte der Dichter, glaube ich es nicht. Der Baron fiel ihm aber seufzend in die Rede: »Das ist eben meine Verrücktheit, daß ich nicht manchmal das Geld zum Fenster hinauswerfe.«

Der deutsche Dichter war natürlich Heine selbst, und sein Kommentar zu diesem Dialog war bitter und höhnisch:

Wie unglücklich sind doch die Reichen in diesem Leben – und nach dem Tode kommen sie nicht einmal in den Himmel! »Ein Kameel wird eher durch ein Nadelöhr gehen, als daß ein Reicher ins Himmelreich käme« – dieses Wort des göttlichen Communisten ist ein furchtbares Anathema und zeugt von seinem bittern Haß gegen die Börse und haute finance von Jerusalem.
... Wüßten die Reichen, daß sie dort oben wieder in aller Ewigkeit mit uns gemeinsam hausen müssen, so würden sie sich gewiß hier auf Erden etwas geniren und sich hüten, uns gar zu sehr zu mißhandeln. Laßt uns daher vor allem die große Kameelfrage lösen.

Am nächsten Tag, dem 6. Mai 1843, erschien wieder ein Artikel Heines, ›Die kostbare Zeit ...‹. Er warnte die Leser vor der naiven Illusion, daß ein Regierungswechsel, ein politischer Umschwung grundsätzliche Veränderungen für das Volk bringen könne; danach würden lediglich andere die »großen Schüsseln« leerfressen. Selbst wenn ehrliche Republikaner die Posten der korrupten Minister des Königs übernähmen, würde die allgemeine »Verderbnis« nicht verschwinden. Eine radikale Umwälzung der ganzen Gesellschaftsordnung sei unumgänglich. Die Freiheit müsse in die untersten Schichten des Volkes eindringen:

Die Freiheit, die bisher nur hie und da Mensch geworden, muß auch in die Massen selbst, in die untersten Schichten der Gesellschaft, übergehen und Volk werden. Diese Volkwerdung der Freiheit, dieser geheimnißvolle Proceß, der, wie jede Geburt, wie jede Frucht, als nothwendige Bedingniß Zeit und Ruhe begehrt, ist gewiß nicht minder wichtig, als es jene Verkündigung der Principien war, womit sich unsre Vorgänger beschäftigt haben. ... Ach! das ist noch jetzt der leidige Irrthum so vieler Revolutionsmänner, welche sich einbilden, die Hauptsache sei, daß ein Fetzen Freiheit mehr oder weniger abgerissen werde von dem Purpurmantel der regierenden Macht. ...
Nein, mit dem bloßen Rezept ist dem Kranken noch nicht geholfen, obgleich jenes unerläßlich ist: er bedarf auch der Tausendmischerei des Apothekers, der Sorgfalt der Wärterin, er bedarf der Ruhe, er bedarf der Zeit.

Der sensible Dichter, der Spötter, Possenreißer und Phantast, der sich selbstvergessen am Spiel von Farben und Lauten, Worten und Bildern berauschte, war auch ein nüchtern überlegender, scharfsichtiger Denker – Historiker und Philosoph.

***

Bald nach Heines Rückkehr aus Hamburg, an einem verregneten Dezembertag, kam Ruge mit einem jungen Freund zu ihm.

»Ich habe die Ehre, Ihnen einen berühmten Landsmann vorzustellen, die Hoffnung der deutschen Demokratie, den Schrecken des preußischen und aller sonstigen Monarchen: Doktor Karl Marx.«

Heine hatte schon von dem »roten Doktor« Marx gehört. Ruge, Herwegh und einige ehemalige Mitarbeiter der ›Rheinischen Zeitung‹ hatten ihm erzählt, wie umsichtig und couragiert dieser junge Gelehrte die Zeitung geführt hatte. Sie war zum bedeutendsten Sprachrohr der deutschen Demokratie geworden. Die preußische Regierung hatte vergeblich versucht, sie mit Verweisen, Geldstrafen und Drohungen zu bändigen und hatte sie schließlich verboten.

Marx war stämmig und breitschultrig. Eine hohe Stirn unter dichten braunen Locken; die weit auseinanderliegenden dunklen Augen blitzten manchmal übermütig und jungenhaft. Er war erst fünfundzwanzig, wirkte aber älter.

Heine gefielen sein offener, freundlicher und neugieriger Blick, sein melodischer rheinischer Tonfall. Er befragte den Landsmann ausführlich.

Obwohl Marx etwa fünfzehn Jahre jünger war als Ruge – Heine hätte sogar sein Vater sein können –, sprach er mit ihnen unbefangen wie mit seinesgleichen.

Ruge versuchte wieder einmal, Heine auf den Weg der Vernunft zurückzuführen, wollte ihm klarmachen, welche Pflichten ein Dichter gegenüber seinem Vaterland habe.

»Mein lieber Heine, ich hoffe, daß Doktor Marx, der Sie schon lange verehrt, mir heute beisteht und hilft, Sie zu überzeugen: Sie sollten endlich mit einigen schädlichen Verirrungen Schluß machen, die Ihr Talent nicht zu voller Blüte kommen lassen und Sie auf dem Weg zur Unsterblichkeit aufhalten.«

Heine merkte, wie Marx ihm einige Male verschmitzt zulächelte, und sprach betont bescheiden: »Ich bin ja selbst willens, mich zu bemühen. Blüte ... Unsterblichkeit – das klingt überaus verlockend. Liebster Ruge, ich lausche Ihnen, wie einst die Apostel dem Heiland lauschten – die waren ja schließlich auch Literaten.«

»Da haben wir's: Sie spaßen schon wieder! Begreifen Sie doch, daß die Spaßmacherei vielleicht Ihr größtes Verhängnis ist! Wir leben in einer tragisch-ernsten Epoche, und ebenso wie in der antiken Komödie ziemt es heute nur Sklaven, Spott zu treiben – jawohl, nämlich jenen Sklaven, die sich mit ihrem Schicksal zynisch-scherzend abfinden. Sie aber ziehen Ihren Genius in den Schmutz, wenn Sie die Ideale der Freiheit verspotten. Während einer Tragödie zu witzeln – ist das nicht unsittlich, ja geradezu lasterhaft?«

»Du lieber Gott! Warum denn unsittlich? Ich bin ja schon seit zwei Jahren verheiratet und lebe streng monogam. Jedenfalls zur Zeit.«

»Aber darum geht es mir doch gar nicht! – Warum lachen Sie darüber, Marx? Wir sind ja bei Heine, und bei dem lacht man ohnehin genug! – Es geht mir nicht um die Moral der Spießer. Neulich haben Sie wieder behauptet, daß auch Sie für die Freiheit kämpfen, indem Sie Monarchen und Kirchenfürsten verspotten. Aber selbst Ihre Feinde lachen über solche Scherze. Nein, Clowns, Gaukler und Narren sind keine Kämpfer für die Freiheit!«

»Sie vergessen die Satire, Euer philosophische Hochwürden; sie war schon in der Antike eine Waffe der Freiheit. Denken Sie an Aristophanes, an Juvenal.«

»Ich weiß, ich weiß. Unter bestimmten Umständen brauchen wir die Satire für die ungebildeten Massen. Sie kann uns helfen, die Machthaber zu entlarven. Deshalb war ich schon immer der Meinung, daß Ihre politischen Satiren unvergleichlich besser und nützlicher sind als all Ihre Späße über Liebe und Religion. Aber auch die politische Satire brauchen wir nur, weil wir politisch völlig heruntergekommen sind. Das Volk liebt nun einmal seine Jahrmarktsbuden und seinen Hanswurst. Dennoch glaube ich, daß Sie auch wirkliche, erhabene Poesie schaffen könnten. Damit würden Sie der Vernunft und der Freiheit wahrhaft dienen, *das* allein kann Sie zur wahren Unsterblichkeit führen.«

»Arm in Arm mit Herwegh und Dingelstedt? Oder soll ich mit denen vielleicht einen Wettlauf veranstalten, wie einst mit meinen Schulkameraden – eins, zwei, drei: auf zur Unsterblichkeit?!«

»Herwegh war leichtsinnig, als er den preußischen König zu erziehen versuchte. Heute aber kann er es mit allen Dichtern der Freiheit als ihr würdiger Bruder aufnehmen. *Sie* aber machen uns zur Zielscheibe Ihres Spottes, uns, die Vorkämpfer des Fortschritts. Und das ist das Allerschlimmste. Sie sollten sich endlich von Ihrem Buch über Börne distanzieren – es ist ungerecht und würdelos. Doktor Marx hat es zwar unlängst gelobt, vermutlich aus dem Geist des Widerspruchs, der zu seinem Wesen gehört.«

Heine mußte lachen. Also war es kein Zufall, daß dieser Kerl ihm gleich so gut gefallen hatte: der war tatsächlich eine verwandte Seele.

***

Der alternde Heine war zermürbt von Krankheiten und Leidenschaften, von Sorgen um Geld und neue Publikationen, von der Hektik des Pariser Alltags und der deutschen Zensur; ihn peinigten die Streitereien mit Verwandten und Verlegern, die Beschimpfungen seiner Feinde und üble Nachreden seiner ehemaligen Freunde, das Mißtrauen guter Bekannter; aufdringliche Spitzel, Klatschmäuler und Verehrer verfolgten ihn. Aber trotz alledem blieb er leidenschaftlich verliebt, verliebt wie ein Jüngling – in deutsche Lieder und Pariser Boulevards, in Malerei und Musik, in seine Mathilde und die Principessa di Belgiojoso. Er liebte auch Hegels Dialektik und die Bibel, liebte sie ebenso genießerisch wie eine Grisette, die ihm ein paar zärtliche Stunden schenkte. Er war ein unersättlicher Gourmet, ein stürmischer Liebhaber, ein boshafter Spötter, vor dem niemand sicher sein konnte; doch er war zugleich ein erhabener Denker, scharfsichtig und selbstkritisch, geplagt von Zweifeln, Ängsten und Gewissensbissen.

Marx dagegen war jung, voller Hoffnungen und kämpferischem Elan. Er liebte nur seine schöne, kluge Frau Jenny und umsorgte zärtlich seine neugeborene Tochter. Bis tief in die Nacht saß er über Büchern und Zeitschriften. Er wollte die Ursachen aller Ursachen ergründen, die Quellen und Wurzeln aller Leiden der Menschheit, und er war besessen von diesen Forschungen.

Heine und Marx unterschieden sich in vielem: in Alter und Lebenserfahrung, in Berufung, Schicksal und Charakter.

Marx schätzte die ›Reisebilder‹ und das ›Buch der Lieder‹ seit langem. Doch fast alle seine Pariser Bekannten hatten ihm von dem angeblich haltlosen und unmoralischen Dichter berichtet. So ging er voll mißtrauischer Neugier zu Heine. Er hoffte, ihn als Mitarbeiter an einer Zeitschrift zu gewinnen, die er zusammen mit Ruge herausgeben wollte, und hoffte auch, Heines französische Bekanntschaften für dieses Unternehmen nutzen zu können.

Alles, was Heine früher über den »roten Doktor« gehört hatte, hätte ihn eigentlich ablehnend stimmen müssen. Dieser jüngere Genosse Ruges und Herweghs war ja unlängst noch Redakteur jener ›Rheinischen Zeitung‹ gewesen, in der Heines Artikel über Frankreich wiederholt getadelt, Börne dagegen stets gelobt worden war.

Doch bereits die erste Begegnung stimmte ihn um. Marx hatte wie er in Bonn und Berlin studiert, er berichtete über Vertrautes – über die alten Professoren und die neuen Sitten der Burschenschaftler. Heine gefiel, daß dieser junge Philosoph, den es in das politische Leben drängte, so ganz anders war als die meisten seiner Genossen, jene Fanatiker, Doktrinäre, finsteren Verschwörer oder aufgeblasenen Schwätzer, die in der Pariser Emigration besonders aktiv waren.

Bald besuchten sie einander fast täglich, obwohl Heine sonst kaum Gäste zu sich einlud, denn er war nie sicher, wie sie mit der eigenwilligen Mathilde auskommen würden. Marx jedoch wurde bald zum Freund beider, Mathildes und Heines. Ruge war empört: Die gebildete, vornehme Frau Marx mußte wegen der eigenbrötlerischen Allüren ihres Mannes mit der vulgären Madame Heine zusammensein!

Heines französische Freunde fragten sich, was ihn, den sarkastischen Skeptiker, an diesem jungen Landsmann so fasziniere. Der hatte doch jetzt für Poesie und Kunst nur noch wenig übrig. Hatte sich Heine, der in seinem Buch über Börne und in den Versen vom »Tendenzbären« jeglichen Fanatismus verspottete, plötzlich zu einer neuen politischen Religion bekehren lassen? War er, der den Saint-Simonisten längst abgeschworen hatte, der mit den Jakobinern und sonstigen radikalen Demokraten hart ins Gericht ging, nun etwa von diesen wilden Schwärmern – wie hießen sie noch? Sozialisten oder Kommunisten? – gewonnen worden? Sollte dieser Doktor Marx ihn soweit gebracht haben?

Heine erzählte gern, wie Marx ihn, den Dichter, den Gegner Börnes, vor all diesen philosophischen Feldwebeln verteidigte: der halte wahre Plädoyers, auch für die Kunst schlechthin. Er beweise, daß vieles von dem, was man aus den Epen Homers, aus Dantes ›Göttlicher Komödie‹ oder aus den Romanen Balzacs über ihre Epoche, ihre Zeit, über das Leben der Menschen erfahren könne, in keiner Chronik verzeichnet sei. Doch nur ein Philister könne Homer, Dante oder Balzac bloß als Handlanger der Philosophie und als Illustratoren der Geschichte verstehen. Das sei ebenso unsinnig, wie in den Bildern Rembrandts und Dürers bloß Illustrationen für Anatomie zu sehen.

Die Dichter schöpften aus der Wirklichkeit, wiederholten sie aber nicht. Goethe habe gesagt, wenn man einen Pudel exakt nachschaffen würde, so werde das eben noch ein Pudel und weiter nichts. Aischylos, Dante, Shakespeare, Goethe – jeder von ihnen habe seine eigene Wirklichkeit geschaffen. Sie hatten nicht einfach die reale Welt widergespiegelt, sondern sie auch erweitert und bereichert. Durch ›Emilia Galotti‹, ›Werther‹ und ›Faust‹ sei die Welt weiträumiger und reicher geworden, als sie hundert Jahre zuvor gewesen sei.

Ruge aber schnaufte ärgerlich, wenn Marx ihm sagte, man müsse den Dichtern für das danken, was sie den Menschen geben, und dürfe ihnen nicht vorwerfen, daß sie etwas *nicht* geben – nicht geben können. Dichter seien wie Kinder, sie brauchten Lob. Doch der Versuch, sie umzuerziehen, umzumodeln, sei sinnlos. Einem Papageien könne man alles Mögliche beibringen, nicht aber einer Nachtigall. Nur von allen guten Geistern verlassene Spießbürger könnten wünschen, alle Vögel in Papageien zu verwandeln, damit sie auf Kommando nützliche Worte nachplapperten.

Ein Märchen aus Träumen

> Ein neues Lied, ein besseres Lied,
> O Freunde, will ich Euch dichten!

Wieder schrieb Heine ein Poem. Es war seine Reise in die alte Heimat, die ihm neue Schmerzen und neue Freuden, neue Leiden und neue Gedanken brachte und ihn zu einer ganz neuartigen Dichtung bewegte.

> Ein kleines Harfenmädchen sang.
> Sie sang mit wahrem Gefühle
> Und falscher Stimme, doch ward ich sehr
> Gerühret von ihrem Spiele.
>
> ...
>
> Sie sang das alte Entsagungslied,
> Das Eyapopeya vom Himmel,
> Womit man einlullt, wenn es greint,
> Das Volk, den großen Lümmel.
>
> Ich kenne die Weise, ich kenne den Text,
> Ich kenn' auch die Herren Verfasser;
> Ich weiß, sie tranken heimlich Wein
> Und predigten öffentlich Wasser.
>
> Ein neues Lied, ein besseres Lied,
> O Freunde, will ich Euch dichten!
> Wir wollen hier auf Erden schon
> Das Himmelreich errichten.

Er las die neuen Verse seinen Freunden vor. Von einigen hörte er nur entzückte unartikulierte Ausrufe oder ein begeistertes »Donnerwetter!«, die anderen überboten sich in wortreichem Lob. Ruge meinte, dieses Werk sei gewiß sehr nett, doch rechne die Heimat mit etwas Ernsterem aus seiner Feder. Herwegh bat ihn, diese oder jene Strophe zu wiederholen: »Ja, ja, das ist sehr gut, vortrefflich, es erinnert mich an etwas Bekanntes – vielleicht an Eichendorff? – oder nein, bei Brentano gibt es – ich weiß nicht mehr genau, wo – Ähnliches. Ja, schon die Luft ist voller Melodien und Lieder. Manches prägt sich ein, ohne daß man weiß, wie und woher.

– Ja, und in dieser Strophe ist die Zäsur nicht ganz an der richtigen Stelle.«

Marx hörte gespannt zu, seine Finger schlugen den Takt auf der Armlehne des Sessels mit. Er bat Heine, einige Strophen zu wiederholen, erklärte, wie er die Stelle auffasse, was ihm gefiel, was ihm weniger geglückt erschien.

Jenny sagte: »Es dürfte Ihnen nicht leichtgefallen sein, das zu dichten. Denn es tut ja weh, eine Wunde bloßzulegen. Auch manchen Ihrer Leser machen Sie es schwer. Doch wenn die Wunde eitert, muß der Verband heruntergerissen werden.«

***

Das neue Poem sollte ein Gegenstück zum ›Atta Troll‹ werden. Nach jenem scherzhaft-romantischen Epos entstand nun ein lyrischer Monolog. Nach den ausgelassenen Sommernächten in den Pyrenäen kam er nun in Deutschlands triste Dämmerung, in sein ›Wintermärchen‹.

Im ›Atta Troll‹ waren es Trochäen-Verse, die reimlos, rhythmisch, spritzig-schäumend wie Bergbäche forteilten. Im ›Wintermärchen‹ sind es jambische Strophen – reimlose, männliche Verse wechseln mit weiblich-gereimten – in kraftvollem Schritt und Tritt.

> Wir wollen auf Erden glücklich seyn,
> Und wollen nicht mehr darben;
> Verschlemmen soll nicht der faule Bauch
> Was fleißige Hände erwarben.

Das Gedicht – sein Dahinfließen, sein Fortschreiten – folgt dem Weg, den Heine durch Deutschland genommen hatte: über Aachen, Köln, Mühlheim, Hagen, Unna, durch den Teutoburger Wald und die Paderborner Heide, über Minden, Bückeburg, Hannover nach Hamburg. Das war nicht seine eigentliche Reiseroute gewesen. Manche dieser Orte hatte er erst auf der Rückreise besucht. Die Wahrheit der Dichtung verdrängte die Wahrheit des Reisetagebuchs.

Unterwegs, in jeder Stadt, sprießen aus uralten Sagen, alten Erinnerungen und jüngsten Eindrücken immer neue Gedanken, Ideen, Bekenntnisse.

Bereits an der Grenze, als er *die deutsche Sprache vernahm*, setzt ein symphonisches Doppelthema ein – als Kontrapunkt von Himmel und Erde, Traum und Wirklichkeit:

Es wächst hienieden Brot genug
Für alle Menschenkinder,
Auch Rosen und Myrthen, Schönheit und Lust,
Und Zuckererbsen nicht minder.

Ja, Zuckererbsen für Jedermann,
Sobald die Schooten platzen!
Den Himmel überlassen wir
Den Engeln und den Spatzen.

Die erste Begegnung mit dem preußischen Staat, mit seinen Zöllnern, löst das Geständnis aus:

Ihr Thoren, die Ihr im Koffer sucht!
Hier werdet Ihr nichts entdecken!
Die Contrebande, die mit mir reist,
Die hab' ich im Kopfe stecken.

Einen mit ihm reisenden Patrioten läßt Heine die neuen nationalistischen Ideen und politischen Träume verkünden:

»Der Zollverein« – bemerkte er –
»Wird unser Volksthum begründen,
Er wird das zersplitterte Vaterland
Zu einem Ganzen verbinden.

Er giebt die äußere Einheit uns
Die sogenannt materielle;
Die geistige Einheit giebt uns die Censur,
Die wahrhaft ideelle –

...«

Beim Anblick des schwarzen königlich-preußischen Adlers auf dem Schild der Aachener Post bricht der trotzige Geist des rebellischen Rheinländers durch:

Du häßlicher Vogel, wirst du einst
Mir in die Hände fallen,
So rupfe ich dir die Federn aus
Und hacke dir ab die Krallen.

Du sollst mir dann, in luft'ger Höh,
Auf einer Stange sitzen,
Und ich rufe zum lustigen Schießen herbei
Die Rheinischen Vogelschützen.

Zu Cöllen kam ich spät Abends an,
Da hörte ich rauschen den Rheinfluß,
Da fächelte mich schon deutsche Luft,
Da fühlt' ich ihren Einfluß –

Auf meinen Appetit. Ich aß
Dort Eierkuchen mit Schinken,
Und da er sehr gesalzen war
Mußt ich auch Rheinwein trinken.

Der alte Rhein beklagt sich bei seinem Dichter über die seichten Verse eines deutschen »Franzosenfressers« und zugleich über die albernen, chauvinistischen Witze eines Franzosen – Alfred de Musset.

In den nächtlichen Straßen Kölns verfolgt den Dichter ein unheimliches, finster-ernstes Gespenst – ein Sinnbild für alles, was seine eigenen Worte – kritische, verhöhnende, verdammende – je bewirkt hatten oder bewirken könnten:

». . .

Ich bin von praktischer Natur,
Und immer schweigsam und ruhig.
Doch wisse: was du ersonnen im Geist',
Das führ' ich aus, das thu' ich.

. . .

Du bist der Richter, der Büttel bin ich,
Und mit dem Gehorsam des Knechtes
Vollstreck' ich das Urtheil, das du gefällt,
Und sey es ein ungerechtes.

. . .«

Jeder Gedanke kann zur Tat werden. Der Gedanke des Dichters gewinnt, unabhängig von seinem Willen, selbständiges Leben und damit auch eine Kraft, die Wirklichkeiten gestalten kann.

Deutsche Dichter freilich sind dazu verdammt, allein im Reich der Phantasie zu wirken:

Franzosen und Russen gehört das Land,
Das Meer gehört den Britten,
Wir aber besitzen im Luftreich' des Traums
Die Herrschaft unbestritten.

Hier üben wir die Hegemonie,
Hier sind wir unzerstückelt;
Die andern Völker haben sich
Auf platter Erde entwickelt. ––

Die Heimatluft und die Heimatkost und selbst der heimatliche Straßenkot – alles, was ihm auf dem Weg von Köln nach Hagen und Unna begegnet, alles, was darüber frech-herausfordernd, sarkastisch oder zärtlich-sentimental gesagt wird, ist von einer ungekünstelten leidenschaftlichen Liebe zu Deutschland, zum deutschen Geist und zum deutschen Wort, zur deutschen Landschaft und zum deutschen Alltagsleben durchdrungen:

Ich sehnte mich nach Torfgeruch,
Nach deutschem Tabaksdampfe;
Es bebte mein Fuß vor Ungeduld,
Daß er deutschen Boden stampfe.

...

Ich sehnte mich nach dem blauen Rauch,
Der aufsteigt aus deutschen Schornsteinen,
Nach niedersächsischen Nachtigall'n,
Nach stillen Buchenhainen.

...

Ich wollte weinen wo ich einst
Geweint die bittersten Tränen –
Ich glaube Vaterlandsliebe nennt
Man dieses thörigte Sehnen.

Den *lieben Westfalen* spendet er seinen zwar ironisch klingenden, aber aufrichtig-wohlwollenden Segen:

Der Himmel erhalte dich, wackeres Volk,
Er segne deine Saaten,
Bewahre dich vor Krieg und Ruhm,
Vor Helden und Heldentaten.

Er schenke deinen Söhnen stets
Ein sehr gelindes Examen,
Und deine Töchter bringe er hübsch
Unter die Haube – Amen!

Seine Heimatliebe war um so stärker, um so glühender, weil sie von bitterstem, brennendstem Haß untrennbar war. Er haßte alle bösen Gewalten, die sich in Deutschland breitmachten: den neu aufkommenden überschwenglichen Nationalismus, der schon damals zum Chauvinismus ausartete, Bürokratie und Kasernengeist, knechtische Untertänigkeit und überhebliches Spießertum. Von diesen Gewalten befürchtete er die größten Gefahren für das Volk und das Land – für alle Gebiete Deutschlands, für alle Stämme der deutschen Nation.

Und ebenso leidenschaftlich, widersprüchlich und aufrichtig bis zu schonungsloser Selbstentblößung ist alles, was er über Gott und Glauben poetisch bekennt. Vom Kölner Dom, von der Dreikönigskapelle träumt er frevelhaft-dreist. Er möchte *die armen Skelette des Aberglaubens* zerschmettern. Doch was erlebt er dabei? *Blutströme schossen aus meiner Brust, und ich erwachte plötzlich.* Einem Kruzifix am Weg bei Paderborn widmet er schmerzerfüllte und burschikos-grobianische Verse:

Mit Wehmuth erfüllt mich jedesmahl
Dein Anblick, mein armer Vetter,
Der du die Welt erlösen gewollt,
Du Narr, du Menschheitsretter!

...

Ach! hättest du nur einen andern Text
Zu deiner Bergpredigt genommen,
Besaßest ja Geist und Talent genug,
Und konntest schonen die Frommen!

Geldwechsler, Banquièrs, hast du sogar
Mit der Peitsche gejagt aus dem Tempel –
Unglücklicher Schwärmer, jetzt hängst du am Kreuz
Als warnendes Exempel!

Der müde Autor schläft in der Kutsche und träumt vom Kaiser Rotbart, der mit seinen Kriegern vor Jahrhunderten im Kyffhäuser-Wunderberg eingeschlafen war. Der Dichter weckt den Kaiser zu einem Gespräch über höchst aktuelle politische Themen:

Ich habe mich mit dem Kaiser gezankt
Im Traum, im Traum versteht sich, –
Im wachenden Zustand sprechen wir nicht
Mit Fürsten so widersetzig.

Nur träumend, im idealen Traum,
Wagt ihnen der Deutsche zu sagen
Die deutsche Meinung, die er so tief
Im treuen Herzen getragen.

Das ›Wintermärchen‹ ist ein Poem aus Traumbildern: Allegorien, Symbole, poetische Metaphern, traurige Scherze; die »Weisheit des Wahnsinns« in phantastischen, beinahe absurden Gestalten; Geschichte und Gegenwart, Alltagswirklichkeit und Wunder. Das alles ist in Tag- und Nachtträumen miteinander verwoben.

Vielleicht waren Träume die allerersten Kunstwerke des menschlichen Geistes. Im Schlaf wirken Bewußtsein und Unterbewußtsein, sie schaffen Bilder, erwecken Gefühle und Gedanken, schaffen frei von jedem Zweck, keiner Ursache gewahr.

Vielleicht waren die allerersten Dichter eben diejenigen unserer Ur-Urahnen, die sich ihrer Träume erinnerten und sie weitererzählten. Und die ersten Philister deuteten ihre Berichte, wie es ihnen paßte: Sie priesen nützliche Träume – von einer erfolgreichen Jagd, von einem Sieg der Stammesältesten – und verdammten die Nichtsnutze, die unanständige, aufsässige oder sinnlose Träume hatten.

In der preußischen Festung Minden erlebt Heine einen prometheischen Alptraum:

Ich fühlte, wie über die Stirne mir
Auch manchmal etwas gestrichen,
Gleich einer kalten Censorhand,
Und meine Gedanken wichen –

Gensd'armen in Leichenlaken gehüllt,
Ein weißes Spukgewirre,

Umringte mein Bett, ich hörte auch
Unheimliches Kettengeklirre.

Ach! die Gespenster schleppten mich fort,
Und ich hab' mich endlich befunden
An einer steilen Felsenwand;
Dort war ich festgebunden.

Der böse schmutzige Betthimmelquast!
Ich fand ihn gleichfalls wieder,
Doch sah er jetzt wie ein Geyer aus,
Mit Krallen und schwarzem Gefieder.

Er glich dem preußischen Adler jetzt,
Und hielt meinen Leib umklammert;
Er fraß mir die Leber aus der Brust,
Ich habe gestöhnt und gejammert.

In Hamburg erwartete ihn die Mutter. Dieses Wiedersehen war nun kein Traum mehr:

»Mein liebes Kind, wohl dreyzehn Jahr
Verflossen unterdessen!
Du wirst gewiß sehr hungrig seyn –
Sag' an, was willst du essen?
...«

Ihr Gespräch beim Abendessen ist prosaisch-alltäglich und zugleich märchenhaft-bizarr, symbolisch und doch ganz natürlich.

»Mein liebes Kind! in welchem Land
Läßt sich am besten leben?
Hier oder in Frankreich? und welchem Volk
Wirst du den Vorzug geben?«

Die deutsche Gans, lieb Mütterlein,
Ist gut, jedoch die Franzosen,
Sie stopfen die Gänse besser als wir,
Auch haben sie bessere Saucen. –

Fisch, Gans und andere Speisen, die Wißbegier der Mutter und die List des Sohnes werden zu Vorwänden für lyrische Bekenntnisse. Sein mühseliger Alltag, seine schwierige Existenz als Vermittler zwischen zwei Völkern und manche zeitpolitische Probleme kommen in diesem »Tischgespräch« auf.

»Mein liebes Kind! wie denkst du jetzt?
Treibst du noch immer aus Neigung
Die Politik? Zu welcher Parthey
Gehörst du mit Ueberzeugung?«

Die Apfelsinen, lieb Mütterlein,
Sind gut, und mit wahrem Vergnügen
Verschlucke ich den süßen Saft,
Und ich lasse die Schaalen liegen.

Das vorletzte Kapitel – wieder ein Wachtraum. Der Dichter hat Hammonia, die Schutzgöttin Hamburgs, abends auf der Straße getroffen, als er nach einem fröhlichen Abendessen durch die Stadt schlenderte und *der Menschenliebe Bedürfnis* empfand:

Sie trat zu mir heran und sprach:
»Willkommen an der Elbe,
Nach dreyzehnjähr'ger Abwesenheit –
Ich sehe du bist noch derselbe!

. . .«

Die Göttin ist eine überaus tugendhafte und kluge Frau, die auch die Poesie zu schätzen weiß. Sie ist eine Patriotin und will den Dichter überreden, nicht mehr zu den »frivolen« Franzosen zurückzukehren:

». . .

Du selbst bist älter und milder jetzt,
Wirst dich in manches schicken,
Und wirst sogar die Vergangenheit
In besserem Lichte erblicken.

. . .

Gedankenfreiheit genoß das Volk,
Sie war für die großen Massen,
Beschränkung traf nur die g'ringe Zahl
Derjen'gen, die drucken lassen.

. . .

So übel war es in Deutschland nie,
Trotz aller Zeitbedrängniß –
Glaub' mir, verhungert ist nie ein Mensch
In einem deutschen Gefängniß.

. . .«

Hammonia erlaubt ihm, einen Blick in die Zukunft Deutschlands zu werfen; sie ist in einem »Zauberkessel« – eigentlich einem uralten kaiserlichen Nachttopf – zu erkennen.

Er muß nur versprechen, nichts von dem, was er gesehen hatte, zu verraten. Darum erzählt er bloß, was er von der Zukunft »gerochen«:

Entsetzlich waren die Düfte, o Gott!
Die sich nachher erhuben;
Es war als fegte man den Mist
Aus sechs und dreißig Gruben. –––

Sechsunddreißig – das war die Zahl der damals bestehenden deutschen Staaten.

Das Poem schließt mit einer politischen und lyrischen Beschwörung:

Es wächst heran ein neues Geschlecht,
Ganz ohne Schminke und Sünden,
Mit freien Gedanken, mit freier Lust –
Dem werde ich alles verkünden.

. . .

O König! Ich meine es gut mit dir
Und will einen Rat dir geben:
Die toten Dichter, verehre sie nur,
Doch schone, die da leben.

Beleid'ge lebendige Dichter nicht,
Sie haben Flammen und Waffen,
Die furchtbarer sind als Jovis Blitz,
Den ja der Poet erschaffen.

Beleid'ge die Götter, die alten und neu'n,
Des ganzen Olymps Gelichter,
Und den höchsten Jehova obendrein –
Beleid'ge nur nicht den Dichter!

. . .

Kennst du die Hölle des Dante nicht,
Die schrecklichen Terzetten?
Wen da der Dichter hineingesperrt,
Den kann kein Gott mehr retten –

...

Fremde Schmerzen, fremde Leiden
Steigen auf mit wilder Wut.

Nachdem Karl Marx das ›Wintermärchen‹ nicht nur angehört, sondern gelesen hatte, sagte er, daß es ein ganz besonderes Glück sei, wenn ein großer Dichter auch noch zum Kämpfer für die Freiheit, für das Heil der leidenden Menschheit werde, denn Dichtung schmiede wunderbare Waffen. Goethe habe das gewußt. Wie heiße es noch bei ihm?: Das Wort sei eine Waffe, die nicht töte, sondern heile. »In Ihrem ›Wintermärchen‹ lebt diese wunderbare Kraft. Es ist wahrlich *ein neues Lied, ein besseres Lied* ...«

Heine fragte, welche Strophen es denn seien, die der liebe Doktor Marx als kämpferisch, revolutionär oder – Gott behüte – gar als kommunistisch empfinde. Er wolle sie dann lieber streichen.

Marx lachte. Er könne nicht verstehen, warum Heine sich auch vor dem Kommunismus fürchte. Er wisse doch kaum, was es damit auf sich habe.

Heine erwiderte:

»Heute verbergen sich eure Kämpfer noch in Dachkammern, in den Behausungen der Armut. Doch ich weiß ganz sicher: Der Kommunismus ist jener düstere Held, der in der entscheidenden Minute der Tragödie die Bühne betritt, um den vernichtenden Urteilsspruch zu vollstrecken, in dem sich die Weisung des Schicksals vollzieht. Die heutige Gesellschaft ist ohnmächtig. Die Aristokraten hassen die Bourgeois kaum weniger als das verarmte Proletariat. Alle, die nach Reichtum dürsten, hassen die Reichen. Die Royalisten, die sich für die Bourbonen in die Schanze schlugen, waren zwar schwach an Kräften, aber sie glaubten an ihre heiligen Fahnen, an die Rechtmäßigkeit ihres Handelns. Heute dagegen sind die, welche die Macht des Geldes verteidigen, wohl stark und zahlreich, doch sie glauben weder an ihre eigenen Götter noch an die Würde der Machthaber. Ihnen fehlt eine moralische Grundlage. Die Kommunisten werden, auch wenn es ihr Leben kostet, Festen und Tempel zerstören, so wie der Gekreuzigte den Tempel Jerusalems zerstört hat.

Ich weiß, daß es so kommen muß, und doch werde ich

niemals Soldat in ihren Legionen werden. Weil ihre Kampfwagen über Leichen rollen, über Tausende, Millionen von Leichen. Die zukünftigen Marats werden ihre Guillotinen mit Dampf betreiben. Und wer soll in künftigen Konventen, in den Komitees für das Volkswohl, in den Revolutionstribunalen das große Wort führen? Niemand anderer als die Jünger Börnes und Ruges, die heute in den Emigrantenkneipen herumlungern und wilde Reden halten. Morgen werden sie zu strengen Zensoren, zu hysterischen Polizisten der Gleichheit, zu mürrischen Gefängniswärtern im Namen der Brüderlichkeit, zu Henkersknechten, die ihr blutiges Handwerk zum Ruhme der Freiheit betreiben... Hier in Paris wurde vor einem halben Jahrhundert das neueste Testament erstmals verkündet: ›Freiheit, Gleichheit, Brüderlichkeit – oder den Tod!‹ Oder den Tod! Mir bleibt nur das letztere.

Mit Feuer und Schwert wollt ihr jenes Testament verwirklichen, das schon so viele Jahrhunderte lang das ›Neue‹ heißt und doch toter Buchstabe geblieben ist. ›Selig sind, die da geistig arm sind... Selig sind, die da Leid tragen... Selig sind, die da hungern und dürsten nach der Gerechtigkeit...‹ Sie alle haben die Seligkeit verdient. Ich liebe Austern und Pasteten, doch will ich gerne auf sie verzichten, wenn ich die Gewißheit habe, daß Menschen davon satt werden. Mein Geist aber will sich nicht mit der geistigen Armut abfinden. Auf Lieder, Verse, Bücher, Nachtigallen und Rosen will ich nicht verzichten. Der Kommunismus dagegen braucht nur ein Lied: Ça ira, ça ira: les aristocrates aux lanternes! Er braucht nur eine Art von Literatur: die Kontobücher und Instruktionen über den Bau von Eisenbahnen. Die mageren Nachtigallen sollen von fetten Poularden, die Rosen von Mohrrüben abgelöst werden.«

Heine sprach mit leiser Stimme. Marx schwieg, aber er war wiederholt aufgesprungen und ging erregt auf und ab. Endlich rief er aus:

»Sie sind im Unrecht, zutiefst im Unrecht! Wieder ein Beispiel, wie naiv Poeten sind! Auch Goethe war naiv, als er die Große Revolution verdammte. Doch jetzt sind andere Zeiten, und Sie sollten die neuen geschichtlichen Kräfte erspüren und erkennen, denn diese Kräfte wirken auch in Ihrer Dichtung. Der beste Beweis: Ihr ›Wintermärchen‹.«

»All das weiß ich, mein lieber Doktor Marx. Ich sehe die Siege gewaltiger Revolutionen voraus: Das hungernde Proletariat wird sie erringen, angeführt von den Kommunisten. Sie werden alle Feinde der Menschheit vernichten. Sie werden allen kirchlichen und weltlichen Scheusalen den Garaus machen, alle unrechtmäßig erworbenen Schätze, alle erschlichenen Privilegien beseitigen. All dies ist unausweichlich und gerecht. Aber ebenso unausweichlich werde ich dabei untergehen, denn auch die Schätze des Geistes, die mir von den Musen verliehenen Privilegien werden vernichtet werden. Das zwecklose, nutzlose Schöne, Kunst und Poesie, all die zwecklosen, nutzlosen Spiele des Geistes werden nicht überleben.

Dies ist ebenso unausweichlich wie Schnee und Frost. Wenn der Winter kommt, bezwingt er den Schlamm und Schmutz des Herbstes, doch er tötet auch die letzten Blumen. Ehrfurchtsvoll ahne ich die edle Reinheit des kommenden Schnees. Doch mein Wesen ist den Blüten verwandt, und ich weiß, daß ich den neuen Frühling nicht mehr erleben werde.«

»Das haben Sie sehr schön gesagt! Lear war jeder Zoll ein König. Sie sind in jedem Wort ein Dichter. Doch Sie vereinen Unvereinbares: Kommunismus und Puritanismus, die alten Sansculotten und die neuen Proletarier, Marat, Börne und uns. Das stimmt aber ganz und gar nicht. Alle früheren Revolutionen – die niederländische, die englische, die französische – waren Revolutionen des Bürgertums und des Kleinbürgertums. Natürlich kämpften dabei überwiegend Habenichtse, Plebejer. Sie marschierten in den Armeen Cromwells, sie stürmten die Bastille, sie kämpften auf den Hügeln von Valmy und auf den Barrikaden in Paris. Sie selbst haben ja geschrieben: das Volk sei stets betrogen worden, wenn es für andere kämpfte! Aber in den Revolutionen, auf die wir uns vorbereiten, wird alles von Grund auf anders sein. Durch die früheren Revolutionen wurden nur die Staatsformen verändert oder Dynastien abgelöst – eine Republik ersetzte die gestürzte Monarchie oder ein Parlament erhielt mehr Rechte. Doch die materiellen Grundlagen der Gesellschaft – Landwirtschaft, Gewerbe, die Produktion all der Güter, die der Mensch zum Leben braucht, Handel und Finanzen – blieben im wesentlichen unverändert. Manche Eigentümer wurden reicher, andere verarmten, doch das Los der großen Mehrheit – Armut, Elend, Ausbeutung, Unterdrückung – blieb, wie es war. Einem Arbeiter, einem Arbeitslosen in einer bürgerlichen Republik oder einer bürgerlichen Monarchie geht es oft sogar schlechter als früher einem leibeigenen Bauern, weil dessen Feudalherr an seinem Wohlergehen selbst interessiert sein mußte. Sie wissen ja, wie hungernde englische Arbeiter die Maschinen zerstört haben! Im hochzivilisierten England werden heute Tausende von Kindern als Arbeitssklaven in Fabriken ausgebeutet: Sieben-, achtjährige Knaben, die nicht einmal genug zu essen bekommen, arbeiten zehn, zwölf Stunden in stickiger Luft, in Gestank und Getöse! Die können ja die Handwerker des Mittelalters nur beneiden! Damals war der Meister wenigstens verpflichtet, Gesellen und Lehrlinge zu ernähren ...«

»Ah, Sie sind also ein Romantiker, lieber Doktor Marx! Das ist eine Überraschung. Sie sehnen sich wohl nach den seligen Zeiten der fürsorglichen Landgrafen, des Hans Sachs und der Meistersinger zurück?«

»Nein, keinesfalls. Ich spreche nur von wirklichen Verhältnissen. Die Romantiker idealisieren die feudale Vergangenheit, weil sie der gräßlichen Gegenwart nichts anderes entgegensetzen können. Doch vor Frösten kann man sich nicht dadurch schützen, daß man den Herbstschlamm besingt. Was vergangen ist, läßt sich nicht zurückholen. Wir leben für die Zukunft. Und Sie sollten wissen: Marat und Börne, die Helden des Konvents und die Schreihälse unserer Emigrantenklubs sind keine Proletarier und keine Kommunisten. Sie alle sind Kleinbürger. Auch wenn sie noch so laut und zornig gegen alle Bourgeois und Philister wettern, gehören sie doch zur selben Klasse. Ehedem bekämpften katholische Adlige die adligen Hugenotten bis aufs Messer, und doch gehörten sie alle zu einem Stand, zu einer Klasse. Sie blieben Bauern und Bürgern fremd oder gar feindlich gesinnt. Ein kluger Politiker, Heinrich von Navarra, hat das genau begriffen und wurde zum König des geeinten Adels, König von Frankreich. Vor fünfzig Jahren bekämpften die französischen Philister in roten Mützen die Aristokraten, und danach trieben sie einander auf die Guillotine. Doch alle tödlich verfeindeten Parteien – ob Girondisten, Jakobiner oder Cordeliere – achteten das Eigentum.

Sie, lieber Heine, fürchten den blinden Fanatismus der Sansculotten, die einst die Guillotine umtanzten. Sie verachten fanatische Doktrinäre wie Börne. Sie mißtrauen ihnen mit Recht. Sie übersehen nur, daß das ja bloß radikale Kleinbürger, aber keine Kommunisten, keine revolutionären Proletarier sind. Fanatiker gab es zu allen Zeiten – während der Reformation und während der Gegenreformation, unter Revolutionären und Reaktionären. Auch heute trifft man sie in Stadt und Land. Sie können auch viele notleidende Arbeiter und Bauern beeinflussen, können ihnen aber nicht helfen. Wir haben endlich erkannt, daß eine entscheidende, alles umwälzende Veränderung der Weltordnung nur dann erreicht werden kann, wenn man die materiellen Grundlagen der Gesellschaft verändert. Alle Eigentümer, die selbst nicht produzieren, müssen enteignet werden. Wie es bei Ihnen heißt: ›Verschlemmen soll nicht der faule Bauch, was fleißige Hände erwarben‹! Genau das ist das Ziel der Kommunisten.«

»Das haben mir schon die Saint-Simonisten erzählt, auch sie sprechen ja von der entscheidenden Bedeutung der Industrie und treten für die Rechte des Vierten Standes ein. Ich glaube, daß Sie eher recht haben. Aber ich weiß auch, daß die Revolutionen, die da kommen, unvergleichlich grausamer sein werden als alle bisherigen. Sie werden gottlob alles vernichten, was ich hasse: die Macht der Reichen und die Macht der Aristokraten. Aber sie werden auch alles zerstören, was ich liebe: Poesie und Kunst, die Freuden des Lebens...«

»Nein, nein und nochmals nein! Früher kämpften die Revolutionäre meist für alte Ideale, für idealisierte Vergangenheit. Sie beriefen sich auf die Bibel – ›Als Adam pflug und Eva spann, wo war denn da der Edelmann‹ –, auf altgriechische und altrömische Republikaner. Aber sie wollten Besitz und Eigentum erhalten oder manchmal nur umverteilen, durch bessere Gesetze schützen. Das Proletariat dagegen wird alles grundsätzlich verändern. Kein Privateigentum an Land, an Bergwerken, an Fabriken darf bestehen bleiben. Das ist die große historische Rolle des Proletariats. Es wird alle Klassenunterschiede aufheben, und somit hebt es sich selbst als Klasse auf. Damit verschwinden auch die Wurzeln, aus denen Philistertum und Fanatismus wachsen.«

»Ich glaube, ich verstehe Sie. Das ist eine sehr elegante Dialektik. Doch Sie erinnern mich an den Baron Münchhausen, der erzählt, wie er sich an seinem eigenen Zopf aus dem Sumpf gezogen hat. Enfantin meint, die neue gerechte und vernünftige Gesellschaft lasse sich mit Hilfe gütiger Könige und weiser Bankiers verwirklichen. Man müsse sie nur zielbewußt aufklären, damit sie auf ihre uneingeschränkten Eigentumsrechte verzichten und Assoziationen von Werktätigen einrichten. Fourier wollte auf ähnliche Weise ein paradiesisches Leben in den ›Phalanstères‹ verwirklichen. – Sie dagegen behaupten, daß nur die Proletarier die Welt erretten werden. Diese hungernden, entrechteten, verrohten Menschen, die fast alle vollkommen ungebildet sind, sollen als ein millionenköpfiger Messias auftreten. Doch ihre schrecklichen Lebenserfahrungen in Not und Elend haben in ihnen die elementarsten moralischen Grundsätze zerstört. Die Bauern auf dem Lande haben sich zum Teil ihre Sittlichkeit noch bewahrt, aber die Proletarier in den Großstädten haben nichts mehr zu bewahren. Und da hoffen Sie, daß diese unglücklichen Menschen, sobald sie die Staatsmacht vernichtet, Paläste, Museen, Bibliotheken im Handstreich genommen und, versteht sich, geplündert haben, sogleich darangehen werden, sich selbst als Klasse aufzuheben? Ich aber glaube, daß sie mich für meine frivolen Verse oder für meine weißen Hände, die den Nichtstuer verraten, an der nächsten Laterne aufhängen. Oder werden Sie vielleicht dafür sorgen, daß Ihre Kampfgenossen mich mit Lorbeer und Rosen bekränzen und mir eine goldene Leier überreichen, damit wir uns gemeinsam in die Tuilerien begeben, um dort beim ›Fest der freien Vernunft‹ zu singen und zu tanzen?«

Marx lachte schallend.

»Nun gut, aber was geschieht, wenn ich dagegen protestiere, daß irgend so ein Proletarier meine Mathilde allzu brüderlich umarmt? Wird man mich dann nicht doch an einer Laterne aufhängen?«

Jenny lachte und klatschte Beifall.

»Bravo, Doktor Heine! Keiner von Mohrs Gegnern hat so brillant pariert wie Sie!«

»Und doch verstellt Ihr brillanter Dichterwitz Ihnen den Blick auf die prosaische Wahrheit der Geschichte. Nein, lieber Heine, das Proletariat hat mit dem Baron Münchhausen überhaupt nichts gemein. Die Arbeiter Deutschlands, Frankreichs und Englands werden sich – und damit beginnen sie gerade – mit ganz anderen Methoden aus dem Sumpf ziehen. – Sie haben recht, heute sind die Arbeiter überwiegend unwissende, auch verrohte Menschen. Ihre Lebensbedingungen sind viel schlimmer als alles, was wir aus der

Vergangenheit kennen. Ja, man kann wohl sagen, im Proletarier verliert der Mensch sich selbst. Doch zugleich wird er sich dieses Verlustes auch bewußt.

Die kommende soziale Revolution des Proletariats ist eine historische Notwendigkeit, sie ist unvermeidlich wie Ebbe und Flut. Saint-Simon und Fourier haben wesentliche Gesetze der gesellschaftlichen Entwicklung entdeckt und gedeutet. Sie blieben jedoch naive Idealisten, weil sie glaubten, diese Gesellschaft lasse sich mit Logik und gesundem Menschenverstand, mit edlen Vorsätzen und Ideen umformen, weil sie meinten, Könige und Ausbeuter ließen sich überzeugen und umerziehen. Das ist so wenig realistisch wie ein zukünftiger Garten Eden, in dem der Löwe neben dem Lamm weidet.

Die Revolution der Proletarier läßt sich nicht verhindern, aber es ist unmöglich, vorherzusagen, welche konkreten Formen sie annimmt, wann genau, wo und aus welchem Anlaß sie ausbricht, wie die Staaten aufgebaut werden, die aus den sozialen Revolutionen hervorgehen. Fourier entwarf die Phalanstères, verfaßte für sie Programme mit einer genauen Aufteilung der Arbeitspflichten, so wie Thomas Morus vor 300 Jahren in seiner ›Utopia‹. Doch solche naiven Versuche, Vorschriften für die Zukunft zu entwerfen, sind illusorisch und eben utopisch. Unsere Kenntnis von der Weltgeschichte und ihren materiellen Triebkräften erlaubt uns nur, die allgemeinen Gesetzmäßigkeiten ihrer Bewegung zu begreifen und einige allgemeine Tendenzen vorherzusagen. Im Descartesschen Koordinatensystem kann man entlang bestimmter Punkte eine Kurve konstruieren und sie dann verlängern, das heißt, man kann sie ›vorhersehen‹, extrapolieren. Die Wege der Geschichte aber verlaufen willkürlicher als die Kurven, nach denen die Astronomen die Bewegungen der Himmelskörper so exakt bestimmen und vorhersagen können. Wir sind davon überzeugt, daß die proletarische soziale Revolution der größte Segen für die Menschheit sein wird. Und auch für die Musen. Sie verspricht eine nie dagewesene Blüte der Künste und Wissenschaften. Hunderttausende von Habenichtsen werden für diese Revolution kämpfen. Unter ihnen werden natürlich auch tobsüchtige Fanatiker und radikale Philister sein. Doch der Sieg der Revolution wird jeder Art von Fanatismus und Philistertum den Boden entziehen. In der Zukunft wird es keine Arbeitssklaven, keine Willkür mehr geben, und deshalb werden auch Knechtgeist und Brutalität verschwinden.«

»Aber wie soll das vor sich gehen? Revolution bedeutet Aufstand, Kämpfe, Barrikaden und folglich Morde, Hinrichtungen. Die Arbeiter werden heute auf grausame Weise unterdrückt und gequält, durch Armut, Demütigungen und viehische Arbeit erniedrigt, verbittert. Und dann greifen sie zu den Waffen, holen sich Gewehre, Säbel, Kanonen. Sie werden verwegen kämpfen, sie werden rächen, töten, zerstören. – Und ausgerechnet das alles soll dazu führen, daß Unmenschlichkeit und Philistertum verschwinden? Pulver und Blut sollen Philister in Nicht-Philister verwandeln? Sie argumentieren so ähnlich wie jene Mönche, die für die Kreuzzüge mit dem Versprechen warben, auch die schlimmsten Sünder könnten sich von ihrer Schuld reinwaschen, wenn sie das Blut der Ungläubigen vergössen – und dabei auch noch raubten und mordeten –, um das Grab des Herrn zu befreien.«

»Ihr Vergleich hinkt auf beiden Beinen. Es ist nicht die Revolution an sich, es sind nicht Barrikaden und Gewehre, die das Proletariat von dem Übel seiner unmenschlichen Existenz befreien. Die Revolution ist eine unumgängliche Voraussetzung, aber selbstverständlich nur der Anfang einer solchen Läuterung. Das Wichtigste spielt sich erst danach ab, wenn sich auf dem Territorium, das die Revolution erkämpft hat, neue Lebensverhältnisse herausbilden werden, wenn eine Gesellschaft ohne Ausbeuter, ohne despotische Regierung, ohne Polizisten und Zensoren aufgebaut wird. – Nehmen wir ein Beispiel: Wie oft haben Sie darüber geklagt, daß die Schwindeleien Ihrer Verleger und die Willkür der Zensur Ihnen Gesundheit und Charakter verderbe. Nach der Revolution, in einem neuen, freien Deutschland, werden gewiß Verlagskooperativen entstehen, von den Schriftstellern selbst verwaltet; die Zensoren wird man zum Teufel jagen. Ich wage nicht zu hoffen, daß es mit Ihrer Gesundheit und Ihrem Charakter schon in dem Augenblick besser gehen wird, wenn Sie erfahren, daß Campe und Cotta bankrott sind und die ehemaligen Zensoren – sagen wir – für die Müllgruben sorgen. Nein, es wird dann noch einiger Zeit bedürfen, bis Sie sich daran gewöhnt haben werden, daß Sie alles Geschriebene auch publizieren können, daß Sie nicht mehr vor Ihren Gläubigern auf der Hut sein und jeden Sou umdrehen müssen, um Ihrer Frau ein neues Kleid zu kaufen. Dann aber werden auch Sie allmählich ebenso gütig wie jener Gott in Ihren Versen, der Straßen mit Austern pflasterte und die Gossen mit Rheinwein füllte...

Revolutionen sind nur zeitweilige Erschütterungen, unumgängliche, aber vorübergehende Ereignisse in der historischen Entwicklung – weswegen die Utopisten auch annehmen, man könne ohne sie auskommen. Genauso unsinnig ist es aber, in der Revolution das Ziel der Entwicklung zu sehen; sie ist bloß eines der Mittel. Der Guillotinenkult, die gläubige Verehrung der Bajonette ist revolutionäres Philistertum – typisch für kleinbürgerliche Raufbolde –, eine ebenso krankhafte Erscheinung wie der Kult der Armut, die revolutionäre Askese, fast wie bei Puritanern und Bettelmönchen. Die jetzige erdrückende Armut der Mehrheit des arbeitenden Volkes ist ein Unglück, mit dem die Revolution Schluß machen muß. Man darf sie nicht zu einer Tugend hochstilisieren. Das gilt auch für geistige Armut, die Sie am meisten schreckt, lieber Heine. Sie verzichten eher auf Brot als auf Gedichte, eher auf Austern als auf Nachtigallen. Doch Ihr wesentlicher Irrtum besteht darin, daß Sie den Kommunismus mit dieser revolutionär-philiströsen Askese gleichsetzen und in der Arbeiterklasse die Vandalen und Hunnen der Zukunft sehen – oder jene Kreuzritter, die Theater und Museen Konstantinopels in Schutt und Asche gelegt haben. Nein, nein und nochmals nein! Mein Freund Engels lebt zur Zeit in England. Er berichtet in seinen Briefen, daß es gerade die Arbeiter sind, die die neuesten Erscheinungen in Literatur und Philosophie mit größtem Interesse und mit größter Dankbarkeit aufnehmen. In den Universitäten herrscht eine verknöcherte Routine, schlimmer als das, was wir je in Bonn oder Berlin erlebt haben. Adlige und Bourgeois verkommen dort in überheblicher Halbbildung und blinder Unwissenheit. Nicht einmal von ihren besten Dichtern, von Byron und Shelley, wollen sie etwas wissen, und sie sind auch nicht in der Lage, ihre bedeutendsten Denker, Bentham und Godwin, zu verstehen. Die aufgeklärten Arbeiter hingegen bilden die große Masse der Leser, und sie lesen nicht allein Byron und Shelley, sondern auch Diderot und Proudhon, französische und deutsche Dichter, Philosophen, Ökonomen. Und ihnen gehört die Zukunft.

Die Revolutionen, die Europa befreien, die es von den Überresten des Feudalismus und von der neuen kapitalistischen Sklaverei reinigen sollen, werden sicher blutig und grausam sein. Die Sturmfluten, die die Fundamente aller Bastillen hinwegschwemmen, werden auch die Tempel der Kunst beschädigen können. Revolutionen lassen sich nicht verhindern, wohl aber kann man Grausamkeiten, sinnlose Opfer und sinnlose Verwüstungen vermeiden. Dies hängt nun auch von Ihnen ab. Kluge, einsichtige Diener der Musen sollten sich dem Proletariat, ja überhaupt den Arbeitern, nähern. Sie müssen ihnen helfen, die Welt, das Schöne zu erkennen, müssen sie an Wissenschaft und Poesie heranführen, ihre geistige und moralische Erziehung fördern. Schon jetzt sollen die Arbeiter sie als Freunde des Volkes kennenlernen. Solche umsichtigen Lehrmeister künftiger Revolutionäre könnten viel dazu beitragen, Nachtigallen und Rosen, den Louvre mit der Venus von Milo, den Dresdener Zwinger mit der Sixtinischen Madonna, Bibliotheken und Theater zu erhalten, zu beschützen. Dadurch beschleunigen sie den Triumph des Kommunismus, der *allen* Menschen Brot und Rosen bringen wird. Was wir aufbauen wollen, wird nichts mit den Visionen Fouriers, nichts mit seinen finsteren Phalanstères gemein haben. Unsere Gesellschaft soll kein Staat der allgemeinen Armut sein. Wir wollen eine Gesellschaft des allgemeinen Reichtums. Erst wenn allen Menschen alle irdischen Güter zugänglich sind, werden sie wirklich frei werden. Und wenn Börsen, Paläste, Gefängnisse und Kasernen verschwinden, dann werden die Völker nicht einem Napoleon, nicht den Rothschilds, sondern Dichtern, Denkern und Künstlern die höchste Verehrung zollen. Sie werden Monumente zu Ehren Prometheus' und Shakespeares errichten, zum Ruhme Watts, des Erfinders der Dampfmaschine, zum Ruhme Heines, des Schöpfers des ›Buches der Lieder‹ und der ›Reisebilder‹ ...«

»Ach, liebe Frau Marx, wenn doch nur die Hälfte, ja ein Drittel oder Viertel aller Kommunisten so wären wie Ihr Mann, dann würde auch ich zum Soldaten in Ihrer Armee.«

»Da wäre ich aber sehr froh, lieber Doktor Heine, wenn ich Sie nicht nur als Freund unserer Familie, sondern auch als unseren Mitstreiter begrüßen könnte. Aber ich glaube, einen zweiten Marx gibt es nicht. Er ist einzigartig.«

***

Als Heine an einem kalten Herbstabend zu Marx kam, um – wie so oft – ein Stündchen zu plaudern, war die ganze Familie in heller Aufregung. Die kleine Jenny war schwer erkrankt. Der winzige Körper wand sich in Krämpfen. Sie schrie kläglich, wimmerte, ihr Gesicht war blau angelaufen.

Jenny Marx und Helene Demuth, ihre Haushälterin und Freundin, weinten, suchten vergeblich, das Kind zu beruhigen. Marx war völlig verwirrt und lief zwischen Schlafzimmer und Flur hin und her. Ein Freund war schon unterwegs, um einen Arzt zu holen. Bald wollte Marx hinter ihm herlaufen, bald rannte er zu seiner Frau zurück, die ihn bat, nicht fortzugehen.

Heine erfaßte die Situation sofort. Sein Großvater und sein Onkel waren Ärzte gewesen. Er hatte oft zugesehen, wie seine Schwester und seine Brüder ärztlich behandelt worden waren. Resolut befahl er:

»Setzen Sie Wasser auf, so heiß wie möglich! Geben Sie mir das Kind! Bringen Sie ein Becken! Ein heißes Bad muß helfen.«

Er warf den Gehrock ab, krempelte die Ärmel auf. Er war ernst, fast finster, sprach leise und ruhig, gab aber seine Anweisungen so sicher, daß man ihm widerspruchslos folgte. Die Frauen gaben ihm das Kind. Er selbst legte es in das Becken – kurz darauf ließen die Krämpfe nach. Die Kleine hörte auf zu weinen und öffnete die verquollenen Augen.

Heine übergab das Kind den Frauen, ordnete an: »Weiter heißes Wasser zugießen!« Jenny und Helene badeten die Kleine, Heine und Marx brachten Eimer mit heißem Wasser. Als der Arzt endlich kam, hieß er die Maßnahmen des verehrten Kollegen gut und sagte, wenn die Krämpfe nicht aufgehört hätten, wäre das Kind gestorben. Er verordnete Kompressen, Bäder, warme Umschläge und auch noch Beruhigungstropfen für die stillende Mutter. Er wollte nicht glauben, daß sein »verehrter Kollege« kein Arzt, sondern ein Dichter war.

Jenny und Marx umarmten Heine. »Sie sind nun der zweite Vater unserer kleinen Tochter. Sie haben ihr Leben gerettet.«

»Möge dieses Leben wunderschön und glücklich sein. Hoffentlich schadet ihr dieser Segen eines Sünders nicht, und hoffentlich wird sie mich nicht verleugnen, weil ich ihr außer meinen skandalösen Büchern und süß-sauren Versen nichts hinterlasse.«

***

In der ›Zeitung für die elegante Welt‹ vom 17. April 1844 hatte Laube eine Besprechung der von Marx und Ruge herausgegebenen ›Deutsch-französischen Jahrbücher‹ veröffentlicht, in der er sich, ohne Heines Namen zu nennen, abfällig über dessen Gedicht ›Lobgesänge auf König Ludwig‹ äußerte – ein solches Gedicht vermöge nur Schamröte hervorzutreiben, es sei ein plumpes Pasquill.

Als Heine das las, brach er in Tränen aus. Mathilde und Campe klagte er: Nichts hätte ihn schlimmer verletzen können als dieser unerwartete Angriff eines Menschen, den er wie einen Bruder geliebt habe.

Seit Januar 1844 gab eine Gruppe deutscher Emigranten die Zeitung ›Vorwärts!‹ heraus; sie trug den Untertitel ›Pariser Signale aus Kunst, Wissenschaft, Theater, Musik und geselligem Leben‹. Leitender Redakteur war Heinrich Börnstein, der als »Jungdeutscher« galt.

Die Redaktion kündigte an, das Blatt werde

keiner politischen, kirchlichen, philosophischen, literarischen oder musikalischen Partei angehören ..., es wird frei, selbständig und unparteiisch schreiben und urteilen. Unser Wahlspruch ist: Durch Wahrheit zum Lichte! durch Licht zur Wahrheit!

Die Redakteure des ›Vorwärts!‹, Freunde Arnold Ruges, bemühten sich, auch Marx und Friedrich Engels, einen jungen Publizisten, als Mitarbeiter zu gewinnen. In der zweiten Ausgabe des Blattes wurde ein gereimter Aufruf an Heinrich Heine gerichtet:

Ei, so nimm' die *alte* Leier,
Singe uns mit *altem* Feuer
Deine *alten* schönen Lieder.
Dann sinke auch dein Trübsinn nieder, –
Alter Heine! Kehr' uns wieder!

Doch bald darauf wurde sein Buch über Börne im ›Vorwärts!‹ scharf angegriffen. In der 20. Ausgabe vom 9. März schrieb Börnstein in einer Kritik der ›Deutsch-französischen Jahrbücher‹, Heines dort veröffentlichte Gedichte »machen weder dem *Menschen* Heine, noch dem *Dichter* Heine Ehre«. In der 28. Ausgabe vom 6. April wurde unter dem Titel ›Lobgesang an Herrn Heinrich Heine‹ ein anonymes Epigramm abgedruckt, das einige seiner Gedichte boshaft parodierte:

Herr Heinrich Heine, der Dichter
Der ist wohl lange schon todt;
Er starb am politischen Fieber,
Erstickt' im politischen Koth.

...

Es ist eine alte Geschichte,
Herr Heine hat keine Ruh'
Und wirft jetzo Gedichte
Wie Junge das Känguruh.

Es ist eine wahre Geschichte
Die in's Unglaubliche strebt,
Es hat der alte Heine
Den Börne und sich überlebt.

Marx und Engels rieten den Redakteuren, die absurden und unwürdigen Angriffe auf den Dichter einzustellen, sie sollten vielmehr versuchen, Heine zur Mitarbeit heranzuziehen. Börnstein folgte diesem Rat. Im Mai 1844, in der Nummer 38, veröffentlichte der ›Vorwärts!‹ einige Gedichte Heines, am 10. Juli, in der Nummer 55, wurde sein neues Gedicht ›Die armen Weber‹ gedruckt.

Ruge schrieb bald darauf in seinen Erinnerungen (›Zwei Jahre in Paris‹, 1846):

Vor seiner Reise nach Hamburg [Juli 1844], als die »deutsch-französischen Jahrbücher« eingingen, ließ *Heine* mehrere kleine Satiren in das tendenz- und bewußtlose Blättchen »Vorwärts« drucken und bemühte sich, aus dieser Publication etwas zu machen. Er gab in der That dadurch den Anstoß zu den späteren Schicksalen dieses kleinen Freibeuters. ... Das Blatt wurde allerdings etwas, es wurde communistisch ...

***

Im Juni 1844 rebellierten in Schlesien die Weber. Sie arbeiteten in ihren Hütten an altertümlichen Webstühlen, das Material erhielten sie von den Fabrikanten. Die ganze Familie arbeitete mit. Man gab ihnen wenige Groschen, übervorteilte sie beim Abwiegen der Ware und beim Auszählen des Lohns. Die Einführung neuer Webstühle bedrohte sie mit dem völligen Ruin. In ihrer Verzweiflung rebellierten sie, verwüsteten die Häuser ihrer Arbeitgeber und die Gebäude, in denen das Material lagerte.

Mehrere Tage lang waren zwei Dörfer, Langenbielau und Peterswaldau, in denen überwiegend Weber wohnten, in den Händen der Arbeiter. Alle Behörden und Polizisten waren geflohen. Dann marschierte ein Regiment ein. Unbewaffnete »Rebellen«, darunter viele Frauen, Kinder und alte Leute, kamen ihnen entgegen. Die Weber wollten erklären, worum es ihnen ging. Die Offiziere befahlen allen auseinanderzugehen.

Die preußischen Soldaten, an Gehorsam gewöhnt, feuerten mehrere Salven. Die Menge wich zurück, lief auseinander. Tote und Verletzte blieben im Staub liegen. Doch die Weber wollten nicht mehr so wie früher arbeiten. Sie streikten weiter. Polizisten und Soldaten stürmten die Hütten, fesselten die Männer und führten sie ab.

Die unbegreifliche Grausamkeit dieser Strafaktion rief in ganz Deutschland Empörung hervor. In den Zeitungen war zu lesen, daß man in vielen Städten für die Familien der Getöteten und Verhafteten sammle.

Die deutschen Emigranten in Paris waren sich uneins über den Aufstand. Ruge winkte ärgerlich ab: das sei eine politisch bedeutungslose Meuterei hungriger Habenichtse. Man dürfe so etwas nicht ernst nehmen. Marx aber sprach und schrieb: Dieser Aufstand sei das erste revolutionäre Aufbegehren deutscher Proletarier und habe nicht nur für Deutschland, sondern für ganz Europa gewaltige Bedeutung.

Ruge, der Skeptiker, spöttelte über die neueste Schwärmerei des »roten Doktors«. Da sehe man, was jugendliches Alter und ein feuriges Temperament anrichten könnten: »Selbst wenn er an einer Versammlung deutscher Emigranten teilnimmt, wo nur anderthalb Schuster über die Erlösung der Menschheit diskutieren, sieht er in ihnen sogleich die zukünftige große Partei.«

Für Heine klang überzeugender, was Marx sagte: Die »anderthalb Schuster« leisteten nun der deutschen Staatsgewalt und der französischen Polizei schon mehr als zehn Jahre ungebrochenen Widerstand, der von ihnen gegründete »Bund der Gerechten« sei mit vielen französischen Arbeitern und republikanischen Organisationen engstens verbunden. Dies sei der Beginn, dies seien die ersten Keime einer künftigen Massenbewegung. Wilhelm Weitling, vor kurzem noch Schneider, habe ein wunderbares Buch geschrieben: ›Garantien der Harmonie und Freiheit‹. Weitling sei der Führer der deutschen Emigration in der Schweiz. Und in London leiteten der Uhrmacher Moll, der Schuster Bauer und der Setzer Scheiner eine noch größere Vereinigung deutscher Arbeiter.

Heine erzählte, Enfantin habe in einem Brief an ihn versucht, die »historischen Funktionen« einzelner Länder Europas aufzuteilen: Frankreich sei das Land der Religion und Politik, Deutschland das der Wissenschaft, England das der Industrie. Marx sagte, dieses Schema entbehre nicht eines gewissen rationalen Kerns. Bald würden sich alle davon überzeugen können: das deutsche Proletariat sei der Theoretiker, das englische der Ökonom und das französische der Politiker der internationalen Arbeiterbewegung. Die schlesischen Weber aber hätten mit ihrem Kampf bewiesen, daß die Proletarier zur gesamten alten Welt, zum Staat und zum kapitalistischen Eigentum in unversöhnlichem Gegensatz stünden.

Heines Gedicht ›Die armen Weber‹, wurde als »Weberlied« auf Flugblättern in Deutschland verbreitet; später wurden daraus ›Die schlesischen Weber‹:

Im düstern Auge keine Träne,
Sie sitzen am Webstuhl und fletschen die Zähne:
Deutschland, wir weben dein Leichentuch,
Wir weben hinein den dreifachen Fluch –
  Wir weben, wir weben!

Ein Fluch dem Gotte, zu dem wir gebeten
In Winterskälte und Hungersnöten;

Wir haben vergebens gehofft und geharrt,
Er hat uns geäfft und gefoppt und genarrt –
Wir weben, wir weben!

Ein Fluch dem König, dem König der Reichen,
Den unser Elend nicht konnte erweichen,
Der den letzten Groschen von uns erpreßt
Und uns wie Hunde erschießen läßt –
Wir weben, wir weben!

Ein Fluch dem falschen Vaterlande,
Wo nur gedeihen Schmach und Schande,
Wo jede Blume früh geknickt,
Wo Fäulnis und Moder den Wurm erquickt –
Wir weben, wir weben!

Das Schiffchen fliegt, der Webstuhl kracht,
Wir weben emsig Tag und Nacht –
Altdeutschland, wir weben dein Leichentuch,
Wir weben hinein den dreifachen Fluch,
Wir weben, wir weben!

***

Die Arbeit am ›Wintermärchen‹ war fast beendet. Heine verlangte von Campe, er solle es so rasch wie möglich publizieren. Er erklärte ihm, daß es der Zensur keinesfalls vorgelegt werden dürfe. Obwohl er es am liebsten *als kleines Büchlein* gedruckt haben wollte, würde er notfalls *das Buch durch Zufügung von Alotria zu 20 Bogen anschwellen,* weil Bücher mit mehr als 20 Druckbogen Umfang von der Zensur befreit waren. Er schrieb an Campe am 20. Februar 1844:

Meine Gedichte, die neuen, sind ein ganz neues Genre, versifizierte Reisebilder, und werden eine höhere Politik athmen als die bekannten politischen Stänkerreime.

Am 17. April:

Es ist ein gereimtes Gedicht, welches, vier Strophen die Seite berechnet, über 10 Druckbogen betragen mag und die ganze Gährung unserer deutschen Gegenwart, in der keksten, persönlichsten Weise ausspricht. Es ist politisch romantisch und wird der prosaisch bombastischen Tendenzpoesie hoffentlich den Todesstoß geben. Sie wissen ich prahle nicht, aber ich bin diesmal sicher daß ich ein

Werkchen gegeben habe, das mehr furore machen wird als die populärste Broschüre und das dennoch den bleibenden Werth einer klassischen Dichtung haben wird.
... Aber zugleich werden Sie sehen, daß dieses Büchlein durch keine Zensur gehen *darf*, und wahrlich, ich habe bey der Abfassung auf alle Censur verzichtet und mir für den schlimmsten Fall einen Abdruck in Paris gedacht. – Also von Censur kann gar nicht die Rede seyn. Ob Sie Ihre Firma auf den Titel setzen sollen, mögen Sie selbst beurtheilen; ich glaube Sie können's.

Und am 3. Mai:

Ihre Briefe vom 13 und 22 April habe ich erhalten und aus letzterem ersehen, daß Sie Alles was ich Ihnen über mein Opus geschrieben, nicht begriffen haben, denn sonst würden Sie mir die Zumuthung nicht machen es durch Siveking durch die Censur zu bringen. ... Das Gedicht muß als 21 Bogen ohne Censur gedruckt werden, oder ich muß, wenn Ihnen dies nicht möglich ist, das Gedicht hier oder in der Schweitz herausgeben. Anders sehe ich hier keinen Ausweg. *Mit* Censur *kann* es nicht gedruckt werden, ...
Im Verlauf der letzten 14 Tagen habe ich 4 große Artikel für die Allgemeine Zeitung geschrieben, die mein Augenübel vermehrend mir mehr kosten als sie mir einbringen. Das ist Schriftsteller-Misère: die kranken Augen anstrengen um die Heilungskosten zu erschwingen. –

Campe bat Heine weiter um die Erlaubnis, das ›Wintermärchen‹ der Zensur vorlegen zu dürfen. Er hielt ihm vor, daß ein Buch, das nicht die Zensur passiert habe, unmittelbar nach Erscheinen konfisziert werden könne – dann wäre die ganze Auflage nutzlos. Die Zensur dagegen würde schlimmstenfalls einige Strophen streichen. Er warf dem Dichter vor, er binde ihm die Hände mit seinen Forderungen. Aber Heine ließ sich nicht überreden.

Am 5. Juni schrieb er erneut an Campe:

Auf Censur, wie ich Ihnen von vorn herein gesagt, kann und werde ich mich nicht einlassen und im Fall Sie es nicht ohne solche drukken lassen können, nehme ich es zurück ...
Sie sagen ich hätte Sie in der Tasche und Sie wären das Lamm – seyn Sie ohne Sorge, man ist in meiner Tasche ganz sicher, es ist die ehrlichste Tasche die es wohl giebt, und ich armer Wolf bin schon zufrieden wenn mich das Lamm nicht mit Haut und Haar auffrißt.

Seine Ärzte bestanden darauf, daß er zur Kur in ein Bad fuhr: die Augenkrankheit werde sich weiter verschlimmern, wenn er nicht ausruhe und ein geregeltes Leben führe. Doch er hörte nicht auf sie. Es ging doch um ein neues Buch! Und wie immer erschien ihm gerade dieses Buch als das Bedeutendste, was er je geschaffen hatte.

Am 11. Juli schrieb er:

Liebster Campe, schon seit 4 bis 5 Tagen könnte ich Antwort auf meinen letzten Brief von Ihnen haben, worinn ich Ihnen die Verlegenheit meldete, die mir Ihr Stillschweigen verursacht. Letzteres ist mir unbegreiflich, und beunruhigt mich in einer Weise, die ich unmöglich schildern kann. Was geht mit Ihnen vor? Sind Sie krank? Haben Sie meinen Brief nicht erhalten? Plagt Sie der Teufel? Oder bin ich selbst toll! – Da lasse ich die schöne Jahrszeit dahin gehn, wo ich wegen meines Kopfübels nothwendig ins Bad gehen müßte, und bleibe hier auf dem brennenden Asphaltpflaster von Paris, in dem dumpfen Wagengerassel, nach grünnen Bäumen und reiner Luft lechzend, die Nerven fieberhaft irritirt, vor Ungeduld unfähig die Feder in der Hand zu halten – und das Alles, weil ich keine Zeile von Ihnen erhalte!

Campe beantwortete die ungeduldigen Briefe mit verzagten Warnungen. Am meisten Angst machte ihm das ›Wintermärchen‹ (das Manuskript, das Heine ihm geschickt hatte, enthielt noch weitere neue Gedichte). Am 10. Juli schrieb er an Heine:

Sie werden sehr viel für dieses Gedicht zu leiden haben! – Es ist durchaus unpopulair und nur für Männer zugänglich.
Nicht zu gedenken, daß Sie den Patrioten neue Waffen gegen Sich in die Hände geben und so die Franzosenhasser wieder in die Schranken rufen: auch die Moralisten werden über Sie herfallen –. Von allen Seiten werden Sie gestoßen und gehechelt werden. ... Wahrlich ich habe nie so bei einem Ihrer Artikel geschwankt als eben bei diesen, nämlich was ich thun oder lassen soll?

***

Im Juli 1844 fuhr Heine wieder nach Deutschland – diesmal zusammen mit Mathilde. Er wollte kein Risiko eingehen und reiste, um den für ihn gefährlichen preußischen Machtbereich zu umgehen, von Le Havre aus mit dem Schiff nach Hamburg.

Betty Heine fand Gefallen an ihrer Schwiegertochter: eine gutherzige, einfache, lustige Frau, die ihren Sohn liebte. Sie lachte gern und mochte alle Arten der Zerstreuung. Schade, daß sie eine Ausländerin war. Ihr fehlte die deutsche Häuslichkeit und Gründlichkeit, aber da Harry sie liebte, war sie die Frau, die er brauchte.

Seine Schwester gab sich geziert, wenn auch betont freundlich. Sie wollte nicht zeigen, daß ihr das allzu laute Gelächter der Schwägerin auf die Nerven ging. Ihr Mann dagegen war übertrieben liebenswürdig, und es ärgerte Charlotte, daß diese vorlaute, aufgetakelte Pariserin ihm offensichtlich den Kopf verdreht hatte.

Onkel Salomon behandelte die neue Verwandte freundlich. Er kränkelte und konnte sie zu seinem Bedauern nicht häufiger sehen. Sein Sohn und die Schwiegertochter gaben sich höflich-kalt, ebenso die Schwiegersöhne.

Hamburg war Mathilde bald verleidet – eine düstere, kalte Stadt, lauter kalte Menschen, überall die fremde unverständliche Sprache. Und ihr Henri verschwand tagelang im Verlag oder war mit Freunden unterwegs. Zu Hause aber saß er viele Stunden über riesigen, verschmierten Bögen stinkenden Papiers, die er »Korrektur« nannte, und wurde grob, wenn sie ihn dabei störte. Seine Mutter war eine sehr liebe alte Frau, so akkurat und sauber mit ihren weißen Haaren und dem altmodischen schwarzen Kleid. Sie lispelte komisch, wenn sie französisch sprach, und wollte alles ganz genau wissen: welche Speisen sie für Henri bereite, wieviel Wäsche er habe, welche Arznei er einnehme. Mathilde begriff, daß man ihr keinen Kummer bereiten durfte. So mochte sie nicht zugeben, daß sie nicht kochen konnte. Und wozu auch? In Paris gab es doch hervorragende Restaurants. Von Wäsche, Ärzten und Arznei hatte sie ebenfalls wenig Ahnung. Sie ließ sich von ihrer unbekümmerten Phantasie leiten und erfand alles Mögliche. Doch als am nächsten Tag dieselben Fragen kamen, verhaspelte sie sich und wurde zornig.

Nach einer Woche bereits verlangte sie, Heine möge sie nach Hause fahren lassen. Sie könne nicht länger in diesem ermüdend langweiligen Lande leben, sie werde noch verrückt oder gehe ins Wasser, oder sie werde soviel Unsinn zusammenreden, daß seiner ganzen aufgeblasenen, hochmütigen Sippschaft Hören und Sehen vergehe. Wie oft hatten sie den armen Henri gequält, selbst aber lebten sie wie die Pharaonen, diese verfluchten Bourgeois, und ihm gönnten sie nicht einmal die lumpigen 400 Francs!

Heine versuchte nicht, sie zurückzuhalten. Den Verwandten sagten sie, aus Frankreich seien beunruhigende Nachrichten eingetroffen: Mathildes Mutter sei schwer erkrankt und verlange nach ihrer Tochter. Er machte jedoch wieder zur Bedingung, daß sie, solange er verreist sei, in der Pension der Madame Darte lebe und sich nur mit ihren Freundinnen treffe. Am 10. August reiste sie ab. Zwei Tage später schrieb er ihr:

Meine liebe Nonotte!
Ich bin seit Deiner Abreise zu Tode betrübt. ... Alle Welt hier, besonders meine arme Mutter, ist betrübt wegen Deines Fortgangs. Schon drei Tage, daß ich Dich nicht gesehen habe. Diese Tage sind mir wie Schatten entschwunden. Ich weiß nicht, was ich tue, und ich denke gar nichts. – Sonnabend erhielt ich einen Brief von meinem Oheim, worin er mich wegen seiner Anschnauzereien fast um Verzeihung bittet; er gesteht auf eine rührende Weise, daß sein leidender Zustand und die Arbeiten, mit denen er überhäuft, die Ursachen jener schlechten Laune sind, welche bei jeder Gelegenheit losplatzt. Obschon ich an meiner schrecklichen Migräne litt, mußte ich doch gestern, Sonntag, bei ihm speisen. Er war sehr liebenswürdig.
... Schreibe mir bald und viel; Du brauchst Dich vor mir nicht zu genieren. Laß mich wissen, ob Du wohl und munter angekommen bist, ohne Unfall, ohne bestohlen zu sein, ob die Douane Dich nicht schikaniert hat, ob Du gut untergebracht bist, ob Du Dich wohl befindest, und ob ich Deinethalben ruhig sein kann. Halte Dich still in Deinem Neste bis zu meiner Rückkehr. Laß die Deutschen nicht Deinen Schlupfwinkel aufspüren; sie haben vielleicht aus dem Geschwätz einiger deutscher Blätter erfahren, daß Du ohne mich nach Frankreich zurückgekehrt bist.

Und am 16. August:

Meine liebe Nonotte!
Neben mir wird gehämmert, mit meinem Kopf geht es noch nicht besser, ich bin traurig wie eine Schlafmütze, ich bin dreihundert Stunden von Dir entfernt, also: ich bin unglücklich. Ich warte vergebens auf Briefe von Dir; ich flehe Dich an, schreibe mir wenigstens zweimal die Woche, wenn ich ohne Nachricht bin von Dir, verliere ich den Kopf. Dabei brauche ich diesen Kopf gerade jetzt mehr denn je, – der Horizont verdunkelt sich und meine Angelegenheiten sind in Unordnung. Ich brauche zwei Monate, um meine Angelegenheiten zu regeln; wenn ich währenddessen nicht regelmäßig von Dir höre, wenn ich dann nicht mehr weiß, was ich tue, wie im vergangenen Jahr, so zieht das unkalkulierbare Verluste nach sich. Vergiß nicht, mir ganz ausführlich zu schreiben, wie es Dir geht, ob Du Dich gut fühlst.

Meinem alten Onkel geht es immer schlechter; es gibt vieles, was ich ihm zu sagen hätte, aber er wird nicht mehr Zeit haben, es in dieser Welt zu hören. Oh mein Gott, was für ein Unglück! Er wird dieses Jahr nicht überleben. Ich will ihn heute aufsuchen. Wenn ich nur daran denke, daß ich ihn in demselben Zustand antreffen werde wie in der vergangenen Woche, wird mir schwer ums Herz. ...

Ich empfehle Dir, Unterricht in französischem Stil zu nehmen. ... Pauline kann Dir Handarbeitsstunden geben, Du darfst die Gelegenheit nicht verpassen.

Lerne etwas während meiner Abwesenheit. Mir sind alle Ausgaben recht, damit Du Deine Anlagen entwickelst; das Geld ist gut angelegt. Tausend Grüße an Deine Freundinnen, und Dir tausend Küsse.

Er schrieb ihr häufig. Am 8. Oktober gab er den letzten Brief auf die Post, einen Tag darauf reiste er mit dem Dampfer nach Holland ab.

Schon am 17. Oktober schrieb er der Mutter aus Paris:

... ich bin gestern Abend im besten Wohlseyn bey meiner lieben Frau in Paris angekommen. Ich fand sie frisch und gesund, und hat sie sich mit musterhaftem Gehorsam, ganz wie ich es ihr vorgeschrieben, aufgeführt. Wir sind beide noch wie betäubt von der Freude des Wiedersehens! Wir sehen uns mit großen Augen an, lachen, umarmen uns, sprechen von Euch, lachen wieder und der Papagey schreit dazwischen wie toll. Wie froh bin ich, meine beiden Vögel wieder zu haben. Du siehst, liebe Mutter, ich bin glücklich, wie es nur ein Mensch seyn kann, da nichts auf der Welt vollkommen ist; mir fehlt jetzt nur ein gesunder Kopf und die Nähe meiner guten Mutter ...

***

Während der zweieinhalb Monate, die Heine in Hamburg verbrachte, wurde im Verlag der Band ›Neue Gedichte‹ fertiggestellt, der auch das Poem ›Deutschland. Ein Wintermärchen‹ enthielt. Fast gleichzeitig erschien bei Hoffmann und Campe auch eine Separatausgabe von ›Deutschland. Ein Wintermärchen‹, für die Heine in Hamburg zusätzlich sein ›Vorwort‹ schrieb. Er verfolgte den gesamten Druckvorgang, wählte Papier und Buchschmuck selbst aus und beaufsichtigte die Arbeit der Setzer, Drucker und Buchbinder.

Schließlich war es soweit: die Auflage war gedruckt. Und wieder einmal war er, trotz seiner Krankheit, trotz der Sehnsucht nach Mathilde, vor allem darum besorgt, seinem Buch den Weg zu ebnen. Die Leser sollten davon erfahren, Kritiker sollten es lobend besprechen. Am 14. September 1844 schrieb er an den Schriftsteller und Advokaten Johann Hermann Detmold in Hannover:

... ich bin doch froh, daß ich weiß wo Sie sind, um so mehr da ich in diesem Augenblick Ihrer dringendst bedarf. Ich kann nicht viel schreiben, da mein schreckliches Augenübel mich seit mehren Tagen wieder überfallen; bin ¾ blind. ... In 8 Tagen erscheint bey Campe mein neues Buch, welches zum größtentheil schon bekannte Gedichte enthält, aber auch ein noch unbekanntes großes Poem von 8 Bogen, die Hauptsache, Spektakel erregend und dasselbe beängstigt mich nicht wenig. Da das Opus nicht bloß radikal revoluzionär, sondern auch antinazional ist, so habe ich die *ganze Presse* natürlich gegen mich, da letztere entweder in Händen der Autoritäten oder der Nazionalen steht und von den unpolitischen Feinden, von rein literarischen Schuften, unter allerley Masken zu meinem Schaden ausgebeutet werden kann. ... ich erwarte viel von Ihrer thätigen Klugkeit. Thun Sie hier schnell das Mögliche direkt und durch Vermittlung von Freunden. Zunächst aber schreiben Sie einen bedeutenden Artikel über das Buch für den Hamburger Correspondenten und schicken Sie denselben sobald als möglich hierher an Campe; hierdurch werde ich gleich hier etwas gedeckt. Sie werden selbst einsehen was gesagt werden muß. In die Allgemeine Zeitung kann ich auch einen Artikel drucken lassen, wenn er geeignet geschrieben. Wer kann den machen? Wer kann mir in der Köllner Zeitung Vorschub leisten? Kleine Reklamen sind wichtig. Die Feinde werden drgl wohl benutzen. Ich bitte Sie helfen Sie mir und bald. Helfen Sie in der Gegenwart. Für die Zukunft des Buches hab ich selbst gesorgt.

Und wenige Tage später, am 20. September, wieder an Detmold:

... kaum bin ich im Stande Ihnen diese Zeilen zu schreiben, *ein* Aug, das linke ist ganz verschlossen, und das rechte, das andre, ist trübe. ...
Mein Buch, das ich Ihnen durch den Postwagen sannte (ohne näher bezeichnende Addresse) werden Sie gewiß richtig erhalten haben. Hier wird es noch 8 bis 10 Tagen nicht ausgegeben und Campe will nicht daß es ins Gerede komme ehe es überallhin verschickt. Daher noch immer Verschwiegenheit. Was Sie mir in Betreff Ihrer Hülfe, wahre Hülfe in der Noth, zusagen, hat mir das Gemüth beruhigt und ich sehe der Machinazion meiner Feinde (deren Hauptsitz in Frankfurt) mit größerer Gelassenheit entgegen. Theilen Sie das Buch dem Eckerman mit und wenn dieser, womöglich unter seinem Namen, einen Artikel schreiben würde, den ich in den hamburger Corre-

spondenten abdrucken lassen könnte, so wär es mir das Wünschenswertheste und ein ungeheuer großer Dienst. . . . Ihre Feder würde ich dann zu einem bedeutenden Artikel für die köllner Zeitung in Anspruch nehmen, hier könnten Sie zeichnen, wenn Sie wollen. Möchten Sie aber nicht für die Cöllner Zeitung den Artikel schreiben so schreiben Sie ihn für die Augsburger Allgemeine Zeitung.
. . . Wenn dieser, der große und der kleine Artikel, gleich gedruckt und auch Ekkerman für die Allgemeine Zeitung einen tüchtigen Artikel schreibt, so bin ich auf den drey Hauptpunkten gedeckt und es ist schon Posto gefaßt wenn die Feinde anmarschiren. Campe druckt das Wintermährchen noch besonders und ich habe eine Vorrede dazugeschrieben; ich schicke Ihnen das Büchlein vielleicht schon Mitte nächster Woche, in mehren Exemplaren, die Sie zu meinem Besten zu vertheilen haben.

Die Korrekturfahnen schickte er am 21. September mit einem langen Brief an Marx – sie würden eher ankommen als Buchexemplare:

Liebster Marx! Ich leide wieder an meinem fatalen Augenübel, und nur mit Mühe kritzle ich Ihnen diese Zeilen. Indessen, was ich Ihnen wichtiges zu sagen, kann ich Ihnen Anfangs nächsten Monaths mündlich sagen, denn ich bereite mich zur Abreise, beängstigt durch einen Wink von Oben – ich habe nicht Lust auf mich fahnden zu lassen, meine Beine haben kein Talent eiserne Ringe zu tragen, wie Weitling sie trug. Er zeigte mir die Spuren. Man vermuthet bei mir größere Theilname am Vorwärts als ich mich deren rühmen kann, . . . – Mein Buch ist gedruckt . . . Die Aushängebogen des politischen Theils, namentlich wo mein großes Gedicht, schicke ich Ihnen heute unter Kreuzkouvert, in dreyfacher Absicht. Nemlich, erstens damit Sie sich damit amüsiren, zweitens damit Sie schon gleich Anstalten treffen können für das Buch in der deutschen Presse zu wirken, und drittens damit Sie, wenn Sie es rathsam erachten im Vorwärts das Beste aus dem neuen Gedichte abdrucken lassen können.
. . . Schreiben Sie, ich bitte, zu diesen Auszügen ein einleitendes Wort. Den Anfang des Buchs bringe ich Ihnen nach Paris mit, der nur aus Romanzen und Balladen besteht, die Ihrer Frau gefallen werden. (Sie herzlich von mir zu grüßen ist meine freundlichste Bitte; ich freue mich darauf, Sie bald wieder zu sehen. Ich hoffe, der nächste Winter wird minder melancholisch für uns seyn, wie der vorige.)
. . . Leben Sie wohl theurer Freund und entschuldigen Sie mein verworrenes Gekritzel. Ich kann nicht überlesen was ich geschrieben – aber wir brauchen ja wenige Zeichen um uns zu verstehen!

Herzinnigst
H. Heine.

Der ›Vorwärts!‹ veröffentlichte tatsächlich bald darauf den ganzen Text des ›Wintermärchen‹.

In den deutschen Zeitungen wurde Heines neues Buch zunächst überwiegend negativ besprochen. Der Rezensent der Augsburger ›Allgemeinen Zeitung‹, für die Heine noch unlängst gearbeitet hatte, schrieb, dieses Buch enttäusche, die neuen Gedichte seien unter dem Niveau der bisherigen. Ähnlich abfällig äußerte sich die ›Trierer Zeitung‹.

Doch es gab auch enthusiastische Reaktionen auf die ›Neuen Gedichte‹ und besonders auf das ›Wintermärchen‹. Fürst Pückler-Muskau, den Heine und alle seine Freunde sehr hoch schätzten und achteten, schrieb an Varnhagen, dieses Buch beweise erneut: Heine sei ganz der alte geblieben, er sei ein genialer, schonungsloser Satiriker; für ihn könnten keine Regeln gelten.

Dingelstedt gratulierte Campe zu der wunderschönen Ausgabe – Heines neues Buch lasse ihn sogar seine schwierige Beziehung zu dem Verfasser vergessen.

Varnhagen schrieb an Heine, kaum daß die ersten Exemplare in Berlin angekommen waren:

Ihre neuern Gedichte machen das größte Aufsehen, mit dem Schrei des Entsetzens wetteifert der Schrei der Bewunderung; alle Stimmen vereinigen sich, die volle Macht der Poesie, das hohe Walten des Genius anzuerkennen.

Laube, von dem Heine seit dessen Angriffen glaubte, er sei sein erbitterter Gegner, publizierte in der ›Zeitung für die elegante Welt‹ eine überaus lobende Kritik. Er nannte Heine ein poetisches Genie. Er schrieb ihm auch persönlich, bat ihn um Versöhnung und versicherte ihn seiner Freundschaft.

Aber auch manche deutsche Regierungen wurden auf Heines Buch aufmerksam. Schon im Oktober, kurz nachdem es erschienen war, wurde es in Anklam, Krefeld und Quedlinburg vom Magistrat verboten; es folgten Verbote in Freiburg und in ganz Österreich. In Berlin durchsuchte die Polizei Buchläden und »Lesekabinette«. Heines Buch wurde konfisziert.

Friedrich Engels schrieb in seinem Artikel ›Rascher Fortschritt des Komunismus in Deutschland‹*:

* The New Moral World, London, Dezember 1844.

... hat sich Heinrich Heine, der hervorragendste unter allen lebenden deutschen Dichtern, uns angeschlossen und hat einen Band politischer Lyrik veröffentlicht, der auch einige Gedichte enthält, die den Sozialismus verkünden. Er ist der Verfasser des berühmten Liedes ›Die armen Weber‹.

Engels zitierte das Gedicht in seiner eigenen englischen Übersetzung und versicherte, im Original sei dieses Lied *eines der stärksten Gedichte*, das er kenne.

Heines neues Buch widersprach kraß allen Vorstellungen über ihn, freundlichen wie feindlichen. Er war derselbe geblieben – sanft und spöttisch, ausgelassen und schwermütig – und war dennoch zum Dichter der deutschen Revolution geworden.

Börnes Anhänger versuchten, Heines neues Buch in französischen Zeitungen zu diffamieren. In der Zeitung ›National‹ erschien die Meldung, daß alle deutschen Revolutionäre Heines Buch ablehnten. Darauf forderte Heine den Redakteur zum Duell. Ruge vermittelte, und die Redaktion veröffentlichte eine »Richtigstellung«.

Die ›Revue de Paris‹ veröffentlichte umfangreiche Ausschnitte aus dem ›Wintermärchen‹. Französische Kritiker priesen die Originalität und ästhetische Kraft des Poems. Deutsche Emigranten legten den Redaktionen anderer Pariser Zeitungen Ausschnitte aus alten Artikeln Heines vor, in denen er über französische Demokraten spöttisch, über Guizot und Thiers dagegen positiv geschrieben hatte. Sie forderten, daß ihre Artikel über den charakterlosen Dichterling veröffentlicht würden.

Doch all die kritischen – ästhetischen, politischen, moralischen – Angriffe vermochten nichts daran zu ändern: in diesem neuen Buch zeigte sich ein neuer Heine. Und er selbst war sich, allen bitteren, schmerzlichen Rückschlägen zum Trotz, seiner neuen Kraft bewußt.

Schlage die Trommel und fürchte dich nicht,
Und küsse die Marketenderin!
Das ist die ganze Wissenschaft,
Das ist der Bücher tiefster Sinn.

Trommle die Leute aus dem Schlaf,
Trommle Reveille mit Jugendkraft,

Marschiere trommelnd immer voran,
Das ist die ganze Wissenschaft.

Das ist die Hegelsche Philosophie,
Das ist der Bücher tiefster Sinn!
Ich hab sie begriffen, weil ich gescheit,
Und weil ich ein guter Tambour bin.

Ja, das Schrecklichste auf Erden
Ist der Kampf mit Ungeziefer,
Dem Gestank als Waffe dient –
Das Duell mit einer Wanze!

***

Leicht erspäht Familienzwist,
Wo der Held verwundbar ist.

Am 23. Dezember 1844 starb Salomon Heine. In deutschen und französischen Zeitungen erschienen viele Nachrufe. Man pries seine Tüchtigkeit, seine Leistungen auf vielen Gebieten und seine Wohltätigkeit. Es wurde berichtet, daß der Gesamtwert des von ihm hinterlassenen Vermögens 30 Millionen Francs betrage. Sämtliche immobilen Werte sowie 15 Millionen in bar erhielt sein Sohn Carl, der Haupterbe, je 3 Millionen die drei Schwiegersöhne. Für verschiedene wohltätige Einrichtungen, für Waisenhäuser und Altersheime, für die Familien verarmter Kaufleute usw. hatte er große Summen hinterlassen. Dem berühmten Neffen aber wurden im Testament lediglich 8000 Mark zugesprochen. Die monatliche Zuwendung war mit keinem Wort erwähnt; Carl Heine hatte auch nichts Eiligeres zu tun, als die Jahresrente sogleich auf 2000 Francs herabzusetzen.

So hatte der Onkel, obwohl ihre letzten Begegnungen recht freundlich gewesen waren, schließlich doch seinem Sohn und den Schwiegersöhnen nachgegeben. Aus dem Grab heraus erteilte er dem Neffen, der ihm so viele Frechheiten gesagt und geschrieben hatte, noch eine Lehre.

Heine erfuhr die Nachricht vom Tod des Onkels durch seine Schwester Charlotte Embden. Er schrieb ihr am 29. Dezember:

Gestern Abend spät erhielt ich Deinen Brief. Du kannst Dir leicht vorstellen, welche schreckliche Nacht ich verbracht habe. Das Gehirn zittert mir im Kopf. Ich kann noch keine zwey Gedanken zusammen fassen. Obgleich ich auf den Fall gefaßt war, erschüttert er mich doch so tief, wie mich seit dem Tode meines Vaters noch nichts bewegt. ... Wie muß die Therese, das gute Kind leiden! – Und Carl, der arme Junge, wie viel muß der ausgestanden haben!

Ehe ich nicht gefaßt und ruhig bin, will ich den armen Kindern nicht schreiben. O Gott, welch ein Kummer!
... Zu condoliren steht mir noch nicht der Kopf. Die Feder zittert mir in der Hand. Dazu sind meine Augen wieder in dem schrecklichsten Zustand. Wenn ich nur weinen könnte! – Noch gestern schrieb ich *ihm*, obgleich ich das Unglück wohl ahnte. Gebe mir nur recht viele Details über seine letzten Augenblicke. Dieser Mann spielt eine große Rolle in meiner Lebensgeschichte und soll unvergeßlich geschildert werden. Welch ein Herz! Welch ein Kopf! Ueber seine letzten Verfügungen bin ich längst ohne Besorgniß; er hat mir selbst genug davon gesagt oder deutlich angedeutet.

Kurz darauf erfuhr er von dem Testament und bestimmte Campe am 8. Januar 1845 zum Mittelsmann für die Verhandlungen mit den Verwandten:

Ich weiß, daß trotz unserer jüngsten Differenz Sie mir doch als Freund beystehen und in der delikatesten Sache wende ich mich an Ihre kluge Thätigkeit. ... So viel werden Sie merken, daß ich einen Todeskampf beginne und neben den Gerichten auch die öffentliche Meinung für mich gewinnen will, im Fall Carl Heine nicht nachgiebt. Ich will mein Recht, und müßte ich es mit meinem Tode besiegeln.

Seinen Freund Detmold forderte er einen Tag später auf, eine Zeitungskampagne zur Unterstützung des Gerichtsprozesses einzuleiten, den er gegen den Cousin sowie gegen Adolf Halle, Thereses Mann, führen wollte:

Ehrlich gesagt, ich hoffte nicht auf testamentarisch großes Bedachtseyn, sondern auf Erhöhung meiner Pension. Da erhalte ich schon – 7 Tage nach seinem Tode, einen wahrscheinlich am Begräbnißtage geschriebenen großen Brief von Carl Heine, worin dieser, der sonst mein sanftester Freund, mir mit den dürrsten Worten ankündigt, mein Oheim habe mir nur 8000 M b° in seinem Testamente hinterlassen, von Pension sey nicht die Rede, er aber wolle mir jährlich 2000 Franks geben – unter der Bedingung, daß wenn ich über seinen Vater schriebe, ich vorher das Manuskript zur Durchsicht einschicken müsse. Gestern antwortete ich ihm, mit hinlänglicher Verachtung, und kündigte ihm einen Prozeß an, denn in Betreff der Pension habe ich Beweißthümer der Verpflichtung.
Ich erhielt bisher jährlich 4800 fs, die auf meine Frau nach meinem Tode übergehen sollten. Vielleicht erwartete man, daß ich mich aufs Bitten legen würde, und ich bekäme vielleicht das Geld wieder wie sonst. Aber ich glaube, hier wirke ich stärker durch Drohung und letztere führt sicherer zum Zweck. Der Prozeß ist keine Drohung, ich kann ihn sehr gut machen. Aber man wird, wenn ich

Ernst mache, schon furchtsam werden und nachgeben. Das Beste muß hier die Presse thun zur Intimidazion und die ersten Kothwürfe auf Carl Heine und namentlich auf Adolf Halle werden schon wirken. Die Leute sind drgl nicht gewöhnt, während ich ganze Mistkarren vertragen kann, ja diese, wie auf Blumenbeeten, nur mein Gedeihen zeitigen.

Er bat Heinrich Laube, ihm bei der Publikation von Artikeln und Zeitungsnotizen zu helfen, mit denen er seine habsüchtigen, gewissenlosen Verwandten endlich bloßstellen wollte. Er verfaßte anonyme Korrespondenzen, darunter auch solche Artikel, die gegen ihn selbst gerichtet waren, zugleich aber auch seine Gegner diskreditierten. Den Kampf um die Erbschaft führte er mit einer Wut, die ihn blind und taub machte. Er hatte nur noch *ein* Ziel: Carl Heine zum Nachgeben zu zwingen, die Weiterzahlung der Pension zu erreichen und den Cousin zu verpflichten, sie auch im Falle seines Todes wenigstens teilweise an Mathilde weiterzuzahlen.

Heine war so wütend, daß es manchmal schien, als vergesse er alle moralischen Grundsätze, als mißachte er die elementarsten Anstandsregeln und seinen eigenen Ruf. Geld war für ihn immer nur ein Mittel gewesen, das ihm erlaubte, in Ruhe zu arbeiten, sich unabhängig zu fühlen und seine Mathilde versorgt zu wissen, wenn er nicht mehr lebte. Doch bei diesem Streit mit der Verwandtschaft wurde ihm das Mittel zum Zweck.

Er ging ganz in diesem wilden Kleinkrieg auf, intrigierte, schreckte vor keiner Gemeinheit, vor keinem zweifelhaften Verbündeten zurück, um nur den verhaßten, verachteten Feinden zu schaden. Aber wenn sie nachgegeben hätten, hätte er sich sofort liebevoll mit ihnen versöhnt, ihnen alles verziehen.

Er wußte: sie fürchteten seinen Spott, fürchteten sich vor dem, was er über sie schrieb und noch schreiben könnte. Sie wollten ihn in die Knie zwingen, ihn gefügig machen. Und daß sie es auf seine Freiheit abgesehen hatten, ließ seine Wut, seinen Haß immer stärker werden.

Er drohte und flehte, bedrängte Freunde und Bekannte mit Bitten um Hilfe, Unterstützung, Vermittlung, versuchte es auch mit Erpressung. Es gelang ihm, Campe, Varnhagen, Laube, Meyerbeer, Lassalle und Detmold in diesen Krieg und in die Verhandlungen hineinzuziehen.

Im Februar 1845 bevollmächtigte er Campe, einen Vergleich herbeizuführen, auch wenn er dabei Zugeständnisse machen müßte. Mit zynischer Offenheit drohte er dennoch weiter, bekundete aber auch seine Bereitschaft, nachzugeben.

Sie müssen ... ihn fühlen lassen, daß er jetzt so reich ist und was thun könne, um ganz prächtig da zu stehen. Eile thue Noth. Sie wissen welche ungestüme Federn zunächst ins Feld rücken wollten. Das ist wahr, ich brauch nur zu pfeifen, und gar die französische und englische Presse. ... Lassen Sie den Anzug ungeheurer Mistkarren ein bischen riechen. ...
In der Erklärung, die Sie sich anheischig machen sollen zu drucken, um in der Presse das Ende des Handels anzukündigen, können Sie alle Schuld des Mißverständnisses auf mich schieben, die Großmuth der Familie hervorstreichen, kurz mich sakrifizieren. Ich gestehe Ihnen heute offen, ich habe gar keine Eitelkeit in der Weise anderer Menschen, mir liegt am Ende gar nichts an der Meinung des Publikums; mir ist nur eins wichtig, die Befriedigung meines innern Willens – die Selbstachtung meiner Seele.

Diesen Zynismus gebar seine Verzweiflung, die verzweifelte Ohnmacht des stolzen Poeten, der sich so tief erniedrigen mußte. Er war bereit, sich vertraglich zu verpflichten, nichts mehr über seine Verwandten zu schreiben, wollte sich aber um keinen Preis von ihnen beaufsichtigen und seine Manuskripte kontrollieren lassen.

Was den Revers betrifft, den ich zu unterzeichnen erbötig bin, so liegt mir wenig dran, daß Sie ihn so bindend als möglich ausstellen. Wahrlich, was ich schreibe überliefere ich um keinen Preis einer Verwandtencensur, aber ich will gern meinen Privatgroll verschlucken und gar nichts über das Lumpenpack schreiben, das sich alsdann seines obscuren Daseyns ruhig erfreuen mag und seiner blöden Vergessenheit nach dem Tode sicher seyn wird.

Er gab nach – und hoffte doch noch, weiterkämpfen zu können. Er gab einer Gemeinheit nach – und hätte doch selbst jede Gemeinheit begangen.

Komme ich später mit Carl Heine auf besseren Fuß, so werde ich mich mit ihm leicht verständigen über das was ich jetzt unbedingt aufgebe. Sie können daher den Besorgnissen der Leute von meiner Seite die bestimmtesten Garantien geben und hier jeden zufrieden stellen. Ich habe im Grunde bessere Personen zu schildern als die Schwiegersöhne meines Oheims.

In Augenblicken der Ernüchterung, der Besinnung erhob er sich aus dem Schmutz, in den er geraten war, und versuchte, sich aus dem klebrigen Spinngewebe zu befreien. Der Schluß seines zynischen Briefes an Campe klingt wie ein Hilfeschrei:

So haben Sie freye Hand und ich bitte Sie schaffen Sie Ruhe meinem Geiste, der wirklich eine bessere Beschäftigung verdient. Ich ward durch die Geschichte in der köstlichsten Arbeit unterbrochen und die widerwärtigsten Gelddiskussionen ertödten in mir alle Poesie. Und gar ein Prozeß. Hätte ich kein Weib und übernommene Verpflichtungen, ich schmisse dem Volk den ganzen Bettel vor die Füße. Zum Unglück ist mein Wille auch so starr wie der eines Wahnsinnigen – das liegt in meiner Natur. Ich endige vielleicht im Irrenhause.

***

Auf Verlangen der preußischen Regierung verboten die französischen Behörden den ›Vorwärts!‹. Darauf erhielten Marx und Ruge sowie die gesamte Redaktion des ›Vorwärts!‹ die Aufforderung, Frankreich unverzüglich zu verlassen.

Am 1. Februar 1845 schrieb Marx an Heine:

Lieber Freund!
Ich hoffe Morgen noch Zeit zu haben, Sie zu sehen. Meine Abreise findet Montag Statt.
Der Buchhändler Leske war eben bei mir. Er giebt ein Vierteljahrbuch in Darmstadt censurfrei heraus. Ich, Engels, Heß, Herwegh, Jung etc – arbeiten mit. Er hat mich gebeten, Sie um Ihre Mitwirkung – Poesie od. Prosa – anzusprechen. Sie schlagen das gewiß nicht ab, da wir jede Gelegenheit benutzen müssen, uns in Deutschland selbst anzusiedeln.
Von Allem, was ich hier an Menschen zurücklasse, ist mir die Heinesche Hinterlassenschaft am unangenehmsten. Ich möchte Sie gern mit einpacken Grüssen Sie von mir und meiner Frau Ihre Frau Gemahlin.

Ihr
K. Marx.

Marx schrieb dann noch einmal aus Brüssel und bat Heine, ihm Gedichte für unzensierte Publikationen zu schicken.

An manchen Tagen vermißte Heine seinen jungen Freund, der ihm bei der »Belagerung« der Hamburger Bank allerdings nicht geholfen hatte, denn Marx wollte ja, daß die Revolutionäre alle Banken der Welt erstürmten und vernichteten.

Heine war wieder krank, diesmal schlimmer als je zuvor. Sein altes Übel, die Kopfschmerzen, wurden immer stärker. Das Augenleiden verschlimmerte sich, und dazu kamen noch schmerzhafte Muskelkrämpfe im Gesicht und an den Beinen.

Mein Uebel ist eigentlich eine Paralisie, welche leider zunimmt. Ich arbeite gar nichts, kann keine sechs Zeilen hintereinander lesen und suche mich zu zerstreuen; Herz und Magen, vielleicht auch das Gehirn, ist gesund.
... Meine Stimmung ist eine heitre, ja eine lebenslustige, es fehlt mir nicht an Proviant, ja sogar an Glück, und bin obendrein verliebt – in meine Frau. Körperlich aber geht es mir hundsvöttisch schlecht!

schrieb er am 24. Mai 1845 an Heinrich Laube.

Im Sommer brachte Mathilde ihn aufs Land. Dort faßte er neuen Mut. Ihre Nachbarn waren Théophile Gautier und Alphonse Royer, ein junger Dichter und Publizist. Die Freundinnen der beiden verstanden sich ausgezeichnet mit Mathilde. Die drei Paare luden gemeinsam Gäste ein, am häufigsten die Schauspielerin Rachel. Heine konnte nur noch mit einem Auge sehen, ging hinkend am Stock, wollte aber nicht hinter den Freunden zurückstehen, trank Bier, machte Witze über die anderen und über sich selbst.

»Was macht es schon, wenn ich völlig erblinde? Meine Verse müssen darunter nicht leiden. Eher im Gegenteil – wenn die Nachtigallen singen, ist es ja dunkel.«

Als er im Herbst nach Paris zurückkam, verschlimmerte sich sein Zustand noch mehr. Die schlechten Nachrichten, die er aus Hamburg erhielt – die Sippschaft sei nun völlig erbittert und nicht bereit, ein Jota nachzugeben –, verursachten neue Krämpfe; die Gesichtsmuskeln und die Finger der linken Hand waren gelähmt.

Am 31. Oktober schrieb er an Julius Campe:

Mein theurer Freund! Ich habe lange mit Schreiben gezögert, aus dem ganz einfachen Grunde weil jeder Brief meine armen Augen entsetzlich angreift und dann auch weil ich mich schäme den längst versprochenen Atta Troll noch nicht eingeschickt zu haben. Letzteres aber ist nicht meine Schuld, die Unglücksfälle dieses Jahres haben so sehr mein Gemüth vertrübt, daß ich bis heute noch auf die heiteren Stunden vergebens geharrt welche durchaus nöthig damit ich die heiteren Stücke die in dem Gedichte fehlen mit gehöriger

Laune schreibe. Ach, theurer Freund, man hat sich schrecklich an mir versündigt, man hat mit unerhörter Schändlichkeit an meinem Genius gefrevelt, ich kann mir die Wunde nicht länger verläugnen, und es werden Jahre hingehen ehe der alte Humor wieder gesund sprudelt. Ein tieferer Ernst, ein unklarer Ungestüm hat mich ergriffen, der vielleicht eigenthümlich furchtbare Ausbrüche gestattet in Prosa und Versen – aber das ist doch nicht was mir ziemt und was ich wollte. Einst süßestes Leben, jetzt Verdüsterung und Todeslust.

... Ich bin noch immer sehr in Tagesnöthen und habe nur höchst dürftiges Auskommen. Ich sage Ihnen das, damit Sie ganz bestimmt wissen, daß ich Ihrer bedarf.

Neue beiderseitige Beschimpfungen und neue Verhandlungen mit Carl Heine bewirkten abwechselnd Anfälle von Zorn oder Verzweiflung und neue schmerzhafte Krämpfe. Er überwarf sich auch mit Meyerbeer. Der junge Ferdinand Lassalle wurde sein Anwalt.

Am 3. Januar 1846 schrieb er an Varnhagen:

Mein Freund, Herr Lassalle, der Ihnen diesen Brief bringt, ist ein junger Mann von den ausgezeichnetsten Geistesgaben: mit der gründlichsten Gelehrsamkeit, mit dem weitesten Wissen, mit dem größten Scharfsinn, der mir je vorgekommen; mit der reichsten Begabniß der Darstellung verbindet er eine Energie des Willens und eine Habilité im Handeln, die mich in Erstaunen setzen, und wenn seine Sympathie für mich nicht erlöscht, so erwarte ich von ihm den thätigsten Vorschub. ... Herr Lassalle ist nun einmahl so ein ausgeprägter Sohn der neuen Zeit, der nichts von jener Entsagung und Bescheidenheit wissen will, somit wir uns mehr oder minder heuchlerisch in *unserer Zeit* hindurchgelungert und hindurchgefaselt. – Dieses neue Geschlecht will genießen und sich geltend machen im Sichtbaren; wir, die Alten, beugten uns demüthig vor dem Unsichtbaren, haschten nach Schattenküssen und blauen Blumengerüchen, entsagten und flennten und waren doch vielleicht glücklicher, als jene harten Gladiatoren, die so stolz dem Kampftode entgegengehen. Das tausendjährige Reich der Romantik hat ein Ende, und ich selbst war sein letzter und abgedankter Fabelkönig. Hätte ich nicht die Krone vom Haupte fortgeschmissen, und den Kittel angezogen, sie hätten mich richtig geköpft. Vor vier Jahren hatte ich, ehe ich abtrünnig wurde von mir selber, noch ein Gelüste mit den alten Traumgenossen herumzutummeln im Mondschein – und ich schrieb den Atta Troll, den Schwanengesang der untergehenden Periode, und Ihnen habe ich ihn gewidmet. Das gebührte Ihnen, denn Sie sind immer mein wahlverwandtester Waffenbruder gewesen, in Spiel und Ernst; ...

Heine kapitulierte nicht. Niemand sollte glauben, er sei geschlagen. Er ließ sich selbst und seinen Freunden gegenüber keinen Zweifel daran, daß er noch kämpfen würde, daß seine letzten Verse und Bücher noch nicht geschrieben waren.

Er schickte sich erneut an, nach Deutschland zu fahren, wollte sich sogar in Berlin aufhalten und bat Alexander von Humboldt, herauszufinden, ob jener Erlaß der Regierung, der seine Verhaftung vorsah, sobald er preußischen Boden betrete, noch wirksam sei. Humboldt erkundigte sich und versuchte über einige hohe Beamte, mit denen er gut stand, die Aufhebung des noch geltenden Beschlusses zu erreichen. Doch nicht einmal die Fürsprache des großen Gelehrten, der selbst beim König in hohem Ansehen stand, half. Der König, der, wie Humboldt sich notierte, für manche Gedichte Heines eine »unverwüstliche Vorliebe« hegte, hätte Heines Einreise gestattet, damit er Berliner Ärzte konsultieren könnte, aber der Innenminister schrieb an Humboldt:

Euer Excellenz
benachrichtige ich in Beziehung auf den p. Heyne ganz ergebenst, daß derselbe unter mehreren Anklagen wegen Majestätsbeleidigung und Aufreizung zur Unzufriedenheit mithin die Verhaftung zu erwarten hat, sobald er den preußischen Boden betritt.

***

Im Sommer 1846 erschien in einigen deutschen Zeitungen die Meldung, Heine sei während eines Kuraufenthalts in der Schweiz gestorben. Mehrere Tage vergingen, bis sich herausstellte, daß ein anderer Doktor Heine, ein deutscher Gelehrter, in einem kleinen Schweizer Kurort gestorben war.

Inzwischen hatte Laube bereits einen Nachruf verfaßt und besprach schon mit Campe die Herausgabe eines umfangreichen Buches zum Gedenken an den Verstorbenen, denn Eile war geboten, um feindseligen Publikationen zuvorzukommen.

Die Gerüchte über Heines Tod und das folgende Dementi wirkten auf die Hamburger Verwandten stärker als alle Drohungen, Bitten und Versöhnungsvorschläge. Sie wollten endlich Frieden schließen.

Varnhagen und Campe hatten sich stets für einen Vergleich, für Kompromisse eingesetzt. Sie hatten Heine wiederholt davon abgeraten, diesen Erbschaftsstreit in der Öffentlichkeit auszutragen. Lassalle dagegen wollte um jeden Preis kämpfen und stachelte Heine an. Im Februar 1846 hatte sich sogar Heine selbst bemüht, Lassalles Kampfeslust zu zügeln:

... müssen Sie ... Carl Heine nicht als Knicker beschämen, sondern wegen seines Mangels an Versöhnlichkeit mit Schonung tadeln und nur auf dem Terrain des Allgemeinen, der Kampf des Genius mit dem Geldsak, verharren. ... ich traue Ihnen Takt und Umsicht genug zu, um nicht unwiderbringlich Carl Heine gegen mich zu erbittern und somit meine schon errungenen Vortheile zu kommpromittiren. Ich selbst bleibe in der milden Rolle die ich streng zu behaupten immer entschlossen war.

Im März war er gar bereit, den qualvollen, erniedrigenden und aussichtslosen Kampf ganz aufzugeben:

... da mein leidender Kopf mich zwingt jede gewaltsame Handlung, überhaupt jeden offnen Krieg, einige Zeit zu adjourniren. Das zu Ihrer Nachricht und Richtschnur. Jede zu große Emozion tödtet mich jetzt, und das Schreiben ist mir Gift. Nur gelinde Mittel sind in diesem Augenblick für mich rathsam.

Tapfer und hartnäckig kämpfte er gegen seine Krankheit. Trotz aller Schmerzen lud er Gäste ein, ging auch selbst, auf einen Stock gestützt, mühsam die Beine voreinander setzend, zu Freunden oder in ein Café oder spazierte einfach auf den Boulevards. Und mit ungeschwächter Neugierde freute er sich auf Begegnungen mit neuen Menschen, genoß die warme Sonne, das Lachen der Frauen und gute Nachrichten.

Der russische Schriftsteller Pawel Annenkow überbrachte ihm einen Brief von Marx vom 5. April 1846:

Mein lieber Heine!
Ich benutze die Durchreise des Ueberbringers dieser Zeilen, d. Herrn Annekoff, eines sehr liebenswürdigen und gebildeten Russen, um Ihnen meine besten Grüße zukommen zu lassen.
Vor einigen Tagen fiel mir zufällig eine kleine Schmähschrift gegen Sie in die Hand – hinterlassene Briefe Börnes. Ich hätte ihn nie für so fad, kleinlich und abgeschmackt gehalten, als es da schwarz auf weiß zu lesen ist. Und welch elendes Gekohl nun gar der Nachtrag von Gutzkow, etc. Ich werde in einer deutschen Zeitschrift, eine ausführliche Kritik Ihres Buchs über Börne schreiben. Eine tölpel-

haftere Behandlung als dieß Buch von den christlich-germanischen Eseln erfahren hat, ist kaum in irgend einer Litteraturperiode aufzuweisen und doch fehlt's keiner deutschen Periode an Tölpelei.

Annenkow erzählte ihm von der russischen Literatur. Heine fragte ihn über Tjutschew aus und wollte wissen, welche seiner eigenen Gedichte ins Russische übersetzt seien.

Die Gerüchte über seinen Tod, die Heine zunächst amüsiert hatten, erschreckten ihn dann doch. Waren sie seinem Ende vielleicht nur um ein Weniges zuvorgekommen?

Aber jedesmal, wenn es ihm besser ging, glaubte er, seine Genesung beginne. Wenn der Schmerz für mehrere Stunden nachließ, wenn er ein schmackhaftes Essen oder Mathildes Berührung als Genuß empfand, freute er sich wieder, glaubte an sich und entwarf Pläne für die Zukunft.

An Alexander Weill schrieb er am 25. Juli:

Ich fühle mich etwas besser als vor einigen Wochen, aber meine Gesichtsparalisie scheint inveterirt zu seyn, ja böslicher als früher, da ich jetzt nur mit großer Anstrengung einige Minuten und nicht länger sprechen kann. Meine innere Lebenkraft, oder besser gesagt mein Lebenswille verläßt mich nicht und wenn das Gehirn meiner Feinde so gelähmt ist wie das meinige könnten sie Gott danken; aber eine trübe Melancholie erfaßt mich zuweilen in furchtbarer Stärke.

Und am 14. September an Ferdinand Friedland in Prag:

... die Mundlähmung ist ausgebildeter ich kann nicht mehr essen, bin abgemagert; der Druck auf der Brust bringt mich jeden Augenblick dem Ersticken nah, mein Hintern fragt mich gar nicht mehr um Erlaubniß was er thun soll – enfin, sehr schlechte Symptome und ich pfeife vielleicht auf dem letzten Loche. Die falsche Nachricht von meinem Tode war eine böse Eule und hat mich wahrlich nicht amusirt.

Nach einem besonders schmerzhaften Krampfanfall mit schwerer Atemnot beschloß er, sein Testament aufzusetzen.

Am 27. September 1846 schrieb er es eigenhändig auf deutsch. Es wurde nicht nur ein juristisches Dokument, sondern auch ein neues Werk seiner lyrischen Prosa, Ausdruck seiner erhabensten Gefühle und zugleich auch des schlauen Taktierens; er wollte noch postum von den reichen Verwandten etwas für seine Witwe gewinnen.

Obgleich ich von der Natur und vom Glücke mehr als andre Menschen begünstigt ward; obgleich es mir zur Ausbeutung meiner Geistesgaben weder an Verstand noch an Gelegenheit gebrach; obgleich ich, aufs engste befreundet mit den Reichsten und Mächtigsten dieser Erde, nur zuzugreifen brauchte um Geld und Ämter zu erlangen: so sterbe ich dennoch ohne Vermögen und Würden, im Exil und arm. Mein Herz hat es so gewollt, denn ich liebte immer die Wahrheit und verabscheute die Lüge. Meine Hinterlassenschaft ist daher sehr gringfügig und ich sehe mit Betrübniß, daß ich meine arme Ehefrau, die ich, weil ich sie unsäglich liebte, auch unsäglich verwöhnte, verhältnismäßig mit ihren Bedürfnissen in einem fast an Dürftigkeit grenzenden Zustande zurücklasse.

Er bestimmte Mathilde zu seiner Alleinerbin, setzte den Arzt Sichel und den Historiker Mignet als Testamentsvollstrecker ein und bat Campe, die Honorare für postume Ausgaben seiner Werke an Mathilde zu zahlen.

Was das Jahrgehalt betrifft, das mir mein seliger Oheim Salomon Heine zugesagt und das nach meinem Tode zur Hälfte auf meine Witwe übergehen sollte, so bitte ich meinen Vetter Carl Heine der rührend zarter Vorliebe zu gedenken, womit sein Vater immer meine Frau behandelt hat, und ich hoffe er wird ihr jene kleine Summe in einer Weise zusichern, die weder zu späteren Demüthigungen noch zu Kümmernissen Anlaß geben kann; ...

Detmold und Laube bestimmte er zu Herausgebern einer Gesamtausgabe seiner Werke, der Laube eine kurze Lebensbeschreibung des Autors beifügen sollte. Schließlich traf er letzte Verfügungen:

Ich verordne, daß mein Leichenbegängniß so einfach sey und so wenig kostspielig wie das des gringsten Mannes im Volke. Sterbe ich zu Paris, so will ich auf dem Kirchhofe des Montmartre begraben werden, auf keinem andern, denn unter der Bevölkerung des Faubourg Montmartre habe ich mein liebstes Leben gelebt. Obgleich ich der lutherisch protestantischen Confession angehöre (wenigstens offiziell), so wünsche ich doch in jenem Theile des Kirchhofs beerdigt zu werden, welcher den Bekennern des römisch katholischen Glaubens angewiesen ist, damit die irdischen Reste meiner Frau, die dieser Religion mit großem Eifer zugethan ist, einst neben den meinigen ruhen können; ...

Nachdem er von seiner Mutter, seiner Schwester und den Brüdern Abschied genommen, schloß er:

Leb wohl, auch Du, deutsche Heimat, Land der Rätsel und der Schmerzen; werde hell und glücklich. Lebt wohl, Ihr geistreichen, guten Franzosen, die ich so sehr geliebt habe! Ich danke Euch für Eure heitre Gastfreundschaft.

Im September 1846 besuchte ihn Engels. Am 16. September schrieb er in einem Brief an das kommunistische Korrespondenz-Komitee in Brüssel:

... so will ich Euch schließlich noch mitteilen, daß Heine wieder hier ist. ... der arme Teufel ist schrecklich auf dem Hund. Er ist mager geworden wie ein Gerippe. Die Gehirnerweichung dehnt sich aus, die Lähmung des Gesichts desgleichen. Ewerbeck sagt, er könne sehr leicht einmal an einer Lungenlähmung oder an irgendeinem plötzlichen Kopfzufall sterben, aber auch noch drei bis vier Jahre abwechselnd besser oder schlechter sich durchschleppen. Er ist natürlich etwas deprimiert, wehmütig, und was am bezeichnendsten ist, äußerst wohlwollend (und zwar ernsthaft) in seinen Urteilen. ... Sonst bei voller geistiger Energie, aber sein Aussehen, durch einen ergrauenden Bart noch kurioser gemacht (er kann sich um den Mund nicht mehr rasieren lassen), reicht hin, um jeden, der ihn sieht, höchst trauerklötig zu stimmen. Es macht einen höchst fatalen Eindruck, so einen famosen Kerl so Stück für Stück absterben zu sehen.

Wenn die Krämpfe Arme und Beine zusammenzogen und ihm die Kehle zuschnürten, schien es ihm, als seien das seine letzten Minuten. Dann wünschte er den Tod, damit endlich Schmerz, Atemnot und Furcht vorbei wären. Doch kaum ließen die Schmerzen wieder nach, griff er zum Bleistift, hob mit zittrigen Fingern das schwere Augenlid und schrieb.

Er lebte – also mußte er schreiben. Einzig die Worte, die in krummen, abgerissenen Zeilen aufs Papier flossen, verbanden ihn noch mit dem Leben – und mit seiner Unsterblichkeit.

Sein gelähmter Mund vermochte nicht einmal mehr zu lächeln, aber sein Lachen lebte weiter in dem, was er mühevoll schrieb.

Ich habe gerochen alle Gerüche
In dieser holden Erdenküche;
Was man genießen kann in der Welt,
Das hab ich genossen wie je ein Held!
Hab Kaffee getrunken, hab Kuchen gegessen,
Hab manche schöne Puppe besessen;
...

Am 1. September 1846 schrieb er an Campe:

... meine Sprachwerkzeuge sind so gelähmt daß ich nicht sprechen kann, und essen kann ich nicht seit vier Monath, wegen der Schwierigkeit des Kauens und Schluckens und der Abwesenheit des Geschmacks. Auch bin ich entsetzlich abgemagert, mein armer Bauch ist kläglich verschwunden und ich sehe aus wie ein dürrer einäugiger Hanibal. ... Ich bin keineswegs ängstlich sondern sehr gefaßt und trage wie bisher mit Geduld was sich nicht ändern läßt und ein altes Menschenschicksal ist.
Meine Meinung geht dahin, daß ich nicht mehr zu retten bin, daß ich aber vielleicht noch eine Weile, ein oder höchstens zwey Jahre, in einer trübseligen Agonie mich hinfristen kann. Nun, das geht mich nicht an, das ist die Sorge der ewigen Götter, die mir nichts vorzuwerfen haben und deren Sache ich immer mit Muth und Liebe auf Erden vertreten habe. Das holdselige Bewußtseyn ein schönes Leben geführt zu haben, erfüllt meine Seele selbst in dieser kummervollen Zeit, wird mich auch hoffentlich in den letzten Stunden bis an den weißen Abgrund begleiten. – Unter uns gesagt, dieser letztere ist das wenigst Furchtbare, das Sterben ist etwas Schauderhaftes, nicht der Tod, wenn es überhaupt einen Tod giebt. Der Tod ist vielleicht der letzte Aberglaube.
... Mein Geist ist klar, sogar schöpferisch geweckt, aber nicht so beseligend heiter wie in den Tagen meines Glücks.

Er hatte es eilig, einen detaillierten Plan für eine Gesamtausgabe seiner Werke auszuarbeiten. Schließlich akzeptierte er auch den Vergleich mit den Verwandten: Er versprach, nichts über sie zu schreiben und ihnen alles bisher über sie Geschriebene vorzulegen. Er wollte Mathilde dadurch eine lebenslängliche Pension sichern.

An Laube schrieb er am 19. Oktober:

Ich bin entzückt über Ihren Vorsatz hierherzukommen. Führen Sie ihn nur bald aus. Sie müssen ein bischen eilen, denn obgleich meine Krankheit eine ruhig fortschreitende ist, so kann ich doch nicht einstehen vor einem Salto mortale, und Sie könnten zu spät kommen um mit mir über Unsterblichkeit, Literatenverein, Vaterland und Campe und ähnlichen höchsten Fragen der Menschheit zu reden; Sie könnten einen sehr stillen Man an mir finden. ... und finden Sie mich nicht hier, so suchen Sie mich gefälligst auf dem cimetierre Montmartre, nicht auf dem Père Lachaise, wo es mir zu geräuschvoll ist. ...
Schicken Sie mir doch meinen Nekrolog; eine solche Freude, ihren eignen Nekrolog zu lesen wird selten den Sterblichen geboten. Die falsche Todesnachricht hat mich jedoch sehr verstimmt, und es thut mir Leid, daß auch meine Freunde dadurch affizirt wurden; ...

An Campe am 12. November:

Ich habe Sie bis heute auf Ihre zwey jüngsten Briefe ohne Antwort gelassen, weil mich das Schreiben unsäglich anstrengt, nicht sowohl wegen meines schwachen letzten Auges, als wegen der Brust deren Beklemmung Tag und Nacht dauert, daß mir bey dem beständigen Schlucksen und Glucksen schon jetzt in diesem Augenblicke, wo ich über den Schreibtisch mich lehne, das Wasser beständig aus dem Maule läuft und der Athem ausgehn will. ... Daß Sie an meiner Krankheit nicht glaubten, erkläre ich mir daraus daß Sie gewiß bey meiner Mutter Erkundigungen einzogen, die wahrlich nicht beunruhigend ausfallen konnten, da ich der Alten Frau immer das Gegentheil meines Zustandes berichte.
... es ist möglich daß mein Tod Ihnen eine sehr vorzügliche Reklame macht für meine Gesammtausgabe; Sie werden mahl sehen wie viel populairer ich alsdann noch werde, ...

und am 19. Dezember:

Ich befinde mich seit 8 Tagen etwas besser und da ich mich gegen alle Aeußeren und innere böse Influenzen in Acht nehme, hoffe ich den Winter besser zu überstehen als anfänglich zu erwarten war. Auch arbeite ich schon mit mehr Leichtigkeit. Geh fast gar nicht aus; das beständige Sitzen am Kamin hat leider mein letztes Auge noch mehr getrübt. Könnte ich nur lesen!

Er war bereit, den Tod mit einem spöttischen Lächeln zu empfangen, so wie er stets alle Freuden und Leiden, Liebe und Krankheit, Ruhm und Schmach empfangen hatte.

Doch jede lichte Minute nutzte er, um zu arbeiten. Er bereitete eine Neuausgabe des ›Atta Troll‹ vor, änderte einige Dutzend Strophen und verfaßte im Dezember 1846 nachträglich die ›Vorrede‹ dazu. Jeder seiner Briefe an Campe enthielt Anweisungen, detaillierte Vorschriften für den Umbruch und die graphische Gestaltung des Buches, das Ende Januar 1847 erschien.

In die jauchzenden Triumphgesänge tönen die Choräle der Totenfeier. Wir haben aber weder Zeit zur Freude noch zur Trauer. Aufs neue erklingen die Drommeten, es gilt neuen Kampf –

Der Streit um die Erbschaft war endlich beigelegt. Doch der Schaden, den Heine durch die fast zwei Jahre währende nervliche Anspannung erlitten hatte, war nicht wieder gutzumachen. Seine Krankheit war unheilbar geworden.

Gott verzeihe meiner Familie die Versündigung die sie an mir verschuldet. Wahrlich nicht die Geldsache, sondern die moralische Entrüstung, daß mein intimster Jugendfreund und Blutsverwandter das Wort seines Vaters nicht in Ehren gehalten hat, das hat mir die Knochen im Herzen gebrochen und ich sterbe an diesem Bruch. –

schrieb er am 1. September 1846 an Campe.

Im März 1847 kam Laube für mehrere Wochen nach Paris. Er berichtete über seinen ersten Besuch:

Von einem feisten, aus kleinen schalkhaften Augen Funken sprühenden Lebemann hatte ich vor sieben Jahren lachend Abschied genommen, jetzt umarmte ich fast weinend ein mageres Männchen, in dessen Antlitz kein Blick des Auges mehr zu finden war. ... damals war das volle Gesicht glatt wie das eines Kammerherrn, jetzt war es eingefaßt von einem grauen Bart, weil die schmerzlich erregten Nerven das Scheermesser nicht mehr ertragen; jetzt hing das trocken gewordene Haar immer noch lang, aber verwildert, graugesprenkelt um die hohe Stirn und die breiten Schläfen. Die feine Nase war länger und spitzer, der anmuthige Mund war schmerzlich verzogen geworden. Sonst neigte er das Haupt gern ein wenig abwärts, als suche er muthwillig das schwache Fundament der wackligen Menschenkinder zu ergründen, jetzt war es immer gewaltsam in die Höhe gerichtet, damit die Pupille des rechten Auges in die kleine noch offene Spalte zwischen den Augenliedern kommen und sehen könne! Armer Heine! Und doch dauerte das Klagen nur einige Minuten! Der Geist ist unberührt, das Naturell ist unbetroffen, über die sentimentale Thräne hinweg flogen bald wieder die lustigen Pfeile, welche er so lange gegen Jahn oder Maßmann, oder sonst einen stereotypischen Gegenstand des Spottes geschnellt hat. »Es wäre ja undankbar von mir«, sagte der Bösewicht auf meinen Vorwurf gegen solche Stereotypie, »es wäre ja undankbar, wenn ich diese armen Leute im Alter verlassen sollte, nachdem sie mir so lange gedient! Wer spräche denn noch von ihnen!«

Heine und Laube trafen sich fast täglich. Heine lud den Freund zu sich ein, besuchte ihn auch im Hotel, nahm ihn mit zu seinen Bekannten, ging mit ihm ins Café. Zwischendurch schrieb er ihm kurze Briefe. Am Sonntag, den 4. April:

Ich bin, theuerster Freund, heute so krank, daß ich Dich nicht sehen kann. Das ist ein verwünschter Tag. Morgen früh aber, mag ich mich befinden, wie es auch wolle, komme ich zu Dir um 11 Uhr.

Und am nächsten Morgen:

Mein Zustand ist noch immer derselbe – mein Kopf ist so schwach als wäre ich der Verfasser einer Auerbachschen Dorfnovelle – mein Magen eben so katzenjämmerlich sentimental und religiös-sittlich-flau wie eine dito Novelle – trotzdem will ich gegen 11 Uhr zu Dir kommen.

Eugène Sue, einer der populärsten französischen Belletristen, lud Laube zu einem Treffen in die Wohnung seines Freundes Alexander Weill ein.

Viele Jahre später erinnerte sich Laube an diesen Besuch:

Es kam jemand langsam die Treppe herauf gestapft mit dem Stocke. Ist Sue durch seine wilden Romane körperlich so erschöpft worden? Nein, es war der arme Heine, welcher von dem Rendezvous unterrichtet worden war. Stöhnend blieb er in der Thür stehen und rückte Kopf und Augenlied in die Höhe, um zu sehen, wen er vorfände. »Ich wollte, ich hätt' ein schlechteres Gewissen und einen besseren Kopf!« sagte er auf der Schwelle, und den Kaminsims suchend, auf welchen er sich zu stützen pflegt, ...
[Die Thür ging auf,] und ein großer Mann mit breitkrempigem Phantasiehute erschien – Eugen Sue. Sobald er in dem traurig veränderten Aeußern unsers Poëten Heine erkannt, hatte es mit der Höflichkeit für uns vorläufig ein Ende. Er bekümmerte sich nur um ihn, der allen französischen Notabilitäten das Interessanteste ist von deutscher Litteratur, ...

Laube hatte mehrere französische Freunde Heines kennengelernt und ihn bei seinen Besuchen selbst aufmerksam und teilnahmsvoll beobachtet:

Am vertrautesten war er mit Jules Janin, Alexander Dumas Vater und Gautier. Ihnen ergänzte er durch mündliche Unterhaltung, was sie aus seinen unverständlichen deutschen Schriften nicht erfuhren – den witzigen Geist. Er sprach gerade nicht besonders gut französisch, weil er in guter Stimmung und bei frischem Gedächtniß sein mußte, wenn die fremde Sprache ihm leicht fließen sollte, aber er sprach charakteristisch. Wie er sich im Deutschen immer genau die überraschenden und treffenden Ausdrücke hervor suchte, so hatte er sich auch im Französischen vorbereitet. ...
Kopfweh war seine immer wiederkehrende Not. Er glich oft einer hysterischen Frau, die ewige Krisen in Migräne durchmacht. Da sprach er dann abgebrochen und wüst, die Sätze nur halb fertig, die notwendigsten Worte oft mühsam suchend. Man meinte, eine verdrießliche Unfähigkeit vor sich zu haben. Hunderten von deutschen Besuchern hat er damit den widerwärtigsten Eindruck gemacht, denn Geringschätzung anderer, Ungezogenheit vielfältigster Art fehlten selten dabei; wohl aber fehlte alles, was man human nennt. Und derselbe Mensch war in der nächsten Stunde ein ganz anderer. Körperlich wohler und gut angeregt von den Gegenständen des Gesprächs, oder auch nur von den Sprechenden, denen er schmeicheln oder die er bekämpfen wollte, entwickelte er eine Suada voll Inhalt, Raschheit und Lebendigkeit.
Seine Stimme war Tenor, weich und angenehm, wenn er guter Laune war. Er konnte dann fein schmeicheln und so liebenswürdig sein, wie er's mit Franzosen war, auch mit denen, die ihm gleichgültig waren. Sein Auge war nicht groß, aber sehr fein. Es schloß sich auch noch zur Hälfte, wenn sein Antlitz in Bewegung geriet. Trotzdem war es sehr beredt, und besonders für alles Schalkhafte und Schlimme äußerst hilfreich. Ebenso sein Mund, welcher die abwechselnden Stimmungen treulich begleitete.

***

Im Herbst 1847 erwarteten viele Menschen in Frankreich den bevorstehenden Winter voll Sorgen und Ängsten. Nach den schlechten Ernten der letzten Jahre waren die Preise für Brot, Kartoffeln und Gemüse – die Grundnahrungsmittel der armen Leute – immer stärker gestiegen.

Aus verschiedenen Städten hörte man, daß hungrige Menschen in Scharen die Brotläden plünderten. Polizei und Militär schossen auf die Wehrlosen. In Paris versammelten sich die Regierungsgegner an Bankett-Tafeln – solche Ansammlungen brauchten bei der Polizei nicht registriert zu werden. An den gedeckten Tischen wurden Reden gehalten, die die Polizei anderswo niemals zugelassen hätte.

Der Dichter Lamartine sagte während eines solchen Banketts, der Staat des Bürgerkönigs sei im Verfall begriffen, sei tief in Korruption versunken. Er prophezeite eine »Revolution des empörten Gewissens«, eine »Revolution des Hasses«.

Die oppositionellen Parteien drängten auf eine Wahlreform. Von den 35 Millionen Einwohnern Frankreichs waren nur 180000 wahlberechtigt. Die Liberalen schlugen vor, die Zahl der Wähler zu erhöhen. Wahlberechtigt sollten nicht nur die besitzenden Klassen sein, sondern auch gebildete Menschen, unabhängig von ihrem Einkommen. Radikale Republikaner und Sozialisten verlangten das allgemeine Wahlrecht und das Verbot der Sklaverei in den französischen Kolonien. Ministerpräsident Guizot, ein Historiker, der noch zwanzig Jahre zuvor als aufgeklärter Liberaler gegolten hatte, wehrte sich hartnäckig gegen alle Forderungen und Vorschläge.

An der Börse brach Panik aus. Tausende gutgläubiger Menschen, die Aktien neuer Unternehmen erworben hatten, für die lautstark Reklame gemacht worden war, wurden über Nacht ruiniert. Auch Heine hatte eine bedeutende Summe in Aktien der Prager Gasgesellschaft »Irida« angelegt. Alle Zeitungen priesen damals die Gaslaternen als eine wichtige Errungenschaft des Fortschritts. Aber die Gasgesellschaft, der Heine sein Geld anvertraut hatte, ging bankrott.

Auch Zeitungen aus Deutschland berichteten über eine Krise, über Arbeitslosigkeit und Elend.

Der preußische König setzte endlich die lange versprochene Verfassung in Kraft. Zum ersten Mal in der Geschichte Preußens war ein Parlament geschaffen worden, der »Landtag«.

In der friedlichen Schweiz brach ein Krieg zwischen den Kantonen aus. Die Schuld am Blutvergießen wurde den Jesuiten angelastet.

Von dem neuen Papst, Pius IX., hieß es, er sei ein Liberaler. In Italien bereiteten patriotische Bünde einen Aufstand gegen die österreichische Oberhoheit vor.

In der ›Deutschen Brüsseler Zeitung‹ erschien am 23. Januar 1848 ein Artikel von Friedrich Engels, der das vorangegangene Jahr bilanzierte:

Gewiß, 1847 war das bewegteste Jahr, das wir seit langer Zeit gehabt haben. In Preußen eine Konstitution und ein Vereinigter Landtag, in Italien ein unerwartet schnelles Erwachen des politischen Lebens und allgemeine Bewaffnung gegenüber Österreich, in der Schweiz ein Bürgerkrieg, in England ein neues Parlament mit entschieden radikaler Färbung, in Frankreich Skandale und Reformbanketts, in Amerika Eroberung Mexikos durch die Vereinigten Staaten –, das ist eine Reihe Veränderungen und Bewegungen, wie keins der letzten Jahre sie aufzuweisen hat.

Engels schloß seinen Artikel mit einer Zeile aus Heines romantischer Ballade ›Ritter Olaf‹:

Der Henker steht vor der Türe.

***

Alexander Weill lud die drei scharfsinnigsten Literaten von Paris zum Frühstück ein: Honoré de Balzac, Eugène Sue und Heinrich Heine. Er schrieb das Gespräch auf und veröffentlichte es später.

Balzac kam als erster auf die Politik:

»Alle Welt weiß, wie ich denke. Meine Ansichten sind schon ziemlich betagt. Für mich braucht die Wahrheit nicht neu zu sein. Ich weiß sehr wohl, daß mein System, so fest es steht, seine schwachen Stellen hat. Heine wird sie schon selbst herausfinden. Ich will vor allem beweisen – dazu bin ich hergekommen –, daß alles Neue fauler Zauber ist, nichts weiter als Utopie.«

»Bitte«, unterbrach ihn Sue, »wenn es sich um Monarchie und Republik handelt, dann ist die Republik das Alte, die Monarchie das Neue. Schon Madame de Staël hat gesagt: ›Der Despotismus ist eine neue Erfindung – die Freiheit ist so alt wie die Welt und die Menschheit.‹«

»Gegen die Republik hätte ich gar nichts«, antwortete Balzac, »aber worein ich mich nicht finden kann, das sind jene sozialen Konsequenzen, die nun einmal untrennbar mit ihr verbunden sind. Der Sozialismus, der sich für so neu hält, wütete von altersher gegen sein eigenes Blut, er mordete die Republik, seine Mutter, und die Freiheit, seine Schwester. Das wird immer so sein! Das ist der ewige Widerstreit zwischen Abhängigkeit und Willensfreiheit, zwischen Plato und Aristoteles, zwischen Augustinus und Thomas von Aquin, zwischen Abaelard und Bernhard von Clairvaux, zwischen Luther und Thomas Münzer.«

»Da kommen Sie mir ins Gehege!« rief Heine. »Es darf nicht heißen: zwischen Luther und Münzer, sondern es muß heißen zwischen Luther und Luther, zwischen Münzer und Münzer. Ein Deutscher bleibt nie ein halbes Jahr lang bei seiner Meinung. Wenn Deutschland je zur nationalen Einheit gelangt, kann sie sich nur auf Bajonette stützen, niemals allein auf Vernunft, denn der Deutsche, so ist das nun mal, verdammt um zwölf die Philosophie, die er um elf erfunden hat.«

Balzac begann weitschweifig zu erklären, daß eine Republik schon deswegen gefährlich sei, weil sie das Volk anstachele, immer weitergehende Rechte und die Neuverteilung des Bodens zu fordern und sich an fremdem Besitz zu vergreifen; Chaos und Blutvergießen seien die unvermeidliche Folge. Er erinnerte an die Republik der Wiedertäufer von 1535, in der die Frauen zum Gemeingut erklärt worden waren; an Babeuf, der einen tyrannisch-gleichmacherischen Staat hatte schaffen wollen – der sei ein rechtmäßiger Erbe Robespierres gewesen.

Heine pflichtete ihm bei: »Selbst Lykurg und Solon wollten in den von ihnen geschaffenen Republiken nicht leben.«

»Ich weiß wohl«, fuhr Balzac fort, »Sue klammert sich an den Fourierismus, um nicht Kommunist zu werden. Aber das Volk ist erschreckend logisch und versteht sich nicht auf Nuancen und Formeln. Wenn es über die politische Macht selbst bestimmen kann, wird es auch über das Eigentum verfügen wollen.«

»Und Amerika?« rief Sue.

»Amerika«, erwiderte Balzac, »hat vier Millionen Sklaven. Sie arbeiten, aber sie dürfen nicht wählen. Wenn diese Sklaven jemals an die Wahlurne gelangen, dann wählen sie den Mann, der ihnen die Aufteilung des Grundbesitzes oder wenigstens einen Anteil am Einkommen der Besitzer verspricht.«

»Und warum denn nicht?« rief Sue. »Es soll keiner im Überfluß schwelgen, wenn den anderen das Notwendigste fehlt.«

»Mit demselben Recht kann man sagen: Es darf niemand Genialität besitzen, wenn der Mehrheit der gesunde Menschenverstand fehlt.«

»Das ist das erste Mal«, fiel Heine lachend ein, »daß unser verehrter Balzac Genialität und Überfluß in einem Atemzug nennt. Denn sonst sind es ja meist die Genies, die glauben, sogar auf das Nötigste verzichten zu können. Schon seit Adam verherrlicht die Philosophie das Minimum.«

»Die Schönheit«, fuhr Balzac fort, »ist auch etwas Überflüssiges. Eine gesunde junge Frau, auch wenn sie häßlich ist, genügt zur Liebe, wenn sie das Notwendige hat. Könnten die Häßlichen darum nicht sagen: Keine soll schön sein, bevor auch wir Liebe haben? Sie werden es mir nicht glauben, meine Herren, aber ich habe Saint-Simonismus, Fourierismus und Kommunismus genau studiert. Der letztere ist die logische und zwingende Konsequenz aller anderen Ismen. Das Volk gibt sich mit Kleinigkeiten nicht ab, es geht aufs Ganze. Was ist denn Kommunismus? Eine Rückkehr zur Barbarei; Krethi und Plethi fressen am selben Tisch, ohne einen Pfennig in der Tasche zu haben. Es gibt kein Maximum mehr, kein Gleich*viel,* es gibt nur das eine Minimum, Gleich*wenig* an Lohn für jeden Arbeiter, unter der Peitsche des Besitzers, um Faulenzer und Widerspenstige zur Arbeit zu zwingen. Ein vernünftiger Mensch kann unmöglich ernsthaft Kommunist sein. Wenn Frankreich je wieder Republik wird, dann kommt, glauben Sie mir, nicht *ein* Robespierre, nicht *ein* Babeuf, sondern es kommen hunderttausend. Der Kommunismus ist der gefährlichste Feind der Demokratie. Er ist der natürliche Verbündete des Absolutismus. Erlauben Sie mir ein Bild. Nehmen wir an, Sue hat recht, und die Republik ist ein von Natur gesunder Körper, der Kommunismus wühlt als Krebs darin, der Scharlatan Despotismus freut sich darüber, und unter dem Vorwand einer Heilkur läßt er den einen durch den anderen umbringen, um der überlebende Erbe zu sein.«

»Schön«, sagte Sue, »und um unseren ›honoré ami Balzac‹ zu beruhigen, erkläre ich ihm, daß ich nicht Kommunist bin. Ich bin nur Sozialist. Weder Republik noch Monarchie sind an den sozialen Mißständen schuld. Den Kommunismus gab's schon immer. Eine soziale Krankheit, meinetwegen, aber sie existiert! Was tat die Monarchie gegen diese Krankheit? Was kann sie tun? Die Republik, in der jeder Bürger mitbestimmt, kann wenigstens über Heilmittel diskutieren. Sie kann danach suchen, sie kann darum kämpfen, sie ist gesund und stark. Aber was vermag die Monarchie gegen diese Zerstörer? Ist sie nicht seit tausend Jahren die Hauptursache des Elends, der Dummheit, der Bestialität der Masse? Acht Neuntel der Bevölkerung müssen arbeiten, das neunte Neuntel darf die Früchte der Arbeit einheimsen. Was ist denn die katholische Monarchie, von der unser lieber Balzac träumt? Was war das Volk vor 1789? Eine Herde von Lasttieren! Der Leibeigene im Mittelalter war dreimal schlimmer dran als der Sklave im Altertum. Bei Gott, mit welchem Recht fordern Sie, daß hunderttausend Adlige und Pfaffen im Überfluß schwimmen, während zehn Millionen Franzosen, die wahrhaftig oft mehr wert sind, im Elend verkommen? Sie fürchten den Kommunismus? Wenn ein Tiger mir an die Gurgel springt, so sagt wohl Voltaire, schere ich mich nicht um den Ruf des Mannes, der mich von ihm befreit. Also zuerst fort mit den Privilegien, den Ungerechtigkeiten, den ererbten Vermögen; nachher wird sich schon zeigen, was zu tun ist.«

Heine reichte Sue ein Glas und füllte es mit Champagner.

»Bitte nehmen Sie – ein bescheidener Preis für Ihre vortreffliche Rhetorik. Die Beredsamkeit unseres Freundes Sue gleicht wirklich dem Champagner.«

Balzac kniff verärgert die Augen zusammen und goß sein Glas voll.

»Beides sprüht, funkelt und schillert, verfliegt und verflüchtigt sich aber in der freien Luft der Kritik. Vor allem braucht die Menschheit ein Minimum an friedlicher Arbeit. Wer leben will, muß ackern, säen, ernten, spinnen, weben, zimmern, mauern, schmieden und vor allem Kinder in die Welt setzen. In einer Monarchie, wenn sie nicht von verheerenden Kriegen heimgesucht wird, ist dies alles möglich. In einem demokratischen Staat aber nicht.

Wenn sich der Bürger immer wieder gegen politische Strauchdiebe wehren muß, die ihn nicht nur an der Arbeit hindern, sondern auch immerzu um die Früchte seines Schweißes bringen wollen, hört jede Ordnung auf, und keiner will mehr arbeiten. Das ist das Nichts, das Chaos. Der Kommunist nimmt nicht nur den Zehnten, wie ehedem Adel und Kirche, sondern auch noch den ganzen Rest. Er ist eine Drohne, die nicht nur den Honig schleckt, ohne selbst zu arbeiten, sondern auch noch den Bienenstock zerstört, weil ihr die Struktur der Waben, in denen die Bienen arbeiten, theoretisch nicht paßt. Abgesehen davon: Ist die große Masse nicht da für die körperliche Arbeit, die für die menschliche Gesellschaft unentbehrlich ist? Entspricht die Monarchie dem Wesen des Menschen nicht weit mehr als die Republik? Ich glaube an den Fortschritt. Doch die Wahrheit ist: Die Mehrzahl der Menschen ist nur dann glücklich, wenn die Mächtigen, die Geistes- und Willensstarken, sie dazu zwingen. Unbeschränkte Freiheit wird immer nur unumschränkte Anarchie erzeugen...

Aber was meint nun eigentlich Freund Heine dazu?«

»Als guter Deutscher bin ich verschiedener Ansicht«, antwortete Heine. »Aber ich muß gleich bemerken, daß ich bis auf die Sündflut zurückgehe. Darf ich?«

»Tun Sie's nur«, sagte Balzac, »das wird Ihnen nicht schwerfallen, Sie brauchen nur dem Pegasus die Sporen zu geben.«

»Mir ist aufgefallen, daß der Tag zweigeteilt ist, aus Tag und Nacht besteht. Zwei Kontraste. Der Tag ohne die Nacht, so schön er auch sein mag, wäre sehr unbequem. Ebenso die Nacht ohne den Tag. Weiter ist mir aufgefallen – da bin ich schon bei der Sündflut –, daß zum Kinderkriegen zwei nötig sind, ein Mann und eine Frau, besonders eine Frau. Des weiteren habe ich beobachtet: Um ein gutes Geschäft zu machen, braucht ein Schlaukopf einen Dummen. Zwei Dissonanzen – so sagte mir neulich Berlioz, denn mit Meyerbeer bin ich verkracht – ergeben stets eine Harmonie, und der vollkommene Akkord setzt sich zusammen aus einer Terz, einer Quinte und einer Oktave. In der Liebe, behaupten die Kabbalisten, soll dasselbe Mysterium walten. Es soll sogar eine Farbentonleiter geben. Kurz, alles, was von Dauer, was zum Vergnügen da ist, besteht aus Kontrasten. Genau so, liebe Freunde, ist es mit Republik und Monarchie. Nicht die eine *oder* die andere, sondern die eine *und* die andere, beide zusammen. Beide mögen noch so schrille Dissonanzen sein – miteinander verbunden ergeben sie einen vollkommenen Akkord. Was wir brauchen, ist eine Republik, regiert von Monarchisten, oder eine Monarchie, beherrscht von Republikanern... Aber ich muß aufhören. Denn ich habe eine Frau oder vielmehr: meine Frau hat mich. Und sie wird mir nicht glauben, daß ich hier mit Genies gefrühstückt habe. Mein Vorschlag also: Wir werden die Republik ausrufen. Balzac wird Präsident, Sue Generalsekretär. Zu Ihrem Ruhm werde ich Gedichte schreiben. Meyerbeer wird die Verse in Musik setzen, und der kleine Weill mit seinem Heldentenor wird sie singen.«

Lachend gingen die Gäste auseinander.

***

Als der Winter kam, fühlte sich Heine immer schlechter. Krämpfe lähmten seine Beine, auch die linke Hand war teilweise gelähmt. Die Kopfschmerzen wurden so stark, daß er an manchen Tagen fast nichts mehr sehen konnte.

Wieder besuchte ihn Engels. Am 14. Januar 1848 schrieb er an Marx:

Heine ist am Kaputtgehen. Vor 14 Tagen war ich bei ihm, da lag er im Bett und hatte einen Nervenanfall gehabt. Gestern war er auf, aber höchst elend. Er kann keine drei Schritt mehr gehen, er schleicht, an den Mauern sich stützend, vom Fauteuil bis ans Bett und vice versa. Dazu Lärm in seinem Hause, der ihn verrückt macht, Schreinern, Hämmern usw.

Heine hatte eine zum Hof liegende Wohnung gemietet, um dem Straßenlärm fern zu sein, aber der Hauswirt ließ im Hof einen Stall errichten und schaffte sich Pferde an. Heine klagte darüber in einem Brief an seine Mutter:

In einigen Tagen werde ich wohl wieder ausziehen; unter meinem Schlafzimmer hat mein infamer Hauswirth, gegen Recht und Uebereinkunft, seine Pferde einquartirt, welche die ganze Nacht stampfen und mir den Schlaf rauben.

Er sah kaum noch, hinkte, krümmte sich immer wieder vor Krämpfen, und doch ging er noch aus, wollte spazierengehen und Freunde besuchen.

Die Marquise Caroline Jaubert, eine seiner alten Freundinnen, berichtet über Heines letzten Besuch im Januar 1848:

Vom Wagen bis zu meiner Wohnung im zweiten Stock hatte er sich auf dem Rücken seines Dieners tragen lassen. Als er nach dieser Anstrengung kaum auf einem Sopha im Salon niedergesetzt war, befiel ihn eine jener furchtbaren Krisen, die sich bis zu seinem Ende wiederholten: es waren Krämpfe, die vom Gehirn ausgingen und sich bis zur äußersten Fußspitze hinzogen. ...
Sobald er ruhiger zu werden schien, bat ich ihn, seine Ausgänge zu unterlassen, bis eine verständige Behandlung seinen Zustand gebessert habe.

»Meine Krankheit ist unheilbar«, antwortete er. »Ich werde mich niederlegen und nicht wieder aufstehen. Ich bin deshalb hier, liebe Freundin, um Ihnen das feierliche Versprechen abzunehmen, mich zu besuchen und mich nie zu verlassen. Wenn Sie nicht schwören, lasse ich mich zurückbringen und verursache Ihnen noch einmal die soeben ausgestandene Angst!«
Alsdann begann Heinrich Heine, welcher vollständig zu sich gekommen war, ein klägliches und komisches Gemälde von der Verlegenheit zu entwerfen, in der ich mich befunden hätte, wenn er auf meinem Sopha gestorben wäre; die Leute hätten sogleich die Liebe mit dem Ereigniß in Verbindung gebracht. »Von welch' reizendem Roman wäre ich der Held geworden!« sagte er.
. . .
Tausend Thorheiten folgten noch, ohne daß er jedoch das Versprechen, welches er mir abringen wollte, aus den Augen verloren hätte.

Im Februar wurde Heine in eine Klinik aufgenommen, die einem seiner Freunde gehörte. Zusammen mit Mathilde und dem Papagei bezog er ein großes Zimmer. Dort wurde er ständig von Ärzten und erfahrenen Krankenwärterinnen betreut.

Wenn die Krämpfe wieder einsetzten, berührte der Arzt mit einer glühenden Eisenkugel seinen Nacken oder seinen Rücken; in die Brandwunde wurde dann Opium oder Morphium gestreut. Das brachte Linderung, bisweilen sogar für mehrere Tage.

Kaum fühlte er sich besser, wollte er wieder nach Hause. Für den Abend des 23. Februar hatte er einen aus Österreich stammenden Arzt, Dr. Leopold Wertheim, zu sich eingeladen; er meinte, er könne ihn nicht im Krankenhaus empfangen, ohne die dortigen Ärzte zu beleidigen.

Der Fiaker, in dem Heine und Mathilde nach Hause fuhren, bahnte sich nur mühsam einen Weg durch Menschenmengen. In allen Straßen sah man Gruppen ärmlich gekleideter Männer – Arbeiter und Studenten mit Gewehren, Spießen und Säbeln. Aus der Ferne waren Schüsse zu hören, Trommeln dröhnten.

Die Gassenjungen schrien: »Sie schießen vor Guizots Haus! Die Soldaten schießen auf das Volk!« Hier und da erklang auch Gesang; rauhe Männerstimmen klangen drohend: »Aux armes, citoyens! ... Le jour de gloire est arrivé . . .!«

Mathilde war aufgeregt. Bald trieb sie den Kutscher zur

Eile, bald lehnte sie sich weit aus der Kutsche und wollte von den Passanten wissen, warum geschossen werde und wer schieße.

Das Abendessen verlief nicht sehr fröhlich. Dr. Wertheim hatte Heine untersucht und sagte besorgt und ernst, es sei eine langwierige Behandlung erforderlich, sein Organismus habe schon beträchtlichen Schaden genommen, der nicht wiedergutzumachen sei. Die Sehkraft sei nicht mehr zu bessern; man könne froh sein, wenn man sie so erhalten könne, wie sie noch sei. Vielleicht gelinge es, die fortschreitende Lähmung aufzuhalten.

Von der Straße hörte man immer wieder Schüsse. Der abendliche Himmel war hellrot gefärbt: in mehreren Stadtteilen brannte es.

Sie hatten gleich nach dem Essen in die Klinik zurückfahren wollen, der Fiaker sollte vor der Einfahrt warten. Doch er war an die nächste Straßenecke fortgeschleppt worden. Dort wurde eine Barrikade errichtet. Auch in den Nachbarstraßen stiegen schon purpurrote Rauchwolken zum Himmel: Häuser und Warenlager standen in Flammen.

Erst gegen Morgen gelang es Mathilde, eine Droschke zu beschaffen. Sie mußten große Umwege fahren – immer wieder wurden sie von Soldaten, Nationalgardisten oder bewaffneten Zivilisten, die Gewehre und Säbel trugen, angehalten: »Sie können nicht weiterfahren, es wird geschossen, dort stehen Barrikaden.«

Endlich erreichten sie die Klinik. Noch unterwegs erlitt Heine einen schweren Anfall – seine Arme und Beine wurden von Krämpfen starr und krumm. Aber er überwand den Schmerz, hob das Augenlid mit den Fingern, wollte so viel wie möglich sehen und hören.

Später erinnerte er sich an diesen Abend:

Beständig Getrommel, Schießen und Marseillaise. Letztere, das unaufhörliche Lied, sprengte mir fast das Gehirn und ach! das staatsgefährlichste Gedankengesindel, das ich dort seit Jahren eingekerkert hielt, brach wieder hervor.

***

Im Krankenhaus diktierte er Artikel; den ersten veröffentlichte die ›Allgemeine Zeitung‹ am 9. März 1848. Er schrieb über die französischen Arbeiter, die den König Louis-Philippe gestürzt hatten. Seine Sympathie gehörte den Proletariern, deren Sieg er voraussah – den er aber auch fürchtete.

Die Todesverachtung womit die französischen Ouvriers gefochten haben, sollte uns eigentlich nur deshalb in Verwunderung setzen, weil sie keineswegs aus einem religiösen Bewußtsein entspringt und keinen Halt findet in dem schönen Glauben an ein Jenseits, wo man den Lohn dafür bekömmt daß man hier auf Erden fürs Vaterland gestorben ist. Eben so groß wie die Tapferkeit, ich möchte auch sagen eben so uneigennützig, war die Ehrlichkeit wodurch jene armen Leute in Kittel und Lumpen sich auszeichneten. Ja, ihre Ehrlichkeit war uneigennützig und dadurch verschieden von jener krämerhaften Berechnung, wonach durch ausdauernde Ehrlichkeit mehr Kunden und Gewinn entsteht als durch die Befriedigung diebischer Gelüste, die uns am Ende doch nicht weit fördern: ehrlich währt am längsten. Die Reichen waren nicht wenig darüber erstaunt daß die armen Hungerleider, die während drei Tagen in Paris herrschten, sich doch nie an fremdem Eigentum vergriffen. ... Zerstört ward vieles von der Volkswut, zumal im Palais-Royal und in den Tuilerien, geplündert ward nirgends. Nur Waffen nahm man wo man sie fand, und in jenen königlichen Palästen ward auch dem Volk erlaubt, die vorgefundenen Lebensmittel sich zuzueignen. Ein Junge von 15 Jahren, der in unserm Hause wohnt und sich mitgeschlagen, brachte seiner kranken Großmutter einen Topf Konfitüren mit, die er in den Tuilerien eroberte. Der kleine Held hatte nichts davon genascht und brachte den Topf unerbrochen nach Haus.

Jeden Morgen verlangte er zuerst nach den Zeitungen, nach der Post, wollte wissen, was es Neues gebe in Paris, welche Nachrichten aus Deutschland kämen.

Paris kam nicht zur Ruhe. Drei Parteien bildeten eine provisorische Regierung: Republikaner, Demokraten (die »Jakobiner«) und Sozialisten. Lamartine, der Historiker und Dichter, wurde Ministerpräsident. Unter den neuen Ministern kam es jedoch bald zu Meinungsverschiedenheiten, und diese wurden auch in die Straßen von Paris hinausgetragen.

Auf den Kundgebungen der Bürgerlichen – zwischen dunklen Gehröcken sah man die blauen Uniformen der Nationalgarde – wurde gefordert, die Regierung der radikalen

Schwätzer abzusetzen. Man schrie: »Nieder mit Ledru-Rollin! Es lebe Louis Blanc!« und verlangte von der Regierung, sie solle mit den Feinden der Republik abrechnen.

Campe schrieb am 17. März 1848:

Sie wißen, daß die Wirkung der französischen Revolution sich zu uns und noch ein Stück weiter und hoffentlich bis über die Newa hinaus verbreiten wird. Die Preße ist seit dem 8 d. hier frei und wird es auch soweit die deutsche Zunge reicht; ... – Kurz, wir haben es und das ist es, worauf ich für die unverstümmelte Herausgabe Ihrer Werke gewartet und gezögert habe. –

Er versicherte, der Verlag sei bereit, diese Ausgabe unverzüglich in Angriff zu nehmen, schlug vor, das ›Buch der Lieder‹ und die neuen Gedichte Heines in einer *Miniatür Ausgabe* zu drucken und bat Heine für diesen Zweck um Porträts.

Im Krankenhaus besuchten ihn zwei deutsche Schriftstellerinnen, Fanny Lewald, die Nichte seines langjährigen Freundes August Lewald, und ihre Freundin Therese von Bacheracht.

Fanny Lewald schrieb über den Besuch:

Mitten in einem großen Schlafzimmer mit großem französischem Himmelbett und blauen Möbeln stand, sich auf einen Tisch stützend, Heine, der uns mit den Worten empfing: »Mein Gott, Sie kommen so weit heraus zu mir! wie haben Sie mich nur gefunden? Und wie ich vor Ihnen erscheine! Ich habe in den letzten Tagen so viel gelitten, daß ich nicht daran denken konnte, meine Toilette zu machen; meine Nerven ertrugen keine Berührung.« – »So schicken Sie mich fort, wenn Sie leiden.« – »Nein, nein! bleiben Sie, es freut mich, es erheitert mich, es wird mich gesund machen.« – »Ich wollte bei Ihnen nicht schriftlich um die Erlaubniß Sie zu besuchen anfragen, um Ihnen die Mühe der Antwort zu ersparen, ...«
Sein Arzt, ein deutsch sprechender Ungar, meinte: »Sie wollten ihm die Mühe eines Billets ersparen, und er hat gestern und heute stundenlang für die Allgemeine Zeitung geschrieben.« – »Geschrieben!« rief Heine, »ach! ich kann nicht mehr schreiben, ich kann nicht, denn wir haben keine Censur! Wie soll ein Mensch ohne Censur schreiben, der immer unter Censur gelebt hat? Aller Styl wird aufhören, die ganze Grammatik, die guten Sitten.«
Er lachte hell und hübsch, und man sah, trotz seines tief leidenden Zustandes, daß er sehr angenehm gewesen sein muß. Das Profil, die ganze Gesichtsbildung ist fein, ... vor Allem muß der Mund schön gewesen sein, ...

Die Bewegung der krankhaft weißen und mageren Hände war edel; aber sein Verfall war arg! Das linke Auge ist ganz geschlossen, das rechte halb zugefallen, so daß er mit der Hand von Zeit zu Zeit das Augenlid erhob und die andere Hand dann vorhielt, wenn er etwas genauer sehen wollte. Die Füße schienen ihn nicht mehr mit Sicherheit zu tragen. Auch klagte er sehr über seinen Zustand.
Seine Frau, ... eine mittelgroße, starke Französin, von der Art, wie man sie hier in allen Magazinen als dame du Comptoir findet, sagte: »Mais tu vas mieux, mon ami, depuis que tu es ici!« und der Arzt bekräftigte das, weitere Besserung für das Frühjahr versprechend. ... – »Herr Heine hat den Frühling so schön gefeiert, daß der Frühling wohl etwas für ihn thun müßte«, sagte ich scherzend. – »Ich habe das Meer auch sehr schön besungen und bin immer seekrank gewesen. Und die Frauen erst! quel mal elles m'ont fait!« Er lachte herzlich.

***

Die Pariser Zeitungen schrieben, daß in Wien, in Berlin und anderen deutschen Städten auch Aufstände ausgebrochen seien. Berliner Arbeiter, Studenten und Handwerker schlugen die Attacken der königlichen Truppen zurück. Die Leichen der gefallenen Barrikadenkämpfer wurden von ihren Kameraden auf dem Weg zum Friedhof vor das königliche Schloß getragen. Der König mußte sich mit entblößtem Haupt vor seinen toten Gegnern verbeugen.

Wahlen zu einer gesamtdeutschen konstituierenden Versammlung wurden ausgerufen. Der Traum aller deutschen Patrioten wurde Wirklichkeit – der Traum der Studenten, Arbeiter, Handwerker, Literaten, der Traum der deutschen Emigranten in Paris, in der Schweiz, in Belgien, England und Amerika: der Traum von einem geeinten, freien Deutschland.

Heine wollte mehr und mehr darüber erfahren und beeilte sich, seine deutschen Besucherinnen wiederzusehen; in das Hotel, in dem Fanny Lewald mit ihrer Freundin wohnte, ließ er sich von einem Diener begleiten, der ihm auch die Treppe hinaufhalf und ihm den Mantel auszog.

Kaum zu Atem gekommen, sprach er schon über die politischen Ereignisse:

»Ich wollte, ... sie wären früher oder später gekommen; denn sie in meinem Zustande erleben zu müssen, ist um sich todt zu schie-

ßen. ... Und mögen sie in der Heimat mich gering oder hoch anschlagen, ich habe doch oft genug die Glocke gezogen, sie aus ihrem Schlaf zu erwecken, oft genug sie daran erinnert, daß in Deutschland ebensoviel faul war als im Lande Dänemark – und den Hamlet hatten sie seit acht Jahren auf dem Thron!« ...
Nachher sprach er von seinem Leben und nannte es ein glückliches. ... Er sagte: »Ich habe so viel Glück gehabt, daß ich eigentlich nie ehrgeizig war; das höchste Glück! Ich habe eine seltene Frau, die ich unaussprechlich geliebt, dreizehn Jahre hindurch mein eigen genannt, ohne das Schwanken einer Minute, ohne einen Moment des Wenigerliebens, ohne Eifersucht, in unwandelbarem Verständniß und in vollster Freiheit. Kein Versprechen, kein Zwang äußerer Verhältnisse band uns aneinander. Ich erschrecke jetzt in meinen schlaflosen Nächten noch oft vor dieser Seligkeit; ich schauere entzückt zusammen vor dieser Glückesfülle. Ich habe oft über solche Dinge gescherzt und gewitzelt und noch viel öfter ernsthaft darüber gedacht: die Liebe befestigt kein Miethkontrakt, sie bedarf der Freiheit, um zu bestehen und zu gedeihen.«
Nachher gedachte er seiner großen, unzerstörbaren Lebenslust. »Sie kommt mir ordentlich spukhaft vor bei meinen Leiden. Meine Lebenslust ist wie das Gespenst einer zärtlichen Nonne in alten Klostermauern; sie spukt noch bisweilen in den Ruinen meines Ich!« – »Warum wählen Sie solch schauriges Bild? Es war in Ihnen so viel gesundes Heidenthum, daß die Götter einem Dichter wie Ihnen bis zum letzten Athemzuge Daseinsfreude gönnen müssen.« – »Ach die Götter! Die heidnischen Götter hätten einem Dichter nicht angethan, was mir geschieht; so etwas thut bloß unser alter Jehovah! Selbst die Lippen, mit denen ich so vergnügt gesungen und geküßt, sind mir ja halb gelähmt.« ...
Therese fragte ihn nach der Sand. »Ich habe sie sehr lieb gehabt«, entgegnete er, »aber jetzt höre ich seit Jahr und Tag nichts mehr von ihr. Ich glaube an ihr Herz nicht mehr, seit sie Chopin verlassen hat. Einem gesunden Manne darf man untreu werden, denn der kann sich trösten; einen Sterbenden verlassen ist unwürdig! – Das hätte ich aber, wahrhaftig! ebenso gesagt und gedacht, als ich mich noch trösten konnte!« setzte er lachend hinzu.

So berichtete Fanny Lewald.

Marx fuhr über Paris nach Deutschland und besuchte Heine im Krankenhaus. Er war freudig-erregt, erzählte von dem Plan, eine große deutsche revolutionäre Zeitung zu gründen, an der Heine unbedingt mitarbeiten müsse. Er zeigte ihm ein Flugblatt mit den »Forderungen der Kommunistischen Partei Deutschlands«, unterschrieben von Marx, Schapper, Bauer, Engels, Moll und Wolff: siebzehn thesenartige Forderungen. Die erste lautete: »Ganz Deutschland wird zu einer einigen, unteilbaren Republik erklärt«, die letzte: »Allgemeine, unentgeltliche Volkserziehung.« Über dem Text des Flugblatts die Losung: »Proletarier aller Länder, vereinigt euch!«

Heine kannte diesen Kampfruf bereits. Zum ersten Mal hatte er ihn auf dem grünen Umschlag einer Broschüre gelesen. Sie hieß das ›Kommunistische Manifest‹, war im Februar in deutscher Sprache in London erschienen. Und mit diesen Worten endete das Manifest auch – das Programm einer neuen Revolution.

Marx erzählte ihm von Streitigkeiten unter den Emigranten. Einige Heißsporne hegten phantastisch-abenteuerliche kriegerische Pläne. Die Kommunisten aber seien entschieden gegen solche militärischen Abenteuer, wie sie Georg Herwegh und Adalbert von Bornstedt unternehmen wollten. Manche vermuteten sogar, dieser Bornstedt sei ein Spitzel, ein Provokateur: Er und Herwegh versuchten, ein Regiment aus deutschen Emigranten zusammenzustellen und einfach über die Grenze loszumarschieren. Die französischen Behörden störten sie nicht dabei; sie hofften, endlich einige hundert deutscher Unruhestifter loszuwerden. Es war jedoch klar, daß ein solches Vorhaben scheitern mußte; es werde nur sinnlose Opfer fordern und die Idee der Revolution in Verruf bringen. Freiheit lasse sich nicht auf Bajonetten importieren.

Heine stimmte ihm zu. Er sei schon immer überzeugt gewesen, daß von Herwegh nichts Vernünftiges zu erwarten sei.

***

Aus dem Krankenhaus schickte Heine mehrere Artikel an die Augsburger ›Allgemeine Zeitung‹. Doch nur der erste wurde publiziert. Früher hatte man Heines Korrespondenzberichte unterdrückt oder entstellt, weil sie allzu rebellisch waren, weil er Könige und Regierungen verunglimpfte. Nun aber verwirrte es die Redakteure, daß er allzu nachsichtig über den gestürzten Louis-Philippe urteilte, wenig Begeisterung für die Revolution, für die Republik äußerte und sie eher skeptisch beurteilte.

Ludwig Philipp war leutselig und gutherzig. Grausamkeit, Blutvergießen war ihm zuwider, er war ein König des Friedens, der Öl-

zweig war sein Szepter; er war so zu sagen ein persönlicher Feind des Krieges. Er besaß Kenntnisse in allen Fächern des Wissens, und die Aufklärung, Toleranz und Philanthropie des 18. Jahrhunderts war bei ihm in Geist und Gemüt übergegangen. Er war gesund. Nicht bloß die Kuhpocken, sondern auch die Revolution waren ihm frühzeitig inokuliert worden, und er war frei von jenem geheimen Erbgroll gegen das junge Frankreich, woran seine Vettern von der älteren Linie kränkelten. ... Dieser Ludwig Philipp hatte alle bürgerliche Tugenden und kein einziges adliches Laster, und er war keusch von Sitte wie ein schottischer Landpfarrer, genügsam in seinen Genüssen wie ein Beduine Arabiens, von unermüdlichem Fleiße wie ein Privatdozent in Göttingen, kurz er hatte alle möglichen guten Eigenschaften – und dennoch haben ihn die Franzosen eines frühen Morgens vom Throne hinabgeschmissen, und dennoch haben sie ihn mit Schimpf und Schande zum Lande hinausgejagt. ... Sie haben jetzt die Republik, und es kommt wenig darauf an, ob sie dieselbe lieben oder nicht lieben. Sie *haben* sie jetzt, und wenn man einmal so etwas hat, so hat man es, wie man einen Leistenbruch hat, oder sonst ein Gebreste. Die Franzosen sind jetzt kondemniert, Republikaner zu sein, à perpétuité.
... In einer Republik braucht kein Bürger besser zu schreiben wie der andre. Nicht bloß die Freiheit der Presse, sondern auch die Gleichheit des Stils muß dekretiert werden von einer wahrhaft demokratischen Regierung.

Es gab aber noch einen Grund, warum die ›Allgemeine Zeitung‹ keine weiteren Artikel Heines mehr druckte. Die französische Presse hatte eine Liste aller Ausländer veröffentlicht, die eine Pension aus dem Geheimfonds der königlichen Regierung bezogen hatten; unter ihnen war auch der »deutsche Literat Heinrich Heine«. Seine Feinde triumphierten: Nun besaßen sie eine tödliche Waffe gegen den, der gewagt hatte, Börne zu verleumden, Herwegh zu verhöhnen und ihre republikanischen und patriotischen Ideale zu verspotten.

In einem Kommentar zu der Meldung über diesen Geheimfonds hieß es in der ›Allgemeinen Zeitung‹, Heine habe das Geld wohl weniger für das empfangen, was er geschrieben, als für das, was er *nicht* geschrieben, was er verschwiegen habe!

Eine Weile konnten seine Freunde verhindern, daß er diese Zeitungen zu sehen bekam. Es ging ihm ohnehin schlecht genug. Nach einer nur kurzen Besserung hatte er wieder heftige Schmerzen, die Lähmungen hielten länger an.

Am 26. April 1848 schrieb er an Campe:

Ich bin seit einigen Wochen kranker als je und ohne die größte Anstrengung kann ich keine Zeile aufs Papier bringen. Auch diktiren kann ich nicht; denn seit 20 Tagen sind meine Kinladen gelähmt, kann ohne Krämpfe nur halb hörbar wenig sprechen und dadurch daß ich nichts konsistentes mehr kauen kann, bin in diesem Augenblick sehr schwach. Kann nicht mehr auf den Beinen stehen. –

Doch bald erfuhr er von der Schadenfreude aller, die ihn entlarvt zu haben wähnten, und von der Notiz in der ›Allgemeinen Zeitung‹. Am 15. Mai schrieb er dem Redakteur Gustav Kolb:

Ich weiß nicht ob die Note von Ihnen; jedenfalls ist sie kränkend. ... Obgleich schauerlich krank (auch die Kinnlade gelähmt, kann nur wenig sprechen und gar nicht kauen) so schrieb ich dennoch beyfolgende »Erklärung« die ich in der Allgemeinen Zeitung *unverzüglich* abzudrucken bitte.

Die »Erklärung« war schroff und eindeutig. Ehe er sich rechtfertigte und verteidigte, griff er selbst an:

Die Redakzion der Augsburger Allgemeinen Zeitung begleitet jene Correspondenz mit einer Note, worin sie vielmehr die Meinung ausspricht, daß ich nicht für das was ich schrieb jene Unterstützung empfangen haben möge, »sondern für das was ich *nicht* schrieb.« Die Redakzion der Allgemeinen Zeitung, die seit zwanzig Jahren, nicht sowohl durch das was sie von mir druckte, als vielmehr durch das, was sie *nicht* druckte, hinlänglich Gelegenheit hatte zu merken, daß ich nicht der servile Schriftsteller bin, der sich sein Stillschweigen bezahlen läßt; ... Nicht dem Correspondenzartikel, sondern der Redakzionznote widme ich diese Zeilen, worin ich mich, so bestimmt als möglich, über mein Verhältniß zum Guizot'schen Ministerium erklären will. Höhere Interessen bestimmen mich dazu, nicht die kleinen Interessen der persönlichen Sicherheit, nicht einmal die der Ehre. Meine Ehre ist nicht in der Hand des ersten besten Zeitungscorrespondenten; nicht das erste beste Tagesblatt ist ihr Tribunal; nur von den Assisen der Literaturgeschichte kann ich gerichtet werden. – Dann auch will ich nicht zugeben, daß Großmuth als Furcht interpretirt und verunglimpft werde. Nein, die Unterstützung welche ich von dem Ministerium Guizot empfing, war kein Tribut, sie war eben nur eine Unterstützung, sie war, ich nenne die Sache bei ihrem Namen, das große Allmosen, welches das französische Volk an so viele Tausende von Fremden spendete, die sich durch ihren Eifer für die Sache der Revoluzion in ihrer Heimath mehr oder weniger glorreich kompromittirt hatten und an dem gastlichen Heerde Frankreichs eine

Freistätte suchten. Ich nahm solche Hülfsgelder in Anspruch kurz nach jener Zeit, als die bedauerlichen Bundestagsdekrete erschienen, die mich, als den Chorführer eines sogenannten jungen Deutschlands, auch finanziel zu verderben suchten, indem sie nicht blos meine vorhandenen Schriften, sondern auch Alles was späterhin aus meiner Feder fließen würde, im Voraus mit Interdikt belegten, und mich solchermaßen meines Vermögens und meiner Erwerbsmittel beraubten, ohne Urtheil und Recht. ...

Denen, die daran Anstoß genommen hatten, daß die Pension heimlich gezahlt worden war, antwortete er:

Vieleicht ... wollte die französische Regierung nicht ostensibel einen Mann unterstützen, der den deutschen Gesandtschaften immer ein Dorn im Auge war und deßen Ausweisung bei mancher Gelegenheit reklamirt worden. Wie dringend meine königlich preußischen Freunde mit solchen Reklamazionen die französische Regierung behelligten, ist männiglich bekannt. Herr Guizot verweigerte jedoch hartnäckig meine Ausweisung und zahlte mir jeden Monat meine Pension, regelmäßig, ohne Unterbrechung. Nie begehrte er dafür von mir den geringsten Dienst. Als ich ihm, bald nachdem er das Portefeuille der Auswärtigen Angelegenheiten übernommen, meine Aufwartung machte und ihm dafür dankte, daß er mir, trotz meiner radikalen Farbe, die Fortsetzung meiner Pension notificiren ließ, antwortete er mit melancholischer Güte: »ich bin nicht der Mann, der einem deutschen Dichter, welcher im Exile lebt, ein Stück Brod verweigern könnte.« Diese Worte sagte mir Herr Guizot im November 1840 und es war das erstemal und zugleich das letztemal in meinem Leben, daß ich die Ehre hatte ihn zu sprechen. –

***

Nun tobten die Stürme, deren Nahen er seit vielen Jahren geahnt und vorhergesagt hatte. Er aber lag ohnmächtig darnieder, von der Krankheit verkrüppelt und vom Bewußtsein seines nahen Todes zu Boden gedrückt. Aus ganz Deutschland wurden neue Kämpfe gemeldet. Die Revolutionäre kämpften nun mit Feuer und Stahl gegen Polizei und Militär. Er aber wurde, wie eh und je, mit Schmutz und Unrat bombardiert.

Die Revolution weitete sich aus – nach Österreich, nach Ungarn. Die großen Schlachten um die Freiheit, von denen er so oft geträumt, geschrieben, gesungen hatte, entbrannten immer heftiger.

Er aber, der übermütige Trommler, war schwermütig und kraftlos geworden, vermochte kaum noch eine Zeile zu schreiben.

Marx war schon in Köln. Dort sollte eine große Tageszeitung erscheinen. Das Rheinland war zum gelobten Land der deutschen Freiheit geworden. Seine rheinische Heimat!

Gewiß marschierten nun auch durch Düsseldorf Nationalgardisten mit den schwarz-rot-goldenen Fahnen der Republik, sangen die Marseillaise oder gar neue Lieder nach den schlechten Versen von Freiligrath und Fallersleben. Oder hatten bewaffnete Arbeiter vielleicht schon die rote Fahne aufgezogen? Was würden sie singen, wer schrieb *ihnen* Hymnen und Märsche?!...

Dritter Teil
Trotz alledem und alledem

Über mein Bett erhebt sich ein Baum,
Drin singt die junge Nachtigall;
Sie singt von lauter Liebe,
Ich hör es sogar im Traum.

***

Mein Leib liegt tot im Grab, jedoch
Mein Geist, er ist lebendig noch

Im Grab ohne Ruhe

Goldne Wünsche? Seifenblasen
Sie zerrinnen wie mein Leben –
Ach, ich liege jetzt am Boden,
Kann mich nimmermehr erheben.

An diesem Maimorgen erwachte er mit einem seit langem unbekannten Gefühl frischen Mutes. Sein Kopf schmerzte nicht. Er war weder vom Husten noch durch die Krämpfe geweckt worden. Durchs Fenster leuchtete ein blauer Himmel, die Dächer funkelten in der Sonne. Mathilde sang fröhlich im Nebenzimmer. Er warf seinen Morgenmantel wie einen Umhang über die Schulter, ging aus seinem Zimmer. Der Papagei kreischte »Bon jour«, und Heine verneigte sich galant vor ihm, versuchte sogar einen Kratzfuß.

»Liebste Coquotte, seien Sie doch so freundlich, meiner dicken Mathilde mitzuteilen, daß ich mich auf dem Wege der Besserung befinde. Ihnen wird sie hoffentlich glauben!«

Mathilde lachte laut, umarmte ihn, gab ihm einen schallenden Kuß und wollte einen Walzer mit ihm tanzen.

»Henri! Das ist wundervoll! Da siehst du, ich hab's ja gesagt! Vorgestern hab' ich geträumt, du reitest auf einem braunen Zauberpferd...«

»Du solltest abends nicht so viele Trüffel essen, Liebste. Aber es scheint mir wirklich besser zu gehen.«

Er hob das Augenlid.

»Ich sehe sogar besser. Was für eine wunderschöne Sonne! Laß uns frühstücken, und zwar unverzüglich, oder ich fresse deinen Papagei auf, bei lebendigem Leibe und ohne Sauce!«

Mit einem jubelnden Schrei lief Mathilde in die Küche.

Als er auf die Straße trat und aus voller Brust die taufrische und schon warme Luft des Pariser Morgens einatmete, meinte er einige Minuten lang, das Atmen fiele ihm leichter, er gehe sicherer. Würde er etwa wieder sehen können, ohne das Lid hochziehen zu müssen? Würde er wieder Fleisch essen und Wein trinken? Würde er je wieder eine Frau wie die Kleine dort, die mit dem raschen Blick und dem großen Korbhut, umarmen? Er hörte das Pochen ihrer Absätze auf dem Trottoir und zog sein Augenlid hoch. Da trippelte sie vorbei, mit schwingenden Hüften, und schaute so schelmisch drein.

Eine Abteilung Nationalgardisten in blauen Uniformen stampfte über das Pflaster. Ein Junge in langer grauer Bluse mit einem Leinenbeutel voller Zeitungen lief in gemächlichem Trab vorbei und rief mit heiserer Stimme: »Journal des Débats! Die provisorische Regierung diskutiert über das Schicksal der Nationalwerkstätten! Journal des Débates ...! Die provisorische Regierung diskutiert...! Journal de Paris: Louis Blanc sagt, die Republik ist in Gefahr!...«

Also erlebte er doch noch die Republik. Bis vor kurzem schien die Macht der Bankiers unerschütterlich zu sein. Man hatte ihn jedesmal einen Pessimisten genannt, wenn er gesagt hatte, Frankreich gehe schwanger mit einer neuen Revolution. Die Karikaturisten hatten sich über den König lustig gemacht, die Gassenjungen hatten Spottlieder auf den fetten Louis mit dem Birnenkopf gesungen, im Parlament waren die Liberalen voller Pathos gegen die Minister losgezogen. Doch niemand hatte mit größeren, tiefgreifenden Erschütterungen gerechnet. Übrigens hatte auch er selber nicht geglaubt, daß sie so bald und noch dazu im Winter kommen würden.

Die Franzosen hatten ja stets in der heißen Jahreszeit rebelliert. Die Bastille war im Juli zerstört, die Monarchie zum ersten Mal im August gestürzt worden, die Girondisten hatte man im Mai verjagt, Robespierre war unter der heißen Julisonne des Thermidor auf die Guillotine geschleppt worden. Und dem letzten der Bourbonen war nun wiederum der Juli zum Verhängnis geworden. – Die Pariser waren wohl Sonnenkinder, ihre revolutionären Leidenschaften reiften wie Weintrauben am besten in den lichtvollen und wärmsten Tagen. Eben dann bewirkten Zorn und Rachegelüste, alte Träume und neue Demütigungen eine heftige Gärung, die alle Korken aus den Flaschen trieb, eine Sturmflut, die alle Dämme einriß. Weder Bajonette noch Kartätschen konnten dann das Gewitter eines Aufstands aufhalten, es entlud sich mit Donner und Blitz und reinigte die Luft wie ein richtiges Sommergewitter.

Die kalten Nebel der Wintermonate – Brumaire und Vendémiaire – hatten dagegen stets die Konservativen begünstigt, die Gegner der Revolution: in Frankreich Napoleon und in Rußland und Preußen seine Widersacher. Diesmal aber war Paris zum Aufstand herangereift, noch bevor die Wärme einsetzte. Im Februar dröhnten die Trommeln der Angreifer. Der König floh, weder seine Soldaten noch die Kälte konnten ihm helfen. Und im März rebellierten die Deutschen. Aber waren es nicht doch unausgereifte Revolten? Bereits im April hörte man in den Straßen von Paris das Geschrei: »Nieder mit der Regierung! Die Republik ist in Gefahr!« Vielleicht würde im Sommer eine wirkliche Revolution kommen, da noch nichts von dem verwirklicht worden war, was in den Versammlungen noch immer heftig debattiert wurde und wovon die Anhänger Enfantins, Proudhons, die Schüler Fouriers träumten.

Er ging, auf seinen Stock gestützt, hörte, was die Zeitungsjungen riefen; Räder rumpelten über die Fahrbahn, Stimmen vermischten sich, von fernher drang ein Lied an sein Ohr: wieder die Marseillaise.

Was blieb ihm noch? Nur die Gedanken – an den Rhein und an die Revolution. Allein mit sich selbst, in den schlaflosen Nächten, die vor Schmerzen und Ängsten kein Ende nehmen wollten, und in jenen Stunden, wenn aus einer Musik, die nur er vernahm, aus den Melodien, die tief in ihm erklangen, Worte auftauchten – Echos und Schatten: Echos von Liedern, Schluchzen, Gelächter, Flüstern, Meeresrauschen – und Schatten von Menschen, Bergen, Kathedralen, Blumen. Mit ihnen kamen auch neue Gedanken, flüchtig wie Wolkenschatten, wie Wellengischt; diese Worte mußten sofort festgehalten, mußten festgeschrieben werden.

Die Sonne wurde immer heißer, er konnte kaum atmen, das Gehen fiel ihm schwer. Und da war wieder dieser bohrende Schmerz in den Schläfen, im Nacken. Und zugleich ein anderer Schmerz, der wie mit Zangen an Schultern, Ellbogen, Knien zerrte. Eine glühende Nadel schien in seine Hüfte, ins Kreuz zu dringen. So kurz und trügerisch war das morgendliche Gefühl der Besserung gewesen. Und doch ging er weiter. Nur mit Mühe konnte er sich auf den Beinen halten. Seine Hüft- und Wadenmuskeln verkrampften sich, er vermochte seinen Körper, diesen schlaffen, eingefallenen Sack, kaum weiterzuschleppen. Wohin sollte er gehen? Nie zuvor war es ihm so schlecht gegangen. Alle Schmerzen überfielen ihn auf einmal, zerrten wie rasend an allen Muskeln, allen

Gliedern. War das schon das Ende? War das sein letzter Morgen, sein letzter Frühling? Waren dies seine letzten Schritte? Wohin sollte er nur gehen? – Nein, nicht ins Café, nicht zu Bekannten, nicht zu schwatzhaften, gleichgültigen, fremden Leuten! – Wohin sollte er an seinem letzten Tag gehen? An die Seine? Auf die Boulevards? Zur Place de la Bastille? Zur Notre-Dame? Was war das Wichtigste? Vielleicht könnte er noch etwas zu Papier bringen? Das würden dann vertraute und fremde und noch ungeborene Menschen lesen: »An seinem letzten Tag besuchte der Dichter Heine . . .; er hat gesagt: . . .« Die letzten Worte der Sterbenden sind ja für viele interessant und wichtig. Man wiederholt sie, erinnert sich an sie. »Und doch war hier etwas«, hatte Chenier, auf seinen Kopf zeigend, gesagt, als man ihn zur Guillotine führte. Dies hatten selbst die Menschen erfahren, die von Cheniers Gedichten nie etwas gehört hatten. Goethe hatte geflüstert: »Mehr Licht!« Der schlaue Alte! Sicher hatte er sich diese Worte vorher zurechtgelegt; möglichst knapp mußten sie sein, damit er noch Zeit fand, sie auszusprechen – und poetisch-vieldeutig. Ein Leckerbissen für die Kommentatoren. Aber er selbst – würde er in seiner Todesstunde vielleicht nur noch stöhnen und heulen?

»Ah, Monsier Enn! Welche Freude, Sie zu treffen! Gott weiß, was nicht alles über Ihre Krankheiten erzählt wird. Aber Sie sehen großartig aus! Bravo! – Ein phantastisches Wetter, nicht wahr? Paris im Mai ist das Paradies auf Erden. Warum sollte man sich auch zum heiligen Petrus vordrängeln? Es heißt, dort bekommt man nicht mal einen billigen Wein. Und zauberhaftere Engelchen als in Paris gibt's dort wohl kaum.«

Wer war dieser blöde Schwätzer? Die Stimme klang bekannt und weckte keine schlechten Erinnerungen. Aber er hatte keine Lust, das Lid zu heben, um sein Gesicht zu sehen. Die dünnen Beine in den karierten Hosen, die Lackstiefel tänzelten. Wie konnte er ihn am schnellsten loswerden?

»Es scheint mir, Sie sind nicht in der besten Stimmung, liebster Monsier Enn? Wie kann man an einem so wundervollen Tag – wie heißt es doch noch in Ihrem bezaubernden Liedchen?: ›Im wunderschönen Monat Mai‹, als alle, wie? ›als alle Knospen sprangen‹ – ein phantastisches Liedchen! Ein Meisterwerk der Poesie! Aber vielleicht habe ich Ihr stummes Zwiegespräch mit der Muse unterbrochen? Dann bitte ich tausendmal um Verzeichung! – Oh, Sie lächeln. Aber es ist doch ein trauriges Lächeln. Erlauben Sie die Frage: Wohin gehen Sie? Darf ich Sie begleiten?«

»Ich danke Ihnen, Monsieur, Sie sind sehr liebenswürdig. Aber ich gehe beten – und dazu muß man allein sein.«

»Ach, Sie wollen beten. Und man hat Sie immer einen Atheisten, sogar einen Gotteslästerer genannt. – Aber Monsieur Enn, hier in der Gegend gibt es doch keine Kirchen, und offensichtlich sind Sie völlig erschöpft. Soll ich vielleicht eine Droschke rufen?«

»Danke, Monsieur. Das ist nicht nötig. Meine Kathedrale ist nicht weit von hier. Ich gehe in den Louvre, um mein Haupt vor der ewig seligen Märtyrerin, unserer hochgebenedeiten Frau von Milo, zu neigen. Und wenn Sie es mir nicht verdenken wollen – ich möchte allein gehen. Sie ist zwar eine Göttin, aber eifersüchtig wie alle Weiber, und wenn sie auch keine Arme hat, so ist sie doch mächtiger als alle hundertarmigen Götter Asiens.«

»Ach, Sie gehen in den Louvre und beten zur Venus? Ha, ha, ha, das ist brillant, das ist genial! Sie sind einfach unvergleichlich, immer wieder halten Sie eine Überraschung bereit! Wie war das? Die ›ewige Märtyrerin‹, die ›Heilige von Milo‹! Genial! Ha, ha, ha! Habe die Ehre . . .«

Jeder Schritt – ein stechender Schmerz im Hüftgelenk, im Magen. Er hielt inne, klammerte sich Halt suchend an die Eisenstäbe eines Zauns, ging dann weiter, schwer auf den Stock gestützt. Die Stufen hinauf schleppte er sich mit noch mehr Mühe und Qual. Das Herz schlug ihm bis zum Hals, das Hemd war schweißnaß. An den Weg durch die Säle erinnerte er sich genau – wenn er nur auf den glatten Fliesen nicht hinfiele! Verschwommene Farbflecke sah man darauf, Reflexe von Bildern im Licht der Mittagssonne.

Endlich war er da. Dort war der dunkle Sockel. Langsam hob er das Lid, und im Dämmerlicht erschienen die Marmorfalten, die kaum zu ahnenden Umrisse der Beine, die göttlichen Hüften. – Wie hatte er einst geschrieben? *Das blühende Fleisch auf den Gemälden des Tizian, das ist alles Protestantismus. Die Lenden seiner Venus sind viel gründlichere Thesen als die, welche der deutsche Mönch an die Kirchentüre von Wittenberg angeklebt.* – Der göttliche Bauch in ebenmäßiger Wölbung: nein, das war kein toter kalter Stein, das war ein lebendiger Körper voller Wärme und Spannkraft. Die Brüste aus Marmor – für alle Zeiten hielten sie den Reiz jugendlicher Weiblichkeit fest. Die Arme fehlten! Doch das minderte die Gewalt der Schönheit nicht! Die Kraft und die sanfte Anmut des Halses! Und das Gesicht, von einem stillen Lächeln erhellt.

Er saß auf einer Bank, lehnte sich zurück. Er dachte nicht mehr an das, was er darüber schreiben würde. – Er weinte. Er schaute, freute sich – und weinte, weil der Abschied unerbittlich nahte. Er weinte vor Glück, und Schmerz, und Ohnmacht.

Er wußte nicht mehr, wie er nach Hause kam.

Er sollte seine Wohnung nie wieder verlassen.

***

Wenige Tage später konnte er nicht einmal mehr die Knie beugen, auch die Zehen waren unbeweglich geworden. Es war jedesmal eine Tortur, wenn er sich ins Bett legen wollte. Der Arzt gab die Anweisung, ihn auf mehrere übereinanderliegende weiche Matratzen zu betten, die auf einem Teppich liegen sollten. Mathilde, voll Angst und Mitleid, trug ihn selbst von der Couch hinüber zu den Matratzen; leicht hob sie ihn auf, drückte ihn an ihre Brust.

»Henri, jetzt bist du mein Kindchen. Du mußt ›Mama‹ zu mir sagen.«

Er ächzte vor Schmerz, suchte sie aber noch fester zu umfassen mit dem Arm, der sich in Krämpfen zusammenzog und ihm nicht gehorchen wollte.

»Ja, ja, meine Liebe, aber mehr Freude wäre es für mich, dahin zu gelangen, von wo die Kinder ans Licht der Welt kommen.«

Mathilde lachte laut und tätschelte ihn zärtlich.

Sie war immer fülliger geworden, aß jedoch keineswegs weniger. Sie war in allem sich selbst treu geblieben, war dieselbe wie in den ersten Tagen ihrer Liebe. Sie merkte augenblicklich, wann es ihm schlecht ging, wann man ihn in Ruhe lassen, wann sie ihn mit Scherzen und Küssen aufmuntern mußte. Sie war eine schlechte Hausfrau, wie eh und je; wochenlang lagen in ihrem Zimmer Berge schmutziger Wäsche herum, und ihre größte Sorge galt noch immer dem Papagei. Mit den Bedienten stritt und versöhnte sie sich abwechselnd, behauptete immer, sie gerate stets an besonders widerspenstige und zänkische Köchinnen. Mit den Ärzten sprach sie bald in kummervoll-flehendem Ton, ehrerbietig und sanft, bald verärgert, zornig und grob.

Heines Freunde brachten Dr. Wertheim erneut zu ihm. Der untersuchte ihn lange, beklopfte ihn, horchte ihn ab und fragte ihn aus. Dann erteilte er Mathilde einen strengen Verweis, nannte ihre Pflege leichtfertig und nachlässig, erklärte ihr ausführlich, daß der Kranke seine Nahrung exakt zu den festgesetzten Zeiten erhalten müsse, sich in keinem Falle aufregen oder überanstrengen dürfe und daß die Diät strengstens zu beachten sei.

Sie hörte ihm zu, pflichtete der monotonen, verärgerten Rede des berühmten Arztes höflich bei. Doch dann, im Treppenhaus, ging sie ihm an die Kehle, schlug mit beiden Fäusten auf ihn ein und flüsterte wütend:

»Sie wollen also sagen, daß ich ihn schlecht versorge! Leichtfertig bin ich also? Nein, nein, ich werde keinen Lärm machen, mein Henri soll sich nicht aufregen, das werde ich dir ganz leise beibringen, du lispelnder Teufel von einem Preußen! Wage bloß nicht, auch nur einmal zu quieken, verfluchtes Schwein! Wenn du den Kranken störst, schlage ich dich tot!«

Nur mit Mühe konnte sich der Professor losreißen, sein Gesicht war zerkratzt, ein Auge blau geschlagen.

Als er einige Monate darauf wieder um eine Visite gebeten wurde, lehnte er kategorisch ab. Heines Freunde wunderten sich darüber, waren empört. Heine, der Wertheims ärztliches Können besonders hoch schätzte, sagte: »Es bedeutet, daß er nicht mehr an eine erfolgreiche Behandlung glaubt.«

Als es aber doch gelang, den Professor noch einmal zu einer Visite zu überreden, begrüßte Mathilde ihn mit aufrichtiger Freude, nannte ihn ihren teuren, lieben, ehrenwerten Wohltäter, ließ ihr sanftestes Lächeln erstrahlen, überbot sich in Liebenswürdigkeiten, bemühte sich eifrig, ihm alles möglichst bequem zu machen, öffnete eine Flasche alten Weines und überwachte selbst das Mittagessen, das man für ihn zubereitete.

Heine atmete schwer, erschöpft von der eingehenden Untersuchung; zurückgelehnt in hochgetürmte Kissen, rieb er sich behutsam die zitternden Hände, knetete die steif gewordenen Muskeln mit den Fingern.

»Doktor, ich frage Sie von Mann zu Mann – sagen Sie mir die Wahrheit, die reine Wahrheit. Kann ich auf Genesung hoffen?«

»Fassen Sie sich ein Herz, lieber Heine. Natürlich gibt es Wunder. Wer glaubt, kann stets auf den Herrn hoffen. Aber ich als Arzt habe keine Hoffnung.«

»Also bleibt mir nicht mehr viel Zeit? Bitte, sagen Sie die Wahrheit! Ich habe ja noch einiges zu regeln, ich muß es wissen.«

»Ich verstehe Sie sehr gut und achte Sie zu sehr, als daß ich Sie mit einer tröstlichen Lüge demütigen könnte. Aber es kann sich noch sehr lange hinziehen. Ihnen steht ein sehr qualvolles Dasein bevor. Das Rückenmark ist affiziert, die Extremitäten werden nacheinander den Dienst versagen, die inneren Organe werden in Mitleidenschaft gezogen. Sie werden Schmerzen ertragen müssen, aber Sie können noch viele Jahre leben.«

»Leben? In einem Grab, als lebender Leichnam? Wie sagten Sie: die Extremitäten und die Organe werden versagen? Die Beine haben mich schon gänzlich im Stich gelassen, mit den Augen und den Händen wird es von Tag zu Tag schlimmer. – Aber das Gehirn, soll ich es als Extremität oder als Organ betrachten? Was wird eher aussetzen, das Gehirn oder die Stimme?«

»Nach meinen Beobachtungen funktionieren Ihr Herz und Ihr Gehirn ausgezeichnet. Wir dürfen hoffen – und diese Hoffnung ist begründet –, daß sie bis zuletzt den Dienst nicht versagen werden.«

»Phantastisch! Wer keine Beine hat, kann sich damit trösten, daß er noch Hände besitzt. Der Blinde vertraut auf sein scharfes Gehör, der Taube auf seine guten Augen. Mir bleiben Herz und Gehirn. Weder Augen noch Arme noch Beine noch die Zunge. Ich werde ein Toter sein, aber ein denkender, fühlender, leidender Toter. Hätte ich doppelt und dreifach gesündigt, ich wäre reichlich bestraft – es ist die Hölle bei lebendigem Leibe. Das hat noch kein Dichter ertragen müssen. Goethe hatte gut reden: ›Und wenn der Mensch in seiner Qual verstummt, / Gab mir ein Gott, zu sagen, wie ich leide.‹ Das allein bleibt jetzt auch mir. Doch solange ich fähig bin, ›zu sagen, wie ich leide‹, werde auch ich leben.«

An Betty Heine schrieb er am 27. Mai 1848:

Liebe gute Mutter!
Seit 3 Tagen bewohne ich ein Gartenhaus in Passy; eine halbe Stunde ist dieser Ort von Paris entfernt. Ob ich es mit dieser Wohnung gut getroffen, ob nicht neue Störungen mir auch hier das Leben verleiden werden, das weiß ich nicht. Bis jetzt hat mich das Unglück immer verfolgt in jeder Wohnungsveränderung. Vor der Hand jedoch geht es mir noch leidlich. Ich schreibe Dir diese Zeilen im Freyen, unter einer grünen Laube, wo die Sonnenlichter mir auf's Papier spielen, was sehr hübsch ist, aber mir das Schreiben sehr erschwert; mein Augenübel, überhaupt meine Gesichtsmuskellähmung ist momentan in seiner unausstehlichsten Blüthe, und meine arme Frau muß deswegen viel von meiner Verdrießlichkeit erdulden. Doch so eben haben wir auf demselben Tischchen, wo ich dieses schreibe, sehr gut mit einander gefrühstückt und uns unserer häuslichen Ruhe, auch der schönen Spargel und Erdbeeren, die wir hatten, sehr erfreut!

In einem Brief an Campe vom 7. Juni heißt es:

Seit 12 Tagen lebe ich hier auf dem Lande, elend und unglücklich über alle Maßen. Meine Krankheit hat zugenommen in einem fürchterlichen Grade. Seit 8 Tagen bin ich ganz und gar gelähmt, so daß ich nur im Lehnsessel und auf dem Bette seyn kann; meine Beine wie Baumwolle und werde wie ein Kind getragen. Die schrecklichsten Krämpfe. Auch meine rechte Hand fängt an zu sterben und Gott weiß ob ich Ihnen noch schreiben kann. Diktiren peinigend wegen der gelähmten Kinnladen. Meine Blindheit ist noch mein gringstes Uebel ...

Und der Schwester berichtete er am 12. Juni:

... meine Frau wünschte, daß ich Dich über meinen wahren Gesundheitszustand nicht in allzugroßer Täuschung, die der Mutter wegen nöthig war, länger erhielte, damit wenn ich peigere, Du Dich nicht zu sehr erschrickst. Letzteres aber, liebes Kind, wird hoffentlich nicht so bald geschehen, und ich kann mich ein Dutzend Jahre noch hinschleppen wie ich bin, leider Gottes. Bin seit 14 Tagen so gelähmt, daß ich wie ein Kind getragen werden muß, meine Beine sind wie Baumwolle. Meine Augen entsetzlich schlecht. Von Herzen aber bin ich wohl, und mein Hirn und Magen sind gesund. Werde gut gepflegt, und es fehlt mir gar nichts zur Bestreitung großer Krankheitskosten; ich klage aber sehr und jammere. Meine Frau führt sich gut auf, und wir wohnen sehr angenehm. Sterbe ich in diesem Zustand, so ist mein Ende doch noch besser, als das von 1000 Anderen.

Wenn er Schmerzen hatte, dehnten sich die Stunden endlos; die ruhigeren Tage, an denen er auch schlafen konnte und ein wenig Mut faßte, huschten schnell dahin. An solchen Tagen las man ihm vor, aus Zeitungen, Büchern, Briefen. Dann schienen ihm auch manche Wochen, ja Monate fast unmerklich zu vergehen.

***

In Paris wurde wieder gekämpft: im Juni brach ein Arbeiteraufstand aus.

Die Regierung löste die Arbeiterkommission auf. Die Nationalwerkstätten, in denen man Arbeitslose beschäftigte, waren geschlossen worden. Die liberalen Minister wurden zum Rücktritt gezwungen. Die Macht übernahm General Cavaignac.

Viele Straßen wurden mit Barrikaden versperrt. Es wehten rote und schwarze Fahnen mit den Parolen: »Brot oder Tod!«, »Arbeit oder Tod!«

Am Abend des 23. Juni begannen die ersten Auseinandersetzungen. Am 24. Juni wurde der Belagerungszustand erklärt. Kanonenschüsse hallten durch die Straßen. Nach heftigem Kartätschenbeschuß schmetterten Trompetensignale, dröhnten die Trommeln, und Kavallerie-Schwadronen, Soldaten und Nationalgardisten – die bewaffneten Bürger von Paris – erstürmten die zerstörten Barrikaden, die von notdürftig bewaffneten Arbeitern immer noch gehalten wurden.

Marx berichtete am 28. Juni 1848 in der ›Neuen Rheinischen Zeitung‹ über die Kämpfe in Paris:

Die Pariser Arbeiter sind *erdrückt* worden von der Übermacht, sie sind ihr nicht *erlegen.* Sie sind *geschlagen,* aber ihre Gegner sind *besiegt.* Der augenblickliche Triumph der brutalen Gewalt ist erkauft mit der Vernichtung aller Täuschungen und Einbildungen der Februarrevolution, mit der Auflösung der ganzen alt-republikanischen Partei, mit der Zerklüftung der französischen Nation in zwei Nationen, die Nation der Besitzer und die Nation der Arbeiter. ...

Aber die Plebejer, vom Hunger zerrissen, von der Presse geschmäht, von den Ärzten verlassen, von den Honetten Diebe gescholten, Brandstifter, Galeerensklaven, ihre Weiber und Kinder in noch grenzenloseres Elend gestürzt, ihre besten Lebenden über die See deportiert – ihnen den Lorbeer um die drohend finstere Stirn zu winden, das ist das *Vorrecht,* das ist das *Recht der demokratischen Presse.*

Engels schrieb am gleichen Tag in derselben Ausgabe:

Was am meisten auffällt bei diesem verzweifelten Kampfe, ist die Wut, mit der die »Verteidiger der Ordnung« kämpften. Sie, die früher für jeden Tropfen »Bürgerblut« so zarte Nerven hatten, die selbst sentimentale Anfälle hatten über den Tod der Munizipalgardisten am 24. Februar, diese Bourgeois schießen die Arbeiter nieder wie die wilden Tiere. In den Reihen der Nationalgarde, in der Nationalversammlung kein Wort von Mitleid, von Versöhnung, keine Sentimentalität irgendeiner Art, wohl aber ein gewaltsam losbrechender Haß, eine kalte Wut gegen die empörten Arbeiter. Die Bourgeoisie führt mit klarem Bewußtsein einen Vernichtungskrieg gegen sie.

Heines Krankenwärterinnen, sein Arzt und Mathildes Freundinnen erzählten ihm täglich von diesen Ereignissen; er las Zeitungen, die immer noch, wenn auch mit Verspätung, erhältlich waren. Das Donnern der fernen Kanonen war deutlich zu hören: die Scheiben zitterten, der Papagei begann zu kreischen. Mathilde rannte durch die Zimmer. Bald beruhigte sie den Vogel, bald fragte sie Henri, was zu tun sei: Sollte man nicht die Fenster verhängen? –, bald begann sie zu weinen, jammerte: »Wo könnten wir nur hin, wenn ein Feuer ausbricht?« Sie verfluchte abwechselnd die verdammten herzlosen Bourgeois und die verdammten Hungerleider und Brandstifter; die Generäle, diese Leuteschinder, und die Arbeiter, diese plündernde Kanaille.

Nachts war der Himmel orangerot: Paris stand in Flammen. Heine nahm es kaum wahr, er lag zusammengekrümmt, von Opium betäubt.

Wenn er morgens zu sich kam, fragte er sich: Was konnte, was mußte *er* jetzt tun?

Es entstanden keine Gedichte mehr – die Musen flohen von seinem stinkenden Bett. Und doch wollte er wenigstens eine dieser stolzen Damen herbeilocken. Er mußte über neue Bücher nachdenken und über die Gesamtausgabe. Was würde er denn Mathilde hinterlassen? Was mußte er tun, damit Campe sein Versprechen auch wirklich halten würde?

Er schrieb ihm am 9. Juli 1848:

Das Schreiben wird mir höllisch sauer. Deßhalb kann ich mich noch nicht aussprechen über Ihren Wunsch, meine Gedichte unter einem Gesammttitel vereinigt herauszugeben. Warten Sie damit. In der Gesammtausgabe geschieht dieses von selbst, und ich kann da noch die letzten versificirten Blutstropfen meiner Muse einfließen lassen. ...

Meine Krankheit wird täglich unerträglicher, und ich schreibe nur mit äußerster Anstrengung. Kann die eignen Schriftzüge nicht sehen. Dabey aber geistig stark, geweckt, ja geweckt, wie ich es nie vorher gewesen. Viel geht mit mir zu Grabe, was die Menschen erfreut hätte; aber da ist nicht zu jammern. Hätte ich einen andern Buchhändler gehabt, wären andre Bücher und gewiß mehr als die vorhandenen zum Vorschein gekommen.

***

In Paris war Ruhe eingekehrt – eine grausame und schändliche Ruhe: Brandstätten, Ruinen, halbzerstörte Häuser; die Besiegten stumm und verzweifelt, die Sieger lärmend, schamlos vergnügt.

Die Nachrichten aus Deutschland wurden immer beunruhigender. Im August wurde in Wien gekämpft, im September in Frankfurt, wo die deutsche Nationalversammlung tagte. Marx und Engels sprachen auf Kundgebungen in Berlin, in Wien, in Köln. Die preußische Regierung verwies Marx des Landes, der Kölner Staatsanwalt zitierte die Redakteure der ›Neuen Rheinischen Zeitung‹ vor Gericht.

Ungarische Revolutionstruppen leisteten den Armeen des österreichischen Kaisers und des russischen Zaren verzweifelten Widerstand.

Den schleswig-holsteinischen Aufstand gegen die dänische Monarchie hatten Preußen und die Nationalversammlung zunächst unterstützt, dann aber ließen sie die Aufständischen im Stich; viele von ihnen mußten fliehen oder kapitulieren.

Am 29. August 1848 schrieb Heine an einen französischen Freund:

Es ist schlimm, an die Matratze gefesselt zu sein, wenn alle Welt auf den Beinen ist und die Dinge in Bewegung kommen. Die Nachrichten, die ich aus meiner Heimat erhalte, vermehren meine Tortur. Jetzt, wo ich mit der größten Aktivität mein Lebenswerk verfolgen sollte, bin ich zur Bewegungslosigkeit verdammt, ich kann nicht einmal die verzweifelten Rufe meiner Freunde beantworten, die mich um die übliche Unterstützung bitten. In Deutschland haben unsere Feinde Oberwasser. Die Partei der sogenannten Nationalen, die Teutomanen, treiben ihre ebenso lächerliche wie brutale Überheblichkeit auf die Spitze, ihre Prahlerei ist unglaublich. Sie träumen davon, daß nun sie an der Reihe seien, die Hauptrolle in der Weltgeschichte zu spielen, sie wollen die in Ost und West verlorengegangenen Stämme wieder der deutschen Nation einverleiben ...

***

Das Jahr 1848 ging zu Ende. Dieses Jahr gewaltiger Erschütterungen in ganz Europa war für Heine das erste Jahr seiner furchtbaren Krankheit, seines unheilbaren Leidens. In diesem Jahr erkannte er, daß er sein Krankenbett nie mehr verlassen würde.

Er hatte lediglich einige Artikel geschrieben, aber kein einziges Gedicht.

Waren die Quellen seiner Poesie ebenso versiegt wie die Kräfte der gelähmten Muskeln?

Am 3. Dezember schrieb er seinem Bruder Maximilian nach Petersburg:

Seit ich Dir zuletzt schrieb oder vielmehr schreiben ließ, habe ich das Bett nicht verlassen und mich Tag und Nacht in den unerhörtesten Krämpfen umhergewühlt; letztere fangen an, minder schmerzhaft zu sein und auch die Krämpfe im Rückgrate haben nachgelassen, seitdem ich zwei Cautheres im Genicke und andere zwei Cauteres am entgegengesetzten Ende des Rückens, im Kreuze nemlich, mir setzen ließ ... [Die] thatsächliche Blindheit ist ungemein verstimmend und in Verbindung mit dem Unwohlsein, welches die Bettlägrigkeit hervorbringt, ist in mir, in meinem Gemüthe, eine Weinerlichkeit und Seufzerei aufgekommen, die meiner innersten Natur fremd ist und die mich, als ein unheimliches Phenomen, noch extra beängstigt. Es darf Dich nicht Wunder nehmen, wenn eines frühen Morgens meine Muse sogar als eine Betschwester Dir entgegentritt.

Der Tod wich nicht von seinem Bett. Er wußte darum und mußte immer, manchmal stundenlang, daran denken, was der Tod bedeutet, was danach kommt, was bleibt. – Und er erinnerte sich an seinen einstigen Gottesglauben, an alle späteren Zweifel und an seine verwegenen Zweikämpfe mit Gott.

Nein, er war nie wirklich Atheist geworden. Er hatte stets gezweifelt, stets über Glauben und Unglauben gescherzt, gespottet, gewitzelt.

Im gleichen Brief an den Bruder heißt es:

In meinen schlaflosen Marternächten verfaße ich sehr schöne Gebete, die ich aber doch nicht niederschreiben laße und die alle an einen sehr bestimmten Gott, nemlich an den Gott unserer Väter gerichtet sind.

Wenn es aber dereinst ein Jüngstes Gericht gäbe und die Richter gerecht, wohlwollend und klug wären – das durfte man wohl erwarten von denen, die über die ganze Menschheit zu Gericht saßen –, so konnte er gewiß auf Milde hoffen. Er hatte mehr Gutes als Böses getan! Sollten denn so schöne Verse und so brillante Prosa dem Höchsten Richter nichts bedeuten?

Der allergrößte Meister, der das Meer, den Rhein und die Berge, die Frauen und die Blumen erschaffen hat, mußte doch einen guten Geschmack haben. Und es wäre ja gänzlich absurd zu glauben, daß der allmächtige, allwissende Herrscher des Universums ein überempfindlicher, nachtragender Nörgler sei und einem begnadeten Dichter seine lästerlichen Witze nicht nachsehe. Sicher war diese verfluchte Krankheit auch die Vergeltung für all sein lasterhaftes, blasphemisches Treiben. Wäre doch nur damit alles abgegolten – alle Freuden, die sündhaften und doch so schönen Freuden, alle Wonnen der Liebe und des Wortes.

Es war einen Versuch wert, sich mit Gott zu versöhnen; wenn es ihn nicht gab, so konnte es nicht schaden; wenn er aber existierte, war er gewiß anders, als ihn sich alle Theologen, Deisten und Mystiker vorstellten.

Es hieß, ein schlechter Frieden sei besser als ein guter Streit. Wie oft hatte er sich mit seinem verstorbenen Onkel, mit Campe, mit Freunden und Feinden, mit Mathilde und mit den Ärzten versöhnt. Nun galt es, mit sich selbst ins Reine zu kommen, und das hieß auch: mit Gott.

Doch trotz dieser sanftmütigen Bereitschaft zur Versöhnung blieb er nach wie vor auch skeptisch und spöttisch und stets bereit, für einen gewagten Witz nichts und niemand zu schonen – weder Gott noch sein eigenes Seelenheil.

Er blieb derselbe lachende Melancholiker, ein naiver Weiser, stets sich wandelnd, böse und gütig zugleich. Er blieb er selbst, allen Leiden und aller Todesangst zum Trotz.

In demselben Brief an seinen Bruder Max, in dem er schrieb, seine Muse könne eines Morgens sogar die Gestalt einer »Betschwester« annehmen, erzählte er von der alten Krankenwärterin, die ihn nachts versorgte:

Die alte Garde-malade, die bei mir wacht, sagte mir vorige Nacht, daß sie gegen den Krampf in den Knieen ein sehr gutes Gebet wisse und ich bat sie mit großem Ernst, für mich es hinzubeten, während sie mir zu gleicher Zeit eine heiße Serviette um die Kniee wickelte: Das Gebet hat eine gute Wirkung gethan und der Krampf wich. Was wird man aber im Himmel von mir sagen; ich sehe schon, wie mancher Engel von Gesinnung sich verächtlich über mich äußert: da sehen wir ganz diesen charakterlosen Menschen, der, wenn es ihm schlecht geht, durch alte Weiber eine Fürbitte machen läßt bei derselben Gottheit, die er in gesunden Tagen am ärgsten verhöhnte.

Dieser lange Brief an den Bruder ist exemplarisch: Heine klagt über seine Krankheit, seine Verwandten, über die politische Reaktion in Deutschland, über Geldnot und Einsamkeit – und daneben blitzt Lebensfreude auf, ein grausam-sanfter Witz; verwegene, liebevolle Bekenntnisse zu seiner Frau, zu seiner Mutter; Verzweiflung und Hoffnung:

Es scheint mir jetzt daß jedes moralische Ungemach, daß jeder Kummer noch zu ertragen wäre, wenn man dabei spatzieren gehen könnte. Aber mit zerrissenem Herzen unaufhörlich auf dem Rükken liegen, auf dem wunden Rücken, das ist unerträglich. – Meine äußere Lage hat sich etwas verbessert; ich habe eine neue Wohnung bezogen, welche mir besser gefällt, als die vorige und die nur den Fehler hat, daß sie etwas zu klein ist; ein Uebelstand, der mich nöthigt, an dem ganzen Haushaltungsspektakel unwillkührlich Theil zu nehmen, so wie ich denn in diesem Augenblicke einigermaßen aus dem Conzepte komme durch eine Diskussion, welche sich zwischen meiner Gattin und der Köchin entsponnen hat. Meine Frau ist übrigens ein herrliches, holdseliges Weib, und wenn sie eben nicht zu laut *zeckelt,* ist ihre Stimme ein tönender Balsam für meine wunde Seele. Ich liebe sie mit einer Leidenschaftlichkeit, die über meine Krankheit hinausragt und in diesem Gefühle bin ich stark wie matt und lahm auch meine armen Glieder.
... Die Ereignisse in Deutschland wirken sehr unangenehm auf meine Gemüthsstimmung. Welche ekelhafte Misère. Es ist vielleicht ein Glück für mich daß ich mich in nichts zu mischen brauchte, auch ist es mir sehr lieb daß Du so ferne von dem Schauplatz dieser Gräuel lebst, ... Ich bin ganz allein, ich lebe in einer

schauerlichen Einsamkeit, obgleich mitten in Paris, dem Tummelplatz aller Leidenschaften.

Die Gedanken an seine Beziehung zu Gott und die Gedanken über politische Ereignisse waren bald tröstend, bald bedrückend und verwirrend. Seinem Freund, dem Historiker François Mignet, schrieb er am 17. Januar 1849:

... ich bin durchaus nicht vergnügt, obwohl jetzt in der Welt die drolligsten Dinge passieren; Deutschland übertrifft jetzt Frankreich in politischen Bacchanalen. Alles geht famos bei uns jenseits des Rheins, und der radikalste Kommunist könnte seine Ideen dort verwirklicht finden. Ja, wir genießen dort den Kommunismus der Tat, wenn auch nicht dem Namen nach; wir sind bei der Gleichheit des Vermögens angelangt, denn niemand besitzt mehr etwas; wir sind alle Bettler, wie man es nur je in Ikarien sein konnte; sogar bei dem Kommunismus der Frauen sind wir bereits angelangt – nur die Ehemänner merken noch nichts davon. Gott ist ganz und gar entthront, zur Verwunderung von David Strauß und Ihres Freundes Heinrich Heine, die, obwohl sie zwanzig Jahre hindurch auf diese Katastrophe hingearbeitet haben, darüber doch entsetzt und betrübt sind; ...
Selbst auf die Gefahr hin, der Dummheit geziehen zu werden, will ich Ihnen doch das große Ereignis meiner Seele nicht mehr verschweigen: ich habe mich von dem deutschen Atheismus abgewendet und stehe im Begriff, in den Schoß des einfältigsten Glaubens zurückzukehren. Ich fange an, zu verstehen, daß ein bißchen Gottesglaube einem armen Menschen nichts schaden kann, besonders wenn er seit sieben Monaten auf dem Rücken liegt und von den heftigsten Schmerzen heimgesucht wird. Ich glaube zwar noch nicht an den Himmel, aber ich genieße bereits den Vorgeschmack der Hölle durch die Brandwunden, welche man mir soeben an der Wirbelsäule beigebracht hat.

Auf einem einzigen Blatt verquickt er witzige Einfälle und ernsthafte Gedanken über die deutsche Revolution, über den »Kasernenkommunismus« des Utopisten Cabet, der die ›Reise nach Ikarien‹ geschrieben, über den Junghegelianer David Friedrich Strauß, der das Evangelium kritisch analysiert hatte, über seine eigenen religiösen Zweifel und seine Krankheit.

***

Sein neues Verhältnis zur Religion kam nicht nur in persönlichen Briefen zum Ausdruck. Seit dreißig Jahren, seitdem er zum ersten Mal seinen Namen gedruckt gesehen hatte, war er gewohnt, in Zeitungsartikeln und Büchern auch seine verborgensten, intimsten Empfindungen, seine geheimsten Gedanken, Familienzwiste und Streitigkeiten mit literarischen Freunden, seine religiösen und politischen Zweifel, Reaktionen auf Gerüchte und Beschimpfungen aus den Emigrantencafés unverblümt, beinahe exhibitionistisch mitzuteilen. Kritiker, Pamphletisten und Reporter griffen ihn an, wollten in sein innerstes Wesen dringen, es nach außen kehren. Dann sah er sich gezwungen, zu dementieren, zu widersprechen, halbwahres Lob und halbwahren Tadel zurückzuweisen. Er war stets im Kampf – in grimmiger Abwehr, in waghalsigem Angriff; er verteidigte sich – seine Ideale, seine Ehre, seine Freunde, seine poetische Welt –, und er griff immer wieder alte und neue Feinde, Gegner und falsche Freunde an: deutsche und französische Chauvinisten; Platen, Menzel und Börne; Monarchisten und Revolutionäre; Bankiers und Zensoren; seine Verwandten und seine Verleger.

Dabei focht er oft rücksichtslos, aber immer und überall mit offenem Visier, ohne Panzer und Schild. Und er mußte immer auch seine inneren Feinde und Gegner – seine eigenen Schwächen, Laster, Mängel, seine wahren und vermeintlichen Blößen – ebenso offen und schonungslos bekämpfen. Seine Aufrichtigkeit, seine Offenheit waren auch Quellen seiner Poesie; sie wirkten kühn, selbstlos, fast selbstmörderisch, aber manchmal auch zynisch. Seine schamlose lyrische Selbstbespiegelung und Selbsterforschung wirkte gelegentlich wie manierierter Narzißmus oder bloß wie ein literarischer Kunstgriff.

So werteten seine Feinde und manche Leser auch Heines ›Berichtigung‹, die er am 25. April 1849 in der ›Allgemeinen Zeitung‹ und am 26. April in den ›Berlinischen Nachrichten‹ veröffentlichen ließ. Darin stellte er irrtümliche Meldungen über seine *ökonomischen Verhältnisse* und seine früheren Streitigkeiten mit den Hamburger Verwandten richtig, rühmte seinen verstorbenen Onkel und dessen Sohn, stellte klar, daß dieser *Verwandte* ihm nicht nur die Pension in voller Höhe weitergezahlt, sondern, *seitdem sich mein*

Krankheitszustand verschlimmert, noch *außerordentliche trimestrielle Zuschüsse* gewährt habe; und er habe großmütig zugesagt, die geliebte Frau des Dichters auch nach dessen Tod zu versorgen. Diesen Mitteilungen über rein familiäre Angelegenheiten stellte er das Bekenntnis voran:

Ich lasse dahingestellt seyn ob man meine Krankheit bei ihrem rechten Namen genannt hat, ob sie eine Familienkrankheit (eine Krankheit die man der Familie verdankt) oder eine jener Privatkrankheiten ist woran der Deutsche der im Auslande privatisirt zu leiden pflegt, ob sie ein französisches ramollissement de la moëlle épinière oder eine deutsche Rückgratschwindsucht ist – so viel weiß ich daß sie eine sehr garstige Krankheit ist die mich Tag und Nacht foltert, und nicht bloß mein Nervensystem, sondern auch das Gedankensystem bedenklich zerrüttet hat. In manchen Momenten, besonders wenn die Krämpfe in der Wirbelsäule allzu qualvoll rumoren, durchzuckt mich der Zweifel ob der Mensch wirklich ein zweibeinigter Gott ist, wie mir der selige Professor Hegel vor fünfundzwanzig Jahren in Berlin versichert hatte. Im Wonnemond des vorigen Jahres mußte ich mich zu Bette legen und ich bin seitdem nicht wieder aufgestanden. Unterdessen, ich will es freimüthig gestehen, ist eine große Umwandlung mit mir vorgegangen: ich bin kein göttlicher Bipede mehr; ich bin nicht mehr der »freieste Deutsche nach Goethe«, wie mich Ruge in gesündern Tagen genannt hat; ich bin nicht mehr der große Heide Nr. II, den man mit dem weinlaubumkränzten Dionysus verglich, während man meinem Collegen Nr. I den Titel eines großherzoglich weimar'schen Jupiters ertheilte; ich bin kein lebensfreudiger etwas wohlbeleibter Hellene mehr, der auf trübsinnige Nazarener herablächelte – ich bin jetzt nur ein armer todtkranker Jude, ein abgezehrtes Bild des Jammers, ein unglücklicher Mensch!

Auch das war wieder ganz Heine. Sein Streben nach göttlicher Gnade war ebenso aufrichtig wie der Wunsch, seinen vertrauten Umgang mit Hegel zu erwähnen und sich mit Goethe zu vergleichen.

Erhabene Gedanken und die Nähe des Todes verdrängten seine Alltagssorgen nicht. Am 30. April 1849 schrieb er an Campe:

Sie müssen mir durchaus bald in Bezug auf die Gesamtausgabe antworten. Ich bin sehr krank, und bey längerer Zögerung ist es nicht mehr als wahrscheinlich, daß ich den Druck nicht erlebe. Ich bitte Sie daher, auf zwey Punkte besonders bedacht zu seyn: nemlich erstens, während ich noch nicht die Augen auf immer geschlossen habe, die Reihenfolge der verschiedenen Schriften, welche die Gesamtausgabe bilden, mit mir zu verabreden, ... Zweitens bitte ich Sie ... (und das ist der andere Hauptpunkt), daß wir uns jetzt darüber einigen, welche Personen ich eventualiter, im Falle ich vor dem Druck der Gesamtausgabe sterbe, mit der Herausgabe derselben testamentarisch betraue.

Im Sommer 1849 veröffentlichte der ungarische Schriftsteller Karl Maria Kertbeny seine deutschen Übersetzungen von Gedichten Alexander (Sándor) Petöfis, des ungarischen Volksdichters und Revolutionärs. Kertbeny, der Heine verehrte und ihn zwei Jahre vorher in Paris auch kennengelernt hatte, widmete ihm sein Buch:

Heinrich Heine, der große, ewig junge Dichter Deutschlands empfange diese Uebertragung eines fremden Genius als tiefe und warme Huldigung im Namen der ungarischen Nation.

Heine ließ sich die Gedichte vorlesen, einige las er auch selbst. Die Zeitungen berichteten in diesen Tagen vom bevorstehenden Ende der ungarischen Republik. Die Antwort an Kertbeny wollte er nicht diktieren; er schrieb selbst:

Daß meine persönliche Zuneigung zu Ihnen nicht geschwächt, mag Ihnen der schlagendste Beweis seyn, indem ich mir die unsägliche Mühe gebe an Sie zu schreiben, wobei ich mit der Nase auf dem Tische liegen und das eine, noch halbbrauchbare Auge mit der Linken geöffnet halten muß.

Trotz seiner Begeisterung und Freude über Petöfis Gedichte nahm er sie doch auch kritisch-analysierend auf:

(...) Petöfi ist ein Dichter, dem nur Burns und Béranger zu vergleichen, eine Natur, so überraschend gesund und primitiv inmitten einer Gesellschaft voll krankhafter und Reflexionsallüren, daß ich ihm in Deutschland nichts an die Seite zu setzen wüßte; ich selbst fand nur wenige solcher Naturlaute, an welchen dieser Bauernjunge so reich ist wie eine Nachtigall. Wir Reflexionsmenschen erscheinen neben solcher Ursprünglichkeit wahrhaft bemitleidenswert; dagegen scheint mir sein Geist nicht eben sehr tief und ihm jeder Hamletzug ganz zu fehlen, zu seinem und seiner Nazion Glück. –

***

Im Frühjahr 1849 waren in Deutschland neue Kämpfe ausgebrochen. Dresden war noch fest in der Hand der Demokraten. In Baden und in der Pfalz wurden republikanische Nationalgarden aufgestellt.

Seit Mai konnte die ›Neue Rheinische Zeitung‹ nicht mehr erscheinen, sie war verboten worden. Marx und Engels fuhren von Köln nach Frankfurt; vergebens versuchten sie, die linken Abgeordneten der Nationalversammlung zu revolutionärer Einheit zu bewegen. Die bewaffneten Republikaner in Baden und in der Pfalz wollten nicht für den demokratischen Zusammenschluß Deutschlands kämpfen. Marx und Engels wurden zeitweilig von hessischen Soldaten festgenommen. Als man sie wieder freiließ, fuhr Marx nach Paris. Mehrmals besuchte er Heine, erzählte ihm politische Neuigkeiten und schilderte, wie Engels bei den badischen Revolutionstruppen als Offizier an einigen Gefechten teilgenommen und sich dann mit seiner Abteilung über die schweizerische Grenze zurückgezogen hatte.

In Paris hatte der Präsident der Republik, Prinz Louis Napoleon, ein Großneffe Napoleons, ständige Auseinandersetzungen mit dem Parlament.

Am 13. Juni gingen die Republikaner, die sich nach dem Vorbild der Radikalen aus der Zeit der großen Revolution »Montagnards« nannten, auf die Straße, um gegen die zunehmend reaktionäre Politik zu protestieren. Sie wurden durch das Militär auseinandergetrieben.

Im August ordnete die französische Regierung die Ausweisung von Marx an. Er nahm Abschied von Heine. Es war ihre letzte Begegnung.

***

Nach langer, fast zweijähriger Pause begann er wieder, Gedichte zu schreiben. Am 16. November 1849 schickte er das Gedicht ›Im Oktober 1849‹ an Campe:

Beyfolgendes Gedicht habe ich vor vier Wochen geschrieben; ich bitte Sie, geben Sie es dort in Druck mit meinem Namen, als fliegendes Blatt, oder in einem Journal, wodurch es ins Publikum kömmt; ... [Es ist] ein wahres Tagesgedicht, eine momentane

Stimmung schildernd. Ich habe viel und mitunter große Gedichte gemacht, die ich kaum leserlich mit Bleistift aufs Papier kritzle. Wenn ich sie aber aus dieser Form nothdürftigst korrekt diktiren soll, so ist das bey dem leidenden Zustand meiner Augen eine gräßlich peinigende Operazion, die, wie begreiflich, meinen Nerven nicht sehr zuträglich ist. Es ist also im wahren Sinn des Wortes mein versifizirtes Lebensblut, was ich solchermaßen gebe. –

Gelegt hat sich der starke Wind,
Und wieder stille wird's daheime;
Germania, das große Kind,
Erfreut sich wieder seiner Weihnachtsbäume.

. . .

Gemütlich ruhen Wald und Fluß,
Von sanftem Mondlicht übergossen;
Nur manchmal knallt's – Ist das ein Schuß? –
Es ist vielleicht ein Freund, den man erschossen.

Nein, seine Muse war nicht zur »Betschwester« geworden!

Doch Heine wäre nicht mehr er selbst gewesen, wenn er in erhabener Trauer auf Spott verzichtet hätte, wenn er aus Kummer um die Schicksale von Nationen einzelne Menschen in seiner Nähe vergessen hätte. Das schrecklichste Ereignis des Jahres 1849 war die Niederlage der ungarischen Revolution. Mit dieser Revolution sympathisierte Franz Liszt. Er war lange mit Heine befreundet gewesen, seit kurzem aber sein Gegner geworden.

Auch Liszt taucht wieder auf, der Franz,
Er lebt, er liegt nicht blutgerötet
Auf einem Schlachtfeld Ungarlands;
Kein Russe, noch Kroat hat ihn getötet.

Es fiel der Freiheit letzte Schanz,
Und Ungarn blutet sich zu Tode –
Doch unversehrt blieb Ritter Franz,
Sein Säbel auch – er liegt in der Kommode.

Er lebt, der Franz, und wird als Greis
Vom Ungarkriege Wunderdinge
Erzählen in der Enkel Kreis –
»So lag ich und so führt ich meine Klinge!«

Und unmittelbar auf diese bissigen Spottverse folgt ein zorniger Ausbruch voll tragischem Pathos:

Wenn ich den Namen Ungarn hör,
Wird mir das deutsche Wams zu enge,
Es braust darunter wie ein Meer,
Mir ist als grüßten mich Trompetenklänge!

Es klirrt mir wieder im Gemüt
Die Heldensage, längst verklungen,
Das eisern wilde Kämpenlied –
Das Lied vom Untergang der Nibelungen.

Und dann wieder ein harter Bruch in Stimmung, Wortwahl und Duktus – das tragische Epos, das Requiem wird von zornigen Sarkasmen abgelöst:

Und diesmal hat der Ochse gar
Mit Bären einen Bund geschlossen –
Du fällst; doch tröste dich, Magyar,
Wir andre haben schlimmre Schmach genossen.

Anständ'ge Bestien sind es doch,
Die ganz honett dich überwunden;
Doch wir geraten in das Joch
Von Wölfen, Schweinen und gemeinen Hunden.

Das heult und bellt und grunzt – ich kann
Ertragen kaum den Duft der Sieger.
Doch still, Poet, das greift dich an –
Du bist so krank, und schweigen wäre klüger.

Er schickte die neuen Gedichte an Campe, doch der antwortete nicht.

Campe schwieg mehr als drei Jahre, von April 1848 bis Juli 1851. Es waren Heines erste Jahre in der »Matratzengruft«, die schwersten seines Lebens.

Später entschuldigte sich Campe damit, daß er stets die Absicht gehabt habe, nach Paris zu kommen, um die Mißverständnisse in einem persönlichen Gespräch auszuräumen. Heine schrieb ihm unaufhörlich – bald verzweifelte, bald wütende, bald übertrieben liebenswürdige Briefe. Doch Campe, der ihm so oft seine Freundschaft geschworen hatte, dem Heines Bücher enorme Gewinne einbrachten, schickte ihm zwar Geld, antwortete aber nicht auf die Briefe.

Heine schrieb ihm am 30. Juni 1849:

Mir geht es, theuerster Freund, noch immer herzlich schlecht, und ich leide Tag und Nacht die unleidlichsten Schmerzen. Ich vereinsame sehr, weil viele meiner Freunde Paris verlassen.
Es wird mir nachgerade sehr unheimlich an hiesigem Orte. Wäre ich transportabel, so käme ich nach Hamburg; aber das feuchtkalte Wetter und die noch feuchtkältern Menschen alldort dürften mir nicht sehr heilsam seyn. – Leben Sie wohl, grüßen Sie mir Madame Campe, und herzen Sie in meinem Namen recht liebreichst Ihr Söhnlein. Schreiben Sie mir bald und viel.

Und fast ein Jahr später, am 1. Juni 1850:

Da ich die Gründe Ihres langjährigen Zögerns in Beantwortung der wichtigsten Anfragen durchaus nicht kenne, so darf ich dieselben nicht von vornherein allzuherbe verdammen, aber so viel weiß ich, daß Sie durch Ihre Zögerniß meinen litterärischen Interessen großen Schaden zugefügt und vielleicht unverantwortliche und unwiederbringliche Zerstörnisse verursacht haben. In einer Zeit, wo in der Außenwelt die größten Revoluzionen vorfielen und auch in meiner inneren Geisteswelt bedeutende Umwälzungen stattfanden, hätte schnell ins Publicum gefördert werden müssen, was geschrieben vorhanden lag, ...

Erst im Sommer 1851 fuhr Campe nach Paris, kam mehrmals zu Heine und schlug ihm sogar den Titel ›Romanzero‹ für die Sammlung seiner romanzenartigen Gedichte vor.

***

Er lernte jetzt, mit seiner Krankheit, ihr zum Trotz zu leben. Auf dem kleinen Tisch neben seinem Bett stand ein Flakon mit Opium – wenige Schlucke würden genügen, um für immer einzuschlafen. Unter den Kissen lag ein gut geschärfter Dolch. Beides hatte ihm auf seine Bitten der Arzt gegeben, für den Fall, daß die Schmerzen einmal nicht mehr auszuhalten wären.

Der Arzt hatte es erlaubt. Er kannte seinen Patienten und wußte, daß die Schmerzen, würden sie unerträglich, ihm auch die Kraft rauben würden, sich umzubringen. Er wußte auch, daß die Gewißheit, in jedem Augenblick über das eigene Leben und den eigenen Tod entscheiden zu können, Heine ein stolzes Gefühl der Freiheit gab.

Der Kreis seiner Pariser Freunde lichtete sich. Balzac war im August 1850 gestorben. Marx war die Einreise nach Frankreich verwehrt. George Sand besuchte ihn nicht mehr. Die Principessa di Belgiojoso war verbannt worden. Manche alte Freunde, mit denen er einst nächtelang diskutiert und gezecht hatte, zögerten jetzt, den Todkranken zu besuchen, von dem die Zeitungen schrieben, er sei schon zu Kreuze gekrochen und lebe nur noch durch Arzneien und Gebete. Diese Gerüchte verbreiteten auch alle seine Gegner.

Mit Lassalle hatte er sich 1846 überworfen. Der führte einen Prozeß gegen den Mann seiner Geliebten, der Gräfin Hatzfeld, und beauftragte zwei Bekannte, dem Grafen eine Schatulle zu entwenden, in der er kompromittierende Dokumente wähnte. Die Diebe wurden entlarvt, der eine verurteilt, der andere konnte fliehen. Lassalle wollte, daß Heine sich für die »ehrenwerten« Diebe einsetzte; sie hätten doch wie die edlen Musketiere in Dumas' Roman gehandelt, um die Ehre einer schönen Dame zu retten. Heine war schon vorher verärgert über Lassalle, weil der im Hamburger Erbschaftsstreit allzu forsch vorgegangen war. Auch sah er in einem Diebstahl auf Geheiß eines Advokaten nichts Edles.

Im Januar 1851 klagte er seinem Bruder Gustav:

Dieser Mensch aber, in seiner raschen Entwicklung zum Schlechten, ist einer der furchtbarsten Bösewichter geworden, der alles fähig ist; Mord, Fälschung und Diebstahl, und eine an Irrsinn gränzende Willenzähigkeit besitzt. ... Ich wollte Dir längst über diesen Lassalle schreiben, lieber Bruder! ... damit Du nach meinem Tode so viel als möglich einschreiten kannst, wenn dieser Mensch alsdann mein Stillschweigen benutzt, um sich als meinen Freund zu gebaren; ...

Er versöhnte sich mit Lassalle erst im Sommer 1855, wenige Monate vor seinem Tod, als Lassalle ihn noch einmal besuchte.

Im Januar 1850 hatte Heine erfahren, daß Laube Theaterdirektor in Wien geworden war. Er hoffte, daß der Freund sein ›Faust‹-Ballett inszenieren würde, und schrieb ihm am 25. Januar 1850:

Was man von meiner jetzigen Gläubigkeit und Frömmelei herum erzählt, ist mit vielem Unsinn und noch mehr Böswilligkeit vermischt. Es hat sich in meiner religiösen Gefühlsweise gar keine so große Veränderung zugetragen und das einzige innere Ereigniß, wovon ich Dir mit Bestimmtheit und mit Selbstbewußtseyn etwas melden kann, besteht darin, daß auch in meinen religiösen Ansichten und Gedanken eine FebruarRevoluzion eingetreten ist, wo ich an der Stelle eines frühern Prinzips, das mich doch früherhin ziemlich indifferent ließ, ein neues Prinzip aufstellte, dem ich ebenfalls nicht allzu fanatisch anhänge und wodurch mein Gemüthszustand nicht plötzlich umgewandelt werden konnte: ich habe nämlich, um Dir die Sache mit einem Worte zu verdeutlichen, den Hegelschen Gott oder vielmehr die Hegelsche Gottlosigkeit aufgegeben und an dessen Stelle das Dogma von einem wirklichen, persönlichen Gotte, der außerhalb der Natur und des Menschen Gemüthes ist, wieder hervorgezogen.

In diesem Brief, dem ersten nach langer Unterbrechung, teilte Heine seine verborgensten Gedanken mit, hielt aber auch seine Bedenken nicht zurück:

Ueber Deine politischen Variationen höre ich viel klagen; ich meinestheils verzeihe sie Dir gern: werde nur nicht dumm, das ist Alles, was ich von Dir verlange. Daß Du mir meine religiösen Varianten zu Gute halten wirst, erwarte ich gleichfalls. Zu bekehren suche ich Dich nicht, so wie ich überhaupt meine jetzigen Meinungen für mich behalte. –

Laube war in den Jahren 1848 und 1849 Mitglied der Frankfurter Nationalversammlung gewesen. Zuvor hatte er, ein radikaler Demokrat, Heine vorgeworfen, er sei nicht prinzipientreu, seinen demokratischen Anschauungen fehle es an Konsequenz. Er hatte ihn der Leichtfertigkeit, des Ästhetizismus und aristokratischer Neigungen beschuldigt. Doch inzwischen tendierte Laube immer stärker zu den Ansichten der »gemäßigten Konservativen«. In Frankfurt hatte er den Vorschlag unterstützt, ein geeintes deutsches Reich in Form einer dynastischen Monarchie zu schaffen. Der Kaiser sollte nicht wie im Mittelalter gewählt, sondern durch direkte Erbfolge bestimmt werden. – 1849 veröffentlichte Laube drei Bände mit Erinnerungen unter dem Titel ›Das erste deutsche Parlament‹, in denen er über die linken, demokratischen Abgeordneten mit satirischem Hohn schrieb, die Rechten und Monarchisten dagegen voller Hochachtung und Sympathie darstellte.

In seiner Antwort auf Heines Brief verwahrte er sich gegen das Gerücht, seine politischen Überzeugungen gewechselt zu haben, versprach, das ›Faust‹-Ballett zu inszenieren und Heines Stücke noch einmal durchzusehen.

Am 7. Februar 1850 schrieb Heine ihm erneut freundschaftlich, schilderte seine qualvolle Krankheit und legte noch einmal sein neues Verhältnis zur Religion dar:

Kennst Du jenes schauerliche, peinigende Gefühl, welches ich *die Verzweiflung des Leibes* nennen möchte? Daran laborire ich eben heute. Gottlob, daß ich jetzt wieder einen Gott habe, da kann ich mir doch im Uebermaaße des Schmerzes einige fluchende Gotteslästerungen erlauben; dem Atheisten ist eine solche Labung nicht vergönnt.

Das Jahr 1850 wurde für Heine zu einer Zeit angespanntester geistiger Krisen und religiöser Suche. Selbst in einem Brief, in dem es hauptsächlich um geschäftliche Dinge ging – vom 30. April an Lassalles Vater Heymann Lassalle – bekannte er:

... aller atheistischen Philosophie satt, [bin ich] wieder zu dem demüthigen Gottesglauben des gemeinen Mannes zurückgekehrt. ... Es ist in der That wahr, was das Gerücht, obgleich mit Uebertreibung, von mir verbreitet hat. Hat Ferdinand noch etwas innere Geistesruhe, so dürfte auch bey ihm diese Nachricht ein heilsames Nachdenken hervorbringen. –

Doch auch nach der Absage an die alte Philosophie blieb er seiner Ironie treu; wie zuvor spottete er über alles Irdische, alles Himmlische und auch über sich selbst.

In dem bereits zitierten Brief an Julius Campe (vom 1. Juni) erscheint der neue reumütige Heine kaum anders als der freche Gotteslästerer der ›Reisebilder‹ und des ›Salon‹:

Ich bin kein Frömmler geworden, aber ich will darum doch nicht mit dem lieben Gott spielen, wie gegen die Menschen, will ich auch gegen Gott ehrlich verfahren und Alles, was aus der frühern blasphematorischen Periode noch vorhanden war, die schönsten Giftblumen hab ich mit entschlossener Hand ausgerissen und bey meiner physischen Blindheit vielleicht zugleich manches unschuldige Nachbargewächs in den Kamin geworfen. Wenn das in den Flammen knisterte, ward mir, ich gestehe es, gar wunderlich zu Muthe; ich wußte nicht recht mehr, ob ich ein Heros oder ein Wahnsinniger sey, und neben mir hörte ich die ironisch tröstende Stimme eines Mephistopheles, welche mir zuflüsterte: der liebe Gott wird dir Alles weit besser honoriren als Campe, und du brauchst jetzt nicht mit dem Druck dich abzuquälen oder noch gar vor dem

Drucke mit Campe zu handeln wie um ein Paar alte Hosen. Ach liebster Campe, ich wünsche manchmal, Sie glaubten an Gott, und wär es auch nur auf einen Tag; es würde Ihnen dann auf's Gewissen fallen, mit welchem Undank Sie mich behandeln zu einer Zeit, wo ein so grauenhaftes und unerhörtes Unglück auf mir lastet. ... wie nahe ich auch der Gottheit gekommen, so steht mir doch der Himmel noch ziemlich fern; glauben Sie nicht den umlaufenden Gerüchten, als sey ich ein frommes Lämmlein geworden. Die religiöse Umwälzung, die in mir sich ereignete, ist eine bloß geistige, mehr ein Akt meines Denkens als des seligen Empfindelns, und das Krankenbett hat durchaus wenig Antheil daran, wie ich mir fest bewußt bin. Es sind große, erhabne, schauerliche Gedanken über mich gekommen, aber es waren Gedanken, Blitze des Lichtes und nicht die Phosphordünste der Glaubenspisse. Ich sage Ihnen das besonders in der Absicht, damit Sie nicht wähnen, ich würde, wenn ich auch selber die Gesammtausgabe besorge, in unfreyer Weise etwas darin ausmerzen; quod scripsi, scripsi.

***

Selbst manche guten Freunde hielten Heine für unbeständig und leichtfertig. Doch auch manche Gegner, die von seinem Streit mit Laube erfahren hatten, mußten ihm nun Beständigkeit und sogar Selbstlosigkeit zubilligen. Laube war sein bester, wenn nicht sein einziger Freund unter den deutschen Literaten geblieben. Heine verließ sich auf ihn in vielen Dingen, setzte ganz besondere Hoffnungen auf sein Theater.

Heine verstand es oft, sich den Gegebenheiten anzupassen, konnte vorsätzlich liebenswürdig, ja sogar schmeichlerisch sein. In seinen Beziehungen zum Onkel, zu den Cousins und zu seinen Verlegern war er mitunter listig, falsch und tückisch gewesen. Und er hatte manchmal ein bezauberndes Lächeln für einen Menschen, über den er sich nachher böse und verächtlich äußerte.

Doch er konnte nie lange heucheln und wenn, dann nur gegenüber seinen Feinden. Zu seinen Freunden war er stets offen bis zur Grobheit, mochte es auch die Freundschaft kosten.

Nachdem er Laubes Buch über das Frankfurter Parlament gelesen hatte, hielt er sich einige Monate zurück, doch am 12. Oktober 1850 schrieb er ihm schließlich:

Schon seit einem Jahrhundert habe ich Lust oder vielmehr Unlust, Dir zu schreiben; aber ich wollte eine gute Stunde abwarten, wo kein körperliches Mißbehagen den moralischen Unmuth steigert. Aber die Stunde kam nicht, und in einer Stimmung, die desperater als je, schreibe ich Dir heute. Ich habe bereits diesen Morgen meine Frau bis zu Thränen gequält und jetzt kommt die Reihe an Dich, dem ich jetzt in der plumpsten Weise das Unangenehme sagen will, das ich Dir bei besserer Laune viel glimpflicher oder überzuckert beigebracht hätte. Es gilt dieses zunächst Deinem Buche über das deutsche Parlament, das ich vor länger als 6 Monaten gelesen und doch noch nicht verdauet habe. Verschweigen darf ich Dir das nicht, oder kann ich Dir es nicht, dazu bin ich zu sehr Deutscher.

Er schrieb als empörter Freund und als anspruchsvoller Literat. Seine Wut über das Buch des Freundes war ebenso groß wie sein Kummer darüber. Er sah es als politische Lüge und sittliche Verkümmerung. Und gerade weil es *ein sehr gut geschriebenes Buch* sei, *das beste, was ich von Dir gelesen habe*, sei Laubes *Verbrechen … umso größer.*

… Du hast Geist genug, um Dummheiten begehen zu dürfen; was bei dem Mittelmäßigen ganz unstatthaft ist, muß man dem Großen manchmal erlauben. Das Schreckliche ist, daß Deine Gegner, die Dich mit dem Maßstab ihrer eignen Gemeinheit messen, Deine Handlung nicht der Dummheit sondern der Klugheit zu schreiben. … ich begreife wie Du die Helden Deiner ehemaligen Parthei – (Du hast vielleicht vergessen, daß Du zur revolutionairen Parthei gehört hast und als ein Koryphäe derselben genug erduldet hast) – wie Du hohle Lieberale, strohköpfige Republikaner und den schlechten Schweif einer großen Idee, mit Deinem prickelenden, durchhechelnden Talente lächerlich machen konntest – leichtes Spiel hattest Du jedenfalls, da Du diese Personen nur getreu abzukonterfeien brauchtest, und die Natur Dir hier zuvorgekommen, indem sie Dir die Karrikaturen bereits fix und fertig vorgeführt, an die Feder geliefert – Du hast kopflose Menschen guillotinirt. Aber ich begreife nicht, wie Du mit einer stoischen Beharrlichkeit der Lobpreiser jener Schlechtern und noch Mittelmäßigeren sein konntest, jener Heroen, die kaum werth sind, ihren geschmähten Gegnern die Schuhriemen zu lösen, …

Heine glaubte, die Freundschaft ließe sich dennoch aufrechterhalten. In diesem Brief erinnerte er Laube nochmals an sein Ballett und an seine Tragödie ›William Ratcliff‹. Und er erzählte von sich, wie man einem Freund erzählt:

Mein Zustand hat sich insofern verschlimmert, daß meine Kontractionen stärker und dezidirter geworden. Ich liege zusammengekrümmt, Tag und Nacht in Schmerzen, und wenn ich auch an einen Gott glaube, so glaube ich doch manchmal nicht an einen guten Gott. Die Hand dieses großen Thierquälers liegt schwer auf mir. Welch ein gutmüthiger und liebenswürdiger Gott war ich in meiner Jugend, als ich mich durch Hegels Gnade zu dieser hohen Stellung emporgeschwungen! ... Meinen Freund Balzac habe ich verloren und beweint. George Sand, das Luder hat sich seit meiner Krankheit nicht um mich bekümmert; diese Emancipatriçe der Weiber oder vielmehr diese Emancimatriçe hat meinen armen Freund Chopin in einem abscheulichen aber göttlich geschriebenen Roman auf's Empörendste maltraitirt. Ich verliere einen Freund nach dem andern und bey denen die mir übrig bleiben erprobt sich das alte Sprichwort: Freunde in der Noth gehn sechzig auf ein Loth –

Laubes Antwort war nicht weniger schroff. Er griff Varnhagen an, dessen Einfluß an Heines »Illusionen« schuld sei, tadelte den Freund und suchte ihm zu erläutern, wie vernünftig konservative Ansichten seien.

Heine antwortete am 30. November 1850. Dieser Brief bedeutete das Ende ihrer Freundschaft.

... wir wissen jetzt auf welchem Felde wir uns beide nicht begegnen dürfen, ohne feindselig an einander zu gerathen. Es ist traurig daß dem so sei. ... daß Du mit den banalsten Schmähungen, Charaktermangel, Poeteneitelkeit, Popularitätssucht und dergl. auf mich einschiltst, ist mir sehr erfreulich, und ich sehe darin die Fürsorge des Freundes, der wohl weiß daß ich diese Parteisprache sehr gut kenne und gegen ihre herbsten Idiotismen nachgerade sehr abgestumpft sein muß. ... Der Himmel erhalte Dich, und schenke Dir Gesundheit und alle jene Philisterfreuden, die Du so theuer erkauft hast.

Fünf Jahre später, am 6. August 1855, kam Laube nach Paris und besuchte Heine, doch die Freundschaft ließ sich nicht wiederherstellen. Laube schildert diesen Besuch in seinen ›Erinnerungen an Heinrich Heine‹, die er 1868 veröffentlichte:

... nur der Kopf war noch derselbe. Der ganze Leib war zusammengeschrumpft zum Gewicht eines Kindes. Man hob ihn mit einer Hand, wenn seine Lage im Bette verändert werden sollte. ... Es war Sommerszeit, und die Ausstellung wälzte den Menschenstrom unter seinen Fenstern vorüber; er sah nichts davon, aber er war nicht traurig, sein Kopf war völlig frei, so frei, daß es zum Erschrecken war. Witz und Frivolität waren ihm treu geblieben, und diese von unten auf absterbende Creatur, welche unter der Bettdecke nur noch ein paar Spannen zusammengezogenen Men-

schenleibes besaß, forderte mit ungeschwächtem Geiste den Schöpfer alles Menschlichen heraus. Die ganze Wahrheit zu gestehen: dieser letzte Eindruck war – abgesehen vom natürlichen Mitleide – sehr peinlich. Die Frau war, wie sie gewesen: gut, leicht in der Sorge, treu in der freundlichen Ausdauer, ein unerschöpflicher Schatz für ihn, und gegen die unsentimentale, fast lebenslustige Stimmung im Hause des unerbittlichen Absterbens hätte ich wahrlich nichts einwenden mögen. Warum soll sich der Mensch nicht auch beim hereinbrechenden Winter frisch und fröhlich einrichten für die todte Jahreszeit! Das stärkt eher, so wie Heine's Gespräch über wichtige Lebensdinge, welches er auch mit immer geschlossenem Auge klar, scharf und schlagend führte.
Woher entstand also die Pein? Aus der Störung des harmonischen Gleichgewichtes, welches ein jedes Menschenwesen braucht. ...
Unter der Bettdecke eine Mumie, außen ein Kopf, der ungeschwächt war und durch die frechsten Geistessprünge beweisen wollte, daß er unabhängig wäre vom ganzen übrigen Organismus, namentlich unabhängig vom Herzen. ...
Freilich lag auch der Reiz seines Stils in dieser seiner Natur, in diesen unausgeglichenen Kräften. Der Zweifel und die Verneinung mögen eben so stark sein wie der Glaube und die Schaffung, die Harmonie wird gewahrt bleiben können. Aber der Hohn dazu und die Schadenfreude für die schönsten Empfindungen, für die heiligsten Stimmungen des Menschen, sie sind ein dämonischer Luxusartikel, welcher den Geist kitzelt und das Kunstwerk schwächt. Dies war Heine's Natur.
Er wußte das selbst in guten Stunden, er zeigte das hinreichend in seinen Gedichten reinster Harmonie. Aber der Dämon der Disharmonie war stärker in ihm als sein Wissen; Heine ließ ihm hohnlachend die Zügel schießen, und wenn man ihm bemerkte: Du verletzest dadurch Dein Kunstwerk, so antwortete er: Wohl! Ich wirke aber zehnfach mehr als all' Eure Künstler. ...
Diese dämonische Eigenschaft liebkosend lebte er, schrieb er, starb er.

Laube erlebte damals die »Harmonie« des Seelenkomforts, die Philisterfreuden, die Heine ihm prophezeit hatte. Der ehemalige Radikale konnte seinem ehemaligen Freund die »disharmonische«, zornige Wahrheit nicht verzeihen. Heine blieb dieser Wahrheit beständig treu; den Schmerzen, der Einsamkeit und der Todesangst wollte er nicht nachgeben, wollte sich nicht mit der triumphierenden Philisterei aussöhnen.

Laube behauptete, gerade an diese *dämonische* Neigung Heines zur Disharmonie *nestelten sich natürlich all seine bedenklichen Eigenschaften und moralischen Fehler, Eitel-*

keit, Rachsucht, Mangel an jeglicher Pietät und eigentlicher Vaterlandsliebe.

Nach 1850 sprach Laube ihm die Vaterlandsliebe ab, obwohl er noch drei Jahre zuvor begeistert erzählt hatte, daß Heine, der doch selbst schonungslos über die Deutschen spotten konnte, keinem Franzosen gestatte, auch nur *ein* abfälliges Wort über Deutschland zu äußern. Er habe sich sogar mit einem französischen Journalisten duelliert, der es gewagt hatte, abfällig über deutsche Sitten zu schreiben. Nun galt Laube nur der als Patriot, der den österreichischen Prinzen Johannes zum deutschen Kaiser wählen wollte. Heine aber hatte sogar ein Spottgedicht, ›Hans ohne Land‹, auf diesen Prinzen und seine Anhänger verfaßt.

***

Am Morgen, als sein Sekretär kam, diktierte Heine ihm ein neues Gedicht, das in der Nacht entstanden war.

Im Sommer und Herbst 1851 schrieb er viele neue Gedichte, darunter ›Rhampsenit‹, ›Spanische Atriden‹, ›Jehuda ben Halevy‹, ›Nächtliche Fahrt‹, ›Vitzliputzli‹ und ›Disputation‹.

Seit er wieder dichten konnte, fühlte er sich wie ein Genesender. Krankheit und Tod schienen überwunden. Er ließ sich wieder tagelang vorlesen, diktierte Briefe, empfing Gäste und unterhielt sich mit ihnen ungezwungen wie einst.

Karl Hillebrand, sein erster Sekretär, hat den Beginn dieses neuen Lebens beschrieben:

Er war damals schon an sein Bette (in der rue d'Amsterdam) gefesselt, wenn man anders dies Matratzenlager ein Bett nennen kann. Sein Gehör war schon geschwächt, seine Augen geschlossen und nur mit Mühe konnte der abgemagerte Finger die müden Augenlider hinaufschieben, wenn der Poet etwas zu sehen verlangte.
... [ein] Teil meines Besuches, der täglich drei bis vier Stunden dauerte, ward dem Lesen gewidmet. Von den Schriftstellern, die ich ihm vorlas, entfallen mir die gelehrten beinahe sämtlich, da ich gar kein Interesse daran nahm, und sie nur mechanisch hinlas: waren es doch meist theologische Werke oder wenigstens kirchenhistorische, ... auch die Bibel, die er fast auswendig wußte, und in der ich ihm oft ganze Kapitel vorlas, vornehmlich im Alten Testamente. ... Dichter aber lasen wir viele: ich habe in den acht bis neun Monaten, während welcher ich ihn besuchte, mit ihm gelesen: »Wilhelm Meister«, »Wahrheit und Dichtung«, »Tasso«, »Faust«

(beide Theile), »Geisterseher« und fast alle Dramen Schillers, für die er eine große Bewunderung hegte. Namentlich schätzte er »Wallenstein« ganz ungemein. Dabei nun ließ er sich nicht die Mühe verdrießen, den zwanzigjährigen Jungen in's Geheimnis des Handwerks einzuweihen, ihm das Warum und Wie gewisser Stilformen, ja sogar Kunstgriffe des Dichters, die er sofort herausfand, auseinanderzusetzen, ihn auf die feinsten Nuancen aufmerksam zu machen, ihm immer und immer wieder die Sobrietät der Klassiker anzupreisen.

Er bereitete die Ausgabe eines neuen Sammelbandes vor. Er wählte manche seiner alten Gedichte aus, bearbeitete sie zum Teil, ordnete neue ein, las die Korrekturfahnen. Das alles ermutigte und erfreute ihn. Im Oktober 1851 erschien dieser neue Gedichtband: ›Romanzero‹. Im Nachwort erklärte er, wie grundsätzlich sich seine Ansichten gewandelt hatten, gestand aber auch alte und neue Zweifel ein; wie immer bei ihm waren Ernst und Scherz, Pathos und Spott untrennbar:

... Gedichte, die nur halbweg Anzüglichkeiten gegen den lieben Gott selbst enthielten, habe ich mit ängstlichstem Eifer den Flammen überliefert. Es ist besser, daß die Verse brennen als der Versifex. Ja, wie mit der Kreatur, habe ich auch mit dem Schöpfer Frieden gemacht, zum größten Ärgernis meiner aufgeklärten Freunde, die mir Vorwürfe machten über dieses Zurückfallen in den alten Aberglauben, wie sie meine Heimkehr zu Gott zu nennen beliebten. Andere, in ihrer Intoleranz, äußerten sich noch herber. Der gesamte hohe Klerus des Atheismus hat sein Anathema über mich ausgesprochen, und es gibt fanatische Pfaffen des Unglaubens, die mich gerne auf die Folter spannten, damit ich meine Ketzereien bekenne. Zum Glück stehen ihnen keine andern Folterinstrumente zu Gebote als ihre Schriften. Aber ich will auch ohne Tortur alles bekennen. Ja, ich bin zurückgekehrt zu Gott, wie der verlorene Sohn, nachdem ich lange Zeit bei den Hegelianern die Schweine gehütet. ...
Wenn man nun einen Gott begehrt, der zu helfen vermag – und das ist doch die Hauptsache – so muß man auch seine Persönlichkeit, seine Außerweltlichkeit und seine heiligen Attribute, die Allgüte, die Allweisheit, die Allgerechtigkeit u. s. w. annehmen. Die Unsterblichkeit der Seele, unsre Fortdauer nach dem Tode, wird uns alsdann gleichsam mit in den Kauf gegeben, wie der schöne Markknochen, den der Fleischer, wenn er mit seinen Kunden zufrieden ist, ihnen unentgeltlich in den Korb schiebt. ...
Ausdrücklich widersprechen muß ich jedoch dem Gerüchte, als hätten mich meine Rückschritte bis zur Schwelle irgend einer Kir-

che oder gar in ihren Schoß geführt. Nein, meine religiösen Überzeugungen und Ansichten sind frei geblieben von jeder Kirchlichkeit; kein Glockenklang hat mich verlockt, keine Altarkerze hat mich geblendet. Ich habe mit keiner Symbolik gespielt und meiner Vernunft nicht ganz entsagt. Ich habe nichts abgeschworen, nicht einmal meine alten Heidengötter, von denen ich mich zwar abgewendet, aber scheidend in Liebe und Freundschaft.

Er berichtet von seiner letzten Begegnung mit der *hochgebenedeiten Göttin der Schönheit, Unsere*[r] *liebe*[n] *Frau von Milo,* und er schließt das Buch mit einem fröhlich-traurig tröstenden Zuspruch an die Leser und an sich selbst:

Wie sträubt sich unsere Seele gegen den Gedanken des Aufhörens unserer Persönlichkeit, der ewigen Vernichtung! Der horror vacui, den man der Natur zuschreibt, ist vielmehr dem menschlichen Gemüte angeboren. Sei getrost, teurer Leser, es gibt eine Fortdauer nach dem Tode, und in der anderen Welt werden wir auch unsere Seehunde wiederfinden.
Und nun, lebe wohl, und wenn ich Dir etwas schuldig bin, so schicke mir Deine Rechnung.

Am 13. November 1851 machte er eine neue Fassung seines Testaments. Er lud zwei Notare ein und zwei Zeugen aus der Nachbarschaft, den Bäcker und den Gewürzkrämer. Der Text beginnt mit den üblichen Einleitungsformeln, dann heißt es:

Und im Schlafzimmer des nachfolgend benannten Herrn Heine, ... in welchem ... die ... Notare und Zeugen sich auf ausdrückliches Verlangen Desselben versammelt haben,
Erschien
Herr Heinrich Heine, Schriftsteller und Doktor der Rechte, wohnhaft zu Paris, Rue d'Amsterdam Nr. 50;
Welcher, krank an Körper, aber gesunden Geistes, Gedächtnisses und Verstandes, wie es den genannten Notaren und Zeugen bei der Unterhaltung mit ihm vorgekommen ist, – im Hinblick auf den Tod, dem genannten Herrn Ducloux, in Gegenwart des Herrn Rousse und der Zeugen, sein Testament ... diktiert hat: ...

Zu seiner Universalerbin ernannte er *Mathilde Crescence Heine, geb. Mirat, meine rechtmäßige Ehefrau.* In Paragraph 3. hieß es:

Ich wünsche, daß nach meinem Ableben all' meine Papiere und meine sämmtlichen Briefe sorgfältig verschlossen und zur Verfügung meines Neffen Ludwig von (?) Embden gehalten werden, ...

Und zum Schluß ließ er – ganz der alte Heine – schreiben:

Ich verbiete, daß irgend eine Rede, deutsch oder französisch, an meinem Grabe gehalten werde. Gleichzeitig spreche ich den Wunsch aus, daß meine Landsleute, wie glücklich sich auch die Geschicke unsrer Heimat gestalten mögen, es vermeiden, meine Asche nach Deutschland hinüber zu führen; ich habe es nie geliebt, meine Person zu politischen Possenspielen herzugeben. Es war die große Aufgabe meines Lebens, an dem herzlichen Einverständnisse zwischen Deutschland und Frankreich zu arbeiten, und die Ränke der Feinde der Demokratie zu vereiteln, welche die internationalen Vorurtheile und Animositäten zu ihrem Nutzen ausbeuten. Ich glaube mich sowohl um meine Landsleute wie um die Franzosen wohlverdient gemacht zu haben, ...

Bis zum Frühjahr 1852 waren bereits zwanzigtausend Exemplare des ›Romanzero‹ verkauft. Einen solchen Erfolg hatte Campes Verlag schon lange nicht mehr gehabt. Und diesen Erfolg errang ein Autor, den man allseits beschimpfte, den sowohl die Regierungen als auch deren Feinde offen verdammt hatten, den Konservative und Revolutionäre, darunter manche seiner alten Freunde, verächtlich machen wollten, den Kritiker und Journalisten schon mehrmals totgesagt hatten. Es hieß, sein Talent sei längst erschöpft, er sei vom Zeitgeist überholt, gehöre überhaupt nicht mehr zur deutschen Literatur, die Jugend wolle nichts von ihm wissen.

Und nun dieses Buch! Es überraschte schon dadurch, daß es überhaupt erschien. – Aha, der lebte also noch! – Aber noch mehr überraschte seine ganz neuartige und erstaunlich jugendliche poetische Kraft.

Themen und Motive dieses Buches waren eigentlich altbekannt. Vieles kam aus dem romantisierten Mittelalter: Ritter, Könige, Walküren, Mönche, Gnome, manches war buntgemischte, romantische Exotik: aus dem alten Ägypten, aus Indien, Arabien, Persien und den Feldzügen der spanischen Conquistadoren. Heraufbeschworen wurden auch die großen Gestalten des Alten und Neuen Testaments, antike Götter und Helden, Bilder aus deutschen und jüdischen Sagen und Volksmärchen, Erinnerungen an die jüngste Vergangenheit und an das 18. Jahrhundert. Auch seine Frau besang er zärtlich-scherzend; seine politischen und literarischen Zeitgenossen, Freunde und Feinde pries oder verhöhnte er mit dem gleichen Übermut wie früher.

Heine hatte penibel darauf geachtet, daß seine Zusammenstellung und die Reihenfolge der Gedichte genau befolgt wurden:

Der erste Teil des Buches, ›Historien‹, enthält die meisten traditionell-romantischen – die »mittelalterlichen« und »exotischen« – und die biblischen Gedichte. Den zweiten Teil, die ›Lamentationen‹, bilden Gedichte über Tagesereignisse, Erinnerungen an seine Jugend, Klagen über die Krankheit, Bekenntnisse zur Poesie, Epigramme und noch einige romantische Gedichte.

Über seine Krankheit und den bevorstehenden Tod schrieb er bald wehmütig, bald spöttisch. Er beklagte und verhöhnte seine alten Träume vom Glück, bedauerte alle vergeudeten und verpaßten Gelegenheiten. Und selbst über seine Sterbetage und seine Witwe macht er ein zärtlich-scherzhaftes Gedicht:

Keine Messe wird man singen,
Keinen Kadosch wird man sagen,
Nichts gesagt und nichts gesungen
Wird an meinen Sterbetagen.

Doch vielleicht an solchem Tage,
Wenn das Wetter schön und milde,
Geht spazieren auf Montmartre
Mit Paulinen Frau Mathilde.

Mit dem Kranz von Immortellen
Kommt sie mir das Grab zu schmücken,
Und sie seufzet: »Pauvre homme!«
Feuchte Wehmut in den Blicken.

Leider wohn ich viel zu hoch,
Und ich habe meiner Süßen
Keinen Stuhl hier anzubieten;
Ach! sie schwankt mit müden Füßen.

Süßes, dickes Kind, du darfst
Nicht zu Fuß nach Hause gehen;
An dem Barrieregitter
Siehst du die Fiaker stehen.

Dieser Teil schließt mit zwei Gedichten, einem kontrapunktisch-kontrastierenden Doppelklang.

Das ›Vermächtnis‹ ist eine haß- und verachtungsvolle Botschaft an seine Feinde:

Nun mein Leben geht zu End,
Mach ich auch mein Testament;
Christlich will ich drin bedenken
Meine Feinde mit Geschenken.

Diese würdgen, tugendfesten
Widersacher sollen erben
All mein Siechtum und Verderben,
Meine sämtlichen Gebresten.

Ich vermach euch die Koliken,
Die den Bauch wie Zangen zwicken,
Harnbeschwerden, die perfiden
Preußischen Hämorrhoiden.

Meine Krämpfe sollt ihr haben,
Speichelfluß und Gliederzucken,
Knochendarre in dem Rucken,
Lauter schöne Gottesgaben.

Kodizill zu dem Vermächtnis:
In Vergessenheit versenken
Soll der Herr eur Angedenken,
Er vertilge eur Gedächtnis.

Er klingt aus mit dem tragisch-erhabenen ›Enfant perdu‹ *:

Verlorner Posten in dem Freiheitskriege,
Hielt ich seit dreißig Jahren treulich aus.
Ich kämpfte ohne Hoffnung, daß ich siege,
Ich wußte, nie komm ich gesund nach Haus.

. . .

In jenen Nächten hat Langweil ergriffen
Mich oft, auch Furcht – (nur Narren fürchten nichts) –
Sie zu verscheuchen, hab ich dann gepfiffen
Die frechen Reime eines Spottgedichts.

* So nannte man in der französischen Armee Soldaten, die mit einem aussichtslosen Kommando betraut wurden, was ihr Todesurteil bedeutete.

Ja, wachsam stand ich, das Gewehr im Arme,
Und nahte irgend ein verdächtger Gauch,
So schoß ich gut und jagt ihm eine warme,
Brühwarme Kugel in den schnöden Bauch.

Mitunter freilich mocht es sich ereignen,
Daß solch ein schlechter Gauch gleichfalls sehr gut
Zu schießen wußte – ach, ich kanns nicht leugnen –
Die Wunden klaffen – es verströmt mein Blut.

Ein Posten ist vakant! – Die Wunden klaffen –
Der Eine fällt, die Andern rücken nach –
Doch fall ich unbesiegt, und meine Waffen
Sind nicht gebrochen – Nur mein Herze brach.

Der dritte Teil, ›Hebräische Melodien‹, besteht aus einer Elegie und zwei großen Gedichten; dem lyrisch-epischen und zugleich ironischen Poem über den mittelalterlichen hebräischen Dichter Jehuda ben Halevy folgt die blasphemisch-satirische ›Disputation‹, ein wortreiches theologisches Turnier zwischen einem Mönch und einem Rabbiner. Der Urteilsspruch der schönen Königin Blanka über den Streit der beiden ist zugleich auch der letzte Vers des Buches:

»Welcher recht hat, weiß ich nicht –
Doch es will mich schier bedünken,
Daß der Rabbi und der Mönch,
Daß sie alle beide stinken.«

Im Nachwort zum ›Romanzero‹ klagt der Autor:

Aber existiere ich wirklich noch? Mein Leib ist so sehr in die Krümpe gegangen, daß schier nichts übrig geblieben als die Stimme, und mein Bett mahnt mich an das tönende Grab des Zauberers Merlinus, welches sich im Walde Brozeliand in der Bretagne befindet, unter hohen Eichen, deren Wipfel wie grüne Flammen gen Himmel lodern. Ach, um diese Bäume und ihr frisches Wehen beneide ich dich, Kollege Merlinus, denn kein grünes Blatt rauscht herein in meine Matratzengruft zu Paris, wo ich früh und spat nur Wagengerassel, Gehämmer, Gekeife und Klaviergeklimper vernehme. Ein Grab ohne Ruhe, der Tod ohne die Privilegien der Verstorbenen, die kein Geld auszugeben und keine Briefe oder gar Bücher zu schreiben brauchen – das ist ein trauriger Zustand. Man hat mir längst das Maß genommen zum Sarg, auch zum Nekrolog, aber ich sterbe so langsam, daß solches nachgerade langweilig wird für mich, wie für meine Freunde.

Ewigkeit, wie bist du lang,
Länger noch als tausend Jahr;
Tausend Jahre brat ich schon,
Ach! und ich bin noch nicht gar.

Heines Muse im ›Romanzero‹ ist keine der klassischen neun von Apollo geführten göttlichen Jungfrauen, die den Dichtern wohlklingende, streng nach Gattungen und Themen unterteilte Werke vorsagen und vorsingen. Sie hat viele Gesichter und Masken, kann sich in ein und demselben Gedicht plötzlich verändern. Bald ist sie ein romantisch-verträumtes Ritterfräulein und reitet durch das Dickicht der Märchenwälder, bald eine fromme Bürgertochter im Halbdunkel einer gotischen Kathedrale; mal erscheint sie als elegante Dame in einem Salon, wo vor dem Hintergrund vielfarbiger Gobelins scharfsinnige Enzyklopädisten und freidenkerische Kleriker mit wissensdurstigen Jünglingen – den zukünftigen Jakobinern – plaudern. Im nächsten Augenblick aber ist sie ein fröhliches Mädchen vom Lande. Sie strickt fleißig und erzählt dabei Märchen, singt alte Volksweisen. Und gleich darauf ist sie eine kecke Pariserin, die auf der Place de la Bastille tanzt, ihren Geliebten im Weinkeller küßt, auf einer Barrikade die Marseillaise anstimmt.

Heines Muse ist am Rhein, in der Heimat des Karnevals, geboren. Sie gefällt sich in der antiken Tunika ebensogut wie im Nonnengewand, sie ist im deutschen Märchenwald und in den Pariser Straßen zu Hause, sie singt biblische Psalmen ebenso begeistert wie dreiste Studentenlieder. Sie weiß von der Weltgeschichte so zu erzählen, daß die Philosophen ernst und nachdenklich werden, die Straßenjungen und Grisetten aber laut lachen. Sie betet zu Christus und zur Venus, so inbrünstig und spöttisch zugleich, daß Frömmler wie Atheisten in Zorn geraten. Sie grämt sich und treibt Unfug. Sie, eine nimmermüde Krankenwärterin, legt Umschläge auf die schmerzende Stirn des Dichters, und ein andermal ist sie eine lustige, geschwätzige dicke Frau in Mathildes neuem Kleid, die zu einem Konzert eilt. Sie spricht mit den Stimmen seiner fernen Freundinnen, die ihn vergessen haben und an die er selbst längst nicht mehr gedacht hatte. Leise singt sie ihm alte Wiegenlieder und Balladen, in denen der Rhein plätschert, der Thüringer Wald rauscht, die Nordsee braust.

Die Stimmen der Heimat dringen durch den Lärm der

Pariser Straßen, und selbst Kanonendonner, das wilde Toben von Straßenschlachten können diese Stimmen nicht übertönen. Gleichzeitig oder abwechselnd erklingen Jahrmarktsmoritaten, Choräle und Liebeslieder ...

Heines Poesie ist vielfältig und wechselreich – wie die Natur und das Menschenleben. Auf ihn trifft genau zu, was sein großer Lehrer Goethe einst gesagt hatte:

> Freuet euch des wahren Scheins,
> Euch des ernsten Spieles:
> Kein Lebendiges ist ein Eins,
> Immer ists ein Vieles.

In dem naiv-pathetischen Gebet ›An die Engel‹ sind die ironischen Untertöne kaum mehr wahrzunehmen, sein Flehen klingt ganz ernsthaft:

> Ihr Engel in den Himmelshöhn,
> Vernehmt mein Schluchzen und mein Flehn:
> Beschützt, wenn ich im öden Grab,
> Das Weib, das ich geliebet hab;
> Seid Schild und Vögte eurem Ebenbilde,
> Beschützt, beschirmt mein armes Kind, Mathilde.

Diesem stillen Gebet folgen schrille Sarkasmen und zorniges Pathos – Spott über den renommiersüchtigen Liszt, ein Requiem auf die deutschen und ungarischen Revolutionäre, Verwünschungen der »Bestien« der Reaktion: alles in *einem* Gedicht.

Der Dichter vergleicht sein Schicksal mit einem nächtlichen Theater nach der Vorstellung:

> Verdrießlich rascheln im Parterr
> Etwelche Ratten hin und her,
> Und Alles riecht nach ranzgem Öle.
> Die letzte Lampe ächzt und zischt
> Verzweiflungsvoll, und sie erlischt.
> Das arme Licht war meine Seele.

Doch fall ich unbesiegt, und meine Waffen
Sind nicht gebrochen – Nur mein Herze brach.

Er wußte, jeder neue Tag konnte der letzte sein. Jede Stunde konnte der Augenblick kommen, wo er für immer verstummte, wo sein Bewußtsein erlosch. Er wußte es, und trotzdem oder gerade deswegen war er rastlos tätig, wollte jede Minute bis zur Neige auskosten.

Sein neues Verhältnis zur Religion veränderte seine Poetik und sein ganzes Verhalten kaum. Er blieb, wie er immer gewesen war: geistreich, skeptisch und spöttisch. Seine frommen Bekenntnisse glichen seinen blasphemischen Witzen. Auf die Vorwürfe derer, die diese Inkonsequenz schokkierte, erwiderte er gelassen, er komme ja aus dem Rheinland; dort könnten, ebenso wie in Italien und Spanien – in allen wahrhaft katholischen Ländern –, die gottesfürchtigen Menschen, gerade weil ihr Glaube fest sei und in tiefster Seele wurzle, auch gotteslästerliche Witze wagen und das heilige Sakrament, die Jungfrau Maria, die Apostel und alle Teufel in ihren Flüchen ungeniert in einem Atemzug nennen. Nur Kleingläubige, Heuchler, feige Pedanten gebärdeten sich scheinheilig frömmelnd; fanatische Asketen in ihrem lüsternen Streben nach Seelenheil glaubten, daß jeder kleine Zweifel schon eine Todsünde sei. Ein wahrhaft gläubiger Mensch dagegen könne gelegentlich nicht umhin, an der Gerechtigkeit Gottes zu zweifeln. Und wer die von Ihm erschaffene Welt liebe, der müsse schon von Zeit zu Zeit den allmächtigen Schöpfer und Lenker schelten.

Sein Körper, von der Krankheit entstellt und zerfressen, starb unerbittlich Tag für Tag weiter ab. Doch seine Gedanken, seine Gefühle und Leidenschaften waren ungeschwächt, manchmal sogar noch lebhafter als früher. Er liebte und haßte, trauerte, dürstete nach Erfolg, nach Wahrheit, nach Geld und Stille – um arbeiten zu können –, nach Frauengunst, nach Rache an seinem jeweiligen Gegner.

Mit Campe feilschte er noch kleinlicher und zänkischer als früher, noch eigenwilliger vermengte er Vorwürfe, Schmähungen, ja direkte Erpressung mit wehleidigen Klagen und Freundschaftsbeteuerungen, lobte dabei sich selbst, den uneigennützigen Poeten, und verhieß ihm, dem glücklichen Verleger eines Heine, lukrative Gewinne und unsterblichen Ruhm.

Seine größte Angst war, Mathilde völlig mittellos zurückzulassen, wenn er am nächsten Tag stürbe. Seinen Bruder Gustav beauftragte er, seine finanziellen Angelegenheiten in Österreich zu betreuen. Sein Bruder Max sollte auf Campe beharrlichen Druck ausüben, und er selbst schnorrte ungeniert vom Krankenbett aus: Aktien von Rothschild und auch von dessen Konkurrenten-Bankier Péreire, einem ehemaligen Saint-Simonisten.

In diesen Jahren kam es zu einer Annäherung zwischen ihm und den Brüdern. Gustav hatte zunächst als Dragoneroffizier in der österreichischen Armee gedient, war geadelt worden und hatte sehr vorteilhaft geheiratet. Er hatte seinen Abschied genommen und war jetzt Herausgeber des Wiener ›Fremdenblatts‹, einer konservativen Zeitung. Max war Militärarzt in der russischen Armee und hatte es bis zum Oberst gebracht. Er war davon überzeugt, daß der russische Zar ein großer, nobler Herrscher und das russische Reich das mächtigste auf dem Planeten sei.

Heine liebte seine Brüder, wußte aber auch, was er von ihnen zu halten hatte. Oft erregte und ärgerte er sich über sie, beschimpfte sie in seinen Briefen und wenn sie ihn besuchten. Beide kamen mehrmals nach Paris. Sie begriffen endlich, daß ihr Bruder viel mehr war als ein Dichterling, der es zu nichts gebracht, der nur leichtsinnig seine Gesundheit und das Geld seines Onkels verschleudert hatte.

Sein Ruhm drang über die Grenzen aller europäischen Staaten, auch über die Ozeane hinaus.

In Rußland hatte die Zensur seine Bücher verboten, aber Übersetzungen seiner Gedichte wurden in Zeitschriften publiziert. Große Dichter – Lermontow und Tjutschew – waren seine Übersetzer. Sein Wort kam in Zeitschriften, Briefen und Notenheften – Schubert und Schumann hatten seine Lieder vertont – bis in die Wälder Sibiriens, in die Hütten der verbannten Dekabristen.

In Österreich verbot die Zensur den ›Romanzero‹, doch für die alten und neuen Gedichte Heines begeisterten sich nicht nur Burschenschaftler und wandernde Handwerksgesellen, die seine Lieder sangen, nicht nur junge Mädchen, die sie in Poesiealben schrieben, sondern auch der Fürst Metternich und die junge Kaiserin Elisabeth.

Gustav und Max hatten ihren Bruder immer geliebt, verstanden hatten sie ihn nie. Er tat ihnen leid, der hoffnungslos Kranke, sie wollten ihm helfen. Die drei Brüder glichen einander kaum; ihre Schicksale, Begabungen und Lebensauffassungen waren völlig unterschiedlich. Und doch hatten sie auch verwandte Eigenschaften. Der leichtsinnige, sorglose, lebenslustige Egoismus, der bei Heinrich zu wundervoller Poesie wurde, zeugte bei den jüngeren Brüdern eine unstillbare Gier nach irdischen Gütern. Seinem satirischen Talent entsprach die Neigung der Brüder zu üblen Nachreden, Intrigen und Klatschereien. Sein Ehrgeiz und Stolz, sein Streben nach unsterblichem Ruhm artete bei ihnen zu Prahlsucht und Eitelkeit aus. Sie besaßen fast alle seine Laster, aber kaum einen seiner Vorzüge.

Doch alle drei fühlten eine brüderliche Verbundenheit und waren sich ihrer auch bewußt, obwohl sie fortwährend miteinander stritten.

Am 12. September 1852 schrieb Max aus Hamburg:

Ich war eben aus Berlin angekommen, stand mit Campe auf dem freundlichsten Fuße, als Gustav, *vor mir,* zu Campe lief und eben so brutal als bornirt mit ihm sprach. Campe mußte ihm die Thüre weisen. So schwer es mir wurde, und nur aus inniger Liebe zu Dir, brachte ich meiner Würde das Opfer und ging den andern Tag zu Campe, zur Vermittelung. Alles umsonst. Campe war eigensinniger als je. Wollte gar nichts vom Buche wissen, und gar keine Intervention zulassen. Ich hatte genug zu thun, daß kein skandalöser Injurienprozeß entstand. Als ich Gustav fragte, ob er das Buch nehmen d.h. kaufen wolle, war seine Antwort: (in Gegenwart Lottchens und der Kinder) daß er das Buch gar nicht brauchen könne, am wenigsten in Oesterreich. Sprach sehr unehrenvoll über Heinrich Heine und dessen (von mir überall sehr in Schutz und Truz genommene) Gattin Mathilde. Er ging mit großem Fiasco aus Hamburg, und trat wie ein ausgepfiffener, mit faulen Aepfeln geworfener schlechter Schauspieler ab, nachdem ihm noch der schwache Versuch mislungen war, die einzelnen Familien-Mitglieder auf einander zu hetzen, und zwar durch Lügen, Verläumdungen und dergleichen. ...

Da Du diesen *klugen* Bruder im vorigen Sommer persönlich wiederzusehen das Vergnügen hattest (was selbst nach 22 Jahren für mich noch heute zu viel war), so mußt Du mehr als krank sein, wenn Du mit diesem Schwindler, dessen lügenhaftes Wort auch den ersten Himmels-Engel kompromettiren muß, Compagnie machen willst.

Heine beschimpfte die beiden wegen ihrer Dummheit, wegen des angerichteten Schadens und – betraute sie doch mit neuen Geschäften, verzieh ihnen immer wieder. Er wartete ungeduldig auf ihre Briefe, freute sich über ihre seltenen Besuche und war doch sehr bald ihrer lästigen Fragen, Klatschereien und Bitten überdrüssig. Aber wenn sie sich verabschiedeten, war er stets traurig – bald mußte er ihnen ja auf immer Lebewohl sagen...

Max liebte er mehr, fühlte sich ihm seelisch näher; der hatte sogar versucht, auch Verse und Prosa zu schreiben.

Max! Du kehrst zurück nach Rußlands
Steppen, doch ein großer Kuhschwanz
Ist für dich die Welt: Plaisier
Bietet jede Schenke dir.

...

Immer hast du ausgeübet
Luthers Wahlspruch: Wer nicht liebet
Wein und Weiber und Gesang –
Bleibt ein Narr sein Lebenlang.

Möge, Max, das Glück bekränzen
Stets dein Haupt und dir kredenzen
Täglich seinen Festpokal
In des Lebens Kuhschwanz-Saal!

Das hat ein Todgeweihter am Rande des Grabes gedichtet.

***

Er schrieb der Krankheit, dem Tod zum Trotz. Er schrieb.

Mathilde umsorgte ihn, begriff aber nicht, daß dies allein jetzt der Sinn seines Lebens war. Seine Verwandten begriffen es noch weniger und wurden ihm immer lästiger. Der eigensüchtige Campe beschuldigte ihn fortwährend, er sei egoistisch, in sich selbst verliebt, kenne die deutschen Leser nicht mehr, sei habgierig, weil er sich nicht damit zufrieden gab, daß der Verlag ihm nur die Hälfte von dem zahlte, was Autoren »gängiger« Bücher bekamen.

Und doch schrieb er. Er hielt mit der gelähmten, verkrümmten Linken das Pult und kritzelte blind. So entstanden erste Entwürfe – meist nachts. Am Tag diktierte er.

1853 schloß er die ›Elementargeister‹ ab. Dann wurden die drei Bände der ›Vermischten Schriften‹ vorbereitet, die Campe 1854 herausbrachte. Der Erste Band enthielt auch neue, bereits nach dem ›Romanzero‹ entstandene Gedichte; im Zweiten und Dritten Band faßte er seine Artikel für die Augsburger ›Allgemeine Zeitung‹ unter dem Titel ›Lutezia‹ zusammen.

Dieses Buch enthält seine sozialen und politischen Einsichten: Gedanken über die wichtigsten Ereignisse aus anderthalb Jahrzehnten europäischer Geschichte – über Staatsstreiche, Kriege und Revolutionen.

In Frankreich, der Heimat der demokratischen und sozialistischen Ideale, hatte die Zweite Republik nicht einmal das vierte Jahr überstanden. Louis Napoleon, der 1848 zum Präsidenten gewählt worden war, stürzte die Republik schon im Dezember 1851 und wurde als Napoleon III. Kaiser von Frankreich.

Am 13. Februar 1852 schrieb Heine an Gustav Kolbe:

... mein alter Bonapartismus hält nicht Stich gegen den Kummer, der mich überwältigte, als ich die Folgen jenes Ereignisses übersah. Die schönen Ideale von politischer Sittlichkeit, Gesetzlichkeit, Bürgertugend, Freyheit und Gleichheit, die rosigen Morgenträume des achtzehnten Jahrhunderts, für die unsere Väter so heldenmüthig in den Tod gegangen, und die wir ihnen nicht minder martyrthumsüchtig nachträumten – da liegen sie nun zu unseren Füßen, zertrümmert, zerschlagen, wie die Scherben von Porzellankannen, ...

***

Die radikalen Demokraten schmähten Heine als Anhänger der Monarchie, als Vertrauten der Bankiers und der königlichen Minister, schimpften ihn einen Verräter an den republikanischen Idealen. Börne, Ruge und Gutzkow hatten stets behauptet, er sei nicht radikal genug. Doch gerade er hatte in den Jahren, als die Reaktion triumphierte, immer wieder die Revolutionäre verteidigt und ihre Ideale gepriesen.

Sein »Grab ohne Ruhe« war die letzte Barrikade, die er

hielt. Und in seinen letzten Gefechten wurde er noch treffsicherer. Schonungslos kämpfte er gegen alte und neue Feinde, gegen die siegreichen Monarchen, Militärs und Politiker, aber zugleich auch gegen die bornierten republikanischen Philister, die an den Niederlagen der Revolution mitschuldig waren, und gegen die ehemals fanatischen Republikaner, die nach und nach zu folgsamen Untertanen geworden waren. Sie alle meint er in der satirischen Ballade ›Erinnerung aus Krähwinkels Schreckenstagen‹:

Wir Bürgermeister und Senat,
Wir haben folgendes Mandat
Stadtväterlichst an alle Klassen
Der treuen Bürgerschaft erlassen.

Ausländer, Fremde, sind es meist,
Die unter uns gesät den Geist
Der Rebellion. Dergleichen Sünder,
Gottlob! sind selten Landeskinder.

...

Wer auf der Straße räsonniert,
Wird unverzüglich füsiliert;
Das Räsonnieren durch Gebärden
Soll gleichfalls hart bestrafet werden.

Vertrauet eurem Magistrat,
Der fromm und liebend schützt den Staat
Durch huldreich hochwohlweises Walten;
Euch ziemt es, stets das Maul zu halten.

Die Ballade ›Die Wahlesel‹ war ein höhnischer Nachruf auf das Frankfurter Parlament und seine monarchistischen Verfassungspläne, aber auch eine bitterböse Prophezeiung.

Die Freiheit hat man satt am End,
Und die Republik der Tiere
Begehrte, daß ein einz'ger Regent
Sie absolut regiere.
...
Als einer jedoch die Kandidatur
Des Rosses empfahl, mit Zeter

Ein Alt-Langohr in die Rede ihm fuhr,
Und schrie: Du bist ein Verräter!

Du bist ein Verräter, es fließt in dir
Kein Tropfen vom Eselsblute;
Du bist kein Esel, ich glaube schier,
Dich warf eine wälsche Stute.

...

Und wärst du kein Fremdling, so bist du doch nur
Verstandesesel, ein kalter;
Du kennst nicht die Tiefen der Eselsnatur,
Dir klingt nicht ihr mystischer Psalter.

...

O welche Wonne, ein Esel zu sein!
Ein Enkel von solchen Langohren!
Ich möcht es von allen Dächern schrein:
Ich bin als ein Esel geboren.

...

Ich bin ein Esel, und will getreu,
Wie meine Väter, die Alten,
An der alten, lieben Eselei,
Am Eseltume halten.

Und weil ich ein Esel, so rat ich euch,
Den Esel zum König zu wählen;
Wir stiften das große Eselreich,
Wo nur die Esel befehlen.

...

***

Über seine Satiren lacht man auch heute noch, in Deutschland und Frankreich, in Rußland und Amerika, in allen Ländern, in denen Heine gelesen wird. Doch unversöhnlich hassen ihn noch immer alle, die sich selbst in seinen Spottversen wiedererkennen. Blind hassen ihn noch heute alle direkten und indirekten Nachkommen seiner Feinde. Die Beständigkeit dieses Hasses ist auch ein Beweis für die Unsterblichkeit seiner Poesie.

Heines Gedichte ›Der tugendhafte Hund‹, ›Simplicissimus I.‹, ›Die Menge tut es‹, ›1649–1793–??‹ und ›Michel nach dem März‹ wurden von den Gendarmen mancher deutscher Monarchien und im Dritten Reich von der Gestapo wie leibhaftige Hochverräter verfolgt. In den Jahren der Nazi-Diktatur stand unter der ›Loreley‹ und einigen anderen seiner volkstümlichsten Lieder, die man einfach nicht verbieten konnte: »Verfasser unbekannt«!

Im Vorwort zur französischen Ausgabe der ›Lutezia‹ schrieb er:

... Die Republikaner, welche sich über Inoffiziosität von meiner Seite beklagen, haben übersehen, wie ich in Fällen wo es Noth that, sie ernsthaft genug vertrat, so wie auch daß ich die Misere der herschenden Bourgeoisie unablässig in ihrer widerwärtigsten Blöße zeigte. Sie sind so schwer von Begriffen, diese Republikaner, von welchen ich übrigens früherhin eine weit bessere Meinung hegte. Ich glaubte, ihre Beschränktheit sei nur Verstellung, ... aber nach der Februarrevoluzion erkannte ich meinen Irrthum, ich sah daß die Republikaner wirklich ehrliche Leute waren, die sich nicht verstellen konnten, und wirklich das waren wonach sie aussahen.

Nach dieser Absage an die »beschränkten« Republikaner schrieb er über die Kommunisten. Fast ein Dutzend Jahre war es her, daß er mit Marx disputiert hatte. Und wie ein Nachhall dieser Auseinandersetzungen klingen manche Stellen in dem Buch, das der Dichter als sein geistiges Vermächtnis ansah:

Die Communisten, die vereinzelt in allen Ländern verbreitet, ohne bestimmtes Bewußtsein ihres Wollens, erfuhren durch die Allg. Ztg., daß sie wirklich existirten, erfuhren auch bei solcher Gelegenheit ihren wirklichen Namen, der manchem dieser armen Findelkinder der alten Gesellschaft ganz unbekannt war. Durch die Allg. Ztg. erhielten die zerstreuten Communistengemeinden authentische Nachrichten über die täglichen Fortschritte ihrer Sache, sie vernahmen zu ihrer Verwunderung, daß sie keineswegs ein schwaches Häuflein, sondern die stärkste aller Partheien, daß ihr Tag noch nicht gekommen, daß aber ruhiges Warten kein Zeitverlust sei für Leute denen die Zukunft gehört.

Er war Marx nie wieder begegnet. Von Zeit zu Zeit ließen sie einander über Freunde und Bekannte Grüße ausrichten.

Heines neuer Sekretär Richard Reinhardt, ein junger Literat, war mit der Familie Marx befreundet. Er berichtete in seinen Briefen nach London ständig über Heines Gesundheitszustand, über seine neuen Arbeiten.

Im Vorwort zu ›Lutezia‹, das Heine Reinhardt diktierte, setzte er seine Gespräche, seine Auseinandersetzungen mit Marx fort.

Dieses Geständniß, daß den Communisten die Zukunft gehört, machte ich im Tone der größten Angst und Besorgniß, und ach! diese Tonart war keineswegs eine Maske! In der That, nur mit Grauen und Schrecken denke ich an die Zeit wo jene dunklen Ikonoklasten zur Herrschaft gelangen werden: mit ihren rohen Fäusten zerschlagen sie alsdann alle Marmorbilder meiner geliebten Kunstwelt, sie zertrümmern alle jene phantastischen Schnurrpfeifereien, die dem Poeten so lieb waren; sie hacken mir meine Lorbeerwälder um, und pflanzen darauf Kartoffeln; die Lilien, welche nicht spannen und arbeiteten, und doch so schön gekleidet waren wie König Salomon, werden ausgerauft aus dem Boden der Gesellschaft, wenn sie nicht etwa zur Spindel greifen wollen; den Rosen, den müßigen Nachtigallbräuten, geht es nicht besser; die Nachtigallen, die unnützen Sänger, werden fortgejagt, und ach! mein Buch der Lieder wird der Krautkrämer zu Düten verwenden, um Kaffee oder Schnupftabak darin zu schütten für die alten Weiber der Zukunft – Ach! das sehe ich alles voraus, und eine unsägliche Betrübniß ergreift mich, wenn ich an den Untergang denke, womit meine Gedichte und die ganze alte Weltordnung von dem Communismus bedroht ist – Und dennoch, ich gestehe es freimüthig, übt derselbe auf mein Gemüth einen Zauber, dessen ich mich nicht erwehren kann, in meiner Brust sprechen zwei Stimmen zu seinen Gunsten, ...
... die erste dieser Stimmen ist die Logik – der Teufel ist ein Logiker, sagt Dante – ein schrecklicher Syllogismus behext mich, und kann ich der Prämisse nicht widersprechen: ›daß alle Menschen das Recht haben, zu essen‹, so muß ich mich auch allen Folgerungen fügen – ...
Und die zweite der beiden zwingenden Stimmen, von welchen ich rede, ist noch gewaltiger als die erste, denn sie ist die des Hasses, des Hasses den ich jenem gemeinsamen Feinde widme, der den bestimmtesten Gegensatz zu dem Communismus bildet, und der sich dem zürnenden Riesen schon bei seinem ersten Auftreten entgegenstellen wird – ich rede von der Partei der sogenannten Vertreter der Nazionalität in Deutschland, von jenen falschen Patrioten, deren Vaterlandsliebe nur in einem blödsinnigen Widerwillen gegen das Ausland und die Nachbarvölker besteht, und die namentlich gegen Frankreich täglich ihre Galle ausgießen – Ja, die Über-

reste oder Nachkömmlinge der Teutomanen von 1815, die blos das altdeutsche Narren-Costum gewechselt und sich die Ohren etwas verkürzen ließen, ich haßte und bekämpfte sie Zeit meines Lebens, und jetzt, wo das Schwert der Hand des Sterbenden entsinkt, erquickt ihn die Überzeugung, daß ihnen ganz sicher der Communismus den Garaus macht, nicht mit einem Keulenschlag, nein, mit einem bloßen Fußtritt; wie man eine Kröte zertritt, wird der Riese sie zertreten. Aus Haß gegen die Nazionalisten könnte ich schier die Communisten lieben. Wenigstens sind sie keine Heuchler, die immer die Religion und das Christenthum im Munde führen; die Communisten, es ist wahr, besitzen keine Religion (einen Fehler muß doch der Mensch haben), sie sind sogar Atheisten (was gewiß eine große Sünde ist), aber in ihren obersten Prinzipien huldigen sie einem Cosmopolitismus, einer allgemeinen Völkerliebe, einem Weltbürgerthum aller Menschen, welches ganz übereinstimmend ist mit dem Grunddogma des Christenthums, so daß sie in Wesen und Wahrheit viel christlicher sind als unsre deutschen Maulchristen, die das Gegentheil predigen und üben.

***

Heine brauchte und liebte das Zusammensein mit Freunden und überhaupt mit Menschen, die ihm zuhörten, ihn verstehen konnten.

Sein Haus stand allen Gästen offen. Sein Arzt Doktor Gruby hatte nichts dagegen, da er wußte, daß eine anregende, spannende Unterhaltung für diesen Patienten stets eine Wohltat war. Sie konnte zwar das Morphium nicht ersetzen, verstärkte und beschleunigte aber seine Wirkung. Auch Mathilde war es meist zufrieden; wenn Henri mit seinen Gästen beschäftigt war, konnte sie ruhig mit ihrer Freundin Pauline spazierengehen, Konzerte oder Theater besuchen.

An Alexandre Dumas schrieb Heine am 28. März 1854:

Seit sechs Jahren bin ich ans Bett gefesselt – wenn ich in den Krisen meiner Krankheit die größte Qual zu erdulden hatte, dann las mir meine Frau Ihre Romane vor, und das allein war imstande, mich meine Schmerzen vergessen zu lassen. So habe ich sie denn alle verschlungen, und oft genug habe ich während dieser Lektüre ausgerufen: »Was für ein genialer Dichter und ganzer Kerl, dieser Alexander Dumas!« Sicherlich, nach Cervantes und Madame Schariar, bekannter unter dem Namen Scheherazade, sind Sie der amüsanteste Erzähler, den ich kenne. ...
Mein Gott! die Sie der Ruhmredigkeit und Prahlerei anklagen, täu-

schen sich keineswegs über die Größe Ihres Talents. Sie sehen nichts als die Eitelkeit. Nun, ich behaupte, daß bei so hohem Wuchs, wie er Sie auszeichnet, und bei so gewaltigem Schritt, wie Sie ihn nehmen, die Eitelkeit nicht bis an Ihre Knie, ach, was sage ich, nicht an die Waden Ihres wunderbaren Talents reicht. Streuen Sie sich Weihrauch, soviel Sie wollen; verschwenden Sie die denkbar stärksten Lobsprüche an sich selber; ich wette, Sie können sich nicht in dem Maß rühmen und preisen, wie Sie es für Ihre herrlichen Werke verdienen.

Und am 8. Februar 1855:

Ich höre, daß Sie jetzt in derselben Rue d'Amsterdam wohnen, der ich unlängst entflohen bin, um mich an den Champs Elysées niederzulassen, 3, avenue Matignon, wo Sie mich jederzeit antreffen. Es ist nicht weit von Ihnen, und Ihr Cabriolet bringt Sie in fünf Minuten her. Schämen Sie sich! Während Sie, ein junger Mensch, mich warten lassen, hat mich ein alter Mann von fünfundsiebzig Jahren, der in Marais wohnt und sich in den Kopf gesetzt hat, alle Wege zu Fuß zurückzulegen, mit einem Wort, – hat mich unser berühmter Doyen Béranger gestern besucht, trotz des schlechten Wetters; ich hatte Béranger vierundzwanzig Jahre nicht gesehen und fand ihn lebhaft wie einen Pariser Lausbuben. Eine Dame, die ... zugegen war, war entzückt, wie gut er aussah, und als er uns sagte, er sei fünfundsiebzig, wollte sie es um keinen Preis glauben und versicherte immer wieder, er könne höchstens sechzig Jahre alt sein. Die Antwort des Chansonniers hat mich noch den ganzen Tag aufgeheitert, denn in zugleich traurigem und boshaftem Ton, mit jener vorgetäuschten Gutmütigkeit, hinter der sich der unbarmherzigste Spott verbirgt, sagte er, die Worte genüßlich dehnend: »Sie irren sich, Madame, und wenn Sie erlauben könnten, Ihnen den Beweis anzutreten, würde ich wohl beweisen, daß Sie sich täuschen, und daß ich tatsächlich fünfundsiebzig bin.« Was für ein ehrenwerter Schelm!

***

Acht Jahre litt er in seiner Matratzengruft.

Jedes neue Jahr begrüßte er als sein letztes, jeder stärkere Schmerzanfall schien sein Ende anzukündigen. Doch er arbeitete unentwegt, schrieb, diktierte, ließ sich vorlesen, las Korrektur. Fast täglich kamen Gäste; manche behielt er sogar während schlimmer Anfälle bei sich, verlangte, bat, sie sollten warten – es gehe gleich vorüber –, und kaum hatten die Krämpfe nachgelassen, unterhielt er sich weiter.

Viele seiner Besucher haben Aufzeichnungen hinterlassen. Caroline Jaubert notierte, was Heine ihr darüber erzählte, wie die Gedichte seines ›Romanzero‹ aus Traumgesichten entstanden seien:

Ich konnte mir nie darüber klar werden, ob er Traum eine die Schlaflosigkeit häufig begleitende Aufregung nannte, oder ob er wirklich schlafend einen Theil jener Wunder zu Tage förderte, welche er zu erzählen liebte und die oft die herrlichsten Seiten seiner Werke geworden sind. ... Eines Morgens traf ich ihn an, als er mich gerade mit fieberhafter Ungeduld erwartete, weil er mir, noch unter dem lebhaften Eindruck des Traumes, das rasende Rennen, welchem er im Geiste beigewohnt hatte, erzählen wollte.
»Denken Sie sich«, sagte er, »ich habe soeben Wettrennen gesehen, mit eignen Augen gesehen, welchen ganz Paris zuschaute; und die Renner waren keine Geringeren als die Herren Thiers, Guizot und Cousin, welche ein Jeder auf einem Vogel Strauß saßen. Anstatt aber«, fügte Heine ernst hinzu, »das Jockeykostüm anzulegen, wie es der gute Geschmack verlangte, trug Herr Thiers eine Generalsuniform; Herr Guizot, die Tiara auf dem Kopfe und anstatt der Peitsche den Bischofsstab in der Hand, trug, seiner Gewohnheit gemäß, einen bis oben zugeknöpften Rock, und Herr Cousin war als deutscher Philosoph verkleidet. Aber sofort, ohne Zögern, habe ich ihn darin im Traume erkannt!« Hier hielt der Erzähler, indem er schreckliche Grimassen schnitt, inne, – dann lachte er aus vollem Halse: »Sehen Sie, kleine Fee, wenn dieses Rennen stattfände, würde ich mein Bett verlassen um diese drei Kunstreiter auf ihren Straußen zu sehen!«

Gustav Heine, der seinen Bruder 1851 zum ersten Mal nach *ein und zwanzigjähriger Trennung* wiedersah, war erschüttert:

Obwohl ich auf den schrecklichen Anblick gefaßt war, den der Zustand meines Bruders hervorbringt – so erschrack ich dennoch derart über sein Leiden, daß ich anfangs gar nicht sprechen konnte. ... Das linke Auge ist *gänzlich* geschlossen und wenn er mich ansehen wollte, so mußte er das Augenlied des rechten Auges emporheben. Der Körper ist abgemagert, die Füße sind vollkommen gelähmt und zusammengezogen. – Um die fürchterlichen Schmerzen ein wenig zu lindern, wird in eine am Halse offen gehaltene Wunde Opium eingestreut, – und dennoch erträgt er seine Leiden mit einer unbeschreiblichen Resignation. An Tagen, wo er nicht zu sehr leidet, – ist er ganz der alte Heinrich Heine mit seinem Frohsinn, Scherze, seinem Witze und seiner unverwüstbaren Laune. Die Gesichtszüge Heinrichs sind beinahe unverändert, nur etwas feiner

und edler sind sie geworden. Ganz richtig ist die Bemerkung, die seinen Kopf mit jenem vergleicht, welcher Malern bei Darstellung des Heilandes vorzuschweben pflegt. Es ist ein Christuskopf mit geschlossenen Augen.
... verschafft es ihm den größten Genuß mit Kindern zu spielen. Ich werde den Anblick nie vergessen, der sich mir einmal beim Eintreten darbot. Heinrich lag wie gewöhnlich, mit seinem blassen Antlitz und seinen geschlossenen Augen auf dem Lager. Im Arme hielt er ein halbjähriges Kind, schön wie ein Engel, mit schwarzen Augen; an seiner Schulter angeschmiegt, halb stehend, halb sich an das Bett lehnend, sah ihn ein kleines schönes Mädchen, sein Pathe, dem er eben Geschichtchen erzählte, mit den großen blauen leuchtenden Augen lächelnd an. Ein drittes kleines Mädchen stand zu seinen Füßen.

Ein englischer Kritiker, dessen Name unbekannt geblieben ist, veröffentlichte im Frühjahr 1852 eine ausführliche, protokollartige Beschreibung seines Gespräches mit Heine:

Heine: »Seien Sie willkommen, mein Herr, und nehmen Sie Platz.«
Kritiker: »Ich fürchte sehr – meine Zudringlichkeit – Ihre zarte Gesundheit.« (Setzt sich in die Nähe des interessanten Kranken, bewundert die durchgeistigte Blässe seines Antlitzes und den feinen Bart, der es umrahmt.)
Heine: »Nur näher! Tun Sie wie zu Hause! Sie sind ein Engländer, also herzlichst willkommen! Ich liebe alle Engländer. Ich war einmal in England, einen so seltsamen Menschenschlag wie dort habe ich nie gesehen. Man war wie unter lauter lebendigen Marionetten. Eine Woche nach meiner Ankunft hörte ich von einem Irrenhaus in London: Bedlam oder so ähnlich hieß es. Verrückte Engländer! Das war mir rein unfaßbar. Ich ging sofort hin und fand die englischen Narren unendlich vernünftiger als meine deutschen Landsleute oder als diese Pariser hier, zu denen ich mich jetzt zählen muß, denn ich lebe lange genug hier – wahrhaftig, weit vernünftiger als mich selbst.«
Kritiker: »Ja, Herr Heine, wir sind ein praktisches Volk und äußerlich kühl. Wir reden nicht viel, außer nach Tisch oder in politischen Versammlungen, zu politischen Zwecken. Aber wir denken um so mehr, wir empfinden stark und sind die Landsleute von Shakespeare und Milton.«
Heine: » – und von Byron! Ja, Byron! Das war nicht wie jetzt, hier in den elenden Kissen des Krankenlagers, als ich deine Klänge zum erstenmal vernahm! Deutschlands Tannenwälder umgaben mich, und der Sturm rauschte dazu seine Begleitmusik. Ich war jung, mein Freund, fünfundzwanzig Jahre, als meine Brust widerhallte von der wilden Melancholie Byrons, als ich frei mit dem Korsar

über den Ozean raste, als ich mit Haidee am Strand entlang wanderte, während die Wellen leise die Sonne in Schlaf sangen. Byron ist tot, und die Dichtkunst stirbt. Der Poet von heute, Heinrich Heine, siecht dahin in seinen Kissen und nimmt bittere Arznei, statt des klaren Trunks aus dem kastalischen Quell. Die Dichtkunst stirbt, Heine stirbt. Kennen Sie meinen Schwanengesang? Lasen Sie meinen ›Romanzero‹?«

Auf die Fragen des englischen Kritikers nach seiner literarischen Arbeit antwortete Heine:

... ich schreibe ... meine Memoiren; hier auf diesen Blättern habe ich bereits die farbigen Bilder geschildert, die an dem Auge des Kindes und Jünglings flüchtig vorüberzogen. George Sand schreibt Memoiren, Dumas ebenfalls; was bleibt uns sonst zu tun übrig? Wir haben gekämpft, gesiegt, genossen, gelitten, verloren – und schließlich bleibt uns von all dem nur die Erinnerung – hinterlassen wir sie also der Nachwelt, mein Freund. Aber was macht Ihr Engländer euch aus meinem Vermächtnis! Das Drama meines Lebens war voller Leidenschaft, aber ohne Handlung; lauter stürmisches Wollen, nirgends Vollbringen; mein Leben erzählt nur von inneren Stimmungen und Träumen, von geistigen Freuden und Leiden, von Begeisterung, Verzweiflung, himmlischem Frieden und fröhlichem Aufstieg zu den Höhen, auf denen die Schöpfung unter uns liegt! Das ist nichts für einen Engländer, dessen Lebensgeschichte in seinem Kontobuch steht, dessen Gedichte seine Börsengewinne sind, der sein höchstes Entzücken in einer Volksversammlung findet. Ja, selbst der muntere, allen Eindrücken zugängliche Franzose wird mehr und mehr praktisch. Die Theater veröden; Novellen werden zu Pamphleten, Dichter zu Politikern; Béranger schweigt; und Heine – Heine liegt im Sterben!

***

Der deutsche Schriftsteller und Journalist Alexander Weill kam häufiger als alle anderen Besucher. Er verstand es, Heine aufzuheitern, indem er halb scherzhafte, halb ernste Streitigkeiten mit ihm anzettelte. Einmal fragte er ihn: »Wie kommt es, daß Sie einst, ein treuer Hegelianer, sich bald als Gott, bald als Halbgott gesehen haben? Nun aber wollen Sie sich schleunigst mit der höchsten Gottheit versöhnen.«

»Möglich« ... [sagte Heine] »daß Jehova, lediglich um seinem Erfinder Moses Spaß zu machen, den Hochmut seiner hiesigen menschlichen Marionetten strafen will; er hat sie ja an der Strippe

und spielt mit ihnen seine Komödien und seine Dramen, um den Engeln ihre Langeweile angenehm zu verkürzen. Ich war zweifellos ein schlechter Komödiant. Ich habe nicht gezeigt, welche Kräfte in mir ruhten. Die Welt war für mich ein Maskenball, auf dem ich mit einer falschen Nase herumschlenderte, um den Dominos von allen Farben Wahrheiten zu sagen.«
»Und zu allem Unglück«, antwortete ich, »haben Sie sich noch mit einem dieser Dominos verheiratet.«
...
»Aber ich bitte Sie«, rief er aus, indem er sich mühsam im Bette aufrichtete, »Freiheit in der Wahl seiner Frau? Ebensowenig wie in der Wahl der Geburt und der Religion. Frei ist der Mensch nur in der Wahl seines Todes. Das ist die einzige Freiheit, die ihm Gott gelassen hat.«

Fjodor Tjutschew besuchte Heine im Oktober 1853. Er war überrascht von seiner seelischen und geistigen Frische, obwohl er so furchtbar gealtert war und dem Tode ganz nahe schien.

Der Schriftsteller und Literaturhistoriker Adolf Stahr kam im Oktober 1855. Heine sagte zu ihm:

»Ihnen muß es mährchenhaft vorkommen, daß Sie mich noch am Leben treffen, ist es mir doch zuweilen, als löge ich mir selber damit etwas vor, wenn ich aus meinem Opiumschlafe aufwache und mich noch in meiner Stube wiederfinde. Aber glauben Sie nur, ... das nächste Mal finden Sie mich nicht mehr! Es wäre auch allzu langweilig für meine Freunde; es gehört eine Theilnahme von Kautschuk dazu, um solche Ausdehnung auszuhalten!«

Es kamen barmherzige Besucher, die ihm helfen wollten, indem sie auf seine bitter-galligen, witzigen, schwermütigen Klagen tröstend erwiderten, es gebe kein Unglück, in dem ein Weiser nicht doch ein Körnchen Freude finden könne; sie verwiesen auf die Leiden Christi, auf die Lehren der Stoiker.

Niemals im Leben hatte er eine so tiefe, unaussprechliche Freude empfunden wie an dem Tag, als man ihn endlich aus der alten düsteren Wohnung in der Rue d'Amsterdam hinübertrug in die neue helle Wohnung hoch über den Champs Elysées, deren Fenster auf den Hof gingen, als man ihn auf den Balkon brachte und er zum ersten Mal seit Jahren die warmen Sonnenstrahlen spürte, das Grün der Bäume, den blauen Himmel sah.

Und er frohlockte jedes Mal, wenn nach einem Tag, der nur qualvolle Anfälle oder schlimme Nachrichten gebracht hatte, dennoch ein neues Gedicht entstanden war. Er freute sich auch dann, wenn nur Worte des Hasses, der Verachtung und Rache zum Gedicht geworden waren.

Sie küßten mich mit ihren falschen Lippen,
Sie haben mir kredenzt den Saft der Reben,
Sie haben mich dabei mit Gift vergeben –
Das taten mir die Magen und die Sippen.

Es schmilzt das Fleisch von meinen armen Rippen,
Ich kann mich nicht vom Siechbett mehr erheben,
Arglistig stahlen sie mein junges Leben –
Das taten mir die Magen und die Sippen.

Ich bin ein Christ – wie es im Kirchenbuche
Bescheinigt steht – deshalb, bevor ich sterbe,
Will ich euch fromm und brüderlich verzeihen.

Es wird mir sauer – ach! mit einem Fluche
Möcht ich weit lieber euch vermaledeien:
Daß euch der Herr verdamme und verderbe!

Dieses Sonett galt der Hamburger Sippe.

Sein Cousin Carl, der mehrmals im Jahr nach Paris reiste, besuchte ihn sehr selten. Er beschränkte sich darauf, Geld zu überweisen. Heine wagte nicht, sich über diese verächtliche »Wohltat« zu beschweren. Er mußte sie schweigend hinnehmen. Dafür aber schrieb er das, was sie mehr fürchteten als Epigramme und Verwünschungen: seine ›Memoiren‹. Er arbeitete fast täglich daran. Allen Besuchern erzählte er davon, und er wußte, daß jede Nachricht über die ›Memoiren‹ seinen Cousin und dessen Schwäger in Angst versetzen würde.* Dieses Bewußtsein machte ihm Freude.

Er triumphierte über seine furchtbarsten Feinde – über Krankheit und Tod. Er vermochte sich noch immer zu freuen, besonders dann, wenn er spürte, wie sein Geist durch sein Dichterwort triumphierte.

* Aus den ›Memoiren‹, die Heine für sein Hauptwerk hielt, wurde nur ein kleines Bruchstück veröffentlicht, die ›Bekenntnisse‹ (1855). Ob nach Heines Tod seine Verwandten die wichtigsten Teile an sich brachten und vernichteten, bleibt noch immer ungeklärt.

O Gott, verkürze meine Qual,
Damit man mich bald begrabe;
Du weißt ja, daß ich kein Talent
Zum Martyrtume habe.

Ob deiner Inkonsequenz, o Herr,
Erlaube, daß ich staune:
Du schufest den fröhlichsten Dichter, und raubst
Ihm jetzt seine gute Laune.

Der Schmerz verdumpft den heitern Sinn
Und macht mich melancholisch;
Nimmt nicht der traurige Spaß ein End,
So werd ich am Ende katholisch.

Ich heule dir dann die Ohren voll,
Wie andre gute Christen –
O Miserere! Verloren geht
Der beste der Humoristen!

***

Ein Junimorgen 1855. Er fühlte sich besser als sonst. Mehrmals öffnete man die Balkontür – und der Luftzug tat ihm gut. Sogar die stets offene Wunde im Nacken, in die Opium gestreut wurde, wenn er Anfälle hatte, schmerzte nicht.

Im Vorzimmer hörte er die Stimme einer Frau, jugendlich, melodisch, mit einem leichten deutschen Akzent: Sie bringe Herrn Heine Noten aus Wien, Musik, die einer seiner Verehrer zu seinen Liedern komponiert habe. Sie bat, ihm Grüße auszurichten. Er zog die Klingel und rief: »Kommen Sie herein, hierher!«

Er hörte rasche, leichte Schritte, ein Poltern, einen erschrockenen Ausruf – sie war gegen einen Wandschirm gestoßen.

»Kommen Sie doch näher. Ich möchte Sie genau betrachten. Wie heißen Sie? Ziehen Sie den Vorhang ein wenig weiter auf, damit Sie nicht noch einmal stolpern. Setzen Sie sich näher zu mir. Keine Angst, ich bin noch nicht tot, das scheint nur so auf den ersten Blick. Aber Frauen haben von mir nichts mehr zu befürchten!«

Er erblickte eine junge, schlanke Frau von mittlerem

Wuchs, ein breites, gutmütiges Gesicht mit weichen Zügen, eine kleine Stupsnase, einen zierlichen, sanften Mund und sehr weiße kleine Zähne. Sie reichte ihm eine auffallend kleine Hand, klein sogar in seiner ausgezehrten.

Sie begann zu sprechen, und je länger er ihr zuhörte, desto mehr Gefallen fand er an dem, was sie sagte. Sie sprach abwechselnd deutsch und französisch, zitierte seine Gedichte. Sie habe diese Verse schon als kleines Mädchen liebgewonnen. Vor einem Monat habe sie ihm geschrieben, sie wolle ihn besuchen. – Ach, den Brief habe er nicht bekommen? – Sie hätte nur den Wunsch, den geliebten Dichter zu sehen, die Hand, die das ›Buch der Lieder‹ geschrieben habe, zu küssen.

Er hörte ihr zu und vertraute ihren Worten, ihrer leisen, bebenden Stimme. Er wollte weiter zuhören und die kleine, zarte und doch starke Hand nicht freigeben.

So kam noch einmal die Liebe in sein Leben.

Lähmung, Schmerzen, Todesnähe – nichts konnte dies verhindern. Er liebte wieder, liebte leidenschaftlich, rückhaltlos, eifersüchtig. Und wie stets wurde seine Liebe zu Poesie:

Dich fesselt mein Gedankenbann,
Und was ich dachte, was ich sann,
Das mußt du denken, mußt du sinnen, –
Du kannst nicht meinem Geist entrinnen.

...

Denn überall, wohin du reist,
Sitzt ja im Herzen dir mein Geist,
Und denken mußt du, was ich sann –
Dich fesselt mein Gedankenbann!

Auch diese letzte Liebe war allumfassend, keineswegs nur »geistig«, nur seelisch; seine Gefühle waren auch irdisch und sinnlich. Es gab nur keine Hoffnung auf Erfüllung. Doch eben darin, in der hoffnungslosen Sehnsucht, kehrte seine Jugend wieder. Damals, zur Zeit seiner frühen Leiden, hatte er Amalie und Therese ebenso leidenschaftlich und sinnlich und notgedrungen platonisch geliebt.

Und wie drei Jahrzehnte zuvor verspottete er sich selbst, seine aussichtslosen Liebesleiden. Die neue Liebe war unermeßlich beglückender, die neuen Leiden unermeßlich qualvoller, aber er scherzte und spottete ebenso ausgelassen und schonungslos wie einst:

Worte! Worte! keine Taten!
Niemals Fleisch, geliebte Puppe,
Immer Geist und keinen Braten
Keine Knödel in der Suppe!

Doch vielleicht ist dir zuträglich
Nicht die wilde Lendenkraft,
Welche galoppieret täglich
Auf dem Roß der Leidenschaft.

...

Deshalb unsrem Herzensbund,
Liebste, widme deine Triebe;
Solches ist dir sehr gesund,
Eine Art Gesundheitsliebe.

Heine nannte seine neue Freundin, die kleine Elise, zärtlich frotzelnd seine »Mouche«: das Siegel-Zeichen auf ihren Briefen an ihn war eine Fliege. Sie kam fast täglich, um ihm vorzulesen. Sie war die erste, die seine neuen Gedichte hörte. Sie schrieb auch selbst Gedichte, und er hörte ihr aufmerksam zu, analysierte sie Zeile für Zeile, kritisch, mitunter auch mit beißendem Spott; denn dies waren Verse, war Poesie, und da gab es für ihn keine Nachsicht, da konnte er nur das sagen, was er wirklich dachte. Er versuchte aber auch zu korrigieren, sie als Kollege zu beraten.

Bei ihr genügte schon eine Andeutung, sie verstand ihn sofort. Und diese kleine Frau sprach so verständnisvoll, so klug und einfühlsam über seine Gedichte, wie er es nie zuvor erlebt hatte. Sie war ein Geheimnis für ihn – ein bezauberndes Geheimnis.

Mathilde hatte Mühe, ihre Eifersucht zu zügeln. Sie fauchte zornig, wenn Elises Name fiel, und sobald sie ihre Stimme hörte, ging sie aus dem Zimmer. Manchmal wurde sie wütend, machte ihm richtige Szenen, doch bald bedauerte sie ihn wieder und schwor, sich nicht mehr gehen zu lassen.

Früher hatte sie jede hübsche, kokette Krankenwärterin einfach weggejagt – sie sollten nicht Tag und Nacht bei ihm verbringen. Aber diese stupsnäsige, unansehnliche Deutsche kam immer nur für ein paar Stunden und das nicht einmal jeden Tag, obwohl Henri, dieser gottlose Lüstling, in ihrer Gegenwart richtig auflebte, wie sonst nie! Er lachte, redete schnell und quakend sein Deutsch und vergaß alles um sich her. Und bei Gott, er hatte an der Schamlosen herumgefingert! Was er nur an ihr fand? Vielleicht, daß sie so schwächlich und dürr war wie er? Er hoffte wohl, daß er mit ihr wieder zum Mann werden könnte.

Mathildes Eifersucht verdroß ihn und schmeichelte ihm zugleich – so etwas war schon lange nicht mehr vorgekommen. Ihre Vorwürfe, ihre Verdächtigungen waren lächerlich, dumm, sie ärgerten und amüsierten ihn, doch sie vertieften noch das Geheimnis und das Wunder seiner – wie er wußte – letzten Liebe.

Die Mouche selbst spielte die Geheimnisvolle. Lange wußte er nicht, wie sie wirklich hieß. Sie nannte sich zuerst Margot. Ihr richtiger Name war Elise Krinitz. Sie war die uneheliche Tochter eines deutschen Grafen und einer Gouvernante, die nach Elises Geburt gestorben war. Die Familie eines deutschen Großkaufmanns, der sich in Paris niedergelassen hatte, nahm das Mädchen an Kindes Statt auf. Sie erhielt eine gute Ausbildung, wollte Schriftstellerin werden, heiratete einen windigen Burschen, der sie, nachdem er ihre Mitgift verpraßt hatte, nach England mitnahm; dort erklärte er sie für geistesgestört und brachte sie in eine Irrenanstalt. Mit knapper Not war sie den argwöhnischen Ärzten entkommen und nach Paris zurückgekehrt. Hier lebte sie nun bei ihrer inzwischen verwitweten Pflegemutter und verdiente sich ihren Unterhalt, indem sie Deutsch, Englisch und Italienisch unterrichtete.

Sieben Jahre vor der Begegnung mit Heine hatte sie eine kurze Liebschaft mit seinem Freund Alfred Meißner gehabt. Sie hatten sich im Zug kennengelernt, trafen sich einige Male in einem Vorstadthotel; dann hatten sie sich getrennt. Sie hatte ihm ihren wirklichen Namen nicht genannt. Nach Heines Tod begegneten sie und Meißner sich noch einmal, und sie erzählte ihm von ihrer großen Liebe, von den Tagen ihres Zusammenseins mit dem Dichter. Mit diesen Erinnerungen lebte sie dann noch vier Jahrzehnte, bis 1896.

Sie machte Heine in den letzten Monaten seines Lebens glücklich, und auch dieses letzte Glück befruchtete seine Poesie.

Die fünfundzwanzig Briefchen an die Mouche sind ein kleines Poem einer großen Liebe, die stürmisch begann, stürmisch verlief und keine Unterbrechung erlebte:

Paris, 3 Avenue Matignon, d. 20. Juny 1855, Donnerstag

... Den ganzen Tag bin ich zu jeder Stunde bereit, Sie zu empfangen. Die liebste Zeit wär mir von 4 Uhr bis so spät Sie wollen. – Trotz meiner Augenleiden schreibe ich eigenhändig, weil ich jetzt keinen vertrauten Sekretär besitze. – Ich habe viel Peinliches um die Ohren und bin sehr leidend noch immer. – Ich weiß nicht, warum Ihre liebreiche Theilnahme mir so wohl thut, und ich abergläubischer Mensch mir einbilden will, eine gute Fee besuche mich in trüber Stunde. Sie war die rechte Stunde. – Oder sind Sie eine böse Fee? Ich muß das bald wissen.

Paris, 20. Juli 1855, Freitag

... die Pattes de mouche krabbeln mir beständig im Kopfe herum und vielleicht sogar im Gemüthe. Herzlichen Dank für die viele Liebe, die Sie mir widmen! Die Gedichte sind sehr schön, und ich wiederhole in dieser Beziehung, was ich Ihnen schon gesagt.
Auch ich freue mich, Sie bald wieder zu sehen et de poser une empreinte vivante sur les traits suaves et quelque peu souabes – ach! wäre ich noch ein Mann, diese Phrase bekäme eine minder platonische Tournüre. Aber ich bin nur noch ein Geist, was vielleicht Ihnen, aber nicht mir sonderlich zusagt. –

Paris, 14 Août. 1855, Dienstag

... J'ai grande envie de sentir le musc de vos gants, d'entendre le son de votre voix, de poser une empreinte vivante sur votre Schwabengesicht. – Ne vous fâchez pas: quelque gracieuse que vous soyez, vous avez une figure de Gelbveiglein souabes!

Paris, 2. Oktober (?) 1855, Dienstag

Liebste und süßeste Katze!
Morgen (Mittwoch) will ich Sie nicht sehen, schon aus dem Grunde, weil mir bereits eine fatale Migräne im Kopfe dämmert, – aber wenn es Ihnen möglich ist, mich Freitag Nachmittag zu besuchen, so wär das ein Ersatz für das Entbehrniß, Sie so lange nicht gesehen zu haben. Von Freitag an sind mir alle Tage gleich passend – und je öfter Sie kämen, desto glücklicher wär ich. Meine gute, holdseligste fine mouche! Flattern Sie mir ein bischen um die Nase herum mit Ihren kleinen Fittichen! Ich kenne ein Lied von Mendelssohn, wo

der Refrain ist »Komme Du bald«! Die Melodie summt mir beständig im Kopfe: – Komme Du bald!
Ich küsse die beiden lieben Pfoten; nicht auf einmal, sondern die eine nach der andern; – faute de pouvoir poser une empreinte vivante sur ......

Paris, 8. Oktober 1855 (?), Montag

... Ich leider bin immer sehr krank – Schwach und unwirsch – Manchmal bis zu Thränen über den geringsten Schicksalsschabernack affizirt. – Jeder Kranke ist eine Ganasche. Ungern lasse ich mich in solchen miserablen Zustande sehen – aber die liebe Mouche muß ich dennoch sumsen hören. – Komme Du bald – sobald Ew. Wohlgeboren nur wollen – sobald als möglich, komme mein theures, liebes Schwabengesicht. – Das Gedicht habe ich aufgekritzelt: Pure Charenton Poesie – Der Verrückte an eine Verrückte!

Dieses Gedicht des »Verrückten« ist durchdrungen von so starker, jugendlich-unbändiger Leidenschaft, daß man sich nur mit Mühe vorstellen kann, daß es geschrieben ist von einem Gelähmten, einem Halbtoten, der zu langsamem, qualvollem Dahinsiechen verurteilt war:

Laß mich mit glühnden Zangen kneipen,
Laß grausam schinden mein Gesicht,
Laß mich mit Ruten peitschen, stäupen –
Nur warten, warten laß mich nicht!

Laß mit Torturen aller Arten
Verrenken, brechen mein Gebein,
Doch laß mich nicht vergebens warten,
Denn warten ist die schlimmste Pein!

Den ganzen Nachmittag bis Sechse
Hab gestern ich umsonst geharrt –
Umsonst; du kamst nicht, kleine Hexe,
So daß ich fast wahnsinnig ward.

Immer neue Namen dachte er sich für sie aus – zärtliche, witzige, phantastische. Meist verglich er sie mit einer heiligen Lotosblume.

Paris, Sonntag, den 30. Sept. 55.

Holdes Herz! Das Wetter ist schlecht und ich bin eben so schlecht, und ich will heute meine Lotosblume keiner solchen spleentrüben Witterung aussetzen. Ach Gott! Ich gäbe Ihnen so gern einen son-

nig heitern indischen Tag, wie man ihn am Ganges findet und wie er für Lotosblumen paßt!
Komme Du bald – aber wie gesagt, nicht heute – ich erwarte Sie Mittwoch Nachmittag – ich denk', das ist Ihnen recht.

Paris, 10. November 1855, Sonnabend

Süßeste Person!
Ich habe heut entsetzliches Kopfweh und werde wohl morgen die Nachgeburt desselben genießen müssen. – Ich bitte Sie daher, nicht morgen (Sonntag), sondern Montag zu kommen, – es sey denn, daß der Weg Sie in meine Nähe führte, in diesem Fall können Sie auch morgen auf eigne Gefahr kommen. – Ich sehne mich sehr nach Dir, letzte Blume meines larmoyanten Herbstes, holdselige Närrin! – Ich verharre

zärtlich toll
Dein ergebenster
H. H.

Paris, 1. Januar 1856, Dienstag

Liebstes Kind!
Ich gratulire Dir zum neuen Jahr und schicke Dir anbey eine Schachtel Chocolade – die wenigstens de bon goût ist. Ich weiß sehr gut, daß es Dir nicht ganz recht ist, wenn ich dergleichen Convenienzen beobachte, aber es geschieht auch unserer äußeren Umgebung wegen, die in der Nichtbeobachtung der üblichen Aufmerksamkeiten einen Mangel an wechselseitiger Estime sehen würde. Ich liebe Dich so sehr, daß ich für meine Person garnicht nöthig hätte, Dich zu estimiren. Du bist meine liebe Mouche und ich fühle minder meine Schmerzen, wenn ich an Deine Zierlichkeit, an die Anmuth Deines Geistes denke. Leider kann ich nichts für Dich thun, als Dir solche Worte, »Gemünzte Luft« sagen. Meine besten Wünsche zum neuen Jahr – ich spreche sie nicht aus, Worte! Worte!
Ich bin vielleicht morgen im Stande, meine Mouche zu sehen, dann laß ich es ihr wissen. Jedenfalls aber kommt sie übermorgen (Donnerstag) zu ihrem

Nebukatnetzar II
ehemaliger königl Preuß Atheist
jetzt aber Lotosblumen Anbeter.

Paris, 2. Januar (?) 1856, Mittwoch

Mittwoch 3 Uhr.

Liebste Seele!
Bin sehr elend. Hustete schrecklich 24 Stunden lang; daher heute Kopfschmerz, wahrscheinlich auch morgen. – Deßhalb bitte ich die Süßeste statt morgen (Donnerstag), lieber Freitag zu mir zu kom-

men. – Bis dahin muß ich lungern. Mein Serinsky hat für die ganze Woche sich krank melden lassen. Welche unbehaglichen Mißstände! Ich werde fast wahnsinnig vor Aerger, Schmerz und Ungeduld. Ich werde den lieben Gott, der so grausam an mir handelt, bey der Thierquälergesellschaft verklagen. Ich rechne auf Freytag.
Unterdessen küsse ich in Gedanken die kleinen pattes de mouche

Dero wahnsinniger
H. H.

Paris, Freitag, den 11. Januar 1856

Liebes Kind!
Ich habe heute einen Anfall von Migraine und sie wird, ich fürchte, noch Morgen andauern oder ganz zum Ausbruch kommen. Ich beeile mich, Dich davon in Kenntniß zu setzen, damit Du zeitig erfährst, daß Morgen keine Schule ist und daß Du demgemäß Dich einrichten kannst, anderweitig für Deinen Nachmittag zu disponiren. Ich hoffe aber, daß Du übermorgen (Sonntag) ganz bestimmt kommst. Ist es nicht der Fall, so laß es mir wissen, mein liebes gutes Kind. Schlagen werde ich Dich nie, selbst wenn Du es einmal durch allzu große Dummheit verdientest.
Auch habe ich nicht die gehörigen Kräfte, die Ruthe zu gebrauchen. Ich bin matt, traurig und leidend.

Paris, 15. Januar (?) 1856, Dienstag

Die Visite meiner süßen Mouche hat mir gestern wohlgethan; hab seitdem wenig Schmerzen gehabt. Ich denke beständig an die vortrefflichste, charmanteste und zierlichste fine mouche! Aber erst übermorgen sehe ich sie wieder – welche Ewigkeit! Ich konnte unterdessen 100mal sterben und zwar mit der größten Bequemlichkeit. Denk ein bissel an mich, dumme Ganzel.

Dein unterthänigster
Hansel.

Paris, 22. Januar (?) 1856, Dienstag

Liebste Heloise!
Ich stecke noch immer in meinem Kopfschmerz, der vielleicht erst morgen (Mittwoch) endigt, so daß ich die liebliche Mouche erst übermorgen (Donnerstag) sehen kann. ... Leb wohl!

Paris, 23. Januar (?) 1856, Mittwoch

Liebste Mouche! Ich bin sehr leidend und zum Tode verdrießlich. Auch das Augenlid meines rechten Auges fällt zu und ich kann fast nichts mehr schreiben. Aber ich liebe Dich sehr und denke viel an Dich, Du Süßeste. ... Du bist nicht so dumm, wie Du aussiehst; zierlich bist Du über alle Maßen, und daran erfreut sich mein Sinn. Werde ich Dich morgen sehn? Ich weiß noch nicht; denn geht es mir nicht besser, erhältst Du Contre-Ordre! Eine weinerliche Verstimmung überwältigt mich. Mein Herz gähnt spasmatisch. Diese baillements sind unerträglich. Ich wollte ich wäre todt oder ein gesunder Mops, der keine Lâvements mehr nöthig hat –

Misère, dein Name ist
H. H.

Paris, den 24. Januar 1856. Donnerstag

Liebste Mouche! Ich habe eine böse, sehr böse Nacht verjammert und verliere fast den Muth. Ich rechne darauf, daß ich Dich morgen sumsen höre. Dabey bin ich sentimental wie ein Mops, der zum erstenmale liebt. Könnt ich nur einmal auf die appâts der Madame Koreff meine Sentimentalität ergießen! Aber auch diesen Genuß versagt mir das Schicksal. Aber Du verstehst mich nicht, Du bist eine Gans.

Dein Gänserich I
König der Vandalen.

Paris, 14. Februar (?) 1856, Donnerstag

Liebste!
Komme heute (Donnerstag) *nicht*. Ich habe die entsetzlichste Migraine. Komm morgen (Freytag)

Dein leidender
H. H.

Es war sein letzter Gruß.

Dieses Leben in Liebe und Lachen war ein übermütiges, bizarres Leben. Aus Liebe, aus Leiden und aus von der Liebe beseelter Phantasie entstanden Gedichte, die Grauen und Verzweiflung bezwangen.

Doch selbst im Rausch der letzten Liebe, in den langen Qualen und kurzen Freuden seiner letzten Tage und letzten Stunden, vergaß er die alten Feindschaften nicht. Auch darin äußerte sich sein unbändiger Lebenswille:

O, dieser Streit wird enden nimmermehr,
Stets wird die Wahrheit hadern mit dem Schönen,
Stets wird geschieden sein der Menschheit Heer
In zwei Partein: Barbaren und Hellenen.

Das fluchte, schimpfte! gar kein Ende nahms
Mit dieser Kontroverse, der langweilgen
Da war zumal der Esel Balaams,
Der überschrie die Götter und die Heilgen!

So endet das umfangreichste der sechs Gedichte, die er der »Mouche« widmete. Das letzte, ›Lotosblume‹, war das letzte Gedicht, das er überhaupt schrieb:

Wahrhaftig, wir Beide bilden
Ein kurioses Paar,
Die Liebste ist schwach auf den Beinen,
Der Liebhaber lahm sogar.

Sie ist ein leidendes Kätzchen,
Und er ist krank wie ein Hund,
Ich glaube, im Kopfe sind Beide
Nicht sonderlich gesund.

Sie sei eine Lotosblume,
Bildet die Liebste sich ein;
Doch er, der blasse Geselle,
Vermeint der Mond zu sein.

Die Lotosblume erschließet
Ihr Kelchlein im Mondenlicht,
Doch statt des befruchtenden Lebens
Empfängt sie nur ein Gedicht.

***

Als das Jahr 1855 zu Ende ging, diktierte er mehrere Briefe. Er dankte Anselm Rothschild, der ihm den Gewinn aus dem Rückkauf von 100 Aktien seiner Wiener Kreditbank als *Geschenk* überlassen hatte.

An seine *Liebste, gute Mutter* schrieb er am 30. Dezember:

Das neue Jahr ist vor der Thüre und wenn das alte Jahr sich nicht bald fortmacht, so würde ich es herausschmeißen; es ist eins der miserabelsten Jahre gewesen. Ich hoffe daß das neue Jahr besser sein wird und gratulire Dir zu seiner Eröffnung.

Am 24. Januar schrieb er ihr noch einen kurzen Brief, *mit Bleystift*, weil er *keinen deutschen Sekretär* habe. Er beruhigte sie: sein Zustand habe sich nicht verschlechtert.

Auch die kleinen Briefe an die Mouche schrieb er eigenhändig, obwohl er fast nichts mehr sah.

Und von Alexander von Humboldt verabschiedete er sich ganz kurz:

Dem großen Alexandros sendet seinen letzten Gruß der sterbende
H. Heine.

In der ersten Februarwoche bereitete er die neue französische Ausgabe der ›Reisebilder‹ vor; zusammen mit Mouche las er Korrektur, schrieb an den Übersetzer Michel Lévy. An ihn war Heines letzter Brief gerichtet, mit dem er die korrigierten Druckfahnen zurücksandte und bat, ihm das neue Buch des jungen französischen Kritikers Saint-Victor zuzusenden.

***

Am 13. Februar 1856, einem Mittwoch, besuchte ihn Caroline Jaubert. Er fühlte sich besser als am Vorabend, war jedoch ungewöhnlich ernst. Als sie es ihm sagte, erwiderte er: »›Sterben ist eine ernste Sache‹ – hat dies nicht La Bruyère gesagt? Ein Sterbender sollte nicht scherzen, Festigkeit steht ihm besser zu Gesicht.«

An diesem Tag kam auch die Mouche, sie war eben erst von einer Krankheit genesen:

... so kam ich erst nach Verlauf einer Woche zu meinem Freunde zurück. ... Beim Eintritte fiel mir die fahle Blässe seiner Lippen auf, und ich fand ihn trübe, schwermütig, unter dem Einflusse jener Stimmung, wie sie ein trauriger Wintertag erzeugt. – »Endlich bist Du da!« rief er mir entgegen.
Oft hatte er mich mit diesen Worten empfangen; heute aber sprach er sie in einem weniger liebevollen, fast strengen Tone aus. ... Plötzlich, wie wenn er meinen Schmerz gefühlt hätte, obgleich er mein Gesicht nicht sehen konnte, rief er mich zu sich heran, und ich mußte mich auf den Rand seines Bettes setzen. Die Thränen, die über meine blassen Wangen rollten, schienen ihn tief zu erschüttern.
»Nimm Deinen Hut ab, damit ich Dich besser sehen kann,« sagte er.
Und mit einer liebkosenden Geberde zog er an meinem Hutbande. Von einer schnellen, hastigen Bewegung getrieben, stieß ich meinen Hut zurück und glitt an seinem Bette nieder. ... Kein Wort wurde gewechselt, aber die Hand des Freundes, welche auf meinem Haupte lag, schien mich zu segnen.

Dies war unser letztes Beisammensein.
Ich hatte bereits die Schwelle des Zimmers überschritten und stand schon an der Treppe, als der Klang der geliebten Stimme noch ein Mal, deutlich zwar, aber doch wie angstvoll zitternd, mein Ohr berührte. »Auf morgen, hörst Du? säume nicht.«
Und doch säumte ich.

Am Tag darauf, am Donnerstag, erhielt sie Heines letzten Gruß. Am Freitag und Samstag ließ man sie schon nicht mehr zu ihm.

Der Donnerstag begann mit starken Kopfschmerzen. Brechanfälle ließen ihn nachts nicht einschlafen. Am Freitagmorgen traf die Krankenwärterin Doktor Gruby nicht zu Hause an. Auf Anraten von Bekannten ließ sie einen anderen Arzt kommen; der verschrieb ein Beruhigungsmittel, empfahl starken Tee. Aber nichts half. Krämpfe setzten ein.

Catherine Bourlois, die Krankenwärterin, berichtete:

Mittwoch, den 13. Februar arbeitete mein armer Herr volle sechs Stunden, was er bereits eine ganze Woche aus Schwäche unterlassen hatte. Ich bat ihn flehentlich, sich Ruhe zu gönnen. Er wies mich mit den Worten ab: »Ich habe nur mehr vier Tage Arbeit, dann ist mein Werk vollendet.« Nie hatte er mit mir über literarische Dinge gesprochen. Am Donnerstag quälten ihn heftige Kopfschmerzen. Wir hielten es für seine gewöhnliche Migräne. Herr Heine machte sich Vorwürfe, daß er nicht an seine Mutter geschrieben: »Ich werde der teuren Mutter nicht mehr schreiben können«, lautete seine Klage. ... Am Sonnabend verschlimmerte sich sein Übel noch mehr, ...

Doktor Gruby kam am Freitagabend.

Die Nacht zum Samstag verlief ruhiger. Am Morgen wurden die Brechanfälle und Krämpfe wieder stärker. Einer der Besucher schlug vor, einen Geistlichen zu holen:

»Monsieur Heine, man muß auf alles gefaßt sein. Sie sollten Ihre Angelegenheiten mit dem lieben Gott ins reine bringen.«

Der Atem des Kranken ging röchelnd. Er war schon nicht mehr in der Lage, seine Hand zu heben, um das Augenlid zu öffnen. Nur mit Mühe konnte er flüstern:

»Keine Angst, Gott wird mir verzeihen. Das ist sein Metier.«

Mathilde lief hastig durch die Zimmer. Weinte, schrie die Krankenwärterin, die Köchin an. Jammerte, im Haus sei kein Sou mehr. Auch ihm sagte sie es. Er versuchte zu lächeln. Von einem Brechanfall erschöpft, konnte er nur langsam und abgerissen flüstern:

»Bald wird alles wieder in Ordnung sein, ma chère, spätestens übermorgen kommt der kleine Monsieur Zacharias, der Verlagsbote, bringt einen Sack voll Geld. Du wirst sehen – es reicht für Begräbnis und Leichenschmaus.«

Doktor Gruby blieb den ganzen Tag bei ihm. Gegen Abend, nach einer neuen, starken Dosis Morphium, fragte Heine:

»Doktor, Sie sind nicht nur mein Arzt, Sie sind auch mein Freund. Ich bitte Sie, ich verlange: Sagen Sie die Wahrheit – als Freund! Ist dies das Ende?«

Gruby schwieg.

»Ich danke Ihnen!«

»Haben Sie Bitten, Aufträge?«

»Ja! Wecken Sie meine Frau nicht. Sie soll ausruhen. Aber dort ... Blumen ... hat sie heute morgen gebracht ... Legen Sie mir ... ja, ja, auf die Brust. Ich spüre den Duft. Blumen liebe ich ... Danke. Blumen ... Blumen ... Das ist schön ...«

Dies waren die letzten deutlich gesprochenen Worte, die der Arzt vernahm. Die Krankenwärterin, die einige Minuten danach zu ihm kam, hörte ein schon unverständliches Flüstern. Sie beugte sich zu ihm:

»Schreiben ... Schreiben ...«

»Was wollen Sie schreiben, Monsieur Heine? An wen?«

»Papier ... Bleistift.«

Danach sagte er nichts mehr. Der schwere Todeskampf begann. Am 17. Februar – es war ein Sonntag – ist er in den frühen Morgenstunden gestorben.

***

Die Mouche kam am Sonntagmorgen gegen zehn Uhr und läutete kaum vernehmlich, um ihn nicht zu stören, falls er noch schliefe. Die Krankenwärterin, in Tränen aufgelöst, öffnete die Tür.

Man führte mich in das stille Zimmer, wo der Leichnam, einer Statue auf einem Grabe gleich, in der majestätischen Ruhe des Todes dalag. Keine Spur menschlicher Leiden und Leidenschaften war auf dieser kalten Hülle zurückgeblieben, die in ihrer wunderbaren Schönheit an die göttliche Gestalt der Wallfahrt von Kevelaar gemahnte. Zur Morgenstunde war der Tod, der große Tröster, erlösend an das Bett des Dichters getreten; aber er zeigte sich auch gerecht gegen den, der ihn geliebt und besungen hatte, und schuf ein bleiches Marmorantlitz, dessen regelmäßige Züge an die reinsten Meisterwerke griechischer Kunst erinnerten.

Am 20. Februar 1856, es war ein kalter, nebliger Tag, wurde Heine auf dem Friedhof Montmartre zu Grabe getragen. Ein kleiner Leichenzug folgte dem Sarg. Zeitungsreporter zählten etwa hundert Menschen, in der Mehrzahl deutsche Emigranten und einige französische Schriftsteller. Wie er im Testament angeordnet hatte, gab es weder Gebete noch Reden. Dumas weinte. Gautier, Saint-Victor, Mignet und Alexander Weill standen schweigend vor der Gruft. Schweigend gingen sie fort.

Auswahlbibliographie: Empfehlungen für interessierte Leser

Heine-Bibliographie. 1954–1964. Bearbeitet von Siegfried Seifert. Aufbau-Verlag, Berlin (DDR)/Weimar 1968.

Heine-Ausgaben (chronologisch)

Sämtliche Werke. Hrsg. von Ernst Elster. 7 Bände. Bibliographisches Institut, Leipzig 1887–1890; 2. Aufl. 1924 (nur Bände 1–4).

Sämtliche Werke. Hrsg. von Oskar Walzel. 10 Bände. Historisch-kritische Ausgabe mit Anmerkungen. Insel, Leipzig 1910–1915; Register-Band 1920.

Werke und Briefe. Hrsg. von Hans Kaufmann. 10 Bände. Aufbau-Verlag, Berlin (DDR)/Weimar 1961–1964; 3. Aufl. 1980.

Sämtliche Schriften. Hrsg. von Klaus Briegleb. 7 Bände. Hanser, München 1968–1976.
Taschenbuchausgaben: Reihe Hanser, 12 Bände. Hanser, München 1976; und: Ullstein Werkausgaben, 12 Bände. Ullstein, Berlin 1981.

Säkularausgabe. Werke, Briefwechsel, Lebenszeugnisse. Hrsg. von den Nationalen Forschungs- und Gedenkstätten der klassischen deutschen Literatur in Weimar und dem Centre National de la Recherche Scientifique in Paris. Akademie-Verlag, Berlin (DDR) und Edition du CNRS, Paris 1972 ff.

Düsseldorfer Ausgabe. Historisch-kritische Gesamtausgabe der Werke. Hrsg. von Manfred Windfuhr. Hoffmann und Campe, Hamburg 1973 ff.

Quellen und wissenschaftliche Hilfsmittel

Heinrich Heine: Briefe. Erste Gesamtausgabe nach den Handschriften herausgegeben, eingeleitet und erläutert von Friedrich Hirth. 6 Bände. Kupferberg, Mainz 1950–1957.

Heines Briefe in einem Band. Ausgewählt und erläutert von Fritz Mende. Bibliothek deutscher Klassiker. Aufbau-Verlag, Berlin (DDR)/Weimar; 2. Aufl. 1978.

Begegnungen mit Heine. Berichte der Zeitgenossen (in Fortführung von H. H. Houbens ›Gespräche mit Heine‹). Hrsg. von Michael Werner. 2 Bände. Hoffmann und Campe, Hamburg 1973.

Ideen. Das Buch Le Grand. Faksimiledruck nach der Erstausgabe, Hamburg 1827. Hrsg. von Joseph A. Kruse. Schwann, Düsseldorf; 3. Aufl. 1978.

Reisebilder. Mit den ›Briefen‹ aus Berlin und ›Über Polen‹. Vollständige Ausgabe. Nachwort, Zeittafel, Erläuterungen und bibliograph.

Hinweise von Ursula Roth. Goldmann Klassiker 7593. Goldmann, München 1982.

Und grüß mich nicht Unter den Linden. Heine in Berlin. Gedichte und Prosa. Hrsg. u. m. einem Nachwort von Gerhard Wolf (in der Reihe: Märkischer Dichtergarten). Buchverlag Der Morgen, Berlin (DDR) 1980 und 1985.
Taschenbuchausgabe: Fischer Taschenbuch 5042. Fischer Taschenbuch Verlag, Frankfurt/M. 1981.

Heinrich Heine. Dichter über ihre Dichtungen. Hrsg. von Norbert Altenhofer. 3 Bände. Heimeran, München 1971.

Heinrich Heine. Leben und Werk in Daten und Bildern. Hrsg. von Joseph A. Kruse. Insel-Taschenbuch 615. Insel, Frankfurt/M. 1983.

Mende, Fritz: Heinrich Heine. Chronik seines Lebens und Werkes. Akademie-Verlag, Berlin (DDR) 1970; 2., bearb. und erw. Auflage 1981.

Heine Chronik. Daten zu Leben und Werk. Zusammengestellt von Fritz Mende. Vom Herausgeber gekürzte Ausgabe. Hanser, München 1975.
Taschenbuchausgabe (der gekürzten Ausgabe): dtv 3256. Deutscher Taschenbuch Verlag, München 1984.

Literaturwissenschaftliche Untersuchungen

Bellmann, Werner: Heine und der Pariser »Vorwärts!«; in: Heine-Jahrbuch 1983, S. 70ff. Hoffmann und Campe, Hamburg.

Galley, Eberhard: Heinrich Heine. Sammlung Metzler 30. Metzler, Stuttgart, 4. durchgesehene und verbesserte Auflage 1976.

Hädecke, Wolfgang: Heinrich Heine. Eine Biographie. Hanser, München 1985.

Hansen, Volkmar: Thomas Manns Heine-Rezeption. Hoffmann und Campe, Hamburg 1975. (= Heine-Studien)

Hermand, Jost: Streitobjekt Heine. Ein Forschungsbericht 1945–1975. FAT 2101. Athenäum, Frankfurt/M. 1975.

Marcuse, Ludwig: Heinrich Heine in Selbstzeugnissen und Bilddokumenten. rororo monographie 41. Rowohlt, Reinbek bei Hamburg, 66.–75. Tsd. 1970.

Leonhardt, Rudolf Walter: Das Weib, das ich geliebet hab. Heines Mädchen und Frauen. Hoffmann und Campe, Hamburg 1975.

Mann, Golo: Heine, wem gehört er? – Vortrag, gehalten auf dem Internationalen Heine-Kongreß in Düsseldorf am 16. Oktober 1972; in: Neue Rundschau, 83. Jg., 1972, Heft 4, S. 650ff.; und in: Golo Mann: Zeiten und Figuren. Fischer Taschenbuch 3428. Fischer Taschenbuch Verlag, Frankfurt am Main 1979.

Raddatz, Fritz J.: Heine. Ein deutsches Märchen. Essay. Hoffmann und Campe, Hamburg 1977.
Taschenbuchausgabe: Fischer Taschenbuch 2216. Fischer Taschenbuch Verlag, Frankfurt/M. 1979.

Sammons, Jeffrey L.: Heinrich Heine – A Modern Biography. Princeton University Press, Princeton/USA 1979.

Sternberger, Dolf: Heinrich Heine und die Abschaffung der Sünde. Claassen, Hamburg/Düsseldorf 1972.
Taschenbuchausgabe: st 308. Suhrkamp, Frankfurt/M. 1976.

Wadepuhl, Walter: Heinrich Heine. Sein Leben, seine Werke. Böhlau, Köln 1974.
Taschenbuchausgabe: Heyne Biographien 38. Heyne, München 1977.

Windfuhr, Manfred: Heinrich Heine. Revolution und Reflexion. Metzler, Stuttgart, 2. überarb. und ergänzte Auflage 1976.

Heine-Jahrbuch. Hrsg. vom Heinrich-Heine-Institut Düsseldorf. (Aktuelle Beiträge zur Heine-Forschung). Redaktion bis 1976: Eberhard Galley; seit 1977: Joseph A. Kruse. Hoffmann und Campe, Hamburg 1962ff.

Anmerkung:

Heines Briefe wurden zitiert nach:

Heine, Heinrich: Säkularausgabe. Werke, Briefwechsel, Lebenszeugnisse. Hrsg. von den Nationalen Forschungs- und Gedenkstätten der klassischen deutschen Literatur in Weimar und dem Centre National de la Recherche Scientifique in Paris, Akademie-Verlag, Berlin (DDR) und Editions du CNRS, Paris 1972ff.